陆幸生
—著—

晚明轶事

国难中的风花雪月

中国书籍出版社
China Book Press

图书在版编目（CIP）数据

晚明轶事：国难中的风花雪月/陆幸生著.——北京：
中国书籍出版社，2018.8
ISBN 978-7-5068-6945-4

Ⅰ.①晚… Ⅱ.①陆… Ⅲ.①散文集—中国—当代 Ⅳ.①I267

中国版本图书馆CIP数据核字(2018)第169948号

晚明轶事：国难中的风花雪月

陆幸生　著

责任编辑	成晓春
责任印制	孙马飞　马　芝
封面设计	末末美书
出版发行	中国书籍出版社
地　　址	北京市丰台区三路居路97号（邮编：100073）
电　　话	（010）52257143（总编室）　（010）52257140（发行部）
电子邮箱	eo@chinabp.com.cn
经　　销	全国新华书店
印　　刷	北京睿和名扬印刷有限公司
开　　本	710毫米×1000毫米　1/16
字　　数	465千字
印　　张	28.25
版　　次	2018年9月第1版　2018年9月第1次印刷
书　　号	ISBN 978-7-5068-6945-4
定　　价	56.00元

版权所有　翻印必究

目 录

第一章
理想的坚守和帝国的没落

一、王朝政治江河日下　　　　　　　1
二、王朝短暂的回光返照　　　　　　3
三、太祖皇帝的负资产　　　　　　　4
四、急速下滑的帝国曲线　　　　　　6
五、国本之争的起源和流绪　　　　　7
六、欠债总是要偿还的　　　　　　　10
七、寄生于体制的勋臣子弟　　　　　11
八、明末宦官善恶辨　　　　　　　　16
九、活跃于南方的没卵子集团　　　　26

第二章
从汉儒到明儒的嬗变

一、王朝末期的纲常失序　　　　　　34
二、汉儒精神的发轫和传承　　　　　39
三、外戚宦官专权中的儒生　　　　　45
四、明末清流和奸佞的对抗　　　　　50
五、以海瑞为道德标杆的儒臣　　　　56
六、帝国忠臣对皇帝的批评　　　　　61
七、镇压东林党及民间的反抗　　　　64
八、腐朽帝国的理想主义悲剧　　　　72

第三章
天崩地坼年代的留都风韵

一、南京在明末的重要地位　　83
二、粉香脂腻中沉浮的名士　　90
三、繁华风月里的江山沦落　　93
四、阮大铖和东林后人的博弈　　94
五、幻梦旖丽下的往事回顾　　100
六、风流云散依稀旧梦逝江川　　105

第四章
余怀和他的青楼朋友

一、《板桥杂记》及精英的另一面　　110
二、明星李十娘的人生曲线　　115
三、侠侣情深同洒热血溅故土　　117
四、方以智投水沉江报故国　　122
五、龚鼎孳孽海情深　　126
六、吴伟业长歌赋离愁　　132
七、侯朝宗情缘桃花扇　　148

第五章
自证风流的《影梅庵忆语》

一、科考落榜情场走运的冒辟疆　　171
二、媚行烟视花难想　　174
三、岂容弱水置鸳鸯　　177
四、天远窗虚人自愁　　179
五、小字贪看问妾家　　181
六、梦圆今宵不知秋　　184
七、双城不合落风尘　　189
八、青史谁人鉴曲衷　　196

第六章
往来云泥的搅局者张溥

一、庶出子到大学者的华丽变身　　202
二、由应社到复社的超级转变　　204
三、两榜连捷复社势力达顶峰　　210
四、牛刀小试失意归去再掀巨浪　　218
五、山雨欲来四顾重兵围　　224
六、绝地逢生温体仁去职　　229
七、插手朝政以贿赂谋复周延儒　　239
八、江水起落复社沉浮入春秋　　246

第七章
大明帝国的落日余晖

一、含笑入九泉浩然留天地　　258
二、尚节重义帝国栋梁　　268
三、恶贯满盈奸臣伏诛　　273
四、国祚鼎移受命南都　　276
五、才子佳人的情爱悲剧　　283
六、园林中的沉迷和失落　　293

第八章
明末出版业的潮起潮落

一、礼崩乐坏下的新思潮汹涌　　309
二、极致追求中的涟漪靓丽　　315
三、少壮派高官和资深出版家　　317
四、明末图书市场的潮起潮落　　323

第九章
钱谦益和小妾柳如是

一、虞山名士钱谦益	328
二、钱谦益的道德文章	330
三、一代女杰柳如是	331
四、钱柳姻缘证白头	334
五、钱谦益的变节降清	336
六、小柳的作风和老钱的大度	341
七、良知未泯暗中奔走复明	344
八、远近青山画里看	351

第十章
风雨晦明中的叛卖和坚守

一、南明小王朝的余绪绝响	355
二、带着犒赏北上的特使团	357
三、左懋第喋血菜市口	369
四、孙之獬的叛卖和报应	375
五、反剃发斗争中的侯峒曾	379
六、投降派潞王殿下的抉择	384
七、黄道周和隆武帝的悲剧	388
八、老海贼郑芝龙被掠北京	403
九、郑成功背父救国成绝响	406

尾声
收复台湾清帝国成一统

一、进入国际视野的台湾	415
二、郑成功收复台湾名垂千古	419
三、被风流案气死的延平王	422
四、对郑氏集团的剿抚两手	427
五、交替使用的文武之道	430
六、康熙决策武力收复台湾	436
七、血战澎湖台岛回归祖国	438

第一章 理想的坚守和帝国的没落

一、王朝政治江河日下

公元 1644 年（明崇祯甲申十七年），这一年发生了惊天动地的"甲申之变"。中国的历史因为李自成农民军攻入北京而改写。不久，原大明山海关总兵吴三桂引清军入关击溃农民军，清军长驱直入一路掩杀扫荡南北，历经十六朝的大明帝国分崩离析，而后清朝统治中国长达 276 年。

满洲少数民族统治者登上中国政治舞台，开创了一个新的王朝，民族在血腥和暴力的强行推动下，开始了融合，大清帝国在炮声隆隆声中，在残酷的杀戮和严酷思想钳制中粉墨登场。

崇祯自尽煤山后，清军长驱直入赶走盘踞京城的农民军，继续着烧杀抢掠，大明的官员士子们投降的投降，殉节的殉节，抵抗的抵抗。总之，不同人等选择着各自不同的人生之路，这些生死抉择的背后就是鲜血淋漓的改朝换代，兵燹、屠戮和战火书写了无情的历史。

追寻大明帝国覆灭的轨迹，必须上溯到明代的成化和弘治年间，这是一条王朝没落的曲线，这条曲线尽管还会有上升，但是总体趋势是下滑的。

1487 年 9 月 9 日，成化二十三年秋，明宪宗朱见深驾崩，太子朱佑樘在父亲病重期间监国理政了一段时间后，承继大统，登上皇位，是为明孝宗，次年改元弘治。

朱佑樘虽然被立为太子，却也是苦孩子出身，因为他的母亲只是广西瑶族土司的女儿。她是在瑶民叛乱被镇压后，当成战利品带进皇宫成为宫女，并在朱见深一次偶然的巡幸中沾上了皇家雨露，生下了朱佑堂。

此时正是万贵妃专宠后宫的时期，这个万贵妃也非等闲之辈，是朱见深的患难之交，情同姐弟或者是母子，这和正统十四年的"土木堡之变"有关。是年八月，明英宗朱祁镇争强好胜，轻率大军，在土木堡迎战瓦剌军被生擒。九月为了稳定局势，兵部尚书于谦等请郕王朱祁钰监国，郕王自立为帝是为景帝。

景帝自然是要立自己的儿子为太子的，原太子废弃改任沂王，被迫搬出东宫。此时唯有比他大17岁的万宫女不离不弃，对废太子关爱有加，直到英宗被放回，遂有"夺门之变"，英宗取代景帝之位，复辟成功，朱见深又恢复太子之位。

直到英宗驾崩，宪宗继位，万氏受封贵妃，两人始终不离不弃，皆因为这对老少夫妻乃患难之中所建立的深厚感情。朱见深也算有情有义，一直专宠万妃，甚至使得万娘娘取代吴皇后而主掌后宫，凡有关宫中怀孕嫔妃无不遭到这位万氏的迫害。

在此之前，朱佑樘只是在宫中有良知小太监张敏和废皇后吴氏的暗中庇护下，得以侥幸存活下来。在宪宗皇帝面临接班人危机时，他被小太监张敏偶然提到，复又得到父皇关注，在危机四伏的后宫里由奶奶周皇后尽全力保护了下来。在王朝大统承继的大问题面前，宪宗皇帝才从这种病态的姐弟之恋中突围出来，后来万氏暴毙，其因不明，是否宪宗授意已成为成化朝宫廷迷案。废后吴氏在死后因抚育太子之功被追封为圣德慈仁纯孝皇后，改葬皇陵。

女性在宫廷政治中只是点缀帝王生活的花朵，花开花谢，缤纷落英，皆为帝王玩物，推陈出新，原是寻常之事，是没有所谓永恒爱情之说的。诚如当年天台营妓严蕊在应对理学家朱熹对其和台州知府唐仲友关系时回答新任提刑官岳霖所写《卜算子》所言"不是爱风尘，似被前缘误。花落花开自有时，总是东君主。"东君主只是男性社会最高代表帝王及其按照九层之塔封建等级分配女性的各级当权者。后宫佳丽三千人，原只是满足帝王占尽天下美色的无止境欲望，本质上只是"普天之下莫非王土、王臣"的帝王在性功能上肆无忌惮发泄的对象。及至发展到朱见深的孙子正德皇帝明武宗身上时，已经演变到穷凶极欲，像是公开随地大小便那般无耻，到了性功能随时随地发泄的地步，已经完全不分宫内宫外了，那时帝王就成了野兽。

君德尽失之际，也是王朝覆灭之时，王朝合法性的丧失，首先在于赖以支撑帝国的精神支柱——意识形态中纲常礼教的堕落。

二、王朝短暂的回光返照

朱佑樘生存的偶然性，被发现的偶然性，立为太子的偶然性，导致了失落王朝有了一个短暂的回光返照。他人生的多灾多难养成了性格的成熟，处理政务的圆通，最终甚至延缓了皇朝没落的时间表，铸就了"弘治中兴"18年的帝国辉煌，也算是艰难困苦玉汝于成的皇帝典范。

对这位弘治皇帝，明史评价甚高，称明代：

传世十六，太祖、成祖而外，可称者仁宗、宣宗、孝宗而已。仁、宣之际，国势初张，纲纪修立，淳朴未漓。至成化以来，号为太平无事，而晏安则易耽怠玩，富盛则渐启骄奢。孝宗独能恭俭有制，勤政爱民，兢兢于保泰持盈之道，用使朝序清宁，民物康阜。《易》曰："无平不陂，无往不复，艰贞无咎。"知此道者，其惟孝宗乎。洪、永开国，姑可不论；仁、宣之治，国力强盛。至正统以后，外有瓦剌之扰，内有民变之忧，交困之势，堪为疲敝。至成化朝，后宫干政，宦官当道，朝臣多小人，似颓势已定，而明孝宗登极之后，挽定局面，清宁朝序，一时间内外无忧，后世史家称之为"中兴令主"[①]

明史修订向称严谨，清代顺治二年（1645年）设立明史馆，康熙十八年（1679年）开始撰修，直到雍正元年（1723年）编撰完《明史稿》。第二年，张廷玉受召为总裁，于乾隆四年（1739年）定稿，前后历经94年。这其中当然也有着清代统治者对于前朝皇帝贬低和对本朝的美化，因而不能作为严格意义上的信史来看。

明史所谓的"中兴之世"，可以视作是大明帝国自正统以后开始由治到乱的下滑时期的小勃兴，孝宗所采取的一些改革措施，只是刮骨疗伤般

[①]《明史·卷十五·孝宗本纪》，线装书局，第42页。

的治标举措，而根本改变不了帝国病入膏肓的本质。下滑线从正德皇帝开始延至嘉靖、隆庆、万历一路走低，直至以后的天启、崇祯朝继续一落千里般地迅速下滑。虽然其间有着张居正时代的小高潮，然而人亡政息，高潮以后复归于江河日下。

封建专制统治的家天下本质，改变不了人治特。嫡长子继承制的接班人体制导致了统治阶级接班危机在于统治者遴选范围窄小；八股取士的人才拔擢机制大大限制了统治者对于人才拔擢的范围；王族圈子享受升平日久，在富贵温柔之乡成长的弱苗终难成治国大器，一班纨绔子弟有何德何能，无非是继承了高贵的血统，自以为天纵英睿地借助奸佞和竖宦统治着子民作威作福罢了。

承继大统的正德皇帝只是一个劣性不改的顽童而已，靠玩笑般的随心所欲去统治一个东方大国，国家朝政只能在玩笑般的统治中轰然崩塌。王朝大塌陷中继位的嘉靖皇帝在歌功颂德的青词谯斋中，崇信方术，迷信炼丹，梦想长生不老，朝政依然在奸佞严嵩集团和宦官集团把持中腐败堕落着。以后的万历借助于文官集团张居正和宦官集团冯宝，还算和谐地合作了很多年，王朝回光返照了相当时间。而当这两个头脑清醒的人死后，迅速遭到清算，朝政依然糜烂如故了。

以后泰昌、天启两个文盲治国，竖阉魏忠贤秉政，文官集团分化，帮派林立，党争四起，王朝风云变幻，建州女真族努尔哈赤势力不断膨胀，迅速统一满洲各部，开始向辽东各地扩张，西南诸省农民起义风起云涌摇了执政者的基础，王朝在风雨飘摇中大厦既倒。统治集团内部已经难以有力挽狂澜者，拯救王朝于万一。

三、太祖皇帝的负资产

皇族本身除了嫡长子继承外，朱元璋这位慈祥的老祖宗深谋远虑，为子孙后代设计了某种永享荣华富贵的王位分封制度。朱元璋花了六年时间殚精竭虑弄出了一本《皇明祖训》对于亲王的待遇做出了制度性安排。也就是皇帝的子孙在成年后就可到封藩之地就位亲王，为之建造了豪华壮丽的王府，有权挑选最好的土地，王府的每一位正式成员都享受着丰厚的国家俸禄，这些开支全部由国家税赋承担。但是王爷们不能参与国家政治活动，不能参加科举考试，不能担任各级官员，不能交集外臣，甚至迈出封地一步都得向地方官员报告。这其实就是用财富赎买了王爷们参与政治的权力。而王爷们参与政治的热心，往往就是心怀叵测利用王族优势谋取皇位的开始。这些人只是寄生在老祖宗开创的江山社稷上利用特权安享荣华富贵坐吃山空的主，毫无治国理政的能力。

这些人虽然被皇家嫡长子继承制度排除出了皇位的角逐圈外，但是却带着皇家的特权流放到了各省州府俨然成了州府县的太上皇，政治经济特权依然凌驾在地方行政权力之上，连同他们的家奴们也可作威作福、欺男霸女、巧取豪夺。他们其实就是皇家放飞出的一群蝗虫，疯狂而肆无忌惮地吞噬着民脂民膏，因而民愤极大。在明末农民起义的高潮中他们也是农民军宰杀的主要目标，下场极其悲惨。

祖宗欠下的血债，当由这些末路王孙们的血肉来偿还了。然而，皇族子弟同为龙脉，不甘于默默无闻终老于封地，总想在政治上出人头地。比如洪武皇帝驾崩后，皇孙朱允炆继位，皇四子燕王朱棣有过举兵起事，发起所谓"靖难之役"造反成功的先例。

朱棣的勇于造反的精神，鼓励着后起的皇子皇孙们起来夺权的野心，除了宫闱斗争的残酷无情外，也有藩王在封地效朱棣起兵谋反。如宁夏的安化王朱寘鐇、南昌的宁王朱宸濠就试图邯郸学步般地效仿朱家老四起兵造反，然而无所成功者，最终身首异处，图落笑柄。宁王谋反失败的故事在冯梦龙为他的思想偶像王阳明所写的纪实文学《皇明大儒王阳明先生出生靖乱录》有精彩的描述，此处暂不赘述。

到了明末王族人口急剧膨胀，从洪武年间的五十八人历经十六朝皇帝的不断分封繁殖，到了明末朱元璋的子孙已经高达一百多万人之众。随着王族人口的不断增加，国家税赋保障这帮寄生虫的开支日益浩大，中央地方财政均不堪重负，如河南年财政收入为八十四万石，而需要供应给王爷的是一百九十二万石谷，"借令全输，也不过供禄米过半"。嘉靖年间的大臣纷纷不无焦虑地指出，不久之后，以中国之地大物博，竟然可能出现举全国之力，也无法养活朱氏一家一姓的荒唐场景："王府将军、中尉动以万计，假令复数十年，虽省内府之积贮，竭天下之全税，而奚足以赡乎？""将来圣子神孙相传万世，以有限之土地，增无算之禄米，作何以以算其后？"①

可惜这些圣子神孙的结局，在改朝换代的刀光剑影中变得十分悲惨，不少王族被屠戮一空。他们因为自身的贪婪，所激起的滔天民愤已化为怒火最终那些巧取豪夺的巨额财富连同自己的生命一起为席卷而来的巨浪所吞噬。农民起义的烈火焚毁了他们期待的万世一统的江山社稷，覆巢之下岂有完卵。他们只能无可挽回地走上"君子之泽五世而斩"的不归之路。这里仅举明万历朝离皇帝血统最近的皇子王孙福王父子的悲惨覆灭为例，而知晓江山易代之际，高岸为谷，山谷为陵的沧桑巨变，覆巢之下无完卵，其实是历史发展的必然规律，岂是以人们意志为转移的？

四、急速下滑的帝国曲线

明朝的衰亡从明神宗开始急速下滑。万历皇帝继位时正是幼年，朝政外有首辅张居正把持，内臣受司礼大太监冯保主管，此时文官集团和宦官集团配合尚且密切，内外相安无事，朝政尚属平稳。只是张居正和冯保死后，神宗皇帝亲政，在清算了两位左膀右臂之后，长期养成的怠政之陋习，使得他一年有大半年难得见到大臣的面，三十年几乎不迈出宫门一步，大臣们的奏折大部由司礼太监转达，经常又是大部分没有回复。

文官集团认死理的多，内部倾轧也很厉害，朝中大臣分为浙党、楚党、齐党、东林党等团团伙伙，大体是以各自所在的浙江、湖南、山东等老乡挤在一起，抱团取暖，党同伐异。实力最强大而且属于朝野互动的是东林党集团，他们早已超越了区域限制在思想上道德上同气相求，同声相应地串联在一起，发出的吼声特别惊人，俨然成为一股分离主义势力，不惧生死，油盐不进，软硬不吃地捍卫自认为的真理。

也就是用儒家的那套道德说教企图将皇帝塑造为所谓的"圣君、明君、贤君"形象，这无疑是在皇上的颈脖和手脚上套上了锁链，使他的精神和行为不能完全自由舒展，不啻是对帝王权力的行使设置了底线。

---

① 见张宏杰著：《坐天下——解读中国帝王》，人民文学出版社，第287页

在万历心目中这些家伙自己怀着强烈的功名利禄心愿，争名于朝争利于市，对别人包括对至大至高至上的君主却也是冠冕堂皇严格要求，甚至严格到了家庭内部那些老婆孩子的琐事，也要处处设限，就把手伸得太长，很有点伪君子做派。难怪赖以支撑王朝的精神支柱——"程朱理学"往往被攻击为伪学，也即自己都难以达到的神圣境界，还要强制皇帝达到，岂非是完全违背了孔夫子所言的"己所不欲勿施于人"的霸道行为。要知道皇帝也是人，凡是人所具备的七情六欲，皇帝都具有，而且因为权力的张扬比一般人更加强烈。

然而，这类文官往往信念坚定，处事乖张，他们有一套正统的道德礼仪规范，并认为这是救世治国的唯一灵丹妙药。在朝在野气焰都极为嚣张的东林党集团就是这样一伙认死理的人。他们的言行使皇帝很不舒服，那就干脆躲着不见。他们的奏折也就干脆留中不发了。这种现象不唯万历朝所独有，清代赵翼在《陔余丛考·卷十八》中评述道"自成化至天启，一百六十七年之间，其间延访大臣，不过弘治之末数年，其余皆帘远堂高，君门万里。"

五、国本之争的起源和流绪

闲极无聊唯有财色二字可缓解皇帝宫廷人生之无聊和烦愁，反正普天之下莫非王土，财色尽可贪占，成就了万历皇帝贪婪好色的本性。史载万历皇帝是贪婪敛财最厉害的帝王。

神宗朱翊钧的皇后无子，一次闲极无聊视察慈宁宫仓库，无意中遇见管理仓库的王宫女，临时性起，不经意地一次云雨，竟然播下了龙种，他的大儿子朱常洛在次年（1582年）就这么偶然性地来到人间。母以子贵，王宫女被封为恭妃。恭妃从此就这么一直闲置着安然度日，朱常洛也在祖母太后的关爱下，在父亲冷漠的眼色和郑贵妃的百般算计下，惶恐不安地在阴森森的宫殿中成长着，一直影响到成年后的性格。四年后（1586年）郑贵妃也降生了一个龙儿朱常洵，这就是后来的老福王。

万历皇帝和郑贵妃在耳鬓厮磨的亲热时，枕头边贵妃娘娘吹过来一阵阵温馨的风，想让自己的儿子朱常洵当太子，万历皇帝对这种后妃干预政治的狂悖言论竟然同意了。而这种枕头上私下里的非法决定其实是无效的。因为不符合天朝"立长立嫡"的祖宗成法。别小看这一纸成法，后面支撑的却是数千年的传统和几乎整个文官集团，尤其是高举道德大旗的东林党人更是死磕派人士。

凡事就怕认真，有些祖宗成法，其实是可以打破的，尤其是君主专制下的王朝，君主口含天宪，金口玉言就是法律，法律也是人制造的嘛，有必要这么认真吗？但是这些东林党人就是愿意为纲常礼教而牺牲自己生命的人。

果然在皇帝认为是"家事"的接班人之争中，在泛道德派东林党人看来却是天下事。这样家事和国事就被截然分开成为明末的"国本之争"。天朝本来就是家国一体化的国家，朕就是天下，天下都是朕的，容不得外人像是乌鸦嘴那般整天在朕耳旁聒噪，真他妈的烦死人。老子躲着你们还不成？

这样明神宗干脆就潜伏深宫不再上朝了。凡事都是借助司礼监太监转达批红，太监集团崛起，俨然成了皇帝和文官集团对垒的借助力量。这就酿成天启年间大太监魏忠贤的崛起对于东林党人大开杀戒，又导致了崇祯朝对于魏忠贤集团的清算，这样的矛盾一直延续到了明末，引发了对于南明王朝半壁江山谁来主持的争论。

小福王朱由崧作为神宗皇帝血统最近的皇族子弟，无疑是最有资格出任小朝廷皇帝的，然而朝中的东林党人史可法、钱谦益竟然提出由潞王继承大统，而且还到处散步小福王有好色、贪财等七大问题，使其皇位未能登上，名声却已经被搞臭了。无非是怕小福王登基后对于东林党人在"国本"之争中排斥老福王，而坚决支持皇长子朱常洛当太子的宿仇进行报复。

如此这般，过去党争中出现的问题，再次浮出水面被文官集团和勋贵集团、太监集团利用成为权斗的工具。争斗的结果以史可法为首的东林党人大败。史可法终于被带着明显阉党胎记的马士英、阮大铖挤出了朝廷，愤然去了江北督师，面对江淮四镇拥兵自重的军阀，老史这个督师也只是空有其名，最终在与清军的血战中孤军坚守扬州，落得一个自杀以殉国的悲剧性结局。其绵延千里的草蛇灰线还是可以追根溯源到万历年间那场"国本之争"。

在文官集团的不断催促下，皇帝也显得十分无奈，他长期地玩弄不理不睬的策略，然而文官集团却不依不饶，对皇帝进行穷追猛打，就是皇帝廷杖威胁，罢官免职他们也是前赴后继为争国本而不懈努力。这种以圣贤之论为依据，以祖宗之法为大棒的战略，实在是将皇帝置于不忠不孝的尴尬地位。皇帝成了儒家原教旨主义者们道德审判的对象，神宗皇帝开始妥协。

于是在万历二十九年冬（1601年）终于进行了册封大典。这个大典搞得十分隆重，预算两千四百万两白银，在户部不断告罄的情况下，神宗派太监不断催逼、查账，好不容易凑齐一千多万两银子，国库已经空虚。此时税使多处被杀：武昌民变，杀水监陈奉之和随参多人，烧巡抚公署；苏州发生民变，杀织造中官孙隆之参随多人。

就在这样的形势下，朱常洛被立为太子，突然被封的还有福王朱常洵（藩地洛阳）、瑞王常浩（藩地汉中）、慧王常润（藩地汉中）、桂王常瀛（藩地衡州）。被封藩王在大婚后陆续返回封地就藩，还封赏了大量土地和财物。唯有福王常洵，大婚时耗银三十万两，朝廷在洛阳为他靡费二十万两白银建造了豪华的福王府，超过祖制规定胜十倍。他却依然在宫中晃荡，迟迟不去就藩，此事又招来文官们的一致声讨。

此间还发生了与郑贵妃和福王有关的赌咒和行刺太子的事件，以及有人试图以枣木棍袭击太子的事件，被史书称为"廷击案"。神宗对这些发生在宫廷内部的蹊跷事件，也都是浮皮潦草地处理了当事人，而并没有追查幕后指使者。

到了万历四十二年（1614年）三月，神宗迫于群臣压力，终于下旨让福王带着巨额赏赐去河南就藩。这当然是福王与父王和王妃的一次生离死别，而带走却是国家巨额封赏，万历一下子封赏他良田四万顷。有了这样多的田产和特权，朱常洵还不满足。他在洛阳与民争利，"官校藐法，横于洛中"，中使四出，"驾贴捕民，格杀庄佃，所在骚然"。

福王离开京城，在客观上进一步肯定了朱常洛的太子地位。也就是说，朱常洛的太子之实一直到福王去洛阳后才得以落实。

六、欠债总是要偿还的

到崇祯帝时，朱常洵地近位尊，朝廷尊之以礼。河南本来是富有之乡，但连年灾害，加之明廷七藩封于此地，土地高度集中，贫困的人民非死即逃。李自成进入河南之始，手下仅有一千左右兵士，势单力薄，几个月便发展到数万人，农民军一举攻克宜阳、永宁、偃师、灵宝、宝丰等地，杀明朝宗室万安王以及各县官员数百人。农民军在河南，最大的目标自然是驻藩洛阳的福王朱常洵。

这位重达360多斤的肥王爷终日闭阁畅饮美酒，遍淫美女，花天酒地。陕西流寇猖炽之时，河南又连年旱蝗大灾，人民相食，福王不闻不问，仍旧收敛赋税，连基本的赈济样子也不表示一下。四方征兵队伍行过洛阳，士兵纷纷怒言："洛阳富于皇宫，神宗耗天下之财以肥福王，却让我们空肚子去打仗，命死贼手，何其不公！"当时退养在家的明朝南京兵部尚书吕维祺多次入王府劝福王说，即使只为自己打算，也应该开府库拿出些钱财援饷济民。然而，福王却回答，救济灾民是当地政府的事，非王府职责。福王与其父明神宗一样，嗜财如命，继续沉湎于酒色，在醉生梦死中坐等噩运的来临。

崇祯十四年（1641年）正月十九日，李自成率军攻陷洛阳。福王与女眷躲入郊外僻静的迎恩寺，仍想活命。其世子朱由崧脚快，缒城逃走，日后被明臣迎立为南明的"弘光皇帝"。别人逃得了，福王没有这福份，他如此笨重的身躯，走路都困难，更别说逃跑。很快，他就被农民军寻迹逮捕，押回城内。见了李自成，立刻叩头如捣蒜，哀乞饶命。李自成当众斥责福王朱常洵："汝为亲王，富甲天下。当如此饥荒，不肯发分毫帑藏赈济百姓，汝奴才也！"

李自成看见堂下跪着哭喊饶命的三百斤肥王爷，灵机一动，不如让手下人把福王绑上，剥光洗净，从后苑弄出几头鹿宰了，与福王同在一个巨大的锅里共煮食用。于是，洛阳福王府中堂广场上，烘烧着一口从洛阳郊外迎恩寺抬来的"千人锅"。几个昔日大厨子出身的农民军持刀上前，轻刮细剃，先把福王身上毛发尽数刮干净，然后拔去指甲，又以药水灌肠排去粪便，里里外外弄干净后，像大闸蟹一样把他放入大锅中慢炖，笑看他在白汤佐料间上下翻滚。一个时辰过后，煮得烂熟的福王朱常洵以及数只梅花鹿已经被几千兵士吃入腹内，成为大家的美味晚餐。名曰"福禄宴"。福王成为"福禄（鹿）宴"中的"福"菜。

事后，李自成手下搬运福王府中金银财宝以及粮食，数千人人拉车载，数日不绝，皆满载而去。福王朱常洵的财产，成了李自成的军队在此之后几年的军费的来源。朱常洵贪得无厌的结果，不但万贯家财成浮云，连自己也像肥猪一样成为他人的美味，实在是罪有应得！

而此刻的王妃邹氏携福王世子朱由崧逃往怀庆。1644年（崇祯十七年，顺治元年）正月，怀庆有农民军进攻，朱由崧逃亡到卫辉，投奔潞王朱常淓。三月初四，卫辉也有农民军进攻的警报，朱由崧随潞王逃往淮安，与南逃的周王、崇王一同寓居于湖荡的小船中。以后被南明小朝廷拥立为南明皇帝的故事，在冯梦龙《甲申纪事》中有详细记载。福王的故事还在南明王朝的短暂历史中延续着。

七、寄生于体制的勋臣子弟

帝国的勋臣子弟是寄生于帝国肌体逐步扩大的癌细胞。勋臣也即跟随太祖皇帝出生入死打下江山的开国功臣们在江山定鼎后，按照功劳大小被封为公、侯、伯等各种爵位的开国将帅的后代们。父辈的这些显赫爵位有些是可以世袭的，也就是老子们的战功换来的勋位可以由后代们分享。长子可以世袭继承自己父辈的爵位和俸禄，世子以下封为将军、卫尉等虚衔享用禄米。但是这些授为各等级爵位的勋贵子弟在安享荣华富贵的同时却不能参加科举考试，也就是失去了参与政权管理的资质，本质上也是某种防止勋臣造反谋取江山的赎买制度，是以金钱爵禄换取政治稳定的制度性设计。

明代勋戚贵族在帝国中的地位一直不容小窥，只是时代不同，各有消长罢了。朱元璋时代，因为打天下的缘故，政治就是功臣集团与皇帝共享的结果。因此，对待文官集团的腐败，可以将反腐政策执行得非常彻底和铁血无情，皆因为文官们只是一群手无缚鸡之力的臣仆，身后没有庞大的军事实力作为支撑，只能俯首帖耳供皇帝驱使效力。

随着朱元璋诸子的成长并掌握强大的兵权,使得朱元璋可以采用铁血政策清洗功臣集团,改变自身权力的基础。朱元璋在培养太孙时,反复告诫他要依靠众藩王的根本原因就在于要保朱氏家族江山的永不变色,想来还是觉得自己家族的子弟来得可靠。老朱并不明白,帝王的权力对于自家弟兄一样有吸引力,而所谓勋戚家人的子孙一样会腐败变质。由帝国早期的艰苦创业,到后期的养尊处优,一样会使自己的子弟变成不学无术只会养尊处优的败家子。所谓"位尊而无功,俸厚而无劳,而多挟重器"的结果,必然是误国误民,最终危及帝国本身的安危。

靖难时期,建文帝和皇叔朱棣之争,以及后来的安化王、宁王造反都说明了皇权对于自家人都是有吸引力的。这也使得功臣和文官的力量有所复苏。(文官勋戚跪迎新主,一直是明代的特色,从燕王渡江,到李自成进北京,再到清军进入南北两京,这一出出熟悉的场面不断上演。)永乐时代因为靖难之役的原因同样要分封功臣,造成明初政治一直是功臣、文官元老和皇权共治的局面,权力斗争基本以内廷向外延伸。所以从永乐到宣德,皇帝为了加强皇权,开始精心设计宦官政治,使得影响明代历史的宦官二十四衙门初具规模。正因为有宦官制度的保证,使得皇权在与功臣和文官重臣的斗争中逐渐占据主导地位。明代皇权政治的形成恰恰是从武宗正德时期开始的。到嘉靖时期完成转型,功臣贵戚才被真正排除出权力中心。

明朝初期参造前朝之制,列爵五等以封功臣外戚。后来革除子、男二爵,只留公、侯、伯三等,定制:"凡爵非社稷军功不得封,封号非特旨不得予。"明朝爵位分两种,一是只授终身(不世),二是可以世袭(世)。爵位的"世"与"不世",以军功大小而定,均给诰券。除有军功者外,可得爵号的还有曲阜孔子后裔衍圣公及驸马都尉、外戚等因恩泽受封者,但只是给诰而不给券。与前朝不同的是,明朝的公、侯、伯只有爵号和食禄,并无封邑。明朝,王爵为皇族专享(开国诸大将死后有追封郡王者),皇族封爵均世袭罔替。皇族封爵有亲王、郡王、镇国将军、辅国将军、镇国中尉、辅国中尉,六世以下皆封奉国中尉。明朝另有国公、侯、伯三等爵专授功臣,三等爵可以世袭。

明朝的异姓封爵为:公、侯、伯,凡三等,以封功臣及外戚,皆流传有世。功臣则给铁券，封号四等：佐太祖定天下者，曰"开国辅运推诚"；从成祖起兵，曰"奉天靖难推诚"；余曰"奉天翊运推诚"和"奉天翊卫推诚"。武臣曰宣力武臣，文臣曰守正文臣。受封而领铁券者，为世袭封爵，否则为流爵。袭封则还其诰券，核定世流降除之等。爵位世袭，或降等以袭。公、侯、伯封号分四等岁禄以功为差，可掌参五府总六军，出则可领将军印为大帅督，辖漕纲，但不得预九卿事。按照永乐的设想，勋贵和文官应该是大明的两根支柱，靠文官治国，靠勋贵掌军制约文官。英国公张、成国公朱两门，自永乐以来，深受皇室信任，又有其他靖难功臣子弟，互相联姻，尽掌都督府，而此时"初间以公、侯、伯为之，兵部掌兵政，而军旅征伐则归五军都督府"，文官根本不掌军事。

明英宗时的"土木堡之变"是明朝勋贵衰败的转折点。也即正统十年（1449 年）七月，也先率瓦剌扰大同，大太监王振挟英宗亲征。八月英宗还至土木堡被瓦剌军所俘虏，郕王朱祁钰监国，九月即帝位，是为景帝。据《明史》中《英宗前纪》记载：

壬戌，师溃，死者数十万。英国公张辅，奉宁侯陈瀛，驸马都尉井源，平乡伯陈怀，襄城伯李珍，遂安伯陈埙，修武伯沈荣，都督梁成、王贵，尚书王佐、邝野，学士曹鼐、张益，侍郎丁铉、王永和，副都御史邓棨等，皆死，帝北狩。[①]

在土木堡之役中，损失的文武官员数百人，都是大明王朝当时的精英分子，尤其是武将勋贵，几乎一锅端了。之后就是兵权归于兵部文官之手，五军都督府不过守空名与虚数而已。就作战效果来说，勋贵至少一部分要有较好的军事素质，能够胜任大军将帅的职责。就专制皇权必须掌控军权的前提来说，皇帝必须要在军中保持较高的威信。勋贵本身有极高的地位，又是世代领兵，很容易在军中建立威信，进而威胁皇权。这就需要皇帝本人在军中树立威信，控制军队。

这其实是很难实施的一项帝国用人制度，如同帝祚的绵延长久和继任

---

① 《明史·英宗前纪》，线装书局，第 30 页。

者本人的素质有很大关联。帝国的皇位世袭继承和勋臣的恩荫承继一样，面临人才选择的余地很小，因而人才优势的逐年递减，基本是一代不如一代，勋臣的继承人总体也是坐吃山空腐化堕落者多。

勋臣人数不多，其中可供选择将帅者，人选相当有限。这些人往往一出来任官就是当参将（明初参将是总兵官的副手，地位很高，相当于现代的省军区副司令），而这些人不是按照军功逐级晋升上来，而是靠制度性恩荫蹿升高位，既缺乏基层作战经验，且在军中因为出身的显贵而骄横跋扈，缺少相对的人望，统兵、领兵的实际效果很差。

天顺至弘治朝仍然有不少勋臣出镇，但至少有半数勋臣出镇表现不佳。这无疑会推动明廷减少勋臣出镇的任命。（事实上到嘉靖朝都还有一些勋臣出镇，但多是在南京、湖广、贵州等内地，及临清、扬州的漕运总兵。九边则少有勋臣了。）英宗死后，宪宗是个结巴，羞于与大臣论事，明朝皇帝从此开始依靠司礼监（实际多是"文官化"的宦官）和内阁，在文书周转中处理政事。

天子亲征在明初制礼乐时，放在军礼之首位，依次为遣将、出征、祭祀之礼，及亲征还还要举行献俘、论功行赏之礼仪。《明史卷五十七》记载：

洪武年闰七月，诏定军礼。中书省会儒臣言：古者有天子亲征，所以顺天应人，除残去暴，以安天下，自黄帝习用干戈以征不享，此其始也。[1]

太祖朱元璋、成祖朱棣都是马上打天下、得天下的一代雄主，亲征之事司空见惯，是其文治武功开疆拓土的重要组成部分。后来的皇帝所谓"亲征"都是拙劣地模仿先祖的闹剧，明英宗亲征竟然被瓦剌军生擒，导致变生肘腋连皇帝之位也被自家兄弟夺了去。后来的天子亲征的除了武宗之外，寡人们都对亲征之事兴趣不大，明孝宗晚岁说过要亲征的气话，可能被武宗听去了，"继承父志"不时演出一些"亲征"的闹剧，只是以此为名，到处游山玩水，抢掠民女，暴敛民财而已。这样的皇帝，当然也不能再在

---

[1]《明史·卷五十七·志第三十三·礼十一》，线装书局版，第396页。

军中直接建立威信。

那么，使用文官系统去控制军队，再加上宦官从中监控，就是顺理成章的事了。相应来说，勋臣中有军事才干者也越来越少，弘治之后武功衰落，更是很少新封爵位。京营的战斗力一直无法真正提高。明末京营战斗力低下难于抵御内寇外虏入侵的现象，恐怕也是在政治上难以选拔良将的重要原因。值得注意的是，武宗朝试图调入边军武将整顿京营，并将许泰、江彬等人封为新的勋臣，统帅他们亲征，有恢复明初统帅体制的倾向。但是武宗是在玩弄"亲征"游戏，在最终玩死了自己后，江彬等人就被朝臣和宦官武将张永等联合清算，这些边将未能完成向新带兵勋臣群体的转化。在没什么军事才能的勋臣们的操练下，朝廷虽然屡屡下旨申饬，明朝中期由吏部主持，设立武举科考，也有了武举人、武进士这些担任军职的机会，然而在政治地位上依然低于文科科举下录取的举人进士。在国家危难时期，这些子弟常有临危受命担任军职去领兵打仗建立新功勋的机会；但在承平时期就显得闲极无聊，饱暖思淫欲，在掠夺民财民女上下工夫，皆因在政治上无所作为的结果。这点和明朝的亲王很相似。他们极具在政治上有所作为的欲望，但是这样的机会似乎十分渺茫。

在永乐、宣德、正统三朝派兵出征时的勋臣为大将、重要场合皇帝亲征、太监监军或直接带兵、文官主要管理的后勤的军事模式，逐渐变成了文官任总督、巡抚（带提督军务衔）、武将任总兵、太监监军的三方体制。而皇帝和勋臣，则近乎同步地退到了幕后。前者继续保有稳固的皇权，后者安逸地享受着荣华富贵，不再出任统军治兵的实权，使得勋臣后代们大部分成了徒有虚名不堪大任的纨绔子弟。所以明代末期的皇帝才不得不依靠宦官取代勋贵去平衡文官集团对于军事权力的掌控和扩张。

武官地位不断下降，二品武官给五六品文官行跪礼的事在这之前根本是不可能出现的怪事。即便如此，文官系统还是不停去侵蚀军权。到后来，明朝天子真正能指挥得了和指挥得动的军队，除了内廷太监和御林军，基本就没多少了。而文官和太监缺乏制约坐大的结果，产生了明末致命的恶果就是阉党和东林党大臣及文官其他团伙的党争不断，最终大明帝国在内讧和外乱中走向覆亡。

冯梦龙的纪实文学《甲申纪事》中粉墨登场的就是此类贵族子弟。如中山王徐达的子孙魏国公徐弘基、诚意伯刘基的后代刘孔昭等等就属于这种利用新君主的选择,而企图拥立之功,实现扩大政治空间、拓展权力、参与政治决策的图谋。而这些人大部分徒有虚名,并无实际行政和军事能力,只是绣花枕头一肚子秕糠的蠢货,未见到他们在江山变异之际的救世壮举,只是一些成事不足败事有余,争权夺利的宵小之徒。

至于那些依靠祖宗遗荫世袭封王拜爵的纨绔子弟,闲极生事常有强抢民女、强占民田等鱼肉百姓危害地方治安的恶行,也使得朝政不断恶化。当然,还有一些皇亲国戚,被十六朝帝王们不断追封公、侯、伯等贵族头衔,也就只是享有空名和俸禄,除了增加帝国越来越入不敷出的国库饷银之外,就是继续膨胀着帝国官员寄生队伍的数量,使得人浮于事盘剥百姓的特权阶层队伍不断庞大,犹如恶性肿瘤寄生于帝国千疮百孔的肌体,加速了帝国崩溃的步伐。

八、明末宦官善恶辨

宦官集团原本是寄生于皇权专制体制的附着物,一群被阉割了生命繁衍能力的阴阳人,他们是诚惶诚恐出入前朝后宫服务于皇帝本人及其后宫嫔妃的奴仆,在政治地位上原本微不足道。却因为他们有了皇帝家臣的身份,皇权形成威力无上的保护伞,笼罩着这帮奴才走狗,由是跟着主子耀武扬威起来。他们的兴盛和迅速繁殖完全取决于帝王后宫的不断扩张以及君权无孔不入地极端膨胀而不断加强对于官员权力管制的需要。

因而宦官干政几乎伴随王朝政治盛衰之始终。从战国末期强秦宦奴嫪毐弄权到秦国一统天下后赵高的指鹿为马立威,以致发展到汉代十常侍乱政,唐代杨思勖、高力士擅权,历朝历代宦官干政绵延不绝。

司马光在《资治通鉴》中指出:

东汉之衰,宦官最名骄横,然皆假人主之权,依凭城社,以浊乱天下,未有能劫胁天子如制婴儿,废置在手,东西出其意,使天子畏若乘虎狼而挟蛇虺如唐世者也。

有专制君主在，历朝历代皆有宦官干政的记载，东汉的宦官可以左右朝政、废立皇帝，品高位重，可以封侯；宦官对于文官士大夫集团甚至大开杀戒，酿成了汉末有名的"党锢之祸"。唐代中期以后，宦官一直介入皇帝的废立，肃宗以后一共14个皇帝，其中13个皇帝由宦官废立。

明代宦官干政到达登峰造极的地步，中、晚明时期尤甚，宦官集团成为政治舞台十分活跃不可轻视的势力，部分朝廷文武大员纷纷依附投靠，成为阉党。《明史·阉党传序》中云："明代阉宦之祸酷也。然非诸党人附丽之、羽翼之、张其势而助其攻，虐焰不若是其烈也。"明代是历史上阉宦之祸为害最烈、时间最长、后果最严重的朝代。然而，阉宦之祸危害之烈归根结底是皇帝的无能、怠政，导致皇权旁落而由宦奴代行，过度依赖走得最近且兼有奴才性格的宦官，以致宦官权势坐大后，影响到皇权的正常行使。

由于宦官身体的残缺而导致了性格的残缺，朝廷上下君子作风的丧失，奴性人格的盛行，儒家的最后一点"大丈夫"精神为趋势小人的阴谋虚伪习俗所取代，于是趋炎附势成风，谀谄媚上成习，外界的真实信息和正义呼声也因阉党集团的屏蔽而使皇帝成为孤家寡人，被奸佞小人玩弄于鼓掌之上，朝纲也就一天天堕落。

然而，宦官权力的赋予、扩张、收缩、剥夺全在于君主意志的张扬和衰落。明代开国皇帝朱元璋起自草莽，对宦官深以为戒，对宦官干政的危害，采取了一系列的预防措施。他在立国初期就严禁宦官预政典兵，不久又下令不许宦官读书识字，以防止其干政，后又命令吏部制定内监等官秩始终低于前朝。洪武五年六月，定宦官禁令。次年礼部议置内正司，考究前代究劾内官之法，专察究劾内官失仪及不法者。为防患于未然，朱元璋在洪武十七年敕内官毋与外事，凡诸司毋与内监移文往来，并在《皇明宝训》中告诫侍臣：

为政必先警内外之防，绝党比之私，庶得朝廷清明，纪纲振肃。前代人君不鉴于此，纵宦寺与外臣交通，觇视动静，夤缘为奸，假窃威权以乱国家，其危害非细故也。……汉、唐之事，深可叹也。夫仁者治于未乱，智者见于未形，朕为此禁，所以戒未然耳。

朱元璋这一席话对于太监干政的危害性可谓一针见血，对于禁止太监干政的初衷道得很明白，就是为了防患于未然，防范措施也非常严厉。为此，他专门在宫门口立一铁牌明令"内臣不得干预政事。预者斩。"并将其所制立法诸事编为祖训，命令后世诸臣永远遵守，不得更改。到他的孙子建文帝秉政时期，这位皇孙对于太监干政尤其警惕，处罚也特别严厉。堡垒最容易从内部攻破，他的第四个儿子燕王朱棣发起靖难之役篡夺皇孙他的亲侄儿朱允炆的皇位，其中依靠的重要力量之一，就包括了太监的势力。

攻取南京之初，不少太监跑到燕王朱棣处告密，致使朱棣轻易攻下京城，占领紫禁城。尤其在大肆屠杀建文帝集团文武大臣时，朱棣开始启用自己身边的宦官势力，因为在他看来，这些被阉割了的刑余之人没有后顾之忧，且有许多是外域之人。在北京和南京沿线诸多文武官员退缩观望之际，燕王不得不打破祖制，启用宦官利用其锋锐打击建文势力。比如后来率船队出使西洋的郑和就是从云南回民部落俘获的战俘被阉割后，充当了内臣。郑和在靖难之役立有战功，被朱棣登基后重用。名义上出使西洋宣抚天朝国威，骨子里对于亲侄子是否如传说的那样在宫殿中放火自焚时被烧死心存疑窦，派郑和暗访踪迹，以绝后患。

燕王变身明成祖后，完全不具备其父亲那样拥有自己亲自选任的官僚队伍为自己所用，面临建文势力的强力反扑，控制局势的手段远不如其父亲。在这种特殊情况下，朱老四"防微杜渐无所不用其极，初令锦衣卫官暗行缉访谋逆、妖言、大奸大恶登事犹恐外官循情，随设东厂，令内臣提督控制之，彼此并行，内外相制"。明太祖防止内臣干政的铜墙铁壁，在皇族内部争权夺利的血腥杀戮中被瓦解，终于又成为皇权专制的附着物再次衍生壮大成为干预政治的庞大力量。

为了集权力于一身，朱元璋曾经裁撤中书省罢免丞相一职，建立绝对君主专制，自己夙夜辛劳以过人的精力和胆识处理政务，而他的后代们显然没有他那样的责任感和过人的精力及颇具韬略的政治手段处理全国全局的重大问题。

成祖之后的皇帝，安享锦衣玉食，枕于安乐者居多，如此藏于深宫、长于妇人之手的花花太岁们军政要务多交于近侍太监处理，这样太监假天子之威的权力就不断膨胀起来。太监干政本来就是专制政体的孪生物，太祖竭力避免，却不能铲除其赖以生长的专制政体土壤。其只能像是野火烧不尽的枯草那样春风吹又生，最后覆盖帝国各个领域，成为医治不了的痼疾，向王朝政体的血液和骨髓蔓延，促使了大明王朝的死亡。

明代宦官有二十四个衙门涉及朝政事务、宫廷事务、军事、司法、经济等各个方面，太监几乎成了天子的代表。首席衙门为司礼监，不仅主管内廷太监事务，而且职涉外廷朝政，司礼监除掌管批答奏章、传宣谕旨的权力外，还可代表皇帝出席内阁会议商议军国大计。此外，监国、顾命、立法改制、进退大臣他们都有权参与。在司法方面。明代的东厂、西厂、内行厂等特务机构均有宦官控制，他们就是利用这些权力殴辱、杖杀文武百官，以皇权的名义泄其私愤。

清代著名思想家、哲学家黄宗羲曾经满怀悲愤地大声疾呼：

阉宦之祸，历汉、唐、宋而相寻无已，然未有明之为烈也。汉唐宋有干预朝政之阉宦，无奉行奄宦之朝政。今夫宰相六部，朝政所自出也；而本章之批答，先有口传，后有票拟；天下之财赋，先内库而后太仓；天下之刑狱，先东厂而后法司；其他无不皆然。则是宰相六部，为阉宦奉行之员而已。

在下面南明政权建立过程中太监操纵预立新皇的魅影始终在幕后闪烁，他们出入军营、勋臣、官府，暗中勾结军阀和奸佞大臣等拥立被史可法称为有"贪财、淫荡、酗酒、不孝、虐下、不读书、干预有司"七不可立的福王，而内阁大学士史可法、凤阳总督马士英等皆是台前提偶，只是虚假的表演而已。

在冯梦龙所编辑的图书《智囊》中搜集了一些太监乱政的有趣故事。比如，他在写到明朝一哥通学大儒王阳明时，就有着这位号称圣人的道学大师如何在平息了宁王朱宸濠叛乱时与内廷太监钱宁等勾结的证据，又如何和大太监进行交易周旋的故事，读来颇有趣味。原因就在于王阳明早年在刑部担任云南司担任主事时，曾经给正德皇帝朱厚照上了一道奏折，口气十分委婉，为那些遭到太监刘瑾迫害的文官求情，被刘瑾唆使朱厚照将他扔进了诏狱。刘大太监等着礼部左侍郎、阳明之父、状元郎王华提着银子来求情行贿，偏偏王副部长很有骨气，绝不登门乞怜，结果自己被弄到南京担任了空头的组织部长（留都吏部尚书），还连累得儿子被刘宦官下令拖出午门狠揍四十大板，贬职到了偏僻的贵州龙场当了一名招待所所长（驿臣）。在与二十九匹瘦马和十二名驿卒相伴的孤独中，王阳明开始了龙场悟道的学术研究生涯，导致了后来震惊于世的心学理论的诞生。

显然在以后的官场生涯中阳明先生吸取当年做愤青时的教训，开始收敛起锋芒，以思想家的成熟和道学家的立身严谨和朝廷内外的黑暗势力斗智斗勇了。这一点作为王阳明粉丝的冯梦龙有一篇专写王阳明的纪实文学《皇明大儒王阳明先生出身靖乱录》，对他心目中真正的道学先生王阳明倍加礼赞，甚至不惜笔墨加以神化圣化。[1]

冯梦龙在《警世通言·钝秀才一朝交泰》的传奇中，写了明代天顺年间吏部给事（中央组织部干事）马万群给明英宗上了一道奏本，弹劾太监集团头目司礼监大太监王振专权误国的故事。马万群当时是捅了马蜂窝。

王振何许人也？英宗皇帝小时候伴读加玩伴，也就是在朱祁镇当太子时的陪侍。在朱祁镇孤独的太子生涯中唯一相伴他长大的发小和同窗，两人间的渊源不可谓不深，情谊不可能不长。在皇帝孤家寡人的生活中也只有太监和嫔妃们围绕着他，奉承着他，满足他的欲望。祁镇即位之后，不称其名，称呼为先生。皇帝也是人呢，是人就有七情六欲，况且君权神授，在尘世就是老大，老大满足七情六欲的权力是不受制约的，这样必然导致情欲的滥觞。

后宫的干政不外乎嫔妃和太监。孤独中的知音，虽然充斥着奉承和阴谋，但是肉麻的阿谀奉承听起来却像是悦耳的夜曲，给人以舒服愉悦的快感，这就是毒品给嗜毒者带来的的舒适幻觉。皇帝就沉醉在这种幻觉中不可自拔。那些自以为以天下为己任的文官自命道德楷模和真理旗手，动不动以祖训和圣贤之言来制约和干涉他当皇帝的无限自由，有时竟然管到皇帝裤裆里的那点鸟事。

相比较而言，当然是身有缺陷的太监更懂得皇帝心中那点事，办事无不称心如意。位尊九五，口含天宪的专制皇帝岂能受群僚此等鸟气？这样

---

[1] 见《冯梦龙全集》第10卷，江苏凤凰出版社，第2页。

官权和皇权就对立起来,可信任的只有身边的那些近侍之人了。朱祁镇登上大位立即安排这位发小当上了太监二十四衙门最有权势的司礼监总管。要知道王太监可是在少年时期自己割了睾丸自动来为皇家服务的,他为人机敏,善于揣测圣意,办事都称心如意。当然文化程度低是可以受教育加以提高的,祖制也不是一成不变的。

自成祖爷起对这些忠心耿耿的奴才就信任有加,就已经安排太监当大使办外交,当监军镇边防,当税吏催赋税。为了提搞这些内臣的文化水平和办事能力,在宣宗爷时期甚至还专门为这些太监办起了宫中学堂,开始了太监的扫盲工作。令大学士陈山专门教习。从此,太监读书成为定制,太祖老儿那一套早就成了陈规陋习被废弃了。太监成了有文化有势力的一窝蛀虫,开始蛀蚀王朝政治的纲常礼教柱石,大厦也就即将倾覆。[1]

在冯梦龙的笔下,这位不知好歹的七品给事马万群,遭到王振的无情打击报复,不仅被撤职赶回老家,还要给他加上贪贿国库银两的腐败罪名,欲将之置之死地而后快。为了搞臭马给事,追索莫须有的银两,马给事的家财被抄走,田产被籍没,财富被勒索榨取一空,本人悲愤而亡。其子秀才马德称遭亲朋好友白眼,求告无门,最终一贫如洗,秀才功名也被官府褫夺,不幸流落北京寺庙写经糊口,只是在得到他未婚妻黄六英的出手相救后,才安心读书,准备参与科考。等到王振鼓动英宗朱祁镇亲征瓦剌,被一举擒获,王振被愤怒的将士锤击而死,郕王朱祁钰即帝位后,马万群得以平反,家产发回,家道振兴,马德称连考连中,先后出任礼、兵、刑三部尚书。虽然小说的套路依然是才子落难,小姐相助最终夫贵妻荣的大团圆结局,宣扬的依然是吃得苦中苦,方为人上,艰难困苦玉汝于成的理念,终究脱不了"天将降大任于斯人,必先苦其筋骨,劳其心智"等俗套,但是故事所揭示的背景却是宦官干政对文官集团的残酷迫害这样的史实。英宗年代,王振专权,举朝文武阿附成风,宦党演绎为集团而垄断朝政,却是明代第一人。之后刘瑾、钱宁、魏忠贤等前赴后继,不绝如缕,终于导致了朝纲坠落,千疮百孔,无可救药地走向了末路。

明代的宦官也并非完全一无是处,个个都是鼻梁上抹白粉的跳梁小丑,

---

[1] 见《明史·列传第一百九十二·宦者》,线装书局,第1651页。

也有深受儒家思想影响,崇尚士大夫节义的君子型宦者。除了明初永乐朝的郑和充当外交使臣七下西洋为中外赞誉以外,在宣宗皇帝开始对太监实施文化教育,以提高内廷太监的文化政治素质,更有效地为王朝服务之后,也涌现出了一批才艺双绝的优质太监,补充着官僚队伍。只是这些人在宫廷飘荡的一团黑雾中,一直被甚嚣尘上的阉党气焰所遮蔽,成为太监集团的凤毛麟角而难以脱颖而出罢了。

据《明史·陈矩传》记载:"陈矩,安肃人。万历中,为司礼秉笔太监,二十六年提督东厂。为人平恕识大体。"[1]陈矩是嘉靖二十六年(1547年)被选入宫,分派在司礼监秉笔太监高忠名下,在司礼监服役,当时年仅九岁。嘉靖二十九年(1550年),俺答汗率兵在边境抢掠,逼近京师,太监高忠全副武装参与防守,立下功劳。陈矩十分敬佩,立志要经世济民,治理国家,从此经常留心有关政治、经济的事。万历十一年(1583年)春,代藩奉国将军朱廷堂有罪,被革去爵位,由陈矩奉圣旨把他押送到凤阳高墙禁锢。归途中路经安肃县时,回家上坟,写了《皇华纪实诗》一卷。当时很多宦官外出办事,都是作威作福,沿途敲诈勒索地方官和百姓,陈矩却是廉洁安静,不扰官不害民,所以驿站的人都很满意,称他为"佛"。

万历二十六年(1598年),陈矩以司礼监秉笔太监掌管东厂,他为人正直,有度量,能顾全大局,常常说:"我只守着八个字,就是祖宗法度,圣贤道理。"所以对刑部、镇抚司监狱所关押的、丢了官的内臣和外臣,即使是犯了重罪的,也常想着"上帝好生,无知入井",对他们多方曲意保存。又注意随事进谏,匡正神宗的失德。荣昌公主是神宗的嫡长女,光宗的妹妹,她和驸马杨元春吵架,杨元春一气之下,跑回了老家。神宗非常愤怒,召陈矩商议,要从重惩办有关内臣和外臣。陈矩缓缓地说:"这是闺房内的小事,不该惊动皇上,传扬出去影响不好。"于是拟旨谕阁臣,让他们说杨元春不知什么原故,出了某门到固安县去了。皇帝同意了他的意见,于是召杨元春回来,罚他到国子监演习礼仪,便了结了一段风波。

陈矩身材比较瘦弱,声音嘶哑,但是白耳黑齿,双目炯炯有神,对人谦和,对下从不声色俱厉。不过,当处大事,决大疑,羽翼忠良,保全君

---

[1]《明史·列传第一百九十三·陈矩传》,线装书局,第1662页。

德的时候，都很有决断，敢于担当。他衣食方面自奉甚薄，暇时喜欢弹琴、吟诵诗歌，收集古董书画。喜欢读《左传》《国语》《史记》《汉书》和有关儒学的各种书籍，如周敦颐、张载、程颢、程颐、朱熹等人的文集。尤其是常常细读《大学衍义补》。万历三十三年（1605年），还上奏进送两部，请求发给司礼监重新刊印。遗憾的是，书印成时他已去世了。

万历三十五年（1607年），陈矩在内直房端坐去世。生前他已在香山慈感庵旁预先卜得葬地一块，建了一个石塔在冢上，称"太极镇山塔"，在墓道前竖了一个石坊，上写"敕葬中使神道"。有石门，门楣上写"还一仙洞"。死后，用立棺，像僧人一样安葬。神宗赐谕祭九坛，祠额题为"清忠"，并颁布了保护祠和墓的敕令，上面开载着房屋、地亩的数目。文武百官都亲临吊唁，穿着素白色衣服送葬的人多至堵塞道路。大学士朱赓、李廷机、叶向高亲自在棺前祭奠，祭文中有"三辰无光，长夜不旦"等句，充分表达了他们对陈矩的敬慕之情。陈矩的遗像，挂在在德胜门里钦赐会馆祠堂内，供人瞻仰。

陈矩门下有个叫刘若愚的宦官，受陈矩的影响，亦是为人正直，好学有文，他所著的《酌中志》一书，是唯一一本流传至今的宦官著作，为后人留下了很多明末内廷各方面的珍贵资料。

刘若愚，自称原名刘时敏，生于明代万历十二年（1584年），南直定远人。其家世袭延庆卫指挥佥事（正四品），父亲刘应祺官至辽阳协镇副总兵。可以说出身于军门世家的高级将领子弟，因而自小受到良好教育，有相当的文学修养。刘若愚十六岁时，因感异梦而自施宫刑，万历二十九年（1601年），被选入皇宫，隶属司礼太监陈矩名下。因此，受到陈矩言传身教，有着较好的政治素养。天启初年，宦官魏忠贤擅权专政，魏之心腹太监李永贞任司礼监秉笔，因为刘若愚擅长书法且博学多才，便派其在内直房经管文书。与此同时，魏、李又因多阴谋诡计，故对刘若愚颇多猜忌。刘目击魏、李所为而又无可奈何，遂将原名"时敏"反其义，改名为"若愚"，意思也就是大智若愚以保护自己，不与阉党之流同流合污，在奸党群中洁身自好求得生存。崇祯二年（1629年），魏忠贤阉党事败，若愚被群臣纠弹谪充军孝陵打扫卫生。

后来，查实东林党高攀龙等七人被诬致死一案，乃系李永贞索取苏杭制造李实空白印纸架词虚构，李永贞被斩决，刘若愚被处斩监候。若愚因受诬告而蒙冤狱中，有苦难申，而真正的魏党司礼太监王体乾、涂文辅等则以黄金买命而逍遥法外。在幽囚的悲愤不平中，刘若愚乃效太史公司马迁之榜样，发愤著书，呕心沥血，详细记述了自己在宫中数十年的见闻，并进行说理申冤以自明，终于由崇祯二年至崇祯十四年陆续写成这部颇具特色的明代杂史《酌中志》。之后，刘若愚果然得释免，从此重见天日。

《酌中志》在明代宦官队伍的一团浑浊中，为我们牵引出一缕清风，而使得明末宦官中那些才艺卓绝的阉人不至于完全被湮没在历史尘埃之中，使我们看到了宦官畸形和痛苦的两面人格及光明和阴暗的双向人生，并非戏剧中完全被丑化的反面角色。

《酌中志》卷二十二，录有嘉靖、万历时朝太监众生相，非常传神。如嘉、万时期的著名大太监冯保就是名臣张居正的好搭档，其更是"善琴能书"，造了不少琴，"世人咸宝爱之"。千古佳作《清明上河图》上有冯保的题跋，笔力雄健飘逸，实属书法上品。嘉靖时司礼监太监戴义，"最精于琴，而楷书笔法与沈度相埒"。江南一著名女琴家，携琴遍游南北两京及各省，与各地名琴师比试，认为没有人能和她媲美。她听到戴义的大名后，特地持琴前往拜访，两人约期比琴。届时，先听戴一曲，琴声刚住，她便"泪如雨下，色若死灰，将所携善琴即下阶石上碎之，拂衣而去，终身不再言鼓琴事"，可见戴义的操琴水平，已经出神入化。

王翱，字鹏起，号村东，原籍南直隶应天府句容人（南京句容）。永乐时，迁北直隶通州。嘉靖壬寅年（1542年）选入宫中，时年十一岁，因聪明伶俐选入司礼监内书房读书，受业于郭东娄、赵太洲、孙继泉等先生，为这些儒学重臣所器重。老师授课时嘱咐这些受教的小太监说："你们这些学生都是服于内廷的宦官，不必学科举类的文章，唯讲明经史书鉴及本朝典制以备圣主顾问，有空余时间可以学些作对子和作诗词的学问就可以了。"

万历辛巳年（1581年），王翱五十岁时奉旨："慈宁宫教书。遂迁居于西安门北，得从容与士大夫唱和吟诗。侍母孝，待弟良翔友于之爱，为内廷所少。"王翱为人悲歌偲傥，博学自豪，视富贵若电光石火焉。其《咏笼雀诗》云：

曾入皇家大网罗，樊笼久困奈愁何？
徒于禁苑随花柳，无复郊原伴黍禾。
秋暮每惊归梦远，春深空送好音多。
圣恩未遂衔环报，羽翮年来渐折磨。

王翱与张维前后皆有诗名，而品秩荣显，翱远不及。张维勘刻《禁砌蛩吟稿》《村东集》行于世。嘉靖时担任御马监右监丞的王翱有《秋夜有怀》诗：

西风吹雨夜萧萧，客思逢秋倍寂寥。
十载已虚明主诏，半生徒插侍中貂。
谁怜季子黄金尽，无奈冯唐白发饶。
何日一帆江左去，独寻山水混渔樵。

明代学者郑之惠认为王翱和另一位太监张维的诗，均为朱彝尊所未见，完全可补《明诗综》之不足。尤堪称道的是王翱的《咏笼雀》《秋夜有怀》这两首诗对远离家乡亲人，从年少起就久困深宫，如同被囚于牢笼之中的感叹尤为真实真诚：世态之炎凉、宫斗之残酷、宫廷之冷漠、情感之寂寥，均有融会贯通于笔墨。作者切身之体会，如同冬夜中夹杂的寒风苦雨吹去了对于人生的美好追求，心灵中充斥了苦寒之阴影，不如一帆飘去，追求山水自然中的渔樵生活，那才是人生的自由自在自适，现在这种笼中雀的生活已然完全失去了人生正面的价值和意义，生活还不如同噩梦。可谓情境交融，抒情、感怀、用典均很到位，是非常震撼人心的上乘之作，是不可多得的好诗。看来太监有了文化就具备了思考人生的思想，也有着对于人生的价值追求。这何尝又不是《酌中志》作者刘若愚本人的感叹呢！

明代宦官作为相对独立的政治力量的崛起，是因为朱元璋罢黜相权，将最终决策权集中于帝王一身，但是太祖爷没有办法保证皇子皇孙者们的素质和品质，他的子孙们不可能如同他那般成为雄才大略的君主，变相的丞相制度就会应运而生，其标志是内阁的首辅制度，内阁就有了"票拟"

的权力，对柄外朝内阁的"票拟"，就有了内廷替皇帝朱砂批示的"批红"之权，形成最高决策公文下达的程序化过程，如果两者之间充分默契配合，按照程序化运作，那么皇帝可以垂拱而治。明代中后期的帝王很少真正管理政事，而明代的统治却能延长那么长时间，实际上得益于这套机制的正常运转。如果两者权力失衡，就会导致政权的半瘫痪状态，决策失误，矛盾日积月累，也促使两者可以各自为政公开分庭抗礼；这就是朝廷内外文官集团和宦官集团形成党争的制度性原因，也就有了后来东林党人和阉党集团你死我活的争斗而导致王朝政权结构内部瓦解的必然命运。即使帝国后期崇祯皇帝要乾坤独断扭转败局，但已经是尾大不掉，无法有效切割王朝疽痈，乃至病入膏肓不治身亡了。可以说朱元璋在立国初期，废除宰相制度和禁止太监干政的决策，在施行中均是失败的。

九、活跃于南方的没卵子集团

为了维护大一统的皇权专制体制的运作，太监作为体制的寄生物是伴随体制兴衰相始终的皇家鹰犬集团。其存在的价值不仅仅是宫廷可供役使的奴才仆役，也是皇家游走于外庭的恶犬和放飞于军政体系的鹰隼。虽然祖训明确太监不得干政，但是帝国政治经济体制机制的运转已经完全离不开庞大的太监集团深深介入。尤其是王朝没落期官僚政治体制的颓败，太监势力在政治上崛起，几乎无孔不入仿佛水银泄地那般渗透到皇天后土的方方面面。已成尾大不掉之势。

作为膏腴之地的东南诸省尤其是被称为南直隶的江南，是帝国赋税的重要来源。涉及经济、国防、海防、矿产重要资源的各个领域及遍布的皇庄、祖陵都派有太监掌控或者监管。其主要管理衙门就是留都南京的司礼监，这实际上是一个直接代表皇帝的情报搜集、皇室用品采买、经济资源掌控和赋税收缴监督及军事武装力量监控的重要衙门。提督太监是超越于帝国行政权力之上的皇上代言人，其实际的权力超过总督和巡抚。

在水路运输方面，南方有发达的水系和沿海漫长的海岸线，因而物资运输和关税收取是漕运总督的重要职责。帝国实行盐业专卖制度在扬州专设巡盐御史衙门，这和设在淮安府的漕运总督衙门均为和南直隶省平行的独立核算部门，也是两个权力和油水都很大的中央直属机构，都同时派有太监进行监督管理。而海上的贸易体系，基本由皇上直接领导的提督市舶司的太监们所控制，无疑也是皇家重要的财富来源，是敲诈勒索沿海船民、抽取海上贸易税收的重要渠道。

至于那些远离了政治中心的没卵子集团的外放人物，在脱离了皇帝主子的视线之后，犹如放逐的野马，脱离了宫廷的羁绊，身上又烙上了神圣的皇家印记，俨然成了凌驾于地方军政势力之上的特殊人物。因为生命线被阉割之后，身体已经变得畸形，必然影响到性格上的病态变异，因而敏感多疑，在文臣武将的视野中他们实在是一群不伦不类不男不女的东西。这些东西丧失了人伦生殖功能之后，随之亦失去正常人在情感张扬和性欲释放方面的情趣，也没有了家庭生活的天伦之乐，而极度自卑表现出的形式却是自尊式的极度傲慢。

尤其是大明留都乃六朝帝王之洲，江南佳丽之地，连吹出的风都带有茉莉花的芳香，绕城潺潺流淌的水面飘荡出脂香粉腻的色彩，秦淮河上来去的画舫，羊角灯光闪烁迷离。那些卵子发烧的文官骚客们个个人模狗样，白天像是道学先生那般口不离孔孟之道，言不脱存天理灭人欲，仿佛为人师表的道学先生；晚上则左拥右抱和那些歌姬舞女们打情骂俏，在吟诗作赋中博得粉头一笑。这些风情万种的世像，都使得没卵子分子看得眼睛发酸，但是他们都是被阉割了生命线的人物，心中只有怒火和无名的嫉妒，这股心中熊熊燃烧的火焰和看得到葡萄却吃不到葡萄的酸气汇聚到一起，只能酿造成报复社会的仇恨。

然而，他们拥有皇家奴才的身份，在地方就扮演着皇上代言人的角色，完全口含天宪，颐指气使，为所欲为，无人能够管束制约。变态扭曲的灵魂，一旦爆发出负面的能量，也是无人可以匹敌的，因为他们依附的乃是帝国最高的权力——皇权。

皇权在帝国版图上的驰骋，法力无边，势不可挡。而施展法力的人员莫非内臣和官僚，内臣外放就是天使，尽管他们失去了卵子在人欲享受方面受到影响，但是人的欲望是多方面的，他们也有追逐财富的欲望，帝国财富的攫取，是离不开权力的。他们是吸附于皇权的蚂蟥，只能借助于帝国宫廷法力无边的权力场，纵横驰骋在帝国庞大的财富圈中渔利。内心的龌龊，性格的变异，演绎着行为的疯狂。

朝廷官员几乎是无官不贪了，在南方诸省的政治、军事、经济领域，那些官员的收入本来微薄，只能巧立名目地扩张权力，拓展财富牟取的渠道，他们生活得也是有滋有味，又是盖府邸、筑园林、养戏班子。生活在这里的达官显贵，退休官员们哪一个都不是善茬。对于太监们来说无福消受美色，享受家庭多妻多子的天伦之乐，那也只剩下对于权力和财富的疯狂追求，来弥补残缺不全的生理功能失落，这就是堤内损失堤外补的道理了。

老天对人来说也算是公平的。老子不是说："天之道，其犹张弓也？高者抑下，下者举之，有余者损之，不足者补之。天之道，损有余而补不足。人之道，则不然，损不足以奉有余。孰能有余以奉天下，唯有道者。"太监缺少了人道，就只能遵循天道，在那些地方豪强权贵的利益圈中舀上一勺，以弥补自己为皇家贡献卵子的不足。这大约就是太监们的真实思想了。

太监遂成为宫廷外放的御用恶狗，表现出的状态就是穷凶极欲，作威作福，嚣张跋扈，无恶不作。这些东西就是附着于专制皇权肌体上，为害地方百姓饕餮天下财富以自肥的一群吸血鬼，本质上是皇权专制的衍生产品。诚如唐代韩愈《顺宗实录二》所记载的宫市：

贞元末，以宦者为使，抑买人物，稍不如本估。末年不复行文书，置白望数百人於两市并要闹坊，阅人所卖物，但称"宫市"，即敛手付与，真伪不复可辨，无敢问所从来，其论价之高下者。率用百钱物买人直数千钱物，仍索进奉门户并脚价钱。将物诣市，至有空手而归者。名为"宫市"而实夺之。

白居易《卖炭翁》诗，即为讽刺此事而作：

翩翩两骑来是谁？黄衣使者白衫儿。手把文书口称敕，回车叱牛牵向北。一车炭，千余斤，宫使驱将惜不得。半匹红绡一丈绫，系向牛头充炭值。

这就是太监把握专为皇家所设"宫市"的邪恶。凡当国家的法治程序失效,潜规则大张其道的时候,人治明目张胆恣意横行之时,也就到了礼崩乐坏的社会大变革时期。那么法国贵族托克维尔在《旧制度和大革命》中所预言的法国大革命似的动乱就可能发生,李自成、张献忠似的农民造反派就会横空出世。明末就是如此,至少没卵子集团肆无忌惮地张扬,也是整个国家朝纲紊乱的重要特征。因为他们代表是皇权的张扬。当君主视民众为草芥之时,民众视君主只能是狗屎了。

由皇朝直接派出的太监不仅借助"宫市"巧取豪夺,而且还直接垄断采矿等国家重要资源的开采,依仗权势盘剥掠夺百姓的财物,老百姓唯恐避之不及。也就是说,商品交易所遵循的市场经济的游戏规则的运作全面失效,而由皇权所完全主导。在明末几乎所有重要领域均由皇帝直接派出太监来办理相关事务,给没卵子集团的从中渔利造成极大的方便。

专制王朝的悲剧实际上是由封建集权制度造成的,权力一旦成为某些人的专利,就会变成他们鱼肉人民的刀子,流血的只能是社会底层的普通百姓。没卵子集团是皇权利刃上的刀把子,至于刀刃毫无疑问就是整个腐朽的官僚集团,镶嵌着宝石雕琢着美丽花纹的刀鞘则是标榜着"仁者爱人"的儒家集团。而操纵整个利器的则是皇权本身,尽管这柄百年宝刀已经锈蚀卷刃,很难削铁如泥了,但是珠光宝气的外表依然璀璨华丽。披着华丽外衣的没卵子集团依然趾高气昂嚣张跋扈。

永乐年间宦官插手经济领域的影响力开始扩张,是洪武朝不能望其项背的。洪武年,在苏州天心桥东建织造局,宫廷内外的衣饰袍褂朝廷官服均有织造局专营,有地方官员督造。而到永乐时,督造者便由宦官充任。萧月、阮礼都担任过苏州、杭州的织造,从此"祖制始变。嗣后岁以为常,末造祸更烈",本来那种织造归地方官管理,"民不扰也"(孙珮编:《苏州织造局志》卷二)的局面,一去不复返。永乐时,宦官还至西北地区索买驼毛,"且令专业者给官料织造五十匹,自后岁以为常"(徐学聚:《国朝典汇》卷一九七《织造》),加重了百姓的负担。永乐元年(1403年),"命内臣齐喜提督广东市舶"(《国朝典汇》卷二〇〇《市舶》)。这样,宦官便掌握了市舶大权,也即江海航运的管辖大权。宦官手中的权力既已越来越大,横行不法便接踵而至。假传圣旨,屡有发生。如:永乐五年(1407

年），内使李进在山西以采天花为名，"诈传诏旨，伪作勘合（伪造公文）假公营私，大为军民害"，致使朱棣派御史往山西鞠问李进（谭希思：《明大政纂要》卷一四）。永乐二十二年（1424年）十月，内官马骐伪传旨谕翰林院出敕，再次往交趾闸办金银珠香。朱棣得知后，怒曰："朕安得有此言，卿等不闻渠前在交趾荼毒生民乎？交趾自此人归，人方如解倒悬，今又可遣耶？"（《明大政纂要》卷一七）有个大宦官到苏州织染局上任，下车伊始，便借故制造冤狱，致使无辜百姓在囚室活活饿死（祝允明：《志怪录·周七郎》）。

宣德年间，皇帝不断派出宦官到各地采办，如苏州一处就经常有五六个宦官坐镇，其中罗太监待的时间最长，"或织造，或采促织（蟋蟀），或买禽鸟花木，皆倚以剥民，祈求无艾"（杨循吉：《吴中故语》）。有的太监，备受恩宠。如司礼监太监金英、范弘均在宣德七年（1432年）被赐以免死诏。给范弘的诏书中，有谓："免尔死罪于将来，著朕至意于久远。"（《弇山堂别集》卷九〇《中官考》一）御用监太监王瑾，宣德四年（1429年）时，明宣宗朱瞻基曾挖空心思，用回文诗体，做了一首题曰《偶成》的诗送给他（钱谦益：《列朝诗集》乾集，上）。其后，又赐给他银记四块，上面刻的字是"忠肝义胆""金貂贵客""忠诚自励""心迹双清"（叶盛：《水东日记》）。

当然，比较而言，朱瞻基在明朝皇帝中，头脑还算是清醒的，宣德四年（1429年）十二月，他下令召还采办中官。这是因为山东泰安州税课局大使郝智上疏，揭发京师派出的宦官采天麻、野味，"民被虐害，兼妨农务"，朱瞻基遂下令"悉召还治之，自今更不许辄遣人"。宣德六年（1431年）十二月，朱瞻基还下令处死指使内使阮巨队等在广东"以采办为名，虐取军民财物"的内官袁琦，用的是凌迟这一极刑；次年正月，他还敕谕南京、应天等府，今后"凡出差内官内使，其寄附赃物在官员人等之家，许令出首归官，与免本罪。若隐匿不首，事发，与犯人罪同"（《皇明诏令》卷九《诛袁琦敕》）。

留都的兵部掌管着南方各省的驻军，而太监厂卫负责帝国皇陵的警卫，比如凤阳和盱眙的两处明代祖宗陵墓的警卫工作。这里还豢养了一批明代宗室的违法犯罪分子和一批流放劳动教养的太监，比如前面介绍过小太监刘若愚就曾经因为卷入阉党案在孝陵充当清道夫，写下了血泪交替的《酌中志》，此书的完成也为自己洗冤辩白，得以平反释放。再加上提督太监还管理着内廷警卫部队，肩负着催缴税赋和宫廷后勤采购等一系列任务的监管之责。这些太监除了公开职责和身份以外，还肩负着对地方行政、军事首长的监督责任，是皇帝在地方的耳目。这是特别使人可怕的事情，也就是他们作为鹰犬就是皇家的特务，地方军政长官的一举一动皆在无卵子集团的监控之下。因而外派太监的势力实际是通天的，往往凌驾于留都的六部都司之上，可以说是借助皇家势力，狐假虎威，贪敛财富，监控地方，专事告密，无恶不作。留都的司礼监提督太监实际就是皇帝派在留都情报机构的大特务头子，随时汇集当地军政情报，密报朝廷，必要时动用厂卫直接将人犯逮捕押解京城查处。

据《明通鉴·卷三四》和徐咸《西园杂记·卷下》记载：提督市舶司，控制海外贸易，贪污中饱：如宪宗成化初年，宁波市舶司宦官福住，极为"贪恣"；尔后在广东的宦官韦眘，在市舶司任内更是"聚珍宝甚富"。奏讨盐利，甚至贩卖私盐，使盐法大坏：如成化十九年（1483年），宦官梁芳"侵盗库金以数十万计，不足则给以盐……前后请两淮存积余盐不下数十万引……商引壅不行，边储日匮"。勒索贡品，民不聊生。如武宗正德初年，浙江镇守太监王堂、提督市舶司太监崔瑶等人，对富阳县的茶叶、鲥鱼二种贡品，百般勒索，"采取时民不胜其劳扰"。

在太监充当皇上采办后宫所需物品中也是趁机盘剥中饱私囊。成化七年（1471年），湖广镇守太监开始进鱼二千五百斤，成化十七年（1481年）以后，猛增至二三万斤。贡鱼要装载船、车、人夫、保鲜，因而宦官从中大搞花样。以南京进贡鲥鱼为例，每年是五月十五先进于孝陵，然后开船北运，七月初一在北京荐太庙。路途遥远，时间紧迫，押运宦官遂得以乘机勒索。起运时，每岁在南京鲥鱼厂取里长二十名，各索银二十两，正德时更倍取其数。又要茶果银一百二十两，水夫银二百两，发船时又取民夫四千三百多人。船日夜开行，求冰置换急如星火。其实各地均不用冰，只是以高价折合银两，即所谓"折干"，因而鱼未到北京，早已腐臭不可闻。到京后，虽然加入鸡、肉、笋、菹及各种作料来掩盖这些臭气，但仍然不堪下筷。显然，这样的进贡冰鲜，实际上不过是向沿途百姓大捞一票而已。

浙江富阳县所产茶叶与鲥鱼均为贡品，镇守太监王堂之流采取时，"民不胜其劳扰"，时任分巡佥事韩邦奇目击其患，曾写下《富阳民谣》一首，悲愤地揭露了王堂及其狐群狗党搜刮富阳人的罪行：

富阳江之鱼，富阳山之茶。鱼肥卖我子，茶香破我家。采茶妇，捕渔夫，官府拷掠无完肤。昊天胡不仁，此地亦何辜。

鱼胡不生别县，茶胡不生别都。富阳山，何日摧！富阳江，何日枯！山摧茶亦死，江枯鱼始无。山难摧，江难枯，我民不可苏！

韩邦奇还向武宗上了《苏民困以保安地方事》一疏，指出"征科四出，军民困瘁已极"，建议"今后敢有指称进贡各色，在各地方需索财物，骚扰为害，应参奏者奏请究治，应拿问者径自拿问"。但结果，被"参奏""究治"的不是宦官王堂之流，而是韩邦奇。王堂"奏公作歌怨谤，阻绝进贡"，韩邦奇遂被逮至京，下锦衣狱，撤去官职。（见王学谟：《续朝邑县志》卷六）

在几个有特殊政治意义的地区，还专门设置了守备太监。凤阳是朱元璋的老家，而且犯罪的宗室子孙都押来关在高墙之内，因此明王朝对凤阳异常重视，特设守备。天寿山是除朱元璋外明朝历代皇帝的陵寝所在，故有天寿山守备。燕王朱棣起兵，从建文帝手中夺权，定都北京后，南京成为留都，不但是朱元璋的埋骨之所——明孝陵所在地，更重要的，这里是南方的政治、军事中心，也是全国经济命脉所在的江南地区的中心，因此明王朝不但在南京设置守备太监，而且赋予大权。作为"三千里外亲臣"的守备太监，地位比守备南京的武臣要高得多，在公堂就坐时，守备太监坐首席，侯、伯只能上坐，都督则只能侧坐。（见王世贞：《凤洲杂编》卷一）

万历年间，神宗皇帝完全超越政府权力，直接派遣太监充当矿监税使到各地去为自己和家族以增加税收聚敛个人财富，激起市民反对。皇帝及其家族借助宦官势力的横征暴敛，再加上为了和官僚集团取得统治天下的平衡性对于官员集体腐败的放纵，构成了王朝政治从上到下的结构性腐败。关系国计民生重要资源的垄断是专制政权的重要特色，通过对于资源控制掌控天下财富而专奉一人一个家族，实现家天下的目的，盘踞于九层之塔的各个层级又成为天下财富分流的渠道，因而必须由皇帝的家臣进行层层控制，层层控制的另一层含义就是层层盘剥，实际造成"天下苦秦久也"的贪腐格局。

一方面帝王骄奢淫逸的生活导致了无卵子集团无限扩张，明末宦官集团的人数已经扩充到了十多万人，几乎在政治、经济、军事各个领域如蛆钻营无孔不入；另一方面有卵子集团包括帝国从上到下的官僚士子纵情声色、毫无节制地发泄，导致生活的糜烂腐败已经无以复加。江山的危亡定然在贪婪的攫取和西门庆之流的奢靡淫乱中被注定。

格局既成，要想改变这种利益固化特权横行的结构性贪腐十分困难。修修补补显然无济于事，拆除重造就是车毁人亡，因为人治格局借助官僚体系的利益链几乎是环环相扣，中间一个环节掉链条就意味着一损俱损整个统治机器的瓦解和崩溃。

封建专制王朝其实是完全缺乏主动纠错机制的，就是迫于无奈的"罪己诏"也是内外压力无法缓解下某种形式表演，太监其实是专制体制直达宫廷的联系人，皇权政治从上到下执鞭驾驭战车的御手，战车已经完全腐朽破败，那么只能沿着历代王朝覆亡的末路狂奔，直至车毁人亡。这就是历史的宿命，非人力修修补补可以完成。等待的就是毁车拆屋那些陈胜、吴广农民起义军的扑面而来。

明末越来越庞大的宦官二十四衙门几乎控制帝国政治、军事、经济乃至社会各个层面的所有重要资源，直接就是"普天之下莫非王土、率土之滨莫非王臣"的代言人。群臣唯俯伏听命，有时是无力反抗的，因为太监身后站立的是天命所系至高无上的王权。以儒臣为代表的文官集团失去对于皇权的制约，预示东汉末年"苍天已死，黄天当立"的改朝换代就要到来。作为政权合法性的道统已亡，政权形式上的法统还能维系多久呢？

第二章　从汉儒到明儒的嬗变

一、王朝末期的纲常失序

明代文官来源均为以熟读四书五经等圣贤之言，加上祖宗之言、今上之言，并以八股成文经层层严格的考核和筛选而进入仕途的文化人，用今天的话来说就是知识分子。只是他们是被抽去了独立人格和自由精神后成为帝国的奴才，也即机器和螺丝钉，只有镶嵌在帝国机器上才能运转。

进入仕途就是进入了王朝政治的统治阶层。汉代早期的文宣汉武之治在经济上是王朝的鼎盛时期，社会思想文化相对发达，而到西、东两汉的末期统治阶层受到外戚和宦官的双重干预，政治影响力走向没落，证明机器已经衰朽，需要改良，否则就可能被拆毁。

在国家承平之际，皇权专制，国家之文官，大臣和国家休戚与共，辅政大臣与王室无血缘关系但是相处和睦，那是因为有共同认可的价值观。但主少国疑之世时，则有可能出现母后垂帘听政，而导致外戚和宦官的干政，这样有正义感的儒臣就会根据儒家道义为了帝国的长治久安不避生死，挺身而上批评朝政，即使杀身成仁也在所不惜，这类文官的行为被称为殉道。也就是孟子所言的大丈夫精神：

居天下之广居，立天下之正位，行天下之大道，得志与民由之，不得志独行其道。富贵不能淫，贫贱不能移，威武不能屈。[①] 孟子对于

---

① 孟子《滕文公下》。

大丈夫的浩然之气有如下论述：

其为气也，至大至刚，以直养而无害，则塞于天地之间。其为气也，配义与道，无是馁也。是集义之所生者，非义袭而取之也。行有不慊于心，则馁也。

洪大而有刚性的浩然之气，顺天道运行：一方面必须时时处处在理性指引下，长期坚持点滴积累，不然就会气馁；另一方面它又不能靠偶然的外力助长，不然同样气馁。两方面的综合就是"直养"，意味浩然之气的培养是内在的，其过程是自然的。正如孟子形容源头活水："源泉混混，不舍昼夜，盈科而后进，放乎四海。"《离娄下》孟子所谓的养浩然之气所要达到的人生境界就是"上下与天地同游"表现了最初的"天人合一"的人生修养和理想的至高境界，有可能出现的就是具有独立思考独立人格的不召之臣和具有特立独行人格的狂狷之士。孔夫子说"不得中行，也必狂狷""士不可以不弘毅，任重而道远。仁以为己任，不亦重乎？死而后已，不亦远乎？"[①] 充分肯定了知识分子坚韧不拔勇猛精进高尚品格和舍身取义死而后已的道德情操。这些论述，对于士人独立人格和个性化风格形成具有极大的启示意义。

孟子的理想人格有仁义理智信这些善端为基因，顺乎天道人心培养出了历朝历代的豪杰之士、大丈夫人格和具有特立独行精神的"不召之臣"为后世的仁人志士高尚品格的塑造提供了原动力和巨大的感召力。他还以狂狷的道德人格培养出人本心理学，这些都为明代王阳明心学理论的创立和良知论确立拓展了无限想象的空间。为历代仁人志士儒家学者"士志于道"精神建立了标杆性旗帜。

汉代司马迁的《史记》是这样说明天人关系的，他在《报任安书》中说他写书的目的就是"亦欲以究天人之际，通古今之变，成一家之言"，这是他做学问写文章的目的。

到了董仲舒那里便开始向政治上引申。作为汉武帝的五经博士，他必须为帝王学说提供理论上的依据，以不负御用学者的声名。他将天人感应

---

① 孔子《论语·泰伯》。

学说在朝廷君臣大义方面的阐述发挥到极致,乃至成就了王道理论的巅峰,有效遮掩了封建专制骨子里的霸道本色,使得儒学成为显学罢黜了百家,在政治上走向圣坛。他认为,凡是帝王得位者,都是受命于天的,有符瑞可见;到衰败之际,则有天遣。董仲舒是治《春秋》而为五经博士的。他认为《春秋》中有许多天人感应的记录可为天下鉴:

唯天子受命于天,天下受命于天子,一国则受命于君。君命顺,则民有顺命;君命逆则民有逆命。故曰一人有庆,万民赖之,此之谓也。[1]

这就是说,"帝王是天之子"承天奉运而天然具有道统,说明了政权的合理性,这个理论当然大获帝王欢心,而得到提倡。汉武帝是首先得到这一理论好处的帝王。但是董仲舒并没有给帝王创造无限发挥为所欲为的空间,而是对这种奉天承运划定了范围,提出了制约,这样就给文官集团对于君主权力监督制约预留了空间,形成官僚和君主相互钳制的大一统专制体制。

董仲舒所说的天,是至高至善至真至美的象征,是秩序、道义的代表,是满含喜怒哀乐之性情的人性表达,是赏罚分明的宇宙天象综合体,世道好坏在天象的祥瑞和灾变呈现上都会显示。如果天子失职,天象就会示警,以各种灾异进行警告。多次谴告而不改,老天就要更换天子,这样给改朝换代提供了理论依据,而迫使帝王替天行道。否则,天子天生具有的道统就可能因为自己的骄奢淫逸而丧失。因此,天子的道统必须靠自己的修身养性、勤勉怵惕、清正廉洁、公道正派才能保持长久。这是对至高无上的君权的某种制约平衡,也就是君臣之间默契相守的春秋大义。

那么谁能解释天意呢,就是高明卓绝的士,士是天意的合法解释者和君王作为的天生制约者。至此,士在等级森严的宫廷中找到了合法的定位,也即拥有天道的理论阐发权和实际监督权。

董仲舒聪明地用"天人感应"的理论,打磨了一柄锋利的双刃剑,高悬于空中,形成对于君权的制约,成就了文官集团在维护朝纲运行的正统

---

[1] 董仲舒《春秋繁露·为人者天》。

地位。来源于正统的案例都是儒家学说的四书五经，中国士大夫阶层的很多言行和行动指南都来源于此。才有了"孔子著春秋，乱臣贼子惧"。董仲舒在《春秋繁露》指出"屈民而伸君，屈君而伸天，《春秋》之大义也""且天之生民，非为王也，而天立王为民也。故其德足以安民者，天予之；其恶足以贼害民者，天夺之。"这就很有了点西方启蒙运动中自然法理论加上基督教理论中的先知天主们的道德说教对于王权的制约和人心规范的意思。

然而，这种天命文化的基础却是建筑在春秋战国时期的纲常礼教之上，基本上是"唯上智与下愚不移"的尊卑等级文化。一部《论语》讲的就是尊卑有序，成就天道。《论语·季氏》云："天下有道，则礼乐征伐自天子出；天下无道，则礼乐征伐自诸侯出。"孟子在《滕文公》云："父子有亲，君臣有义，夫妇有别，长幼有序，朋友有亲。"又云"劳心者治人，劳力者治于人。治于人者食人，治人者食于人。天下通义。"

正是这些严格分明的等级制才形成以"礼"为基础的统治秩序。因为儒家哲学以天道精神为君臣定位，以等级观念为王朝支柱，制作了一道屏幕多重等级，分隔开上智与下愚，使其各就其位，不得逾越。因而受到历朝历代统治阶层的追捧，而成为维护统治秩序的武器，对百姓进行管理统治，社会就是在严格的等级中运行。

到了宋代，儒学变成了理学，教义又增加了新内容，在尊卑有序不变的前提下，程颢提出"夫天之生物也，有长有短，有大有小，君子得其大也，安可使小者也其大也。"（《遗书·语录》）程颐甚至提出寡妇"饿死事极小，失节事极大"。朱熹认为"理只有这一个，道理则同，其分不同，君臣有君臣之理，父子有父子之理"。（《朱子语类》）宋明理学设计的理学基础就是"从天理，灭人欲"。

尊卑观念不仅存在于理学经典中，而且还通过制度设计，渗透到社会各个层面，影响到民众心理，生活方式和语言习惯中，成为固定的模式。在政治上，皇权至高无上，圣旨就是天条，君要臣死，臣不得不死。皇权统治下的人，统统由皇权主宰，皇权体系通过各级官员渗透到社会各个层面，成了皇天后土下的奴隶和臣仆。

官场中，官阶大小决定尊卑，各级官员论资排辈，逆来顺受，俯首帖耳，醉心利禄，重名分，不得僭越，凡是有个性的官员，很难在官场厮混下去。奴性是官员必须具备的品格。在学术上，尊古卑今，述而不作。言必称圣贤，行必尊祖法，墨守成规，株守师说。心理上，自求平安，安贫乐道，明哲保身，"谦谦君子，卑以自牧"。在生活方式上，衣食住行都有尊卑，服饰颜色式样均遵等级。家庭里祖宗最尊，族长为大，父亲的话不可违忤。婚姻嫁娶上"父母之命，媒妁之言"等等。

　　自汉以降，大一统王朝从上到下的治理模式基本上都是按照这一原理滚动式发展。在滚动发展中自然碾压了许许多多为殉天道而牺牲的有识之士。这种血腥的碾压和殉道是从汉代开始的，因此历代的儒生都以牺牲在与宦官、奸佞作斗争为天职，以"党锢之祸"中罹难的东汉儒生李膺、陈蕃、范滂为榜样。当然这些牺牲，其实和君主失德，宦官当政，奸佞横行的现象是密不可分的。也是双方围绕道义纲常进行斗争，可谓不屈不挠，前仆后继。宋朝优待文人，对于不同意见，至多采取冷落闲置，很少采取杀戮等血腥手段加以迫害。冯梦龙所处的明末从太祖爷开始一直延续，越是帝国没落手段越是残酷，导致了一些东林党人将汉儒精神发挥到了极致，演出一幕一幕动人心魄的血腥悲剧。

　　也就是说只有到了统治秩序行将崩溃时，政治、经济、文化、社会体制千疮百孔完全成了社会发展的障碍时，统治集团内部矛盾空前激化，社会转型即将发生，新思想的曙光突破旧思维乍露一线熹微，新时代将在旧体制的瓦解中，像是一轮旭日冉冉升起，这种士人中清流集团才可能与奸佞集团斗争空前激烈空前血腥。

　　这就是"礼崩乐坏"末世降临的先兆，统治阶级的纲常礼教在新的生产力和生产方式变革的基础上形成新的经济基础，生产关系的变革才导致上层建筑的政治体制分化瓦解，捉襟见肘，这种时候往往是新思想突破樊笼破土而出的时候。旧体制旧思想难以整合人心，新的思想以"异端"形式适应人心和时代的需求艰难成长，春秋战国时期如此，两汉末期、晚明时期也是如此，冯梦龙就是出生在这一时期。因而，他是从新旧两种势力中挣扎而出的人物，传统礼教和新崛起的市民意识铸就了他的复杂人生。

　　此时，专制政权危机空前，财富聚敛加剧，人心思变，民变蜂起，朝廷内外的矛盾加剧，于是王朝表面法制如三法司会审的制度名存实亡。更多时是由皇帝是私家专制机器放弃一切表面的程序而由锦衣卫、东厂、西厂直接参与对于不同政治派别人员的镇压,这就是所谓的"诏狱"的滥用。目标针对的就是文官集团中敢于对于朝政的批评者。这些专政机器的掌控人就是宦官集团的东西厂提督。这是由司礼太监直接控制的一支特别凶残的专政别动队。

如果说王朝的升平时期,对于儒生大臣的谏言批评多有采纳,言路较为宽容,即使帝王有所不满,最多也是贬官外放,很少采取对大臣的杀戮。如汉武帝对于董仲舒、汲黯的处置,即使对司马迁实施了宫刑,不久依然重新启用。只有到了王朝行将覆灭之际,才导致了奸佞的横行,忠良惨遭杀害。如两汉末期及明末的屡兴大狱,株连之广泛,手段之残酷前所未有。在那些内廷家奴王振、刘瑾、魏忠贤遗臭万年的同时也成就了于谦、杨涟、左光斗、熊廷弼、袁崇焕等文武大臣的千古流芳。因为明代的统兵大帅一级的总督、经略基本都是由进士出身文官来担任,这些人文韬武略均为人中豪杰,文官集团对于朝廷的贡献是有目共睹的,可惜生于末世"黄钟毁弃,瓦釜雷鸣;谗人高张,贤士无名",民怨沸腾,国家也就到了危亡之际。

二、汉儒精神的发轫和传承

儒家学说是入世的,而且是高度介入高层政治的以传统纲常礼教维护为己任,也就是介入帝王政治而开创太平盛世的理想化学说,因而伴君如伴虎,对个人来讲有时非常危险;道家学说是避世的,倡导顺天道而从自然,更注重人性在山水自然中的旷达和抒发。因为专制体制是容不得人性自由舒展的,只有到了明末王阳明的心学理论的创立,才将两者综合发挥更加注重个性的修养和阐发,而导致个性在良知的规范下得以自由驰骋,促使李贽"童心说"和"公安三袁"性灵学的发微,并形成最初市民文化的理论萌芽。

"党锢之祸"由东汉始兴,原因在于汉儒董仲舒罢黜百家,独尊儒术。以儒家"修身、治国、平天下"为知识分子从政之目标,以尊卑有序的纲常礼教为立国之本,逐步演化成八股取士的文官科举制度为管道,成为帝国各级官员不断输送的来源,进而形成王朝政治的统治基础。高居庙堂之

39

上文官可以操纵国家政治，其潜在的基础是大批从府、县、州到巡抚、总督一级的地方官员与这些官员吏员幕府成员及其从县学到国子监的人才储备库，全部都是谙熟儒家礼仪学说的知识分子阶层组成从上到下的金字塔式权力结构及八股取仕的人才培养机制。这种机制的解体，朝纲必然坠落，朝政也就混同于泥沼，九层高塔离訇然倒塌也就为时不远了。

当统治阶层本身用高官厚禄、金钱、美女作为引诱来作为升官之阶梯，金钱美色自然成为破坏纲常礼教的腐蚀剂，大部分的官员因为名利诱惑而倾向依附权势，阿谀奉承、成为柔媚恭顺的臣子，期待在官场的飞黄腾达。这样一来，君主的专制权力缺少平衡和制约导致君权滥用，宫廷腐败加上佞臣的依附，形成贪污腐败上下同流，王朝等级从根子上腐烂而导致全面的崩溃。

那些"以天下为己任"，以天道为依据的所谓亢直之忠臣以"正其义而不谋其利，明其道而不谋其功"，就会挺身而出犯言直谏。这句被历代儒家官员奉为圭臬的名言出自于汉代大儒董仲舒劝谏江都王刘非的话。

仲舒先生（前179—104年），河北枣强广川人。自幼潜心钻研"春秋公羊学"，两耳不闻窗外事，一心只读圣贤书，传说在他在书斋重置的帷幕里潜心读书，竟能够做到三年不迈出一步，就是庭院外美丽的园圃也没去过，讲学授课，就藏在帘幕后面，只闻声音，不见其人，可见学问钻研到了心无旁骛的境界。①

在汉景帝时他担任了朝廷的五经博士，这也就是帝国的最高学位了。公元前140年37岁的博士，在应招的一百多学人中脱颖而出，被召至皇宫，与汉武皇帝面对面应对，具体回答皇帝提出的问题，这就是历史上最著名的策论应对"天人三策"，具体阐述他"天人感应"、以仁政治国、崇尚教化、政治思想大一统、"天不变道也不变"的治国理念，坦然面对专横跋扈的汉武帝，引经据典，联系实际，侃侃而谈，妙语连珠，比喻叠加，实在是一篇辞藻华丽逻辑性强的政论散文，很有语言的穿透力和感召力，展示了一代大儒面对君王不卑不亢的超然风采。这是某种理论自信，人格自信的底气，不需要阿谀奉承和故作谦恭，显然大儒就是帝王师，做人是

---

① 司马迁著：《史记·卷一百二十一·儒林列传·董仲舒》，线装书局，第308页。

有底线和独立人格的。

然而，汉武帝虽然对其理论表示信服，但是他这种旁若无人不卑不亢的风格，实在有些扬才露己，缺少了一些对于君主的臣服和敬畏的恭敬感，却增加了太多对于三皇五帝、至圣先师孔丘、孟轲的敬畏，简直就把尧舜禹三皇和儒家学说奉为天道。他自己就是天道的传播者解释者。专制帝王其实是很自以为是的，尤其是自命具有雄才大略开疆拓土的帝王，表面上的问道也只是摆出一副尊敬贤人的姿态，千万不可当真。在这种时候尤其要保持谦恭谨慎甚至于带点撒娇式的柔媚以作妾身之态，才可博得欢心，谋取进身之阶。千万不可夸夸其谈，自以为比帝王高明，甚至还想以星象卜筮之术去推算帝国命运，这难道是作为臣子的职责吗？

董仲舒扮演的不仅是儒家学说诠释者，也是理论联系实际的身体力行者，更是帝王行为的监督者，在更多地夸奖三皇时，其实暗中嘲讽的是今上，这些都是不见容帝王的风度和作派。武帝对他也只能是敬而远之了，在那些朝中老奸巨猾政客来看，这就是迂阔而缺乏自知之明的表现，也就必然会遭到"木秀于林，风必摧之；堆出于岸，流必湍之；行高于人，众必非之"的命运。

尽管董仲舒品学兼优可以说是德艺双馨，当他的人格魅力超越了群臣之上尤其超越了帝王之上后，他的官场命运只能是远离中枢，被打发到了江都王刘非处担任了丞相。不知武帝是重用他，还是埋汰他。总之，这个职位非常危险，主要用于掌管地方政务，兼有教导和监督藩王职责，防止藩王谋反和在藩国胡作非为，当年贾谊也是被外放长沙王处为相，忧郁而死的。虽然武帝采纳了他的理论，却对这位儒家学者政治上始终不够信任。况且这位江都王刘非并非良善之辈。刘非是武帝的哥哥，性情残暴而荒淫，常常以杀人取乐，甚至匪夷所思地令宫女和羊与狗交配。

董仲舒上任后就用儒家仁义道德感化这位王爷，竟然让刘非非常佩服，对他很是尊重，对他的建议经常予以采纳，在他任职的十年中两人相安无事，王国治理也井井有条。

公元前135年，汉高祖陵墓失火，董仲舒用他的"天人感应"学说进行私下里的推断，写成《灾异之记》草稿，认为这是朝廷任用酷吏张汤残杀骨肉和大臣所致。尚未上书皇帝，这时候小人出现了，这就是深受武帝宠幸的中大夫主父偃，也许是路过江都等待董老先生的召见，因为嫉妒董仲舒，趁主人不在偷走了草稿，上奏朝廷。汉武帝将它交与朝中诸儒审阅。因其中有讽刺时政的文字，汉武帝一怒之下，把董仲舒打下了大狱，虽然后来刘彻看重他是著名的经学大师，又下诏赦免其罪，复为中大夫。

这时候另一位大政客官场小人公孙弘粉墨登场了。这位老政客，年轻时当过狱吏，因犯罪被罢免，开始养猪，四十岁才开始研究春秋，65岁因钻营外戚大将军卫青的路子被推荐到武帝面前诏对，应征对策，以"仁、义、礼、术"为治国之本，得到武帝赏识，被取为第一，拜为博士，一年内提为左御史，两年后升任丞相。他是主张儒表法里王霸杂用的，这套理论很符合刘彻骨子里的想法，也就是表面上的仁义道德，骨子里的是严刑峻法，重用酷吏张汤，远离贤臣董仲舒。这些都是公孙弘揣摩上意、巴结武帝的结果，两人真实心思不谋而合，于是得到重用。这就是宠臣练就的途径。

这位老政客也就是冯梦龙在《老门生三世报恩》中那首牢骚诗中竭力推崇的老官僚公孙弘。当然老东西和董仲舒都是研究公羊春秋的，但是水平比小董要差许多，由于心怀嫉妒，建议武帝让他去就任胶西相。这位胶西王刘端也是武帝哥哥，纵横不法，害死了不少国相。这公孙弘也是歹毒，企图借刀杀人，此议正合武帝心意。董仲舒被打发去胶西国，刘端见是大儒到国，以礼相待，对他十分尊重，对他的建议也常常采纳，两人竟然相安无事了四年。这就是董仲舒以礼仪治国在两个诸侯国的实践，都取得不俗的绩效，但笔者认为还主要是董仲舒忠贞坦荡正直无私的人格魅力使得两位看上去昏庸无道王爷感到叹服。

最终董仲舒深知刘端阴险无常，他已无意官场，托病辞官回乡，不问田产，专心著述。朝廷每遇重大理论问题，还是会派使者和廷尉张汤登门领教，因为当时廷尉断狱也是以《春秋》为标准的。董仲舒在家潜心著述，一直终老到死，共留有著作123篇，遗失了一些，后人将82篇文稿编成《春秋繁露》。此书将儒学和阴阳五行学说结合宣扬"天人感应"，将人的品性分为上中下三等。董仲舒是西汉正统儒学的代表人物，人称汉儒就是以董仲舒为人格代表的君子性人物。和他同时期的学者公孙弘这个家伙也有研究"春秋"文章十篇，却一篇未有传世，学术高低立见高下。班固写汉书为董仲舒立传,其中大量篇幅是其词彩华瞻的《天人三策》[①]。

公孙弘其人品朝中非议颇多,他是个善于揣摩君主意志,儒表法里的伪君子,这和汉武帝刘彻的王霸杂用的权术正好相合。可见一味顺从君王的好处,比之董仲舒迂腐亢直要圆滑许多。有时公卿们商量好向武帝提出建议,当面他却一言不发,为人狡猾世故。汲黯曾经指责公孙弘位高俸厚,却盖着粗布被子,粗茶淡饭不食肉,这是虚伪不忠。而武帝对公孙弘极为信任,生前即封他为平津候,文人封侯是从他开始的。时人评价他为,外宽内忌,常常暗中报复人,董仲舒、主父偃都曾遭其暗算加害。当然,主父偃是咎由自取,借助武帝宠幸,大量索贿受贿,最后被族灭。[②]

汲黯是一位秉性耿直的大臣,景帝时期曾担任太子洗马,武帝即位后担任中书谒者也算是武帝身边参与机要的近臣。河内失火烧了1000多家,武帝派他视察灾情,他却不经请示,假传圣旨开仓赈灾。回来后坦承地对武帝说:"火灾不足忧。河内郡连年水旱甚至出现人吃人,我未经请示已经开仓赈灾,陛下就治我罪吧!"武帝并没有追究他的罪责,却将他外放为东海太守,因有政绩,被召回为主爵都尉,列于九卿。

汲黯为人耿直,多次犯言直谏,有次武帝在朝堂上大谈自己的施政纲领和宏伟目标。汲黯兜头一盆凉水泼上去:"陛下外施仁义,内心却欲望太多,怎能效法唐尧虞舜呢?"武帝大怒,拂袖退朝。公卿们为他担心,他却坦然地说:"朝廷设置大臣,难道都要阿谀奉承,陷天子于不义吗?况且,我已在位,怎能爱惜自身,而辜负朝廷重托。"他看见了丞相公孙弘和太尉张汤都不愿意理睬,曾经当着武帝面抨击公孙弘之流内怀奸诈而外逞智巧,以此阿谀主上取得欢心;他公开指责张汤,刀笔吏专门苛究深抠法律条文,巧言加以诋毁,构陷他人有罪,使事实真相不得昭示,并把胜狱作为邀功的资本,高官厚禄,不能教化百姓,安国富民,反使监狱中关满了人,后果不堪设想。天下人说刀笔吏不能担任公卿,果然如此,你制法论事务求苛细,叫天下人手足无措侧目而视,这个人就是你张汤。而汉武帝越发地倚重公孙弘和张汤,公孙弘、张汤则深恨汲黯,就连汉武帝也不喜欢他。

---

① 见班固著:《汉书·卷五十六·董仲舒传》,线装书局,第572页。
② 见司马迁著:《史记·卷一百一十二·平津侯传》,线装书局,第287页。

汉武帝的小舅子大将军卫青,群臣都尊奉下拜,唯独汲黯不拜,有人劝汲黯,他却说:"大将军和我平等行礼,不是更提高了他的声誉吗?"卫青听了反而更加尊重汲黯了。武帝虽受到汲黯顶撞,不太高兴,但是每次汲黯求见,总是穿戴整齐,以礼相待。

是凡君王开始对一个人敬鬼神而远之时,他的官运也就到此为止了。据司马迁《史记·乐篇》记载:汉武帝曾经在渥洼水中得到一匹神马。尤为喜欢马的武帝一时高兴,便即兴以神马作了一首祭祀太一神的《天马歌》。后来汉武帝派李广利伐大宛获得了一种叫"蒲梢"的千里马,武帝又作了一首《西极天马歌》。由于太一是当时至尊的神明,因而太一祭祀是非常庄重的事情。时任中尉的汲黯因此谏言:"但凡王者创作乐歌,上以承继先祖,下以教化万民。现在陛下得到马就写诗作歌,并在宗庙中演奏,先帝及百姓难道能明白这种音乐吗?"武帝听后沉默不悦。于是丞相公孙弘说:"汲黯诽谤陛下创作的诗歌,罪当诛杀。"汲黯没有被杀,却被免官回乡闲居,数年后淮阳国多事,召为淮阳太守,武帝对他说:"淮阳官民矛盾很深,我只好借助您。您安睡在那里治理吧。"这是指汲黯早年治理东海时,以黄老之术,无为而治,只理大政,不问小事,从不扰民,境内气象清平。汲黯崇仰道家学说,治理官府和处理民事,喜好清静少事,把事情都交托自己挑选出的得力的郡丞和书史去办。他治理郡务,不过是督查下属按大原则行事罢了,并不苛求小节。他体弱多病,经常躺在卧室内休息不出门。一年多的时间,淮阳郡便清明太平,他为淮阳太守十年,死于任所。这就是历史上著名的"卧理淮阳"的故事。[①]

明代学者归有光评价汲黯:

人主为之改容,奸萌为之弭息,四夷闻之而不敢窥伺,此正直之臣也。其在于古,若排闼、折槛、引裾、坏麻之类,皆可以言正直也。其大者,如汲黯、萧望之、李固、宋璟、张九龄、陆贽、李沆、范仲淹、李纲之徒是也。

[①] 班固著:《汉书·卷五十·列传二十·汲黯传》,线装书局,第550页。

三、外戚宦官专权中的儒生

东汉顺帝阳嘉二年（133年），洛阳发生地震，平城门外宣德亭倒塌，地上开裂一八十五丈的口子，造成人员伤亡。天象示警，震动朝廷，顺帝召贤人进行策对。此时南郑儒生李固的文章进入皇帝的视线，此人建议顺帝任用贤人，整肃朝纲，罢退宦官，限制外戚过大的权力，免去皇后哥哥梁冀步兵校尉的重任。这些建议切中时弊，因为东汉中期，宦官、外戚轮流专权，朝政日益腐败，顺帝是靠着宦官搞政变，消灭了太后阎氏势力登上帝位的。

顺帝召集宦官，当面告戒，禁止干政。至于梁冀那是梁皇后哥哥不便采取措施。李固被拜为议郎。不久遭遇宦官们诬告谋反下狱，被大将军梁商救出，贬到雒县担任县令。后入大将军府担任属官，深受梁商器重。梁商故去，梁冀继任大将军，此人生得鸢肩豺耳，鹰眼口吃，其貌不扬，把持朝政后，纠集一帮狐群狗党，为非作歹，肆无忌惮。梁冀忌惮李固，借口荆州农民暴动，派李固出任荆州刺史。荆州民乱实因官逼民反，李固惩治贪官污吏，安抚造反农民军，荆州乱平。南阳太守高赐贪贿不法，因重金贿赂梁冀，受到梁的庇护。李固不理睬梁的说情，坚持查办高赐，被梁冀调到泰山郡平盗，阴谋借助盗贼之手除掉李固。

李固到达泰山郡任所，一面惩治贪官污吏，一面安抚百姓。不到一年就把泰山郡治理得井井有条。第二年即被召回京城升任大司农。当他看到京城内外不少官员都是攀附外戚和宦官两大势力上台，平日里作威作福，鱼肉百姓。他不断上书汉顺帝，撤免了一百多名官员。公元144年，刚满三十岁的顺帝突然得病，不治身亡。年仅两岁的太子刘炳即位是为冲帝，梁皇后以太后名义垂帘听政，李固为太尉，而实际权力却落在外戚梁冀手中。此刻，那些在反腐运动中被撤职的官员组成统一战线，开始了反击，他们罗织罪名，写奏章诬蔑李固"因公济私""离间近戚"，请梁冀为他们作主，企图抓捕李固。梁太后深知李固为人，拒绝了梁冀的请求。不到半年两岁的娃娃皇帝刘炳死去。太后请公卿商量立谁为帝？朝议提出两人：一为清河王刘蒜，一为渤海王刘缵。刘蒜年长有德，刘缵才八岁。太尉李固劝梁冀顾全大局，以社稷为重，立年长者为妥。梁冀却瞪着怪眼看着李固，一言不发。当日朝会散后，梁冀进宫去见太后，兄妹俩为了保持两家的势力，认为年幼无知的小皇帝容易驾驭，决定立刘缵为帝，是为汉质帝。

质帝刘缵虽然年少，但很聪明，对梁冀独揽朝政专横跋扈十分看不惯，竟当着朝臣的面，指责他为"跋扈将军"。于是老梁怀恨在心，欲以除去质帝而后快。朝会散后，李固劝小皇帝，说话小心，以免惹出祸乱。小皇帝却愤愤不平地说："大将军专横跋扈，全不把朕放在眼中，总有一天朕要除掉他。"不久质帝被梁冀毒杀。帝位空缺，再议立主，此刻众大臣在太尉（大司马）李固、大司农杜乔、大司空赵诫以所谓"三公通论"旧典领衔上书，建议公卿聚会，公议策立。

公卿众议的意向非常明白，清河王刘蒜与皇族血缘最近，而且正当盛年，又有德行，是最适合人选。但是颖吾侯刘志已经进京，正准备和梁冀的妹妹成婚。众卿朝议只是幌子，梁冀私心志在刘志继位，继续保持梁家的既得利益不受到损害。众卿心中明白，均不敢出头提议立清河王。还是李固、杜乔首议众卿附议，众口一词算是正式决定立清河王刘蒜为帝。梁冀依然一言不发，只是瞪着怪眼注视着众卿。这时曹操的祖父太监头目曹腾（操父曹嵩是曹腾养子）求见梁冀。

太监头目坐定，劈头就说："大将军有今日，恐怕就不会有明日了。"

梁冀惊问："中常侍此话怎讲？"

曹腾道："你累世有椒房之宠，才有今日显贵，若立清河王，就等于失去这一优势，岂不是有今日没有明日吗？再说大将军久掌朝政，结怨甚多。清河王严明有大志，一旦即位，只怕您的祸事也就不远了。大将军要长保富贵，只有立颖悟侯，现在还来得及。"

宦官集团和外戚集团的联手，导致了梁冀突然袭击一举改变了朝议定的结果。次日梁冀下令重会公卿，崇德殿周围，兵列戟张，重兵把守，气象森严。三军总司令梁冀带剑入朝，一举推翻等于国务会议的决定，以梁太后的名义宣布："太后有旨，立颖悟侯，众公卿有何话说。"众公卿早已吓得两股颤栗，唯恐性命难保了。只有杜乔说："昨日已定清河王……"话音未落，台阶下曹腾领着一帮没卵子的弟兄嚷叫起来："太后懿旨，谁敢违抗！"众卿面面相觑，只是看着李固不说话。

李固挺身而出，亢声诘问："宗祀大计，昨日众公卿已经议定，怎能随意更改，当做儿戏？"杜乔大叫："这是裹胁群臣"

李固挺身上前："大将军身为国戚，就应扶持王室，光大帝业。一再弃长立幼，弃明立暗，岂不是要颠覆汉家基业吗？"梁冀不予理睬，宣布罢会。历代权贵阶层阴谋得逞，借助于军事裹挟根本就不顾及所谓程序性的议事规则。后面的结果就是罗织罪名残酷打击迫害政治反对派，梁冀首先用谋反之罪杀害了文官集团拥立的旗帜清河王刘蒜，以绝后患。其次罢免清流领袖李固和杜乔，最终以清河王谋反同谋之罪抓捕李固、杜乔。

在一个凄风苦雨的晚上，狱吏奉梁冀密令，在狱中处死李固。夜雨苍茫中，有人唱起了当时流行的一首童谣："忠臣直如弦哟，凄凉死路边；奸滑屈如钩哟，升官又封侯。"李固死时年仅五十四岁，不久杜乔也暴死狱中。①

汉恒帝延熹元年（158年），太史令陈授借日食之变，劾奏梁冀，冀即指使洛阳令将其拷掠致死。桓帝对梁冀专权素有不满，得知陈授死讯大怒；加以梁冀刺杀贵人邓猛姊婿邴尊事发，桓帝遂与宦官单超等五人密谋诛冀。次年，桓帝令黄门令具瑗和司隶校尉张彪将兵包围梁冀府第，收冀大将军印绶，徙封比景都乡侯。梁冀即日与妻自杀，子胤及诸梁宗亲无长少皆弃市，公卿、列校、刺史、二千石死者数十人，故吏、宾客免黜者三百余人。朝廷百姓称庆，官府市里鼎沸，数日乃定。梁冀家财折卖，合三十余万万，以充王府，用减天下税租之半。②

恒帝依靠宦官除掉外戚梁冀，接踵而来的却是宦官主持朝政，遭到太学生和朝中鲠直大臣、名士的猛烈抨击，领头人物便是曾经担任度辽将军威震边关的李膺。他当时出任司隶校尉，一批志士仁人云集李膺身边。太监张让的弟弟残杀孕妇躲在张让家里，被李膺强行闯入捕杀。术士张成依靠宦官纵容儿子杀人，被李膺逮捕，朝廷下达赦免，李膺不予理睬，立即诛杀罪犯。宦官上书恒帝污蔑李膺勾结太学生结成死党，诽谤朝廷，扰乱社会秩序。恒帝下令全国逮捕"党人"，共逮捕李膺、范滂、陈寔等两百多人，严刑拷问，太尉陈蕃上书反对，被罢官。后来瓜蔓抄似的办案方式

---

① 见《后汉书·卷九十三·列传第五十三·李杜列传》，线装书局，第1117页。
② 见《后汉书·卷六十四·梁统列传第二十四·梁冀传》，线装书局，第1003页。

涉案人员越来越多，直接涉及了不少太监的子弟，太监头子们感到害怕了，此刻皇帝的老岳父窦武出面说情，恒帝下诏赦免党人，遣送回故里，只是名字必须在三府（太尉、司徒、司空府）登记备案，终身禁锢不用。这批党人一遇风吹草动，就会蠢蠢欲动。恒帝死了，皇后窦妙临朝，其父窦武为大将军，陈蕃为太傅，迎立刘宏即位是为汉灵帝，开始启用李膺、杜密等党人，密谋铲除宦官集团。然而，事泄，宦官们先动手绑架太后，矫诏抢先铲杀窦武、陈蕃等人，随后掀起了历史上有名的党人大狱，先后捕杀李膺、杜密等100多人，妻子儿女发配边疆，逮捕太学生1000多人，酿成第二次党锢之祸。太监张让等12宦官专权十余年，直到184年全国爆发黄巾军大起义，汉灵帝解除党禁，而这时政权濒临瓦解，开始了军阀混战的割据局面。

这些都是历史上著名的忠君直谏不避生死的大臣，也可堪称汉代儒生的典范。到了王朝没落时期，这些忠贞直谏之士面对的就是生死考验。东汉党锢之祸罹难的李固、李膺、范滂等人惨遭外戚、宦官集团迫害最终都惨死在狱中，汉儒就此成了历代儒生文官的榜样，是士子们坚持气节忠于朝廷舍生取义的象征。[①]

对于以儒家安邦定国理论为基础文官集团的整体迫害几乎成了王朝没落的象征、社会动乱的预兆，汉末预演了一场血雨腥风的暴行，政治日益腐败下去，明末历史似乎又重演了这一幕。这就是历史有惊人的相似之处的内在原因，也即承平日久皇权统治集团耽于安乐，聚敛财富的手段更加严酷，民众苦于暴政苛政久矣，统治集团内部矛盾加剧，王朝走向没落。汉代贾谊的《过秦论》和唐代杜牧的《阿房宫赋》都不约而同地总结了秦代兴盛覆亡的教训。"然而成败异变，功业相反。势使山东之国，与陈涉絜大，比权量力，则不可同年而语矣。然秦以区区之地，致万乘之权，招八州而朝同列。百有余年矣。然后以六合为家，殽函为宫。一夫作难而七庙隳，身死人手，为天下笑者，何也？仁义不施，而攻守之势异也。"杜牧言："秦爱纷奢，人亦念其家；奈何取之尽锱铢，用之如泥沙？使负栋之柱，多于南亩之农夫；架梁之椽，多于机上之工女；钉头磷磷，多于在

[①] 见《后汉书·卷九十七·党锢列传第五十七·李膺、范滂传》，线装书局，第1113—1135页。

庾之粟粒；瓦缝参差，多于周身之帛缕；直栏横槛，多于九土之城郭；管弦呕哑，多于市人之言语。使天下之人，不敢言而敢怒；独夫之心，日益骄固。戍卒叫，函谷举；楚人一炬，可怜焦土。呜呼！灭六国者，六国也，非秦也。族秦者，秦也，非天下也。"这就是繁华过尽成废墟，直接反映了王朝兴衰的客观规律。

其中潜藏着统治危机的重要因素很多时候都是围绕帝国家天下的接班人问题，所出现的外戚、宦官集团的轮回干政参政问题，而使王权旁落，遭到了文官集团中清流人士的冒死抗争，而导致统治集团内部的矛盾丛生，统治结构分崩离析。这几乎是帝王专制体制难以克服的顽症痼疾，朱元璋汲取了前朝的教训，在解决外戚干政问题上的举措是卓有成效的，终明一世，始终未出现外戚干政导致朝纲紊乱的矛盾，而围绕继统问题及阉党干政问题，在明末却始终难以避免，于是才有了后来东林党人和阉党集团你死我活的争斗，导致内外交困，王朝解体。其中以儒家清流自命的东林党人和后来复社文人都是以董仲舒和后来党锢之祸中罹难的李固、李膺、范滂等汉儒为榜样，不避个人生死，敢于亢言直辨，以维护天道为己任，不惜得罪君主，以死报国，遵循的就是士志于道舍生取义、杀生成仁的大无畏精神。即使亡国也要走田横五百士的道路，义不仕秦，慷慨殉国。

司马光在《资治通鉴》卷五十六论党锢之祸时说：

天下有道，君子扬于王庭以正小人之罪，而莫敢不服。天下无道，君子囊括不言以避小人之祸，而犹或不免。党人生混乱之世，不在其位，四海横流，而欲以口舌救之，臧否人物，激浊扬清，撩虺蛇之头，跖虎狼之尾，以至身被淫刑，祸及朋友，士类歼灭，而国随以亡，不亦悲乎！①

笔者认为司马光这段对于东汉党锢之祸的认知延续到明末党争的评论是客观公允的，时下一些史家将明帝国的覆灭笼统地归结于明末东林党人和阉党集团的党争是片面的，至少抹杀了党争内涵的是非曲直正邪之变。

---

① 见司马光著：《资治通鉴·卷五十六·汉纪四十八》，第1823页

王朝末期礼崩乐坏，统治基础纲常礼教的堕落几乎是王朝盛衰的规律，因此，其和当下建立在法治基础上的民主政体还是有本质区别的，也就是司马光所言的清流们所谓的"欲以口舌救之"实在不是治本之道，反而因为呈口舌之快，去撩动虫罴蛇头，踩踏虎狼之尾而招致杀身之祸。当然现代治理体系的建立是有一个缓慢的历史进程的，清流党人的言论只是个体精神觉醒后对于黑暗势力的抗争，只是良法善政体制机制建立的破题而已。

四、明末清流和奸佞的对抗

历史上那种对于皇权的无耻谄谀和亢直批判的相对抗，上下的博弈也是对应官场等级从上到下相对应而存在的，形成同声相应，同气相求的场景，党争在朝廷和市曹之间形成各种派系显示了两股势力在文官集团内部造成的分化，这就是所谓清流和浊流对立。

此番清浊之分，不再是科举和举贡之间尊卑之分，而是政治道德和情操的高下之别，有时往往带有你死我活的残酷。加上更加接近帝王权力中心的外戚和宦官集团的介入，形成庞大的奸佞集团对少数清流的围剿之势，所谓清流的党人就成了专制集团庞大国家机器碾压下的道德牺牲品，他们或许在历史上流芳百世，但是在现实中却往往沦于悲剧性的噩运，甚至殃及整个家族。所以当时大部分聪明的官僚也只是趋炎附势地随大流，或者成为皇权政治的附属物，甘当沉默者，苟全性命于乱世，或者充当帮凶走狗耀武扬威于一时。

在朝堂一片诺诺声中，那一声谔谔之言也就如同大音希声那般具有黄钟大吕般效果，乃至成为历史的回声，久久地在中华民族的宏伟殿堂激荡，启迪着后来的仁人志士前仆后继地追随着他们的足迹，去开启光明美好的未来。当然，这种开启必然带有与时俱进的时代特色，而不仅仅是简单的重复，历史就是这样螺旋形发展，在量变到质变的飞跃中，开拓对真理的漫漫求索之路，那就是在充满血腥的荆棘丛中以生命的牺牲换取来的历史进步。

党锢之祸从东汉末期对于李固、李膺、陈蕃、范滂等儒家官僚的残酷迫害，延续到明末王振、刘瑾、严嵩、魏忠贤等人对于文官集团和东林党人的打压，残酷迫害乃至于成批加以剿灭，株连到妻子孩子及其家族其他成员，成就了王朝统治末期一声声特别血腥的特别振聋发聩的绝响。

然而，以天下为己任的儒家文人们，以道统为武器，前仆后继大义凛然，生生不息地以死抗争着奸佞们的残酷迫害，显示了汉儒精神的传承续接，俨然成为明末一道血腥而靓丽的风景。党锢之祸对于正义之声的扼杀是导致王朝覆灭的重要原因之一。淫威滥施，杂音消失，朝堂一片静默，统治者也就在一片歌舞升平的虚假繁华中堕落着直至走向灭亡。

弘治十八年（1505 年）孝宗皇帝卒，年仅 15 岁的太子朱厚照即位，这就是历史上著名的顽童皇帝明武宗。孝宗皇帝在弥留之际对朱厚照能否担当重任很不放心，他对顾命大臣说："东宫年幼，好逸乐，卿等当教之以读书，辅导成德。"

这位朱厚照在东宫读书时并没有显露出顽劣的天性，给大臣们的感觉是聪明伶俐的，对辅佐他读书的儒学太子太傅们相当尊重，每次下课都拱手相送，老师布置的背诵圣贤之书的任务也能按时完成，唯一有些遗憾的是作为储君，喜欢武功经常在宫城内骑马射箭。当然，作为君主文治武功都是不可偏废的，似乎可以理解。小孩子嘛，贪玩似乎也可忽略不计。然而，登上大宝后天性不加约束就失去了人君之体统，也就危害到江山社稷的本身。

狂野的天性不受拘束地迅速膨胀，形成飓风，就将摧折原本大臣们誓死捍卫的朝纲。之后的王族内部安化王、宁王的先后谋反都和君主失德，奸佞横行有关，他们打出的旗号，都是"清君侧"，铲除奸逆。

小皇帝一登基就显示出顽劣的天性来，很快将神圣的权力完全化解在声色犬马的沉溺中，不可自拔。一个 15 岁的少年对于纷繁复杂的朝政完全懵懂，对于堆积如山的奏疏根本看不进去，每天还要应付早朝，处理政事，不胜其烦，简直苦不堪言。于是常常不上朝，有时很迟才来，大臣们天不亮就起床恭候着，常常到深夜才下朝，群臣侍卫困倦至极，便在朝堂纵横坐卧，好不容易下朝，一哄而散，一次竟将一名侍卫踩踏致死。按照规矩皇帝还必须在经筵听老师讲解儒家经典，而他很厌烦，经常以各种理由罢免。朱厚照好饮酒，宫中到处备酒坛，经常喝得酩酊大醉。一次竟然叫人将猴犬牵入祭祀祖先的奉先殿，猴骑犬身，逗笑取乐，然后四面燃放爆竹，惊得猴犬在祖宗画像面前四处乱窜。正当乐而忘忧之时，突然电闪雷鸣，当场击坏殿檐，天象示警，大臣开始警告小皇帝了。

偏偏最能够满足他四处游荡寻欢作乐的就是他身边的太监，尤其是和他从小一起做游戏长大的太监，这时一位王振式的人物粉墨登场了，他就是刘瑾。当时京师民谣有："一为做皇帝，一为立皇帝。"与太监马永成、高凤、罗翔、魏彬、丘聚、谷大用、张永结成死党，人称"八虎"。为迎合武宗爱好，他们弄来鹰犬、歌姬、角觚等供武宗玩乐，并带着他到宫外到处游玩。外廷官员见武宗和太监嬉游无度，交章论谏，大学士刘健、谢迁、李东阳、户部尚书韩文等都是弘治时期孝宗托孤的老臣，联合疏请诛"八虎"。武宗见疏，惊泣不食。

刘健等人执意要杀八虎，一天往返三次，武宗不能决定。刘健推着桌子大呼："先帝临崩，拉着我的手托付大事，今陵土未干，就被这帮家伙败坏到如此地步，我怎么有脸去见先帝啊。"太监王岳、范亨、徐智连等也赞成大臣们的意见，武宗答应次日下令杀刘瑾。

由于吏部尚书焦芳告密，"八虎"连夜求见，围着皇帝哭诉，武宗已动恻隐之心，他们又告状说："害奴等人的是王岳，勾结阁臣，想制约陛下出入，所以要除我们这些眼中钉。"一番话说得朱厚照勃然大怒。次日事件逆转，王岳等三太监被逮捕，刘瑾坐上太监头把交椅出任司礼太监，三名参与弹劾"八虎"之大臣刘健、谢迁被罢免。刘瑾入掌司礼监，重新设置西厂。并立内行厂由刘瑾亲自掌握，其残酷程度超过东西二厂。王越等被抓的太监贬谪去了南京，后来被害。北京的大臣自顾不暇，不敢再有多言。而留都南京的官员被激怒。

以南京户科给事中为首的六科给事中二十一人交章挽留阁臣，这些人全部被飞骑押解北京，集体实施廷杖，戴铣当场被打死。南京官员押解北京之际，兵部主事王阳明冒死上书弹劾"八虎"，上了一道用语委婉暗藏玄机的《乞宥言官去权奸以张圣德疏》，被廷杖五十，贬官贵州龙场驿。

南京的官员不屈不挠，再次顶风而上，以蒋钦、薄彦辉牵头的十三道御史又跳了出来联名上书要求罢免刘瑾。朱厚照一律以"廷杖除名"处置。蒋钦三疏三杖被折磨致死，青史留名。这是正德元年（1506年）发生的事。

按祖宗留下的规矩，大臣受廷杖一般是在午门或者大狱，行刑前公布朝堂，昭示其罪，廷杖时可以穿棉裹毡，合衣而刑。行刑时也是很温和的，不必扒衣脱裤，甚至还会在大臣的屁股上盖一块厚厚的棉布，仅仅示辱而已。借这种刑罚向天下宣示大明皇帝对冒犯他的官员的态度，大概意思便是，你敢得罪我，我就当众打你屁股羞辱你。刘瑾改了规矩，廷杖要扒下裤子打。据说刘瑾训练打手很有一套，做个皮人，里边塞入砖头。练狠的，就要平平常常地打下去，打完后看那皮子依然完好，里边的砖头却要粉碎；练轻的，就在皮人外边裹上一层纸，重重地打下去，打完后连纸都不许破。行刑时，只要监刑太监的脚站成外八字，就轻打。如果站成内八字，就往死里打。

然而，就有那些不怕死的文官，蒋钦属于这类坚决舍生取义的人。蒋欣，南直隶苏州府常熟人，弘治九年（1496年）进士，授卫辉府推官，擢南京御史。蒋钦等人被押解进京后未去午门受刑，而是直接被悄悄押去了西城灵济宫道观前，那里便是西厂的总部，成化年间权阉汪直开西厂时便将这里定为西厂的总署衙门，数十年后刘瑾复开西厂，总署衙门仍旧定在这里。蒋钦被廷杖三十，削职为民。但他心犹不甘第二次跳出来后上书：

刘瑾，小竖耳。陛下亲以腹心，倚以耳目，待以股肱，殊不知瑾悖逆之徒，蠹国之贼也。念臣等奏留二辅，抑诸权奸，矫旨逮问，予杖削职。然臣思畎亩犹不忘君，况待命衽席，目击时弊，乌忍不言。昨瑾要索天下三司官贿，人千金，甚有至五千金者。不与则贬斥，与之则迁擢。通国皆寒心，而陛下独用之于左右，是不知左右有贼，而以贼为腹心也。给事中刘蒨指陛下暗于用人，昏于行事，而瑾削其秩，挞辱之。矫旨禁诸言官，无得妄生议论。不言则失于坐视，言之则虐以非法。通国皆寒心，而陛下独用之于前后，是不知前后有贼，而以贼为耳目股肱也。一贼弄权，万民失望，愁叹之声动彻天地。陛下顾憪然不闻，纵之使坏天下事，乱祖宗法。陛下尚何以自立乎？幸听臣言，急诛瑾以谢天下，然后杀臣以谢瑾。使朝廷一正，万邪不能入；君心一正，万欲不能侵，臣之愿也。今日之国家，乃祖宗之国家也。陛下苟重祖宗之国家，则听臣所奏。如其轻之，则任瑾所欺。

疏入，再杖三十，系狱。又被打了三十廷杖，打完后关入监狱。第二天，又在狱中动笔写上疏，大意如下：昨天臣因为上疏受杖，血肉淋漓，伏在狱中的枕头上，终于还是难以沉默不语。请陛下将臣与刘瑾比较一下，是臣忠呢，还是刘瑾忠呢？忠不忠，天下人都看得明白，陛下也很清楚，为什么如此仇恨臣，而信任那个逆贼呢？臣的骨肉都打烂了，涕泗交流，七十二岁的老父亲也顾不上赡养了。但我死了并不足惜，陛下随时可能遭到亡国丧家之祸，那才是最大的可惜！希望陛下杀掉刘瑾，悬首于午门，使天下都知道臣蒋钦直言敢谏，知道陛下英明诛贼。如果陛下不杀此贼，就请先杀了臣，使臣能够与龙逢、比干同游于地下。臣不愿与此贼同时生活在这个世界上！

据《明史》和《明通鉴》共同记载，蒋钦在狱中起草上疏时，灯下微闻鬼声。蒋钦猜测这是祖先之灵在警告自己，怕他上疏之后遭遇奇祸，于是整顿衣冠道：如果是我的先人，何不大声告诉我。果然，墙壁中传出更加凄怆的声音。蒋钦叹道：我已经献身国家了，按照忠义的要求不得再顾私利。如果从此沉默不语，对不起国家，那才是对先人的羞辱，是更大的不孝！说完继续奋笔上疏，说，死就死，这份奏章不可更改！于是鬼声停息。上疏递了进去，又换来三十廷杖。三天后蒋钦死于狱中，终年四十九岁。①

正德二年（1507年）三月，刘瑾以皇帝名义发布诏书，令群臣跪金水桥南听旨，定刘健、谢迁、韩文等五十多人为奸党，先后受到迫害。

后来历史的发展是安化王朱寘鐇企图效仿前辈朱棣打着"清君侧"名义起兵造反，发布檄文讨伐刘瑾，都御史杨一清和太监张永奉命平叛，宁夏游击将军仇钺已率兵先行平息了叛乱。杨、张二人在宁夏处理善后期间，顺便将朝廷刘瑾的善后工作一并讨论了，回到北京后只是悄悄地将安化王的讨刘檄文呈递武宗，再悄悄打上几句小报告编造些企图造反的谣言。刘瑾即连夜被诛。刘瑾开始还咆哮着说："满朝公卿皆出我门，谁敢审我？"被驸马都尉蔡震连甩两个大耳刮子，才打掉了他的威风，结果被一刀刀凌迟处死。

在这个时候，中国的圣人王阳明先生已经在艰难困苦中挺了过来，在穷困的蛮荒之地贵州的苗寨完成了龙场悟道的精神涅槃。正德十四年（1519

---

① 见《明史·卷一百八十八·列传第七十六·蒋钦传》，线装书局，第1021页。

年），宁王朱宸濠造反，明武宗借机以总督军务威武大将军朱寿的身份再次打着平叛的旗号出游，这年朝臣谏阻被挺杖者 146 人，杖死者 11 人。这位大将军还是义无反顾地带着他的宠臣和宫监一路寻欢作乐南游至扬州、南京。这时提督南赣军务的都御使王阳明已经轻而易举地巧施"围魏救赵"计平复了叛乱。儒臣王阳明注定走进了历史，被公认为明代第一流的人物，立德、立功、立言皆居首位。此刻的王阳明在政治上已经完全成熟，懂得了和奸佞们同朝共存的巧妙周旋，懂得了在蛮横的帝王面前明哲保身的潜规则，他毫不犹豫地接受太监张永的建议，为了避免功高震主，不但在捷报上写上："奉威武大将军的方略"之语，而且还附上了其他武宗嬖倖的名字，让功于皇上和他的宠幸们。这是中国知识分子的无奈，至尊的皇上即使是白痴疯子也必然是有韬略的战略家，这种自贬带有虚伪性，也是专制形态下人格的扭曲，就是王守仁这样的圣人也不能幸免。他秘密将已经生擒的朱宸濠监押至正德皇帝的南京行宫，次年秋季让皇帝在广场伐鼓鸣金举行隆重的受俘仪式，当着身穿铠甲骑着高头大马的威武大将军的面，将赤膊只穿裤衩的宁王释放，再由皇帝像是老鹰捉小鸡那样亲手捉拿了自己的远房叔叔朱宸濠。满足了总督军务威武大将军那点虚荣。正德十五年（1520 年）十二月正德皇帝在通州处死朱宸濠。

皇帝哪里知道乐极生悲呢？在南征北还途中，九月份在淮安清江浦积水池捕鱼时不慎落水，被酒色掏空了身子骨的"大将军"重病不起，从此一蹶不振，并于正德十六年（1521 年）十二月十四日抱病祭祀天地时突然倒地，呕血不止，三个月后死于他曾经昼夜淫乐的豹房，结束了自己 31 岁的生命。[1]

1521 年兴献王朱厚熜继位，是为嘉靖皇帝。合该中国民众生活在倒霉的明帝国，哀乐声中送走了一位半疯癫状态的大将军皇帝，又迎来了一位半痴狂状态的道君天师。圣君皇帝的雄心被长生不老的痴心所替代，就像是中了邪魔那般成天昏昏沉沉睡在梦魇之中，他倒是从来不出去疯跑，只是躲避在深宫里静心修道企图成仙长生不老。以往宫廷的胡闹终于被斋醮声所取代，臣工们精心编撰的青词在烟香缭绕中化为符乩使灵魂在虚空

---

[1] 见《明史·卷十六·本纪第十六·武宗》，线装书局，第 42—45 页。

的青天上游荡，嘉靖皇帝就这样做着长生不老的梦。于是一个个青词宰相摇头晃脑地登台表演，直到有一位诗文出众为人圆滑的 68 岁老官员在内阁刀光剑影的权争中胜出，担任首辅，此人父子专权 14 年也是贪污受贿打击异己坏事做绝。他们就是严嵩和严世蕃父子。

五、以海瑞为道德标杆的儒臣

在明代像蒋钦这样敢于冒死上书，痛斥奸佞，矛头直指皇帝的忠臣可以说络绎不绝。在那个黑暗年代里，那些深受儒家理学思想熏陶的文官们像是暗夜燃烧的蜡烛，点燃自己的身躯，将光焰照亮宫廷的黯角，将那些裹着龙袍的皇家蠹虫以及寄生以社稷仓廪的硕鼠一一显形，最终被钉在历史的耻辱柱上，昭示后人。

人们不能脱离那个时代背景用现代的民主法治理念去解读古代敢于舍生取义的士大夫阶层中的贤者。他们不屈不挠前仆后继地所捍卫的纲常礼教也只不过是某种希望保持帝国永久统治的理论支柱，是某种"天不变道亦不变"理想主义虚幻，这就是所谓道统，文官集团就是为维护帝国道统而设计的。当这些道统也被专制君主当成袍褂而彻底丢弃后，帝国的领跑者只能在光天化日之下裸奔了，到了此刻愚蠢的君主只能在献媚小人和豺狼走狗的包围下，如同格林童话中"皇帝新衣"的虚幻中陶醉麻木，对于外界的危情也就充耳不闻了，最终只能在纸醉金迷中坐等灭亡。

那些耿怀忠心的儒生就要心怀赤子之心，充当童话中童心未眠的孩子对于皇帝的裸奔进行点评。尽管他们依然是王朝循环怪圈中的忠臣，他们的努力犹如精卫衔石，对于王朝政治的江河日下于事无补。然而，作为天道的代表者他们"以天下为己任""不为物喜，不为己悲"，作为文化人中的杰出代表他们"铁肩担道义，妙手著文章"。他们那些秉笔直书，正义凛然的雄文奏疏就将流传千古，成为范文。

因为这些肺腑之言客观上代表着天道民心，是替天行道的民意，挑战的是违背"天道"的邪恶皇权。这里我们不能回避嘉靖年间的直臣海瑞。

显然，他在上书之前，已经考虑了此番逆龙鳞的后果，为自己准备好了棺材，于是怀着大无畏的牺牲精神，连夜挑灯夜战，秉笔直书准备冲着死路去殉道了。

　　海瑞，字刚峰，名如其人，一座横亘在朝廷中坚硬挺拔的高山，这是帝国的脊梁，在这座高峰和脊梁面前百官唯有敬畏，连皇帝也会望而怵惕。他所尊崇的原教旨主义的儒家学说，一般人只是嘴上说说，就是被尊称为明朝一哥的大圣人王阳明虽然在理论上多有创新，但在行动上也是变通不断，以适应官场和世俗来规避风险。而海瑞则是儒家学说的坚定不移的奉行者，就是自己的家人和皇帝也不能例外，然而他对老百姓却十分宽容，显然是帝国"仁者爱人"的模范官员。

　　《明史·海瑞传》记载，海瑞以举人入仕，45岁出任淳安知县，以一身廉洁两袖清风而独抗举世污浊和满朝魅黯。回想早年在淳安知县任上，官俸微薄的他，带领家人自己种菜聊补官俸低微，一次买肉二斤给母亲祝寿被当地官场传笑谈。闽浙总督总督胡宗宪的公子路过他的辖区，别处地方官请客送礼巴结还来不及，他却无动于衷，导致胡公子恼羞成怒，吊打驿吏。刚峰先生干脆动用公权力将胡公子抓了起来，又从胡少爷身上搜出两千纹银，充了县库。然后，修书一封给胡总督："以往胡公巡视，命令沿途不得破费，这家伙带这么多钱，肯定不是胡公子。"

　　显然他是先用官场那种表面上反腐创廉的官话套话，去套牢这些满嘴仁义道德的官员，然后将胡衙内巧取豪夺的恶行与这些骨子里男盗女娼的伪道学官员进行切割，既杀了这些高官衙内的气焰，又堵了高官的嘴，还白得了两千两白银。此类以毒攻毒的手法也只有海瑞这种毫无私心的清官能够玩得出来。这就是浩气充盈的正人君子才能具备这样的胆识和豪气。

　　自己先有把柄抓在顶头上司手里，自然要把结求得庇护，这就是贪官喜欢用贪官的理，如此官场同气相求，形成利益保护链，连带着就是对精英的逆淘汰。对此胡宗宪很无奈，没有怪罪他，因为胡宗宪在明史上官声和业绩都很不错，最终也是死在严嵩主导下的诏狱之中，成为历史上冤案主角。

　　都御史鄢懋卿就没有这样的肚量了，他奉命清理盐法，沿途多有宴请招待，路过淳安，唯海瑞接待非常简陋。面对脸色铁青的钦差，海瑞大声说，我这个地方实在狭小，容不得你老先生大批车马。钦差非常恼火，但是早就听说海瑞的刚直不阿的清名，当场不得发作，免得迎来更大的羞辱，只得匆匆离去。而仇恨已经埋下，海瑞此刻已经升任嘉兴通判，因为这次对于钦差的怠慢，被贬到了江西兴国州出任判官。直到陆光祖担任吏部尚书主张文官公推公选，才被荐举提拔到户部担任主事，这才给了这位铁面官员有了直接面对昏庸皇帝的机会。

嘉靖十四年二月（1565年11月），嘉靖帝朱厚熜享国日久，不理朝政，躲在西苑里，专意斋醮。督抚大吏争上符瑞，礼官辄表贺。大臣杨最、杨爵先后上书劝阻，得罪皇帝后，已经无人敢于议论朝政。唯海主事气不过，连夜掌灯给皇帝起草了一份奏疏，这就是明史记载的海瑞骂皇帝疏。这道上书，披肝沥胆，慷慨陈词，先是引用了汉代的贤君汉文帝虚心纳谏典故。贾谊上书批评皇帝怠政之过错，汉文帝虚心纳谏，仁义宽恕，节用爱人，使天下粮仓丰富，达到宽刑简政的地步。紧接着话锋一转开始数落起皇帝的问题来：

陛下则锐精未久，妄念牵之而去，反刚明之质而误用之。至谓遐举可得，一意修真，竭民脂膏，滥兴土木，二十余年不视朝，法纪弛矣。数年推广事例，名器滥矣。二王不相见，人以为薄于父子。以猜疑诽谤戮辱臣下，人以为薄于君臣。乐西苑而不返，人以为薄于夫妇。吏贪官横，民不聊生，水旱无时，盗贼滋炽。陛下试思今日天下，为何如乎？

奏疏指出他在刚刚登基时的一番清明之举，已经为如今的荒唐所取代。你是一个虚荣、残忍、自私、多疑和愚蠢的君主，举凡官吏贪污、役重税多、宫廷的无限浪费和各地的盗匪兹炽，皇帝本人都应该直接负责。皇帝陛下天天和方士们混在一起，但上天毕竟不会说话，长生也不可求至，这些迷信统统不过是"系风捕影"。然而奏疏中最最刺激皇帝的一句话"盖天下之人不直陛下久矣"，就是说普天下的官员百姓很久以来就认为你不正确了。①

言辞之激烈，前所未有，对于嘉靖皇帝来说无疑是当头一棒，使他听

---

① 黄仁宇著：《万历十五年》，中华书局，1982年，第138页。

惯了臣工阿谀奉承的脑壳难以承受这样的重创，这等于是说他登基几十年以来是尸位素餐连为人父为人夫的职责都未尽到，更遑论为君父去治理天下。

皇帝大怒，将奏疏狠狠摔在地下，气急败坏地吼叫："快把这家伙抓起来，别让他跑了。"旁边的宦官说："此人素有痴名，自知犯上必死，已经买好棺木，与妻子诀别，家人已经吓跑了。"皇帝无言，又捡起奏疏连读三遍，感觉出了海瑞的一片忠心，这是某种儿子对老子"哀其不幸，怒其不争"的一片诤言，可谓忠言逆耳，还是不理他算了，也就留中封存了。不过这道奏疏倒像是一道紧箍咒，困扰得他实在不舒服，也就反反复复拿出来阅读，在他心中十分纠结，十分矛盾，一会儿把海瑞比成忠臣比干，一会又大骂他是畜生。皇帝发泄怒气，无故责打宫女，宫女们就在背后议论说："他被海瑞骂了，就找我们出气。"

1566年2月。朱厚熜思前想后还是决定把这个狂悖辱君的家伙抓起来，关入东厂。但是对刑部拟就的以儿子诅咒父亲的罪名斩决的判决书却久久不签字。不久嘉靖去世，新皇继位，海瑞开释，曾经受到隆庆皇帝委托以右都御史巡按应天十府，作为中央巡视组特派钦差一路走来打击豪强，兴利除害，安抚百姓，就是退休在家的高官徐介家人为非作歹，也绝不放过。因此海瑞遭到权贵嫉恨，交相弹劾，不久被赋闲回海南老家。

神宗年间他曾经多次谋复，时权臣张居正主政，对这位狷介耿直的忠臣一直闲置未用，其中重要的原因就是他的刚直不阿使得权臣们害怕，能骂皇帝必然也不会把首辅等阁臣放在眼中。性格决定命运，直到张居正死去，神宗皇帝重新启用海瑞任南京吏部右侍郎，后改任都察院右都御史，此时这位忠心体国全心全意为老百姓谋福利的老模范已经七十二岁。南京留都也只不过是安排闲散官员的地方，虽然他已经是二品部级官员，但嫉恶如仇的秉性不改，依然对于政事十分勤勉，对于部下过分严格。其实在复出离家之际，他已经对腐败的朝政完全失去了信心，他在给朋友的信中说："汉魏宫女桓谓宫女千数，其可损乎？厩马万匹，其可减乎？"借古喻今，明显影射当今万历皇帝喜欢女色和驰射，而且对皇帝改过毫无信心。[①]

[①] 黄仁宗著：《万历十五年》，中华书局，1982年，第158页。

他去了南京之后，看到的到处是贪财好货，醉生梦死的官僚群体，完全是一幅末世纸醉金迷群僚贪腐堕落的画卷，令他触目惊心，愤恨不已。于是上书朝廷建议对贪腐八十吊钱以上的官员实施太祖建国初期曾经使用的剥皮囊草的酷刑。这一建议遭到了南朝群僚的抵制，而且朝中堂堂诸公与南朝衮衮大员完全是一丘之貉，只能迎来他们的阵阵讪笑。海大人其实面对的是体制的一股庞大势力，他的孤军奋战无疑就是西班牙国当年堂•吉诃德先生对于风车的挑战。他那落后近乎残忍的提议，遭到了官僚群体的交相弹劾。但同时也得到了无数青年学生和下层官员的坚决支持。拥护者反对者针锋相对，最后由万历皇帝亲自裁决"海瑞屡经荐举，故特旨简用。近日条陈重刑之说，有乖政体，且切指朕躬，词多迂憨，朕已优容"，这等于皇帝指责他这个人既迂腐又有点傻气，只是仁慈的皇帝优待宽容这位帝国的老模范还是保留了他御史的职务，只是不再重用了。原因诚如万历皇帝在吏部的批示中所指出的那样：

随当局任事，恐非所长，而用于振雅俗，励颓风，未为无补，合令本官照旧供职。

也就是把我帝国的劳动模范当成道德典型作为菩萨供养了起来，作为弘扬正气、抵御腐败之风的尚方宝剑使之宝刀入鞘，束之高阁，却不让之效命疆场，杀敌于阵前，刀刀见血。皇帝还公开嘲讽我帝国的纪检监察官员头脑迂腐发傻，帝国的纲纪只能一天天腐败堕落下去。

海瑞对此失望了，七次提出辞职，七次不准，这样的空头模范还得当下去。万历十五年（1587年）七十三岁高龄的海瑞在南国清冷的衙门里孤独地逝去。金都御史王用汲看到病榻上的海瑞，用的是粗布做成的蚊帐和破烂的竹器，身后的遗产只有六两银子，观之令之凄然泪下。这就是朝廷堂堂二品都察院右都御史的所有家当。海大人的丧事是大家凑钱办的，留都百姓闻之"小民罢市。丧出江上，白衣冠送者夹岸，酹而哭者百里不绝。赠太子太保，谥忠介"。[1]

---

[1]《明史•卷二二六•列传第一百四十•海瑞》，线装书局，第1233页。

海瑞追奉的儒家泛道德主义，这也是当时官场奉为正朔的主义。然而理论和实际的高度脱节，导致了官场两面人格伪君子的大量涌现，而海瑞却是笃信、笃行主义的真君子。在一个伪君子大行其道的官场真君子是不受欢迎的。不仅在官场就是在家庭中这种持身严谨不谋私利的官场正能量对于家庭的富庶幸福来说也是极大的障碍。因而，在平庸盛行腐败蔓延的官场，海瑞特立独行的举止肯定是显得十分古怪而又古板，再加上性格的刚强和执拗，大家也只好对他敬而远之了。然而，帝国需要的是这样的典型来装点摇摇欲坠的门面以显示朝纲的端正和神圣。

六、帝国忠臣对皇帝的批评

类似海瑞这样毫不留情地当面痛骂皇帝的文官，在晚明绝不是个案。自从有了海瑞这面旗帜在那里招风，旗帜下的海瑞不仅没有因为开骂皇帝而招杀身之祸，在万历朝反而节节攀升官位升到部级，当到了二品都察院右都御使巡按，南直隶十二府，也算是威风八面。这就是将生命压上赌盘当作筹码的回报。这很使刚刚中了进士的邹元标动心。

这家伙正在朝廷实习，尚未有实质的官职，初生牛犊不怕虎竟不知好歹地上了一个折子，弹劾首辅大臣张居正。张先生可是当朝皇帝朱翊钧的老师，炙手可热的当朝一品大员，一个26岁的从七品候补官员，却一点心理障碍都没有地上书弹劾首辅大臣，简直是吃了豹子胆，那完全是心中存在的道义和良知支撑着他的狗胆包天。弹劾的理由竟然是张居正的老爸死了，不回去守孝，古代叫着"丁忧"，这在以忠孝治国的天朝来说当然也不算是小事。

老张当然也是装模作样地要回去按规矩丁忧三年的。他早就请示过小皇帝，小皇帝请张老师"夺情"戴孝办公，忠孝不能两全时，那就要而夺"孝"之情，为国尽忠。

邹元标则认为这是为了热衷权力而不去尽孝是可耻可恶的事情。当然为了老首辅的面子，邹元标被拉到午门之外被狠狠揍了三十廷杖，进士功名被革去，降为士兵流放贵州的穷乡僻壤实施劳动改造。一去五年，在那个边鄙山区的卫所里一边服役一边研究理学，学问大有精进。直到万历十一年（1582年），张居正去世，被万历征召授官吏科给事中，职司监察。谁知这小子到任不久又旧病复发开始上书教导皇帝不要沉迷于声色巡游、宴席，要培养道德观念、亲近大臣部属、严肃法令准则、尊崇儒家品行、整顿地方吏治等等五件大事，不久又弹劾罢免礼部尚书徐学谟、南京户部尚书张士佩，还直接批评万历不能做到清心寡欲。皇帝只是非常宽容地批了"知道了"三个红字，这是给这个不知道天高地厚的愣头小子一面子，并不因为文字的唐突而惩罚他。

慈宁宫遭火灾，他紧接着又上了第二本，其中说道："臣先前进献无欲望的教诲，陛下尝试自我检查，是真没有欲望呢，还是节制了欲望？俗话说：'要想人不知，除非己不为。'陛下的确应该尽快彻底地自我检查，着意节制自己的欲望。"干脆指责皇上扯谎，有过不改，而且引用"欲人勿闻，莫若勿为"的谚语，揭穿皇帝的装腔作势，说他没有人君风度。这就使得万历皇帝勃然震怒，准备对这个不知感恩的家伙再次廷杖。

邹元标在南京过了三年，称病回家。很久之后，起用为本部郎中，不去赴任。不久母亲死，定居乡里讲学，跟他学习交游的人一天比一天多，名气也越来越大。朝廷内外上疏举荐被遗失的人才，共有几十甚至百道奏疏，没有不把邹元标列在第一位的，万历一朝终于不被起用。邹元标在家讲学三十年成为东林党的骨干分子。邹元标与顾宪成、赵南星成为"东林党三君"。直到明光宗即位，征召邹元标为大理寺卿。尚未到任，被提拔为刑部右侍郎。天启年间作为三法司的领导参与了对于熊廷弼案的审理。

邹元标重返朝廷站在朝廷上，正直威严，令人生畏，晚年努力争取做到和睦平易。有人议论他赶不上刚开始做官的时候有气魄。邹元标笑着说："大臣跟言官是有区别的。风度超绝，是言官的事情。大臣关心的不是大的利益和损害，就是应当保护扶持国家，怎么能像年轻人那样怒形于色呢？"

明史记载，邹元标自从回到朝廷以来，不危言耸听，不发表过激言论，对于事物没有猜疑。然而奸诈小人因为他是东林党人，还是忌恨他，暗地里想办法赶走他。正好邹元标同冯从吾创建首善书院，集合志同道合的人讲学，邹元标上疏请求辞职，天启帝安慰挽留。大太监魏忠贤开始大权独揽，传旨说宋朝之所以灭亡是因为讲学，将要严加谴责。首辅叶向高极力辩解，并且乞求一起辞职，天启皇帝这才下了道温和的诏书，加赠邹元标太子太保，乘驿车回家。从此邹元标闭门谢客，他进呈的《老臣请去国情深疏》，一一陈述军国大计，规劝皇帝节制欲望，人们争相传诵。天启四年（1624年），邹元标在家中病逝，享年74岁。①

万历十七年（1589年）这时又一个海瑞似的人物再次出场。这一年刘汝国在太湖起义，遭到镇压。后金努尔哈赤统一建州各部，朝廷封其为都督佥事，神宗皇帝不再上朝。这时一哥们儿气不打一处来，开始冒死死磕皇上了，他就是雒于仁。

这位小官是大理寺评事，相当于最高法院的从六品法官。他上疏大骂万历皇帝是酒鬼、色鬼加贪财吝啬鬼，口气比海瑞要激烈得多，语词也更加尖锐。

雒于仁，万历十一年（1583年）进士。历任肥乡县（治今河北省肥乡县西南）、清丰县（治今河南省清丰县）知县，均有美政。万历十七年（1589年）入朝为大理寺评事。他经过一年的观察，认为神宗皇帝听信奸佞，不理朝政，长此下去，会贻误国事，于是，在这年岁末，上疏说："臣在朝任职年余，总共只见过陛下三次。此外，只听说陛下贵体欠安，一切传免，即使各种祭祀，也都是派遣官员代为行事，既不亲自处理政务，经筵、日讲也已停止了好久。"他认为皇上的病根在"酒、色、财、气"四字上面，因而劝谏皇上临朝务正，勿贪酒、色、财、气。他说："嗜酒则腐肠，恋色则伐性，贪财则丧志，尚气则戕生。"他列举了皇上贪恋酒色财气的种种事实，直攻皇上的过失，认为这四者之病缠绕身心，不是服用药物能够奏效的。他诚恳地说道："臣今敢以四箴献上，假若陛下肯听臣言，即使立即诛杀臣，臣虽死犹生！"其箴按酒色财气，依次以四言八句为之，言词恳切，鞭辟入里。疏上之后，神宗极为愤怒。恰巧遇上岁末，不能处置，其疏在宫中存留了十日，到第二年正月初一，神宗在毓德宫召见首辅申时行等内阁大臣时，即将雒于仁的四箴疏亲手交给申时行，打算严厉惩处。

其实，申时行内心很赞赏雒于仁此举，他个人早已为神宗长时间不理朝政和无限期停止经筵、日讲感到伤心，于是极力为雒于仁辩解。申时行

---

① 《明史·卷二百四十三·列传第一百三十一·邹元标》，线装书局，第1318页。

看到神宗一时难以改变态度，便说："这个《四箴疏》不可发到外面去，恐怕外面的人会认为疏中所言都是真的，请陛下宽容臣等，待臣传谕大理寺卿让雒于仁辞职就是。"神宗无奈，只得点头同意。

过了几天，雒于仁称说有病，请求辞职，神宗遂将其罢为平民。史称：从此之后，奏章留中，遂成故事。过了多年，雒于仁在家中去世。天启元年（1621年），熹宗赠其为光禄寺少卿。①

所以说，有明一代的文官集团，自方孝孺开始和皇帝对骂是有传统的。而且个个大义凛然，不惧生死，一副真理在胸笔在手的架势，仿佛皇帝不是君父而是可以随时教训的儿子。当然，他们在骨子里也是自认为自己是皇帝的老师，老师教育荒淫无道的学生是天经地义的事情。"文死谏，武死战"是作为臣子的责任。

七、镇压东林党及民间的反抗

统治集团内部党争的尖锐化，也是从万历朝的"争国本"事件开始的。皇帝的接班人之争涉及到帝国的国祚永存的大问题，专制独裁的皇权专有必然以血统的纯正为基础，这样立嫡立长成为帝国皇位承继的规矩，就是皇帝本人也不敢轻易变更，国本之争贯穿着皇朝的始终，争论中的积极分子是文官集团的骨干和近臣皇戚团伙马屁分子。

神宗朝文官集团苦苦争斗十七年才在万历二十九年使皇长子朱常洛被立为太子告一段落，这样自然形成太子党。当然这场斗争的余韵绝响将一直延续到南明小朝廷仍在发酵影响着政局的走向。在争国本中，吏部文选郎中顾宪成成了太子党的中坚分子，使得神宗皇帝对这厮非常不满，就把他赶回了老家无锡。但这个死磕分子竟然在老家无锡城东修复了宋代的东林书院，公然以讲学结党，在朝野形成了很大的势力，这就是东林党的来源。

这厮纠合同党高攀龙、钱一本加上罢官回籍的邹元标等人，聚众讲学，每年一大会，每月一小会，当时一些对世道不满的，和当局意见不合的所谓"抱道忤时"的家伙，也就是那些持不同政见分子，在东林书院讽议朝

---

① 《明史·卷二百三十四·列传第一百二十二·雒于仁传》，线装书局，第1273页。

政，臧否人物，自负气节，和当权派相对抗，他们的言论得到了社会上不满现实的乡绅、官僚、知识分子和商人的呼。应支持，与朝廷中观点相同的官僚士大夫的遥相呼应。

东林书院环境优雅，林荫覆盖竹篁幽幽的庭院中传来书声琅琅和士子们对于朝政的激烈批评之声，这里显然成了持不同政见者的大本营。历来专制统治者不怕知识分子醉生梦死、声色犬马、贪污腐化，就怕知识分子既关心国事政事，且又对朝政秉持着不同的政治见解。恰恰这帮家伙就是公开宣称要"风声雨声读书声声声入耳，家事国事天下事事事关心"的主。

因此，东汉末年国子监那些不甘寂寞的太学生呼应朝中李固、李膺那种如同孟夫子在《滕文公·下》中所指出的"圣王不作，诸侯放恣，处士横议"的政治乱局就会重演。就如同民国时期著名文学家朱自清所言"向来论气节的，大概总从东汉末年的党祸起头。那是所谓处士横议的时代"顺理成章的就是东汉外戚和宦官集团对于不同政见者的残酷镇压无情打击。

朝廷内部对于不同政见者的相互排斥还只在于不同政治见解的争执，大部分采用干部考察也就是在一年一度的"京察"中相互挑刺，相互驱逐，手段相对文明，就看哪一个派系掌控内阁操纵皇帝。最严厉的手段就是罢官回家赋闲，宋朝党争大部分采取这种相对文明的手段，有时彼此私下里还是朋友。比如当时的王安石和司马光、苏轼等人，那就是对于不同政见者的宽容，还没有上升到你死我活的地步。即使是被尊称为大师的儒学大腕朱熹，他的理论被塑为正宗，但他本人却不是一直被尊为主流地位的官场政坛大腕，大部分时间都是不得志的，一度时期还被攻击成伪学，至于揭发他霸占友人财产、引诱两个尼姑做小妾行为的流言，在朝野上下一直流传不息。有关他弹劾台州知府唐仲友贪赃枉法一案更遭到唐之姻亲宰相王淮的打击报复，有很长一段时间被驱出朝廷放逐乡野成为闲官散吏，朝廷也曾捏造了一个以他为首的"伪学逆党"案，牵连到59人，但也只是罢官降职流放而已，没有屠杀一人。

庆元六年（1200年），朱老夫子在孤独凄凉中抱病而亡。直到九年之后，朝廷为之平反昭雪，恢复名誉，公开为所谓"伪学"正名，宋理宗追封朱熹为太师、信国公，倡导学习他的《四书集注》。此后朱熹学说，成为官方显学，流传百年而不衰，死后的朱熹被帝王强行将骨灰化作栋梁去支撑帝国的殿堂，但是七十年后这座华丽的殿堂就轰然倒塌了。尽管帝国在崖山之战后一败涂地，江山倾覆，但是老夫子塑造的精神大旗下却集中起了数以十万计的军民为大宋王朝殉葬，体现了精神魅力的巨大作用。

万历二十二年，浙江人沈一贯入阁，三十年（1602年）成为首辅，纠集朝中浙江老乡，加上山东、湖北的帮派，所谓以区域划界的浙党、鲁党、楚党勾结在一起专门和东林党人斗。文官集团的帮派斗争此起彼伏，相互排斥，决不妥协，朝堂上每天吵吵嚷嚷，像是鸭寮。搞得神宗皇帝不堪其扰，干脆躲着不见。到了熹宗皇帝即位，这位小皇帝热衷做木匠活，而且是带有创意色彩的细木工，专门制作些工艺精巧的艺术品，亭、台、楼、阁精妙无比，有太监拿到市场出售，竟然也能卖出高价。另外熹宗皇帝还表现出了对于技术创新的浓厚兴趣，乐此不疲。明朝太监刘若愚在崇祯年间写成的《酌中志》生动描绘了天启皇帝的这些爱好，可见他也是聪明灵巧之人，并不像后来经过清代严格文字审查对明末诸皇帝的肆意丑化来反衬清代主子的天资英睿的那般，天启帝没有清代史家描绘的那般愚蠢无知：

先帝好驰马，好看武戏，又极好作水戏，用大木桶、大铜缸之类，凿孔削机启闭灌输，或涌泻如喷珠，或渐流如瀑布，或使伏机于下，借水力冲拥圆木球，如核桃大者，于水涌之大小般旋宛转，随高随下，久而不坠，视为戏笑，皆出人意表。逆贤客氏喝采赞美之，天纵聪明非人力也。圣性又好盖房，凡自操斧锯凿削，即巧工不能及也。又好油漆匠，凡手使器具皆御用监、内官监办用，先帝与亲昵近臣如涂文辅、葛九思、杜永明、王秉恭、胡明佐、齐良臣、李本忠、张应诏、高永寿等，朝夕营造，成而喜，喜不久而弃，弃而又成，不厌倦也。且不爱成器，不惜天物，任暴殄改毁，惟快圣意片时之适。当其斤斫刀削，解服磐礴，非素昵近者不得窥视，或有紧切本章，体乾等奏文书，一边经管鄙事，一边倾耳注听。奏请毕，玉音即曰：尔们用心行去，我知道了。[1]

---

[1] 见刘若愚著：《酌中志·卷十四·客魏始末纪略》。

天子的爱好被掌握朝政宦官有意识地引导到那些所谓的奇技淫巧上，自然使得大权旁落，朝中大政干脆交给了大太监魏忠贤，形成了新的宦官专政，这些身体有缺陷的变态群体对于和自己持有不同意见的文官大臣就没有那么客气了。因为这些读书人与生俱来的道德优势，使得这些被阉割的畸形人在他们眼中本来就低人一等。肢体语言的傲慢和语言上的不屑，使得本来敏感的刑余之人，对这帮人恨入骨髓，那报复必然是血腥和残酷的。原本政治意见的分歧，属于思想认识范畴，一定要上纲上线向颠覆帝国政权上靠，那就是大逆不道的死罪了。

为了独揽大权，魏忠贤密谋铲除东林党人，真是想睡觉就有人递上枕头，力图使魏忠贤的美梦成真，此人就是终其一生先入东林党，后投魏忠贤，最终降了满清，在政治上毫无节操。朝三暮四的小人阮大铖。根据计六奇《明史北略》记载，当时高攀龙参劾阉党崔呈秀：

呈秀贿赂魏忠贤，高疏留内不发。于是群小归附，阁臣魏广微认任，顾秉谦、傅櫆、阮大铖、倪文焕、杨维垣、梁梦环，具拜魏忠贤为父，客氏为母。忠贤听崔、傅、阮三人言，于镇抚司设五等刑具。夹榜棍杠敲。遣校尉探听，丝微必报，如有所发，赀命立尽。……忠贤以左光斗、魏大忠欲阻封荫，切恨之。阮大铖曰："此俱东林党每与公忤"。崔、傅等遂谋一网打尽。①

这帮奸党由阮大铖作献魏阉指东林党为恶党。他们编制了一份黑名单，为使其具有颠覆帝国的色彩，以《水浒》造反的一百零八将绰号排名，将东林党人一一列入《东林同志录》《东林点将录》。如托塔天王李三才、及时雨叶向高、浪子钱谦益、圣手书生文震孟等等。那么这种斗争就变成了颠覆和反颠覆的斗争，内部纷争就具备了敌我斗争那般严酷。魏忠贤把黑名单给熹宗看，可朱由校并不知《水浒》故事，听手下解说一番，即糊里糊涂拍手说："勇哉！"这句莫名其妙的圣旨就成了"莫须有"罪名的罗织。当然政治斗争有时不太好下手，就以贪污腐败罪名开刀，既可以把

---

① 《明季北略·上》，中华书局，2015年，第44页。

那些自命清高的家伙在名声上搞臭，也可让这些不知天高地厚家伙在肉体上被消灭。

瞒着皇帝，阉党悄悄将黑网展开，等待扑捉猎物。朝中新老邪派官员，与东林党人恶斗了几十年，此刻靠着魏忠贤的势力，开始大肆报复。天启五年（1625年），汪文言被捕，受到严刑拷打，要他污蔑杨涟、左光斗受贿，文言跳起大叫："世上哪有贪赃的杨涟？""如此污蔑清廉之士，我宁死不说！"汪文言被活活打死。

阉党伪造了汪文言的供词，逮捕了杨涟、左光斗、周朝瑞、袁化中、魏大中、顾大章六人，史称"六君子狱"。左光斗说："杀我们无非两种方法，一是乘我们不服滥施酷刑打死；一是暗杀我们，再以病死上报。如果初审就服，必然把我们送往法司，这样或可不死。"死到临头，竟然还相信专制政体竟然会有法治，企望着在三法司得到公平的审判。岂不知人们的大刑伺候几乎都是静悄悄在皇家私设的公堂，所谓"诏狱"中进行的。凡是阴谋都是见不得光的，他们此刻要保护的就是既得利益，不是天下公义，你要维护公义就是找死。

于是众人一开始便认罪了。谁知魏忠贤并不让他们移送法司公审，仍留诏狱私刑拷问，所谓刑不上大夫，早已为政治目的丑恶而手段更加恶劣更加残酷，所谓无所不用其极了。以追赃为名，每五天提审一次，进行严刑拷打。逼他们裸体跪于堂下，百般侮辱，夹、梭、棍诸刑轮番使用，几次大刑下来，六人的股肉全腐，审讯时都跪不起来，只能带着桎梏平躺堂上。到后来杨涟大号却发不出声来，左光斗只能发出嘤嘤的叫声，最终五人死于狱卒之手，顾大章自杀而死。杨涟死时，土囊压身，铁钉贯耳，惨不忍睹。

天启六年（1626年），魏忠贤又逮捕东林党人高攀龙、周启应、周顺昌、缪昌期、周宗建、黄尊素、李应升等七人，史称"七君子狱"。高攀龙被东林党人号为"儒者之宗"，缪昌期曾与杨涟共草声讨魏忠贤的二十四罪疏，是阉党眼中钉。高攀龙得知消息，写下"义不容辱"，投水自尽。其他六人皆被拷打致死。阉党按照黑名单一一迫害，无一幸免，一些人甚至借东林党罪名大报私仇，东林成了犯罪的代名词。

这种统治集团内部忠奸对立的斗争，旷日持久，伴随王朝覆灭相始终。仕人们既是对于纲常礼教的捍卫，又是对于政治权力的激烈争夺，血雨腥风,你死我活。如此苦斗,长期的正不压邪,动摇了王朝统治的基础,撕裂了官僚集团群体,使得不少见风使舵官员依傍权势,成为奸佞集团的附庸和打手。

从某种意义上讲,这种斗争使得王朝统治理论沦为不可能实践的玄学伪学,帝王的荒淫无道使得帝国统治机器完全失去了道德基础。儒学宗师和士大夫受到残酷迫害,奸佞猖獗,只能说帝国已经完全丧失了分辨是非的标准。这使得儒学所具备的纠错机制完全失灵,即使天象不断示警,整个帝国依然如同盲人骑瞎马般迅速向着断崖滑落。危如覆卵的帝国在鲜血的流淌中成为祭祀一代儒宗和士大夫的祭台,祭台下面累累白骨血流成河。

东林党人较为正直,都是饱学之士,一直关心民间疾苦,在民众中享有较高的威望。阉党的倒行逆施激起了人民的强烈不满,引发了民变。"七君子"之一的周顺昌,为人清廉刚直、嫉恶如仇,生平不肯趋炎附势,尤重名节,受到魏忠贤嫉恨,被削去官职,在家闲居。他常为平民打抱不平,在当地享有很高威望。魏大忠被捕时,一般人避之唯恐不及,当他路过吴县时,周顺昌热情接待,当场把女儿许配给魏大忠的孙子。押送旗尉张口斥责,顺昌瞪眼发怒道:"你不知道世间还有不怕死的男子汉吗?回去告诉魏忠贤吧,我就是前吏部员外郎周顺昌。"然后双手叉腰大骂魏忠贤。于是周顺昌也上了"七君子狱"的黑名单。

逮捕周顺昌的诏使来到吴县,县令陈文瑞是他的学生,半夜叩开房门便伏在周顺昌的床头放声大哭。顺昌却平静地说:"我早知诏使必至,本是意料中事,何必学楚囚哭哭啼啼呢。"当地人听说后,数万人夹道相送,有儒生五六百人拦住巡抚毛一鹭,要他上疏论救,毛巡抚大怒道:"反了、反了!皇上拿人,百姓抗拒,这是逆党聚众抗拒捉拿钦犯!"陈文瑞跪禀:"周顺昌深得民心,也是平日正气所感,如有一线生机,求大人挽回。"毛巡抚冷笑道:"明明叛逆,有什么好挽回的,想一起陪周顺昌进北京吗?"于是文瑞不敢多话。

捕人旗尉一边用戒具打人,一边怒斥:"今日事和尔等秀才有何关系?东厂抓人,鼠辈还敢多嘴!"激怒众人,市民颜佩韦、马杰、沈杨、杨念如、周文元五人挺身而出,质问道:"圣旨不出朝廷,却出东厂么?"旗尉答:"不出东厂,还能出哪里?"五人奋臂齐呼:"杀伪造圣旨者。"众人一哄而上，当场打死一旗尉，其他人跳墙逃走。正好逮捕黄尊素的诏使路过苏州，泊舟于城外，正在仗势勒索，听说城内民变，城外百姓也烧了他们的船，捕人的驾帖也沉入河中，军士皆游水逃走，也不敢去抓黄尊素了。事后，毛一鹭秘密捕杀五义士，死后葬于苏州虎丘旁，题曰"五人之墓"。

崇祯七年（1634年），魏忠贤及阉党伏诛，东林党人冤案平反，吴中东林党人吴默、文震孟、姚希孟、钱谦益、瞿式耜等人在阊门山塘原魏忠贤生祠被推倒后的地址为五人建祠堂和墓冢。墓前立石坊，由复社领袖杨廷枢题写"义风千古"，过石坊是享堂，面阔三间，进深六架。明间立"五人之墓"碑，高约2.2米，现墓门朝南，前临山塘河，壁嵌《五人墓义助疏》碑。

崇祯朝太仓复社领袖张溥所写《五人墓碑记》，以记其事：

五人者，盖当蓼洲周公之被逮，激于义而死焉者也。至于今，郡之贤士大夫请于当前，即除魏阉废祠之址以葬之；且立石于其墓之门，以旌其所为。呜呼，亦盛矣哉！

夫五人之死，去今之墓而葬焉，其为时止十有一月耳。夫十有一月之中，凡富贵之子，慷慨得志之徒，其疾病而死，死而湮没不足道者，亦已众矣；况草野之无闻者欤？独五人之皦皦，何也？

予犹记周公之被逮，在丁卯三月之望。吾社之行为士先者，为之声义，敛赀财以送其行，哭声震动天地。缇骑按剑而前，问："谁为哀者？"众不能堪，抶而仆之。是时以大中丞抚吴者为魏之私人，周公之逮所由使也；吴之民方痛心焉，于是乘其厉声以呵，则噪而相逐。中丞匿于溷藩以免。既而以吴民之乱请于朝，按诛五人，曰颜佩韦、杨念如、马杰、沈杨、周文元，即今之傫然在墓者也。

然五人之当刑也，意气扬扬，呼中丞之名而詈之；谈笑而死。断头置城上，颜色不少变。有贤士大夫发五十金，买五人之脰而函之，卒与尸合。故今之墓中全乎为五人也。

嗟夫！大阉之乱，缙绅而能不易其志者，四海之大，有几人欤？而五人生于编伍之间，素不闻诗书之训，激昂大义，蹈死不顾，亦曷故哉？且矫诏纷出，钩党之捕遍于天下，卒以吾郡之发愤一击，不敢复有株治；大阉亦逡巡畏义，非常之谋难于猝发，待圣人之出而投缳道路，不可谓非五人之力也。

由是观之，则今之高爵显位，一旦抵罪，或脱身以逃，不能容于远近，而又有剪发杜门，佯狂不知所之者，其辱人贱行，视五人之死，视重固何如哉？是以蓼洲周公，忠义暴于朝廷，赠谥美显，荣于身后；而五人亦得以加其土封，列其姓名于大堤之上，凡四方之士无有不过而拜且泣者，斯固百世之遇也。不然，令五人者保其首领以老于户牖之下，则尽其天年，人皆得以隶使之，安能屈豪杰之流，扼腕墓道，发其志士之悲哉！故予与同社诸君子，哀斯墓之徒有其石也而为之记，亦以明死生大之大，匹夫之有重于社稷也。

现代的五人墓位于阊门外山塘街775号，1956年被列为江苏省文物保护单位。如今的七里山塘风景如画，林荫覆盖中露出黛瓦白墙，婆娑杨柳下碧波流淌，长桥卧波，游人如织。历史在这旖旎的河水中缓缓流淌。这里曾经也是当年魏忠贤建立生祠的地方，仅仅过了十一个月，王朝政治因为熹宗的驾崩崇祯的登基，发生了根本性逆转。阉党集团被新皇一举拿下，魏忠贤在被贬凤阳守陵途中被追回查究罪行，畏罪自杀。他的那些油漆未干的生祠被推倒变成了一片废墟。而当年被残杀的五位民间义士牺牲时的音容笑貌永远在清澈如镜的河水里如雪浪那般翻腾，他们虽然没有读过四书五经，却能大义凛然，慷慨赴死。

正因为这次苏州民众的群起反抗，才遏制了阉党的嚣张气焰，你看他们死之前是多么坦荡，脸上毫无畏惧之色，大骂阉党巡抚毛一鹭的卑鄙无耻，在微笑中从容就义。有乡绅贤大夫花五十两银子买回他们的首级，妥善保存，使得他们的尸体能够完整入殓。待到崇祯皇帝登台，一举铲除阉党，五人的墓得以在魏忠贤生祠废墟上重建，重新隆重安葬。高大的墓碑节义千秋，永远镇压住邪恶，高高耸立在七里山塘那美丽的河堤上。时间倥偬，转眼天地反覆，由此看来，那些曾经窃据高位的人，一旦获罪无处遁身，欠下的债总是要还的，只是时间问题。所以周顺昌等东林贤士的冤案终究会得以平反，被朝廷追赠美好的封号，万世流芳于身死之后。

如今这五义士墓已经成为苏州著名的景点。崇祯皇帝在殚心积虑苦心经营了十七年的在内忧外患中终究无力回天，江山坠落，江河变色，在甲申年那个血腥的早春季节的黄昏，他只能无可挽回地走向煤山，追随太祖爷去了。而那一年充当王朝义士节民的士大夫军民人数更多，江南的士子们率领民众仍然在做殊死抗争。

著名戏剧家李玉记下了五义士和周顺昌等东林党人这悲壮血腥的一幕，根据周顺昌和五义士揭竿而起奋起抗暴的事迹写下了昆曲传奇《清忠谱》。戏中赞美东林党人的凛然风骨，鞭挞阉党奸人上下串通为魏忠贤建造生祠的丑态以及他们迫害忠良的罪恶，歌颂了苏州民众同仇敌忾奋起抗暴的义举，具有很强的现实性与时代感。它跳出了传统戏剧写儿女私情的狭隘圈子，浓墨重彩地描写重大历史事件，关注时事政治，揭露黑暗现实，贴近世俗人生，创作风格近于写实而少浪漫色彩，给明末清初的剧坛，带来了一股清新的气息。

八、腐朽帝国的理想主义悲剧

对于明末士大夫尤其是东林党人的行事执拗、言论矫激，尤其在内忧外患的王朝政治中，不顾内外交困的现实，偏执于理教空谈的做派，史家历来有争议。当然，对于儒家理想主义者们的空谈和偏执，首先离不开的是王朝政治的腐朽和活力的衰竭所引发的种种政治、社会、文化和经济上的危机，王朝已经完全丧失了自我修复的机制，体制的衰亡也就是顺理成章的事情。任何偶然事件的发生其实都有客观规律所遵循。这样才可能引发各种政治危机，朝堂上喋喋不休的争论，只是社会矛盾在政治高层的碰撞，此类看上去旷日持久相互各不相让的争论碰擦出的火花，足以烧毁整个殿堂，他们的执拗既有性格方面的因素，也有体制困局给王朝政治带来的危机。

理想主义者总是非常执着的，他们天生不会见风转舵，两面三刀，明哲保身，因而往往是大义凛然地面对各种威胁，义不容辱地宁折不弯，直至舍生取义，走向死亡而求取节义千秋，万古流芳。

因为这样，他们知道勇往直前，不知拐弯抹角地寻求妥协，在实际上分化了朝廷上下左右的团结，破坏了帝国同仇敌忾抵御内贼外寇的共识。

统治集团的内耗客观上大伤了朝廷的元气,使得朝野丧失了有效抵抗外敌入侵、流寇蜂起的凝聚力,导致了王朝统治结构的松散。面对外来的强大压力,覆巢之下岂有完卵?

然而,在朝堂政治昏暗中的混战中,又怎么可能寻求一团和气的凝聚力呢,因为帝国的整个基础已经从根本上腐朽,趋于松散。仅靠儒家官僚的改良建议又怎么可能修复帝国千疮百孔的大坝。当帝国内部改良主义的建议被残酷封杀之后,能够等待的只有社会革命的巨浪扑面而来。洪水冲决,浊浪滔天,泥沙俱下,受害最深的依然是沦陷战乱兵燹中水深火热的民众。

旧朝儒宗名臣和一批知识分子的改换门庭,重新成为新朝权贵走狗和鹰犬的变节者,史不绝书。如洪承畴、钱谦益、龚鼎孳、吴梅村等等不都投降了新朝?由原来的乌纱换取了顶戴。尽管是屈辱地苟活,他们在保持荣华富贵功名利禄的同时,却背负着沉重的道德十字架,这就是儒家理想主义的忠君报国理念时时在追问着他们在道义良知上对于朝廷的背叛。他们痛苦的心灵在炼狱的大火中被炙烤,因为这些理念已经融化在血液中,凝固在头脑里。新朝的权贵们依然把他们列在《二臣传》中,并不把他们当成可以依赖的股肱之臣,他们只是改朝换代的工具。无论如何作为工具是悲哀和痛苦的,但是他们已经没有了选择。

中国春秋战国时兴起儒家理念中,只有君君臣臣父父子子的等级尊卑制度。儒家最高理想追求就是修身、齐家、治国、平天下的大一统理念,至于如何治理天下,就是礼仪对民众的洗脑教化,铁腕对于反对者的残酷镇压,政客帝国的政客们称之为王道霸道的并用,也即"儒表法里"阴谋权术的娴熟运用。所谓法治就是严刑峻法在现实中的残酷使用,商鞅的愚民、弱民、辱民、贱民之国策而已。本质上大小官员和广大民众都是皇帝治下的臣民,任何人摆脱不了帝制运作的怪圈。这是如来佛的手掌心,即使孙悟空也终将会因为对玉帝造反而压在五行山下。那是太上老君的金刚镯,任你铜头铁臂也难以触动这座铜墙铁壁,胆敢尝试者,只能头破血流,这就是帝王的专制和一统。

儒家设计的天道只能是某种虚幻,其实也只不过是某种民意的表达,民怨沸腾中英雄和枭雄轮流登台表演改朝换代的闹剧,结果依然难以突破王朝轮替的怪圈。民意只是被借用的工具而已，本质上和儒家知识分子的美好理想一样，都是王道轮替的工具。

所以宋代和明代灭亡之际，那些孤城孽子们不是纷纷殉国而成为帝国的忠臣了吗？这就是残酷无情的历史，血流漂杵造成了帝国的轮回。

有论者认为，这帮自以为是的儒家知识分子们在朝野的拉帮结派，党同伐异，意气用事，自以为是，毫不留情的矫情和过激言论，有违中庸平和的君子之道，也是朝纲紊乱，乱局不可收拾的负能量。

儒家学说在汉代系统性推出，在宋代又进行创造性变革，促使儒学华丽变身为道学，支撑起统治集团的大一统帝国，在凝聚人心方面其意识形态的工具作用不可低估。也就是把符合专制帝国利益的政治观、道德观、价值观，立为名分，定为名目，号为名节，起到规范社会各界人士的言论和行为的积极作用。

其中当然也包括了帝国最高元首——皇帝的言行也必须符合儒学规范，以确保帝国纲常礼教从上到下的纯洁性。这就是通常所说的名教，但是随着儒教的独尊和神化、圣化，其作为协调和维护封建统治等级秩序的功能，也就在社会不断地发展和变革中逐渐虚伪化、空壳化、教条化，很难适应生产力发展和商品经济崛起的现实，逐渐演化为各级官员表演的程式和礼仪。在世俗化浪潮袭来的时候，这道堤坝已经被统治者自身的贪婪腐败，变得千疮百孔、蚁穴丛生、不堪一击了。千里大堤即将为内外矛盾的合力所冲决，届时洪水破堤，泛滥成灾，社会动乱就会不期而至，新一轮的整合在血火兵燹中完成。

晚明知识分子过分地谨守名教，不知思想上的与时俱进，有时到了不近情理的地步，凡是理论僵化到了不能随形势发展变化通融的地步，就成为某种教条，变为泛道德主义的空谈，难以和实际相结合，也难以在社会推广落实，形成了某种道德虚化，导致了伪道学两面人格的盛行。对普通人来讲就成为枷锁，禁锢着人们的思想，束缚着人们的言行，在文官集团众目睽睽注视之下，贵为帝王的言行同样受到束缚和禁锢，必然导致统治集团内部的矛盾不断加剧。某些纲常礼教的坚定维护者就成了"外易其貌，内隐其情，怀欲以求多，诈伪以要名"（见阮籍《大人先生传》）装腔作势的伪君子。

虽然明代的儒生未必都是口是心非的伪君子，有些确实是言行方正怀有儒家理想情怀的君子，他们从内心希望成为帝王老师的正直学者，只是在思维方式上过于教条迂腐，在名节上过于讲究，因而在帝王的个人专制面前，他们只能成为可悲的牺牲品。如宋代的周敦颐、程颐、张载、朱熹等大儒，皆以一介书生，教授学生，奖掖后进，隐然以道统自居而成道德裁判官，难道帝国不是以道统立国的吗？"所谓天不变，道也不变"，然而王朝末路，天子失德，天象示警，天道就要失衡，这就是改朝换代的象征。

诚如董仲舒所言："且天之生民，非为王也，而天立王以为民也，故其德足以安乐民者，天予之，其恶足以贼害民者，天夺之。"①看看明代历史，那些帝王的所作所为又有多少天道教义贯穿其中呢？更多只是人欲酒色财气的滥觞，酿成了洪水滔天对于堤坝的拍击，此刻外力洪流激荡，只能形成内外交困的乱局。

故而儒生迂腐，也在于对于名教的坚持，有时不惜贡献生命也要充当卫道之士。形成了某种士风，也就是知识分子中坚持的殉道风气。殉道者意味着千古流芳，节义千秋。仔细分析起来，这些所谓的节义之士，也是有着性格缺陷的：耿直有时失之于变通，峻急有时失之于平和，严格有时失之于宽容，好名有时失之于矫激。这些既是他们性格的优势，也是他们性格的缺陷。这是一个分币两面，人就是在阴阳两面的人格涅槃中完成自己在人生舞台的形象塑造。这就是人性的复杂性和丰富性，也算着对于人情世故的洞察失落，世人看来也就是人情练达不够，因而入世这篇大文章做得不够圆满。

一是好名不知圆融变通。太祖时，监察御史王朴性耿直，常常与朱元璋在朝廷上辩论是非。皇帝大怒，命令将这个大胆狂徒给杀了。等到真正绑缚市曹开刀问斩时，朱老大又后悔了，命人将其召回，当面问王朴："你准备改正你的臭脾气吗？"王朴理直气壮地答道："陛下并不以为臣不好，才任命我担任御史，奈何对臣摧折侮辱如此。如果我无罪，为什么一定要杀我；如果我有罪，为什么又要放我生还？臣今天愿意速死。"朱老大大怒，命令立即行刑。王老兄路过国史馆时大声疾呼："大学士刘三吾请记

---

① 见董仲舒著：《春秋繁露·尧舜不擅移汤武不专杀》。

住，某年某月，皇帝杀无罪御史王朴。"临死也不忘记损害皇帝的名声。老王之耿直由此可见一斑，就是不肯给老朱一个台阶下。

二是意气用事激成大狱。明代士大夫好意气用事，朝廷遇大问题，往往成群结队苦苦相争，又好私下串联广通声气，不避嫌怨，对于不满意的事和人交章弹劾，对于无罪受害之人的营救也是不择手段地交章论救。有结党营私的嫌疑，容易为朝廷所误解，也常常使君主下不了台，甚至恼羞成怒，只能以暴力手段对待群臣。明孝宗时，岷王朱膺钎奏武冈知州刘逊不法之事，孝宗命锦衣卫将刘逮捕来京，给事中庞泮、御史刘绅等率领科道官员上疏论救。皇帝以亲王弹劾一州官，你们这些大臣动辄交章阻扰，非常不妥。于是将庞泮和刘逊等六十二人集体下狱，台谏署官员几乎一空，此时九卿出面力谏劝阻，皇帝无奈，才将官员全部释放，刘逊也无罪开释。明宪宗成化四年（1468年），皇帝的嫡母慈懿皇太后钱氏去世，皇帝的生母周太后不想让她与明英宗合葬裕陵。阁臣彭时、商辂、刘定之认为不可以这样。百官皆请皇上按照他们的意见办。宪宗皇帝说："违背礼制固然不孝，违背母亲的意志也是不孝。他们的提议，你们不必再说了。"而廷臣一百四十七人集体上疏："皇上当守祖宗成法，岂可一味顺从母后，这显然是违背过去典章的。"皇帝犹豫不决。给事中毛弘昌言："这是大事，我辈将以死抗争。"于是一批大臣匍匐于文华门，从早到晚哭哭啼啼，皇帝和周太后很是感动，同意了大臣们的意见，于是群臣山呼万岁。这些集体行动近乎绑架和胁迫。而有些一意孤行的皇帝和为所欲为的奸佞几乎是不受胁迫的，比如武宗在正德十四年（1519年）下昭要巡游南北两畿、山东，也就是从北京至南京游玩一遍，阁臣和科道官员皆不同意，百余人皆相继抗疏劝谏。皇帝大怒执六人下镇抚司拷打，一百七十人跪在午门前五天，被廷杖者一百四十六人，当场打死的就有十一人，这一年正是宁王朱宸濠造反，被王阳明所镇压，这次豪游时间长达两年直至在淮安钓鱼差点淹死，身染重病才返回。

三是书生意气好争礼仪。明代士大夫，书生习气很重，好争礼节、礼仪，往往对与宫廷细节皇帝家事监督很严格，摇唇鼓舌，持论深刻，吹毛求疵，上纲上线，苦苦相争，近乎深文周纳，使得皇帝毫无伸缩余地。对于君主如此，对于君主家属或者首辅重臣也如此。

武宗死了，花花太岁，没有子嗣，其弟兴献王朱厚熜入继大统，是为嘉靖皇帝。这位嘉靖皇帝一登上宝座，首先想到的是为自己已经去世的父母亲上皇帝和皇后尊号。大臣引经据典，谈古论今认为这不符合祖宗规矩，坚决不同意，应该以孝宗皇帝、皇后为父母亲，皇帝的本生父母亲为皇叔、叔母，这使得嘉靖皇帝感到好笑，自己的父母亲怎可以换来换去。而大臣又是引用汉代定陶王承继哀帝皇位也是这么办的，宋代濮安懿王承继宋英宗皇位也是如此办的等等。君臣相持不下，只好暂时搁置。这种嘉靖朝的"大礼仪"之争，相持多年，嘉靖六年（1527年），因此事廷杖大臣一百三十四人，死者十六人。是年九月嘉靖皇帝为自己老子老娘加上献皇帝、皇后尊号，改称孝宗为皇伯考。嘉靖十七年九月为自己父亲献皇帝追加睿宗封号，配享太庙。大礼仪之争在君臣血拼中以皇帝惨胜告终。因为此时"翰苑一空，士气也摧残殆尽。帝英察自信，果于刑戮，颇护其短，奸臣严嵩遂得一意媚上。窃权罔利，因事以激帝怒，戕害人以成其私，而一时正人多被祸也。"[①]

在后人看来，这些文臣的居心也许可敬，但其手段之操切也或可笑，因为这些争论都无关王朝稳定的根本宏旨，是可以在两可之间由皇帝自行决定的小事。以后神宗年代的张居正"夺情之争"和后来的"国本之争""梃击之争"都具有相同性质，闹得上下鸡犬不宁。大学士许国不胜愤怒，专疏请求辞职时说："昔之专恣在权贵，今乃在下僚；昔颠倒是非在小人，今乃在君子。意气感激，偶成一二事，遂自负不世气节，号召浮薄喜事之人，党同伐异，罔上行私，其风渐不可长。"

四是东林党与他派别的倾轧。明神宗时期党争激烈，每遇朝廷议事，吵吵嚷嚷，势同水火，使得皇帝很不耐烦，干脆回避早朝，躲入深宫。以阁臣沈一贯为首的浙江人为一派，掌握了朝中大权，其他山东、湖北、安徽宣州、江苏昆山人附骥其后联合起来针对东林党人。

东林党的兴起与顾宪成有关。顾宪成，字叔时，无锡人。曾为应天府乡试第一名。入仕后担任吏部主事、文选司郎中。他性格倔强，嫉恶如仇，绝不攀附权贵，大学士张居正生病，朝廷官员均为祈祷，同事也将他的名

---

① 见王桐林著：《中国历代党争史》，中国书籍出版社，第177页。

字签上，他坚决不同意，亲手将自己的名字划去。因敢于犯言直谏，皇帝很不喜欢他，比如在担任吏部考功司主事期间，万历皇帝准备封自己的三个皇子为王，他坚决不同意，原因在于他认为在皇后没有嫡子的情况下，必须先立长子朱常洛为太子，决不能胡子眉毛一把抓地将三个儿子同时封王，不利于国本确立，国家不得长治久安，遂和其他廷臣上疏，对皇帝的旨意毫不留情地进行反驳。

皇上说三子封王是暂时的，以待有嫡立嫡无嫡立长。他认为"待"字一言大有不可。"太子，乃天下本。豫定太子，所以固本。"所谓有嫡立嫡，无嫡立长，应该根据现实情况而论，待将来再说是错误的。本朝立储的规矩就是，东宫太子不能等待嫡子出生，长子与其他儿子不可并封。朝臣们已经说得很清楚了，皇上您一概置若罔闻，岂非您老人家的创见能够高于列祖列宗的规定之上？统治天下的人称为天子，天子的长子称为太子。天子系乎天，皇上和天是同于一体的；天子之位的继承问题，在乎实际上是不是有嫡子，而不是等有了嫡子再封太子。今天您老人家要并封三个儿子为王，长子与太子的关系就不能确定，就难以正其名。皇上以为是权宜之计，权宜也就是不得已而为，长子为太子，诸子为藩王，于道理相顺，于长子的名分相称，于父子情分相安，有什么不得已的？

这就是明代以道学自居的文官，对于皇帝的意见，引经据典，批评得头头是道，毫不留情面，可谓据理力驳，根本没有妥协余地。顾宪成进一步指出："皇上以《祖训》为法，子孙以皇上为法，皇上不难创其所无，后世讵难袭其所有？自是而往，幸皆有嫡可也，不然是无东宫也。又幸而如皇上之英明可也，不然凡皇子皆东宫也，无乃启万世之大患乎。"这等于是批评皇上不为后代人作出好榜样，乃至贻误子孙后代，导致诸皇子争位而贻害无穷。道理说得明白透彻，而皇帝就是充耳不闻，皇长子的太子名分问题就一拖再拖，朝臣们的争论就旷日持久，待嫡问题一直未解决，立长问题也就成了悬案，直到万历二十九年冬，皇长子的太子之位才算有了结果。

在争国本问题上，朝中阁臣在大方向没有根本分歧，都主张立皇长子为太子。只是在朝当权的阁臣不想因为立储问题和皇帝及其宠妃郑贵妃撕开脸面，主张从长计议，慢慢说服皇帝遵循祖宗成法，立长不立幼，不想过分催逼，免得无事生非；顾宪成一派则有话直说，绝不拐弯抹角，力请不已，进而指责皇帝迎合郑贵妃，两派就在朝堂上公开吵架。阁臣王锡爵愤愤地说："当今最奇怪的是，便是朝廷有什么决定，天下必然反对。"顾宪成针锋相对地说："依我看，天下有什么意见，朝廷必然反对。"两派的口水战又延伸到互相贬逐。顾宪成利用自己吏部文选郎的职务和吏部考功郎中赵南星相互串通，党同伐异，暗中操纵吏部尚书孙鑨利用每年对于官员的考核推荐，排斥浙党等派别，扶植同党。万历二十二年，两人因推荐干部问题，不合帝意，被罢官。

即便如此，朝臣们对于福王朱常洵的就藩问题一直和皇帝唧唧歪歪，争论不休，搞得万历皇帝不胜其烦已经有二十六年不上早朝议政，为的也是回避臣子们和君臣之间的争吵。

此时的顾宪成早已为万历皇帝赶出京城，去老家无锡在东林书院聚众讲学去了。按照《明史·顾宪成传》记载："宪成既废，名益高，中外推荐无虑百十疏，帝悉不报。至三十六年，始起南京光禄寺少卿（朝廷管膳食和祭祀用品的部门），这种留都南京的闲职，作为某种象征性对于名士的安抚，顾宪成当然不满意，力辞不就。四十年，卒于家。"也就是说顾宪成从此告别官场，老死林泉了。①

这就是帝国敢于犯言直谏的诤臣，即使皇帝老儿再次启用，加官晋级，老子就是继承先贤孟老夫子"不召之臣"的光荣传统，只当教授为后学授道解惑，不再当你个腐败朝廷的鸟官了，以自己的操守以及儒家理想造就一批志同道合者，与黑暗现实相抗衡。这也算着中国士大夫阶层的气节和情操，亢直伟岸光明磊落和官场的柔媚犬儒工于心计在道德品质上是格格不入的，算作是君子大丈夫。

顾宪成在无锡东林书院讲学，声名大噪，退隐林下抱道忤时的士大夫慕名前来，讲学所至，听者如云，可见天下归心，仿佛当下的网络意见领袖，代表了民间的呼声，这也是后来的魏忠贤奸佞集团忌怕而残酷加以迫害、关闭天下书院、禁止民间讲学的原因。顾宪成慷慨陈词地说："官辇毂，志不在君父；官封疆，志不在民生；居水边林下，志不在世道，君子

---

① 见《明史·卷二百三十一·列传第一百十九·顾宪成》，线装书局，第1257页。

无取也。"传统儒家以天下为己任的精神，在他们身上得到体现，这派人被称为东林党人，虽然在野，在官场却很有影响力。东林党骨干分子较重名节，具有相当正义感和政治革新的精神。

以士大夫为主的文官集团形成派别，党派之间倾轧空前激烈，明神宗对之非常淡然，采取不置可否的态度，导致越演越烈。然而，也并不是每一个东林党人都是自我标榜的君子，万历三十八年前后，围绕李三才的评价问题，两派形成恶斗。

万历二十七（1599年）年，李三才以右佥都御史总督漕运、巡抚凤阳诸府。当时神宗派出的矿监税使横行天下，公然抢夺民财，凌辱地方官吏。李三才上疏直谏："陛下爱珠玉，小民要温饱，陛下爱子孙，小民恋妻子，陛下怎么能为聚敛财富，就不让小民满足温饱之需呢？怎么能为延年益寿，不让小民享受朝夕之乐呢？朝廷政令、天下情形弄到目前这种样子，还不发生叛乱，自古以来就没见过。"奏疏呈上一个月，没有任何反应，他又上疏说："一旦众叛亲离，土崩瓦解，小民皆为敌人，风尘满天，乱众蜂起，陛下将决然独处，这时即使黄金满房，明珠填屋，又有谁来守护呢？"神宗仍然气定神闲，既不采纳，也不驳斥。

实际上李三才是个擅用权术的官员，他在自己辖区内打击宦官，逼死囚陷税官，然后抓其同党来处决，以至一些贪官恶逆不敢进入他的地盘为非作歹。他还积极笼络朝士，抚淮十三年，结交天下名仕，有客来访，他便和人谈论当时弊端，无所顾忌地批评当时执政大臣，并不时上疏攻击首辅沈一贯，和东林党人引为同道。其实他并不廉洁，花钱如流水，但他却希望博取好名声。一次他宴请顾宪成，只摆上三四道素菜。第二天却一下子摆出上百种珍馐佳肴。宪成很是惊讶，他只是淡淡地说："昨天偶然缺乏，所以寥寥无几，今天偶然有钱，故罗列满桌。"宪成因此认为他淡泊。东林党人盛赞他堪为大臣，想引荐他入阁。而浙党、楚党、昆宣党对他恨之入骨，攻击他"大奸似忠，大诈似直"，争论辩驳，数月不息。于是李三才上疏请去，皇帝乐得看热闹，根本不予理睬，三才只好自行辞职引退，皇帝竟然也不追究。[1]

---

[1] 见《明史·卷二百三十二·列传第一百二十·李三才》，线装书局，第1264页。

顾宪成在其间，也曾上书首辅叶向高和吏部尚书孙丕扬为李三才入阁说好话。于是朝中浙党、楚党、宣昆党交章攻击顾宪成，接受了李三才的许多好处，诬蔑漕运总督下辖的浒墅关小河的关税为东林书院专有；经常召关使来到东林书院盛情款待，即使不来，也常常有丰厚的馈赠；顾院长讲学所至，仆从如云，县令招待，非二百金不办，等等。一时捕风捉影诬陷攻击东林者络绎不绝，直到顾宪成去世后，这些流言蜚语依然在朝廷上下流窜。而神宗皇帝超然事外，一直不予理睬，也不制止。直至熹宗上台，魏忠贤当政，罗织罪名将东林党人一网打尽，从此无人敢讲孔孟之道，书院讲学之风为之戒绝，国家正气从此而损失殆尽。《明史·顾宪成传》总结为"杀戮禁锢，善类一空"直到崇祯登基，铲除魏忠贤奸党，东林党人复出，为崇祯所收用。"而朋党之势已成，小人卒大炽，祸中于国，迄明亡而后已。"

流风所及，在崇祯自缢后，依然在南明小王朝上下流窜，直至王朝余绪彻底被扫荡一空。

作为儒林标杆的孔孟之道到汉代董仲舒对于儒学的综合解释运用，完成天道和王道、人道三者的整合，到宋代程朱理学在"存天理，灭人欲"完成整个王朝的尊卑等级秩序，王朝体系趋于完善，到明代更加上特务统治和专制网络的严密，形成王道霸道、儒家法家杂用之局面。所谓王道和儒家学说日益脱离统治阶级的施政实际而变成王朝专制表面拉开挡丑的屏风和遮羞布。秉持儒家道学理念的官员就成了抹布似的官员，为肮脏残酷的王朝政治掸去灰尘，涂抹油漆，显示表面的光洁美好，而骨子里的下流却是去除不尽的。

这种儒家哲学因为科举制度的延续而保留了表面的主流地位和发挥了主导作用。虽然帝国并不是按照儒家设计的制度运行的，但却为文官集团内的儒家真君子们留下了一个表现个人美好理想的舞台。一批仁人志士，始终相信经过他们的不懈的主观努力，一切邪恶的现实都可能改变，因为他们的胸怀是广阔的，其中填充着儒家修、齐、治、平的良知和道德。这些向美和向善之境界是可以教化帝王和民众成为共同追求的美好政治理想。关键在于"格物致知"和"知行合一"地不懈努力。

但是，中华帝国依然沉睡在皇权垄断的专制囚笼中，专制的本质没有丝毫改变。至于明末最具异端思想的知识分子、儒生官员队伍中的叛逆者李贽最终以剃刀割断喉管，在阴冷潮湿的诏狱中以生命毅然和这个黑暗王朝做出彻底的决裂，预示着思想界一颗启明的亮星升上了天际。

第三章 天崩地坼年代的留都风韵

一、南京在明末的重要地位

南京是中国历史上从东吴、东晋到宋、齐、梁、陈在此建都的六朝古都，根据晚明和冯梦龙同时代的文人余怀在《板桥杂记》中记载：

金陵为帝王建都之地：公侯戚畹，甲第连云，宗室王孙，翩翩裘马，以及乌衣子弟，湖海滨游，靡不挟弹吹箫，经过赵李；每开筵宴，则传呼乐籍，罗绮芬芳，行酒纠觞，留髡送客，酒阑棋罢，堕珥遗簪，真欲界之仙都，升平之乐国也。①

旖旎之文字写尽了人间酒色之繁华。这里是帝国之祖朱元璋开创大明江山的发祥之地，也是太祖爷和懿文太子朱标的陵寝安葬之处，更多地代表着帝国的受命于天的意味。这里又是南直隶应天府的所在地，和北直隶的顺天府同时代表着王朝的天命所系。

南京在明代的历史上一直起着举足轻重的作用，这是毋庸置疑的事实。作为中国东南的第一大都会，既是明太祖打造大明江山的龙兴之地，又是太祖皇帝江山承续转折的靖难之地，以后成祖爷对太祖留给太孙建文旧臣进行了一番血腥杀戮洗劫之后，将都城迁往了北京。

南京依然做为留都保留着与北京相对应的六部衙门和各级政府部门，政治结构形式完全和北京相对应，算是对于太祖爷政治遗产的尊重。

---

① 余怀著：《板桥杂记》，南京出版社，2006年，第9页。

作为六朝古都的南京，左枕崇岗，右怀长江，以山为廓，以江为池，三面环水，险阻东南，其地势向有钟山龙盘，石城虎踞之称，聚王者之气，为帝王之宅。明代的南京是全国经济和文化最发达的城市之一。明太祖在此建都三十一年（1368—1398年），接着是皇太孙朱允炆继位，是为建文帝在位四年（1399—1420年），靖难之役后，造反篡位的皇四子燕王朱棣是为明成祖并在此继续当了十八年皇帝（1403—1420年）才将都城远迁到了北京。而这里依然是太祖爷的龙兴之地，在全国的政治棋局中依然处于举足轻重的地位。南直隶和北直隶，应天府和顺天府南京和北京几乎平分秋色，在经济和文化上甚至还优于北京。

清朝初年，著名小说家《儒林外史》的作者吴敬梓描写道：

这南京乃是太祖皇帝建都的所在。里城门十三，外城门十八，穿城四十里，沿城一转足有一百二十里。城里几十条大街，几百条小巷，都是人烟凑集，金粉楼台。城里一道河，东水关到西水关足有十里，便是秦淮河。水满的时候，画船箫鼓，昼夜不绝。每年四月半后，秦淮景子渐渐好了……到天色晚了，每船两盏名角灯，一来一往，映着河里，上下明亮。

秦淮河上的畸形繁华景象，是明代南京城的一个缩影，也是当时江南城市经济文化高度繁荣的产物。

其实南京作为留都更重要的是经济、文化和军事的作用。作为帝国的税赋产粮产盐重地需要人管理，作为长江天堑和东南沿海江防、海防需要军队驻守。这是帝国政治的需要，是不言而喻的事情。至于平时这一切看起来无足轻重，只要按照常规运作总督、巡抚施政，太监监控就行了。因而天高皇帝远官民相安无事，在统治力相对薄弱的地方无为而治，生产力自然得到发展，经济文化趋于高度繁荣，学术空间相对宽松自由，才成就了中国近代出版业的兴盛，促使了中国近代文明的传承和传播，使得知识分子的言论自由有了相对的广阔的空间。

由于留都衙门齐全，官员闲散倒是使得一批被贬职或者遣散来的官员有了读书做学问进行学术交流的空间因为身份被主流体制所排斥，因而也具有了司马迁似发愤著书的动力。政治控制的相对宽松，学术自由自然活跃，因而，一时也是藏龙卧虎人才济济。那些中国历史上有名的大思想家、大文学家、大出版家、大艺术家、大科学家均在这里风云际会，大显身手。比如李贽、汤显祖、黄宗羲、李时珍、徐霞客、焦竑、张岱等人皆出入六朝古都之间，悠遊山水，出入书肆，光顾青楼，有人在制造风流韵事的同时留下了许多脍炙人口的作品。

明末文人余怀（澹心）所著《板桥杂记》记载了六朝古都南京的繁华旖旎为留都的人文风情留下了纤丽香浓的一笔，颇能引人遐想，而他的儿子余宾硕（字鸿客），在余怀迁居去了苏州后，依然留在了南京不复出世为官，甘当明代遗民。他在城南筑圃而居，承续其家学，闭户读书噱古，作《金陵览古》诗凡六十首，在清初勘刻付梓时更由当时文坛的重量级大佬周亮工、尤侗、陈维崧为之作序。序中对其家学渊源、文思才华不吝惜溢美之词，尤侗感叹道："吾意余子前身，定是王谢子弟，三生再来，流连咏叹"，其在自序中表述道：①

金陵自六朝建都，佳丽之称，由来尚矣。其山虽无高岩截云，层崖断雾之势，然多妍媚而郁纡，烟容岚气，林莽锦濛，望之如佛螺，如眉黛。当夫晨光初起，夕景留晖，四眺极目，心赏神怡，栖托者不能绝足于其侧矣。其水虽无寒泉瀑布，映带林薄，而四境回绕，大者长江西来，一泻千里；小者澄湖练明，清潭镜澈。兼之夹塘崇峻，邃岸静深；堤杨洲荄，卓约撩人；茂竹便娟，披豁荫渚。巡颓浪者，莫不拥楫嬉游，徘徊爱玩。至于佛庐仙馆，檐宇相承，风榭云楼，樱峦带阜，都人游士，入而往返。斯以知支公寄迹，谢傅耽赏，心焉好之，良有以也。若夫齐梁宫殿，晋宋园亭陆离绚烂，光艳当时。一旦歌台沦宇，律管埋音，过故宫而流连，，能无黍离麦秀之悲乎？嗟乎！盛衰代有，人事何常，俯仰今昔，慨岂独余。夫陈迹汩没，近在百年，陵谷变迁，邈而千载。今也江徙而北，沙衍而南，险易交乖，名实失据，游览之士，何从而一一指明之，余惧夫佳丽之不可复考也。岁次丙午，

---

① 《南京稀见文献丛刊·南京览古卷之一》，南京出版社，2009年，第237页。

月穷于纪，我心不乐，驾言出游。周流山水之间，感慨兴亡之事，探奇揽胜，索隐穷幽。地各为诗，诗各为记，次第汇成，凡六十首。后有考古者，按籍而稽，灿如指掌，至若屈原放废，乃作《离骚》，马迁腐刑，厥有《史记》。古人不得志于行，则发为诗歌，以自道其悒郁无聊之志，所谓穷而后工者，事有类然。君子揽之可知余之志也。

上述序言可以见得，明末才子余怀之子也是才气横溢之人，深得其父才学传承，对于明代故都山水人文，有着深厚的情感。首先是对"国破山河在"的悲叹，这类悲叹在明末遗民身上是共同存在的，用他们的话说是"黍离麦秀之悲"，也就是故国宫阙尽在战火兵燹中焚毁，过去的钟鸣鼎食之地，已经成了一片茂盛的麦田，而徒生出家国兴亡的感叹。此刻，对于故国的怀念只能寄托在诗词中，以涵咏自己失落的壮志情怀，其中渗透着屈原放逐而赋《离骚》的悲愤和司马迁受宫刑后发愤写作《史记》，这和当年张岱在家国覆亡后，立志著述是同样的心态。道光年间学者杨士达在为余宾硕所著《金陵览古》所作的序言中明确指出[①]：

金陵为六朝都会，继以南唐、有明，俱称繁盛，故址遗墟，其足供骚人墨客之凭吊者众矣。余独怪福王南渡，半壁江山，已如燕巢幕上，乃忘君父之深仇，恃长江指天堑，荒淫逸乐，自速败亡。岂身居佳丽，蹈齐陈之覆辙而不克自振耶？抑在廷诸臣，自史阁部外，马、阮、王、钱、皆巧佞奸金，与壮烈所任诸相无异也？岂非天厌明德，故多生亡国才，俾其君信任勿疑，以覆其祀欤！

杨士达这段话形象地概括了南京的历史，简略地描述了崇祯王朝被建州贵族一举摧毁后，明宗室南迁和南京留都的大臣拥立福王朱由崧即位成立南明小朝廷。然而已然拥有东南半壁江山及完整军事、经济力量的南明朝廷为什么没有形成东晋和南宋时持半壁江山形成南北朝划江而治的局面，却很快覆灭有其深层的原因。

---

① 《南京稀见文献丛刊·南京览古卷之一》，南京出版社，2009年，第236页。

面对北方满洲军事统治集团的环伺，随时准备南进的留都文武大员和北渡而来的前明统治集团的逃难官员，面对君主殉国，国家权力形成真空的乱局，各个利益集团心怀鬼胎，准备在权力重组中攫取更大的利益。留都就是一个大舞台，留都的政治大员们都将一一进入角色，演出王朝覆灭前最后的喜剧、闹剧、丑剧，最终统统进入悲剧。

靖难之役后，明成祖将首都迁移至北京，南京仍然作为留都而保存着与北京相一致的帝国政治体系。作为应天府所在地，始终和顺天府相对应着成为南北两大支柱支撑着帝国政治、经济、军事、文化的运作。因而北京在作为政治首都的同时，南京更多的时候是作为文化、军事、经济上的基地而相对独立地存在着。其政治上的意味并不浓，唯掌管经济和税赋的户部各司科分外忙碌，显然作为江南发达地区的首善之地，是帝国税赋的主要来源。

明末在抵御边患和农民起义的大军缺饷之时，穷于应付，崇祯皇帝对整个官僚集团的贪鄙吝啬，一筹莫展。然而，在李自成大军攻破北京，打开内库时却发现"旧有镇库金积年不用者三千七百万锭，锭皆五百（十）两，隽有'永乐'字样"。[①] 这是明初永乐年从南京带到北京的巨额资产，所谓祖宗积累资产是不能动的。李自成攻下北京后刘宗敏酷刑拷掠明朝百官来维持百万大军的军费，也在短短数周内就得银得银 7000 多万两，均让工人重新熔铸成巨大的中间有孔窍的方板状银板，运往西安。仅在崇祯皇帝老丈人周奎家，当初哭着喊着只肯掏 1 万两银子酬军的守财奴，禁不住严刑拷打，被闯军抄出了无数奇珍异宝，拉了几十车，光是现银就足足有 53 万两之多。由此可见帝国君臣皇亲国戚的贪鄙，故黄宗羲在《明夷待访录》中痛批：

天下之大害者君而已矣！以天下之利尽归于己，敲剥天下之骨髓，离散天下之子女，以奉我一人之淫乐，视为当然，曰："此我产业之花息。"

其实，皇帝之贪婪和这整个官僚体制的腐败是互为表里相辅相成的，

---

① 见计六奇著：《明季北略》，中华书局。

这一点崇祯皇帝的《罪己诏》①有透彻的披露：

> 张官设吏，原为治国安民，今出仕专为身谋，居官有同贸易，催钱粮先比火耗，完正额又欲羡余，甚至已经蠲免，也悖旨横征；才艺缮修，便趁机自润。或召买不给价值，或驿路诡名轿抬。或差派则卖富殊贫，或理谳则以直为枉。阿堵违心，则敲朴任意。囊橐既富，则奸愿可容。抚按之荐劾失真，要津之毁誉倒置。

可见这位极望励精图治的末代君王对于官僚集团的了解是很全面的，方方面面的情报很准确，对于帝国政治经济吏治腐败的分析也到位。但是对这种制度性腐败的治理却基本束手无策。因为皇权集团和官僚集团的既得利益是不可触碰的，前者被皇帝杀头或施加廷杖，后者将要被整个官僚团伙群起攻之。清官循吏陷于在整个体制的孤立无援境地而遭到淘汰，这就是帝国模范海瑞们的悲哀了。吏治进入"择劣汰优"的马太效应，整个帝国基本无可救药了。

甲申之变，崇祯皇帝朱由检自尽煤山后，南京自然成为残余王朝半壁江山的政治中心，北方南逃大臣、留都原有百官、勋臣、皇亲国戚加上驻守将领、宦官各色人等均登台表演。在出演弘光皇帝朱由崧登基的这幕闹剧中司礼监提督大太监韩赞周、凤阳提督太监卢九德都有精彩的表演。尤其是卢九德，原来在京城就是老福王府的主管太监，后来外放凤阳担任提督太监，其实就是凤阳总督主管的江北四镇军队的总监军，故而在军事守备上权势极大，连凤阳总督马士英也要看他的脸色行事。当年老福王朱常洵在洛阳被李自成活烹煮吃了以后，世子朱由崧缒城出逃，一路仓皇流窜，最终流寓淮安。他暗中勾结家臣老太监卢九德，首先与淮安守将总兵刘泽清勾搭上，再与其他三镇总兵黄杰、黄得功、刘良佐联络上，在南明皇帝的拥立上起到关键作用。这样表面上由凤阳总督马士英节制的江北四镇总兵实际已经架空了总督，总督手下的骄兵悍将已经完全架空了兵部和内阁。

---

① 《明季北略·卷十三·责臣罪己》，中华书局，第219页。

第三章 天崩地坼年代的留都风韵

原马士英与兵部尚书史可法在南京浦口议定的迎接桂王到南京即位，打破两派朝臣争论不休的迎立潞王还是福王的僵局而取折中。现在所达成的协议被废止，其中太监卢九德和韩赞周暗中所起到的作用十分关键。主持东南半壁河山与清军对抗的重任就落在了荒淫无道的福王爷身上了。从这点上看，凤阳总督马士英和兵部尚书史可法均是为卢九德勾结地方军阀所胁迫的顺从了福王势力。所不同的是老奸巨猾的马士英并没有将情况改变的真情及时向史可法通报，目的依然是为了抢那个拥戴之功，最终将史可法排挤出了中枢自己取而代之，成了新朝炙手可热的权臣。

可见皇帝并不因为南京远离京城政治中心就对留都的相关事务掉以轻心，为了保证六部都司衙门对于朝廷的忠诚，派出了大量的太监对于留都的方方面面进行监督，使得这里的军政经济大计，始终不离开朝廷的视野。太监集团作为宫廷政治的重要组成部门，皇帝的眼线和密探、打手在留都就有着举足轻重地位，尤其在关键时刻面临王朝废立大计，事涉国本争议。而东林党人拥立潞王的计划彻底落空，也就意味着他们在新朝中地位的衰落。

至于那些围绕着皇权中心转悠的文人骚客们自始至终都在秦淮河畔绵软的风月中尽情享受着。他们的醉生梦死反而演绎了才子佳人情意绵绵的一曲曲爱情故事，成就乱世姻缘中的佳话。如冒辟疆和董小宛，柳如是和钱谦益，侯方域和李香君，龚鼎孳和顾眉，吴梅村和卞玉京等等。在王朝末路的悲歌中夹杂着卿卿我我的软玉温香，使得口口声声以天下为己任的江南士子们，在国家危亡之际依然歌舞宴筵，沉溺于风花雪月的缠绵，在才子佳人的风流放荡中坐视江山危亡，而徒留了那些慷慨悲壮，令人赞叹的动地歌吟。这些都可以看作是王朝盛衰成亡的大势所趋，也是整个王朝纲纪松弛，从上到下腐败堕落所导致的必然结果。

明代著名女词人徐灿是明末光禄寺丞徐子懋的女儿，被称为"才锋遒丽，生平著小词绝佳。盖南宋以来，闺房之秀，一人而已。其词娣视淑真，姒畜清照"。[1] 才情可和南宋女词人朱淑真、李清照相媲美。她在明亡之后写过一首凭吊江南沦陷的词《青玉案·吊古》语气颇沉痛：

---

[1] 见陈维崧著：《妇人集》，《香艳丛书·精选本》，岳麓书社，第513页。

伤心误到芜城路，携血泪，无挥处。半月模糊霜几树。紫箫低远，翠翘泯灭，隐隐羊车度。鲸波碧浸横江锁，故垒萧萧芦荻浦。烟月不知人事错。戈船千里，降帆一片，莫怨莲花步。

太多的江山危亡典故。从晋武帝的羊车代步觅幸后宫佳丽到南唐后主李煜的迷恋宫女嫔妃的金莲轻舞，影射了明末宫廷的骄奢淫逸导致了戈船千里降帆一片，其中蕴含了多少江山沦亡的感叹。这些当然是无卵子集团和有卵子集团整合成的整个皇家统治阶级和官僚阶层的整体堕落，又岂能够埋怨那些在宫廷和楼台里婆娑起舞的金莲舞步呢？

二、粉香脂腻中沉浮的名士

作为世家子弟的张岱，因祖父、曾祖父都曾经为朝廷高官的缘故，他更加注重的是养尊处优的生活质量。他也曾经参加过几次江南的乡试，但几场落榜下来之后，对于仕途经济已经完全没有了兴趣，干脆躲进自家绍兴的园林宅邸中读书、品茶、玩古、听戏、宴筵、游艺等等，享受着人生的各种情趣，品味着人生情欲在别出心裁的花样翻新后的另类乐趣。至于纲常礼教那是为了教化普通百姓糊弄天下士子的遮羞布，因为帝国的皇帝早已是骄奢淫逸成为天底下最最无耻蛮横的表率，己不正焉能正人。张岱还不时效武宗皇帝到留都南京和苏州、扬州的烟花风月场所溜达溜达，和文化品位及颜值都不低的艺妓们调调情，丰富调剂一下情感生活，创作一些异常清新可人，直抒性情的小品诗文甚至昆曲传奇，成就着自己风流才子的名望。他是真正的放荡豁达，看透世事，才华满腹，略脱性情的名士。 倥偬人生的不经意间成为茶道高手，业余琴师，古董书画鉴赏家，著名旅行家和戏剧创作的艺术家。

然而，甲申之变简直像是一声惊雷，唤醒了他似乎是长醉不醒的荣华富贵之梦。梦醒之后，家道中落，完全是一片白茫茫大地真干净的寒冬景象。冬天里的一把火，照亮了避寒的破窑，点燃了自己奋发有为的心脏，他开始了发愤著书的生涯，历史上他又是一个著名作家。这均来自他作为名门高第的子弟，既有雄厚的经济基础来陶冶浓烈的人文素养，还同时具备了风流倜傥潇洒自如的世家公子风度以及人生天翻地覆后的沉痛感悟。这些因素的交织，使得他可以写出足以传世的作品。

张岱出生于昌明隆盛之邦的浙江绍兴，成长于诗书簪缨之族的越东望族，自小生长在花柳繁华地的温柔富贵之乡，不需要科考就够享受着奢华富裕有尊严的生活。他的曾祖父张元忭，进士出身，官至翰林院侍读。祖父张汝霖万历二十三年进士，曾任广西参议，父亲张耀芳汲汲于功名一直是以老童生的身份参加科考，直到晚年才中了一个副榜贡谒选，担任了山东兖州鲁献王府右长史的不入流小官。这是张岱最最瞧不起父亲的地方，就是老家伙对于科举考试的热衷，父亲活得很累，身体也不好，在兖州王府战战兢兢当着小书吏，显然没有儿子活得潇洒豁达。这就是贵公子"会当凌绝顶，一览众山小"的眼界和胸次，见识广而驳杂，见解高而深远。

四十岁之前的张岱，在家中延请著名造园师利用自家宅邸临水靠山的地理优势，在绍兴近郊建造了一座别开生面的园林——天镜园。得天独厚的地理环境，使得园林清雅绝尘，"远山入座，奇石当门"清泉水流，移步换景，转舟入画。每转一道水路，就入一道佳境，丘壑名胜举目皆是。园林极大，可谓柳暗花明，曲径通幽，乱花迷眼，名木生辉。天镜园中的浴凫堂，坐落在高槐深竹丛中，推窗可见碧波荡漾，触目所及水草绵绵。"高槐深竹，樾暗千层，坐对兰荡，一泓漾之，水木明瑟，鱼鸟藻荇，类若乘空。"张岱就在楼上读书，水云氤氲，好像凌空而坐，目击鱼鸟在绿色藻类上跃越，实在是快意非凡。他在《陶庵梦忆》中的描述仿佛使人置身于诗情画意之间。"余读书其中，扑面临头，受用一绿，幽窗开卷，字俱碧鲜。"

张岱在《陶庵梦忆》中谈到家中曾经的藏书时口气十分自负，大意如下：

我家中三世遗存的图书有三万余卷，爷爷曾对我说，子孙中唯有你最喜欢看书，你要看的书，尽可取去，我只是捡了曾祖父和祖父看过的一些书带走，约有二千余卷，天启乙丑年（1625年）爷爷去世的时候，我去了杭州，叔叔，以及兄弟、门客、工匠、婢女等乱取，三代藏书一取而空。我从少年时代就喜爱藏书，四十年中聚书不下三万卷。清顺治三年（1646年）清兵攻入绍兴，鲁王败走舟山，为了躲避战乱，我仅携带数箧书籍进入深山。家中所存图书尽为清兵所占有,每天撕碎书页当成柴火烧饭煮水;又用图书衬在铠甲内,以挡箭弹。40年所积,在一日内荡然无存。①

  这就是一个饱读诗书,多才多艺世家子弟在家道中落改朝换代后的感叹。遥想当年,他家的天镜园绿树成荫,亭台楼阁,丝竹绕梁,自家的戏班子在他的指导下办得有声有色,远近闻名。他家曾经倚船造楼,以楼造船,造成一艘豪华的楼船,在崇祯二年中秋翌日张岱带领他家庞大的戏班子,自杭州沿京杭大运河,行经京口北固山,前往山东兖州鲁王府为自己父亲祝贺五十大寿。此番动静很大的远游,走一路演一路形成很大的声势。演出盛况在他的《陶庵梦忆》中有许多精彩的片段。四十岁之前的张岱,是南方诸省闻名的玩家,他经常往来于南京、杭州、苏州、绍兴之间,来到风情万种的留都,就住在旧院青楼林立的秦淮河畔的桃叶渡。这样一个充满诗意的场所,寓意着东晋名士王献之和小妾桃叶的风流故事。因此,张岱对于在南京夫子庙秦淮河畔的赏玩称为雅游。

  他在《陶庵梦忆·秦淮河房》(笔者已经译成白话)中写道②:

  秦淮河两旁的房子,方便住宿,方便交际,也方便男女交欢,房间的价格比较贵,而要求住宿者络绎不绝,竟然没有一天是空闲的。住在里面不时可以看见画舫的穿梭来去,箫鼓的余音绕耳。河房之外,家家有露台,朱栏绮丽,花木萧疏,垂挂着珠帘纱幔。夏天傍晚,月色降临,男女露台杂坐。两岸水楼中,带着茉莉花芳香的风儿吹动起姑娘们的薄薄的衣袂,令人陶醉。女客轻摇着团扇,打开发髻,青丝覆面,妩媚动人。年年的端午节,南京城的才子佳人都涌向这里,竞相观看灯船。好事者集小小的蚱蜢舟百十余艘,船蓬上挂着羊角灯如同一串串闪烁的珍珠,小船首尾相衔接,有的甚至连至十多艘。船如火龙逶迤蟠曲游弋,灯光照耀水面,水火交融,折射出璀璨的光彩。舟中插拔声响,管弦伴着歌声,沸腾如潮。才子佳人们凭栏轰笑,声光凌乱,耳目不能自主。午夜时分,曲调

---

① 见张岱著:《陶庵梦忆·卷二·三世藏书》,四川文艺出版社,第438页。
② 见张岱著:《陶庵梦忆·卷四·秦淮河房》,四川文艺出版社,第446页。

渐渐倦息，星星慢慢散去。

　　风流雅士们对于秦淮风月文化的陶醉给予诗意的精致化描绘，活色生香，玲珑剔透，细致入微，秦淮河荡漾着脂香粉腻。张岱生活的晚明时局动荡，内忧外患，而士子们依然沉浸在笙歌燕舞的宴饮雅集中不可自拔。这就是留都的风韵，仿佛北方战火的延烧，离醉生梦死的留都南京还相当的遥远。

　　晚明的南京汇聚了众多才艺双绝的艺姬，她们虽然沦落风尘，却绝不甘堕落，这个时期的李香君、顾媚、董小宛、马湘兰、寇白门、卞玉京、柳如是等秦淮八艳等都以琴棋书画歌舞姿色名动江南，而且道德人品政治见解也堪称不俗。在王朝危亡天地倾覆之际除了原来的勋贵太监旧式官僚外，更是集中了复社文人、弘光小朝廷、由北南窜的败军之将、逃难官员，各色人等同时登场，在清军压境，王朝更替之际，演出了一幕幕惊心动魄、悲欢离合的活剧。不过这些活剧开演前，一切还是风暴过境前的安逸宁静，人们依然在歌舞升平中享受着风月繁华，在酒色财气的醉生梦死。

三、繁华风月里的江山沦落

　　儒家仁者爱人的执政理念和封建等级皇权专治的实践，严重的名不副实，从而造就了虚伪外表下掩盖的无耻和肮脏。类似明末那种严嵩家族的大小丞相秉持朝政，以乱纲常，堂皇的礼教加神圣的理论也就成了权力扩张攫取利益的遮羞布。心中缺少了对于天道人心的敬畏，良知就被驱逐出精神空间，欲望填充了肉体，人也就变得无耻无畏无所顾忌。嘴脸也就特别丑恶。

　　中国没有经历过古希腊城邦民主政治的熏陶，更没有承受过文艺复兴时期人道主义的洗礼。在一个等级分明尊卑有序的社会体制下，家庭出身是很有讲究的，所谓"上品无寒门，下品无庶族"云云，谬种流传，无非是封建等级观念自命血统高贵在时间流转和空间转换中间以不同形式的展示而已。

　　王朝盛衰的客观规律是不以人的意志为转移的。李商隐有诗言之："历览前贤国与家，成由勤俭败由奢。"那些表面的奢华和歌舞升平，名不副实的大言不惭构成了粉饰太平的虚伪，明目张胆的暴政苛政助长着民不聊生的悲催，已经预示着王朝在道义和事实上的双重堕落，埋下了一朝覆灭的种子。最终农民起义军如燎原烈火在最最贫困的地区燃烧，烧毁了紫禁城的朱家王朝，游牧民族的铁骑闯进关内一路横扫南北，一个新的专制王朝在兵燹和战火熊熊燃烧中国土地建立。历史开始了新的轮回。

阅读冯梦龙和张岱的文字有一点是共同的，他们的所有作品中都没有出现过自己的夫人，唯有一个原因可以解释，冯梦龙和张岱对自己婚姻不满意，或者根本就是对于妻子存在的掉以轻心，更加热衷于婚外恋似的情感外遇。张岱和冯梦龙不像两人共同的朋友也是越东望族的祁彪佳那样，在文章诗文里不时展示自己郎才女貌夫妇恩爱的美满生活。原因当然是祁贤惠的妻子商景兰是当朝工部尚书商周祚的千金，可谓门当户对艳佳组合，诗词酬唱琴瑟和谐。因而祁彪佳夫妇的诗文从他们婚姻的开始，到甲申之变祁彪佳殉国后，商景兰的悼亡都始终坦露心迹，展示了无论家庭起落盛衰均恩爱有加，白头到老。

四、阮大铖和东林后人的博弈

明代的南京既是帝国人才的储备库，也是才子佳人们寻欢作乐的温柔乡。那些在京城遭到贬谪或者不被皇帝待见需要暂时挂起来的官员都会在六部衙门安排一个闲职，先养起来再说，比如说帝国模范官员海瑞、帝国优秀剧作家汤显祖、帝国第一直臣东林党人邹元标，甚至被崇祯皇帝定为"永不叙用"阉党分子阮大铖等人都在留都活动过。

据《白下琐言》记载：阮大铖宅在城南库司坊，世人秽其名曰"裤子裆"。阮大铖故宅有一很大的花园，即石巢园，老阮的"咏怀堂"所在地。当时松柏苍郁，绿波荡漾；舞榭歌台，红檐耸翠，"春深草树展清荫，城曲居然轶远岑"。①（阮大铖诗句）

虽然在魏忠贤被崇祯皇帝严肃查处后，嗅觉灵敏的老阮立即变脸，反

---

① 《明史·卷三百八·列传一百九十六·奸臣马士英附有阮大铖传》，线装书局，第1691页。

戈一击，连上两疏，态度坚决地检举揭发了魏忠贤一党，充分发挥了变色龙的本色，坚决与阉党划清界限，表示悔过自新。但是他依然被御史毛羽健弹劾，终被罢官。

明年定逆案，论赎徒为民，终庄烈帝世，废斥十七年，郁郁不得志。流寇逼皖，大铖避居南京，颇招纳游侠为谈兵说剑，觊以边才召。无锡顾杲，吴县杨廷枢、芜湖沈士柱、余姚黄宗羲、鄞县万泰等，皆复社中名士，方据讲南京，恶大铖甚，作《留都防乱揭》逐之。大铖惧，乃闭门谢客。独与士英相结。

也算是合该阮大铖倒霉，流窜南京诗酒风流，创作创作传奇戏曲，养育了一帮优伶戏子，不时加以指导，阮家戏班子竟然被多才多艺的老阮调教得远近闻名，就是戏班子出场的费用创下的经济效益也很可观。老阮还不时去秦淮河畔的大石坝街妓院勾栏中找找娼妓优伶逗逗乐子，在自家园子里唱唱昆曲小日子过得也很惬意。

但是，他的那些政治老对手东林党人及其后人组织的复社文士们正好也在南京讲学。他们公开贴出大字报揭露他勾结阉党迫害东林党人的罪恶勾当，大字报联署的复社名士高达一百四十多人。这些复社公子也不是好惹的，其中有不少都是当年受到阉党残酷迫害的东林高官的后代。比如侯朝宗就是与老阮同朝为官的户部尚书侯恂之公子，黄宗羲老爹则是御史黄尊素，陈贞慧则是左都御史陈于廷的儿子，方以智父亲方孔炤官至湖广巡抚，冒辟疆是出生于如皋望族世代仕宦之家，父亲为明副都御使。社会舆论对这些公子哥儿的评价是"出则忠义，入则孝悌爱宾客、广交游，风流倜傥，冠绝一时"。且这些官二代中的东林后人中，气度风格都具有当年父辈耿怀忠义、嫉恶如仇、砥砺节操、忧国忧民的风采，中国官场基本都是子承父志秉承家风而流传有绪的，几乎很少有例外。

对于朝廷东林前辈和复社后人基本上还是忠诚如故的，但是对于阮大铖这样的大奸大恶他们确实是敢于造反，目的当然是捍卫帝国江山的纯洁性。其实真正的蠹虫就是马士英、阮大铖这般的贪官污吏，正是他们的巧取豪夺蛀空了帝国大厦的基础，才使得帝国的殿堂訇然崩塌。而帝国在大部分时间内重用的却是这些巧言令色的大蠹，忠君报国东林党人大部分都处于被边缘化角色，有的甚至于遭到了残酷的屠戮，被杀身成仁了。只有在江山倾覆之际，才显示了东林及其后人的忠肝义胆。

真正勘破王朝本质的高士前云南姚安四品知府李贽，却因为思想的异端，遭到了东林党人的举报，最终惨死于皇帝的诏狱之中。东林党人对于帝国腐败的本质始终处于当局者迷的状态，奉守儒家愚忠本色，对于启蒙思想家的攻击迫害也是毫不手软。

阮大铖遭遇了被复社名士更直接更难堪的羞辱。这证明了复社名士秉承当年东林遗风，对待阉党激切亢进锋芒毕露丝毫不留情面的性情。几乎是痛打落水狗，绝不"费厄泼赖"、心慈手软。

崇祯十五年（1642年）八月，董小宛从苏州冒着被盗贼劫持的风险，追随冒辟疆来到南京，小冒住在秦淮河房参加秋闱乡试。恰逢中秋，头场考试结束，在江南贡院的考棚中关得久了，就要抒放一下憋闷，这样阮大铖就成了士子们解闷的对象。这是一场经过精心策划的恶作剧。

三十多位来自各地参加乡试的复社弟兄跟着起哄，要在秦淮河边的桃叶水阁摆酒为董小宛洗尘，大家凑了三十多两银子，专门去裤子裆阮大铖的家聘请他的戏班子来演出老阮的拿手好戏《燕子笺》。此刻，受到官场冷落的阮大胡子有些受宠若惊，也亟欲和这帮复社的小家伙改善关系，明知自己屡遭唾弃，却又心存侥幸心理，觉得这是一个缓和关系的良好机会。他命令戏班子赶紧出发，并让仆人带上了自己的帖子致小冒：我今晚是专门撤销了自家的中秋家宴，让伶人们赶来尽心竭力献艺。口气之谦卑，明显有着企图修复关系的意思。但是这帮复社文人们就是不肯给他这个面子。请戏班子演出，只是一场恶作剧的借口。

据老阮派出的仆人在外不停偷窥随时向老阮报告侦察结果：演出开始时，士子们表现出色，一边听戏，一边喝酒，看到演出高潮之处，为词曲的精妙不停地鼓掌喝彩。谁料到欢宴进行到半夜之时，士子们酒足饭饱，酒喝得酣畅淋漓，人已经有些小酒微醺了，于是预定的场面出现。大家嬉笑怒骂：你个阮大胡子魏忠贤、客氏的干儿子，阉党余孽，莫非以为写了几部传奇就可以赎罪了？你一言我一语把个阮大铖的老底揭得一干二净。

关于这段恶作剧，吴梅村在《冒辟疆五十寿序》[①]中有记述，写得十分简略：

> 有皖人者，流寓南中，故阉党也，通宾客，畜声伎，欲以气力倾东南。知诸君子唾弃之，乞好谒以输平，未有间。会三人者置酒鸡鸣埭下，召其家善讴者歌主人所制新词，则大喜曰：此诸君欲善我也。继而侦客云何，见诸君箕踞而嬉，听其曲，时亦称善。夜将半，酒酣，辄众中大骂曰："若当儿媪子，乃欲以词家自赎乎？"引满浮白，拊掌狂笑，达旦不休。于是大恨次骨，思有报之也。

吴梅村所言的皖人流寓南京的阉党余孽，就是安徽休宁人阮大铖，在被崇祯帝定为阉党分子永不叙用后，寄于东山再起，于是不甘寂寞在家中广交宾客，并在家中蓄养戏班子，自作戏文进行演出。他知道复社诸君子唾弃他，亟欲主动输好摆脱前嫌，然而收效甚微。这时正直复社陈贞慧、侯朝宗、冒辟疆三位公子在鸡鸣寺的山下摆酒会饮，请来阮家戏班子唱堂会助兴。老阮喜不自禁，认为是这些年轻公子主动修好意思，于是派出戏班子前去演出，并派去家人随时报告诸君子观看演出的情况。这段精彩的演出片段和复社士子们的表现，在孔尚任后来创作的戏曲《桃花扇》中又有了夸张性的艺术虚构，将地点放在更具有典型意义的秦淮河畔，并将酒会规模扩大加上了冒辟疆与董小宛的爱情背景使情节更加戏剧化。

孔尚任的《桃花扇》则写得更为生动，复社士子先说阮大铖"真才子，笔不凡。论文采，天仙吏，谪人间。好教执牛耳，主骚坛"。

阮大喜，几乎要认知己了，感慨道："南朝看足江山，翻阅风流旧案，花楼雨榭灯窗晚，呕吐了心血无限。每日价琴对墙弹，知音赏，这一番。"这些文字，其实就是作者孔尚任的自白，看来他虽对阮大铖为人十分不齿，同为写词人，亦有相怜处。

可惜，幸福总是太短暂。很快，家人又来报，说，那些公子又说他是"南国秀，东林彦，玉堂班"，阮大铖简直诚惶诚恐了。他万万没料到，

[①]《吴梅村全集》，上海古籍出版社，第 773 页。

有一种恶作剧,先把人抬得高高的,只为把他狠狠地摔下来。复社士子紧接着就骂,这么个人,"为何投崔魏,自摧残",又说他对魏忠贤"呼亲父,称干子,忝羞颜,也不过仗人势,狗一般"。[1]

"骂座"是明末士子放诞偏激气质的典型释放,也进一步激化了阮大铖和复社的矛盾。这几次激烈的的刺激直接导致了他后来在弘光朝在政治上东山再起,担任兵部尚书时对复社文人侯方域、冒辟疆的打击。无锡戏曲家顾彩在《桃花扇》序中认为阮大铖曾经作传奇《春灯谜》专门写有一折"十错认"人多以为是大铖以阉党失势遭贬而愧悔之作。顾彩批评道[2]:

其人率皆更名易姓,不欲以真面目示人。而《春灯谜》一剧,尤致意于一错二错,至十错而未已。盖心有所歉,词辄因之。此公未尝不知其平生之谬误,而欲改头换面,以示悔过。然而清流诸君子,持之过急,绝之过严,使之流芳路塞,遗臭心甘。

如此这般,又是贴大字报公开揭露,又是听曲观戏冷嘲热讽,凭着复社名士声望,这样的故事很快在南京士林扩散,每年秋闱光是参加考试士子就有两万多人,流言的传播速度如同瘟疫那般迅速遍布江南诸省官场。老阮再次闭门不出,只和凤阳总督马士英交往了。但是他已经决心破罐子破摔,流芳百世不成,也就无从选择地遗臭万年了。因为改过路途已经全部堵死,和东林党人及复社后人的怨仇就这样不共戴天地怨怨相报到底了。

东林、复社中的有识之士,在南明小朝廷灰飞烟灭以后,如史可法、刘宗周、孙承宗、陈子龙、吴应箕、杨廷枢、夏允彝等东林党人和复社名士都选择了以死对于朝廷和君父的尽忠,这些人的气节和忠诚就是到了清代,还受到乾隆皇帝的通报表彰,追授旌节,以彰正义。

而冒辟疆、陈贞慧、黄宗羲包括张岱等人在内,都选择了隐居不出,甘当巢民,发愤著书,绝不与新朝合作,以保持气节。唯吴梅村、钱谦益、龚

---

[1] 见孔尚任著,云亭山人评点:《桃花扇·侦戏》,上海古籍出版社,2012年,第11页。
[2] 见孔尚任著:《桃花扇·附录桃花扇序》,人民文学出版社,1993年,275页。

鼎孳等江左名士选择投靠新朝,侯朝宗最终在河南参加了清朝的乡试得中举人。这些人物心中始终惴惴不安,皆因为作为士人在道义上有所欠缺而致。

而老阮对于前朝的决绝是异常坚定的。投靠满清后主动要求带路去追杀逃到福建的鲁王和隆武朝君臣,最终一口气未喘出来,竟然死在浙闽交界的仙霞岭上。清代统治者在修《明史》时将他列入奸佞传中。主持修明史的内阁大学士张廷玉是安徽桐城人,因为羞于与这个大汉奸为同乡,竟然反复考证阮大铖系安徽休宁人,其实桐城的阮姓大大多于休宁的阮姓。阮大铖是臭到底了,连桑梓之地都拒绝他的归籍。

老阮是政治动物,明史本传称他"机敏猾贼,有才藻"。当他被驱逐出朝廷的动物园返回自家石巢园后,只能像是秋后的蟋蟀那般萎缩在石缝中自鸣得意抒发抒发政治抱负不得舒展的怨气。蜷缩在裤裆巷石巢园的老阮还养了一个昆曲戏班子,时常演出一些他自己创作的戏曲作品。在政治上他是阉党余孽,在文坛和演艺界他却是才华横溢小有成就的传奇作者,他创作过《燕子笺》《春灯谜》《摩尼珠》等传奇十多种,有的剧作还堪称传世佳作,文艺界评价不低。看来此公也属遇劫而生的孽种,即使青史留名也是遗臭万年,但是臭大便上也会开出鲜花,那就是他对昆曲艺术的贡献。他自己也会忸怩作态地以肥硕之躯扮演一些花旦和青衣等年轻貌美的小女子,捏尖了粗嗓子吟着戏文,走上一圈碎步,飘摇着甩上一把水袖,以示行家里手。

看来这位当年作为阉党的太常寺少卿(主管宗庙祭祀、正四品),在位期间还是积累了雄厚钱财的,否则又怎能在罢官后又筑园子,又养昆伶,还常常可以呼朋引类和大家一起游艺,可以万金贿赂马士英图谋复官,可见资产丰饶,非一般朝廷命官可比。后来豫亲王多铎攻占南京前,马士英和阮大铖等一干南朝官员闻风而逃,豪宅被一哄而上老百姓焚毁。《明季南略》记载:"次掠及阮大铖、杨维垣、陈盟家,唯大铖家最富,歌姬甚盛,一时星散。"[①]

如同阮大铖及张岱曾祖父、祖父均为帝国的四、五品中高级官员,按照俸禄也只每年80—100两左右的银子,加上养廉银子每年也不及五千两,

---

① 计六奇著:《明季南略。卷四·十三日甲午》,中华书局,第216页。

哪里来的这些钱又筑园子，又养戏班子，四处冶游，骄奢淫逸，挥金如土。只能以一个理由解释，贪贿得来的灰色收入。而海瑞贵为朝廷二品大员，死时遗产只有六两纹银，两相比较差距如此之大，实在匪夷所思。

五、幻梦旖丽下的往事回顾

张岱在他的《陶庵梦忆·卷七》中记载了他创作的昆曲《冰山记》就是一出全面揭露魏忠贤宦官集团包括阮大铖等人对于东林党人杨涟诸公的残酷迫害和在浙江绍兴、山东兖州等地公演群情激奋的盛况：

魏忠贤被查处后，好事者创作魏忠贤的传奇剧本有几十种，很多都脱离事实甚远，我加以删改为戏剧，仍然命名为《冰山》。在城隍庙登台，有数万人观看，从戏台开始，一直挤到大门外面。

扮演杨涟的演员出场，念白道："我是杨涟。"老百姓高喊道："杨涟！杨涟！"声音传播很远，如同潮涌，人人情绪高涨。魏忠贤用杖打范元白，逼死裕妃，怒气忿涌，人人咬牙切齿。到颜佩韦击杀缇骑，看戏者大呼跳起来，气势汹汹几乎将房子崩塌。沈青霞（沈炼）缚草人射奸相严嵩作为笑乐，这些都大快人心。

那年秋天，我携带此戏到兖州，为父亲祝寿。一天，宴请守道刘半舫，刘半舫说："此剧已将魏忠贤十件恶事说出八九件，可惜不如宦官操菊宴，以及人交出灵犀与收香囊几件事。"我听说，当夜席散，我填词，监督小戏童强记新词。第二天，到道署搬演，已增加七出，正如刘半舫所说的。刘半舫大惊，非常奇怪，知道此戏是我所写时，于是转告我父亲，他决定与我交朋友。[①]

早年作为无意功名，多才多艺的公子哥儿，虽然饱读诗书，心中并不缺乏明辨是非的能力，终究还是将政治和艺术分得很开。张岱和冯梦龙一样是真正的南曲艺术的行家，他也并不因为阮大铖人品的贼滑，否认阮大

[①] 见《夜航船·陶庵梦忆·卷七》，四川文艺出版社，1996年，第475页。

胡子对于诗文艺术的精通，绝不以人废文，表现了在政治上的宽容和大度。在他的《陶庵梦忆》中专门写了一篇《阮园海戏》真实记载了老阮家的所见所闻：

  阮园海家养有专门戏班子，老阮经常给这些优伶戏子上课，讲解戏文的关目，讲解戏文的情理，讲解结构的脉络，与其他戏班子的草率不一样。然而，所使用的戏本，均为主人自己创作的作品，全是一笔一笔精心勾勒，苦心孤诣打造出的精品，与其他草台班子的卤莽马虎完全不同。所以搬上舞台演出，本本出色，角角出色，出出出色，句句出色，字字出色。我在他家看过《十错认》《摩尼珠》《燕子笺》三出剧，其穿插架构、插科打诨、意色眉眼，主人细细讲明。使人知其蕴含的意味，知其指向和归宿，故咬文嚼字吞吐自然，含蓄而耐人寻味，意犹未尽。至于《十错认》中的龙灯、之紫姑，《摩尼珠》中的走动的解差、之猴戏，《燕子笺》中的飞燕、之舞像、之波斯进宝，纸扎装束，无不尽情刻画，故其出色也愈甚。阮园海大有才华，我恨这个老家伙居心不安静，他所编的诸剧中，咒骂世事的占了百分之十七，自我解嘲的占了百分之十三，大多数是诋毁东林党人的，为魏忠贤阉党解释开脱，为士林君子所唾弃，所以他所写的昆曲传奇不能收录在专著中，但就其戏曲艺术而论，则也如响箭穿林镞镞能新，不落窠臼者也。

  由此可见，这位大家公子对于阮大胡子这位朋友的观察是十分透彻的，在政治上和艺术上的分野很明确，是非很清楚。这些均意味着张岱其实是有敏锐的政治洞察力的，也基本决定了他在社会承平时期的声色犬马从来不拘小节，在家国沦亡时期却深明大义保持气节在忧患中著述春秋，为中华民族留下了文采斐然的文章和历史记录。

  这位朱明王朝的官宦子弟，在自己生前拟定的墓志铭中自称：

  少为纨绔子弟，极爱繁华，好精舍，好美婢，好娈童，好鲜衣，好美食，好骏马，好花灯，好烟火，好梨园，好鼓吹，好古董，好花鸟，兼以茶淫橘虐，书蠹诗魔，劳碌半生，皆成梦幻。①

当然这一切都是在山河变色国祚鼎革改朝换代后的对于人生的总结，明面上是忏悔，实际上带有更多炫耀的意思。在他看来晚年的落魄更多是对其早年放荡的报应，其中潜意识中则是对于大明王朝灭亡的一曲痛彻心扉的挽歌。

在时代风云的激荡变化中，人生就犹如苍狗白云那般变幻无穷，所谓时过境迁，人生从快意走向没落的感慨毕竟是不一样的。身份地位随着王朝更替也由原来的高居云端潇洒自如地俯视众生，驾着阳光笼罩的豪车在帝国广袤的天空自由驰骋，到坠入泥沼限于贫寒和粗陋，前后比较对于人生的感悟是不一样的，可以说判若云泥了。

以后的张岱曾经在清顺治二年（1645年）清军攻破南京后毁家纾难，在绍兴高举抗清义旗，召义兵图谋复明，也正是这一年鲁王朱以海在绍兴出任监国，张岱短时期成为鲁王幕僚，作为鲁王府旧臣的后人，他当然是要和明王朝共进退的。

他在《陶庵梦忆》中记载："鲁王播迁至越，以先父相鲁先王（张岱父亲张耀芳曾任鲁王府右长史），幸旧臣第，岱接驾。"随后张岱陪同鲁王宴筵饮酒，出优伶歌姬以助酒，并献上数百两黄金于鲁王。朱以海酒量大得惊人，用犀牛角雕琢成的巨觥，足可盛酒半斗，鲁王竟能一气而尽，直喝得满脸通红，摇摇晃晃在两位堂官搀扶下竟然迈不动步子了，张岱一直送到大门外。鲁监国传旨曰："爷今日大喜，爷今日喜极。"

李寄有《西施山戏占》讽刺鲁王朱以海监国时的情况，在清兵大军压境的情况下，依然在张岱的天镜园宅邸中歌舞夜宴，醉生梦死。不知效当年越王勾践卧薪尝胆以图复国②：

鲁国君臣燕雀娱，共言尝胆事全无。
越王自爱看歌舞，不信西施肯献吴

---

① 《张岱诗文集》，上海古籍出版社，第373页。
② 见顾诚著：《南明史》，中国青年出版社，第264页。

诗后原注：

鲁监国之在绍兴也，以钱塘江为边界。闻守江诸将日置酒唱戏歌吹声连百余里。当是时，余故知其必败也。丙申（1645年清顺治三年）入秦，一娄姓者同行，因言曰：余邑有鲁先王故长史某，闻王来，畏有所费，匿不见。后王知而召之，因议张乐设宴，启王与各官临家。王曰：将而费，吾为尔设。因上数百金于王。王乃召百官宴于庭，出优人歌伎以侑酒。其妃也隔帘开宴。余与长史亲也，混其家人得入。见王平巾小袖，顾盼轻溜，酒酣歌作，王鼓颐张唇。手象著击座，与歌板相应。已而投著起，入帘拥妃坐，笑语杂淫，声闻帘外。

看来此番大肆铺张的接驾，并非出于张岱本意，他本来是想躲避的，而是鲁监国主动所谓召见了他，献上百金的豪阔之举，显然也是鲁监国以招兵买马保卫他的家乡绍兴的名义强行勒索所致。张岱也是倾其所有接待了监国庞大的官僚团队，使鲁监国一行玩得很开心，得意忘形之下自己开始婉转高歌起来，并以象牙筷子和着南曲音乐的节奏不停敲击着座椅椅背，完全沉醉在昆曲无与伦比的柔美绮丽歌板中，最终竟然不顾尊严在众目睽睽之下放肆和妃子调情，完全暴露了末代小朝廷耽于美色，沉醉于歌舞升平的虚幻之中，完全无可救药了。

喜极之夜，鲁王仅仅封了张岱一个职方主事的小破官，漏船载酒下的破官，风雨飘摇中朝廷还在歌舞宴筵中自我陶醉着，只能加速灭亡。原以为凭借老爹与鲁王府的特殊关系，能够被委以重任，结果使得张岱大失所望。失望接连不断，他所招募的三百义军，也被监国所带来的正规军所取代，义军的费用完全需要自筹，官绅士民义气，完全为监国的骄奢淫逸所瓦解。这时弘光皇帝已经在湖州被清军捉拿，他手下两个大奸臣马士英、阮大铖投奔了鲁监国，张岱当时主张以自己的三百人马去捉拿跑到越国公方国安处协助防守江防的老马，为国锄奸，他以鲁藩旧臣的名义上书鲁监国，"恳祈立斩弑君卖国第一罪臣"马士英。"疏入监国召岱至御榻前，诏以先杀后闻。岱即带兵数百人蹑之，士英宵遁江上，见其私人方国安，挟制鲁王，

103

斥逐张岱，令士英统兵汛地，协守钱塘。"① 没有几天张岱就辞去了官职，躲进了深山，因为他看到了绍兴政权难以避免的覆灭命运。

张岱在后来所著的《石匮书后集·卷五·鲁王世家》中对朱以海颇有微词。流窜在浙江、福建、广西的明朝宗藩的反清复明事业终告完全失败。

张岱也随着王朝的覆灭而彻底结束了自己风花雪月的纨绔子弟生涯，作为前朝流落江湖的遗民他在政治和生活多方面陷入困顿之中。乙酉年（1646年）五月十五日，清贝勒博洛统帅的军队由苏州进抵杭州，六月杭州军民拥戴归避杭州的潞王率军抗清，潞王觉得力量微薄不足以抵抗清军遂降清。据《明季南略·贝勒入杭州》记载：

贝勒以书召王，王度力不能抗，又不忍残民，遂身诣其营。请勿杀害人民。贝勒许之，遂按兵入杭，市不易肆。后潞王北行，与弘光、王之仁俱凶问。②

清军兵不血刃地占领了杭州，而潞王却被和在湖州抓获的弘光皇帝、兴国公王之明一起押往北京杀害了。六月六日晚，在绍兴闲居准备和刘宗周一起起事抗清的明苏松巡抚祁彪佳在自己苦心经营数十年的寓园拒绝了清贝勒博洛的招降，在放生池中自尽，享年仅44岁。

一代大儒、著名的东林党人、清流领袖、前明应天府尹（南京直辖市市长）刘宗周在绍兴自己的家中绝食自尽《明季南略·刘宗周不食死》载：

清兵至杭州，公与同郡祁彪佳约举事，不果。彪佳先死，公绝粒两旬，至闰六月八日戊子乃卒。有绝命诗曰"留此旬日生，少存匡济志。决此一朝死，了我平生事。慷慨与从容，何难亦何易。③

这年夏季浙江久旱不雨，钱塘江水水涸流细，清军渡钱塘江兵分两路直逼绍兴，鲁监国所封的越国公方国安受命防守的钱塘江防，不战而降，

---

① 张岱著：《石匮书后集·卷四十八·马士英阮大铖列传》，上海古籍出版社，第683页。
② 计六奇著：《明季南略·卷五·贝勒入杭州》，中华书局，第279页。
③ 计六奇著：《明季南略·卷五·刘宗周不食死》，中华书局，第281页。

明军全线瓦解。而此刻鲁监国朱以海早在六月二十日就逃离绍兴去流窜海上，去了舟山一带漂泊。

绍兴被占领后阮大铖随着一帮前明大臣投降了清军，剃去头发留起大辫子，穿起了清军的袍褂，甘为清军扫荡逃窜福建的鲁王朱以海和唐王朱聿键残部前锋。老阮随清军入闽，行至仙霞岭下时突然头面肿胀，其他官员劝他暂时休息，不要过关。老阮唯恐失去立功机会，坚持随军越岭。为了显示自己的老当益壮，他争先步行登山，对落在后面的人吹嘘道："你们这些年轻人爬山还不如我这个六十多岁的老头子。"攀登到山顶疾病突发，死于岭上。当其他官员气喘吁吁到达岭上时，见他坐在大石上一动不动，呼之不应，以马鞭拨其辫子毫无反应，仔细一看已经气绝身亡。① 而他的同党东阁大学士马士英却在关键时刻，拒绝降清，躲进四明山的寺庙削发为僧后被捕获，不屈就义。

六、风流云散依稀旧梦逝江川

绍兴被占领后张岱遵制剃发，以明朝遗民自居。而身体发肤的变化，使得他的身份已经由明朝的世家子弟，变成了落魄新朝流浪者。生活环境发生了翻天覆地的变化。人到中年的他已经为自己预先撰写了《墓志铭》，过去那个在前朝豪华富贵温柔乡中活蹦乱跳的公子哥儿已经死去，新朝荒山僻野中如同行尸走肉生存的遗民只是在墓穴中苟活而已。他在《陶庵梦·忆自序》中说：

陶庵国破家亡，无所归止，披发入山，骇骇为野人。故旧见之，如毒蛇猛兽，惊愕窒不敢与接。自作挽诗，每欲引决。因《石匮书》未完成，尚视息人世。然瓶粟屡罄，不能举火，始知首阳二老直头饿死，不食周粟，还是后人装点语也。饥饿之余，好弄笔墨，因思昔人生长王、谢，颇事豪华，今日雁此果报。以笠报颅，以篑报踵，仇簪履也；以衲报裘，以苎报絺，仇轻暖也；以藿报肉，以粝报粻，仇甘旨；以

---

① 见顾城著：《南明史》，中国青年出版社，1997年，第306页。

荐报床，以石报枕，仇温柔也；以绳报枢，以瓮报牖，仇爽垲也；以烟报目，以粪报鼻，仇香艳也；以途报足，以囊报肩，仇舆从也。种种罪案，从种种果报中见之。①

我张岱自从国破家亡之后，已经无所归宿了，只能披散着头发藏匿进深山老林中，如同野人一般，一些过去的朋友看见了，视若洪水猛兽，惊愕害怕得不敢与我接近。我也曾经自作挽诗，想去自杀以报国。然而我写的《石匮书》尚未完稿，只能苟且偷生于世上。然而，粮食常常告罄，不能开火，这时我才明白所谓的首阳山叔齐和伯夷两个老头是被饿死的，而不食周粟的说法，其实是后代为了美化他们编造出来的。饥饿之余，只好操弄笔墨，因为想到王、谢大家族的子弟们，过去享受豪华奢侈的生活，所以才有今天的报应。我头戴竹笠，遮盖着丑陋不堪的脑袋；穿着草鞋行走在已经沦陷的土地上有着一种完全异样的感觉；而过去他头插玉簪，脚蹬华丽的靴子，冬天穿着名贵的皮裘，夏天身披细布轻纱的袍褂，现在是补丁摞着补丁的粗麻布布，这大概就是过去追求皮裘轻软过于享受华美服饰的报应吧；现在吃野菜代替了吃鸡鸭鱼肉，尝粗粮代替了吃细米白面，正是当年享受肥美得流油佳肴的报应吧；现在草席子替代了华美的雕花大床，粗粝的石头替代了松软的枕垫，正是对昔日温馨安逸生活的报应；现在绳子拴着破门轴，瓦罐当成破屋的窗户，是当年享受宽敞明亮华堂的报应；如今自己生火做饭烟熏火燎，挑粪种地忍受着大粪的臭气熏鼻，正是对当年寻芳猎艳的报应；人生漫长的路途折磨着我的双脚，肩头沉重的负担压抑着我的双肩，正是对我当年驾着骏马乘着香车，带着仆从摆着排场声威显赫穿过闹市的报应。

人生起落两相对比判若云泥，人生富贵荣华也就如同一枕黄粱过眼烟云，秋梦过水瞬息了无痕迹。他在《陶庵梦忆·兰雪茶》②记载了对于越王铸剑之地上好茶叶，由其命名的"兰雪茶"的详细经过。在他的《见日铸佳茶不能买嗅之而已》③一诗中记载了顺治七年又见兰雪茶的感慨。他

---

① 张岱著：《陶庵梦忆·自序》，四川文艺出版社，第423页。
② 张岱著：《陶庵梦忆·卷三·兰雪茶》，四川文艺出版社，第440页
③ 《张岱诗文集·卷二·见日铸佳茶不能买嗅之而已》，上海古籍出版社，第55页。

在绍兴街肆茶叶店中，见到当地产的名茶兰雪茶，却囊中羞涩，无缘购买的尴尬，在嗅了又嗅后，只好悻悻离去的无奈。张岱是真正懂得茶道的专家，且是当年嗜茶成癖的人，然而家中断炊已久，饭都吃不上，哪里来钱购买这"盈近索千钱"的名贵茶叶。政治经济上的跌宕浮沉，过去唾手可得的东西，现在是可以羡慕却难以得到的稀罕之物了，最终只好恋恋不舍地怅然离开。这种今昔对比，使他心中分外悲凉，感慨也就十分深沉。

他在自题小像一文中云："功名耶落空，富贵耶如梦，忠臣耶怕痛，锄头耶怕重，著述二十年耶而仅堪覆瓮，之人耶有用无用？"

张岱没有勇气效好友祁彪佳去殉节，又不愿意背叛祖宗和君父去当新朝的官，只能"避迹山居，所存者，破床碎几，折鼎病琴，与残书数帙，缺砚一方而已，布衣蔬食，常至断炊"。（《自为墓志铭》）不得不在垂暮之年，以羸弱之身，亲自舂米担粪："身任杵臼劳，百杵两歇息""自恨少年时杵臼全不识。因念犬马齿，今年六十七。在世为废人，赁舂非吾职。"（《舂米》）"近日理园蔬，大为粪所困。""婢仆无一人，担粪固其分。""扛扶力不加，进咫还退寸。"（《担粪》）今昔生活对比，不啻霄壤，恍如隔世。于是他"沉醉方醒，恶梦始觉。"（《蝶庵题像》）再忆梦寻梦，撰成《陶庵梦忆》和《西湖梦寻》，"持向佛前，一一忏悔"。（《自为墓志铭》）他也曾"作自挽诗，每欲引决，因《石匮书》未成，尚视息人世。"（同上）在极其艰难的物质条件和十分痛苦矛盾的精神状态下，前后历时二十七年（其中明亡后十年），五易其稿，九正其讹，撰成《石匮书》这部二百二十卷纪传体明史的煌煌巨著。后又续撰成《后集》以纪传体补记明崇祯及南明朝史事。

诚如清毛奇龄在《寄张岱乞藏史书》中所称：

将先生慷慨亮节，必不欲入仕，而宁穷年厄厄，以究竟此一编者，发皇畅茂，致有今日。此固有明之祖宗臣庶，灵爽在天，所几经保而护之式而凭之者也。

前朝遗民，既不愿意效命新朝，又不愿意以生命而殉节，对于旧朝的怀念，唯剩在贫寒中守望着过去，发愤中著书立说一途，以报答列祖列宗在天护佑之灵。这是张岱人生力量的活水泉源，使之灵感汩汩如同泉水流泻，使我们在今天看到了他那些婉转灵动的好文章，感受着他在天崩地裂的社会变革期非常真实的喜怒哀乐之情。而《石匮书》也算是效前贤史家司马迁忍辱发愤以著述，给人间留一份真实的历史以不辜负前朝的养育和家人的栽培。

当年秦淮河畔的南曲好友们就这样在民族家国大变革的年代选择了不同的人生道路，最终分道扬镳，在时代的浪潮挟裹下风流云散了。有人沉入谷底遗臭万年，有人始逐浪潮头流芳百世，有人随波逐流漂泊无定，各自寻找着自己的历史归宿，秦淮风月终流散，依稀旧梦逝江川。

漂泊在浙江、福建沿海岛屿之间的鲁监国及其所随大臣一直不知所终。史载："鲁王为明太祖九世孙，名以海。京师既陷，转徙台州，张国维迎居绍兴，称鲁监国，督师江上，划钱塘而守，后为清兵所克，遁入海，依郑成功，辗转到金门，去监国号，成功初以礼待，后渐懈，以海不能平，将往南澳，成功使人沉之海。"根据相关文献记载，康熙元年鲁王薨于台湾。

1959年8月22日，台湾在旧金门城东，土名西红山处，发现了鲁王真圹，由出土的圹志里，才证实了旧史的荒谬，而郑成功遭受了数百年的诬陷，从此真相大白于天下。圹志里记载鲁王的事迹很详细，鲁王朱以海卒年为康熙元年（1662年）十一月十三日，他一直患有严重的哮喘病，浓痰堵塞气管而薨。文武百官为之安葬于金城东门外之青山，前有巨湖，右有石峰，鲁王屡次游览此处，并题有"汉影云根"四字于石。后署"永历十六年十二月念二日，辽藩宁靖王宗臣术桂同文武官谨志"字样。这圹志现存台北历史博物馆。

鲁王遗骸于当年重新营造新墓，隆重迁葬，墓北山面海，前立有牌坊，中建有碑亭，庄严清肃，林木葱郁，成为金门新的观光景点。附近有古岗湖，湖边建有亭台楼阁，朱梁碧瓦，古色怏然，与大陆隔海相望。也许是民国衮衮诸公败走台湾如同当年流徙海上困悬孤岛的朱以海心境相同，处境相似，故隆重安葬，以示毋忘闾里常思故国家园的意思。真正是滚滚长江东逝水，浪花淘尽英雄。是非成败转头空。青山依旧在，几度夕阳红。[1]

---

[1] 参见林黎著：《萍踪识小·鲁亭长峙汉江山》，福建人民出版社，1981年，第294页。

诚如清初南曲大家孔尚任在《桃花扇·哀江南》曲子所描述的那样：

俺曾见金陵玉殿莺啼晓，秦淮水榭花开早，谁知道容易冰消！眼看他起朱楼，眼看他宴宾客，眼看他楼塌了！这青苔碧瓦堆，俺曾睡风流觉，将五十年兴亡看饱。那乌衣巷不姓王，莫愁湖鬼夜哭，凤凰台栖枭鸟。残山梦最真，旧境丢难掉，不信这舆图换稿！诌一套《哀江南》，放悲声唱到老。①

---

① 孔尚任著：《桃花扇·卷四》，人民文学出版社，第267页。

第四章　余怀和他的青楼朋友

一、《板桥杂记》及精英的另一面

余澹心的《板桥杂记》记录了才子佳人们在南京风花雪月的另一种生活，留下的是末世王朝中文人学士诗酒流连的另类佳话，使我们能够在天地轮回之际，看到社会精英们的另一个生活的侧面，也并不完全是他们平时悲歌慷慨尽忠报国的诗样言辞。而那些情爱叙事文本的婉约呢喃，如同飓风袭来之前，死水微澜中的圈圈涟漪，飘荡的全是脂香风腻，翻滚着肉欲和性爱的波澜，最终同王朝一起走向死寂。

余怀生于明万历四十四年（1616 年）七月十四日，死于清康熙三十五年丙子（1696 年）六月二十日（荷花诞日），享年八十一岁。多数研究者都认为余怀生于莆田，后寓居南京。然康爵先生引《雪鸿堂诗话》言："苏门余澹心曰：'余闽人，而生长金陵。生平以未游开夷，未食荔枝为恨。'"据此推证，余怀生于南京、长于南京，祖籍福建莆田，平生以未能游览武夷山的秀丽风光，未能吃到家乡荔枝为憾事。

曹溶《送余澹心远金陵歌》言："余子闽中名士族，几年移住长干曲。"这说明他的家庭出身或者是闽南书香门第，或者是在江南经商致富后，移居南京的豪富之家，至少是属于家财殷实的大族之后。方文在《余先生六十》中称："瑶岛移来自八闽，却依京国寄闲身。书藏万卷儿能读，酒泛千钟家不贫。"此诗作于崇祯辛巳年（1641 年）题下注"澹心尊人"，可见此诗是为余怀的父亲六十大寿而作的。也说明了余怀的确是在"书藏万卷，酒泛千钟"的富裕家庭家中长大。

余怀生活的时代，正是明末清初社会大动荡的时期。他在三十岁前，熟读经史，学识渊博，有匡时济世之志向，锦绣文章赋就的响亮名声，曾经震动过南都。那时南京的国子监规模巨大，为参与南都乡试的东南数省学子创造了良好的读书条件，那些吃公家饭的廪生常聚学于此读书、写作、交友，畅谈国家大事，甚至一起携姬郊游，吃花酒、唱堂会等等。余怀亦曾游学南雍，而与试名列榜首者，多为余怀、湖广杜濬（于皇）、江宁白梦鼐（仲调），人称"鱼肚白"。（为"余杜白"之谐音）。当时，担任国子监司业的是著名诗人吴伟业（骏公），十分欣赏这位才情俊逸的文学少年，写了一阕《满江红·赠南中余澹心》：

绿草郊原，此少俊、风流如画。尽行乐、溪山佳处，舞亭歌榭。石子冈头闻奏伎，瓦官阁外看盘马。问后生、领袖复谁人，如卿者？鸡笼馆，青溪社，西园饮，东堂射。捉松枝麈尾，做些声价。赌墅好寻王武子，论书不减萧思话。听清谈、逼人来，从天下。[①]

可以说余澹心同学在南都生活得有滋有味，活色生香，留下了美好记忆。崇祯十三年庚辰（1640年）、十四年辛巳（1641年），由于他才名远播，备受称道，被曾任明南京兵部尚书的范景文邀入幕府，负责接待四方宾客并掌管文书。南京的衙门虽然闲置的多，但兵部却是个负责东南军事的重要衙门和守备太监、驻军总督、总兵们共同担负着东南数省和海防一线国防重任，负责兵员的征集补充，后勤粮草、装备的补给。仅仅一年，被余怀称为"南都大司马"的范景文就被调往北京，范景文是循吏中的人才，不久进入内阁，在甲申之变中，范阁老是首位殉国的大学士。

当时给范景文充当秘书的余怀只有二十五六岁。余怀以布衣入范幕，既表明范对他才干的赏识，也表明余怀与范同有济世之志，而非普通文士可比。那时的余怀，公务之余，出入秦楼楚馆，诗酒风流，放诞潇洒。秦淮河畔那些装饰考究的亭台楼阁、名妓佳人们居住的椒房香闺都是他和复社名士们聚集欢宴的场所。

崇祯十五年壬午（1642年），复社在苏州虎丘召开大会。大会由郑元

[①] 见《吴梅村全集·中》，上海古籍出版社，第567页。

勋（超宗）、李雯（舒章）主盟。龚鼎孳、方以智、邓汉仪等复社名流均与会。余怀也参加了虎丘之会。

崇祯十七年甲申（1644年）三月，李自成率领农民军攻占北京，明朝灭亡。五月，福王朱由崧继位南京，建元弘光。马士英把持朝政，引用阉党阮大铖，排斥忠良，煽构党祸，大肆迫害东林与复社人士。南京成了党争的中心。余怀积极参加了反对马、阮的斗争。后来，他回忆说："余时年少气盛，顾盼自雄，与诸名士厉东汉之气节，揆六朝之才藻，操持清议，矫激抗俗。布衣之权重于卿相。"他说的权重与公卿，是指在野操持社会舆论，引导帝国意识形态的影响力而言。

他又说："甲（申）、乙（酉）之际，阉儿得志，修怨报仇，目余辈为党魁，必尽杀乃止。余以营救周（镳）、雷（祚）两公，几不免虎口。"（《同人集》卷二）余怀辞世以后，尤侗挽诗有云："赢得人呼余杜白，夜台同看《党人碑》。"前一句写文采，后一句写气节，可为他前半生的写照。顺治二年乙酉（1645年）五月，清军占领南京，弘光小朝廷灭亡。余怀的生活经历发生了重大的变化。

余怀因而破产丧家。随之而来的，是满族统治者以血腥屠杀为手段强制推行剃发与更换服制的种族文化专制政策。抵抗没有力量，投降无法接受，唯一的出路，就是以道装为掩饰，流亡他乡。从顺治年间直到康熙初年，他经常奔走于南京、苏州、嘉兴一带，以游览为名，联络志同道合者，进行抗清复明的活动。留存至今这时期余澹心的诗歌，在宣泄丧家失国的悲痛、表述抗争复国的壮志，以及流露期盼胜利的心情等方面，均有大量的篇章。

顺治十六年己亥（1659年），郑成功在南京城下严重受挫，转而经营台湾；十八年辛丑（1661年），明永历帝被吴三桂擒获，次年被杀。与此同时，清政府制造了一系列大案，抗清势力几被摧残殆尽。余怀复明的希望终于破灭。从康熙八年（1669年）起，余怀隐居吴门，以卖文为生。同时，精力集中于学术著作方面。他的老友尤侗写了一阙仿吴梅村的《满江红》，生动描绘了他的落魄凄苦之状：

对酒当歌，君休说、麒麟图画。行乐耳、柳枝竹叶，风亭月榭。

满目山川汾水雁，半头霜雪燕台马。问何如、变姓隐吴门，吹箫者。兰亭禊，香山社。桐江钓，华林射。更平章花案，秤量诗价。作史漫嗤牛马走，咏怀却喜渔樵话。看孟广、把盏与眉齐，皋桥下。①

他也承认："颓然自放，憔悴行吟。风流文采，非复曩时。"（《同人集》卷二）然而，正如他的好友吴绮（园次）所说："慷慨长怀吊古心，颠狂不改凌云气。"（《林蕙堂全集》卷十四）他忍受着心灵上的巨大苦痛，坚守明遗民的身份，拒不出仕，不与清政府合作。他的许多著作，都不书清朝年号。这种守身如玉的崇高气节，不忘故国的高尚情怀，十分难能可贵。他家乡的后学称颂他"高风亮节，可比顾亭林、黄梨洲、王船山诸公"。

余怀在后来追忆南都生活的《板桥杂记》中对于南都士子们沉湎于纸醉金迷的昏睡，流连于花街柳巷的沉沦，有极其形象的描述。尽管这时的帝国已经在内忧外患中处于瓦解的前夕，南都却依然歌舞升平，不知魏晋。只有乌衣巷中流窜的公子哥儿，穿着黑色衣服，宽袍大袖，风流倜傥寻花问柳的王、谢子弟了。魏晋风度，古风流传由明末又延续到了东南半壁的南明一朝：

金陵古称佳丽之地，衣冠文物，盛于江南，文采风流甲于海内。白下青溪，桃叶团扇，其为艳冶也多矣。洪武初年，建十六楼以处官妓，淡烟轻粉，重译来宾，称一时之盛事。至时厥后，或废或存，迨至百年之久，而古迹寖湮，存者惟南市珠市及旧院而已。

遥想当年，太祖爷江山初定，朝廷在京城内外开设妓院，委派官员管理。刘辰在《国初事迹》云："太祖立福乐院，令礼房王迪管理，此人熟知音律，又能作乐府。禁文武官员及舍人，不许入院，只容商贾出入院内。"刘辰曾仕洪武、建文、永乐三朝，所记皆亲历之事，清人《四库全书》说其"所见诸事皆真确，而其文质直，无所隐讳"。所谓的十六楼也是官妓丛萃之所，遍布京师各处通衢闹市，其名曰南市、北市、鹤鸣、醉仙、

---

① 尤侗著：《百末词·卷四》。

轻烟、淡粉、翠柳、梅妍、讴歌、鼓腹、来宾、重译、集贤、乐民、清江、石城。①

当时对于禁止官员嫖娼的规定虽然严格，但是对于官员召妓陪酒尚无禁止，朱元璋就曾经诏赐文武百官宴饮于醉仙楼。（见《万历野获篇·补遗》卷三"建酒楼"条）明宣宗朝内阁大臣三杨——杨士奇、杨溥、杨荣那场嫖妓的经历，更是被民间传为笑谈。《尧山堂外纪》记载：

三杨当国时，有一妓女名齐雅秀性极巧慧。一日令侑酒，众谓曰："汝能使三阁老笑乎？"对曰："我一人便令笑也"。及进见问："何来迟？"答曰："看书。"问"何书？"答曰："《烈女传》。"三阁老大笑曰："母狗无理。"即答曰："我母狗，三位公猴。"一时京中大传其妙。

明代内阁大臣竟然可以联袂狎妓，守土官吏当然也就可以随便宿娼，至于那些被视为帝国事业接班人的士子们更是将嫖娼狎妓视为风雅。内阁大学士狎妓竟被娼妓奚落嘲笑，朝纲堕落，官风颓败由此可见一斑。这当然是一则政治笑话，冷酷的现实说明建立在理学基础上的所谓道德戒律已经完全失去了约束力。那些在官方组织的"扫黄"事件中落网的官员已经是个案，他们的碰巧落入法网只能自认倒霉，被流放戍边。按照《中国娼妓史》作者王书奴的说法是"这就叫做有幸有不幸，法律恐怕是一种具文罢"。法律既然成为一纸空文，朝廷的法治权威也就荡然无存了。② 按照余怀《〈板桥杂记〉上卷·雅游》篇记载：

旧院与贡院遥对，仅隔一河，原为才子佳人而设。逢秋风桂子之年，四方应试者毕集，结驷连骑，选色征歌，转车子之喉，安阳阿之舞。院本之笙歌合奏，回舟之一水皆香。或邀旬日之欢，或订百年之约，蒲桃架下，戏掷金钱，芍药栏边，闲抛玉马，此平康之盛事，乃文战之外篇。迨夫士也色荒，女兮情倦，忽裘敝而金尽，亦随欢寡而愁殷，虽设阱者之恒情，实冶游者所深戒也。青楼薄幸，彼何人哉！

---

① 见顾起元著：《客座赘语·卷六》，南京出版社，2009年。
② 见王书奴编著：《中国娼妓史》，上海三联书店，1988年，第205页。

对仗工整的骈文之间，花团锦簇，活色生香，但是写的都是实话，秦淮贡院与旧院相对，原也是对着权势和金钱而来。才子对佳人，官人与娼妓，打得火热，打出一片纸醉金迷的繁丽之景色。在笙歌燕舞，脂香粉腻的睡梦中，酒色财气散尽，留下的只是青楼薄幸的往事。

随着由明入清的改朝换代，天崩地裂，曾经的笙歌燕舞，弦断知音杳，王孙沦为贱民，勇士壮烈报国，文士沉沦逍遁，歌姬舞女星云流散，唯剩下秦淮旧梦在云水间永久荡漾，佳丽们的倩影明眸在眼前萦绕飘荡，因而才有了后来的《板桥杂记》。

当然，南都的佳丽们，很多都是才貌双全风华绝代的女子，出生贫寒，不幸堕入娼门，然而天资聪颖，后天的艺苑栽培，使她们诗书礼仪薰莸，变得容貌华贵，气质高雅起来，而眼界也慢慢开阔，结交的全是官宦财阀及其子弟，交流的皆文人雅士骚客，可谓往来无白丁，谈笑皆鸿儒（贾）。

余怀记录的南京旧院有名有姓的艳妓有几十位，她们的男友很多都是历史上赫赫有名的人物，而且相互间的情侣关系有时又是交织在一起不分彼此的。摘录几位在历史上留下盛名人物以记其事，以窥当时南都文士佳人的才情风貌。

二、明星李十娘的人生曲线

李十娘，名为湘真，字雪衣。据说在娘肚子里，听到琴声歌声就会手舞足蹈。她天生丽质，娉婷美丽，肌肤细腻如玉，洁白似雪，眉眼流波传情，常含微笑，是如同陶渊明《闲情赋》所云"独旷世而秀群"那样的娟秀女子。

十娘嗜好整洁，善于拢琴瑟而清歌一曲，略微涉猎文墨，喜爱和文人才士交往。她所居住的曲室闺房在幽静隐秘的地方，锦帷绸帐衬托着古尊鼎彝，置放得楚楚有致，中间有长长的廊轩相隔。轩左种有遒劲的梅花老树一株，早春季节梅花如雪飘拂于茶几卧榻；轩右植有两株梧桐，栽种翠竹数十杆，早晚擦拭梧桐翠竹，秀色可餐。凡能够进入她雅室的人，都怀疑自己不是在凡尘，而是进入了琼瑶仙府。

余怀先生每每召集同道好友诗人聚会，必然要到她家。每位客人，用一位妙龄婢女伺候笔砚、磨墨、烫茶、削水果，到了晚上伴着轻盈的乐曲，开始宴筵，尽欢而散。然而，一切安排井然有序，宾主礼尚往来，不至于淫亵造次。有很多名士，不惜渡过长江，搬到南京居住，为的就是仰慕李十娘芳容。越是艳名远播，十娘越是低调躲避。她善于称病藏匿，不再梳妆打扮，谢客回避。她的养母也怜惜她，顺从她的意志，婉言谢绝访客，并不予以通报。只有二三知己相好到来，她则高高兴兴亲自接待，嬉笑怡情忘记了疲倦。十娘后来改名贞美，刻一印章为"李十贞美之印"。

余怀曾对她开玩笑说："姑娘你美则有之，贞洁却未必然也。"谁知一语切中十娘软肋，她花容失色黯然泪下说："你应该是知道我的，何至于出此言？我虽然出身风尘，蒲柳贱质，但是绝非好色淫荡之女流，如同夏姬与柳宗元笔下淫荡的河间妇。如果我心中有好感的人，也是相敬如宾，只是情意相投而已；如果没有好感的，虽然勉强与之相卧枕席，也绝不与其交欢。我之所谓不贞，也即堕入娼门，命运使然，那又能怎么办呢？"

说完已是涕泪泣下，染湿衣襟。余怀立即收起笑容，道歉说："是我失言，是我的过错。"十娘哥哥的女儿名字叫媚姐，芳龄十三岁，，皮肤白皙，鬓发覆盖额头，眉目如画，珠喉婉转，舞姿轻盈。双方互有爱意。十娘说："我当为你们做媒。"崇祯壬午年（1642年）秋闱大考，媚姐为他投币卜卦，期望他能够高中举人。等到发榜，余澹心名落孙山，也许是过去自视甚高，牛逼吹得大了些，他自觉无脸见人，不久忧郁成病，羞于见客，悄悄躲进栖霞寺，经年不与外界交往，几乎与李家小院断了往来。

1644年甲申事变，江山鼎革，明清易代以后，泰州知州陈澹仙寓居在丛桂园，余怀见到这位前知州所拥的女子姓李，面相有些熟悉。等余怀进入帷帐见到了她，竟然就是媚姐。两人泪眼相见，各自黯然泣下。

余怀问道："十娘呢？"

答曰："从良嫁人了。"

"所居何处？"

曰："秦淮水阁。"

问："你们原来的家呢？"

曰："已经荒废为菜地了。"

问："那些院内的老梅、梧桐和竹子应该没有什么变化吧？"

曰："已经全部砍伐当成柴火烧了。"

问："老娘还好吧？"

答："已经死了。"

江山易代之变，家园离散之苦，竹梅为薪之叹，物是人非之悲，隐喻了家国的全部不幸与才子佳人在动乱中的遭遇。简短的对话浓缩了诸多感叹和无奈。余澹心因此，赠诗一首：

流落江湖已十年，云鬟犹卜旧金钱。

雪衣飞去仙哥老，休抱琵琶过别船。

三、侠侣情深同洒热血溅故土

余怀与孙临（字克咸）交情最深。孙临乃兵部侍郎孙晋之弟，明末武官，安徽桐城人，诗人，方以智的妹夫。其岳父方孔炤是明末大名鼎鼎的易学大师，又是一位出身于儒学官宦世家善于领兵打仗的封疆大吏。方家先祖为靖难之役中被明成祖诛灭十族的方孝孺家族后裔，朱棣即位后，下诏要求诸藩名人署名上表效忠，方孔炤先祖方法拒绝签名，被逮捕，途中投水自尽。方法的这种忠节风范对族人人格理想产生深远影响。

方孔炤（1591—1655年），字潜夫，号仁植，万历四十四年（1616年）进士，仕途较为坎坷，天启初年升任兵部职方员外郎，因为得罪魏忠贤被罢官削籍。崇祯元年复原官，不久被任命右佥都御史兼领巡抚湖广，在湖北与张献忠对阵，取得八战八捷的大胜。由于督师杨嗣昌受张献忠假投降诱惑，拒不听从方孔炤的意见，放松防守，香油坪一战被杨嗣昌强令出击，中了张献忠军埋伏，全军覆灭，被逮捕下狱。其子方以智泣血上书，感动崇祯皇帝，被免死罪，获释后，准复冠带，嗣后以都察院右佥都御史降级戴罪总理河北山东屯务、军务。刚赴任即发生"甲申之变"而"踉跄归南"，遂闭关鹿湖终老。

方家崇文尚武，门风清正，教育管束子女甚严，就是女流也个个行为端方，多才多艺，在明末乱世中诞生了多位节妇烈女，受到朝廷表彰。但是，对于儿子方以智和女婿孙临在流寓南京时流连花街柳巷狎妓嫖娼行为荒唐，几近放手纵容。也许世风如此，他们的放荡正是文人墨客风雅生活的体现，因而根本无需谴责。这两位小爷均是17岁结婚，18岁即离开桐城去了留都南京读书学习，寻觅功名去了。郎舅两人结伴同行，在科考路上踟蹰不前壮志难酬时，却在秦楼楚馆春风得意，赢得许多名姝的青睐。诚如他们的老朋友陈贞慧的儿子陈维崧在《在湖海楼文集》卷二中的记载：

当秣陵全盛时，……密之（方以智字密之）先生衣纨绮，饰骖骑，鸣笳叠吹，闲雅甚都……先生盖慷慨习兵事，堂下蓄怒马。桀黠之奴带刀自卫者，出入常数十百人，俯仰顾盼甚豪也。

他自己写道："醉挽江东年少群，登高作赋更多闻。日随白玉堂中宴，夜作黄金台上文。"他们在用这种颓放消极的人生态度在酒色流连的脂粉堆中去抒发心中的块垒。陈子龙在《答方密之》的信中引李雯语：

李子云："密之近有信来，在金陵甚豪顿，跃马饮酒。壮士满座。或引红妆，漫歌长啸，殊自快也。"

另一位复社"四公子"是如皋冒辟疆，在己卯年初夏来南京参加乡试时，就和方以智厮混在一起。方向他隆重推出了江南名妓董小宛，两人多次前去拜访小宛，那时董姬只有16岁。

孙临迎娶的是方孔炤的大女儿方子耀，是方以智的妹妹。方子耀"习礼能文，以至书法图画皆酷肖"。17岁与孙临结婚，后来孙临与小妾葛嫩在福建战败双双殉国，方子耀几度投水，绝食不死，守志养育遗孤终老。而孙临和方以智均是当年桐城名士，明崇祯初年，与方以智、方文、钱秉镫、周岐等人成立诗社、泽社、永社相互酬唱，诗酒风流，堪称狂生。这郎舅两人曾告别家乡妻儿，游学南京，跻身花街柳巷，很闹出了一些风流韵事，轰动留都。

郎舅俩人都出生于1611年，年龄相同，志趣相投，不仅联袂出入秦楼楚馆狎妓嫖娼，而且还一起调皮捣蛋。据余怀《板桥杂记》记载[①]：莱阳的名臣姜埰的弟弟姜垓（字如须）与方以智是同年进士，迷恋李十娘，两人成天腻歪在一起，足不出户。方以智和孙临（克咸）都是能文能武之人，学得飞檐走壁之轻功。一天夜晚，漏下三更，星河灿烂，月色皎洁。郎舅两人，联袂出行，黑衣蒙面，状如盗贼。两人经过歌楼妓馆，全部垂帘闭户，夜深人静，万籁俱寂。他们先是轻轻一跃，跳上院前屏风，悄然行走。再一跃登上屋顶，潜行直入卧室，然后敲门拍窗，大声吆喝，虚张声势。吓得姜垓，翻身下床跪倒在地，叩首求饶："大王饶命，不要伤害了十娘。"这两家伙掷刀在地，拉下蒙面黑纱大笑道："姜老三简直是菜鸟！菜鸟！"于是大叫拿酒来，四人围坐畅饮，尽醉而散。

余澹心讲起莱阳高士姜垓和桐城名士方以智、孙临这段往事时调侃道："姜如须先生也算着旷代高才，偶尔效仿唐代杜牧（樊川）赢得青楼薄幸名，也如同东晋太傅谢安搞些风流韵事，以秋风团扇寄兴于文学才女，并非一味沉溺于烟花女子可比较，算作才子佳人的遇合而已。"

孙临的女朋友名叫葛嫩，字蕊芳，金陵人。其父原是一员边将，后抗清殉国，全家大都遇难，唯嫩娘一人逃得性命，幼年为生活所迫，被卖入青楼。她才艺双全，"指奸辨贤，抱香自重"，远离庸俗之辈，为当时秦淮名妓。

孙临，字克咸，文武全才，挥笔倚马千言即刻草就，弯弓射箭能开五石，且能够左右骑射，箭发无虚。其人身材短小精悍，自称飞将军李广，欲投笔从戎，披肩执盾，血战沙场，为国建功立业。又另外取一别字为武公。这小子喜好狎妓学游，纵酒高歌，展露天性。先是宠溺珠市妓女王月，后来王月被贵州豪客蔡如蘅（香君）夺走，他闷闷不乐，倍感无聊。与余澹心闲坐在李十娘家，十娘盛赞葛嫩才艺无双，孙临猴急着要去拜访。

夜阑时分他进入葛嫩卧室，小葛正在灯下梳头，灯光迷离中恍惚看到小娘子长发委地，双腕如洁白的藕节，面色微黄，眉毛似黛山远卧，瞳仁如黑漆点睛。葛姑娘款款起身，请孙克咸入座。克咸感叹道："这正是温柔之乡啊！我就终老在此仙乡之中了。"于是第二天就定下情缘，之后足

---

① 见《香艳丛书·板桥杂记》，岳麓书社，1994年，第51页。

有一个月足不出户和小葛缠绵在一起。后来竟然纳为小妾。①

史料记载幼年时孙临聪慧过人,"于书、传略一涉猎,即解大意。娓娓而谈,或措之笔墨,皆成文章,尤工词赋。"所作《白云歌》云:

泰山云起度江湄,野色断烟心独悲。
悲风阵阵江波阔,沙棠舟上冷黄葛。
葛衣忽感浦花秋,壮年梦泣生白头。
瘦马随军秣陵草,青丝不系红粉楼。
楼中泪渍相思枕,长帆东北江中影。
送君不尽白云歌,团团寒镜升西岭。

从中可略见孙临的诗文功底。孙临为人豪爽,善言谈,喜结交,通晓声律,擅长吹箫奏曲,于是奇才剑客竞相拜访,时人称其有战国公子信陵君、平原君之风。他生前结交了许多文人豪士,与复社、永社诸君子相互往来。

孙临生逢国变之际。他的老家桐城兵荒马乱,面对乱世,孙临毅然弃家不顾,奔走吴越,与松江府夏瑗公、陈大樽等结几社、复社,讲求御乱制侮之道。孙临胸怀大志,但恨报国无门,加上其天性风流俊爽,于是终日流连歌台舞榭,盘桓于歌舞声色之中,而不复言国事。当大雪之时,他便邀请诸名士,人人身着戎服,骑骏马,带着歌伎游览于金陵钟山之间。歌伎们身穿红襦,胯围紫貂,抱着琵琶坐在马上。游至梅花之前众人下马,用红地毯铺地,其间置酒席。孙临与诸名士围坐在地毯四周,举起酒杯,让歌伎边弹琵琶,唱塞上曲,边饮酒作诗,"尽醉极欢而归",以解脱自己心中不得从容戍边建功立业的苦闷。其所作《钜鹿公主歌词》曰:

官家子女弹琵琶,清歌一曲后庭花。
妍雅瑶堂擂大鼓,纤手玉洁水弦舞。
颜色自伤老大速,日着罗绮随钜鹿。②

---

① 见余怀著;《板桥杂记》,岳麓书社,第43页。
② 见陈澹然等撰著:《孙武公传》,民国二年(1913年)天津华新印刷局铅印本。

1644年，清兵攻破扬州。孙临之友杨文骢以兵备副使的身份率兵进驻金山寺，扼守长江，后被提拔擢为常州巡抚，兼沿海督军。当时的唐王朱聿键已入闽中，下诏招纳人才，抵抗清军。时为浙闽总督的杨文骢特向唐王举荐孙临，称孙临为奇侠，善于带兵打仗。唐王下诏，任孙临为监军副使。孙临终于得到了报国的机会，立即准备起程赴闽。当时南昌、杭州已相继失守。孙临率部退至震泽。

　　唐王督师大学士黄道周，率兵攻打徽州。黄道周兵败被俘，死于南京。江西、浙东重新陷入清兵之手。此时鲁王朱以海从海上遁入闽中，孙临趁清兵主力仍未入闽，率兵攻打衢州，未能攻下。年内与杨文骢招募士兵，在浙西南龙泉山中操戈训练，并再次攻打衢州，仍未攻下，乃率部扼守仙霞关，策应建宁保闽（福建）。此时十万清兵已入闽，孙临率兵三千驻于关外，杨文骢守在关内。

　　当时苏州沦陷，孙临与子女失散，他全家陷入了险境，尤其是爱妾葛嫩的殉难，给他带来极大的悲痛。葛嫩娘得遇孙临后，两人志趣相投，恩爱相处。孙临征战时嫩娘随军而行。一日，舟过太湖，孙临因事登岸，嘱军士护葛嫩娘于舟中，不料清兵突至，军士格斗战死。一清军见葛嫩娘貌美，欲逞兽欲，挥刀上前迫使就范。葛嫩娘怒不可遏，以牙咬碎舌头，满嘴鲜血喷向清军官。清军仍无耻步步紧逼，葛嫩娘知难幸免，怒目而吟"愿做吴江一段波"遂扑向湖中，赴水殉难。

　　孙临闻讯率部赶来，击退清兵，网得葛嫩娘尸体，见其臂肩伤痕累累，衣裙紧缝密纫。这是她早已有所防范而采取的措施，以护贞节。葛嫩娘之死向时人展现了她的民族大义，为世人所敬仰。葛嫩殉难后，孙临忍住巨大的悲痛，与清军展开血战。杨文骢兵败，退至浦城时被清兵捕获。

　　孙临闻听杨文骢兵败被俘的消息后，当即拔簪交给夫人方子耀说："背君弃友，吾不能为"，救不了杨公吾必死矣，你持此簪告知太夫人，"儿死得其所矣"！遂率三千人马杀入关中。

　　战败后，面对清军立地大呼，"我乃监军副使孙武公也"，遂被清军抓获。清军将杨文骢、孙临押至建阳，见二人神勇，劝二人投降。二人破口大骂，威武不屈，均被清军杀害。

　　孙临临刑前对天狂笑曰："孙三今日登仙矣！"杨文骢一家三十六

口亦同时遇难。《明史》将杨文骢、孙临等人共入"列传"。中载：

（1646年）衢州告急。诚意侯刘孔昭亦驻处州，王令文骢与共援衢。七月大清兵至，文骢不能御，退至浦城，为追骑所获，与监纪孙临俱不降被戮。

文后赞曰：

废兴之故，岂非天道哉。金声等以乌合之师，张皇奋呼，欲挽明祚于已废之后，心离势涣，败不旋踵，何尺寸之能补。然卒能致命遂志，视死如归，事虽无成，亦存其志而已矣！①

孙临死时年仅36岁。据史料记载：孙临与杨文骢死时尸体横在道旁，附近居住的百姓钦佩二人的作为和气节，合力将二人埋于坎瘗大树之下，并刮下树皮将其二人的官爵姓氏写在上面，以为祭拜。孙临的家人得知后，其兄入闽，间关走建阳水东三百里，在士人所标明的大树下，"发之，求得遗体。尸已毁，两体败，两人骨不可复辨。因并焚于东峰僧舍，分裹置衾枕中复归。以戊子（1648年）冬抵载冲庄，同棺分殓。逾六年甲午（1654年），两人合葬桐城县东三十里之枫香岭，复为祠三楹，奉两木主。过者必吊，呼为'双忠墓'"。孙临生平著作颇丰，可惜大多散佚。存者仅《肄雅堂集》《肄雅堂诗选》《孙克咸诗》《大略斋集》《我俚集》及《楚水吟》前半部等。

四、方以智投水沉江报故国

方以智曾经为自己的妹夫《孙武公集》作序文，对于青少年时期在南京的情况做了深情的回忆：

余往与农公、克咸处泽园，好悲歌，盖数年所，无不得歌至夜半也。农父长余，克咸少余，皆同少年。所志同，言之又同，往往酒酣，夜

---

① 见《明史·卷列传二百七十七·孙临、杨文骢传》，线装书局，第1498页。

入深山，或歌市中，旁若无人。人人以我等狂生，我等亦相谓天下狂生也。

也就是说少年方以智和孙临等皆为耿怀报国之志的慷慨悲歌之士，他们都习文蹈武、饱读诗书、多才多艺、志同道合而不拘礼法特立独行。然而壮志未酬，在仕途饱经沧桑后，顿悟人生，以身许国。孙临牺牲在抗清一线。方以智在崇祯十二年（1639年）二十九岁考中举人。一年后，又以殿试第二甲第五十四名的成绩中进士，此时老父亲方孔炤因在香油坪战役中失利而被逮下狱，方以智每天膝行宫前为父伸冤不果。到了第二年的春天他怀揣血书，呼号在朝门外，终于感动崇祯皇帝，帝以"求忠臣必以孝子之门"之叹，开释方孔炤。

方以智入职工部，为观正，郁郁不得志，卷入党争。崇祯十五年（1642年）授翰林院检讨。两年后即遭遇甲申之变，因哭先皇帝灵柩而被义军逮捕，逃出后一路乞讨到达南都，受到魏阉余孽阮大铖的通缉，到处躲藏。直到弘光朝覆灭，先后追随鲁监国朱以海和唐王朱聿键从事抗清活动，最终被永历帝朱由榔十次下诏受内阁大学士。他固辞不拜，决心退隐，自谓"烽火尚容人玩世，山川不劝客趋朝"。生性狂放的方以智，表面上告别当年慷慨报国的志趣，纵情悠游于山水之间，骨子里依然关心朝政，不甘寂寞。不去做官，却身在草野，心存魏阙，多次上书小朝廷将帅鼓励他们戮力同心、卧薪尝胆、爱民勤政、选用贤才。在二上辞书不久，呕心沥血向永历皇帝进《刍荛妄言》条陈五策，计言复明。当清兵大举南下时，他曾联络东南抗清力量抵抗。顺治七年（1650年）闰十一月清军攻陷广西平乐，方以智被捕。

被俘后他始终不屈，清军在他的左边放了一件清军的官服，右边放了一把明晃晃的刀，让方以智选择。方以智毫不犹豫，立即奔到右边，表示宁死不降。他的气节竟然感动了清军将领马蛟麟，老马将他送到当地梧州城东云盖寺供养。他披缁为僧，改名弘智，字无可，别号大智、药地、愚者大师等。晚年定居江西庐陵青原山，自称极丸老人。[①]

[①] 参见罗炽著：《方以智评传》，南京大学出版社，1998年。

顺治十年（1653年）方以智至南京高座寺拜觉浪禅师为师，受大法戒后，参研《易》理，著述不辍。

康熙十年（1671年）十一月，方以智被清廷以所谓粤事案发再次逮捕，也即他所参与拥立桂王永历帝的种种旧案重新翻炒。在庐陵南解江西吉安途中痛疽病发于背，小船行至万安惶恐滩，风浪忽起，小舟颠簸不已，背痛发作不治身亡，享年六十一岁。

著名学者余英时在其著作《方以智晚节考》中，举出种种有力的论据，认为方以智是在康熙辛亥年（1671年）船经惶恐滩时投水自尽，以全晚节。[①]

滔滔赣江，沿途有十八滩，惶恐滩是其中最险的锁口大滩。滩头有一座历史悠久的小城，名叫万安。惶恐滩有"鬼门关"之称，青山壁立，怪石嶙峋，水流湍急，地势险恶，民间有"惶恐滩，阎王滩，十船过了九船翻"之说。历史上，那些途经此地的失意文人、贬谪政客或穷途英雄，在惶恐滩如此惊险之地，便联想到国难深重、命途渺茫、身世飘零，不禁悲从心来，黯然涕下。北宋绍圣元年，年近六旬的苏轼被贬谪至惠州，诗人在《八月七日初入赣，过惶恐滩》诗中云："七千里外二毛人，十八滩头一叶身。山忆喜欢劳远梦，地名惶恐泣孤臣。"公元1129年，南宋高宗祖母隆祐太后遭金军追击，在万安皂口仓惶登陆逃命。几十年后，爱国词人辛弃疾经过万安时，在惶恐滩上方的皂口壁上，提笔写下了"郁孤台下清江水，中间多少行人泪"的感慨词句。南宋末年，惶恐滩又迎来了一个形容憔悴、目光如炬的诗人，他手戴铁链，脚穿镣铐，长髯飘飘，他就是民族英雄文天祥。在惶恐滩头，他写下那首千古绝唱《过零丁洋》。自此，惶恐滩成为孤臣泣血死节之圣地。

余英时在《方以智晚节考》中断定：方以智在惶恐滩头乃"不得不死""死得其所"！

方以智的家人和朋友私下都认为他是投江自尽的。当时，方以智年已六十一岁，身体羸弱，在押解途中，朝廷破例允许他的少子方中履、侄儿方中发、孙子方正珠一道随行。特别是方中履，和父亲须臾不离。方以智自尽的所有情况，他、包括随行的方中发、方正珠肯定都是很清楚的。在

[①] 参见《余英时文集·第九卷·方以智晚节考》，广西师大出版社，第188页。

他们当时的诗文中，也没有一个字提到方以智是因病而死。但是，迫于当时的政治气氛，他们又无法说明真相，只能在诗文中暗示方以智是自尽完节。

例如，方中履在他的《汗青阁文集》中说："先公慷慨尽节，不少曲挠""惶恐滩头，先公完名全节以终。"方中履《哀述》一诗专为记述方以智艰辛的一生，其中多处暗示死亡真相：如"波涛忽变作莲化，五夜天归水一涯"。在佛教中，莲花是从俗世中解脱而生于佛国净土的圣人化身，这里显然暗示方以智投水而死，后一句点明死亡时间。再如，"激楚如今当再拟，教人无奈赋招魂"，这显然是将方以智比之于屈原。再如《月夜迎先大人柩，会三弟、侄、儿珠于枞阳江口》一诗中写道："天高来夜月，霜白照离人。此际悲欢共，招魂到水滨"。若是病死，方中履断然不会说到水滨去招魂。仅从这些诗文就可以断定，方以智是沉江完节无疑。

方以智是朝廷要犯，他的自杀，事关重大，江西地方官为推托责任，集体谎报"病故"。同时，方以智的亲友因恐连累无数当事之人，也自然不会在文字中透露死亡真相。这样，方以智病故说就这样流传了下来。但事实就是事实，三百多年后，方以智的死亡之谜终于大白于天下。

方以智家学渊源，博采众长，主张中西合璧，儒、释、道三教归一。一生著述400余万言，多有散佚，存世作品数十种，内容广博，文、史、哲、地、医药、物理，无所不包。

清康熙十一年（1672年）冬，方以智灵柩移葬家乡桐城浮山枣花冈，依其母亲坟茔一侧。墓前楹柱一副对联云：

博学清操垂百世，名山胜迹共春秋。

著名学者王夫之有诗二首吊方以智云：

其一
长夜悠悠二十年，流萤死焰浊高天。

村浮梦里迷归鹤，败叶云中哭杜鹃。
一线不留夕照影，孤虹应绕点苍烟。
何人抱器归张楚？余有南华内七篇。

其二

三年怀袖尺书深，文水东流隔楚浔。
半岭斜阳双雪鬓，五湖烟水一霜林。
远游留着他生赋，土室聊安后死心。
恰恐相逢难下口，灵旗下沓寄空音。

五、龚鼎孳孽海情深

顾媚，字眉生，又名眉，后称横波夫人。端庄艳妍雅致靓丽，其风度超群，鬓发如云，面色白里透红，艳若桃花，足步弓弯纤小，腰肢轻盈袅娜，身躯娇小可人。顾眉通文史、善画兰，追步马湘兰，而姿容胜过湘兰，时人推为南曲第一。家中建有眉楼，绮丽的窗帷加上手绣的帘幕，牙签插在书中、玉轴卷成的字画，堆满几案。瑶琴锦瑟，陈设左右。龙涎香云烟缭绕，沁润肺腑。挂在屋檐下的风铃叮当作响。余怀开玩笑地说："这那里是眉楼，简直是迷楼。"别人遂以迷楼称之。

妙曼的身姿可见其天生丽质，环境陈设可见其不俗的追求，具备了较深的文化素养，对于明末的歌姬舞妓而言，这些都象征着身价。因而顾眉犹如当时的歌舞明星那样被达官贵人和公子哥儿们追捧着，最终被当时的文坛首领和政府高官龚鼎孳收入囊中。因为那个时代的高官们是允许娶个三妻四妾的，他们轻松自如地周旋在太太和歌姬之间如鱼得水，那是当朝显贵的风雅。

那个时候江南奢靡，文人酒会宴筵，姬女红妆和文士黑巾相间，紫裘貂尾夹杂，座中没有媚娘就缺少了欢乐，可见顾眉的交际能力非一般歌姬可比。大家尤其喜欢顾家小厨房的美食。一些朝廷官员在眉楼设宴待客，竟然没有空闲的日子。然而，艳慕她的人虽然很多，但是嫉妒的人也不少。眉楼的客人之中，有一位从浙江来的"伧父"，粗俗不通风情，却是南京兵部侍郎的侄子，这位二世祖当时被顾眉应酬得还行，正欢喜中，却发现美人对另一位"。客"——据孟森先生考证，就是后来为顾眉自杀而死的刘芳——更加宠爱，于是醋性大发，和另一位被冷落的举人合谋，借助酒劲当场骂座，诬陷刘芳盗取并藏匿了他的金犀牛酒器。一状告到官府，其意是想让顾眉也被官府传讯，折腾她个没脸见人。此时顾眉的相好，余澹心义愤填膺，投笔相助了。他洋洋洒洒创作出一篇辞锋锐利如同匕首般的檄文进行声讨，有言："某某本非风流佳客，謷称浪子端庄，以文鸳彩凤之区，排封豕长蛇之阵。用诱秦诳楚之计，作摧兰折玉之谋。种夙世之孽冤，煞一时之风景。"云云。引经据典，徒作大言，将一场原本嫖客之间争风吃醋的桃色风波，上升到秦楚相争的国家争斗高度进行声讨，磅礴的气势，才子的文笔惊动社会，引发舆论反弹。那时余怀担任南都兵部尚书范景文的秘书，正是这位浙江伧父叔叔的顶头上司。他的叔叔看到了南都国防部长秘书的这篇檄文，生怕得罪上司，影响仕途，立即呵斥这家伙，让他滚回浙江，官司才了结。

媚娘非常感谢余大才子的恩德，特别在桐城名士方瞿庵家中，设宴唱堂会为余怀做寿。顾眉亲自粉墨登场水袖轻扬，歌喉婉转唱出了名声，使得芳名远播，并借此天赐良机终于脱离了乐籍，如愿从良嫁给具有官员身份的风流大才子，这就是当时的文坛领袖龚鼎孳。

龚鼎孳（1616—1673年），字孝升，因出生时庭院中紫芝正开，故号芝麓。安徽合肥人。与吴伟业、钱谦益并称为"江左三大家"。崇祯七年（1634年）进士，龚鼎孳在兵科任职时，前后弹劾周延儒、陈演、王应熊、陈新甲、吕大器等权臣，声名大振。龚鼎孳在明亡后，可以用"闯来则降闯，满来则降满"形容。气节沦丧，至于极点。这老小子风流放荡，不拘男女。在父亲去世奔丧之时尤放浪形骸，夜夜狂欢。崇祯十二年出任兵科给事中，官位不高，权重很大，相当皇帝派到国防部的专家和特派员，对于兵部上奏皇帝疏状有"封驳"之权，六科对应六部，给事中为言官，品秩虽为七品，但是皇帝对于六部上报的文件在批准之前必须征求六科给事中意见，给事中不同意，皇帝就不能批转下达。赴京途中，这位新任给事中结识南京名妓顾横波，龚鼎孳在南京与顾眉相好没多久，他便郑重地把一首求婚诗呈在妆台之上：

腰妒杨柳发妒云，断魂莺语夜深闻。秦楼应被东风误，未遣罗敷嫁使君。

这是崇祯十二年的七夕。崇祯十五年秋，顾眉关掉眉楼，离开金陵，千里迢迢追随老公北上的步伐，投奔龚鼎孳。此时，李自成、张献忠的部队已经攻近北京，后金的大军也已经压至山海关。一个从小锦衣玉食且裹着小脚的年轻女子，要在这一片兵荒马乱之中跋涉，也真是勇气十足。

顾眉在路上足足走了一年，才到达京城，满身尘土、蓬头垢面地与龚鼎孳相见。因为时乱，龚鼎孳的原配夫人及儿女都留在合肥，他独自在京，以谏官的卑小职位，连挑当朝大佬，最孤立无援之际，得顾眉不顾死活地来到身边，自是欣喜若狂，感激不尽。也就悍然不顾物议，把这青楼女子给娶了。由此被政敌弹劾而贬官，他却坦然说道："鬬豹天关，搏鲸地轴，只字飞霜雪。焚膏相助，壮哉儿女人杰。"国势危急，风刀霜剑中，是那位女士，在鼓励和支持着我呀！秦淮名妓顾眉正式成为江南名士龚鼎孳的小妾。

小龚连带小顾上北京之后，初居宣北坊海波寺街"古藤书屋"，后迁至宣武门外大街，寓号"香严斋"。余怀在《板桥杂记》中记载，这位龚尚书（那时还不是尚书，在兵部供职）颇有英雄豪杰的气概，视金玉泥沙为粪土。得到媚娘的辅佐，更是如鱼得水，越发轻财好义，好怜惜有才气的普通书生，也算作夫妇两的功德。借助小老婆的艳名使得龚鼎孳的名声越发高涨起来，当时来求取两人书画的帖子如雪片般飞来，龚鼎孳挥毫作画落笔署名"横波夫人"。那时龚鼎孳25岁，顾眉21岁，也算是才子佳人如意郎君了。

顾眉到京五十天后，龚鼎孳便被关进了大牢。明朝狱事之黑暗惨酷，龚鼎孳又是因弹劾权贵入狱，更显情势不妙。顾眉不怕受牵连，一直在狱外等他出来。她的坚守给了龚鼎孳莫大的勇气。

一林绛雪照琼枝，天册云霞冠黛眉。玉蕊珠丛难位置，吾家闺阁是男儿。

九阍豻虎太纵横，请剑相看两不平。郭亮王调今寂寞，一时意气在倾城。

龚鼎孳狱中写下的两首诗，都在感念着顾眉，说她有男儿的气概，说她的侠义与深情，比及从前太平时光那些情词，多了许多患难与共的凝重。

崇祯十七年二月，龚鼎孳出狱，在赠顾眉的词中他写到："料地老天荒，比翼难别。"生死不渝的牵绊，从此正式建立。回想龚、顾二人的姻缘，或许曾有着风月场上的轻佻与计量，不能否认，更有着那个时代其他名士美人间难以企及的真与诚。这真诚，是被岁月考验而沉淀下来的。

别后鱼雁来往，龚鼎孳写了无数热烈的情诗，后都收在自传性传奇《白门柳》里。今天展读，只见一片浓郁化不开的爱意。

初见，他笔下的顾眉是这样的：

晓窗染研注花名，淡扫胭脂玉案清。画黛练裙都不屑，绣帘开处一书生。

原来顾眉也喜作书生打扮，香闺之中，书案明净，衬着个素淡文雅的人儿，和寻常脂粉多么不同。他有着获红颜亦获知音的喜悦。

日日缱绻，他暗里发下誓愿：

搓花瓣、做成清昼。度一刻、翻愁不又。今生誓作当门柳，睡软妆台左右。

词风炽烈，有着小儿女初坠情场的天真痴缠，实打实是为正人君子所不齿的艳词。如果说这还只是床笫间的情不自禁，这一首：

手剪香兰簇鬓鸦，亭亭春瘦倚栏斜。寄声窗外玲珑玉，好护庭中并蒂花。

就更显出满心的怜惜，真爱一个人时，那爱意中肯定是存着怜的，总觉得对方在这宽广冷酷的世界是如此柔弱，想要好好地护着她，离开她就觉得很不放心。

才解春衫浣客尘，柳花如雪扑纶巾。闲情愿趁双飞蝶，一报朱楼梦里人。

进京后的龚鼎孳有两副嘴脸：一副放在政坛，对政敌如秋风扫落叶，毫不留情；另一副面对远在南方的恋人，如春风温柔，似春水缠绵。在这种感情攻势下的顾眉，心思也不知不觉地融化了。

但是两个人的好日子没过上多久，局势动荡，崇祯十七年李自成攻陷北京，崇祯帝自缢。在这样的情况下，明朝的官员们有三种选择，逃跑、投降或者殉国。龚鼎孳选择了投井，但事实上，龚鼎孳不是真的投井，只是避祸。龚鼎孳携小妾顾眉躲在枯井中避难，被人搜出后投降李自成。受吏科给事中，迁太常寺少卿。清顺治元年（1644年），睿亲王多尔衮进京，龚鼎孳迎降，授吏科给事中，迁太常寺少卿，刑部右侍郎、左都御使等。

龚鼎孳之所以投降李自成，接受直指使的职位，就是因为他"生平以横波为性命，其不死委之小妾"。也就是说他在甲申之变中不能为国尽忠的责任，轻飘飘地以一句"我原欲死，无奈小妾不许何"的解释以开脱自己的投敌行为，小妾者即顾眉。将自己贪生怕死，媚事新朝的责任，推给了漂亮妩媚的小妾顾眉，可见龚鼎孳的品格何其低下了。

龚鼎孳本来就是品德上十分恶劣的人，虽然以诗文驰名江左，忝列大家，而人品却乏善可陈。明朝遗臣史学家李清在《三垣笔记》中称其在崇祯朝担任台谏官时，为人险刻，"日事罗织"朝臣"自大僚乃至台谏，皆畏之如虎"。（见李清《三垣笔记》中"崇祯门"）且穷奢极欲，寡廉鲜耻，既降大顺，复事后金，于士之节义多有玷污。

投降之后，龚鼎孳根本谈不上有什么仕途。有人骂他是"明朝罪人，流贼御史"，又有人说他在江南千金置妓。在这个时期，龚鼎孳还留下了很多与顾眉一起生活的诗句。虽然外面动荡不安，但是那段时光对龚鼎孳和顾眉来说应该是段犹如神仙眷侣般的日子。龚鼎孳的放浪形骸，屡屡成为公众攻击他的口实。

顺治十四年（1657年）十一月初三，是顾眉三十九岁的生日。这个时候正巧他们二人北上路过金陵，张灯开宴，召来宾客近百人，请来梨园名角前来贺寿，有酒客串演《王母瑶池宴》。横波夫人垂帘观看，特意请来曲中姐妹一起宴筵，时李六娘、十娘、王节娘皆在座。这时老龚的门人严某赴浙江出任监司，正好在南京逗留，特地掀开珠帘长跪在地下，举着大酒杯说："贱子贺寿。"这时坐在桌前的人皆离席，一起伏在地上为她贺寿。顾眉欣然仰脖子连饮三杯，龚尚书面露得意之色，他为她的衣锦还乡挣足了面子。余怀为之作长歌记其事。

顾眉从嫁给龚鼎孳那一天起就想给他生一个儿子，这是她多年的心愿，但是却一直都没有实现。顺治八年，他们居住在西湖边上，顾媚经常去庙里烧香求子，可惜顾眉最终还是没有如愿以偿，没有求到儿子。四十岁那年，她生下一个女儿，数月后出天花不幸夭折。

顾眉依托着龚鼎孳的爱，活得有滋有味。生活上安享荣华富贵，名分上他帮她挣来了一品诰命的头衔。据说这头衔本来属于正室童夫人的，但是，童夫人有高尚的气节，一直居住在老家合肥，不肯随龚鼎孳去北京，且曰："我已在前朝两度受封，这次封赏，让给顾太太也可。"

其中言谈话语中既有着对老龚专宠小妾的妒忌之情，还保留着对于前明王朝的那些眷恋，完全不似老龚那般对于媚事清朝的厚颜无耻，而这些表面上来自于龚鼎孳对于女色的贪婪而导致政治上的失节，但恐怕更多还是骨子里对于荣华富贵功名利禄的追求。贪生怕死，从根本上说就是怕失去生命后，那些权力所带来的利益将随之烟消云散，包括那些肉欲尽情挥洒带来的人生快感。

士子在政治上的首鼠两端无非围绕的依然是"学而优则仕"所带来功名利禄和尽情享受快乐。至于那些"气节"之类道学喧嚣都是虚无渺茫的说教，乱世之秋，活着才是第一位的，士子的满腹学问，最终是要售于帝王家的，此帝王和彼帝王其实是无所区别的，那要相比较谁给出的价格更高。为此，余怀感叹道："顾遂专宠受封，呜呼，童夫人贤节，超过须眉男子多矣。"[①] 四十五岁那年，顾眉去世，相对于她风雨飘摇的姐妹，这已是善始善终。

龚鼎孳在"两次投敌，千金买妓"的一片骂名中，时论唯对老龚与小妾出手援助落难的文化人多有好评。如他被迁为清朝刑部尚书后，曾为傅

[①] 见《板桥杂记》，岳麓书社，第44页。

山、阎尔梅、陶汝鼎等明朝遗士开脱罪责，使他们免遭迫害。在清朝为筹集连年穷兵黩武所需的浩大军费兵饷而横征暴敛，赋税沉重的情况下，多次上书，为江南请命。还曾因为"司法章奏，事涉满汉，意为轻重"，而降八级调用。从这些事例中，我们可以看到龚鼎孳内心充满了矛盾。一方面为了保全自己的荣华富贵而变节屈膝，另一方面对故国旧朝又不能彻底忘怀，一方面为仕途发达苦心经营，另一方面又因直言陈谏而屡遭贬斥。他成为一个历史上毁誉参半的人。其实充当"贰臣"的投降派大臣心中的道德负罪感，始终煎熬着他们的内心，如同背负着道德十字架在官场蹒跚行走，在心中是滴着血的。

六、吴伟业长歌赋离愁

顺治七年的深秋季节，吴伟业从他正在建设之中的太仓梅村别墅来到常熟尚湖边的拂水山庄。这里是东林前辈钱谦益的园林别墅，作为复社后进之士自命为复社气节风骨的传承者，而在江山变异的过程中，老少之辈却都难以守住气节，他现在也面临着归隐江湖还是被逼出任新朝大臣的选择。他是名士更是名宦，有许多事是由不得自己了，进退名节和利益之中，他面临着艰难的抉择。

甲申之变，先帝殉国煤山，预示着家国沦亡，使他心中滴血，因为他是先帝钦定的榜眼；乙酉之变南明亡国，使寄托的那些微茫希望，如同火星那般破灭。他的心死了，更多地沉湎于他的梅村别墅的营造中，为自己筑好一个安乐窝，从此淡出官场，退隐江湖，著书立说，吟诗作画以山水为伴，安度晚年，尽管那年才只有四十二岁。

回忆往事，他的同侪友人，大多数复社文人都成了爱国志士，有的始终不肯出仕清朝，有的已经牺牲在抗清一线，坚持了高贵的民族气节；有的还在坚持着反清复明的政治、军事斗争……如杨廷枢、陈子龙、吴次尾、夏完淳；有的拒绝征辟，削发为僧，如方以智、万寿祺；有的藏身草野，隐居不出，如陈贞慧、冒襄、魏禧等人。他和侯方域曾经相约为誓，退隐家居，绝不出仕新朝，保住人生最后底线。

金秋十月，无论是他的梅村别墅和钱老的拂水山庄都沁透在浓烈怡人的山光水色中，园林风貌，飞黄飘红，烟柳点水，碧波荡漾。然而在吴伟业眼中却是秋风萧瑟，残山剩水，那纯属是因为个人遭遇因景色而造成的心理阴影在作祟，除了江山鼎革麦秀黍离之叹外，还有离人相别天各一方之悲哀，因而心情难得爽朗起来。

他心目中的这位离人乃是已经相别七年的红颜知己秦淮名妓卞玉京。这次赴常熟拂水山庄老钱处，就是因为想通过老钱的宠妾柳如是寻找他昼思夜想萦萦挂怀不已这位秦淮名妓，他听说她就隐居在尚湖。

余澹心在《板桥杂记》中记载：

卞赛、一名卞赛赛、后为女道士，自称玉京道人。知书工小楷，善画兰、鼓琴，好做小诗。喜作风枝袅娜，一落笔画十余纸。年十八游吴门，居虎丘。湘帘棐几，地无纤尘。见客初不甚酬对，若遇佳宾，则谐谑间作，谈词如云，一座倾倒。寻归秦淮。遇乱后游吴门。[①]

卞玉京，字云装。南京白门人。善于画兰竹，能书法，喜欢作小诗。吴梅村曾经于崇祯十六（1643 年）年陪同族兄长，也是他的师兄和同年进士吴继善在去成都履任时路过苏州，专程拜访在山塘街临时居住的卞玉京。小卞在寓所题写一扇面送给吴继善（志衍），卞玉京画的是一湘妃竹扇面，并题写一首绝句相赠：

剪烛巴山别思遥，送君兰楫渡江皋。愿将一副潇湘种，寄于春风问薛涛。

此时吴伟业由南京任上国子监司业刚刚升任詹士府庶子（太子属官正五品），但是未去就任。据吴伟业《志衍传》记载，此番吴继善任职成都，如履险地，凶多吉少。成都离南京有万里之遥，此时荆州、襄樊已被张献忠攻破，由江苏到湖北的道路已经阻断。前来送行宾客都劝他去四川还是少逗留为妙。吴继善说："我既然已经受朝廷任命为守官，岂能以个人利

[①] 见《板桥杂记》，岳麓书社，第 44 页。

害得失去辞官？况且此时举国又有何处是乐土呢？"于是慨然转宜春经酉阳入黔江而去成都。此番行前，卞玉京以诗扇相赠送：此番老兄远去巴山蜀水，我们只能在告别后，十分遥远地寄托各自的思念了，送君到江边看着你远去的帆影。愿你将那浩然正气寄托于潇湘竹影，随万里春风带去我对蜀地才女薛涛的问候。这却是一次生离死别，卞玉京以竹子的气节砥砺东吴才士吴继善慷慨赴国难，可见此奇女子才艺节操过人。

崇祯十七年，成都被张献忠攻破。吴伟业中夜惊厥而起，慨然叹曰"志衍死矣"。吴继善到达成都时，剑门、夔峡诸险要已经失守，蜀王藩府藏金数百万，却不肯动用一金以劳军。此刻吴继善致书伟业说："事不可为，余必死于此。"甲申年十一月（1644年）成都破，吴继善率领数千兵士，难以抵挡百万强寇，被张献忠擒获后骂不绝口，后被凌迟处死，全家从死者四十余人。

公博闻辩智，风流警速，于书一览辄记，下笔洒洒数千言。家本春秋，治三传，通史、汉诸大家。继又出入齐、梁工诗歌，善尺牍，尤爱图绘，有元人风。下至樗蒲、六博、弹琴、蹴鞠，无所毕解。当是时张公溥以古学振东南，海内人士络绎奔赴。公性好客，日具数人馔，宾至如归。每三爵后，词锋辩起，杂以谐谑。辄屈其坐。与同宗伟业、克孝、国杰等以文行相砥砺。生平附志节，急人患难。[①]

短短数语，吴继善为人的性格、情态、才艺、人品毕现，这是一位博通经史。雅好诗词书画，旁涉琴棋，多才多艺，有情有义，待人好客，诗酒风流，能言善辩的士大夫。他和秦淮名妓卞玉京也算是志同道合红颜知己。物以类聚，人以群分，可见卞玉京虽入娼门，却也是一位追求不俗，讲究情操气节的风尘才女。

卞玉京是有着相当文化素养的。她出身于秦淮官宦之家，姐妹二人，因父早亡，沦落为歌妓。卞赛诗琴书画无所不能，尤擅小楷。吴伟业说她"玉京明慧绝伦，书法逼真黄庭，琴也妙得指法"。卞赛通文史，绘画艺

---

① 见《吴梅村全集·志衍传》，上海古籍出版社，第1053页。

技娴熟，落笔如行云，"一落笔尽十余纸"喜画风枝袅娜的花鸟小品，尤善画兰。卞赛一般见客不善酬对，但如遇佳人知音，则谈吐如云，诙谐幽默，令人倾倒。就是这次邂逅，吴梅村认识了前来为吴志衍送行的卞赛姐妹，领略到卞赛那高贵脱俗而又含有几分优雅的气质，不由想到江南盛传的两句诗："酒垆寻卞赛，花底出陈圆。"

席间，吴又亲眼目睹卞赛的文才画艺，令吴伟业由衷倾倒，以后二人交往频繁，感情渐深。而伟业显然比他的那位宗兄吴继善在家国大事的抉择上要柔弱得多，这是性格决定的命运，包括他对于卞玉京情感上的抉择也是优柔寡断，顾虑重重，始终难以决断。卞玉京曾经为自画像题诗：

沙鸥同住水云乡，不记荷花几度香。
颇怪麻姑太多事，犹知人间有沧桑。

沙和鸥共同居住在水云之乡，但是在身份上却是天壤之别，岁月如流水已经难以记取清馨的荷花开放了几度，麻姑是长寿的，见过人间沧海桑田的变化，而人间的沧桑之变又哪里能够说得清楚呢。诗中对于身世漂零的感叹是显而易见的，卞玉京所托非人，但也说不上对所爱之人心存幽怨。而吴伟业却始终对美人有着愧疚之心，包括他对极为欣赏他的崇祯皇帝有着同样的心情。

吴梅村和卞玉京相识后，彼此有意，郎才女貌，使得他们心心相印，吴伟业为她写下了一系列的诗词，记录了他们的爱恨情愁。

在吴伟业六十多岁时去无锡凭吊已去世多年的卞玉京时写的《过锦树林玉京道人墓并序》中记录了他们之间邂逅和情感发展的脉络。卞玉京那时十八岁，暂时居住在苏州山塘街，所居之处，湘帘低垂寂静雅致，红木几案纤尘不染，明媚的双眸蕴含一泓秋水，每日与笔墨纸砚相伴随，借助于小酒微醺曾经对梅村进行了弱弱的试探。

吴梅村写卞玉京在刚刚见客时，往往不善于应酬，熟悉之后，言语诙谐幽默，能使客人为之风采倾倒。和她相处久了能发现她在乐观的表面，常常蕴藏着深深的忧愁和怨恨。追问她又顾左右而言它，可见其机警和聪慧，虽文人学士不能及。而玉京和伟业相识曾经准备以身相许。小酒微醺，她抚弄着几案醉眼朦胧问他："你是否亦有这个意思？"他装着未能理解她的意思，只是长叹一声，凝视着她的眼睛沉默无语。机敏矜持善解人意的卞赛后来也就不再追问了。

吴伟业当然知道卞想嫁给他，心里很矛盾。因吴听到一消息，崇祯帝的宠妃田氏的哥哥田畹根据国丈周奎的意思跑到江南来为崇祯皇帝选妃，已看中陈圆圆与卞赛等人。吴在权势赫赫的皇亲面前胆怯了。对于卞玉京的表白，他不置可否，只在她的寓所吹了几首曲子便凄然离去。这是后来的传说之一。

弘光朝，伟业出任詹士府少詹事，和卞玉京又有了亲密的接触机会，两人的关系依然是情意缱绻往来密切。吴伟业依然是不置一词，游移不定。显然吴伟业不想打破目前的婚姻家庭格局，对于他和卞玉京的情感依然是维持在情深意长模棱两可的朦胧状态，卞赛不追问，他也不再提起。谈情说爱容易，谈婚论嫁复杂。有人揣测，他毕竟是当年奉旨成婚的名人，不敢纳妾，其实在那个年代男性纳妾是再正常不过的事，他于崇祯五年娶正妻郁氏，先后纳过浦氏、朱氏两位侧室，三位妻妾共育有九位女儿，一直想要一位公子却一直未能如意，再娶一名小妾也不是不可以，而且封建妇德讲究的是"不妒"。① 伟业，直到康熙元年（1662 年）五十四岁时才得长子吴暻，以后连得二子吴瞵、吴暄，自是晚年才了结了一桩继承吴家香火的夙愿。

名妓进入名宦的家庭则受到宗法礼教的束缚，对于两人来说也是某种牵制。不是不想，而是不敢。他不是钱谦益，因为钱老本身就是大家长。他上有祖母、母亲，下有儿女，而吴氏在太仓又是一个家族群体庞大的望族。社会舆论他不能不考虑，且本身他就是个性格懦弱的人。在情感和现实的抉择面前，他只能沉默退缩。他是现实的也是自私的，他毕竟是皇帝钦点且亲自赐婚的名宦，所谓功名反为功名累啊，功名之上是礼教的枷锁。

两个月后，他对于弘光君臣，深感失望而辞官归里。他预感到由于阉党余孽的纷纷复出，自己必然遭到清算的恐惧。过去在崇祯朝的政敌尽为南朝高官，比如被他弹劾过的蔡亦琛被马士英举荐出任吏部尚书兼任了东阁大学士，阮大铖已将他列入必须清除的复社分子名单。为避祸计，他只

---

① 见《吴梅村全集·附录·梅村先生行状》，上海古籍出版社，第 1439 页。

能抽身退步，躲进他的山水田园。不久清军南下，南朝灭亡，江南大乱，两人失去联系，卞玉京音信杳然。但他在心里始终放不下自己的红颜知己。

吴伟业的《伟业诗话》对于这段两人七年离散后，去虞山尚湖寻找卞玉京的记载更为具体详细。

顺治七年秋（1650年）当他听说卞玉京来到了常熟，客居在尚湖边上的一位朋友家，隐居不出见客。钱谦益的拂水山庄就筑在尚湖，他知道老钱家的如夫人柳如是卞赛的好朋友，或许知道玉京的藏身之处，对于卞玉京刻骨铭心的思念，他到访拂水山庄，前来打听消息。

在钱牧斋接风的酒宴上，他谈起了过去秦淮河畔一些朋友的往事，将话题引向卞赛。果然不出所料，老钱了解玉京的近况，立即派出牛车去接卞美人。这时客人们都停杯不饮，等待她的到来，企望欣赏当年秦淮名妓的风采。不一会，家人报告接人的车到了。但是车子径直去了内宅，钱谦益屡次派人催促出来与众宾客相见，卞赛先是推脱要梳妆打扮一番，拖了很久，又说突发疾病，始终不肯出来相见。但是，她允诺改日亲自去太仓梅村别墅拜访吴伟业。

吴伟业此行的最大目的就是与卞赛见面，可是小卞执意避而不见，咫尺难通，失之交臂。是小卞还在迁怒于他当年的薄情，抑或是她自伤憔悴，这使得吴伟业不禁有些郁郁寡欢，心潮难平。当他知道卞赛尚未出嫁，不久就要委身嫁人的时候，更是感到无比惆怅，几乎难以自持。从常熟归来后写下了《琴河感旧》七律四首，以寄秦淮往事，抒发胸中块垒：

序：

枫林霜信，放棹琴河。忽闻秦淮卞生赛赛，到自白下。适逢红叶，余因客座，偶话旧游。主人命犊车以迎来，持羽觞而待至。停骖初报，传语更衣，已托病痁，迁延不出。知其憔悴自伤，亦将委身于人矣。予本恨人，伤心往事。江头燕子，旧垒都非；山上蘼芜，故人安在？久绝铅华之梦，况当摇落之辰。相遇则惟看杨柳，我亦何堪；为别已屡见樱桃，君还未嫁。听琵琶而不响，隔团扇以犹怜。能无杜秋之感、江州之泣也！漫赋四章，以志其事。

诗：

其一
白门杨柳好藏鸦，谁道扁舟荡桨斜。
金屋云深吾谷树，玉杯春暖尚湖花。
见来学避低团扇，近处疑嗔响钿车。
却悔石城吹笛夜，青骢容易别卢家。

其二
油壁迎来是旧游，尊前不出背花愁。
缘知薄幸逢应恨，恰便多情唤却羞。
故向闲人偷玉著，浪传好语到银钩。
五陵年少催归去。隔断红墙十二楼。

其三
休将消息恨层城，犹有罗敷未嫁情。
车过卷帘徒怅望，梦来襦袖费逢迎。
青山憔悴卿怜我，红粉飘零我忆卿。
记得横塘秋夜好，玉钗恩重是前生。

其四
长向东风问画兰，玉人微叹倚栏杆。
乍抛锦瑟描难就，小叠琼笺墨未干。
弱叶懒舒添午倦，嫩芽娇染怯春寒。
书成粉笺凭谁寄，多恐萧郎不忍看。

在这个深秋的季节，诗绪牵动起情感的小舟放棹去了南京的秦淮河，河面漂着深秋的红叶，记录着辛酸的往事，不仅仅是离乱中的有情人相隔天涯，更多的是燕子矶头，石城故垒，江山兴亡的悲叹。因而在久绝的铅华之梦中，摇落着昨日的星辰。他的感情生活和时事的变迁紧密相连，人的命运是离不开江山鼎祚的偏移的。这时他更多的是如同唐代江州司马白居易那种悲秋之感，有着为之泣下的悲凉。为的不仅仅是失落的爱情，还有被倾覆的社稷江山。这些已经不是平时那种冶游狎妓的艳体诗词，在格调上更多了些许时代的悲愤色彩。

　　这组律诗中，抚今追昔，一唱三叹，在个人情感的倾诉中融入了更多的时代沧桑之感，虽然写得十分纤丽，竭尽缠绵，却显得情感深厚，意味深长。钱谦益在看了梅村先生这四首诗后，也和了四首，并有小序说明（笔者已作白话翻译）：

　　我看元末明初的诗人杨孟载论李商隐的无题诗，认为音韵清澈婉转，虽然语言极其浓丽，然而皆是以男女之爱假托于臣子不忘君王之意思，因而深切地悟透了写诗人本来的宗旨。如同唐代诗人李商隐和韩偓以"比兴"手法感怀时事。韩偓在唐代末期，政治黑暗，流离福建、浙江时期，放浪青楼香奁之间，却也将自己真实的感受以"起兴"方法比附其他物品，伸张抒发自己的情怀。这些诗作并非如同庶人浪子那般沉湎流连于风流云散之间。刚刚奉读了梅村先生的艳体诗，见其声律妍丽清秀，情怀却感到凄怆悲恻，虽然是咏叹壮丽宫阙与麦秀黍离之变迁，看上去是柳拽花落之诗篇，彷徨吟赏之余，可以咀嚼出如同李商隐、韩偓心中的块垒和痛苦。秋雨敲打窗棂，无聊至极，援笔嘱和，如同秋天萤火和寒彻的蝉鸣，吟泣感叹喁残嘶哑，声音之微弱又岂能和上下之间回荡的风声相比较呢！秦淮河上的歌声啊，听到的人将同病相怜，抑或是同床异梦，莞尔一笑。[①]（钱诗从略）

　　由此可见，钱谦益和吴梅村虽然非常惭愧地做了可耻的贰臣，但是两人对于故国怀念是共通的，他们终其一生对于自己的变节和前朝的背叛满怀痛苦和纠结，这是他们一生心理上迈不过去的坎，只能借助诗歌的比兴来抒发愁肠百结，以求得灵魂的解脱。这些难以为人道的隐秘只能在他们的诗集中去细心品味，尤其是吴伟业的长篇叙事歌行更能体现他的情怀和对现实黑暗的批判锋芒，真实地描写了那段家国沦亡和改朝换代大背景下，各类人物的悲剧性命运和内心彻骨悲痛，被诗家誉为史诗。

　　三个月后，顺治八年的初春，嫩寒未褪，卞玉京在侍女柔柔的陪同下，

[①] 见《吴梅村全集·梅村先生年谱》，上海古籍出版社，第1457—1459页。

踏着尚未融化的冰雪，如约乘舟来到太仓梅村别墅拜访吴伟业。她仍然像过去那般娇小可爱，阔别重逢，故友相见，依然吐纳风流，彼此倾诉着离情，只是谈吐中带有某种家国沦落的悲哀，和这早春寒冷的气候一样，有着化解不去的忧伤。

对于卞玉京而言，这是一番人生惨绝惊险的经历。她身着一袭黄色道士服装，号为"玉京道人"，失去的是过去的天真，增添些许成熟。卞玉京呼柔柔取来携带的古琴，为吴伟业弹奏了一支又一支曲子。然后流泪倾诉了自己在江南大乱中的遭遇和所见所闻：大明覆灭，福王登基，清军逼近，弘光君臣无意收复故土，却忙着挑选淑女充实后宫，册封贵妃。中山王徐达的后裔有个女儿，年方十六，风华绝代。卞赛曾经见过她的姿容，被她的美丽所折服。她门第高，容貌美，她和祁氏、阮氏这样的名门秀女一道先被弘光小朝廷选中，尚未及入宫，清军攻入南京，就被满清贵族按照选女名单抢掠而去，被驱遣北上。清兵大肆淫掠妇女，连教坊的妓女也一一点名传呼。卞赛为逃脱被掠的命运，易装改服为道士，奔逃至苏州。姑苏古城同样遭到兵燹洗劫，昔日繁华旖旎歌舞地，如今一片萧条冷落。十年来，自己当年的同伴，和同年才貌出众的名妓都悲惨死去。无疑这些亲身的经历都化入伟业的脑海，以后变化成了他创作的素材。

吴伟业的生花妙笔出神入化地描写了他们故人相见的那种化解不开你侬我侬的场面。他写的《临江仙·逢旧》还是那样的色彩浓丽，只是多了几分淡淡的哀愁和忧伤：

落拓江湖常载酒，十年重见云英。依然绰约掌中轻。灯前才一笑，偷解砑罗裙。

薄幸萧郎憔悴甚，此生终负卿卿。姑苏城外月昏黄，绿窗人去住，红粉泪纵横。[①]

这次到访，使得吴伟业重新燃起了冷却多年的情愫，他沉浸在往事的回忆中，爱意浓烈得如同烈酒那般化解不开。他一路相送她到了苏州横塘

[①] 见《吴梅村全集》，上海古籍出版社，第554页。

街，去捡拾当年被狂风吹落的桃花瓣，上面洒落了多少相思的眼泪和历史的尘埃。这首词和他作于明朝末年的艳词，在风格上已是大不相同，言辞依然艳丽，情感依然缠绵，但是欢情却变成了凄苦，清浅变作了苍凉，浮靡化为沉郁，时代沧桑，人生坎坷，尽入词中。陈廷焯在《白雨斋词话卷三》中评价："一片身世之感，胥于言外见之，不弟于丽语见长也。"又说："哀艳而超脱，直是坡仙化境。"在苏州山塘吴伟业将《琴河感旧》四律抄送给了卞玉京。

这一期间，吴伟业根据卞玉京的讲述写下了他那首脍炙人口而又传唱千古的七言歌行《听女道士卞玉京弹琴歌》，全诗如下：

驾鹅逢天风，北向惊飞鸣。飞鸣入夜急，侧听弹琴声。借问弹者谁？云是当年卞玉京。玉京与我南中遇，家近大功坊底路。小院青楼大道边，对门却是山中住。中山有女娇无双，清眸皓齿垂明珰。曾因内宴直歌舞，坐中瞥见涂鸦黄。问年十六尚未嫁，知音识曲弹清商。归来女伴洗红妆，枉将绝技矜平康，如此才足当侯王。万事仓皇在南渡，大家几日能枝梧。诏书忽下选蛾眉，细马轻车不知数。中山好女光徘徊，一时粉黛无人顾。艳色知为天下传，高门愁被旁人妒。尽道当前黄屋尊，谁知转盼红颜误。南内方看起桂宫，北兵早报临瓜步。闻道君王走玉骢，犊车不用聘昭容。幸迟身入陈宫里，却早名填代籍中。依稀记得祁与阮，同时亦中三宫选。可怜俱未识君王，军府抄名被驱遣。漫咏临春琼树篇，玉颜零落委花钿。当时错怨韩擒虎，张孔承恩已十年。但教一日见天子，玉儿甘为东昏死。羊车望幸阿谁知？青冢凄凉竟如此！我向花间拂素琴，一弹三叹为伤心。暗将别鹄离鸾引，写入悲风怨雨吟。昨夜城头吹觱篥，教坊也被传呼急。碧玉班中怕点留，乐营门外卢家泣。私更装束出江边，恰遇丹阳下渚船。翦就黄绒贪入道，携来绿绮诉婵娟。此地缫来盛歌舞，子弟三班十番鼓。月明弦索更无声，山塘寂寞遭兵苦。十年同伴两三人，沙董朱颜尽黄土。贵戚深闺陌上尘，吾辈漂零何足数。坐客闻言起叹嗟，江山萧瑟隐悲笳。莫将蔡女边头曲，落尽吴王苑里花。

这是一首堪称"梅村体"代表作的歌行，是一首"诗史"式的厚重作品。梅村这首诗选题独具慧眼，以动荡的乱世中一些特殊人物的悲欢离合为线索，以这些人物的遭遇照见历史王朝、政治风云的变幻。向来胆小懦弱的吴伟业在诗中将矛头直指明清两代帝王，抨击在改朝换代过程中弘光帝和顺治帝的荒淫好色，小朝廷立足未稳就下旨选美充实后宫，清军南下捉拿江南的歌妓乐工掠虐北上的种种暴行，歌颂了卞玉京以一区区风尘女子，风骨凛然，不耻沦为屠杀同胞异族的泄欲工具，宁可餐风露宿，流离失所，也要扮成道士化装潜逃。在施行民族高压政策的清朝初年，作者敢于这样直截了当地揭露清兵的残暴，的确是需要几分胆量的。

甲申之变，崇祯自缢，伟业肝胆俱裂，原本已经把白绫套向了自己的颈项，准备和帝国共存亡了。然而，为家人所觉察，母亲朱太淑人抱着他哭泣着说："儿子，你如果死去，家中这些老人怎么办？"[①] 为了家族的利益，他妥协了。这种妥协其实是两难的怪圈，吴伟业终其一生难以突破，只能陷入其中不停地徘徊转圈，在现实功利和君臣气节的抉择中，痛苦地纠结忏悔着，如同心灵炼狱煎熬着他脆弱的灵魂。

顺治十年（1653年）的四月，吴伟业再次面临抉择，但是他身不由己被迫踏上了他自认为是一生最耻辱的仕清之路。尽管只有短短的三年，却使他背负着余生的沉重包袱，压得他喘不过气来，一直到他离开这个世界，才得以超脱。

清顺治九年（1652年），他听到了自己被举荐入仕的消息，心怀恐惧大病一场。年初吏部侍郎孙承泽推举他"学问渊博，器宇凝弘，东南人才无不出其右，堪被顾问之选"，他的亲家陈之遴、老朋友陈名夏等也极力举荐。朝臣和朋友在甲申之变之后的两极变化，使他人格不停地撕裂在两难之间，从感情和价值观的共同方面来讲，他是倾向那些甲申之变后所牺牲的战友们的，因而在三月十九日崇祯忌日，明代遗民私祭先帝时，他悄悄写下了"以当迎神送神之曲"中有"欲知遗老伤心处""谁知老僧清夜哭"之句，崇祯皇帝毕竟与他有着君臣之间的知遇之恩，这使他毕生难忘；而从家庭、家族的平安生存，摆脱暴政的侵扰来说，他又必须做出妥协，这使他感到无奈，即使他躲藏在他自己垒筑的安乐窝——梅村别墅中，

[①] 见《吴梅村全集附录·梅村先生年谱·卷二》，第1446页。

而他那如日中天的名声，恰巧又是清朝统治者统战招安南方那些心怀不满的知识分子体现圣朝的仁慈宽容可以利用的资源。他想不被利用都很困难，但是他要作最后的争取。

在淫雨绵绵，阴霾湿冷的初春季节，他来到南京，首先拜谒两江总督马国柱，并有《上马制府书》，以年老体衰多病为由，恳辞朝廷征召，话说得可怜巴巴又小心谨慎，生怕得罪朝廷。当然无功而返。在南京逗留期间，他去了南京国子监司业房，在往昔差役的陪同下察看了他过去办公的地方，原来松柏繁茂、钟磬清越、静谧书香之地，如今门庭冷落，只剩断壁残桓面目全非了。他写下了《遇南厢园叟感赋八十韵》尽述战乱后的凋敝凄凉之感。今昔对比，故国之思，唏嘘感叹之情溢于言表。

他与卞玉京的闺中好友秦淮名妓寇白门相逢。寇湄，字白门。娟娟静美，跌宕风流，能度曲，善画兰，初知拈韵，能吟诗。1624年出生于金陵娼门世家，人称"女侠"，十八岁时为明朝声势显赫的保国公朱国弼蓄为小妾。1645年南明小朝廷败亡，朱国弼被囚到北京，为了活命，打算把家里所有的歌姬婢女全卖掉来赎自己狗命时。寇白门尽管痛心朱国弼的薄情寡义，在和这位纨绔子弟决断后，仍然为他筹措了两万两银子，为其赎身。寇白门回到了秦淮歌楼后"筑园亭，结宾客，日与文人骚客相往还，酒酣耳热，或歌或哭，亦自叹美人之迟暮，嗟红豆之飘零"。吴伟业口占六绝句相赠送，颇有物是人非悲叹。

这次南京之行，就其辞官的目的而言基本没有结果，他心情悲凉，他的《自叹》一诗记录了他无奈的心态：

> 误尽平生是一官，弃家容易变名难。
> 松筠敢厌风霜苦，鱼鸟犹思天地宽。
> 鼓枻有心逃甫里，推车何事出长干。
> 旁人休笑陶弘景，神武当年早挂冠。

他形容自己像是唐代陆龟蒙那样一心想脱离官场在家乡隐居，并且在十年前已经这样做了，有如南梁陶弘景那般在金陵神策门挂冠，用实际行动表明了心态，如今事与愿违，当局强行推荐，而他自己虚名在外，自己无力改变，虽然像是松竹那般不怕风霜欺凌，有如鱼鸟这样向往自由，自己又怎能自投罗网去接受束缚。然而，他只能违心前往等待清廷将他套上马嚼和羁鞍，供新朝权贵驱使。

到了1653年秋天，朝廷的征召诏书下达，他心情凄楚，再次大病。当局认为他自高名节，坚持隐居，不时严厉敦促。这年九月伟业携家人北上，开始了他短暂而又伤心的贰臣之旅。他只能勉强蹒跚地向北京驱驰。

到京之后，又迁延将近一年之久，他才被任命为秘书院侍读。原因在于他的举荐者东阁大学士陈名夏作为朝廷"南党"头目受到弹劾，以贪贿不法，结党营私被处绞刑。作为"南党"意中人，他当然要受到权力格局重组后的"北党"排斥。好在顺治皇帝颇看重他的才华，多次在南苑召见，他参与了清廷《顺治大训》《内政辑要》《太祖太宗圣训》等多部钦命朝廷重要典籍的纂修。顺治皇帝知道他身患多种疾病时，对他抚慰有加，不久他被提升为国子监祭酒。从此。人们就以"吴祭酒"来称呼他。这一年中，他伴君如伴虎，战战兢兢小心翼翼，他身边的同事一个个消失，大部分被排挤外放、贬谪去了地方。他的儿女亲家大学士陈之遴被人诬陷，说是"植党营私""市权豪纵""下吏部严议"后被发配东北，危险好像越来越向他逼近，他开始筹谋如何安全抽身退步。

黄棠先生在《吴梅村〈南湖春雨图〉》中分析，吴梅村的出仕新朝也有自己不甘寂寞的因素在内，先是他的亲家陈之遴出仕新朝高官，被士林所不齿，梅村有所顾忌；清初南方士子举义者络绎不绝，他仍然对于旧朝复辟心存幻想。顺治七年后，瞿式耜等最后一缕南明星火被扑灭，大明余烬消散殆尽，清王朝的定鼎中原以成大势，无人可以逆转，于是诚如黄棠先生所言：

俟河之清，人寿几何？而（陈）之遴 方结党擅权，欲以南人集团排去涿州冯铨党徒，亟欲借梅村文社宗主之声望以为招徕，而梅村也跃跃欲试，失之于崇祯者安知不收于顺治？所以毅然而出，更无反顾，孰意入朝未几，之遴即以结交内侍，遣戍辽左，梅村旋亦铩羽而归。

顺治十三年十月十日，伟业的伯母张氏去世，他终于千方百计编造了他是伯父、伯母嗣子的理由申请回乡丁忧，没想到顺治皇帝竟然批准了他的申请,并且赐给药丸,抚慰有加。这样他就可以名正言顺地离开朝廷,打道回府了。

不管怎样,吴伟业的声誉,从此轰然坍塌。"士论多窃议之,未能谅其心也。"遗民们对他原本期望值甚高,人们认定他在崇祯朝比一般士人沐浴天恩更高,就该有过人的节烈忠贞,即便为崇祯去赴死也是分内之事,没想到他会去充当贰臣。舆论密织的罗网兜头而来,使他心灵笼罩着浓厚的阴影,以至于后半生一直化解不去,直到临终。

回到家乡后,他开始进一步整治营建他的安乐窝——梅村别墅,新添了"鹿樵溪舍"的景点,从此自称"鹿樵生"。他在溪舍周围小径两边遍植松树,栽种了名贵的牡丹,整个庭院花木蓊郁,精致宜人,使自己置身于"林泉胜景"中,他经常在此呼朋唤友,把酒吟觞,赋诗作画,终日无倦色。他似乎不再过问朝政,然而朝政却时时来过问他,尤其是南方的"科场作弊"一案,他的一些同僚、学生受到严厉的打击,使他的心灵难以平静,悲愤莫名。其次是所谓的"通海案",也即郑成功、张煌言等人组织的福建水军对于南方沿海省份一次次突袭,虽以失败而告终,但是确使江南士子为之欢呼雀跃,因此也牵连了江南数省不少的前明官员。清政府进行了残酷的报复和杀戮,使得吴伟业面临空前的恐惧。

为了对于南方知识分子的反抗实施报复,清政府以所谓"奏销"一案,也就是以经济案件来实施政治报复,对于地方绅士"抗粮欠税"行为进行严厉打击。政治上的愤怒,从经济上进行盘剥,他的家产遭到巨大损失,官职被褫夺,被弄得"几至破家"。他在给好友冒辟疆的信中说"百口不能自给,而追呼日扰其门",让吴伟业更加感受到民族压迫的沉痛。普天王土之下,世外难以有安谧的乐园,这次案件的打击面之广,江南士大夫少有幸免者。一波未平一波又起,伟业曾经被苏州士子们成立的同声社、慎交社推举为盟主,而这两个文学社团的兴起到覆灭,算是复社之后的余声绝响了。在被人举报后,幸亏当局交由地方官查处,他得到了苏松提督梁化凤的曲意回护,在魂飞魄散之后,终于化险为夷。吴伟业再次逃过一劫,却已心灰意懒。顺治十七年正月朝廷下达禁令,禁止士子结社订盟,民间结社之风自此完全被统治者扑灭。

顺治十八年(1661年),当局继续追究他的亲家陈之遴勾结内宦的漏罪,被流放到更加遥远的宁古塔，后来死在流放之地。吴伟业险些被牵连进去，此案详情因缺乏记载，已不可知，只知道吴伟业获免是实属万幸。这一年他是在惊慌惶恐之中惴惴不安中度过的，以至在临死前他仍念念不忘这一年所招致的种种磨难，这使得他在顺治十四年以来对于清王朝的怨恨达到了高潮，促使他在晚年更加小心避世，专心著述和整理出版自己的文稿

康熙七年（1667年）九月之秋，58岁的吴伟业老病缠身，身心交瘁，但是一直难以忘怀自己青壮年时期的红颜知己卞玉京。这时卞玉京已经在三四年前死于贫病交加，被安葬在无锡惠山祇陀庵锦树林。在一个孤零零的坟头前，他迎着悲凉的秋风，老泪纵横，掩面痛哭，蘸着灵魂滴血，写了他最后一篇长歌体诗行，祭祀自己已经逝去的情爱，感叹着人生的无常和世态的炎凉。这首《过锦树林玉京道人墓序》，简略地回顾了卞玉京的一生和最后的归宿，道尽这位秦淮名妓一生辛酸和晚境的苍凉。卞玉京与吴伟业在顺治十年梅村别墅相见后一同游苏州，山塘一别，未再谋面。两年以后，玉京去了浙江，后嫁给无锡清顺治四年的进士郑应皋（见《江苏历史大事记》），婚后生活很不如意，于是将侍女柔柔奉献照顾郑应皋，并赠送了厚重的妆奁，自己正式出家为道士，每日持课诵读戒律很严格，不再见客。她依靠郑的同宗名医郑保御生活，这位吴中良医已经七十多岁了，为人善良，安排她在别处居住，给予她丰厚的资助。

保御去世后，卞玉京用三年时间以舌尖之血，书写《法华经》，以报答他的养育之恩。大约在康熙二年（1663年）卞玉京去世，葬于无锡惠山锦树林，算来年仅四十余岁。一代名妓芳消玉陨，生前死后苍凉悲苦，唯有伟业这篇千古诗行，记录了那个时代和那个时代风华绝代的名妓，全诗如下：

龙山山下茱萸节，泉响琤淙流不竭。但洗铅华不洗愁，形影空谭照离别。离别沉吟几回顾，游丝梦断花枝悟。翻笑行人怨落花，从前总被春风误。金粟堆边乌鹊桥，玉娘湖上蘼芜路。油壁香车此地游，谁知即是西陵墓。乌桕霜来映夕曛，锦城如锦葬文君。红楼历乱燕支雨，绣岭迷离石镜云。绛树草埋铜雀砚，绿翘泥涴郁金裙。居然设色迂倪画，点出生香苏小坟。相逢尽说东风柳，燕子楼高人在否？枉抛心力付蛾眉，

身去相随复何有？独有潇湘九畹兰，幽香妙结同心友。十色笺翻贝叶文，五条弦拂银钩手。生死旃檀衹树林，青莲舌在知难朽。良常高馆隔云山，记得斑骓嫁阿环。薄命只应同入道，伤心少妇出萧关。紫台一去魂何在，青鸟孤飞信不还。莫唱当时渡江曲，桃根桃叶向谁攀？①

康熙十年（1670年）六十三岁的吴伟业与世长辞，死前留下遗嘱：

吾一生遭际，万事忧危，无一刻不历艰难，无一境不尝辛苦，实为天下大苦人。吾死后，敛以僧装，葬吾于邓尉、灵岩相近。墓前立一圆石，题曰"诗人吴梅村之墓"，勿作祠堂，勿取铭于人。

并有遗诗四首表明心迹，其中有"忍死偷生廿载余，而今罪孽怎消除。受恩欠债需填补，纵比鸿毛也不如。"对于自己一生磨难，一世痛苦，尽情倾诉；对于崇祯皇帝知遇之恩的背叛，充当贰臣的经历，他深感忏悔而无奈，他不愿穿着清朝的服装下敛，只能着僧服安葬，表示了对于帝国的最后怀念，也算是对女道士卞玉京的某种回应，因为僧道服饰皆循明制。在生命垂危之际他留下了一首《贺新郎·病中有感》最终倾吐衷肠、剖白心曲，以表对于大明帝国的怀念，对于诸多死难殉国的老朋友的奠祭，对于他难以摆脱家庭的羁绊，缅颜而事新朝的变节行为，表示沉痛忏悔，求得后人的理解谅解。他不是一个完人，而他终究算是一个有良知、知耻辱的诗人：

万事催华发。论龚生、天年竟夭，高名难没。吾病难将医药治，耿耿胸中热血。待洒下、西风残月。剖却心肝今置地，问华佗解我肠千结？追往事，倍凄咽。
故人慷慨多奇节。为当年、沉吟不断，草间偷活。艾灸眉头瓜喷鼻，今日须难决绝。早患苦、重来千叠，脱屣妻孥非易事，竟一钱不值何须说！人世事，几完缺？②

---

① 见冯其庸，叶君远著：《吴梅村年谱》，文化艺术出版社，2007年，第414、427页。
② 见《吴梅村全集·梅村先生年谱》，上海古籍出版社，第1475—1476页。

七、侯朝宗情缘桃花扇

余澹心在《板桥杂记》中记载的李香君寥寥数语,神态毕现:

李香,身躯短小,肤理玉色,俊俏婉转,调笑无双,人名之"香扇坠"。余有诗赠之曰:"生小倾城是李香,怀中婀娜袖中藏。何缘十二巫峰女,梦里偏来见楚王。"武塘魏子中为书与粉壁,贵阳杨龙友写"崇兰诡石"于左偏,时人称为三绝,由是香盛名于南曲。[①]

余怀眼中的李香君,是一位皮肤白皙细腻的袖珍型美女,聪明伶俐,标致活泼,言辞诙谐幽默,善于调节气氛,于是余怀写诗赠送。复社名士魏子中(书画家魏学濂、著名东林党人魏大中次子)将这首诗题写在粉壁上,书画家诗人杨龙友又在旁边画上一丛茂盛的兰花和奇石,当时的人称之为诗书画三绝。由是李香的大名开始在秦淮河畔南曲勾栏中传开了。

陈维崧是明末复社四公子之一陈贞慧的儿子,他写了一本书《妇人集》,搜罗明末一代几乎所有才女,其中就记载了其父有一位青楼女友李贞丽,恰好就是李香君的养母,两人相差八岁,关系好得情同亲生母女。陈大公子在《妇人集》中记载这位个性鲜明青楼鸨母形象却是十分光鲜动人的,完全颠覆人们对于妓院老鸨的恶劣成见,李贞丽就是一个出身底层有情有义的侠女形象。而他的这些文字其实完全是抄袭了其父的好朋友河南归德人侯方域的《李姬传》一文(笔者已大致译为白话文):

李姬这个人,取名李香,是金陵教坊的歌女,她的养母名字叫李贞丽,李老鸨有侠女气概。经常通宵赌博,携千两银子输得一干二净,却平静如常。李香亦有侠气而且非常聪明,略通文墨知书达理,能够识别士大夫是否正直贤达。张学士溥、夏吏部允彝尤其称赞她。这母女所交接的人皆为当世豪杰,李老鸨尤其和宜兴人(阳羡)陈贞慧要好。李姬为其养女,从小就风姿绰约气概皎洁而特立独行。十三岁时,

---

[①] 余怀著:《板桥杂记》,岳麓书社,第47页。

跟随苏州昆曲名伶周如松学习汤显祖的《紫钗记》《还魂记》《南柯记》《邯郸记》四大传奇，而且能将曲调音节的细微变化尽情地表达出来。她特别擅长高明的《琵琶记》，但是不轻易唱给别人听。

河南商丘雪苑社的秀才侯方域，己卯年（崇祯十三年，1640年）来到南京，与李香认识。李姬经常邀请侯相公写诗，而她则唱曲作为酬谢。当初安徽怀宁人阮大铖这家伙因为奉承依附阉党魏忠贤而被削职，退居金陵，遭到清流人士复社的猛烈抨击。宜兴陈贞慧、贵池吴应箕首先发难，发揭帖揭露他的恶行。阮大铖不得已，想请侯相公从中斡旋，请自己的好友王将军出面，每日送来美酒佳肴，陪同侯相公一起吃喝游玩。李香心生疑虑说道："王将军家境贫寒，并不是广交朋友的人，你何不问一问他呢？"经小侯再三诘问，王将军于是屏退左右，转述了阮大铖的用意。李香私下对小侯说："我从小跟随养母与宜兴陈贞慧君相识，他品德高尚，还听说吴应箕君更是铁骨铮铮。而今他们跟你都十分友好，你怎能为了阮大铖而背弃这些亲朋密友呢！况且公子你出身于世家，在士林颇负名望，怎能去结交阮大铖这种阉党余孽！公子读遍万卷诗书，你的见识难道会比不上我这样卑贱的小女子吗？"侯公子听后大声叫好，从此便故意借醉酒而卧床不见王将军了，王将军心里颇不高兴，只得辞别而去，不再同侯公子来往。

不久，侯相公乡试落榜，心情沮丧地离开南京返回河南老家。李香在秦淮河边桃叶渡设宴为他饯行，特地为他演唱了一出《琵琶记》送他上路。李香鼓励他说："公子的才华名声与文章词采都和东汉学者蔡邕不相上下。蔡中郎虽然学问不差，但是他依附大奸臣董卓难以弥补他品行上的缺陷。这出《琵琶记》里所描写的故事，虽然是虚构的，但蔡邕曾经投靠董卓，却是不可抹杀的事实。公子秉性豪爽不受约束，再加上科场失意，从此一别，相会之期实难预料，但愿你能始终自爱，别忘了我为你唱的《琵琶记》！从今以后我也不再演唱了。"

侯方域离开南京之后，原淮扬巡抚田仰以三百两黄金为聘，邀请李香见面，李香断然拒绝。田仰恼羞成怒，便故意制造流言对李香恶意中伤。李香感叹地说："田仰难道与阮大铖有什么不同吗？我以往所赞赏侯公子的是什么？而今如果为贪图钱财而赴约，那是我背叛了侯公子！"她终于不肯与田仰相见。①

　　李贞丽的介绍只是为李香铺垫，却使得香君形象得到进一步升华。原因是这对青楼母女所交的男朋友皆是学识丰富、出身高贵、节操高洁、容貌俊朗的贵公子，一般的官僚政客、财贾巨商，这些青楼女子根本还看不上眼，不要说臭名昭著阉党余孽了，她们的爱憎反而有时会影响那些年轻的复社才俊的立场。

　　至此，孔尚任《桃花扇从传奇》中的人物原型全部登场。画家杨龙友、复社公子侯方域、吴应箕、冒辟疆、南都名妓李香君、鸨母李贞丽、昆曲名师苏昆生（周如松）、阉党余孽阮大铖、马士英等等。该剧背景为险如危卵下的弘光小朝廷醉生梦死的君臣、慷慨悲愤的复社士子和深明大义的勾栏名妓。可谓是一部"借离合之情，写兴亡之感，实人实事，有凭有据"的大型政治历史剧。其中以复社名士侯方域和南曲名妓李香君爱情悲欢离合的故事为主线，情景交融中写尽王朝覆灭后明末士子和江南名姝的情感心路变迁，穿插以小朝廷激烈的党争，演绎着千古忠奸博弈的风云诡谲。作者综合余怀《板桥杂记》中卷、陈维崧《妇人集》和侯方域《壮悔堂文集·李姬传》记载，将侯李爱情还原于明末种种社会矛盾的旋涡，二人的离合虽是全剧主线，但是起承转合莫不与当时的党争和朝廷的起落相勾连，侯、李性格的凸显即在这种时代沧桑巨变的典型环境中逐步深化塑造完成。

　　作者孔尚任（1648—1718年）字聘之，又字季重，号东塘，别号岸堂，自署云亭山人。山东曲阜人，孔子后裔。他少年时读书县北石门山中，已博采南明遗闻，准备写一本反映南明兴亡的戏曲。《桃花扇传奇》即在他的脑海中反复酝酿。1684年康熙帝第一次南巡返经曲阜时，他被推荐到御前讲经，受到赏识，由国子监监生的身份，破格提拔国子监博士，后迁之户部员外郎。1686年，他随工部侍郎孙在丰参与疏浚黄河入海口的工程，在淮扬一带生活了三年，结识了冒辟疆、邓孝威、黄云、宗元鼎、杜濬、石涛等一批明末遗老和其他一些著名文人。在扬州过梅花岭，拜史可法衣

---

① 见《侯方域全集校笺·李姬传》，人民文学出版社，第291页。

冠冢。在南京登燕子矶，游秦淮河，过明故宫。还到栖霞山白云庵拜张瑶星道士。这些生活经历，加深了他对南明亡国的感慨，广泛收集了明政权灭亡的种种史料，为其创作《桃花扇》积累了不少素材。所以其作品也就不期然地染就了浓烈的遗民色彩。

　　1699年在担任户部主事五年后升任户部广东司员外郎。也就在此时，经过他精心酝酿苦心打磨的传奇《桃花扇》如同怀胎十月的成熟婴儿那般呱呱坠地了，在这个巨婴落地开始就引起了京城官场和明末遗老们关注，同样也引起了最高当局康熙皇帝的警觉的目光。一般在官场不去钻营仕途经济尤其是官场潜规则而去专注什么小说戏曲之类的旁门左道，追求迎合世风时风，尤其是明末遗民情绪的宣泄，那么他的仕途也就终结了。由于这部戏曲反映了明末清初的社会现实的深刻和广泛性以及它在艺术上的巨大感染力立即引起社会的巨大反响。可以说在搬演之际，轰动京城，引得一些明代遗民在观看该剧后引发共鸣，重新勾起了他们的亡国之痛。据孔尚任在《桃花扇·本末》中记载：

　　长安之演《桃花扇》者，几无虚日，独寄园一席，最为繁盛。名公巨卿，墨客骚人，骈集者座不容膝……，笙歌靡丽之中，或有掩袂独坐者，则故臣遗老也。灯炧酒阑唏嘘而散。"[1]

　　在这年深秋的一个晚上，康熙帝派人派内侍向孔尚任索要《桃花扇》稿本，老孔匆忙中只能从老朋友张平州家中觅得一本，在深更半夜送到内侍府中，送呈御览。由于孔尚任在《桃花扇》中褒扬了史可法、左良玉、黄得功等一批忠臣，讽刺了刘良左、刘泽清、田雄等降清叛将，流露出浓烈的移民感慨和哀思。尤其在《余韵》中甚至以"开国元勋留狗尾，换朝元老缩龟头"来形容那些改换清朝装束为新王朝办事的官员徐青君等贰臣的丑态，引起了康熙帝及其周围大臣的不满，到第二年春天即被罢官。1702年冬天返回曲阜石门山老家。当时以任侠著名的大兴学者王源写序为他送别时说：

---

[1] 见《桃花扇·本末》，人民文学出版社，1993年，第6页。

先生以文章博雅重于朝，羽仪当世，而孜孜好士不倦。士无贵贱，挟片长，莫不着折节交之。凡负奇无聊不得志之士，莫不以先生为归。先生竭奉钱典衣，时时煮脱粟沽酒，与唱和谈谑，酣嬉慰藉。

可见孔尚任是一个急公好义的人，不仅文章做得好，为当世推崇，而且为人仗义，待人真诚，是一个不分贵贱等差，凡有一丝特长，愿意屈节俯尊相交的礼贤下士之人。对于那些官场不得志奇才异士，都喜欢和他交往，他就是竭尽所能借钱典当衣物，也经常买酒嘱煮饭，和他们相交往。诗词酬唱高谈阔论，借欢乐的气氛给予朋友以心理上慰藉。这样狂狷讲义气的才士，专制统治者是不待见的。孔尚任在留别康熙朝学者、刑部尚书王世祯的诗中悲愤地表示：

挥泪酬知己，歌骚问上天。真嫌芳草秽，未信美人妍。

康熙五十七年戊戌（1718年）杰出的戏剧家孔尚任病死故乡，时年七十岁。他的《桃花扇传奇》却流传千古，至今传唱不歇。他那效屈原《楚辞》之意，以芳草美人比喻崇高节操、美好理想的秦淮歌姬李香君成为人们永久歌颂仰慕的对象。尽管只是一个来自以生活，经过艺术典型化的人物，却是人们心目中一首传唱永久的美好诗篇。

李香君和侯方域俱为作者表彰奖掖的正面形象，但是两人在孔尚任的审美天平上是并不平衡的，显然"香坠儿"的分量要更加偏重些。其中书画家杨龙友的形象更像是一个插科打诨的串场小丑，这与历史上杨文骢的形象相去甚远，谁叫你是马士英的老乡兼妹夫，阮大胡子朋友。人家剧作家也只能源于生活，高于生活地进行虚构了，将你写成了阮大胡子企图重金收买侯大公子的掮客和说客。剧中写李香君高风亮节的场合就有五出：却奁、拒媒、守楼、寄扇、骂筵。举凡明辨是非、钟情笃义、威武不屈、富贵不淫、斥奸骂谗、民族大义中华民族诸多美好品质全部集中在这个美好典型的塑造上，一个起自于民间底层妓女的形象被凌空拔高寄寓着作者诸多美好的理想。在孔尚任酣畅淋漓的艺术创造之后，李香君被推向云端。相比较而言，作为中国士大夫代表的侯方域、杨龙友等人却显得相对猥琐了许多。这部基于历史史实的传奇，在细节的展示进行了虚构，而在问世以后很长一段时间都被当成历史来阅读，这就是文学艺术作品永恒的魅力，超越于历史之上了。诚如陶慕宁在《青楼文学与中国文化》中所指出那样：

且名妓在唐代，非能徒以炫色媚人致之，必得以相当之才艺，获士人认可方庶几焉。既有相当修养，复与士人唱酬谈谶，耳鬓厮磨，趣味品行皆以士林所尚为圭臬，积久成习，亦渐能理解士人之追求，认同士人之操守。这种文化在明末仍然坚守在东南一隅，且皆因其党社胜流之激扬而染上了浓重的政治色彩。当时的吴越名姝、秦淮角妓在政治立场上即完全倾向于东林复社，其待人处世也便多有气节和风骨。再由于中国女性历来所受压迫摧抑远较男子为甚，故其对苦难厄运之承载能力和性格的坚韧程度亦非一般男子所能及。身为妓女，身心所受之摧残又非良家闺阁所能知者。特殊的生涯，特殊的环境造就了妓女识别贤否，品评人物的素质，这种素质在明末之季则拓展为妓女对国事党争的深切关注和积极参与，并往往表现出胜出男子的识见和义烈。

这段分析和秦淮八艳中与士大夫交往的大多数人而言是很切合实际的。这些从李香君、李贞丽、柳如是、葛嫩娘、卞玉京、寇白门这些烈性女子身上都能得到充分的体现。相比较而言钱谦益、侯方域、吴伟业、朱国弼这些须眉男子确实要相形见绌许多。他们更多受到家庭和功名利禄的牵制，在社会鼎革之际变得首鼠两端，犹豫不决，与他们平时满口的仁义道德相比较就显得更加自私猥琐而使正人君子的形象大跌。这样的灵魂必然坠入他们自己亲手架起的道义节操和功名利禄之火，文武交叉着烧烤煎熬到死了。《桃花扇》的作者利用艺术手段还原历史事实，而不在意细节的真实性，这是艺术审美的需要。

马士英、阮大铖这类权奸我们姑且可以不论，我们来看历史中真实的杨龙友和侯方域究竟是什么样的人。

杨龙友(1596—1646年)，名文骢，号山子，万历二十四年生于贵阳城南郊的石林精舍。万历四十六年（1618 年），龙友乡试中举，在此年与马士英之妹结婚。次年入京会试，他曾经多次参加会试，连连失利。天启元年（1621 年），安邦彦叛乱，进围贵阳城，龙友曾募士随父拒守。次年，贵阳围解，龙友率所募集的军队追击，取得胜利。贵阳虽得解围，但是叛军随时卷土重来，天启四年（1624 年）龙友 28 岁时随父母移家南京。不久复社组建，杨龙友加入成为早期社员，与复社领袖张溥及后称"复社四公子"中的陈子龙、吴应箕等交好。后与陈继儒、董其昌、倪元璐等名士交游甚密。①

崇祯时，官江宁知县。御史詹兆恒劾其贪污，夺官候讯。事未竟，福王立于南京，文骢戚马士英当国，起兵部主事，历员外郎、郎中，皆监军京口。以金山踞大江中，控制南北，请筑城以资守御，从之。文骢善书，有文藻，好交游，干士英者多缘以进。其为人豪侠自喜，颇推奖名士，士亦以此附之。明年迁兵备副使，分巡常、镇二府，监大将郑鸿逵、郑彩军。及大清兵临江，文骢驻金山，扼大江而守。五月朔，擢右佥都御史，巡抚其地，兼督沿海诸军。文骢乃还驻京口，合鸿逵等兵南岸，与大清兵隔江相持。大清兵编大筏，置灯火，夜放之中流，南岸军发炮石，以为克敌也，日奏捷。初九日，大清兵乘雾潜济，迫岸。诸军始知，仓皇列阵甘露寺。铁骑冲之，悉溃。文骢走苏州。十三日，大清兵破南京，百官尽降。命鸿胪丞黄家鼒往苏州安抚，文骢袭杀之，遂走处州。时唐王已自立于福州矣。

初，唐王在镇江时，与文骢交好。至是，文骢遣使奉表称贺。鸿逵又数荐，乃拜兵部右侍郎兼右佥都御史，提督军务，令图南京。加其子鼎卿左都督、太子太保。鼎卿，士英甥也。士英遣迎福王，遇王于淮安。王贫甚，鼎卿赒给之，王与定布衣交，以故宠鼎卿甚。及鼎卿上谒，王以故人子遇之，奖其父子，拟以汉朝大、小耿。然其父子以士英故，多为人诋諆。

明年，衢州告急。诚意侯刘孔昭亦驻处州，王令文骢与共援衢。七月，大清兵至，文骢不能御，退至浦城，为追骑所获，与监纪孙临俱不降被戮。

---

① 《明史·卷二百七十七·列传第一百六十五》，线装书局，第 1498 页。

杨文骢在他的《山水移》诗集中收录他在落选会试后,去拜访明末抗清老英雄大将军孙承宗因遭到把持朝政的宦官的排挤而罢官,在京城闲居。文骢对这位劳苦功高、忠心为国的将军敬爱有加,特地去拜访,将军赠以在边克敌所制的人头杯,文骢慷慨作歌志谢。这首七言古诗看似咏人头杯,实为抒怀。诗以北方边境的清兵杀人越货为背景,塑造了孙承宗纵横驰骋、浴血奋战、艰苦抗敌的威武豪壮的形象,热情讴歌了他的卓绝功勋;同时也抒发了诗人仕途坎坷、壮志未酬的感慨,以及在逆境之中得遇知己,决心以身许国、建功立业的情怀。诗篇气魄宏伟,豪迈沉雄。慷慨悲壮,大气磅礴,起句已属不凡,犹如晴天霹雳,令人惊心动魄:

天骄溅血污青天,十年虏臣迷九边。家家空有生铜吼,豪客谁驱走峰巅。绿眼将军勤远战,腰控金钩赤羽箭。紫骝一骑踏黄沙,夺得敌儿驾飞电。何必骠姚与吴起,雄略巡边几万里!渴餐冷血当清泉,旋取头颅当杯子。一饮一斗气如虹,醉倚氍毹笑晚风。蛮童妖女皆惊怖,起来犹自挽雕弓。独指杨郎相对看,英雄许我洗银汉。半生未遇蔡中郎,潦倒无端留下虆。我也拔剑目裂眦,宝气入斗惊白帝。壮怀长啸向君开,恍如独鹤空中唳。感君容我发疏狂,剑光提动挥八方。脱手相赠亦何勇,我将持此见明王。世人畏死惧寒铁,有头怕学常山舌。岂惟求之君臣间,末世因之交情绝。君不见孙杨有眼夸绝尘,又不见孙武行兵驱妇人,君臣朋友自千古,谁能再见孙将军![1]

孙老将军长杨文骢三十三岁,一见之下对这位具有奇才壮志的后生大为赞赏,取出他在边疆克敌制胜时所制作人头酒杯斟酒待客,并慨然以此杯相赠送。孙老将军也是以文官统兵的一员忠君报国的儒将,却长期遭到朝廷阉党势力的排挤打击,此刻正满怀壮志却被撤职在京城闲住,和这位落第举子一见如故,两人不禁有惺惺相惜之感。于是瞩望赞叹之情,崇敬感激之意,牢骚愤懑之语,忧国忧民之叹如同江河决堤,汪洋恣肆倾泻于纸面,杨文骢走笔如神,一气呵成酣畅淋漓地尽抒豪情,赞美英雄,表达

---

[1] 见白坚著:《杨文骢传论》,上海人民美术出版社,1990年,第17页。

敬仰报国之意。果然，孙承宗在崇祯十一年（1638年）清军围攻高阳城时率领儿孙阻击清兵，最终寡不敌众，全家殉节。杨文骢不负前辈厚望，在隆武二年（1646年）领兵抗清之时，兵败被俘，面对清军威胁利诱，始终不屈，全家殉国于福建浦城。包括他那位贤惠的马夫人，也就是奸相马士英的妹妹。文骢可以说成也马士英，败也马士英。在《桃花扇》中鼻梁上被抹上那片白粉，终于在抗清前线用鲜血被洗刷殆尽。

历史证明，杨文骢既是一位蕴藉风流多才多艺的诗人画家，诗被列入晚明八大家之列，画虽流失过多，仍以独辟蹊径，师造化，崇神韵，质朴浑成之中显雄奇幽峭，而蜚声艺坛；又是一位临危受命，铁骨铮铮，坚持民族气节，宁死不屈，献出全家生命的忠义自守之烈士。

作为一介书生的杨文骢确实有着性格上的弱点缺陷，他是诗人画家，对于马、阮的擅权乱政、结党营私的危害性缺乏认识；他好交游结纳，出手阔绰，不拘小节，胸无城府，待人宽厚，在政治是非面前，原则性和斗争性不足；他具有雄才壮志，却一直报国无门，长期充任地方小吏，在南明王朝好不容易凭借与马士英的裙带关系谋取到兵部一职位，自然特别顾惜，不想和权奸进行决裂，而在复社与马、阮的矛盾中间采取调和的态度。但是对于他们的行私误国、罗织大狱、搜捕清流是一直不满的。当朋友遇到危难时，或为之报警，或代为缓解。从基本倾向上，他和马、阮之流是有显著区别的，他仍然是站在复社清流一边的，不失为忧时爱国的有心人和有志者。

历史的吊诡之处，往往在于看到了人物性格缺陷的一面，又经过艺术夸张后漫画化处理，于是变得猥琐不堪起来，未及触及人物在民族大义面前的生死抉择中的英雄壮举，因此我们看到的是历史哈哈镜中被扭曲的杨文骢。

同样被扭曲误解的还有复社名士侯方域。

侯方域，字朝宗，在侯家兄弟中排行老三。河南归德府商丘县人。商丘元朝名为睢阳，春秋时为梁国的都城。侯家先世是"戍籍"。所谓"戍籍"即是有罪充军至某地所记的户籍，被视为贱民之一，至方域的祖父开始才开始显贵起来，因为他的祖父进入了官场的快车道，因为科举而担任了朝廷的高官。

侯方域的祖父名侯执蒲，两榜出身，官至太常寺正卿（二品）。太常寺司职朝廷祭祀大典。天启年间魏忠贤想代熹宗行南郊祀天大典，侯执蒲事先得知消息，在魏忠贤不曾矫诏宣布此事以前，上了一道奏疏，说天坛常有"宫奴阉竖，连行结队，走马射弹，狂游嬉戏"，以为"刑余不宜近至尊，而况天神缋祀之地？请下所司论治"。这是指着和尚骂秃子，含沙射影地攻击魏忠贤，魏忠贤大怒。侯执蒲见机，辞官而归。在朝时，陈贞慧的父亲陈于庭，是吏部左侍郎，与东林巨头高攀龙、赵南星，并负天下重望，对侯执蒲颇有照应。所以侯陈两家，算起来是三代四辈的交情。

侯执蒲有子五人，长子即是侯方域的父亲侯恂，以进士为言官。天启四年阉党大攻东林时落职而归。崇祯元年复起，由广西道御史转太仆寺少卿，擢兵部右侍郎（三品），为时不过两年。崇祯三年出驻昌平，称为"督治侍郎"。其时正当前一年冬天，清兵入关，直抵京城，以及袁崇焕被杀，祖大寿兵变之后，各路勤王之师云集近畿达二十余万之多。负守关全责的是明末第一流人物孙承宗，但道路阻隔，指挥不灵。所以侯恂守昌平，碌碌无所表现，真是坐守而已。唯一的一件得意事，便是识拔了左良玉。侯方域在《壮悔堂文集·宁南侯传》记载了左良玉发迹的过程。

左良玉是辽东人，投军以战功得为辽东都司。有兵无饷，少不得常干一些土匪抢劫的勾当。有一次抢了一大票，不想竟是运到锦州的饷银，论法当斩。而同犯丘姓很够义气，一肩担承，左良玉得以不死。当然，官是丢掉了。《宁南侯传》云：

既失官，久之，无聊，乃走昌平军门，求事司徒公。司徒公尝役使之，命以行酒。冬至，宴上陵朝官，良玉夜大醉，失四金卮；旦日，谒司徒公请罪。司徒公曰："若七尺躯，岂任典客哉？吾向误若，非若罪也！"[1]

古代执掌兵权的称为大司徒，侯恂系兵部侍郎略低一级，故称为司徒。昌平为明十三陵所在地。侯恂的职责之一，即是守护陵寝。是故冬至，朝官祭陵，侯恂以"地主"身份，设宴相待。其中最可注意的是"命以行酒"

---

[1] 见《侯方域全集校笺·卷五·宁南侯转》，人民文学出版社，第281页。

四字，其中大有文章。

明朝中叶以后，龙阳之风甚炽，军中不携妇人，常以面目姣好的兵卒陪酒侍寝。"行酒"二字是含蓄的说法，所以侯方域的同社文友贾开宗，于此四字之旁有夹注："宁南出身如此。"也就是说老左在陪侍那些朝廷高官喝醉了酒，丢失了用黄金铸造的祭祀用酒杯后，左良玉去请罪，侯恂宽恕了他的死罪。所以在孔尚任创作的《桃花扇》中派给老左的角色是面貌娇美的小生，可知其中隐含微言大义。

崇祯四年（1631年）春天，清太宗制成红衣大炮。秋天举兵侵明，进围大凌河新城。侯恂奉旨赴救，《宁南侯传》记：

榆林人尤世威者为总兵官，入见侯恂说："大凌河面临的关东铁骑是天下劲旅，这围不易解。我去出征，谁在这里守陵？你又能派遣哪些将领去前线，以解大凌河之围？中军将王国靖，是书生；左右将军更不可任。"侯侍郎说："那么谁可以呢？"尤世威说："独左良玉可耳！但是左良玉只是一个打扫卫生的走卒，怎么能率领诸将打仗呢？"侯侍郎说："良玉刚刚到此不久，我难道不能重用他？"当天晚上 漏下四鼓，尤世威亲自去了左良玉宿舍，请他出山领兵。

左良玉听说尤世威亲自前来以为是前来抓捕他，绕床自言自语语："莫非是当年抢劫仙音的事败露了"于是藏在床底下不肯出来。尤世威大声高呼说："左将军，富贵至矣！速命酒饮我。"于是告诉他侯侍郎决定提拔他当副将领军前去解大凌河之围。左良玉大惊失色，抖抖嗦嗦站立多时，才缓过劲来，跪在尤世威脚下，尤世威也跪下将他扶起来。

不一会侯侍郎也亲自前来和左良玉会面。次日侯恂在辕门召集诸将以黄金三千两为左良玉送行，和他对饮三大卮酒，发布命令三道，赐令箭一面。侯恂大声说："三卮酒者，以三军属将军率领也！令箭，如同我在指挥作战。诸将士必须听从左将军的命令，左将军今日已为副将军，位在诸将之上。我的任命状疏，今夜即发矣！"

左良玉率兵出征，跪在辕门前的台阶下说："此行如果不建功绩，我将提头来见。"出发之后果然连续攻克松山、杏山，取得大凌河之捷，功劳为第一，遂升为总兵官。良玉自起被贬谪军校至总兵官，连头带尾仅仅一年有余，时年三十二。因此，侯恂对于左良玉的崛起有知遇之恩。[①]

侯方域的这段记述，稍嫌夸张，而大致皆为事实。自此以后，左良玉成为动关安危的大将。而侯恂的仕途亦很得意，崇祯六年五月，调升为户部尚书。侯方域进京侍父，即在此时。其时年十六，已中了秀才，也娶了亲。第二年，代父草拟屯田奏议，计分官屯、军屯、兵屯、民屯、商屯、腹屯、边屯、垦种、考课、信任等十目，洋洋万言，条畅练达，期于可行。但此时大局已成鼎沸鱼烂之势，民间有"田"字诗，所谓"昔为富之基，今成累字头"，有田者宁愿流离道途，乞讨为生，不愿回乡耕种，借以逃避"加派"。在这种情况下谈屯垦，无异纸上谈兵。此奏上否不可知，即上亦不能行，可为断言。但以十七岁的少年，能草成这样的大文字，虽说是在侯恂指导之下所完稿，亦是一件了不起的事。明末四公子中，侯方域颇留意经济政事，有用世之志。却以生不逢辰，英才无由得展。以小见大，侯方域个人的悲剧，亦正是时代的悲剧。

当侯恂就事一个月之后，首辅周延儒为温体仁所排挤而去官。不过温体仁虽取代为首辅，犹不敢彰明较着与东林、复社为难，所以侯恂亦得安于其位。

崇祯九年（1636年），东林党人文震孟被排挤出内阁后，温体仁羽毛已丰，职掌财政支出的侯恂为老温唆使言官奏劾侯恂浪费公款，被捕下狱，直到崇祯十四年（1641年）因李闯王围攻开封，张献忠围攻湖北才让他出狱戴罪以兵部侍郎衔去领兵督师，指挥左良玉部救援开封。而此时大局糜烂，军事上已经难以有作为，故侯恂救援无功，开封失陷，侯恂再次获罪下狱，一直关押到李自成攻破北京，被释放出狱，逃回家乡隐居不出。

侯方域初到金陵在崇祯十一年。此时正是父亲侯恂被诬陷入狱期间。侯方域从北京南归的原因是在应江南乡试。第二年方始结识李香君。崇祯十、十一、十二年亦即戊寅、己卯、庚辰三年，为明朝百毒俱发，势在必亡之时，而南都的繁华，却更胜于昔。"四公子"的名声，即起于此时雀起。

崇祯十一年（1638年）南闱乡试，王谢子弟，东林孤儿，连翩入场。陈贞慧、冒辟疆、侯方域皆下第，而不尽关乎文字优劣，如侯方域之被摈弃，是因为第一场策论触犯时忌之故，文章中对当今皇帝崇祯，隐含不满

[①] 见《侯方域全集校笺·卷五·宁南侯传》，人民文学出版社，第281页。

之意。由于随父久居京师，洞悉高层权斗内幕，看问题往往犀利，对于时弊有清醒之认识，又加上帝国高干子弟的秉性，放言高论，无所顾忌，言论中就有些放肆。那些久历官场的帝国学政、提学等主考官在政治上何等敏感，猫狗鼻子不会嗅不出其中的异端气息。

在侯大少爷晚年所撰的《壮悔堂文集》卷八《南省试策一》，有徐邻唐按语：

是科为己卯，朝宗举第三人。放榜之前一夕，而副考以告正考曰："此生如以此策入彀，吾辈且得罪。"本房廖公国遴力争曰："果得罪，本房愿独任之。"正考迟回良久曰："吾辈得罪，不过降级罚薪而已。姑置此生，正所以保全之也。"朝宗遂落。今读其策，岂让刘蕡，千载一辙，良可叹也。①

已卯科考，侯朝宗已经定为举人第三名。放榜前夕，副主考对正主考说："如果此生入选为举人，我们一定得罪皇帝。"而这一科房师廖国遴力争说："如果得罪，我愿一人承担责任。"正主考思考良久说："我辈得罪，最多罚俸禄降级而已，而对于侯公子却可能是死罪。不录取是为了保全他。"于是朝宗落榜。读朝宗这篇策论，写得实在不比唐代大和年间揭开党争黑幕的考生刘蕡的差，是千载难逢的好文章，他的落榜实在可惜了。

正主考的意思是，取中侯方域，则磨勘试卷，侯方域将获重罪，是故斥落正所以保全。这个说法，可以成立。因为侯方域这篇策论中，对崇祯有极深刻的批评，试摘数段如下：

所贵于甘德者，能临天下之谓也。虞书曰："临下以简。"而后世任数之主，乃欲于其察察以穷之。过矣！夫天下之情伪，盖尝不可以胜防；而人主恒任其独智，钩距探索其间，其偶得之也，则必喜于自用；其既失之也，必且展转而疑人。秉自用之术，而积疑人之心，

---

① 见《侯方域全集校笺》，人民文学出版社，第 403 页。

天下岂复有可信者哉？①

　　这开头的一段，便是指，君临天下者，主要在于本人要具备良好的道德品质。虞书上说：皇帝对待下属还是简单为好，管理民众以宽大为怀，也就是东方朔所言，"水至清则无鱼，人至察则无朋"的意思。而后来的一些皇帝，对于朝政掌管的过于细致，对于一些小事也要刨根问底，所以天下人就以虚伪来应对了。这样伪善的小人也就防不胜防。而君主老是自以为是，观察得过于细致，自己的判断偶然得到证实时，就刚愎自用，自信满满；而判断错误时，就可能辗转而怀疑他人。所以刚愎自用，而又怀疑他人，天下怎么能有诚信可用的人呢？

　　他的朋友贾开宗在旁批注说"此暗指刘忠端公"，也即是崇祯朝左都御史大儒刘宗周曾经上《痛愤时艰疏》直言批评崇祯皇帝：

　　且陛下所辟划，动出诸臣意表，不免有自用之心。臣下救过不给，谗谄者因而间之，猜疑之端遂从此起。夫持一人之聪明，而使臣下不得尽其忠，则耳目有时壅；凭一人之英断，而使诸大夫国人不得衷其事，则意见有时移。方且为内降，为留中，何以追喜起之盛乎？

　　侯朝宗这些言论，句句点到崇祯帝刚愎自用，疑心病太重的毛病，和刘宗周之上疏有异曲同工之妙，而以下策论用人之道、太子教育问题和内忧外患的用人问题、和战问题、文章取士问题均有直言不讳的批评。侯方域引经据典，侃侃而谈，其言论背后隐含着朝政的诸多弊端，均是有事实依据的，是否也隐含着崇祯帝听信薛国观、温体仁的谗言，对自己父亲侯恂被诬陷下狱的切肤之痛，也未必不可能，所以言论激烈而剀切，暗藏的锋芒可见一斑。②崇祯二年（1629年）十二月，清太宗兵逼北京，宁远巡抚袁崇焕率师赴援。其先，俘获太监二人，清太宗付与汉军旗人高鸿中、鲍承先监收。高、鲍二人遵密计行事，据《清太宗实录》所载如此：

---

① 《侯方域全集校笺·文集八·南省式策一》，人民文学出版社，第402页。
② 同上，第403—428页。

坐近二人，故作耳语云："今月袁巡抚有密约，此事可立就矣！"时杨太监者，佯卧窃听，悉记其言……纵杨太监归。杨太监将高鸿中、鲍承先之言，详奏明帝，遂袁崇焕下狱。

这完全是《三国演义》中"蒋干盗书"故事的翻版。事实上，清太祖时曾将《三国演义》译为满文，作为兵书。清太宗确为有心用此反间计，而居然奏效。孟心史先生对崇祯"竟堕此等下劣诡道，自坏万里长城"，深致感叹。后人读史，尚有余憾，则在当时的侯方域，自更痛心疾首，所以在策论中痛切陈词如此。倘或中式，闱墨发刻，天下皆知，则谤讪君上，必有巨祸。是故"保全"之说，亦不可全视为遁词。

榜发下第，侯方域回家乡，与贾开宗等组织文社，名为"雪苑社"，社友共六人。《李姬传》所谓"雪苑侯生"之雪苑，出处在此。

回到家乡归德后，又遇到了一件很有意思事情，那位马士英的同党，田仰以三百金追求李香君，被李严词拒绝。李香君一点面子都不给，使他很是下不了台。这位淮扬巡抚竟然怒迁怒于侯方域，多次致信小侯，认为这一切都是侯方域所策划的。当朝二品大员为一秦淮歌姬竟然争风吃醋，实在使人不齿，可见其人的猥琐不堪，小侯接到信一定在内心是又可气又好笑的。这位田仰是贵州安化人，曾经在天启朝担任过四川巡抚，因为甘于充当魏忠贤的干儿子，在崇祯朝被罢官，弘光朝走了阮大铖的路子和马士英结为乡党，重新起复，实为阉党余孽。如同侯方域和李香君又怎能看得起这样的无耻小人呢？于是侯方域又有了一封导致田大人遗臭万年的《致田中丞书》，在这封书信中侯方域写道（笔者已翻译成白话文）：

承蒙老中丞来信，使我能够自我反省自我检讨自己的行为，惭愧得无地自容。中丞大人在年龄上与我相差好几倍，在地位上相差那么悬殊，你老竟然不顾自贬身份降尊纡贵，与我们这些年轻人讨论那些玩笑般的浪荡行为。说道大人过去以三百两上好白银，想招徕金陵名妓李香君，被姬所拒绝，是我在背后唆使的，因此而刮去污垢，寻找疤痕，吹毛求疵地指责大人。我诚然修养不够，言行不够谨慎，但是也不至于连累到大人您。如果大人您想使外界无可议论，则应该像过去的贤人白居易、欧阳修、苏东坡那样，他们虽然身份高贵，而且皆与青楼女子有所应酬，也未听说后世有人议论，为何独到中丞大人您，世人就苛求了呢！那就是中丞大人果然有值得议论的地方，如果不是重金征妓，大人又有何担心之处呢？

我之来到南京，是太仓张溥老兄偶然和我说道："金陵有女伎，姓李，能歌唱汤显祖的《玉茗堂词》，而且落落豁达开朗，很有格调风情。"我因此与她相识，偶尔作小诗赠送她。不多时，我秋闱落第后回到家乡，就没有和她再相见了。下半年，才听说大人您拿黄金招妓的故事，还私下里感到诧异，自谓我对这位妓女还是了解得不够彻底，又如何去教唆她羞辱大人你呢？且大人相邀李香是在我离开南京之后！如今天下如同中丞您不止一人，岂是我这个常常独自相处的人，能够时时标举中丞您姓名，预告您邀请此妓，她必不会去的事呢？此妓也太无知了，以您老人家的三百两白银厚礼，面对中丞的显贵，其他人恐怕都会争先恐后地前往攀附，又岂能是落拓书生的一句话能够制止得了的？如果她聪明，大人以三百两银子厚礼，中丞的显贵，都不能打动她，那必然她胸中自有其他打算，那又何等待我去指导她的行为？

所以君子立身和处世的行为本来就是有因有果有本有末的，你老反复来信指责我，使我感到汗颜。我虽然是一介书生，常常也唯恐自己稍有失误，为那些妓女所耻笑，我又岂能因为自己读过数卷书，写过几首诗这些伎俩，就以为能够随意对别人颐指气使呢？唯请大人明察。①

风月场中的失意，对于田仰这样的高官，为了不自取其辱，也只能自己躲在洞穴里暗暗舔平自己心灵上的疮疤，对外依然是以道貌岸然的面目视人，哪有这样公然展示自己的无耻无聊，大张旗鼓地谴责自己的情场对手的。况且对手又是当时连同皇帝也敢批评嘲讽的文坛名士，此举只能是自讨没趣，田仰的蠢笨归根结底是其心灵的无耻幽暗，末世官场堕落的无

---

① 见《侯方域全集校笺》，人民文学出版社，第121页。

可挽回。

侯方域的回信，行文绵里藏针含而不露，委婉大度的语气中暗含机锋，文中对于田仰这类朝廷庸臣的不屑奚落难以掩饰，不言而喻李香虽为金陵妓女，但是心中的是非标准是十分明确的。其中透露出的信息也就是侯方域举人不中，归家以后与李香就再也没有联络过，感情似乎并没有孔尚任《桃花扇》中所描绘的那般情深义重，你侬我侬得如同无锡泥人大阿福那般捏在一起化不开。这是符合当年士大夫与青楼妓女之间真实关系的，但是他对于李姬才艺美色、风骨气节的欣赏是真实的，否则不会有后来的《李姬传》问世。

侯方域的好朋友贾开宗在评价此信时说：

却其金不往，事本奇，笔下更写得委屈生动。

王文濡在《续古文观止》中更是一针见血地指出：

南都偷安，危在旦夕。为臣子者宜如何卧薪尝胆，力图恢复。而乃燕雀处堂，坐忘颠覆，征歌宥酒，日事嬉遊。至所求不得又复形诸笔墨，与人争闲气。以中丞之贵而廉耻道丧，如此国不亡焉得乎！又曰：娓娓说来，入情入理，田仰何人？自取其辱而已。又曰：（最后）一段大意论，极嬉笑怒骂之至。①

侯方域天赋异禀，在京师侍奉父亲，多为贤公卿所赏识。胡介祉在《侯朝宗公子传》中称他"生而颖异，读书尝兼数人""为文若不经思，下笔千万言立就"。他与魏禧、江琬被称为清初三大文学家，其文恢奇雄健，被誉为宋代以来"中州数百年一人而已"。侯方域倜傥任侠，与陈贞慧、冒辟疆、方以智被誉为"为天下持大义者"的"南明四公子"。他与陈贞慧、吴次尾作《留都防乱公揭》，历列阮大铖之罪，声震南都。曾醉登金山，指评当世，临江悲歌，被誉为周瑜、王猛。他与同里贾开宗、徐作肃、

---

① 见《侯方域全集校笺》，人民文学出版社，第120—123页。

徐邻唐、徐世琛、宋荦组织雪苑文学社，切磋文事，被誉为"雪苑六子"。

侯方域是复社成员，文章风采，著名于时，史可法给多尔衮的回信《复多尔衮书》即为方域起草。《多尔衮致史可法信》则为方域早期复社盟友降清的李雯所书写，也可谓朋友陌路，文遇良才，棋逢对手。这位李雯当年也算是"秦淮八艳"之一柳如是的男朋友之一，可惜后来投降了清军，成为多尔衮的狗腿子。

宋荦是侯方域的好朋友，也是雪苑社六子之一，其父宋权是国史院大学士。清顺治八年（1651年）宋权退休回乡。时河南巡抚吴京道知道侯方域沉雄豪迈，曾经以一介布衣参加史可法军队的抗清活动，其父侯恂隐居归德南园，前明降清大臣交章举荐，侯恂坚辞不出。吴京道准备抓捕侯氏父子。宋权从中斡旋对吴巡抚说："公知道唐有李太白，宋有苏东坡吗？侯生乃今天李、苏。"这次侯方域虽然没有入狱，但是当局要求方域必须参加省试。侯方域在忠孝不能两全的逼迫下，为保全父亲，参加了这年河南的乡试。表面上看这是向当局的屈服，其实是一次消极迂回的抗争，他以不把试卷做完的方式，拒绝了与清政府的合作。据李敏修《中州先哲传》记载，清政府只要他参加乡试就将他录取为第一，结果竟然没有完卷，一些人提出异议，才把他降为副榜。晚年失悔此举，著《壮悔堂文集》明志。

侯方域也算是明末清初名士，命运使然，理想与现实的距离，使他在那个社会变革时期，不经意间在歧路的选择间未能如愿践行自己壮烈报国的意愿，本来准备走进那个正大光明的殿堂去充当壮烈的勇士，却鬼使神差地踏进了清朝统治者布下的文网。虽然他做过挣扎抵抗，就像他要求别人遵循先贤道德节操那样，"清议"也用同样甚至更高的标准要求他，因为他是社会名流，名流在享受名誉带来的鲜花和掌声的同时，看客们在无形中对他的表现带来更高更加苛刻的道德要求。他们对他顺治八年参加的那场乡试非议颇多，似乎就是他的变节行为，这也使他自己悔恨不已，以至在痛苦中英年早逝。而他那些雪苑社的盟友们后来有不少都参加了清政府的科考，有的还做了清政府的高官成为皇帝的宠臣，比如宋荦就担任了江苏巡抚，康熙皇帝三次南巡，皆由宋荦负责接待。被康熙帝誉为"清廉为天下巡抚第一"。侯方域的哥哥侯方夏在顺治三年成为清代第一科进士，也未见有人指责他，也就湮没在终南捷径的滚滚黄尘中，原因是他太普通太没有名气了。明代末年,侯方域年纪轻轻,就以才情、经国济世之志,名满南北两京。

　　明季启、祯之间,逆阉魏忠贤徒党,与正人君子各立门户,而一时才俊雄杰之士,身不在位愤然为天下持大义者,有公子四人,桐城方密之以智、如皋冒辟疆襄、宜兴陈定生贞慧与商丘侯朝宗方域,而侯公子尤以文章著。①

　　明末的天启、崇祯年间,复社四公子虽然都不在朝当官,却俨然民间舆论领袖,开始了与魏忠贤党徒的斗争,其中侯方域最为著名,然而在王朝鼎革之际,其他三位均坚持不与新朝合作,先后当了遗民。而其中最优秀者侯方域,却去参加了满清的科考,这是对他景仰负有重望的士大夫们在感情是难以接受的。也就是他其实从少年成名起,就一直带着光环在社会舞台的聚光灯下,追光一直跟踪着他步伐,他成了士大夫的榜样,任何的瑕疵都可能损害他的清誉,这就是盛名反被盛名所误的性格悲剧。

　　陈寅恪曾代侯方域辩护说:"朝宗作《壮悔堂记》时,其年三十五岁,即顺治九年壬辰。前一年朝宗欲保全其父,勉应乡试,仅中副榜,实出于不得已。'壮悔堂'之命名,盖取义于此。后来竟有人赋'两朝应举侯公子,地下何颜见李香'(按:引诗中"地下何颜"句与原诗有出入)之句讥之。殊不知建州入关,未中乡试、年方少壮之士子,苟不应科举,又不逃于方外,则为抗拒新政之表示,必难免于罪戾也。"(《柳如是别传》)陈寅恪就解释侯方域应乡试是"不得已"的,他的观点是客观公正的。侯方域的五世孙侯恂所撰年谱中写道:"当事欲治公(侯方域),以及于司徒公(侯恂)者有司,趋应省试方解。"观点正和陈寅恪的一致。侯方域是个爱国爱民、具有民族气节和民主思想的人。前文说过,他所交往和相互敬重的朋友,基本是忠于汉民族的、有气节有感情的仁人志士。他也极力用诗文歌颂他们可歌可泣的民族节操和义无反顾的献身精神,大义凛然地抨击不合理的社会现象,义正辞严地鞭挞紊乱朝纲、祸国殃民的乱臣贼子。他对明王朝忠心耿耿,只是"哀其不幸,怒其不争"(鲁迅语)。

---

① 见胡介祉著:《侯方域全集校笺·侯朝宗公子传》,人民文学出版社,第1190页。

他和魏阉遗党、祸国殃民的阮大铖、马士英、田仰等作不懈的斗争，几遭杀身之祸；他写《癸未去金陵日与阮光禄书》锋芒毕露，又尽力嘲讽驳斥，把阮大铖骂个淋漓痛快。他称赞为抗清而死的友人吴应箕"明三百年独养此士"（《祭吴次尾文》）。他为抗清被捕、不屈而死的平民任源邃立传。在应乡试之后，他是决不会再为清朝效力了，"应举"只是虚晃一枪而已，明白人都能看得出来的。他在举河南乡试中副榜后，就"放意声伎""发愤为古诗文"（贾开宗语）了。

顺治九年（1652年），侯方域写《与吴骏公书》，劝吴伟业不要出仕清廷，言辞恳切，说理充分。贾开宗评这信时说："文之光芒，上薄星汉。"又说："余见学士复侯子书尤慷慨，自矢云：'必不负良友！'其后当事敦迫，卒坚卧不出，斯人斯文并足千秋矣。"清陆以湉也于《冷庐杂谈》中说："梅村（吴伟业）出山，侯朝宗曾遗书力劝。"在该信中他谆谆告诫伟业：

学士以弱冠未娶之年，蒙昔日天子殊遇举科名第一人，其不可者一也；后不数岁，而仕至宫詹学士，身列大臣，其不可者二；清修重德，不肯随时俯仰，为海内贤士大夫领袖。人生富贵荣华，不过举第一人，官学士足也，学士少年皆以为之，今即再出，能过之乎？奈何以转眼浮云，丧我过吾！其不可者，三也。①

侯朝宗劝阻吴伟业出山仕清的三条理由，可以说完全出自于朋友至情，而吴伟业也许也有自己出山不可言说的隐情，情不自禁地踏上了清代统治者为他预设的人生陷阱，而进入这个陷阱他就泥足难以自拔，后悔痛苦到死，没有冒襄、陈贞慧、方以智、张岱、黄宗羲、顾炎武、王夫之等充当遗民的学者来的潇洒。这就是明末这代知识分子难以逃脱的宿命和悲剧性命运，灵魂在皇权专制转换时期不得摆脱罗网。"皮之不存毛将焉附"，前朝之皮被抛弃，要么与帝国共存亡，要么将魂灵继续放逐在草野。保持独立人格和自由精神，其实还是在精神上依附着朝廷的皮，而大部分的士子还是争先恐后奔着新打造的那张皮去了，这就是新朝统治者所需要的结

---

① 见《侯方域全集校笺》，人民文学出版社，第170页。

果。新的专制帝国的建立，随之而来的是采取一系列旨在加强专制统治的措施，一方面开科取士，分化笼络遗民志士，使他们依附体制为专制政权服务；一方面从思想文化上加紧对知识分子的无情摧残，大兴文字狱，无数仁人志士遭到迫害，忍受着肉体和精神的双重煎熬。侯方域和他的朋友吴伟业何尝不是处于新旧体制的夹缝中呻吟残喘直到走向肉体的寂灭，历史依然在叩问他们的"变节"行为。

对于早已复辟无望的明帝国，出身于时代簪樱之家族的侯方域始终是非常怀念的，他在致友人方以智《与方密之书》中"（厌木）丝之衣"的细节描写即是一个极好的例子。入清后，作者听说故友方以智为了表示坚定的遗民意愿削发出家，很受感动，于是写了这封信，向方氏表示崇敬之意。其中详记作者珍惜故友馈赠的丝衣，借以表达二人真挚的友情和作者对故友的深切眷念，是全文最精彩动人的一节：

犹忆庚辰，密之从长安寄仆（厌木）丝之衣，仆常服之。其后相失，无处得密之音问，乃遂朝夕服之无致，垢腻所积，色黯而丝驳，亦未尝稍解而浣濯之，以为非吾密之之故也。乙酉、丙戌后，制与今时不合，始不敢服，而薰而置诸上座，饮食寝息，恒对之欷歔。病妻以告仆曰："是衣也，矛之所爱，吾为子稍一裁翦而更之，以就时制，即可服矣。"仆急止曰："衣可更也。是衣也，密之所惠，不可更也。吾他日幸而得见吾密之，将出其完好如初者以相示焉。"盖仆之所以珍重故人者如此。①

在作者笔下，方以智赠予的这件丝衣已经远远超出一件衣服的价值，而成为一种对于故国衣冠服饰礼仪文化的一种怀念，剃发易服是清政府以屠刀逼迫中原人民遗弃中华文化的奇耻大辱。侯方域一直珍藏着这件丝衣就是表示对于故土文明的追思，是当年社友之间友谊的象征，对于前朝风物故人的眷恋，潜含着亡国切肤之痛的悲哀。这是一种特定的遗民意识体现，作者以详尽细微的笔致，即物即情，处处着意，读后感人至深，堪称

---

① 见《侯方域全集校笺》，人民文学出版社，第564页。

古代散文成功地运用细节抒情寄意的范例。

顺治十二年（1658年）十月，年仅三十七岁的一代才子，曾经叱咤风云的复社学人，在寂寞悲凉中赍志以没。这年十二月，已经做了贰臣，一直羞愧难当的吴伟业经过河南写下了《怀古兼吊侯朝宗》：

河洛风尘万里昏，百年心事向夷门。
气倾市侠收奇用，策动宫娥报旧恩。
多见摄衣称上客，几人刎颈送王孙？
死生总负侯嬴诺，欲滴椒浆泪满樽。

诗中全用信陵君与侯嬴一若千金的典故，抒发对于故友的怀念之情，对于自己当年违背承诺，耻事新朝的变节行为沉痛忏悔，其中没有一个字的自我辩白和对于老友违背承诺的指责。其自注："朝宗归德人，贻当约终隐不出；余为世所逼，有负夙诺，故及之。"诚如台湾作家高阳先生在长篇小说《明末四公子》中所言：

有此一诗一注，胜于侯方域自辩清白者千万言。其实，吴梅村如欲自剖，何尝不可以侯方域孟浪赴试一事，借题发挥？而宁愿屈己以尊人，古人风义盖如此。

至于李香君的下落，依据余怀的《板桥杂记》和叶衍兰在《秦淮八艳图咏》中的李香君"依卞玉京以终"。但是似乎香君的美好形象一直存活在河南商丘人民美好的想象之中，因为缺少文字资料记载，或者男权社会对于女性轻视，她的去向莫衷一是，史家没有明确交代，故而留下诸多悬念。（在王树林校笺的《侯方域全集校笺》及其说明中没有发现李香君后来去向任何踪迹，这是一个2013年最新校笺的权威版本。）倒是家乡的学者对于民间传说进行了发掘梳理，对于归德遗址进行了开发，如今归德侯家西园的壮悔楼和香君楼俨然双峰并峙，继续演绎着《桃花扇传奇》的爱情故事，以成功的大团圆使他们有情人终成眷属。并且言之凿凿说，侯家因为李香君是歌伎，身份低贱为府上所不容，将她赶到了城南 14 华里的侯氏庄园，即现在的李姬园。李香君不久郁闷而死，葬在了李姬园村东。侯方域为她立了碑，并撰有一联："卿含恨而死，夫惭愧终生。"

而且传说"桃花扇"终于也有了下落。那是崇祯皇帝御赐的宫扇，在侯恂升任太仆寺少卿时，皇帝把它赏给了侯恂，侯恂在升任了户部尚书时又把它送给儿子侯方域。后来侯方域在南京与李香君定情的当天晚上，把它赠给了李香君，并在扇面上题诗一首：

夹道朱楼一径斜，王孙争御富平车。
青溪尽种辛荑树，不数东风桃李花。

在李香君遭巡抚田仰逼嫁时，血溅宫扇，画家杨龙友就血痕点染成桃花扇，遂成一代佳话。这段故事后来被孔尚任创作《桃花扇传奇》时收入。李香君生前一直将这把扇子珍藏在自己手里，临终前，将扇子交给了侯方域原配夫人常氏，让常氏以后当作女儿的陪嫁品。李、侯去世后，他们的密友陈贞慧的儿子陈宗石前来商丘入赘侯府东园。当常氏的女儿出嫁时，将桃花扇带到陈家。以后，这把扇子就成了陈氏家族的传家宝。后来陈家人丁兴旺，四代五翰林，四世词馆，官运亨通，海内闻名。他们日益认识到这把扇子的历史价值，千方百计秘密收藏，使外人无法知晓。1986年5月5日，《中国书画报》发表了赵前《张伯驹目睹桃花扇》的报道：

明末"桃花扇"，由钱壮悔后人收藏，民国初年曾携北京。扇为折叠式，明末杨龙友就血迹点花数笔，成折枝桃花。清初名人在扇上题咏几无余隙。扇盛于紫檀盒内，衬白绫，绫上边有题识，当代收藏家张伯驹曾目睹之。

不过现在扇面桃花已经发黑。这恐怕也是将戏剧艺术的虚构衍化成了现实的美好说辞。

第五章　自证风流的《影梅庵忆语》

一、科考落榜情场走运的冒辟疆

冒辟疆在秦淮河畔的南曲青楼名妓中广受欢迎。他的一部《影梅庵忆语》记载了他与绝世佳人陈圆圆、董小宛悲欢离合的故事，成为他自证风流的真情内心独白，成了流传千古的佳话。尤其是他和小妾董小宛的故事更是脍炙人口。只是厮混于花街柳巷的俊逸文士冒襄包裹着复社公子和风流才子的政治和才艺的双重外衣，他的故事才显得分外迷人和感人。

《清史稿》本传记载：

冒襄，字辟疆，别号巢民，如皋人。父起宗，明副使。襄十岁能诗，董其昌为作序。崇祯壬午副榜贡生，当授推官，会乱作，遂不出。与桐城方以智、宜兴陈贞慧、商丘侯方域，并称"四公子"。襄少年负盛气，才特高，尤能倾动人。尝置酒桃叶渡，会六君子诸孤，一时名士咸集。酒酣，辄发狂悲歌，訾謷怀宁阮大铖，大铖故奄党也。时金陵歌舞诸部，以怀宁为冠，歌词皆出大铖。大铖欲自结诸社人，令歌者来，襄与客且骂且称善，大铖闻之益恨。甲申党狱兴，襄赖救仅免。家故有园池亭馆之胜，归益喜客，招致无虚日，家自此中落，怡然不悔也。襄既隐居不出，名益盛。督抚以监军荐，御史以人才荐，皆以亲老辞。康熙中，复以山林隐逸及博学鸿词荐，亦不就。著述甚富，行世者，有先世前徽录，六十年师友诗文同人集，朴巢诗文集，水绘园诗文集。书法绝妙，喜作擘"白大"字，人皆藏弆珍之。康熙三十二年，卒，年八十有三。私谥潜孝先生。①

怀才不遇的冒襄在 1627-1642 年间，曾经六次参加乡试，六次落第，仅两次中副榜，连举人也未捞到。明代自万历以来已江河日下，特别是太监弄权，朝纲倾颓，已达登峰造极。面对这种危亡局势，一般有正义感的知识分子都忧心如焚，亟欲改革朝政。

崇祯九年（1636年），冒襄与张明弼结盟，参加复社。同陈贞慧、方以智、侯朝宗过从甚密，人称"四公子"。他们年龄相仿，意气相投，或结伴同游，或诗酒唱和，或抨击阉党，或议论朝政，希望挽救国家危亡。1639年由吴应箕起草、冒襄等复社140余人具名的《留都防乱公揭》，产生了较大的影响，使得魏忠贤余党阮大铖之流如过街老鼠人人喊打。

公元1644年，李自成的农民军攻入北京，明亡。随后，清兵入关，建立大清国，南京的明朝旧臣建立了弘光政权。阉党余孽阮大铖投靠马士英，当上了南明的兵部尚书兼副都御史，他要报复复社诸君子。正巧冒襄因风闻高杰将驻防如皋，举家逃往南京。在南京，阮大铖对冒襄游说不成后，便派遣锦衣卫逮捕了他。直至第二年，马、阮逃离南京，始得脱离牢狱之灾。还有一种说法是：他连夜逃往扬州，靠了史可法的荫庇，才躲掉了这场灾难。

南明弘光元年、清顺治二年（1645年）六月，如皋城抗清英雄陈君悦组织义兵抗拒清廷官吏，冒襄举家逃往浙江盐官。从夏至冬，辗转颠沛，在马鞍山"遇大兵，杀掠奇惨""仆婢杀掠者几二十口，生平所蓄玩物及衣具，靡孑遗矣"。这一切在他思想上产生了激烈的变化，第二年他从盐官回归故里隐居，不仕满清。清兵平定全国后，降清的复社成员陈名夏曾从北京写信给他，信中转达了当权人物夸他是"天际朱霞，人中白鹤"，要"特荐"他。但冒襄以痼疾"坚辞"。康熙年间，清廷开"博学鸿儒科"，下诏征"山林隐逸"。冒襄也属应征之列，但他视之如敝履，坚辞不赴。这些都充分表现了他以明朝遗民自居，淡泊明志，决不仕清的心态和节操。与此同时，他缅怀亡友，收养东林、复社和江南抗清志士的遗孤。如在水

---

① 见《清史稿·列传二百八十八·冒襄传》，线装书局，第2479页。

绘园内增建碧落庐，以纪念明亡时绝食而死的好友戴建，即其一例。

随着岁月的流逝，冒襄已是垂垂暮年，生活穷困潦倒，只能靠卖字度日。他自述道："献岁八十，十年来火焚刃接，惨极古今！墓田丙舍，豪豪尽踞，以致四世一家，不能团聚。两子罄竭，亦不能供犬马之养；乃鬻宅移居，陋巷独处，仍手不释卷，笑傲自娱。每夜灯下写蝇头小楷数千，朝易米酒。"表达了他不事二姓的遗民心态。这一点是冒襄一生中最为闪光的地方。冒襄一生著述颇丰，传世的有《先世前征录》《朴巢诗文集》《水绘园诗文集》《影梅庵忆语》《寒碧孤吟》和《六十年师友诗文同人集》等。

明末的留都南京是士子们的天堂：这边参加江南贡院的应天府每三年一次的秋闱乡试大考，猎取功名，争取进入朝堂，参政议政，光宗耀祖；那边跨过文德桥便是名姝云集的花街柳巷。被称为南曲的名姝都是身价很高才艺和容貌双绝的风尘女子，她们只是出身卑微，在人格和性情上一点都不比那些东林巨擘和复社才士们差。有的甚至在中国历史的大变革年代曾经写下过浓墨重彩的一笔，影响到历史发展的进程。

小冒就是出生、成长在这样的乱世。乱世英雄起四方，不仅出在江湖，也出在朝堂甚至花街柳巷，不仅有风流倜傥的男人，还有千娇百媚的女子，才子佳人共同演绎着明末那个在金戈铁马的硝烟中飘荡出脂粉和烟花气息的大时代。

才士风流，佳人多情。但绝不是每一个风流的男士都能够得到品味不俗容貌惊世的绝色娼妓优伶欣赏，甚至托付终身的。首先是身份，家庭出身世家子弟，资产丰饶富裕，有能力去千金买笑；其次是才气，诗书琴画精通，在政治上能够领袖群伦，主导一时舆论，才能使共同的理想追求和情趣爱好在婚外的感情生活中摇曳多姿丰富多彩，尤其是在政治动荡时期，这些名妓和名士的价值取向有时是十分相近的；最后是容貌，那是不可或缺的资本，冒襄无疑是风度俊逸、谈吐优雅、蕴藉深沉的美男子。

冒辟疆容貌俊美，风度潇洒，钱谦益赞曰"淮海维扬一俊人"，复社盟兄吕兆龙说他"恂恂貌若子房子"，也即是相貌如同西汉刘邦的谋士张良，李元介称之"美少年"，姚佺夸其"人如好女"，张玉成则云"淮海俊人，江皋韵士，秉乾坤之秀，灵气独钟"，张明弼说他"其人姿仪天出，神清彻肤，余尝以诗赠之"目为"东海秀影"。"所居凡女子见之，有不乐为贵人妇，愿为夫子妾者无数，辟疆孤高自标置，每遇狭斜掷心买眼，皆土苴视之。"① 也就是说这家伙天生一副俊朗的外表，秉持乾坤之秀丽，天地之灵韵，神态清朗透彻到肌肤，是屹立在东海边的一道风景线，无数女粉丝仰慕他，宁愿不当富贵人家的太太，希望成为他的小老婆。而他自恃甚高，每每遇到哪些抱着不良目的轻易表达爱慕之心抛送媚眼的人，往往看成是土地上的浮草，只能编织鞋垫去垫脚。

冒襄当然是有妇之夫，而且他和他的媳妇是娃娃亲。在他三岁的时候，就由祖父冒梦龄在江西会昌县令任上和当朝的中书舍人苏文韩订下了这门亲事。他的妻子是苏文韩的三女儿苏元芳，于崇祯二年（1629年）他19岁时，与小苏完婚。苏氏为冒家育有二男一女。小苏太太为荆（湖北）人，据传长冒两岁。冒苏两家的结亲，非常符合世家大族子女门当户对的要求，苏夫人也算是传统礼教所要求的贤妻良母，且多才多艺能书会画，有画作存世。

苏元芳宅心仁厚，对小冒的花花肠子多有容忍，即使对于他弄回家里的多个小妾也能够宽容对待，和睦相处，这是完全符合专制传统礼教对于妇德规范要求的好太太。她绝不嫉妒小冒周旋于许多美眉之间寻欢作乐，对弄回家的小妾们也很宽容厚道。妻子对男性占有多名女子权力的尊重，维护着家庭的和睦，也纵容了冒辟疆对自己雄性激素无限制的膨胀，滋长着对于漂亮女性的欲望。尽管他的一切风流都打上了"情爱"的标签，但是从本质上看，依然是明末整个社会道德体系崩溃，导致了士大夫阶层乃至整个官僚统治集团私生活陷于糜烂和腐朽，意味着整个帝国专制体制的朝纲已经完全坠落。

二、媚行烟视花难想

最早与冒辟疆发生"婚外情"的是秦淮歌妓王节。崇祯三年（1630年）秋天，20岁的冒辟疆首次到南京秦淮河畔的国子监参加乡试。十里秦淮南岸武定桥和钞库街之间的旧院，与贡院隔河相对，这里南曲名妓云集，

---

① 见《明清小品选刊·冒姬董小宛传》，岳麓书社，1991年，第30页。

是当时应试士子们最喜欢去的地方。冒氏在这里首先结交了"有姿色"名噪秦淮的"王家三胞胎"中的二妹王节娘。在余澹心的《板桥杂记》中对于王家姐妹有绘声绘色的记载（笔者已翻译成白话）：

王月，字微波。母亲一胎生三女，老大即为王月，老二为王节，老三为王满，三姐妹均有特殊的姿色。老大王月尤其聪明漂亮。她善于打扮，身材颀长亭亭玉立，洁白的牙齿，明亮的眼睛，异常妖艳，此女芳名远播，名动公卿。当时桐城的孙临公子和她很是亲热，将她拥抱着藏进栖霞山下的雪洞中鬼混，经月不出。七夕之日，牛郎织女相会的佳期，王月邀请秦淮诸歌姬于方密居住的临水之阁参加选美。四方文人骚客的车马拥堵了周围的小巷子。梨园子弟轮番出场演出，水阁外环绕着灯船仿佛像是一堵墙。他们设立评委，品评花魁，在二十多名参赛选手中，王微波脱颖而出夺得头牌，成为花魁状元。等到台上乐声大作，有人用金杯向微波敬了酒之后，南曲诸姬才沮丧着脸渐渐散去。那些观看选美盛况的墨客骚人一直闹到天明才尽欢而散。次日，这些人争相赋诗，余怀有诗曰："月中仙子花中王，第一嫦娥第一香。"王月将这首诗绣在她的汗巾上，时时在手中把玩卖弄。孙临这小子于是越发贪恋她的美色，想将她娶为小妾。这时贵阳的蔡香君，名如蘅的家伙，财大气粗，孔武有力，以三千两黄金贿赂王月的父亲，将她带回了贵阳。为这事孙武公这小子郁郁寡欢了很长时间，后来才娶了葛嫩娘，才算稍稍释怀。蔡香君后来出任安庐兵备道携带王月赴任，宠为专房。大盗张献忠破庐州府，知府郑履祥以死报国，蔡香君被擒获，在抄家时发现了王月。王月又成了张献忠专宠的压寨夫人。因为一次口角，得罪了老张，被他砍下脑袋，鲜血淋漓地放在托盘上，让群贼欣赏。余怀感叹道，呜呼，论到死节，王月不如葛嫩娘啊。[①]

乱世之中的南都醉生梦死的男男女女们啊，在安享富贵荣华时也摆脱不了覆巢之下岂有完卵的悲剧性命运。尤其是那些技压群芳的花魁夫人，

[①] 见《香艳丛书精选本》，岳麓书社，1994年，第49页。

不是文人墨客豪富们玩弄于股掌之上稀珍物品，就是枭雄们鬼头刀下的牺牲品。

作为一母所生三胞胎姐妹的老二王节，在相貌上自然与其姐不分伯仲，但是在性格上却完全不同。王节先归顾不盈，后归王恒之。虽为姬侍，自甘淡泊，穿粗布衣服戴木发钗，却怡然自得。她后来被保国公朱继弼买去当了小妾，因为与寇白门不和，又回到了秦淮河边干自己的营生，后来也就没有了消息。

王节和冒襄的风流韵事见冒氏的文友锡山黄传祖《奉祝辟疆盟兄暨苏夫人四十》一词中曾有提及："金陵握手钱郎席，王姬劝琖淹遥夕。"词中的"王姬"即指王节。

冒辟疆在与王节交往的同时，又结交了秦淮河畔桃叶渡口的另一位南曲名妓李湘真，也即前面提到的李十娘。她长得娉婷娟好，肌肤如雪，人很慧巧，特别是一双眼睛灵动有神，"既含睇兮又宜笑"，为另一版本的"秦淮八艳"中人。据载：冒氏在金陵时，在李十娘的"寒秀斋"驻留最久，是"冒公子的红颜知己"。十娘平日自重声价，常常称病，不自妆饰。鸨母怜惜她，顺从她的意愿，亦时常婉言谢客。而对冒辟疆这样的知己，十娘则是欢情自接，嬉怡妄倦。自崇祯三年至南明弘光元年（1645年），冒辟疆先后六次赴金陵乡试，都与李姬有交往，还向她学唱昆腔。崇祯十二年（1639年）乡试之前，学使倪三兰出了三十道时文题，让考生在入闱前交稿。冒辟疆白天忙于应酬，利用午夜与十娘同寝之时，每日打一腹稿，一个月间，竟完成了三十篇时文，社友们交口称赞，十娘也非常欣赏。五十多年后，冒氏在《和书云先生己巳夏寓桃叶渡口即事感怀原韵》一词中回忆自己年青时的"秦淮风流"往事时说：

寒秀斋深远黛楼，十年酣卧此芳游。
媚行烟视花难想，艳坐香熏月亦愁。
朱雀销魂迷岁祀，青溪绝代尽荒丘。
名嬴薄幸忘前梦，何处从君说起头。

三、岂容弱水置鸳鸯

余怀的《板桥杂记》和张岱的《陶庵梦忆》均为明末遗民典型的忏悔文学，对于明清之际盛衰存亡也多有反思。两者都是把沉痛的兴衰存亡之感，寓寄于对于旧日笙歌燕舞繁华绮丽往事的回忆，借以警示离乱之后随世俯仰的芸芸众生。不过在笔者看来这些文字包括冒襄这篇《影梅庵忆语》，在回顾往事的同时，多半对于自己在花街柳巷的如鱼得水生活存在着炫耀和欣赏的情结，更多的是对往事已被雨打风吹去的流连。和当年石头城下的南唐亡国君主李煜一样，存在着那种"问君能有几多愁，恰似一江春水向东流"的江山兴亡、黍离之悲和繁华不再的感叹。心底还是对于旧王朝覆灭的深深怀念。

明清鼎革之后，作为明末复社四公子之一的冒辟疆有《影梅庵忆语》一文，对于他和秦淮名妓陈圆圆、董小宛之间悲欢离合往事的倾情追忆。严格地说这是一篇悼亡之作，写于他的小妾董小宛去世后的顺治八年（1651年）。

冒襄是明末复社"四公子"之一，四人皆有出众的领导能力和翩翩佳公子的才学相貌，因而具备相当的个人魅力，是崇祯朝中后期舆论的主要引领者。这些公子哥儿家庭出身高贵，且有着扎实的经济基础和饶富丰厚的家产可供挥霍享用，自然是秦淮诸多名妓所追慕的对象。他们的父辈都是朝廷重臣，或者为东林党的中坚骨干，或与东林领袖私交甚厚。陈贞慧父亲陈于廷曾任左都御史；侯方域父亲侯恂曾任户部尚书；方以智父亲方孔炤曾任右佥都御史衔湖广巡抚；冒辟疆祖父冒鹤龄曾任云南宁州知州，父亲冒起宗曾授职湖南衡永兵备道，崇祯末年任山东按察司副使督理七省漕诸道。由此可见四公子皆出身高贵，在明末官场的人脉资源十分广泛，这些都是他们从事政治运作和出入花街柳巷吸引士子和妓女眼球的资本。

冒辟疆在复社与阉党余孽的斗争中针锋相对，在家乡的慈善赈灾中倾尽心血财力。入清后，许多文人学士被迫与清朝合作，清廷也屡次以博学鸿词科等征召，他则冒险以种种托词拒不出仕，并改号为"巢民"，以遗民身份终其一生，还参与秘密抗清。与那些成为贰臣的密友相比，他不仕清廷、拒绝俯身可拾的荣华富贵，很为时人和后人推重。冒辟疆固然也热衷功名，但是他更看重士大夫所秉持的忠义名节和政治上的道德情操，并因此付出沉重的代价，由当年被人趋奉仰慕的贵胄名流而日渐边缘化，晚年穷困潦倒，八十岁还不得不每日写蝇头小楷数千去卖字。当然名士高官的任何选择，都是有代价的，顾及了财富地位，必然失去名声，在清朝入仕的龚鼎孳、钱谦益、吴伟业等，既为时论所嘲讽，也为后世所诟病，自己内心也纠结万分，悔恨交加，终生难以安宁。而猎取女色对于他们而言却正是知识文化和财富的象征，几乎伴随着他们的一生。冒襄一生除正妻苏元芳以外，光有名有姓就有七位妾媵，分别是：

吴蕊仙，名琪，别字佛眉，明末长洲（苏州）人，世居花岸。其祖父吴挺庵在明朝位居方伯，父亲吴健侯官至孝廉（举人）。吴的丈夫管勋，是冒辟疆的复社好友，因反清事败遇难。吴只身渡江投靠冒氏，冒将她安置在"洗钵池边的深翠山房"。吴女来到水绘园的时候，恰巧小宛刚刚去世，冒吴二人同病相怜，日久生情。但后来吴面对冒氏已纳婢女吴扣扣这一事实，不愿插足其中。为回避矛盾，她在给冒的诗中写到"自许空门降虎豹，岂容弱水置鸳鸯"，"绮罗自谢花前影，笠钵聊为云中人"，表示自己愿意遁入空门的想法。冒氏不好强留，便由吴女自己选择，在城南杨花桥旁盖了一座小庙，名号"别离庙"，吴自号辉中，从此告别红尘。吴女死后，冒氏曾只身前往凭吊并有题词刻石庙中："别离庙，春禽叫，不见当日如花人，但见今日话含笑。春花有时落复开，玉颜一去难复来。只今荒烟蔓草最深处，愁云犹望姑苏台。"

吴扣扣，名湄兰，字湘逸，小字扣扣。崇祯十六年生，原籍真州（江苏仪征）人，随父亲流寓如皋，英慧异于常人，且眉眼之间呈浅黛色。顺治六年（1649年），已嫁给冒辟疆数年的董小宛一见就将其买作婢女，并对冒氏说："这女孩儿是君他日香奁中物。"后来果为冒氏最宠爱的小妾之一，冒氏在《影梅庵忆语》中亦对吴姬有美言。冒的好友陈维崧还专为她写一篇《吴扣扣小传》。清顺治十八年（1661年），51岁的冒辟疆择定当年中秋节后的第二天（八月十六日）正式将贴身丫环吴扣扣升格为妾，不料吴女在六月间突然患病，于中秋节后二天病亡，年方19岁，但"吴如君"的名份已定，事实上她也早已是冒的人了。吴女葬如皋城南郊影梅庵侧"冒家龙圹"。

蔡女萝，名含，号圆玉。金晓珠，名玥，一字玉山。俩人均为苏州吴县人，后来均归冒辟疆，蔡工画，金治印，时称"冒氏双画史"，现有少量与冒氏合璧的画作存世。董小宛在世时，二人难得宠，赋闲于"染香阁"作《水绘园图》等，艺术成就颇高。董死后，清康熙四年（1665年）和六年，冒辟疆分别在55和57岁时将二人正式纳为妾，蔡享年40岁，金卒于其后，传二女亦先后葬于"冒家龙圹"，世称"蔡夫人"和"金夫人"。冒辟疆在68岁还娶过一位张姓小妾，为他生过一个女儿。

在冒襄所拥有的众多妻妾中，最令他魂牵萦绕的是相伴九年，使他享尽人间清福的董小宛。为了纪念这位爱妾他写下了千古名篇《影梅庵忆语》。

四、天远窗虚人自愁

余澹心在《板桥杂记》中记载：董白、字小宛，一字青莲。天资灵巧聪慧，容貌娟秀妍丽。幼年父母双亡，被卖入青楼。董小宛出生于金陵，名隶南京教坊司乐籍，童年和少年时代是在秦淮河桃叶渡度过的，后来移居苏州半塘街达6年之久，明崇祯十五年（1642年）十二月，19岁的董小宛由礼部侍郎钱牧斋以"三千金"赎身，从苏州半塘来到如皋从良，第二年四月被时号"明末四公子"之一的如皋才子冒辟疆纳为"如夫人"。

另据相关文献记载：20世纪30年代初，浙江海盐澉浦文士吴氏为编纂《澉志补录》，曾采访通元淡水里张世桢（树屏）先生（南社社员）。据张氏口述，董小宛老家在淡水村慷慨桥。父系庠生，曾为塾师，家道清贫。因父早逝，家益中落，小宛才卖身为妓。

在七八岁时，养母即教授她读书识字练习书法，已经粗通文墨。等到年龄稍长，往往顾影自怜，针线女红，弹琴唱曲，食谱茶经，莫不精通知晓。名与字均因仰慕李白而起，可见其心志存高远，并非一位满足虚名，终老青楼的女子。她习性喜爱娴静，遇幽静的树林和远处山涧的清溪往往流连忘返，欣赏到奇异的山石和寥廓的蓝天白云常常恋恋不忍离去。至于男女杂坐，歌声吹奏喧闹，则心生厌恶面色沮丧，神情极为不屑。因喜欢苏州山水，全家迁徙至半塘街。沿河修建的小屋，竹篱笆围绕着小巧精致的茅草房子，凡经过她家门口的人，常常可听到她吟咏唱歌的声音，或者鼓琴弹奏乐曲悠扬。

吉林省博物馆收藏的董小宛在十六岁时所书楷书《自作秋闺诗十一首》是一件不可多得的书法艺术作品,其小楷工整清秀,毫端尽得古书家钟繇、王羲之精髓;细品诗境,感怀伤秋,可品味出在封建礼教重重束缚下一个弱冠女子追求自由的心声。小诗意象清新灵秀,意绪委婉流转轻盈,将初秋的景致写得传神生动,透出闺中少女思念春天的点点惆怅:

幽草凄凄绿上柔,桂花狼藉闭深楼。
银光不足供吟赏,书破芭蕉几叶秋。
残柳凋荷绿未沉,一池清水澈如心。
楼前几日无人到,满地槐花秋正深。
白日吹人无所思,独来窗下理红丝。
手擎刀尺瓶花落,数点天香入砚池。
稠烟迷望不能空,满地犹含绿草风。
乱竹繁枝多少意,满园花落忆春中。
修竹青青乱草枯,留连西日影相扶。
短墙微露高城色,远处疏烟入画图。
飘枝堕叶此烟中,残鸟啼秋声亦同。
错认桃花满青行,依稀白鹭栖丹凤。
侵晓开香湿绣巾,满天犹带月华新。
此中随意看秋色,采得名花赠美人。
小庭如水月明秋,天远窗虚人自愁。
多少深思书不尽,要知都在我心头。
无事无情亦未闲,孤心常寄水云边。
今宵有月无人处,高讽南华秋水篇。
满畦寒水稻初黄,细鸟归飞集野棠。
正是好怀秋八九,桂花枝下饮清香。
风前一叶巧迎秋,露气蟾光净欲流。
楼上有人争拜影,巧丝先我骨衣俅。
右秋闺词十一首,崇祯庚辰(1640年)中秋日 印三方:青莲、董白、女史。①

不久虞山钱牧斋携她以一叶扁舟游荡西子湖、登黄山、拜齐云山后又回到了苏州。养母去世后，抱病租赁房屋而栖身。随同如皋而来的冒辟疆过无锡惠山，去澄江而至荆溪（宜兴）来到了京口（镇江），登金山绝顶，观大江竞流后归来，后来成为冒辟疆的侧室，追随侍奉僻疆九年，在二十八岁时，因为操劳过度而猝死。冒辟疆作《影梅庵忆语》二千四百言痛悼她的亡故。朋友们哀悼她的文辞很多。惟吴梅村的十首绝句可作为董小宛的传记来阅读。录四首如下：

珍珠无价玉无瑕，小字贪看问妾家。
寻到白堤呼出见，月明胜雪影梅花。

念家山破定风波，郎按新词妾按歌。
恨杀南朝阮司马，累侬父婿病愁多。

乱梳云髻下妆楼，尽室苍黄过渡头。
钿盒金钗横抛却，高家兵马在扬州。

江城细雨碧桃春，寒食东风杜宇魂。
欲吊薛涛怜梦断，墓门深更阻侯门。②

五、小字贪看问妾家

冒襄在回顾他和董小宛相处的岁月，他们的相识相知相爱，是在岁月的磨砺中逐步加深的。开始时作为世家公子的小冒也并不是对这位名妓很上心，有些承诺多半是三心二意的并不当真。因为时下那些有些文化、有些财富的公子哥儿，多半以厮混青楼，周旋于多个名妓之间以为身价。青

---

① 见《中国美术全集·书法篆刻编·清代6》。
② 见余怀著：《板桥杂记》，岳麓书社，第44页。

楼名媛们也以结交权贵和公子哥儿们自诩高贵。至于文人豪客在酒色和财气刺激下，头昏脑热性情勃发之时做出的承诺在回归现实，置身宗法制度下后，多半会屈从父母或者家族意志而皈依传统家庭，去做出血统纯正的妥协，即使娶妾也要讲究门第和出身的。

小冒多半和许多富家公子一样，也就是在追逐功名的漫漫长路上，为了慰藉旅途的寂寞或者科考落榜的失意，在人生踟蹰中寻找某种精神慰藉而已。这种慰藉如同抛出去的诱饵，迎来的不仅是一尾锦鲤，而是多如过江之鲫。毕竟身份地位财富是诱惑人的，对于不甘于贫困，身为下贱，心比天高，且有着不俗文化追求的名妓而言，都有着改变身份，追求人生幸福的欲望，那就是脱离乐籍跳出青楼，重新寻找自己郎才女貌才子佳人的正常生活。就如同冯梦龙笔下《杜十娘怒沉百宝箱》中杜十娘，她们的追求很认真，并不带有游戏色彩。在那些世家子弟看来却是自己多彩人生中某种感情上的逢场作戏，他们是此种场合的高手老手。

当年冒辟疆一方面追逐着董小宛，一方面又在取悦于陈圆圆，并不断在其他艳妓中周旋。而两位青楼女性对待他都非常诚心认真。作为有妇之夫的官宦子弟即使可以纳妾也并不打算与一位教坊名妓永结百年之好的。迎娶一位出身卑微的妓女回家毕竟不是光彩的事情。在冒董相爱的过程中，小冒始终是犹豫再三，百般踌躇，而小董为了追求自己的自由和幸福是比较主动和有意识接近，并完全有着托付终身意思。

小董只是在成为小冒小妾之后，他才感觉到了彼此相知相爱得如鱼得水不可或缺。以至于小董的英年早逝，处身于战乱流离充满家国仇恨的冒辟疆更是感觉到了小董的冰清玉洁般的梅花品格。作为委身于心仪男子的小妾，董小宛几乎将全身心投入对于丈夫及其家庭的照顾和文学事业的辅佐。

相比较而言，不能不说底层女子出于天性的美好品质比之富家公子出身的冒襄自私、高傲、无情无义要高出许多倍。这本身就是对于以男性为中心的社会体制的批判。尽管这种依附于政治权力和财富的妾身意识并不足道，但她追求幸福的初衷依然是基于对于冒襄人品才华的欣赏。而那些有才华且家资殷实丰厚的公子哥儿周旋于诸多漂亮的青楼女子之间在当时是正常的，并不受到社会舆论的更多谴责，世风如此，作为想要改变自己卑微身份的青楼女子董小宛也难以免俗。

第五章　自证风流的《影梅庵忆语》

小冒在《影梅庵忆语》中写下那些美丽深情的文字，开我国忆语体文学之先河，《忆语》中所娓娓叙述的各种生活细节都是真情实感的流露，回忆才如同流水那般显得明净而悠长，那是爱的思绪带着一代才子炽烈欲望的诗意张扬。董小宛也就如同曹植笔下的洛水女神那般随高涨秋水而熊熊燃烧，所谓的冒董之恋成就了明末一段才子佳人的美好姻缘，可以说一把大火烧到今天，依然能够引发人们诸多美好的想象。

董小宛聪明灵秀、神姿艳发、窈窕的身材，貌美如同婵娟，即使在秦淮旧院也算是第一流的人物。士林中的一流人物和教坊中的顶尖级美女、才女相比较，还是出身底层的美女更接地气。董小宛名隶南京教坊司乐籍，1639年结识复社名士冒辟疆。明亡后小宛随冒家逃难，此后与冒辟疆同甘共苦直至心力交瘁，猝然去世。与其交往的名士除冒襄外，还有东林巨擘，江左三大家之一的钱谦益、刘履丁、方以智、吴应箕、张岱、侯方域等。明末的文章大家几乎都出入在他们美好的故事里，演绎着一段在中国历史上名士和名妓充满诗情画意而又不失悲壮凄美的佳话。

冒辟疆在《忆语》中充满深情地追忆：董小宛原籍在南京的秦淮河畔，后来迁徙到了苏州。在风尘中虽然艳名高张，然而，利用姿色招蜂引蝶赢取名声，渔猎钱财，并非其本色，多半也是环境和生活所迫，最终还是希望过普通人的正常生活。自从舍弃了一切，跟随了冒襄，进入冒家门，她的智慧、才气、见识等种种美好的品质才突破美丽容貌的躯壳，逐步显露出洁净高蹈的兰心蕙质来。小宛和冒襄共同生活了九年，她与冒府上下内外大小老少，从没有发生过纠纷，可以说亲密无间；她辅助冒襄著述从来都不计得失，逃避困难；她帮助冒襄的大太太佐理家务，认真学习女红针线等活计，从来都是精益求精；在家中，她总是亲自打水舂米做饭，以及冒襄在逃难途中患病的时候，她都是不避艰难，在她的精心照料之下，使他的病很快化险为夷。平时再苦再累，她总是含辛茹苦而又快快乐乐如饮甘泉般地生活着。在冒襄看来，他们两人同甘共苦共患难如同一人。如今她猝然逝去，他恍惚觉得她并没有离他而去，仿佛觉得是自己的灵魂已经离开肉体随她而去！他看到自己的夫人苏元芳茕茕孑立，手足无措，也像是丢了魂似的无所适从。上下内外大小之人，都为小宛的离去感到悲痛不已，大家都认为这样的女子不可能再得到。

183

她的聪慧和淡泊之心，难等可贵，听者无不感叹惋惜，都说文人义士的品格难与她的品性相媲美。

冒襄在写到他和小宛认识的经过时充满着感情，且小宛本身飘然若仙，对待这位落第的世家子弟不卑不亢，一波三折也使他心生仰慕之心，也寄托了诸多美好的憧憬。

乙卯年（崇祯十二年，1639年）的初夏，小冒去南京应试，方以智悄悄对他说："秦淮河的佳丽中，有一美女如同西王母侍女双成那般美丽，年龄正值桃花灼灼盛开的季节，才华美艳却为当时第一。"于是他专程去拜访她，她却因为厌恶轻视绮丽繁华，携全家去了苏州。等到当年秋闱过后，他科举落弟，情绪低落，去苏州浪游散心。鬼使神差使他情不自禁地屡次去半塘街访问她，她却一直逗留在湖南洞庭湖畔未曾回返。

当时与这位美姬齐名的有沙九畹、杨漪炤。他当时日日游于二者之间，就是在咫尺之遥而没见到心仪已久的董小宛。当他即将要乘船返回如皋的时候，又去了一次半塘街，希望能够见上小宛一面。她的养母外表清秀且贤惠通情达理，对他说："你已来访多次，我的女儿幸好在家，只是小酒微醺未及醒来。"

他等了一小会，她终于像是久处深闺的淑女那般款款而出。她在侍女搀扶下从小路缓缓移步于曲栏前，与他见面。蓦然相见，他怀疑自己是不是身处梦境之中，董小宛宛如洛水女神凌波而来，使他感到惊喜。此时的她，脸上晕染着浅浅的春色，两靥微红，面带羞涩，眉眼中流泄出顾盼的秋波，真乃是香姿绰约玉色生辉，神韵出自天然啊。他在心里感叹道。因为她微有醉意，身体显得有些慵懒，当时她一语未发。他感到惊喜且充满着怜爱，因为她喝醉了酒，他只能深感遗憾地和她分手告别。这是他和她的初次相见，那时她才十六岁。

六、梦圆今宵不知秋

在初次相遇及以后的三年期间，冒辟疆对于董小宛萦萦挂怀，可以说对她的倩影是挥之不去的。先后两次去苏州半塘街寻访她的踪影，希望再次谋面，却始终不得，却遇上了另一位绝世美女才女陈圆圆，这也是一位注定要改写历史的青楼名媛。当然大诗人吴伟业在《圆圆曲》所述的"冲冠一怒为红颜"吴三桂叛明而去，引狼入室，最终导致大明解体，只是历代江山兴亡归咎于女性"红颜祸水"的翻版，至少刘宗敏对于陈圆圆的霸占，也是激怒吴三桂叛明降清的因素之一。

崇祯庚辰年（1640 年）夏天，他逗留在扬州郑元勋的私家园林影园，这是当年由明末著名的园林设计师计成先生设计的园林。然而，在游荡山水园林之际，满园繁华绮丽的景色，再次触动他的情思，他想去苏州再次访问董小宛。而这时有客人从吴门过来，说这小女子已经随虞山名士钱谦益前往杭州西湖去游玩了，还要去游览黄山和齐云山，说不准什么时候才返回苏州。这使他感到万分的沮丧和失落。

辛巳（1641 年）早春，他探望父母去了湖南衡山，那时父亲冒起宗在湖南衡永兵备道任上，此番去湘是途经浙江路过苏州。过半塘时，他再次打听董小宛的消息，她则还在黄山和钱老先生周游未归，这使他未免有些感伤和失落。

冒襄在《影梅庵忆语》中记载了冒董之缘的一波三折，很是引人入胜，使人发生联想。从这里可以感受明末世家子弟生活多姿多彩的一面，他们如同多情的种子那般，家中守着"父母之命，媒妁之言"所迎娶的正妻，家外追逐着青楼中的时尚女性，可谓占尽艳福。因为他们不仅有钱，而且还有才有貌，他们对于朝政的"清议"，还代表着时代的道德制高点，也是那些有着理想追求的青楼才女们的向往。

尽管女性在专制体制下，依然是被看成玩物或者商品，是可以送来送去的，比如陈圆圆，先是青楼名妓，后入田皇亲家，又至周国丈家，再被献到崇祯皇帝处。当崇祯帝有更多焦头烂额的国家大事要操心，没有更多精力去对漂亮女性发生兴趣时，才又回到田皇亲处，在田贵妃死后，失势皇亲为了结交外廷新崛起的军界枭雄才又被收入青年将领吴三桂的囊中。等到甲申之变，江山易鼎，美人又归大顺军刘宗敏所有。大顺落败，陈圆圆再归吴三桂，最终在吴三桂被封平西亲王后，遁入道院。"三藩之乱"平后，吴三桂被满门抄斩，陈圆圆不知所终。

乱世中的美女明星们大体沉浮在权势和战乱的夹缝中，被转来转去恍如随风漂荡的浮萍那般出入风波里，命运无所寄托，难脱悲剧性命运。所谓"红颜薄命"即是如此。贤惠多才的董小宛也很难摆脱这样的命运。

据冒襄《忆语》记载，那年一位姓许的知县要到广东赴任，他们一路同舟共行。有一天，老许喝花酒，醉醺醺地归船，兴致勃勃地对他说："酒宴中一位美丽的陈姑娘（陈圆圆），擅长戏曲歌舞，你老弟不可不见。"为了拜访陈圆圆，小冒和老许数次随着舟船往返数次，终于在装点豪华的楼船画舫的堂会上见到了美貌绝伦陈圆圆。由此可见，此美女的矜持孤傲，作为青楼名媛，自也不是一般凡夫俗子想见就能够轻易见到的，这就是名妓的身价，她们也是待价而沽的。

小冒初见小陈的感觉就非同一般，可以说一见难忘，自把日日思念的董小宛忘到了九霄云外。此小女子淡雅而极有韵致，婷婷娉娉，华美秀婉，一袭丝质长裙曳地，宛如一只鸾鸟在烟霞中舒展羽翅遗世独立。那天她以戈阳腔唱京剧《红梅》，跌宕起伏的曲调随她的珠喉婉转而出。那委婉的唱腔，灵动的身段，皆出自陈姑娘的表演，就仿佛彩云荡出山岫那般飘然，如同玲珑剔透的珍珠滚动在玉盘那般发出诱人的脆响，简直令人迷醉不已。

四更时分，忽然风雨大作，他们必须驾小舟返回，冒襄恋恋不舍地牵动她的衣袂和她相约再见面的时间。她说："光辐镇上的梅花如冷云万顷，相公过些时候带我一游，可以吗？"小冒因为要去湖南探望双亲，在苏州只能逗留半个月左右。无奈地对她说："等我从南岳归来，最迟也应当是八月返回，我与你一起去浒墅关赏桂花。"

冒襄和陈圆圆分别后，恰于秋天观涛的日子奉母亲之命返回家乡，行船到西湖，听说父亲冒起宗已经奉调去襄阳左良玉部充任监军，而襄阳已经被农民军占领，父亲生死未卜，小冒心急如焚。但他心里依然牵挂着青楼中漂亮的女人，他打听起陈圆圆的消息，听说她已被窦霍豪家掠去，听后内心惨然，郁郁寡欢。船到达苏州阊门，去浒墅关还有十五里，小船搁浅在滩涂而不得前行。偶尔遇见一朋友，他凄然一叹："哎，像陈圆圆这样的佳人怕是再也见不到了！"朋友却说："老弟错了！当时陈圆圆已经被人救下，她的藏身之处，离此地比较近，我陪你同去。"

到了那地方，果然见到了陈圆圆。陈圆圆仿佛芬芳的兰花在深山幽谷开放，令人怦然心动。两人见面相视一笑，她说："你来了！你不是在雨夜的船上与我盟定芳约的人么？过去我深深感动你的殷勤，就担心不得与你再见。我几乎遭遇虎口,此番能够死里逃生,与你重逢,真是万幸。我选择偏僻的地方居住,恢复吃素斋喝香茶的习惯,焚一炉沉香,祈祷着与相公倾倒在明月桂影之下,与君情定终生。"

听了陈圆圆此番袒露衷肠的表白,当时冒辟疆不知是害怕这段姻缘弄假成真,还是确实因为老母亲在船上,护兵和太监争抢水道,放心不下,面对陈圆圆的真情告白,他没有表态,匆匆告别而去。令他意想不到的是,第二天这位陈姑娘竟然素扫峨眉淡妆而至,竟然要求登船求见老夫人,明确要求嫁到冒家充当妾妇。

当晚,冒家乘坐的官船依然阻泊在滩涂,小冒乘着月色又去拜访陈圆圆。陈姑娘再次坦露心迹:"我此身必须脱离这个樊笼,欲选择好人家从良。而可以托付终身的人,除你之外绝无他人!刚才见了老夫人,她慈眉善目如同春云拂面,谈吐温和使人如饮甘露,正是拜上天所赐我的命运有了好的归宿,你就不要再推辞了!"此话说得恳切。

小冒再次搪塞着说:"天下没有这么容易的事情,况且父亲正在战乱一线,我回家中当再次离开妻子,与父亲共赴国难。两次路过这里,遇见你,都是因为行程阻隔,在闲极无聊中与你散步聊天。你突然说这些话,使人感到惊讶。如果你真要这样,我也当没听见,坚决不能同意,不要因此耽误了你的终生。"

但是她坚定地说:"相公如果不嫌弃于我,我将发誓在这里等你高中举人而返。"小冒答应说:"如果真的是这样,我与你约定,等我秋试后来接你。"于是两人发誓约定,小冒还作了八首名为《赠畹芬八绝》以表明心志,今录存世的四首如下:

一

潇湘一幅小庭收,菡萏香余暮色幽。
细细白云生枕簟,梦圆今夜不知秋。

二

秋水波回春月姿,淡然远岫学双眉。

清微妙气轻嘘吸，谷里幽兰许独知。

三
纤纤弱质病愈娇，嗔喜情生暗自挑。
漫着青衫倦梳洗，淡烟疏雨或堪描。

四
本是莲花国里人，为怜并蒂谪风尘。
长斋绣佛心如水，真色难空明镜身。①

又经历了一个秋冬，可以说历经劫难，冒辟疆多方奔走，到了壬午年（1642年）的仲春季节，终于听到父亲调离前线的消息，当时他正在常州。冒襄的父亲冒起宗当时在左良玉营中做监军，左总兵骄横跋扈，对监军常怀戒备之心，前线又吃紧，老父有性命之虞。不是被老左杀害，就可能死于农民军张献忠之手。

当时的小冒南北两京四处奔走，以独子的名义给皇帝上万言书等等，一心想把老父亲调离前线。当然，对于老冒而言，属于临阵逃脱，影响不好，在他内心也时时感到痛苦，国难当头他却奔走京城上书要将父亲回调，毕竟有贪生怕死之嫌。但是对于他而言，又是恪尽孝道之举，因为他是独子，算是忠孝不能两全吧。接父亲返家时，小冒再次路过苏州，想向陈圆圆表示歉意。但是在此前十日，陈圆圆已经被窦霍豪富门下客抢掠而去。这些被冒辟疆称为"窦霍豪家"究竟是什么背景，小冒欲言又止，一定有难言之隐，只能使用"为尊者忌讳"的隐语加以说明。这里小冒在文章中煞费苦心地使用了汉代两大外戚的姓氏来隐射明末两大外戚的为非作歹。一是横跨汉文帝母族到汉景帝妻族的窦氏家族；二是汉宣帝妻族的霍氏家族。两大豪强合并成了《忆语》中不便明说的"窦霍豪家"，这些隐语对照明史是不难破解的。尊者也就是九五之尊皇帝的亲戚，不是田弘遇就是周奎。田弘遇当年也是奉了周奎的命令为皇帝选美的，而周奎家就在苏州。

---

① 见《冒辟疆全集》，第75页。

这样的皇亲国戚是不可能与之抗衡的，因此小冒只能在《忆语》中说："豪势家族先是大言要挟恐吓，后是不惜以数千金贿赂地方官员。地方官员当然害怕耽误外戚家选美的大事，前时陈圆圆曾经被她的千余粉丝抢救而出后，又被重新抢了去。"皇亲国戚们权势熏天如此，作为一介臣民的书生又夫复何言？冒辟疆只能将汉代的窦婴、霍光之流，来隐喻明末崇祯帝的两位皇亲周奎和田弘遇。

这一年是崇祯十五年（1642年），帝国江山正在危亡之际。清兵攻克松山，蓟辽总督洪承畴投降，祖大寿献锦州城降清，清兵入蓟州，连下畿南、山东八十余州县。李自成三打开封，克襄阳。帝国的皇亲国戚不为国事绸缪，却依然在乡里横行霸道，欺男霸女，胡作非为；而自诩为帝国栋梁的儒家知识分子在逃避战乱的同时，依然流连于花街柳巷，和青楼女子们打得火热，在脂香粉腻中陶醉着麻木着。在纸醉金迷人欲流觞中，帝国的大厦根基已经动摇，訇然倒塌只是时间问题。这难道不是帝国合该寿终正寝的前兆？在这篇《影梅庵忆语》中我们很可以透视出在国难当头时那些帝国的高层权贵和中层官员、知识分子都在想些什么干些什么，帝国覆灭的灾难是如何酿造的。

陈圆圆被掠夺而去，他知道这情况后，感到十分怅惘，但是想到因为急于解救父亲的患难，而辜负了一位女子的美好情感也就没有什么可以悔恨的事了。这些表白，也只是他对于江南名妓陈圆圆用心不专的自我解嘲、自我开脱罢了。

七、双城不合落风尘

那天晚上，为了纾解极度忧郁的心情，小冒划船去了浒墅夜游。次日派遣有关人员去襄阳接回老父亲，便准备解开船索回归故里如皋了。

船行至一小桥边，见有小楼耸立。他问游人："这是何处？何人居住？"友人说，这是董小宛的居处。他与她已有三年不见了，一直念想着她。此话实在有些矫情，在此期间冒襄一直牵挂的其实是陈圆圆，甚至还在老母亲的默许下，对月发誓，情定了终身。虽然有些迫于陈圆圆的主动，而陈圆圆的被豪强劫持，或许是正中了下怀，他趁机摆脱了一桩他并非情愿的婚姻。而失去美姬陈圆圆正好由美女董小宛加以替补，继续着他的情感游戏。

听此一说，他不禁狂喜，立即停舟相访。友人劝阻他说："她前段时间为权贵家所掠夺，参与皇家的选秀，受到惊吓，病危已经八至十天了，养母已死，闭门不再见客。"他却执意要去拜访，叩门再三，门才开启。室内灯光黯淡，曲折登楼而上，见到各种药罐铺满几案卧榻。小宛在病中呻吟着问他，为何而来。他告诉她，你是我往年在曲廊花丛间见到的醉美人呢。

董姬也回忆起当年相见的那一幕，泪水潸然而下，说道："你屡次来访，虽然只见得一面，我母亲却经常在背后说到你，说相公身材颀长俊朗，骨骼清奇出众，为我惋惜不能与你相处得时间长一些。如今时间已经过去了三年，母亲刚刚去世，见到相公不禁又回忆起母亲来，她的话言犹在耳。"

她强撑病体从床上勉强坐了起来，掀开帷帐注视着他，并将灯移到床前，谈了好一会话。他怜惜她身体有病，便准备告辞而去。

她牵着他的衣袖挽留道："我已是十有八天汤米未进，每天昏昏欲睡，恍惚如同在梦中，灵魂一直不得安宁。今天一见到你，便觉得神清气爽，病倒像是好了似的。"

她命令家仆摆上酒食，在榻前两人相对共饮。她总是敬他酒，他多次要走，她多次挽留，不让他离去。

他对她说："我明天要派人去襄阳，告诉家里父亲调迁的喜讯，如果宿在你处，明早上就不能派人向家父报平安了。我要马上回去，一刻也不能停留。"

她说："你的确有事，我就不敢再留你了。"于是两人分手告别。

第二天，往湖南报信的人走了。他整装待发，急欲回去，友人及仆从对他说："小宛与你昨晚刚刚相见，便露出款款深情，拳拳诚意，你切不辜负了她的一片真情。"

他去和她告别，去的时候，她已经梳妆打扮完毕，正在凭栏远眺，期盼他的到来。他的船刚刚靠岸，她便迫不及待地登上船来。

他说，他要离去，话音未落。她就说："我已准备好了，想随路送你一程。"他推脱不得，也不忍心阻止。

于是一路由浒墅关至无锡、常州、宜兴过澄江，抵达镇江北固山。前

第五章　自证风流的《影梅庵忆语》

后共有二十七日，她送了一程又一程，看来是死心塌地跟定了他，他却在那儿三心两意地敷衍着她。

在这二十七天内，他天天催她下船，返回吴门。这丫头却坚持一路陪伴他再走一程，就这样一程一程相送，似乎没完没了，要走回家去了。在路过金山时，他们共同登山，她指着涛涛东逝的江水发誓说："妾此身如同江水东流，是断然不会再回吴门了！"

他脸色遽然大变，严词拒绝道："我秋闱大考迫近，近几年来因为父亲在前线陷于危难之困境，很难照应到家中事务，也很少探望母亲，今天才得以还乡，料理家中一切，而且你在苏州欠的债务实在太多，要脱离乐籍，为你赎身从良，落户金陵等都需要大笔金钱来摆平，这些事都需要斟酌商量。你现还是暂时回到苏州，等夏季的府试结束，便携你去南京参加乡试。秋闱大考完后，不管是考中举人还是未中，我才有时间从容解决你的问题。到那时，再卿卿我我地缠缠绵绵，就没什么妨碍了。"

她仍踌躇着不肯离开。这时桌上恰好有一副骰子，一朋友开玩笑对她说："你真的想如愿，就投掷它试试运气吧！"她于是整衣肃拜于船窗，礼毕，紧张而慎重地掷下去，全是六点，可谓六六大顺，所有人都称奇怪。他说，这或许是天意，但是事起仓促，反而成其不了好事，不如暂时归去，慢慢解决。实在不得已，她掩面痛哭失声地与他分别。他虽然怜惜她的离去，但是他总算是得以解脱，如释重负，浑身一阵轻松。

在抵达海陵（南通）后，立即参加了府试，六月回家。妻子对他说："小宛让她父亲来了，她返回苏州后，已是素面不出了，只在家翘首以待你金陵赴考偕她同行之约定。"听后，他倍感不安，觉得事情有些异常，于是送了十两银子打发小宛的父亲回去了。并对其父说："我已经知道她的情意且许诺于她，只要她静静等候，等金陵考试过后，什么问题都可以解决的。"他感谢妻子成全许可的大度，于是没有践行当时迎小宛共赴金陵的约定，独自去金陵参加乡试大考，想考后再告诉她。

这里需要交代的是，小宛的所谓"父亲"，是她的养父，就是一个街头泼皮无赖，据张明弼《冒姬董小宛传》记载[1]：

---

[1] 见《明清小品选刊》，岳麓书社，1991年，第30页。

191

姬时有父，多嗜好，又浪费无度，恃姬负一时冠绝名，遂负逋数千金，咸无如姬何也。

也就说董小宛这个混蛋养父，借助了小宛江南名妓的旗号，借了一屁股债，却要小宛去偿还，小宛也拿他没办法。

八月初三的早上，冒襄刚考试出来，小宛忽然来到了他在桃叶渡的寓所。她久候他的消息不至，于是只身带了一老妇人，买船从吴门到了这里。途中遇到劫匪，小船藏在芦苇中，舵又坏了，船不能行，已经三日没有饮食了。初八日，刚到达三山街时，她害怕打扰他首场考试的文思，两天后才到寓所来寻他。她初见到他，虽然很高兴，然而叙述起分别后她素面不出闭门翘首以盼的百日之苦，叙述起这一路的风涛浪险盗贼惊扰依然惊恐万状，她神色凄然，黯然泪下想与他共同归家的心也就愈加坚定了。

一时和小冒共同参加秋闱科考的各路士子，无不佩服她的胆识，感慨她的深情，都为她赋诗作画以坚定她的信心。考试完毕后，冒襄自我感觉极好，自以为一定会高中，开始考虑料理小宛从良的事，帮她完成夙愿。不料十七日，忽然听说父亲的船到了江岸，父亲没有赴宝庆抚治道去任职，而是在湖南被就地免职，强制退休了。老父亲从楚地到了这里，他已经有两年没有孝敬老人家了，老父亲从战火纷飞的前线返回江南，让他有些喜出望外，于是又将她从良事情丢在了脑后。他未及向小宛告别，就急匆匆从龙潭跟随父亲的船只到了銮江（江苏仪征）。父亲看了他参加科考的文章对他说，考中举人应该没什么问题，于是他就留在銮江等候出榜。

不告而别，突然失踪的冒辟疆，使得小宛觉得小冒其实并不把两人的情感和从良的事情放在心上，而是有些随心所欲似的漫不经心。于是她紧追不舍，立即从桃叶寓馆坐船来追他。小船行至燕子矶又遇到风浪，差点遇难。而他则在在銮江盘桓等候发榜。这时，董小宛写了一首题为《与冒辟疆》的诗以表明心迹：

事急投君险遭凶，此生难期与君逢。
肠虽已断情未断，生不相从死相从。
红颜自古嗟薄命，青史谁人鉴曲衷。

拼得一命酬知己，追伍波成作鬼雄。

七日后发榜，冒襄只中了副榜。自此，一切金榜题名的美好愿望完全落空，他则希望尽快逃避这场并不情愿的感情纠缠，日夜兼程返回家乡，小宛则痛哭相随，死活不肯再回苏州。他知道她在吴门中的一切事务，包括脱离乐籍的钱及巨额债务的偿还等都不是他能够解决的，对这场由他引发的感情纠葛，就想早点解脱，甩开董小宛苦苦纠缠。因为那些要债的人，见他远道而来，反而增加价码，索要钱数越来越高，而且气势汹汹，一点道理都不讲，搞得他不胜其烦。父亲需要尽快赶回去，他考试成绩又不中意，这么多矛盾和困难交织在一起实在是没有精力来处理她的事了。船到了家乡朴巢（冒襄为自己在树上建的类似于鸟窝的屋），遂冷下面孔铁起心肠，赶她回苏州。让她妥善处理好那里的债务问题，则以后的事情还好商量。

这年的九月，冒辟疆去润州（镇江）拜访老师郑公，这时福建的刘大行从京城南来，冒辟疆、刘履丁和一位陈大将军在船上为他接风。有奴仆从小宛处来说，她回去后一直不脱当时穿的衣服，天气渐渐寒冷她依然穿着单薄的衣服，发誓你冒公子不去接她一起商议迎娶之事，她宁愿被冻死。

刘大行指着辟疆说："辟疆你一向以大气仗义闻名，怎能这样辜负了一个小女子呢？"

他说："那些权贵官吏，不是我这个书生所能应付的了呀！"

刘刺史当时举杯扬袖说："若给我千金让我出面调停，我今日就去！"陈大将军马上给了百金，刘大行又给了数千斤人参帮助凑数。

哪里晓得刘刺史去了吴门并不善于调停，与那些索债的人闹崩了，没脸来见小冒，一人悄悄地去了吴江。辟疆也回到了如皋。小宛顿时孤掌难鸣，局面难以收拾。

这时寓居虞山的钱谦益听到了这个消息，亲自赶到半塘，将小宛迎进他的楼船，让柳如是去陪伴她。钱宗伯却大力斡旋于债主之间，三天内了断小宛的所有债务。光索回的债券就有一尺多高。在浒墅关摆酒为董小宛接风后，雇船把小宛送到了如皋。这样小冒就非常被动地迎娶小宛成了自己的小妾。

最使小冒和小宛感到风光无限的事是崇祯壬午年（1642年）春天在

镇江游览金山寺的盛况。冒辟疆《影梅庵忆语》中浓墨重彩地回忆了这次才子佳人风光无限的出行。

这一天风和日丽，万里无云，小宛送他到了镇江北固山下，坚持要和他一起渡江去如皋老家。他越不同意，她越是苦苦哀求，不肯回苏州。小船就停泊在长江边上，这时有西洋人毕今梁寄送给他西洋布一匹，薄如蝉纱，洁比雪艳。用退红做里子，给小宛做了一件薄薄的春衫，其华美程度不减陈后主宠妃张丽华桂宫的霓裳羽衣。

她与她携手登上金山，当时有四五条龙舟冲出波浪激荡随之而上，还有游人数千人尾随他们二人，指他们为神人仙侣。他们缓缓绕山而行，凡是他们俩人停步站立时，龙舟都争相靠近停泊，在水中盘恒数圈，久久不愿离去。他问那些船工，才知道驾船的老大就是去年从浙江回来时的船工，他赏他们酒。第二日返回，舟中友人用宣化白瓷大盂盛樱桃数斤，大家共同品尝。友人以樱桃比喻美女的樱唇，他当时已经不能辨别是樱桃还是与小宛的樱桃小口了。江山人物之盛，照映一时。至今谈论起来多渲染景物之美好，性情之怡然。

回想到那年的中秋之夜，正是小宛不辞盗贼的抢劫的风险，来到了桃叶渡寓所，一时参加秋闱大考的四方复社社友，欢聚桃叶水阁为小宛摆宴接风洗尘。时在座的有眉楼顾横波、寒秀斋李十娘，她们与小宛是至友，都欣慰小宛跟随于小冒，因此赶来为他们的重逢庆贺。演出的剧目是阮大铖新写的《燕子笺》，曲尽之时情正浓。演到霍华悲欢离合处，小宛、顾眉、李十娘皆泪流满面。当时才子佳人相伴，楼台烟水相掩，新曲明月相和，还有复社友人们对于阉党奸臣阮大胡子的嬉笑怒骂，真正是快意情仇啊。时至今日回想，那真不异于游仙枕中所见到梦中那些奇幻美妙的五湖三山，实在是太惬意了。[①] 这场以接待冒辟疆女友董小宛的盛会后来在吴梅村的著作中也有生动的记载。当时传达阮大铖耳中，被老贼恨得咬牙切齿，冒辟疆被阮大胡子列为复社士子中的首恶分子，是必须要清算的对象，只是清廷铁骑来得太快太猛，否则这帮不知天高地厚复社小子必然和他们的东林前辈那样被阮大胡子一网打尽。

---

① 见《影梅庵忆语》，岳麓书社，第 7—9 页。

当然董小宛在历经劫难,与冒辟疆的情爱关系一波三折后,有情人终成眷属。尽管这种眷属仅仅是嫁入豪门大族的小妾,但是小宛毕竟脱离了身份卑微的乐籍,算是妓女从了良,嫁给了有才有貌的翩翩佳公子,对于她来说是格外珍惜这段来之不易的姻缘。因而在嫁入冒氏之门后,尊重公婆,敬重大夫人,努力学习操持家务,学习针线女红,与冒家上下内外大小人众相处得非常和谐。辟疆出入应酬的费用和日常生活费用都是由小宛经手,账目管理得井井有条,从不私瞒银两。冒辟疆的原配妻子苏氏体弱多病,董小宛便毫无怨言地承担起理家主事的担子来,恭敬柔顺地侍奉公婆及大夫人,悉心照料苏氏所生二男一女。小宛还烧得一手好菜,善做各种点心及腊味,使冒家老少大饱口福。小宛确实是个贤惠多才多艺小妾,在大家的交口称赞中,她在精神上得到了无限的满足,于是小妾当得更加称职。

对丈夫,小宛更是关照得无微不至。冒辟疆闲居在家,潜心考证古籍,著书立说,小宛则在一旁送茶燃烛,有时也相帮着查考资料、抄写书稿;丈夫疲惫时,她则弹一曲古筝,消闲解闷。闲暇时,小宛与辟疆坐在画苑书房中,弹琴鼓瑟,评论人物山水,鉴别金石鼎彝。小宛嗜书成癖,"等身之书,周环座右,午夜衾枕间,犹拥数十家唐书而卧。"

乙酉年(1645年),南明弘光朝覆灭前夕,战事吃紧,小冒奉送母亲和家眷逃难于盐官。春天时,路过半塘,则看见小宛旧时的寓所还在。她有当年教坊的姐妹晓生和沙九畹来到船上拜访,看到他待小宛甚是珍爱,冒夫人又贤淑敦厚,和小宛的关系和谐如同水乳交融,她们都羡慕嫉妒不已。他和她们一起登上虎丘,教坊的姐妹们为他介绍指点旧时所游的地方,回忆着旧时往事,大家都感到兴致很高。吴门认识小宛的都称赞她的远见卓识,称赞她找到了好的归属。

在路过嘉兴鸳鸯湖时,湖面烟雨朦胧,楼台高耸。湖水逶迤曲折向东,则有竹亭园一半在湖中。然而,湖水潋滟波光粼粼环城四面、名园宝刹、水上洲渚小岛,四处环绕。游人登上烟雨楼,看到此景,就觉得已看到了最美的风光,不知道江水浩瀚寥远并不在此。他曾经与小宛竟日在此游览,又一起回忆钱塘江下桐君山和严子陵钓台,碧水击浪,苍褐岩石之胜景目不暇接。小宛告诉他说,安徽新安江山水之逸趣更是人间最快乐的事,这是她当年和钱谦益一起去游览的地方。

在这共同生活的九年中,小宛与他妻子苏元芳无一言不合。至于对待家里的所有人和奴婢,连最小的孩子也不害怕她,都受到她的恩惠。她不爱积蓄,从不给自己制一点金银手饰。尤其在逃难盐官时,身患重病的冒襄得到了她的精心照料,得以起死回生,而小宛的身体遽尔下降,终于落下病根,不幸英年早逝。在她弥留之际,元旦的第二天,她求见母亲马老夫人后才永远闭上了眼睛。而除了一身之外,其他的衣服饰物都收拾起来,不予殉葬,真的堪称异人。回想到冒襄和董小宛情定终生时,冒襄曾经给董小宛写的诗句:

双城不合落风尘,岂是仙姬也有情。
卓识如君甘做妾,不才似我未成名。

小宛的和诗如下:

一从复社喜知名,梦绕肠回欲识君。
花前醉晤萌连理,劫后余生了凤因。

董小宛生前爱梅,死后葬在影梅庵。冒辟疆晚年有诗《梅花和澹心原韵》叹曰:"影梅黄土三生恨,追忆当年合断魂。"他悼念董小宛的诗文不少,呕心沥血制作,当首推《影梅庵忆语》。

八、青史谁人鉴曲衷

《忆语》文字典雅,情致庄重,记叙客观,细节真实生动,情感诚挚委婉,是明代小品文的典范。

冒辟疆在《忆语》开篇就说[①](笔者已译成白话):对于美好女子的爱,

---

① 《明清小品选刊·影梅庵忆语》,岳麓书社,1991年,第1页。

产生于和她的亲昵行为，有了亲昵的交往，对于一切也就有所修饰了。缘于这样的爱用修饰和夸张的笔墨来写的可爱之人，天下就少有真的可爱者。况且豪门深院内室的屏风流光溢彩，凭着文人的生花妙笔精心描摹想象，麻姑献寿和洛水女神临波的故事就幻化而出。更有好事者借助缪篆诗词韵律妄谈聚散离合爱恨情仇，使得西施、薛涛、卓文君和洪度等美女、才女似乎家家闺阁之中皆有，这其实是夸大之词，只是文人贪图虚名的恶习而已。

在他而言，也就是尽量避免文人为了自己心爱之人夸夸其谈，以美丽的辞藻和夸大其词的笔墨掩饰事实真相的陋习，而写出自己和董小宛甚至包括陈圆圆在内这些可爱女子的真实交往。

通过冒襄这些近似于生活本色和浸透着真实情感的美好回忆，才使我们看到了明末那些被视为国家栋梁和精英的复社文人学士真实的情感生活的两面性，看到生活于专制社会的一代绝色才女在大社会的变革时期，在礼崩乐坏的现实中，被官僚统治集团在肉体上玩弄，在精神上毒化奴化，最后走进灰暗历史，被吞噬的悲剧性命运。其中，可以透视出她们在品性上的纯良和精神世界对于美好生活的向往和追求。

明代是个很奇怪的社会，是男女性爱观念极其错乱的时代。在时代的大变革时期，生产方式的变革促进了生产的发展，资本主义的萌芽随着城市工商业的发展逐步壮大。市民社会的发展使得社会文化、思想和价值追求均呈现多元的倾向，以程朱理学为基础的旧价值观在专制统治者的强调下成为科举取士的标准，官场道德衡量的标杆，"从天理灭人欲"的官学理念作为统治者提倡的主流价值观渗透到社会各个层面，因而显得成熟乃至到达顶峰，禁欲的理论达到了历史上从未有过的灭绝人性的地步。社会上节烈风气盛行，家训、闺范种种戒律，版本众多。

然而事物发展的极致必然要走下坡，成熟的果实开始腐烂变质，主要体现在统治者自己主张推行的价值观，自己并不准备实行，就成为某种虚置的伪道学信条而完全的空壳化悬空虚置。在实际生活中各个层面完全失去了规范人性和人心的作用。

反之，纵欲之风在统治阶级上层和作为社会精英的知识分子士子以及新兴商人阶层中大行其道，各种色情小说和春宫画册在社会上泛滥成灾，娼女娈童充斥各种文化娱乐场所，服食春药，玩弄金莲，官员士子的狎妓嫖娼视为风雅，青楼文化成为时尚，风靡一时。

人们在帝国政治黑暗的夹缝中寻求各种肉体的刺激和欲望的释放，来填补精神的空虚和理想信仰的失落。禁欲与纵欲并存的矛盾激发碰撞激发出种种光怪陆离的现象，组合成整个时代的奇怪光谱，人们的意志和兴趣往往会为之诱惑和挟裹，而陷于某种失去理性的疯狂。

大约在正统和成化年间，经济的恢复和财富积聚使得社会逸乐风气开始抬头，兼之于阳明心学理论的流行，文人学士和官员们在思想上受到极大的震动。作为专制帝国统治思想基础的程朱理学藩篱开始松动，从朱熹的"性即理""即物穷理""格物致知"到王阳明的"心即理""致良知""知行合一"的思想，其中的变化显然是注重唤醒士人的主体意识的功能。"当士人桎梏于训诂词章之间，骤然闻良知之说，一时心目具醒，犹若拨云雾而见白日，岂不大快！"（见顾宪成《小学斋杂记》卷四）加上王学左派的助推和李贽"童心学派"、公安三袁"性灵学派"的崛起，出现了一批诋毁孔孟，离经叛道的高扬个性解放大旗的思想家、文学家、艺术家。

以公安"三袁"为代表的士大夫群体所倡导的适情任性、无所拘束的生存态度则显示一种自觉的、积极的的人生观。配合三袁的"疏渝心灵，搜剔慧性"的文学主张，他们在生活上也彪炳"率性为道"，以情反理的价值原则。两者互相结合，互相依持，且与当时的蓬勃生长的市民意识遥相呼应，汇成了一股追求个性解放的启蒙思潮。[①]

人们长期被压抑的欲望从沉闷的束缚中挣脱出来，在文学领域人欲取代天理，人的天性张扬取代对于个性束缚，直接冲决了皇权专制对于市民自主平等意识的扼杀，因而造成了晚明社会再次出现春秋战国时期"百家争鸣""百花齐放"的文艺复兴局面，文化戏曲艺术的创作形成高潮。这些局面的出现还在于帝国内忧外患矛盾的交织无暇顾及对于思想领域的控制，文字和学术管制相对宽松，尤其是以南京为中心的东南一隅东林讲学、复社文人集团的兴起，对于朝政起到极大制约作用。

大潮涌动，难免泥沙俱下，纠枉过正的结果是导致了晚明社会的人欲

[①] 陶慕宁著：《青楼文学和中国文化》，东方出版社，1993年，第161页。

横流，在纸醉金迷中贪图女色或者男风的肆意享受，人性堕落，士人噱谈性情，以纵情逸乐为风流，社会上狭邪小说泛滥，春宫画、亵玩用品及春药公开在市场流行，青楼妓馆生意一片兴隆。这是一场王朝末路前期的性欲滥觞的狂欢。可惜复社士子的优秀代表"四公子"及其哥们儿以及他们的东林老前辈"江左三大家"均是这场狂欢中饕餮的著名食客，他们在尽情享受着这场秀色可餐的宴席时，帝国也在他们狂欢中灰飞烟灭。他们只能在诗文中咀嚼着往日的悲欢。而那些"才自精明志自高，生于末世运偏消"秦淮八艳们，也一个个悲剧性走进帝国的夕阳，人们看到的只是她们苍黄凄凉的背影。

那抹落日余晖见证了她们的最后的辉煌，实在是和她们所处的诗酒风流的文学氛围和水墨江南的地理环境以及思想政治中心有关。这些人文传统和地理因素不能不影响到她们的性格塑造和对于人生的选择乃至价值观的追求。

明代江南的名妓层出不穷，才艺兼美，一方面在于地方六朝烟水地、十代帝王洲的繁华旖旎山水养人，文风薰莸，钟灵毓秀所导致；还在于相对于北京而言南京作为留都还是帝国人才的储备库，每三年一次的江南乡试六省士子云集，成群结队去秦淮河边寻花问柳的习俗相关。平时留都的闲散编外官员很多都是闲云野鹤，很具有有独立思想艺术天分的学者、艺术家，他们和名妓的交往，使得南方的脂粉气中混杂了更多的文化气息。有时还是持不同政见政治失意者贬谪和流放的大本营，比如东林党人和后来的复社名士们，个个都是文章高手加上风月场中采花老手的身份，使他们特立独行的人格和思想及价值取向不可能不影响到他们女性朋友，对于国家大事和民族气节的判断和选择。有的在人品和情操上甚至超过她们的男性朋友，比如柳如是、李香君、葛嫩娘、李贞丽等无不以巾帼胜出须眉的声誉青史留名。正如陶慕宁在《青楼文学和中国文化》一书所言[1]：

妓女日与名士相处，习名士之所习，投名士之所好，因名士之揄扬而蜚声遐迩，故多能诗善画，即才力不逮者，亦倩笔于人，以增身价。

---

[1] 陶慕宁著：《青楼文学与中国文化》，东方出版社，1993年，第172页。

陈寅恪先生在《柳如是别传》第三章中论及河东君才艺时云：

河东君及其同时名姝，多善吟咏，工书画，与吴越党社胜流交游，以男女之情兼师友之谊，记载流传，今古乐道。推原其故，虽由于诸人天资明慧，虚心向学所然。但也因其非闺房之闭处，无礼法之拘牵，遂得从容与名士往来，受其影响，有以致之也。①

明代中叶以后，北方陷于战乱。战争导致对于生产力的大破坏，经济颓败，民生凋敝；战争导致赋税增加，官逼民反，陷于一片战火之中。东南地区工商业经济繁荣，城市娱乐生活丰富多彩，国中上恬下嬉，竞尚浮华。名士缙绅，无论居廊庙，处江湖，大都流连风月，陶情花柳相矜诩，江浙一带，为六朝金粉遗迹，声伎之胜甚于他处。南都"游士豪客，竞千金裘马之风，而六院之油檀裙屐，浸淫杂于闾阎，膏唇耀首，仿而效之"。②陶慕宁认为，这正是崇祯一朝江南声妓回光返照的时期，其酣歌醉舞，沉溺流连之状，如同万历年间，又超过万历年，实际已经开启了帝国败亡之门，同时却也是新时期曙光来临的时刻，启动社会思想改革的开始。③

也就是说，远离帝国心脏的留都一隅，名士与妓女的交往，却曾经出现过接近现代意义的男女文化，这种文化近以南方士人的个性舒张和吴越名姝的卓越才识为基础，远以明季资本主义萌芽和市民的平等要求相呼应，构成对封建名教纲常等级的强烈冲击。当然我们并不能将那些名妓从良后作为达官贵人的小妾，视为妇女解放的先声。她们只是立足于妻妾制度基础上的不平等婚姻的受害者，以女性被冷遇、被圈养、被奴化、被驯化的羔羊或者锦鸡，不过是某些文武大员及其子弟们在婚姻之外寻求某种另类情趣刺激或者发泄性欲的对象而已。本质上还是权色钱色交易的结果。

因为即使是顾眉、柳如是、董小宛、葛嫩似乎和谐的婚姻，也是立足于封建男尊女卑的妻妾制度之上的，嫁鸡随鸡嫁狗随狗，这些所谓从良的女性，必须遵循建立在礼教基础上的家规、妇训成为封建专制等级尊卑体

---

① 陈寅恪著：《柳如是别传（上）·第三章》，三联书店，第75页。
② 见顾起元著：《客座赘语·卷一·风俗》，南京出版社，2009年，第27页。
③ 陶慕宁著：《青楼文学与中国文化》，东方出版社，1993年，第175页。

制中循规蹈矩的奴才，才可归为良家妇女，这也是她们苦苦追求而自觉自愿所争取的归宿。当然只能是诚如鲁迅先生在《娜拉走后怎样》所预言的那般：要么堕落，要么回来。

也就是说，娜拉出家庭小樊笼，而入社会大樊笼，那么归宿只能堕落，也即当娼妓。反之，秦淮名姝是娼妓，所谓的从良，只是从被社会权势阶层人人可亵玩的名妓，而到被一人所包养专宠的小妾，则被认为是从出社会大樊笼到入家庭小樊笼，所谓不堕落，就是跳出娼妓的火坑，回归良家妇女的角色。充其量也只是成为以男性君权到夫权专制社会体系中去。回归社会细胞——家庭，成为大家族中主人有文化的私人秘书加整个家庭的忠心不二的奴仆。最终如同柳如是为整个钱氏家族的财富而自杀，如同董小宛在二十八岁的年纪因为对于夫君及其家庭的照顾而身染沉疴，积劳成疾，猝然早逝。这难道不也是人生的悲剧。而陈圆圆则更是在整个集权专制体制下，变成了"成王败寇"王朝循环体系中所沉沦的牺牲品。

诚如鲁迅先生《狂人日记》所言：

我翻开历史一查，这历史没有年代，歪歪斜斜的每页上都写着"仁义道德"几个字。我横竖睡不着，仔细看了半夜，才从字缝里看出字来，满本都写着两个字是"吃人"！

第六章　往来云泥的搅局者张溥

一、庶出子到大学者的华丽变身

中国的科举制度作为官僚体制通过考试取仕为朝廷选拔人才的一项制度，自隋唐创立以来在明代逐步完善，一直沿用到清末帝制的彻底覆灭。古代中国的所谓知识分子是指以儒学"修身、齐家、治国、平天下"为己任的孔孟学徒，通过科举考试进入统治集团参与对于天下的管理。因而在读书人心目中往往存有一份"以天为己任"的情怀和理念。读书的目的就不仅仅在于增长学问，而在于"学得文武艺，售于帝王家"，从本质上上说就是参政、议政、执政、施政，最高境界就是成为最高统治者——帝王的老师，以借助天子之威，影响整个国家的政治大局。

于是儒家的个人修身养性就和政治紧密结合，不再仅仅是个人学术上的追求，而演变为统治集团施政的国家追求。个人已然如此，由读书人所组织起来的社团更是不可避免地与政治相结合，他们提出的政治主张就远远超出个人，企图影响乃至操控整个朝廷的政治局面，乃至于形成干预政治，扰乱政治的强大社会势力，成为朝野政治的反对派。这在中央集权强盛时期，就成为忌讳遭到强行镇压驱散，比如张居正秉政时期，开设民间书院的自由讲学和公然结社都是不被允许的。清朝初期鉴于明朝覆亡的教训，也严格禁止私人讲学和结社议论政治。

明末礼崩乐坏，内忧外患，已经完全无暇顾及结社讲学之风，结果形成了一个结社的高潮且渐之做大做强，竟然能够左右朝廷的人事任免和大政方针的施行。这里不能不谈到一个往来云泥之间的社团领袖，被称为乱世搅局者的张溥及其麾下复社，前面所提到的"明末四公子"皆为复社骨干。

这些人职位不高，但是往往能够操控舆论，又是站在儒家道德信条的至高点上成为臧否人物影响施政的正义标杆，有时甚至成为和帝制本身相抗衡的力量。如果说明末的东林党仅仅是一些朝廷笃信儒教的"清流"不自觉的帮派，那么延续到后期的复社等宗派就是有组织的社团，具备了现代政党尤其是反对党的雏形，在社会产生广泛的影响力，从而直接影响到朝堂官员的任用和大政方针的制定施行。

张溥（1602—1641年），字天如，号西铭。直隶太仓（今属江苏）人。其父张翊之为太学生，伯父张辅之为南京工部尚书。张溥自幼聪明好学，每天读书数千言，所读之书必用手抄，抄完诵读，读完用火焚毁，再抄再读，反复多次，直到记熟能背诵为止。《明史》上记有张溥"七录七焚"的佳话。他抄书抄到手指和手掌握笔处磨出了厚厚老茧，冬天手冻到手背发皲，每日在温水中浸泡数次，依然坚持读书、抄书不辍。后来他的书房题为"七录斋"就是暗寓了他少年时代发愤苦读的情形。在苦读中，他的学问与日俱增，到他考取秀才时，已经是学贯经史在当地很有些名气的学者了。与同乡张采齐名，合称"娄东二张"。①

据当时的江南大儒陆世仪在《复社纪略》中记载：

翊之子十人，溥以婢出，不为宗党所重，辅之家人遇之尤无礼，常造事，倾陷于翊之，溥洒血书壁曰："不报仇奴非人子也。"奴闻而笑曰："塌蒲履儿（庶出子）何能为。"溥饮泣，乃刻苦读书，无分昼夜，尝雪夜已就寝，复兴，露顶坐而晓，因身体虚弱鼻子经常出血。

也就是说这位明末的奇才张溥虽然出生在官宦家庭，但因为是小老婆生的，在家族中的地位并不高，常常受到族人的欺凌，甚至其是大伯家的仆人也能羞辱他，这使他反而如同韩非子、司马迁那般发愤苦读，发誓要报当年被羞辱的仇恨。他属于艰难困苦玉汝于成的干大事者，他的所谓大事业并不在朝堂，而是在民间形成一股和朝廷相抗衡的知识分子势力，用之左右社会舆论，形成一股对朝政的干扰制约力量。

---

① 见《明史·列传一百七十六》，线装书局，第1566页。

这其实也是市民社会形成中新兴阶层对于介入朝政的政治诉求，属于政党政治的初始阶段。在社团组织未能变身为党团组织时，它对于专制朝堂皇权垄断的威胁是实实在在存在的，因为这个社团的组织人员很多都是文化程度很高的读书人，并有相当的官宦和乡绅的家庭背景。

张溥和张采并非等闲之辈，均为饱读诗书，且具卓约组织能力的青年才俊。张溥在崇祯元年（1628年）作为诸生中的优秀者拔贡进入北京国子监读书。这时他的好朋友也是当年应社社友的张采考中进士，被授予江西临川知县，于是"娄江二张"名噪京城，成为名士。《明史》记载："溥诗文敏捷，四方有求索者，不起草，对客挥毫，俄顷立就，故名高一时。"

明朝末年，文人结社蔚然成风。一些志同道合的读书人互相约集，以文会友，定期活动，目的大多数是为了在一起揣摩制义，研究八股文，到天启朝和崇祯初年，文人社团几乎遍及大江南北。如浙江有闻社和庄社，浙东有超社，武林（今杭州）有读书社，江西有则社，江北有南社，松江有几社，中州有端社，莱阳有邑社，历亭有习社，人数较多的还有湖北的匡社、黄州的质社，等等。而在苏州一带，名声和影响最大的当属张溥所组织的应社，这些遍布大江南北的文人社团正是复社的前身。

二、由应社到复社的超级转变

明末的文社多得难以计数，但是最后千流归沧海被组合成了最大的跨省超级大社团——复社，其发起组织者就是张溥。应社前身是苏州拂水山房社成立于万历末年，到了天启四年（1624年）应社正式创立，开始时仅有十一人：张溥、张采、杨廷枢、杨彝、顾梦麟、朱隗、王启荣、周铨、周钟、吴昌时和钱旃。在应社成员中张溥显然是核心人物，他不仅是应社发起人，而且是应社指导思想的确立者。

该社遵循的正是张溥一贯主张的——尊经复古。"应社之始立也，所以志于尊经复古者，盖其志也。"这使得应社和那些以切磋、练习八股文为主要目的的文社有很大不同。儒家的"五经"是其治学重点，社中成员分工合作，由二三人主研一经：杨彝、顾梦麟主研《诗经》，杨廷枢、吴昌时、钱旃主研《尚书》，周铨、周钟主《春秋》，张采、王启荣主《礼记》，张溥、朱愧主《易经》。这样数人专一经，每月有会讲，扬长避短，优势互补，则不久每人对"五经"皆可贯通，而各人所专之经，更能精深独到。这种集体治学、分工互助之法是应社的独创，效果颇佳，故其成员后来多有学术研究成果问世。

应社之人虽以研经论文为主，但并非只知死读书的书呆子，他们非常关心国事，关心现实，喜欢裁量士风，讥议朝政，针砭时弊，在士人中大力提倡气节，并且身体力行。天启六年三月，当阉党派出缇骑逮捕东林党人周顺昌时，应社成员杨廷枢首先倡议并率领士民几千人谒见巡抚毛一鹭要求上疏申救，并和同社成员徐汧一起号召义捐为周顺昌送行。在他们的倡议率领下，吴地百姓为正义所激，奋起痛殴缇骑。后五位义士被捕且遭杀害，张溥为之写下《五人墓碑记》，以表彰其激昂大义，蹈死不顾的英雄气概。文章写得慷慨悲壮，极富感染力，很快流播开去，张溥声名雀起，成为敢于对抗阉党邪恶的吴地名士。

应社人士的学术成就和发扬正义的举动，使其威望越来越高，影响越来越大，请求加入应社的人越来越多，有些地方的学社还请求并入应社，如吴应箕和徐鸣时所领导的合七郡十三子而成的匡社、安徽的南社等等。应社中人正好也想推广传播自己的主张，乐于吸纳新成员，声应气求，于是应社的势力渐渐扩大，到后来就有了江南应社和江北应社之分，组织已经具有相当规模。

复社正是在扩大了的应社基础上，联合了星罗棋布于全国各地的文社而成。在复社的创立上，充分显示出张溥的非凡的感召力和卓越的组织领导能力。还在复社成立前一年——崇祯元年（1628年），张溥恩贡入京，进国子监就读，就曾组织过一次大会，是为复社成立的预演。由于他的威望，各地来的贡生争相与他结识，而他也广交朋友，并趁势联络众贡生召开了成均大会（成均，国子监别称），以便造成声势，更有力地宣传自己的思想。

张溥认为，大明朝以经义选取天下士，已近三百载，学者应当阐扬儒家经典的精妙含义，为国家服务。可是现在的情况却是公卿不通六艺，年轻学子不深入读书，只知道揣摩八股文，以求侥幸获取一第。难怪卑鄙龌龊之行，多半都是士人所为。他又说，今新天子（指崇祯皇帝）即位，亲临国子监讲学，力求大变民风。我们生当其时，应当尽一份力。"遵遗经，砭俗学",使明朝学术,像历史上的圣明之世一样隆盛,责任就在我们肩上。他还与贡生们将上述想法写成宣言,以申明志向,布告四方。

张溥这一举动实在大胆而出格,在明朝历史上绝无仅有,在以往的历史上也非常罕见。要知道公然聚众集会本身就是对于中央集权体制的挑战,向来为统治者所忌讳,为首者往往祸起不测,轻者禁锢,重者杀头。但是这次张溥敢冒天下之大不韪的狂妄举止竟然没有惹来任何麻烦,这是因为当时政治气氛的宽松,崇祯皇帝刚刚登基,果断迅速地处理了作恶多端的阉党集团,公布其罪行,追究其党羽,并大张旗鼓地为东林党人平反昭雪,重新启用遭受阉党迫害的正直之士,呈现出令人振奋的政治清明局面。崇祯帝当时颇想有一番励精图治的作为,所以能够广开言路,一反天启朝的高压统治,显示出政治上的宽松局面。

张溥正是看准了这一态势,召开这次大会。另外在演讲中公开赞美新朝天子,号召贡生们为新朝效力,丝毫也没有违逆当政者的意图。因此,这次聚会被统治者所容忍。经过这次不寻常的大会,张溥名满京都,在京的名卿大儒,以及原遭阉党斥责的,刚刚被启用的官员都愿意折节与其相交。①

有了成均大会这次成功的尝试,张溥的胆子更壮了,他开始筹组复社。准备整合全国几十个先后组织起来的文人学社为一超大型学社。一时百鸟争鸣,闹闹哄哄,喧闹非凡。大家以文会友,因缘际会最终大联合组织成了超大型社团——复社。

早期的知识分子的文学社团原为应对科举而设,除了"诗酒文会"的风雅习俗外,更大的动力在于对功名利禄的追求,是科举考试制度下的产物。明代的科举考试项目是八股时文,于是人人学做八股文。

首先,是选择良师,拜师受业得道而科举有成。比如明代著名诗人太仓吴伟业拜的就是张溥。虽然他们的年龄只相差八岁,而张老师的见解堪称领时代潮流,使少年才子吴梅村不得不佩服。张溥不仅学识过人,而且见解超群。当天下士人汲汲于功名,皆以揣摩钻研八股文为第一要务时,他却敏锐地看出明朝近三百年以八股取士的严重弊端。士人把毕生精力消

---

① 见《吴梅村全集·中·复社记事》,上海古籍出版社,第599页。

磨于空虚无用的八股文，治学的目的只是为了科举，只需熟读宋代朱熹所注的《四书》，善于揣摩题意，迎合当时文风，就有希望高中举人、进士。但这样训练出来的读书人往往不通经史，不懂经世济民，难以获得真正的学问。这样的人一旦为官，好的迂腐呆板，难以尽责尽职，坏的便只知晓逢迎上司，敲剥百姓，聚敛财富，害国害民，成为一心追逐权势的无耻之徒。

张溥认为，要改变这种状况，疗救的办法只有复兴古学，引导士人认真研读儒家"六经"，以明道修身为目的，去寻找和实践真正的儒家精神，同时也创导广泛学习历史与其他各种学问，追求真才实学，从而达到挽救世道人心、致君尧舜、救民于水火之目的。[1]当时张溥师门是很不容易进的，四方闻其名，欲拜他为师者甚众，因此他择徒标准非常严格，不问穷富，先献上文章，不中意的一概拒之门外。太仓邻县嘉定有一富家子弟，一心想拜张溥为师，自知文章浅陋拿不出手，就偷出吴伟业在书塾中的习作数十篇，投给张溥。张溥读后大惊，后来得知是吴伟业所撰，不由自主赞叹道："文章正印，其在子矣。"于是主动将吴伟业请到家中，收为弟子。（见陈廷敬《吴伟业先生墓表》）拜张溥为师是吴伟业童年最为重要的一件大事，自此他直接受到张溥的教诲和影响，得以亲眼见到老师手抄的《周易注疏大全合纂》《尚书注疏大全合纂》《四书注疏大全合纂》等书，感受到老师治学的勤苦。他更加自觉地抛弃了把八股文作为学问和敲门砖的狭隘治学门径，更加注重追求"通今博古之学"，广涉经史子学，从而打下了坚实的学问基础。另外由于张溥的关系，他的交游范围逐步扩大，名字逐渐为人们所知。

其次，是广泛结交天下英才，互相帮衬扶持。拜师和交友两者不可或缺，成为跻身科举之路不可或缺的双轮。拜师固然可以学到为文的方法，写出合乎考试要求的八股文章，但要了解时下的流行和风气却非结交许多朋友不可。大家借着文会来"揣摩风气"，影响大的则可利用文会来影响带动社会风气，于是文社的组织也就逐渐成形，并且与经济利益挂钩。这就使勘刻发行八股教学辅导用书的出版业兴盛起来。而"八股文选本"也就成为人手一册的"教科书"。出版这些选本的书商，当然大发其财。书

---

[1] 见《吴梅村全集·中·复社记事》。

商文化水平有限，必然要礼聘一些八股名家主持文章的选择和编辑工作，这些八股名家往往是当时名声显赫的文章魁首——文社社长。他们本身所拥有的名望使之有相当社会影响力和广泛的群众基础，这些都是潜在的忠实读者群体。而一旦有社友科考及第，身价便大涨，抢购这些名士选本的人数必将大大增加。这些现象发展到了明末，因为经济的衰退，读书人的出路越来越窄，便只能一窝蜂地拥挤在科举路上去走终南捷径，文士结社的风气越演越烈。

崇祯二年（1629年）在北京读书的张溥回到家乡太仓。吴江县令熊开元仰慕张溥名气，邀请他到吴江讲学。吴江许多富家子弟都来向他学习，无不以能够名列张溥门墙以为荣幸。比起太仓吴江经济更加发达，地理位置适中，交通更加便利，张溥很想利用这些便利条件，在这里召开一次全国文社的联合大会。这个想法得到吴江县令熊开元的支持和当地巨富吴翱的慷慨资助，于是他派出小弟兄孙淳四方奔走联络，开始整合星散各地的文社力量，复社第一次大会终于召开。因在郭巷尹山召开，史称"尹山大会"。张溥发信广邀文友参加，声势造得很大，与会者十分踊跃。"远自楚之蕲黄，豫之梁宋，上江之宣城、宁国，浙东之山阴、四明，轮蹄日至。比年而后，秦、晋、闽、广多有以文邮致者。"这一大会以应社成员为骨干，将松江几社，苏州羽朋社、湖北匡社，浙西闻社、庄社，浙东超社，江北南社，江西则社等一大批文社合并，以"兴复古学"为号召，成立复社。

一时间，江、浙、皖地区名彦毕至，参加的人多达近700人。张溥亲自制定章程和入社誓词作为该社的宗旨和行动纲领。他在演讲中提出两个口号，一是复兴古学（复社之"复"主要取义于此），二是致君泽民。前者是手段，后者是目的。也就是说复社要通过对于古学的提倡和发扬，来挽救日益衰颓的文风和世风，改变日益腐败的吏治，有利君国，泽惠百姓。很显然这些口号不仅仅是限于治学，而是有着相当强烈的政治目的了。在集会上张溥还确立了社规，制定了课程，"又与各郡邑中推择一人为长"，主持召集、联络和督察社纪，开始有了初期政党组织形式和架构模式。

尹山大会的声势震动朝野，复社之名也迅速传遍四方，不久"远自楚之蕲、黄，豫之梁、宋，上江之宣城、宁国，浙东之山阴、四明，纷纷要求加入复社,更远的秦、晋、闽、广等地也有很多人寄来文章。四方之士皆以不能加入复社为耻。复社的规模像是滚雪球那样越滚越大。对内各地文社仍然保留各自名称,对外却统一使用复社名义。复社成了有组织、有纪律、有口号的天下知识分子联合体,尽管组织还比较松散,却俨然在形式上是一个全国性的候补党派了。

有好事者把复社称为"小东林党",复社人士也习惯以继承东林党自命。若对现实政治的密切关注和积极参与而言,复社确与东林党一脉相承,但若就规模而言,复社却远远超过东林党,应该称为"大东林"。东林被称为党是贬义,复社称为社团却是完完全全的褒义。至若说到复社后来在明末政治中的参与程度和所起到的巨大作用,却是东林所望尘莫及的。

由读书人组织的社团不可避免地要议论朝政臧否政治人物,所衍生出的社会作用和影响力早已超出个人之外,因为星散各地的文社同人很多都是当地有影响力的名士,麾下自有一帮学生和追随者,常常在与政治结合后,产生重大而深远的社会影响力,形成朝野权力博弈中一股不可轻视的政治势力。这股势力在野是为"社员",在朝便为"党人",成为"党争、政争"的重要成员。如东汉的党锢、唐代的牛李、宋代的元祐、明代的东林、复社,与之相对应的还有太监集团的阉党、地方势力的齐、楚、浙党人等等不一而足,成为帝国没落时期党争矛盾频发之势的根源之所在。明史专家谢国桢先生在《明清之际党社运动考》一书中指出:

> 吾国最不幸的事,就是凡有党争的事件,都是在每个朝代的末年,秉公正的人起来抗议,群小又起来挟私相争,其结果是两败俱伤,所以人民提起来就头痛。
>
> 在政治清良的时代,看不出来有党争的事,但是到政局崩坏的时候,政府既然设了弹劾政府的机关,那么一般秉公正的都要去弹劾政府,而一般读书的人也要借机会去来议论国事了……

"党争"其实是黑暗政治的产物,是许多朝代国家元气大伤,乃至覆亡的重要原因。

三、两榜连捷复社势力达顶峰

第一次复社成立大会的成功举办，大大提高了张溥、张采的声望，激起了他们借助于复社参与政治的雄心壮志。那种登高一呼，领袖群伦的感觉很可以使人陶醉而激起更多政治上的欲望。于是二张开始筹备第二次大会。这次大会更是顺风顺水，出人意料地大获全胜，复社的声威如日中天，惊动朝野，开始使天下士子刮目相看，这不能不说张溥是有政治眼光的。但由于眼光过于敏锐而且投向势利，也埋下了他最终走向末路的伏笔。

崇祯三年（1630年）正好是乡试之年，众多士子齐集南都秦淮河畔的江南贡院准备参加乡试。可以说张溥是带着他的学生吴伟业、吴继善、吴克孝等一帮社友热热闹闹地由太仓结伴而去南京参加每三年一期的秋闱乡试。选拔"举人"的考试被称为乡试。尤其是应天府的江南乡试几乎集中了南方数省的诸生规模堪与承天府的北京乡试相媲美。南方诸省的赶考士子使得南京热闹起来，街头巷陌，酒肆歌楼到处可以见到他们的身影，他们中间有许多复社成员。

按照规定，考试是从阴历八月八日开始，一共考三场。第一场考经义，用八股文写作；第二、三场兼考论、表、诏、诰、判、策，也就是公文写作。每三天为一场，头一天发给试卷入场，中间一天为正场，后一天交卷出场，全部考试为九天，到八月十六日结束。主持这次乡试的正副考官是江西人姜曰广和四川井研人陈演。阅卷一般需要十五天，在此期间，多数考生没有回乡，留在南都等待发榜。

不甘寂寞的张溥借助这股东风，再次召开复社大会，将参加科考士子席卷到复社"金陵大会"中来，趁机扩大复社的规模。参加这次大会的人数更多。而且好事接踵而来，这年科考的顺利和复社声势壮大的社员大会可以说是老天做合，结合得珠联璧合亲密无间。放榜之日，复社人士欢天喜地，赫然列在龙虎榜首位的解元是复社重要成员杨廷枢，张溥名列前茅，吴伟业为第十二名。此外，陈子龙、吴昌时、吴志衍、吴克孝、彭宾、万寿祺、阎尔梅等等几十名复社弟兄均榜上有名。

这是复社力量的一次总体显示。他们之所以一下子有这么多人中举，固然与个人的才华和勤奋有关，但恐怕也是与复社势力和影响力的不断扩大也不无关系。张溥和其他复社人士所鼓吹的、提倡的带有复古倾向的文风逐步得到越来越广泛的认同，连考官们审阅评判的眼光与标准都不由随之转移变化了。

在《复社记略》上记载：

崇祯庚午年乡试，诸宾兴者咸集；天如又为金陵大会。是科主裁为江西姜居之曰广，榜发解元杨廷枢，而张溥、吴伟业皆魁选。

榜发好几天，张溥、吴伟业师生等同社友人一直沉浸在激动和兴奋之中，他们把酒言欢，寻花问柳，诗酒流连在桨声灯影的秦淮河畔。在那里，留下了他们年轻活跃的身影。事实证明本科考试录取的复社举子大部分都是品学兼优的大明帝国忠臣，他们将和他们的恩师姜曰广一起彪炳史册。

至于张溥在浮名和功利面前放弃书生本色，钻营于朝廷和江湖之间，留给历史的是充满争议的黑白人生和毁誉参半的历史评价，那是后来的事，买官卖官的生意做得越来越大的时候，他的生命之路也就走到了尽头。他最终是被同党为灭口而毒杀，还是病死，至今仍是疑案。否则他一定和他的弟子吴昌时一样死在崇祯皇帝的权杖之下。因为他和吴昌时一起策划并深深卷入了当年的首辅周延儒东山再起的贿买丑闻，在历史上留下了非常不光彩的一页。

应该说主考官和应考者是有着前后承续关系的帮派成员，自然也就同气相求，同声相应。前者是久受阉党排斥的东林学者，后者是以东林气节为自诩的接班人。后来居上的实践证明，他们比东林党人的能量要大得多，只是腾挪施展的空间因为王朝覆灭而终止。即使如此，复社诸生在气节和学术上也堪称楷模，不输于他们的东林前辈。很多人都成为中国历史上著名的大学者。

庚午乡试主考官姜曰广，字居之。明万历四十七年（1619年）中进士，选庶吉士，授编修。天启六年（1626年）以一品冠服"正使"身份出使朝鲜，去时不带中国一物，归时不取朝鲜一钱。为此，朝鲜人特立怀洁碑纪念他。天启七年（1627年）夏，魏忠贤以其为东林党人，废不用。崇祯初起为右中允，后官至吏部右侍郎。崇祯自缢后，姜曰广与吕大器等议立潞王，遭马士英反对。福王时拜礼部尚书兼东阁大学士，与史可法、高弘图并为南中三贤相。后为马士英所忌，并罗织其五大罪状，姜曰广乞休归。清顺治五年（1648年），金声桓在江西反正，邀姜曰广起义，计划与闽、桂、吉、赣等地义师共相策应。后因寡不敌众，顺治六年（1649年）正月十八日，南昌城被清军攻陷，姜曰广留下"六歌"及绝命词一章，率全家32口投水自尽殉节，时年六十六岁。临难赋古风六首从君王到父母、兄弟、子孙一一称颂有加。兹录一首歌颂崇祯帝诗如下，以志其节：

有君美好且宣通，志轶唐虞争比隆。
智辨惊臣谢莫及，宵旰不遑急治功。
逢天瘅怒日多故，奸相踵继荧圣聪。
因循养乱难就药，贼氛直逼大明宫。
臣甘婢媵死贼手，君死社稷独正终。
慷慨乘龙归帝所，亘天正气化长虹。
龙髯难拔弓箭冷，楸松万树泣悲风。
一盂麦饭无人荐，孤臣永念泣无穷。[①]

姜曰广诗中所谴责的奸相指的就是即将和他的学生门徒张溥发生交集的内阁首辅大臣温体仁、周延儒还包括后来的首辅他的提学副使陈演和明代最后一位首辅魏德藻。

庚午乡试第一名为杨廷枢，是南京兵部尚书杨成之孙、诸生杨大溁之子。早年为诸生（秀才），以气节自任，曾为东林党人周顺昌平反奔走呼冤而闻名。"文名振天下，从游之士颇多"，为复社领袖之一。明弘光元年（1645年）清军南下苏州。他因反清事泄，"避地芦墟，泛舟芦苇间"。当地士绅纷纷出走，他却为抗清义军筹粮未走。四年，苏、松提督吴胜兆反清，策划人戴之隽为杨廷枢门生，遂受牵连。"四月二十四日被缚，饿五日未死。大骂贼，未杀。遍体受伤，十指俱损。""自山至（分）湖"

[①] 见《明季南略》，中华书局，1984年，393页。

的押解途中，于四月二十八日，舟中作自叙一篇、绝命词十二首，在衣服上写血书，誓与清朝势不两立，有"魂炯炯而升天，愿为厉鬼；气英英而坠地，期待来生"之句。清兵将他押解到泗洲寺，当时苏州巡抚土国宝正驻扎在此，老土三次劝他剃发，他说，"头可断，发不可断"。五月二日在永安桥（即泗洲寺桥）南，"为巴提督所手刃"。临刑大叫"生为大明人"，头已断还有"死为大明鬼"之声。清军将他枭首示众，"责令馈千金赎取"。门生迮绍原等凑银两将他赎出安葬；并私谥"忠文先生"。[①]《明季南略》记载：

余自幼读书，慕文信国先生之为人；今日之事，乃其志也。四月二十四日被缚，饿五日未死、骂未杀，未知尚有几日未死！遍体受伤，十指俱损，而胸中浩然之气，正与信国燕市时无异；俯仰快然，可以无憾！觉人生读书，至此甚是得力；留此遗墨，以俟后人知之。因舟中漫就一十二首。诗曰：

　　人生自古谁无死，留取丹心照汗青；
　　正气千秋应不散，於今重复有斯人！
　　浩气凌空死不难，千年血泪未曾干；
　　夜来星斗终天灿，一点忠魂在此间。
　　社稷倾颓已二年，偷生视息又何颜！
　　祇今浩气还天地，方信平生不苟然。
　　叹息常山有舌锋，日星炯炯贯空中！
　　子规啼血归来后，夜半声闻远寺钟。
　　有妻慷慨死同归，有女坚贞志不移；
　　不是一番同患难，谁知闺阁有奇儿？
　　近来卖国尽须眉，断送河山更可悲！
　　幸有一家如母女，纲常犹自赖维持。

应该说庚午乡试主考官和应考者都是自己人，这一科的乡试当然是"复

---

① 见《明季南略·杨廷枢血书并诗》，中华书局，第256页。

社天下"。虽然这些中试者确实都是帝国优秀人才，主考姜曰广大可问心无愧。但是对于整个文坛和官场来说，善因种下，却导致了恶果。一般心存侥幸的人，希望能够走通复社的路子而荣登龙榜，开始纷纷加入复社。复社成员一下子增加了好几倍，有些人并不是为着复社自命的崇高理想而去，而是掺杂着个人更多野心和私念混迹于其中。虽然组织内部鱼龙混杂，良莠不齐，但是人员的扩张，组织的拓展却正是张溥希望看到的结果。他所要整合文社的目的不只是为了"选文"而获利，而是为了在政治上有所图谋，也就是说他本人也有着更多政治的野心，私欲膨胀使他忘乎所以。因为政治的伪善，败坏了最优秀人才的品德。

张溥对于组织的扩张是有战略上考虑的，可谓草蛇灰线绵延千里，他的眼光充满政治色彩。早在成为复社领导人之前，他已经考虑到复社组织建设的整体性目标。他认为复社不但可以是个"诗酒会友""勘刻选本"的文社，更可以是个具有政治实力的社团。朝廷既然以科举取士、任官，那么只要是考上进士的复社社员，都是朝廷新进官员。几年后，这些新进官员则成为资深官员，即使有人不幸落第，无法出任官员，但是既为读书人，就有思想、有见识、有声望，完全可以发展成在野的舆论引导力量而通过在朝大员操控整个政治局面。他心目中未来的理想远景目标就是无论朝野都是复社的天下。这样无论从事政治改革、掌握政治实权，都是易如反掌的事。

他的想象力很丰富，但是他忽视了帝国政权的基本事实，争夺政治权力的最大障碍是皇权体制下官僚集权专制，任何利益的调整都可能涉及对于皇权利益和整个统治集团既得利益的侵害，连崇祯皇帝都动不了的官僚体制，他一介书生想率领他的书生集团面对体制进行挑战，几乎是异想天开。当然此刻张溥仍然沉浸在自己美好的梦想之中。

他开始拿"复社"和万历、天启年间的"东林党"人来进行比较。他认为复社所占的优势远远超过"东林"。因为东林不是一个有组织的社团，最多是官僚体制内部的无组织、无纪律的松散团伙，而且徒有虚名，声望大于实权。在受到政敌打击的时候就完全失去了抵抗力，只有等死。复社则不然，一开始就是有着严密组织结构的社团。一方面他根据东林失败的教训，设计出新的发展方向和方法，以避免东林覆辙，另一方面却继续打出"继承东林"的旗号。因为东林大旗始终飘扬在道德制高点上,政治失去了道德就是朝纲的堕落,此刻朝纲已堕,需要的是有人重新振兴,舍我者其谁呢?他哪里懂得结构性腐败对于整个官员和准官员队伍的腐蚀是不分彼此的,不管谁上台都会不由自主地按照帝国下滑的曲线坠落下去。无论是有阉党背景的温体仁或者有东林背景的周延儒,最后一定是殊途同归,他们的斗争只是权力的争夺而已,争权夺利必然充满着阴谋、血腥和不择手段。世间最虚伪的说教就是只要目的的正义性,就可以不择手段,这用在明末党争也是恰如其分的。因为程序的非正义性导致的结果必然是畸形而变异的,充满着乌托邦似的邪恶。

当然,在初步运作中,张溥们得到了空前的成功。带着胜利的喜悦,张溥、伟业师徒回到了家乡太仓。他们一方面精心准备第二年参加北京会试、殿试;另一方面也在紧锣密鼓筹划着杀入京城后,如何在中央政府扩大组织影响,增加在帝国中枢的权力资源。此刻,他们就是不安分居住在花果山的一群猢狲,准备在水帘洞打出齐天大圣的旗号去凌霄宝殿搅得天宫风云变幻,当然这只是类似猴王孙悟空的一些美好愿景,张溥也是初生猴王不怕虎,尚未领略到环绕"玉帝"身边那些资深政客的厉害。这些家伙如同太上老君、托塔天王、太白金星等,个个老谋深算,权力界限划分非常明确,是容不得弼马温一类猢狲官员染指最高权力的。张溥们只是一厢情愿地做着自己沐猴而冠的美梦。

崇祯四年(1631年)张溥带着他的徒弟吴梅村和同社的朋友们踌躇满志地走进北京参加礼部会试。

这次会试的总裁是首辅周延儒,吴伟业这一房的房师恰好是其父吴琨的好朋友也是张溥的哥们儿李明睿,时任詹士府左春坊左中允兼任翰林院编修。两人均顺利通过礼部会试。吴伟业还夺得礼部会试第一名会元。李明睿将其试卷放在本房首卷,并极力向总裁周延儒推荐。周老相国当年为诸生时周游四方,曾经路过太仓与吴琨相识,两人谈得很是投缘。他得知吴伟业为故交之子,非常高兴,拟准备取为第一,但是必须征求副总裁户部尚书、武英殿大学士何如宠的意见。这时另一名房师李继贞起了关键性作用。李继贞也为太仓人,吴伟业祖父与他的父亲有笔墨之交,属于文友,他本人当过吴琨的老师,而吴琨又当过他儿子的老师。用李继贞的话说吴李两家为"三世通家"之好，关系自然非比寻常。当周延儒向他询问吴伟业的"家世以及年貌、文望"时，他"一一答之甚详"，并且称赞吴伟业行文颇像王文肃公，也就是万历朝首辅太仓人王锡爵。周延儒闻之大喜，把李继贞的话高声地遍告诸位同考官，他尤其肯定了李继贞所说的吴伟业的文风像王锡爵，于是大家拍板决定吴伟业为会试第一名。科甲榜在三月初公布，张溥、吴伟业均榜上有名。① 然而，此番会试却陷入朝廷内部周延儒和温体仁之间首次两辅的派系之争。周温两人的明争暗斗，争权夺利由来已久，而且两人均非良善之辈，同时被列入《明史·奸臣传》中。吴伟业只是在其中充当了一枚棋子，这枚棋子被当成石子砸向周延儒却被他巧妙躲避开，落入那片污秽的河仅仅激起一片微小的涟漪，却成为今后激发更大狂澜的诱因。

原因在于，此番会试，周、温两人都想充任总裁，借机网罗党羽扩充势力。按照惯例，会试总裁应属次辅温体仁。可是周延儒竟然置陈例不顾争夺到这一重要职务，引起温体仁的不满。老温素来与东林党人作对，当然亦嫉恨复社。当其党羽薛国观将会试结果报告老温时，老温觉得可以借题发挥。老温指使御史参劾此次会元试卷有舞弊行为，矛头直指首辅周延儒及其考官团队。也即吴伟业尚未登上政治舞台就被人当成靶子进行射击。老周奋起反击，将吴才子的试卷直接呈送御览，干脆让皇上予以定夺。崇祯皇帝阅毕试卷，大表赞赏，亲笔批下"正大博雅，足式诡靡"八字。也就是皇帝诏曰：文章立意端正，合乎圣贤之道，文辞丰富典雅，足以成为楷模。皇帝首肯，谁也不敢再行置喙，这场斗争得以暂时停息。②

一波闹到圣上面前刚刚平息，一波因为会元稿子的刊印又掀起一阵波澜。书商们按照惯例会将本科会试优秀的作文作为范文刊印成书，启示后来的考生，这是一种市场炒作的商业牟利行为。新进士的勘刻书稿应当有房师作序，已成为一条不成文的规矩。但是由于张溥名声太高，又是吴梅村的入室导师，就破例撇开李明睿改由张溥作序。张老师牛哄哄地在试卷上刻印了"天如先生鉴定"的字样。这也许并不完全是张溥

---

① 见《吴梅村全集·下·附录年谱》，上海古籍出版社，第1433页。
② 同上，第1434页。

的本意，很可能是书商的主意。但是却激怒了李明睿，他声言要削去吴伟业的门人资格，他并非与张溥和复社有怨，要争的是礼数和面子。这是一个严重的事件，被房师抛弃的弟子不仅在道义上抬不起头，而且会影响到今后的仕途。吴伟业不知所措，幸亏一位复社前辈与李明睿同在翰林院任职的徐汧出面调停，亲自带吴伟业向老师请罪，并诿过于书商，风波才算平息。

紧接着张溥和吴伟业又参加了殿试，地点是在皇宫内的建极殿。以吴伟业为首的贡士三百人参加了考试。考题为策论，吴伟业得中殿试一甲第二名榜眼，张溥得中三甲第一名，复社其他同仁也有多人考中进士的。在传胪之后一系列的礼仪和庆祝活动中如琼林宴、颁赐彩花与牌坊银、诣孔庙行释褐礼、团拜等等，他们师生始终被喜气洋洋包围着，倍感恩荣和得意。吴伟业当时制词曰：

陆机词赋，早年独步江东；苏轼文章，一日喧传天下。时人以为无愧，于是天下士子以入复社拜门墙为功名捷径，复社声势大盛。这故由张溥的声望才干所致，而梅村的美才高第确也起到了不小的作用①

崇祯四年的这场会试，将复社的名声又带上了一个新的高峰。社会上想要参加复社以便考场得意进入仕途的人更多了。后来复社社员遍及各省，"党羽半天下"，仅有姓名可考的就达3025人，声势震动朝野。

考中进士是步入仕途的开始，张溥和吴伟业一起被分发在翰林院，但是职务上还是有些差别的。吴伟业授予编修，是个七品小官，张溥授予庶吉士，只是一个没有品级实习官。但是进入翰林院，就是进入官僚集团晋升高层的初始，留在中央这几年就是熟悉高层官场各项程序和议事规则的候补官员阶段，同时读书学习，获取政治知识，等待朝廷重用。而政治上的野心使得张溥无意潜伏等待，急于制造声势和影响，于是他不甘寂寞地跳将出来开始幕后操纵对于权臣温体仁的攻击。

---

① 《吴梅村全集·上·序言》，上海古籍出版社，1990年，第1页。

四、牛刀小试失意归去再掀巨浪

　　进入仕途，也就意味着一脚踏进王朝政治的官场之门。门外体面光鲜，袍服锦绣，仪仗肃穆，八面威风；门内藏污纳垢，明争暗斗，你死我活，暗潮汹涌。这条道路远未有这些怀揣崇高理想准备正风肃纲、致君泽民、激浊扬清的年轻官员想象的那般平坦。在考中进士初期的欢宴应酬结束之后，面临着的是朝廷残酷的政治斗争。而明末畸形的政治也早已脱离儒学常理和官场道德规范变得异常复杂而残酷。张溥那带着几分孤傲和群团领袖狂妄的气质，自然很难适应官场的钩心斗角，互相倾轧。

　　帝国的危机除了来自于农民起义和后金的不断入侵，还来自于永无休止的官僚集团内部的党派斗争。魏忠贤倒台之后，在崇祯皇帝的极力主张下，拟定了一个200多人的附逆名单，阉党遭到致命打击，东林党随之抬头。党派斗争一直延续到普通文士，复社从成立起就明确表明要继承东林党人衣钵，互相以东林气节相砥砺，十分关心政治。这些人有张溥和吴伟业以及一批进入朝廷政治的复社才俊，包括陈子龙、吴继善等新晋官员。作为翰林院的低级文官，农民起义和后金入侵不在本职范围之内，而党派之争，却不管你什么职务，几乎任何人无法逍遥其外。张溥和吴伟业从立朝之初就身不由己地卷入了这种斗争，一下子处于风口浪尖之上。

　　朝中与东林、复社作对的主要是温体仁。《明史·奸臣传·温体仁传》记载：

　　温体仁，字长卿，乌程人，万历二十六年进士。累官礼部侍郎。崇祯初迁尚书，协理詹士府事。为人外谨而中猛鸷，机深刺骨。[1]

　　老温天启时曾经巴结、逢迎阉党，崇祯时，魏忠贤遗党一心盼望着他能够"翻逆案，攻东林"。因此老温成了复社人士极力反对的人物。张溥暗中收集了温体仁交集宦官、结党营私、援引同乡等等违背朝廷法度的劣行，写成疏稿，交吴伟业叫他上奏。因为吴伟业毕竟是朝廷七品命官，而

---

[1] 见《明史》，线装书局，第1689页。

张溥只是翰林院实习官品轶不入流无资格上书。但吴伟业对朝局尚不熟悉，以一名刚刚上任的小小编修骤然参奏次辅，内心不免胆怯，未敢贸然行事。当时老温一党中为其"主持门户，操控线索"的是大理寺少卿蔡亦琛。吴伟业难违师命，于是将弹劾老温的奏章，改头换面，变成了弹劾蔡亦琛的奏章，参了蔡一本。结果还是惹得温体仁大怒，欲重重处置吴伟业和张溥。首辅周延儒曲意为吴、张回护开脱，才得以无事。（见陆世仪《复社纪略》）从此，吴伟业便被视为复社在朝廷中的代表人物，成为老温一党的死对头，这样从崇祯朝一直延续到弘光朝被挟裹在党争的旋涡中难以解脱。[1]

正当吴伟业得罪温体仁、蔡亦琛，温蔡一党伺机报复时，吴伟业回家娶妻的请求得到崇祯皇帝批准，并"赐驰节还里门"，他以少年高第，又获钦赐归娶，可谓"大登科后小登科"，占尽无限风光。张溥有《送吴俊公归娶》诗曰：

孝悌相成静亦娱，遭逢偶尔未悬殊。
人间好事尽归子，日下清名不愧儒。
富贵无忘家室始，圣贤可学有朋须。
行时襆被犹衣锦，偏避金银似我愚。

他的际遇令天下士子羡慕不已，知名度也大大提高，其本人也感到无比荣耀。他把崇祯帝在试卷上的褒奖和赐假归娶看成是旷世之恩，铭刻在心。崇祯五年春，吴伟业成婚，妻子郁氏是当地名门，婚礼盛况空前，太仓城热闹非凡，前来祝贺的人络绎不绝，晚上灯火夹市，灿如白昼。有著名文学家、画家陈继儒赋诗祝贺曰：

诏容归娶主恩私，何美盈门百辆时。
顾影采鸾窥宝镜，衔书青鸟下瑶池。
侍儿烛引燃藜火，宰相衣传补衮丝。
珍重千秋惇史笔，多情莫念画双眉。

---

[1] 见《吴梅村全集·下·附录年谱》，上海古籍出版社，第1434页。

既描绘了婚礼的隆重风光，又对他的仕途寄于厚望，并希望他不要陶醉于小家庭的恩爱，要珍重词臣的地位，尽到千秋史笔的责任。

吴伟业一走，张溥就成为老温一党攻击的目标，他卷入了首辅周延儒和次辅温体仁之间的党争越陷越深，恶性循环难以自拔。恰在这时候，他的老父亲因病去世，他才循例回乡丁忧，归葬父亲。也就是吴伟业在朝廷立足不到半年，回乡迎娶媳妇。张溥在朝廷不到一年，回家埋葬父亲。他们在官场的牛刀小试，即碰得焦头烂额，好在都有正当的理由抽身退步，离开是非之地。回到家乡他们就犹如蛟龙入沧海，在家乡乃至南方数省又掀起了滔天巨浪。

尽管张溥在官场上失意而归，但他和复社的名气却在民间炒作得如日中天。社会上一般人并不知道他"告假"内幕，一心只想加入复社博取功利，遇上他这次出京，更加容易亲近的机会，越发蜂拥而来，简直把张溥和吴伟业两人捧上了天。

他们两人双双回到了家乡太仓，于崇祯癸酉年（1633年）春天召开复社第三次大会，刊行《国表社集》问世。

据《复社纪略》记载：吴伟业以张溥的学生，在会试、殿试连连奏捷，夺得会元和榜眼，而且钦赐归娶，获得天下之荣耀。于是大家都传说是凡士子拜张溥为师必然很快能够出人头地。恰逢此时张溥丁忧告假归，沿京杭运河他的官船无论航行到哪里，必然有人趋之如鹜。有不少读书人夹带着自己的文章前来投靠，几乎没有一天有空闲的。到达家乡太仓，四方学子门徒群集，海内学者争相拜访，经常是高朋满座。张家的丧事简直办成了喜事。老爹的去世反而成了张溥扩张组织制造影响的借口，于是他和吴伟业紧锣密鼓地利用在野的机会开始筹办第三次复社大会。这次会议的召开他们进行了精心的准备，组织工作更加细致严密。

张溥为了约定各地分社社长参加虎丘大会，先期广为散发传单，对复社进行宣传。到了虎丘大会那天，正是春暖花开的季节，连山东、山西、江西、湖广、福建等遥远之地的书生们都络绎不绝地搭乘车船赶来参加大会，与会者多达数千人。以至于虎丘山云岩寺的大雄宝殿都待不下了，会议只能移至与山路相接的千人大磐石召开。磐石广阔达数亩，平坦如砥，高下如削刻，空间十分开阔。传说吴王阖闾将墓修好后，以看鹤舞为名将千名工匠诱骗到此在巨石上将人杀尽。巨石背后春梅点点桃花灼灼簇拥着高高的虎丘斜塔,虽然有些倾斜却象征着明末中国第一大文社的勃勃生机,他们的事业就像这九层高塔那般在这里竖起达到顶峰。此刻的生公台、千人石鳞次栉比布满了熙熙攘攘的人群,如同过江之鲫往来如织,当然也是鱼龙混杂良莠不齐。加上游人围观,声势浩大,蔚为壮观,实在为大明朝开国近三百年来前所未有,这种民间知识分子的大型聚会就在以后也是绝无仅有的。[①]张溥是这次聚会的中心人物,而吴伟业的地位也非前两次可比,第一次他还是一个秀才,第二次刚刚中举,而这一次他已经是"连捷会元、鼎甲",并且以朝廷官员身份参加,自然成为大会一颗耀眼的明星。他作为复社成员以在科举之路上的成功的典型人物出现,自然是聚光灯下的焦点,作为复社人才培养摇篮诞生的典范,很有示范作用。张溥和吴伟业在赢得羡慕目光的同时,附会了许多复社真真假假的传说。

在一个权力神秘运作的国家,公众没有信息权的共享机制,小道消息的传播,往往成为民众获取信息的来源,而这些正是张溥所需要的,也是导致复社名誉受到污染的致命伤。因为这些真真假假的消息为复社的声誉带来意想不到的推动能量,同时掩盖了复社在运作政治权力扩张中的腐败行为,成为藏污纳垢的遮羞布。既然如此,尽可放任传播而不加澄清,专制集权下的民众是好愚弄的,轻信和迷信是他们精神生活不可或缺的组成部分。

虎丘大会之后,复社的势力在真假消息的流窜中继续像是野火那般熊熊燃烧而且肆无忌惮。明人周同谷在《霜猿集》中说:

娄东月旦品时贤,社谱门生有七千。
天子徒劳分座主,两闱名姓已成编。

周同谷自注说明:娄东(太仓)的庶吉士张溥这家伙,创导复社攀附东林为榜样,一时文人学士竞相归附,门生多达七千多人。朝廷的春秋两次科举考试,皇帝只是分配座主也就是正副考官,各科房师;而谁当解元、

[①] 见《吴梅村全集·附录年谱》,上海古籍出版社,第 1435 页。

会元和科考的魁主,谁先谁后,这位张庶常已经编定了次序,并且一无遗漏。主考官和房师不是门下学生就是东林党人,只等张溥这家伙一句话就揭榜。

一干想要靠他的关系走科考后门的人推波助澜,把他门下的一干子弟称为四配、十哲,他的诸弟则被称为东汉阉党"十常侍"。上门请托的钻营之人则更多,这帮人带着大批银两,仅由张溥的五个门生号称"五狗"的管道私下联络,谈定条件,支付银两,买卖科考名额,生意火红,张溥自也获利不少。张溥则为这些自称门生的孝敬银两的人提供了"保证考取"的服务。由于他的盛名和复社的势力,考试的主考官不是他的好朋友,就是复社社员,对于他所开出的名单少有不全收的;即便有少数不买账的主考官,他也有办法直通京师权贵,使他们更换录取名单,甚至有办法运作让不听话的主考官受到处罚而调职、去官。看上去严格严密公正公平的帝国考试制度,在张溥人脉资源和金钱潜规则下已经动摇。士子们都是帝国的储备人才,科举考试本是国家选才制度,人才人心被腐蚀,选才制度被破坏,帝国的执政基础已经动摇。《复社纪略》直接指出:

局外者复值岁科试辄私拟等科名次,及榜发十不失一,所以为弟子者,争欲入社;为父兄者,亦莫不乐其子弟入社;迨至附丽者久,应求者广,才俊有文,倜傥非常之士,虽入网罗则啫名躁进,逐臭慕膻之徒,亦多窜于其中矣。

而这就是自命帝国栋梁的复社领袖所作所为,张溥为了自己钓名沽誉,培植私党,营私牟利俨然将自己的私宅变成了地下考试院。

这些传说虽然不完全准确,却也并非空穴来风,明代科考制度虽然向称严密,但是在官场纵横交错的朋党网络下也会松动。所以周同谷说张溥"大为孤寒之患",也就是说张溥如同孤松那般独立于寒冷的冬季,迎接他的必然是暴风雪的袭击。这就有点"木秀于林风必摧之"的意味了。于是有些传言更加可怕了,说是那些县试府试的童生考秀才录取一名是"纹银一百二十两,皆为党人壅塞也"。可惜张溥等人却依然沉侵在民间虚幻拥戴的盛名中沉睡不知苏醒。

民间力量的兴起必然是以专制王权和官僚体制的朝纲堕落为前提的,

复社领袖的登高一呼天下士子云集,本质上和农民起义揭竿而起道理共通,是朝廷权威的衰落,王权政治的式微。当然李自成、张献忠是为了推翻政权自己当皇帝,所以是推墙派;而张溥、张采等人和前辈东林党人是头脑清醒的知识分子,看到了王朝政治的弊端,从维护王权的角度出发,希望朝政可以通过改良而达到儒家政通人和的局面,本质是补天的改良派。只是王朝政治已经走向末路,作为知识分子他们已经回天无力,只能坐视江山灭亡,或者当义士殉节,或者成遗民当学者,即使当了贰臣,内心仍然非常痛苦。民间力量的勃兴,即使是耿怀忠肝义胆,也是对于王朝政治和官僚体制的威胁,并不为当政者所容忍。因为专制权力本身是随心所欲而不受制约的权力垄断者,尤其是民间势力的崛起者,原是俯首帖耳的家臣,怎能变成政治权力的操控者?尤其是主导舆论的知识分子独立组织的出现,对于大一统帝国已然是某种异己的威胁力量。只是局限于内忧外患的现实,当局者暂时腾不出手来收拾张溥这类具有独立意识也具有政治野心的儒家知识分子而已。

晚明时期,王朝政治已经千疮百孔而难以修复,一切的制度已经完全被扭曲变形,包括朝中大员和在野知识分子的灵魂。政治的黑暗与社会的腐败已经病入膏肓,党争只是其中的表现形式,是王朝覆灭前统治集团内部四分五裂的象征,皇帝的意图已经很难全面准确地贯彻,因为整架机器已经腐朽,很难正常运转。内部的消耗抵消了帝国运作的合力和动力,这是坐视灭亡的先兆。

当时的张溥只是利用了这些传播很广的流言,借力造势做大自己的组织,至于卷入朝廷派系的政争,堕入那个污水横流黑洞是后来的事。这一切可以说是整个王朝政治的结构性腐败导致的必然结果,是权力功利对于人心人性的戕害。至于几次科考复社人员所取得的成就,本身或许是这些处于末世知识分子的优秀,并不完全是人脉资源渗透的结果。明末的历史发展证明了复社的优秀人才在当时举国上下君臣昏聩的当下,他们确实也是出类拔萃的。真正充当清廷"带路党"的汉奸几乎没有,即使被逼投降了的贰臣钱谦益和吴伟业也是内心无比痛苦,一直背负沉重的心灵十字架走向人生终点。

当然处于事业巅峰状态的张溥只有得意洋洋地忘乎所以,而丝毫也没有豺狼环伺的政治危机感。民间传说的神奇性形成巨大的舆论场，如同吸盘那样使得攀附复社的人越来越多。人人以争当复社社员为荣，虚荣心中潜藏着明确的功利目的，于是难免泥沙俱下，不少沽名钓誉之徒，投机钻营之辈也流窜于复社中间，反而败坏了复社的名声。

张溥此刻却洋洋得意陶醉在虚名之间，陆世仪在《复社纪略》中明确记载："溥亦以阙里自拟。""阙里"是孔老夫子的故居。显然忘乎所以的张溥已经狂妄地以孔老夫子自居了。

复社势力的急速膨胀，招惹来与之作对的官僚阶层更深的恐惧和嫉恨，而那些被复社拒之门外的士子和地方官吏也怀恨在心，两股势力的合流和朝廷反东林势力的沆瀣一气，很快造成对于复社的清算和打击。

五、山雨欲来四顾重兵围

朝堂里的窝里斗，大部分在大臣们彬彬有礼的面纱之下，暗潮汹涌不露声色围绕着皇帝脸色进行着。除了皇帝有了明确的政治倾向后，才开始明火执仗起来。因为帝国在朝堂上议事，在一般情况下是实施"言者无罪"的开明政策的，尤其是对于台谏的言官更是有着"风闻言事"的特殊优惠政策，以鼓励广开言路，在弹劾大臣劣迹方面有着较大的言论自由，也算着一种统治集团内部对于大臣权力的制约。

然而，诚如孔夫子所言，在政治清明的有道之世当大官是一种荣耀，而在无道之世有道德的人是应该退隐而独善其身的，这说明了知识分子的"达则兼济天下，穷者则独善其身"不为名利地位所左右洁身自好的价值理念。所谓君子不立危墙之下，一是暴政恶政当头绝不助纣为虐；二是在王朝即将倾覆在大墙倒塌之际，不至于危及自身，显示了儒家精明的自我保全之策。而鼎移祚变前夕，朝廷纲常的内部松动，导致了党争的激烈，进一步加速了帝国覆灭的速度。

崇祯十年以前，朝中权臣温体仁一党同复社的斗争尚未在明面上爆发。双方表面上看相安无事，但暗中的较劲一直未停止过。表面的风平浪静，深水的暗潮汹涌，各自都是潜流中的游鱼，必然在适当的时候掀起新一波的滔天巨浪。温体仁一党是在朝堂上恶虎，虎视眈眈地瞄准着复社文人的一举一动，伺机反扑撕咬。老温常常与蔡亦琛、薛国观密谋如何找茬整垮复社，加害复社人士。

张溥虽然闲居在家，也是狼眼环视四周，通过各地的复社关系搜集温体仁家族种种在家乡违法乱纪的事实。尤其是一些家在浙江吴兴一带的弟子来到太仓，给他讲述温氏子弟横暴乡里，招权纳贿的行径，他听后，常常和朋友们当成笑话谈起，以揭穿温氏表面上廉洁奉法的虚伪嘴脸。而他们的笑谈往往又流传开去，让温体仁得知，这样双方的矛盾更加尖锐。①崇祯九年（1636年）一系列看似意外事件的发生，终于使得温体仁等人认为已经找到对于复社下手的机会。这一年二月，淮安卫武举人陈启新越级向朝廷上书言事，正逢崇祯皇帝欲想广开言路，于是陈启新破格擢拔，拜为吏科给事中。陈的骤然高升，引起人们的羡慕，不少轻浮燥进之徒竞相效仿以图幸进。

温体仁趁此机会，将原常熟县小吏陈履谦、张汉儒召至京城，秘密授意让他们告发前礼部侍郎钱谦益和科臣瞿式耜居乡贪肆不法。攻讦二臣：

喜怒操人才进退之权，贿赂操江南死生之柄。三党九族，无不诈之人；与贩通番，无不为之事。甚至侵国帑，谤朝廷，危社稷，止应门生故旧列于要津，鸣冤无地；患干豪奴满于道路，泄愤何从。②

也就是说，这两个老王八蛋，在家乡横行霸道，根据自己喜欢和讨厌把控人才升迁和罢黜的权力，以贿赂多少操纵江南人民的生死之权柄。这两个家伙亲戚党羽，没有一个不是奸诈之徒，他们和商贩相勾结，以贸易为名里通外国；甚至侵吞国库银两，危及国家安全；将自己的学生和亲友安排在重要岗位，使得老百姓无处申冤；他们的心腹和恶奴布满道路，人们连发泄愤怒的地方都没有。

上书言辞夸张刻毒，将钱、瞿二人描写得十恶不赦，不杀不足以平民愤。其实这位刁民陈履谦与人争夺田产，曾经求助于钱、瞿两位大佬说情，

---

① 见《吴梅村全集·中·复社记事》，上海古籍出版社，第602页。
② 见计六奇著：《明季北略·卷十三》，中华书局，第215页。

遭到拒绝，因而怀恨在心，遂唆使张汉儒出面无中生有捏造事实出面告发。钱、瞿与复社关系密切，温体仁最恨东林党大佬钱谦益，他想一箭双雕，先置钱、瞿于法，然后再兴复社之狱。

这一年三月，太仓人陆文声上书评告复社领袖之一的张采。陆本身是街头小混混属于奸诈小人一流，曾经花钱买了一个监生的身份，为复社士人所不齿，又企图以行贿钻进复社，理所当然被拒绝，后来又受到了张采的叱骂殴打，一直怀恨在心。当他知道温体仁当国时，就悄悄进京状告张采。陆文声与张汉儒住在同一旅社，由张连夜介绍先去见了兵科给事中薛国观，薛先将疏稿面呈兵部侍郎蔡亦琛，由蔡转呈首辅温体仁。温体仁对于张采不甚熟悉，两人素无夙怨，便说："谁是张采？不过一乡下学究罢了，不值得奏明圣上。现在朝廷急于要办的是张溥，如果能一并弹劾张溥，就定会和陈启新一样授给予上告者官职。"蔡将此话转告给陆。陆于是改为参疏庶吉士张溥、前任临川知县张采两人创立复社以乱天下。他的上书中罗列了张溥、张采的罪状有十多条，上纲上线几乎为乱国集团。

陆文声疏奏指控：风俗之弊，皆源于士子，太仓庶吉士张溥、前临川县知县张采，倡复社以来乱天下。根据陆世仪《复社纪事卷四》记载，陆文声和张采原来都是太仓贡士周文潜的学生，张采先中进士，陆文声后成贡生，两人对于乡中建设和弊政经常提出建议，乡里晋坤"独信受先（张采），言听计从"。这时张采准备举报乡里一姓陶恶人。陆文声在张采书房偷偷看到举报信后向陶告密，姓陶的小子来找张采自我辩解。张采为人脾气暴躁，知道是陆所为，抓住陆文声暴打一顿。陆受辱不过遂去京城告发张采。他找到的是太仓同乡太常寺少卿王时敏，由王引荐去见了温体仁。温体仁抓住这两件事，利用崇祯皇帝对复社心存疑虑的心理，蓄意夸大案情，根据这些扑风捉影的诬陷，假借崇祯皇帝的名义拟旨抓捕钱谦益、瞿式耜，将他们投入刑部大狱，严令彻底究查复社。

朝廷对于复社的严厉态度召来一些落井下石者。崇祯十年二月，原苏州通判周之夔，因与张溥、张采有夙怨，揣摩附会首辅之意图，入京伏阙上《复社首恶紊乱漕规、逐官杀牟、朋党诬旨疏》，疏中说：

溥、采自夸社集之日，维舟六七里、阻道六百人，生徒妄立四配、十哲，兄弟尽号常侍、天王；同己者虽盗跖亦曰声气，异己者虽曾、闵亦曰逆邪。下至娼优隶卒、无赖杂流，尽收为羽翊。使士子不入社，必不得进身；有司不入社，必不得安位。每一番岁科、一番举劾，照溥、采操权饱壑；孤寒饮泣，恶已彰闻，犹为壅蔽。臣恐东南半壁，从此不可治矣！其它婪场弊、窝盗贼、诈乡民，有证据之赃已累巨万。

疏中最后恳求皇上：

伏望皇上立奋干纲，大破党局，提张溥、张采与臣面鞫得实，乞斩溥、采以谢朝廷，并斩臣以谢朋党！

周之夔摆出一副为国锄奸视死如归的架势，誓与乱国朋党复社决一死战。他还用黄纸大字书写吴伟业、黄道周、陈子龙、夏允彝的姓名，诬告这几人奉二张之命，用数万金贿赂、交结东厂。不久，又有无名氏托名徐怀丹，作复社十大罪檄文，谓"复社之主为张溥、佐为张采，下乱群情，上摇国是，祸变日深"。檄文中罗织二张"举其十罪，开诉四方"：一曰僭拟天王；二曰妄称先圣；三曰煽聚朋党；四曰妨贤树权；五曰招集匪人；六曰伤风败俗；七曰谤讪横议；八曰污坏品行；九曰窃位失节；十曰召寇致灾。

这位自称嘉定徐怀丹者起草的檄文，洋洋数千言，以四六骈文体，引经据典，文采斐然，慷慨陈词，一副忠君报国嘴脸，八方漫漶传播，颇能蛊惑人心，然而其中罗列的罪名大都捕风捉影，罗织扩张。最后这位徐丹怀呼吁：

呜呼！牛、李兴而唐不振，蜀、洛甬而宋以衰；朋党之祸，自古有之。实因族类太别，则好恶恒僻；志气既乖，则争斗必纷。积轻成重，羽可覆舟；上误君父，下悖物情。况以越州踰郡之众、诸教杂流之技、诬罔骄狠之习、险诈诡郿之谋，相率推戴！此狂妄之溥、采闭贤路、绝公道、布爪牙、恣贪诡，靡人不有、靡凶不为。虽社稷灵长之福万代无穷，亦岂堪此辈胘削乎！是真当痛哭流涕而急以上闻者也。

某等草昧疏贱，忠愤自矢。伏读制书严切，仰望锄奸诛叛、激浊扬清不得更容逆党，永长乱源。如其有此，则君子之道终消，治理殆不可复。非志士裂冠毁冕之日，即忠臣忘生厉节之秋；当不惮君门万里，要斧锧而鸣其罪矣！特此露布，以彰公讨。至于吞婪武断、耗弊乡曲，又通行之恶，非贼国之源；无重爱书，何堪毫举哉！

此文实在使人联想到明末党争的不择手段，罔顾事实一心想把对手置于死地而后快的残酷，使人联想到这篇文章出笼的背景有着朝廷中内阁总理大臣温体仁的阴影。声讨的调门越来越高，复社的罪名越来越重。这些上书者于复社各怀私怨，但对于温氏一党来说，无疑捷报频传，只差最后一击即可大获全胜。然而，百密一疏，戏演得太过分就显得虚假了。面对生死之争，复社唯有背水一战，复社人士上下同心，朝野协力，运用可能的机会疏参温相无有虚日。

加上这一年的科考复社再次奏捷，显示了复社的实力："丁丑殿试，状元为刘同升、榜眼为陈之遴、探花为赵士春，皆复社中人也。"这可是皇上亲手选拔的人才呢。榜眼陈之遴的儿子后来成了吴梅生的二女婿。他们成了儿女亲家。

复社毕竟树大根深，在官场上下均有庞大的网络，实力依然不可低估。而老温平时专横跋扈树敌不少，在"穷就复社"的圣旨下达后，遭到了下属的变相抵制，或者故意拖着不办。下达江南提学倪元珙主办，老倪推给兵备参议冯元飚，老冯又推给了太仓知州周连仲，迁延日久，一直没有下文。老温有以皇帝名义下旨切责老倪，老倪干脆上书为复社辩解，评功摆好，反将了朝廷一军。据计六奇《明史北略》载：

元珙回奏，极言文声之妄，称："东吴精进之学，复社为最著，大都诚心质行。讲易谈经，互相琢磨，文必先正，品必贤良，无惭名教。大都陆文声有憾于娄东，故借复社为名耳。"

也就是说，这位苏、松提学大人，竭力反驳陆文声的胡言乱语，称赞复社实在是我东吴大地最为优秀、最著名的学术团体。这些社团精英对帝国忠诚，言行讲究品性道德，讲述《易经》，谈论《四书》，互相琢磨，共同砥砺，文章讲究先有正气，追求圣贤良好品格，实在是无愧于儒学名教。至于陆文声这个家伙原来在太仓就干了不少坏事，名声很不好，只是借诬告复社来来牟取个人利益而已。太仓知州周中琏干脆上书倪元珙说复社张采、张溥"无罪可指，（陆）文声被罪潜逃，母服未终，匿丧谒选，今又借端诬陷，罪不可宥。"知州这道上书，不仅说二张无罪，而且指陆文声是个潜逃的大逆不道之徒，母亲去世隐匿不报，丁忧服丧未满，又去参加科考，如今又去借故诬陷，实在罪不可恕。

倪元珙综合这些下属的回告，写成自己的奏疏回告朝廷，实际是彻底将攻击复社的那些上疏檄文拧了个，意思很明白朝廷受了太仓一个小混混的蒙蔽，将一个原本十分优秀的知识分子社团诬陷为反帝国集团，实在太过荒谬。话虽然未说得那么明白，但是微言大义十分清楚，他是为这个精英集团在辩诬。这使得温体仁和皇上都很下不了台，但是倪元珙和他的堂弟倪元璐也是当时的翰林院右庶子，皇帝的侍讲学士，都是越东名臣，朝廷有名的直臣循吏，在朝野均有很高的声望。而且这两人都是当年阉党的死对头，力主为东林伸冤的大臣。

倪元珙为复社的直言亢告，虽使皇上很不舒服，但是温体仁连发两大案的动机也使得崇祯皇帝产生了怀疑。为了面子崇祯就谴责倪元珙为复社掩饰，将其由江南提学御史苏松学政降为光禄寺录事，但是不久就升为光禄寺少卿，等于变相又升了官。倪元珙去职贬官，老温责成继任者张凤翮查究复社之事，张凤翮照样拖延不报，温体仁等人无计可施，因此复社的查处暂时搁浅。

六、绝地逢生温体仁去职

到了崇祯十年六月，事态有了根本性转机。

钱谦益被抓入京城时已经五十五岁，满头须发皆白，半世挫折在心。当逮捕他的锦衣卫到达他家门口的时候，早已知道无处逃遁的他，索性衣冠楚楚地端坐等待，口里却高声吟咏着他在天启五年五月被削籍南归时所作的诗。当时他是被作为"东林党人"论处的，费了很大的劲才得补詹事府的官，但只几个月又宣布泡汤。他也是久经官场风浪，屡踏风涛，几多浮沉的老江湖了。那时他从潞河登舟放归，途中走了两个月才到达京口（镇江）。愤怒出诗人，一路上他写了不少诗。他选择了一首最有名传播最广的诗，有意高声朗诵，意在广泛流传，以博取清名和同情：

破帽青衫出京城，主恩容易许归耕。
趁朝龙尾还如梦，稳卧牛衣得此生。
门外天涯迁客路，桥边风雪蹇驴情。
汉家中叶方全盛，五噫何劳叹不平。

他当时丢了乌纱帽，却因为这首诗博得广泛的赞誉，使得他"东林领袖"的清誉得到广泛传播。此番再次被逮去京，他有意翻出当年受阉党迫害的旧作当众朗诵，意在暗示这位温体仁实质就是阉党余孽。他透过自己老辣的文笔和文坛的名气引起了各方对自己此番被捕事件的关注，将目标投向了温体仁。

另一方面他指使家人两路出击，阻击温体仁罗织罪名嫁祸与他的阴谋。一路进京重金贿赂刑部官员和温体仁在京城的政治对手为他伸冤；另一路他指使家人去宜兴找被温体仁攻击下台的老对手曾经的内阁首辅周延儒为他伸冤。当然他也不忘记附上一份重重的贿金。周延儒虽然被政敌攻击致仕在乡，但是他一天也没有忘记他的政坛老对手温体仁。他是崇祯辛未会试的主考官，也就是说他是张溥等复社士子事实上座主老师，而复社势力在东南半壁是最雄厚的。当周延儒利用重金在温体仁家乡收集到他在家乡横行不法肆虐乡里的那些材料，经过张溥这些人的口广泛传播后，再由朝中原本和东林党人价值观相同的儒学宗师刘宗周和黄道周等人出手弹劾温体仁，炮火的威力将更大。而他的另一位得意门生榜眼吴伟业正受到崇祯皇帝的宠爱，刚刚被任命为太子的经筵讲师，现在小吴又追随黄道周老师学习《易经》。周延儒精心部署的"官学结合"的网络正在为他击败温体仁谋取东山再起起到关键性作用。

周延儒接到钱谦益的求助信号，立即修书一封给原来的老关系司礼监大太监曹化淳，嘱咐其出面营救钱谦益和瞿式耜。至于小瞿更是受到老钱牵连而无辜入狱的,就因为他是钱的学生。当然钱家人在司礼监衙门求见曹化淳时不会忘记准备一份厚礼的。起到助推作用的是在崇祯十年的科考殿试中,复社士子又取得辉煌战果,证明了复社的优秀和实力。

曹化淳乘皇帝龙心大悦之际进言皇帝:"新科进士都是天子门生,万岁爷为国抡才,这才又得三百多栋梁,实在大喜。"

看看崇祯面带欣喜之色,他才说道钱谦益:"今年正逢大比之年,万岁爷有得人之喜,那个钱谦益在文坛有些名气,杀之恐怕不祥呢。"

听了此话崇祯皇帝有了反应,因为最为帝王最敏感的乃是"天人感应"之说,听闻不祥,追问道:"此话怎讲?"

曹化淳不慌不忙地说:"奴婢听相士们说,大比之年乃文昌之年,天上该当文昌星君轮值,地上该当文昌学士伺候万岁爷;如今在这文昌年上杀个大有文名的人虽不算什么,到底有些逆天行事。"此番皇帝和太监之间的对话,效果极好。皇帝连连点头。他独自思忖片刻之后吩咐曹化淳:"钱谦益的案子着刑部细加审理,定罪时免其死罪吧!"先保住老钱老命是实施营救的第一步。

然而,事不机密,钱谦益向司礼监大太监曹化淳求救的信息,很快被张汉儒秘密侦知,报告温体仁。老温密奏崇祯帝,请求将曹化淳一并治罪。崇祯帝将密奏给曹化淳看,化淳非常害怕,请求由他来审理张汉儒告钱谦益、瞿式耜案。结果真相大白,张汉儒阴私奸状以及温体仁密谋唆使等全部内情,上奏崇祯皇帝。传说中的温体仁和曹化淳还有一场当庭对质的好戏。当温体仁指责朝中阉人勾结罪臣,受贿说情时。曹化淳不慌不忙当庭展示有关张汉儒历年来种种不法言行罪证,举凡贪污、舞弊、营私、贿赂,其中不乏张汉儒和温体仁私下来往多封信件,包含了如何整治钱谦益的内容等等。文件仅仅被当庭朗读了十之一二,温体仁已经吓得冷汗直流,他才领略了司礼监大太监的手段和厉害之处,他仿佛看到了周延儒的影子在眼底晃动,一阵头晕目眩差点昏厥在大殿前,幸亏被小太监搀扶着送回了府中。

崇祯开始知道温体仁也一样结党营私。勋臣抚宁侯朱国弼上书弹劾温体仁,崇祯命令将张汉儒当街立枷死。温体仁感到害怕,于是假托生病,要求告老还乡。他以为皇帝会安慰留任,没想到皇帝竟然顺水推舟同意他告老还乡。及接到圣旨放归,老温方开始吃饭,竟然失态,筷子也抖落在地上。第二年病死在家乡浙江乌程（今吴兴县）。[①]温体仁的下台使得朝中反复社派别，一下失去了主心骨，不仅钱谦益、瞿式耜案得以缓解，查究复社的事也暂时被搁置，无人顾得上去催办。

当然，老谋深算的温体仁不会因为自己的离职下野而罢手朝中的政治布局，他早已安排好自己的代理人。由于温体仁的推荐，他下台两个月后，薛国观升任礼部侍郎拜东阁大学士，继温为内阁首辅的是淄川人张至发。这届内阁完全实施了没有温体仁的温体仁路线，而首辅张至发才干智慧和随机应变的能力皆不如温体仁。但是迂阔的老张承继老温衣钵，继续与东林党人和复社为敌，培植党羽，与朝中"清流"作对。虽然忝列为内阁首辅，由于才能平庸，根本不为崇祯帝所关注。张至发连上两疏诋毁黄道周，公然当廷庇护温体仁，"而极颂体仁孤直不欺"。

黄道周在吴伟业心目中是近乎圣人的学者兼模范官员。十七八年之后，吴伟业和史学家谈迁追述往事时，这样描述黄道周：

我自登朝之日起结识许多名流，如钱谦益、陈子龙、夏允彝等等，只有漳浦黄先生的才学不可测，他简直是个神人。在京时我曾经携带食器到先生处饮酒。先生只有一个侍童，室中无长物，书也不过数函，高谈阔论至深夜，饿了，只吃一碗白面，不加菜码。选东宫讲官，独独不选先生，杨廷麟被任命，上章推让于先生，先生却谦虚地说自己不能胜任。他所著有关《洪范》的一本书，曾经进呈崇祯皇帝御览。该书有四函，每函两册，正文夹注，字有一指大，每页宽八寸，高一尺二寸，全部手书。书中杂引经史百家之言，批根溯源，条分缕析。全部书稿在空桌上仅用了三个月就完成了。连底稿都很干净好看，只稍稍涂改了一引起字句。

吴伟业又说：

有一回崇祯帝一连三次称呼黄道周"先生"，这是首辅都不敢想

[①] 见《明史·卷三百八·列传第一百九十六·奸臣·温体仁传》，线装书局，第1691页。

望的，而先生却自视只是一名普通人，言谈举止没有一点孤傲张狂的表现。闲暇时便下棋，我不善下棋，先生勉励我说："你只须随着我下子。"先生还能画人物画，善隶书。遇到山明水秀的地方，柱杖日行数十里而不倦，平时未见他携带书卷诵读不止。

对黄道周的学问人品，吴伟业极表仰慕。他在朝廷上敢于正直激昂弹劾首辅大臣张至发，多多少少是受到黄道周的影响。因为在崇祯十一年（1638年）黄道周连上三疏弹劾军方三大佬：兵部尚书杨嗣昌、兵部侍郎陈新甲、辽东巡抚方一藻，并和崇祯皇帝发生激烈廷争，被恼羞成怒皇帝连贬六级出任江西按察司照磨。[①]

这种换汤不换药的朝局，使得复社人士清醒认识到"至发、国观不去则东南大狱不解，而众贤终无登朝之望"。倒温之后，紧接着一场打倒张、薛内阁的战斗打响。复社人士这次主动出击了。

吴伟业打响第一枪，崇祯十一年正月，他上疏弹劾首辅张至发，痛斥他对于温体仁"孤直不欺"的颂扬，声色俱厉地指出首辅大臣应当"回心易虑"，一反温氏之所为，"如其不然，则必然因循守辕，尽袭前人之所为，大臣公忠正直之风，何时复见？海内干戈盗贼之患，何日就平？为首臣者亦何以副圣恩而塞众望耶"。奏疏没有得到崇祯皇帝回应。但是吴伟业不顾利害的果敢泼辣也足以震撼朝廷，给皇帝留下深刻印象。三月二十四日，吴伟业又利用崇祯皇帝召对的机会，进"端本澄源之论"，再次旁敲侧击攻击辅臣张至发和薛国观。

据说他的慷慨陈词，崇祯帝听了"为之动容"。到了四月，首辅张至发突然接到诏谕，允许其回山东老家调养身体，等于被夺职了。实际上其本人并没有说自己有病，《明史·张至发传》记载"时人传笑，以为遵旨患病"。其实张至发本人还是很清廉的，只是个性比较倔强，为人比较迂腐，这位来自于基层的领导干部，使得许多翰林院的翰林不服气，又始终厌恶异己，不善于笼络朝中大臣人心，皇帝也讨厌他经常说话不注意，时有泄露中枢机密的言论，也就随他一人孤零零地离开京城，也不派人沿途

---

① 见叶君远著：《吴梅村传》，人民文学出版社，2012年，第41、42页。

护送。就是按照首辅致仕还乡应该给予的补贴，也不按照标准发给，只给了一半，六十两银子，绸缎二表里，就这样把当朝首辅大臣打发了。

张至发倒也有骨气，回到家乡淄川后，他捐钱修淄川城，受到皇帝嘉奖，不久又屡加徽号：太子太傅、礼部尚书、文渊阁大学士。崇祯十四年（1641年）皇帝想念那些老臣，准备重新启用周延儒、贺逢圣和张至发。也许是看透宫廷政治的残酷无情，张至发独自上四道奏疏恳辞，第二年七月去世，崇祯帝特赠太子少保衔，按制度荫一子为官。[①]张至发致仕后，孔贞运、刘宇亮先后就任首辅，这两位均不如崇祯皇帝的意，先后去职。薛国观于崇祯十二年（1639年）二月出任首辅。

薛国观，山东韩城人，万历四十七年进士。天启朝追随阉党魏忠贤多次弹劾东林党人，升任刑部给事中。崇祯九年升任左佥都御史，崇祯十年（1637年）八月拜礼部左侍郎东阁大学士，入参机务。《明史·薛国观传》载老薛为人"阴鸷谿刻，不学少文。温体仁因其素仇东林，密荐于帝，超擢大用之。"崇祯十一年六月，升礼部尚书。这年冬天内阁首辅刘宇亮外出督师，他勾结兵部尚书杨嗣昌构陷刘，刘因此去职，由他接任首辅。

一人之下万人之上的宰辅目标终于被薛国观追逐到手，但是他也成了众矢之的，尤其是老对手复社党徒们更是一个个乌眼鸡似的紧紧盯着他犯错误。而他这时也真的犯了一个十分致命的错误，就是得罪了皇上的近侍集团头目——大太监。

《明史》本传记载：薛国观得志当上首辅后，一切紧步温体仁后尘，引导皇帝以严厉刻薄的态度对待群臣，但是他的才华及智慧远不及温体仁，而且个人操守也差，贪贿无度，当了首辅也不知收敛。他常常喜欢自作聪明地在皇帝面前出些馊主意，皇帝一开始很信任他，久而久之觉察出他的奸滑，以至于引来杀身之祸。

开始时，皇帝在燕台召见老薛，谈到群臣贪婪无度。老薛出主意说："如果东厂锦衣卫有得力的人来把持，那些贪官是不敢如此的。"也就是希望皇帝加强特务组织建设，以对付群贪。言下之意现在的东厂、西厂太不得力，导致了群体腐败事件越演越烈，不可收拾。此刻，东厂大太监王

---

① 见《明史·卷二百五十八·列传第一百四十一·张至发传》，线装书局，第1370页。

德化正好在旁边，闻听此言，汗流浃背，吓得半死。从此后，王德化就将鹰隼似的眼睛紧紧盯着薛首辅。不怕贼偷，就怕贼惦记，被贼惦记上了薛首辅变成了薛首富了，帝国的首富当然是贪官大头目，这属于愚蠢的薛国观作法自毙。而且，老薛致命的错误还不断发生，不断被朝中各种反对势力制造炮弹。

薛国观喜欢中书舍人王陛彦，不喜欢中书周国兴、杨余洪，就将两个老家伙以贪贿不法的名义打入诏狱。谁知两位老人受不了刑讯竟然死在廷杖之下。他们的家人当然不放过老薛，私下收集了他贪腐的证据报告了东厂。主要是老薛藏匿了史蘷所寄存的巨额银两，周、杨两家引诱史家老仆人出面告发。这样皇帝完全掌握了老薛贪贿不法的事实，已经开始不信任薛国观了。

史蘷是保定清苑县人，曾经是朝中御史，在朝廷时和太监相勾结，后外放为淮、扬巡按，将罚没贪官的赃银二十万两收入自己私囊。后来担任淮、扬巡盐御史又悄悄将前任累积的储库银二十余万两收入囊中。后来此事因为检讨杨思聪弹劾吏部尚书田维嘉贪贿案中被牵扯出来。史蘷得旨自我辩护反而倒打一耙说杨思聪诬陷。皇帝批准户部盐课请求，让淮、扬监督太监杨显名核查。不久，朝中不少言官群起上疏弹劾史蘷贪贿盗窃国库银两有据。而且还有勒索当地豪富于承祖万金的种种劣迹。案发后，曾经派家人携带巨款行贿当地官员，图谋篡改过去的案卷。这些情况全部汇总到皇帝处，崇祯帝大怒，先是褫夺了史蘷的官职。史蘷急急忙忙携带万两银子进京贿赂首辅薛国观。等到杨显名劾查报告上达皇帝处，薛国观依然为史蘷辩解认为是复社党人陷害，崇祯帝未予理睬，史蘷下狱，后来因为内忧外患各地防务告急，此案久拖不结，史蘷瘐死狱中。京城里人言纷纷。都说薛国观受史蘷的六万两银子贿金一直未予退还，被他私吞了。

崇祯十三年（1640年）春天，杨嗣昌出京督师围剿张献忠、李自成农民军。蓟辽总督洪承畴遵旨出关练兵紧急密疏，军饷短缺。前方军饷告急，朝中国库空虚，崇祯皇帝一筹莫展。召集辅臣宏德殿议事。首辅薛国观和次辅程国祥接旨匆忙前往。赐坐后，崇祯绕着圈子向他们征询筹饷办法。

崇祯帝单刀直入地问："朕欲向京师诸戚畹、勋旧、缙绅借助，以救目前之急，卿以为如何？"老薛已经听明白皇上意思。这就是向帝国既得利益显贵集团动手的信号，但是他怕日后反复，祸事临头，只是低着头不作声。其实他心中是赞成向皇亲借助，嘴上却哆哆嗦嗦回答："容臣仔细想想，辅臣中有在朝年久的，备知情况，亦望皇上垂询。"

崇祯帝遂转问程国祥。程老先生曾经以敢言著称，后来因为崇祯帝一向刚愎多疑，他便遇事不置可否，有"好好阁老"之称。经皇上一问，不由出了一身冷汗。崇祯等了片刻，等不到回答，又连声催问。老程只以"好，好"回答。崇祯拍案而起，厉声斥责："尔等系股肱大臣，遇事如此糊涂，只说'好、好'，政事安得不坏？"崇祯本当将程国祥拿问，念他平日无大过，决定给予撤职处分，永不叙用。程阁老就这样狼狈地被轰出大殿。

宏德殿只剩朱由检和薛国观两人，老薛小声奏道："借助办法甚好。尚有戚畹，勋旧倡导，京师缙绅自会跟着出钱。"崇祯接着问"你看。戚畹中谁可做个倡导。"老薛答道："在外群僚，臣等任之；在内戚畹，非皇上独断不可。"也就是将皮球踢到皇帝一边去了，因为所谓戚畹皆为皇族，哪一家都与皇上有千丝万缕的关系。这时崇祯帝说："你看武清侯如何？"老薛明知周皇后家和田贵妃家都比较殷富，但他知道朱由检与武清侯一直心存不满，于是说："单看武清侯家园亭一项，便知道武清侯一家十分殷富。"

君臣二人，提到的武清侯李国瑞是崇祯祖父万历皇帝的母亲孝定老太后哥哥的孙子。而这位孝定老太后既是朱由检的祖母，又是武清侯李国瑞的姑祖母。这时崇祯帝刚刚接到李国瑞哥哥李国臣的信件，这位老兄因为是小老婆生的，没有承袭爵位，分到的财产也不如弟弟多，于是诡称："父亲遗产四十万两银子，我应当分到一半，愿意捐给国家作为军饷。"崇祯帝当时未允许，知道这位老表哥开出这张空头支票，意在借皇帝之手打击自己的同父异母的弟弟。

现在因为薛国观这些言语，崇祯准备向李国瑞逼借这四十万两白银以充军饷，如果逾期不能办到，则限定时日予以严厉追索。崇祯这样做也是为了皇亲国戚面前立威，而打开缺口，以示筹饷之决心。然而，暗中这些以周奎为首的皇亲国戚团伙组成统一战线来对付皇帝。他们唆使李国瑞藏匿财产，装穷顽抗。于是李国瑞拆毁房屋、牌楼，把砖瓦木石，沿街叫卖，并当街陈列各种衣服、首饰、古玩、字画，声言是"本宅因钦限借助，需款火急；各物贱卖，欲购从速"云云，整整摆满了两条长街。

当然在这些皇亲国戚头上动刀子，京城百姓一片叫好之声，称颂当今皇上是英明圣君，此事深合民心云云。这些民心舆情通过厂卫渠道传到朱由检耳朵中，自然备受鼓舞。

崇祯又叫来薛国观问道："朕已经两次严谕，李国瑞有意恃宠顽抗，大拂朕意，下一步如何办？"老薛说："以臣看来，这一炮必须打响，下步棋才好走。望陛下果断行事！"这时皇上老岳父嘉定侯周奎也前来说情。皇帝大怒夺去武清侯爵位，下狱治罪，武清侯被活活吓死在厂卫大狱中。搞得皇亲国戚们个个兔死狐悲，人人自危。他们动员了几乎所有力量，通过宫中太监宫女散布各种谣言，借助皇五子病死这件事，说是崇祯皇帝惊动了孝定老太后在天圣灵，因为崇祯薄待后家，化身为九莲菩萨为娘家后人索命了。

这些谣言说得笃信"天命观"自命讲究"孝道"的崇祯帝，心惊肉跳，寝食不安。立即将武清侯世爵由李国瑞长子李存善承袭，尽数发还所收缴的钱财。崇祯皇帝借助皇亲勋臣筹措军饷的决策在以自己老岳父周奎为首的权贵集团的群起抵制下宣告彻底破产。薛国观因此得罪了当朝最有势力的集团——戚贵团伙。这一团伙与皇帝本人及其皇族都有千丝万缕的联系，皇帝此刻心中已经迁怒于老薛，只是等待机会对他进行修理。老薛命中注定要成为皇帝错误决策的牺牲品被抛出来以赎罪愆。

崇祯十三年六月，杨嗣昌外出督师，有所陈奏。崇祯命薛国观拟旨，老薛不测帝意，依然拟旨进攻。皇帝勃然大怒，这时老薛因为没有按照吏科文选司主事吴昌时的意思安排官员，得罪吴昌时，因此吴举报蔡亦琛行贿薛国观的事。崇祯皇帝抓住时机，命令将此事下五府九卿科道议决。议决的结果不出所料，老薛被撤职罢官。

事件的深入还远不止如此。这位被罢了官的内阁总理大臣，丝毫不知检点，谨慎行事，打道归乡的车队满载贪来的财物招摇过市，被东厂提督王德化派在丞相府的密探侦查获知。而且布置在相府的眼线也曾经亲眼看到中书舍人王陛彦行贿老薛等事，这些情况被东厂提督王德化尽行报告皇帝。

王陛彦的案子尚未审结就被皇帝以"行贿有据"下令弃世在菜市口。

于是科道官员再奏薛国观贪贿之事,引起了崇祯皇帝的震怒。已经打发回乡薛国观于崇祯十四年(1641年)七月被抓回京城,在自己家中思过,等待处理。老薛自我思忖不会被处死。

八月八日的前夕,宣读诏书的绯衣太监到达府邸时,他依然在蒙头大睡,鼾声如雷。仓促中竟然戴着仆人的头巾跪地叩见皇帝使者,宣召毕,叩头长叹一声道:"我要死了!"说:"吴昌时杀我。"于是上吊自尽。诸君请注意,这位吴昌时在晚明官场也是一位上蹿下跳的人物,虽是复社元老,却也是居心叵测之小人、奸人。薛国观之死和他的周密运作有很大关系。薛国观被免职回家后,心里很不服气,上了一道谢恩疏,里面发了不少牢骚,崇祯又把他抓进京来对质。《谈往》记:

(国观)十二月抵里后,谢恩奏辩云:"臣之得保首领还故土,皆荷皇上之生成,但袁恺等讦奏,实出吴昌时指使。"并诉昌时致憾之由,谓圣上操纵独裁,怨毒则归臣下,臣死亦无敢怨等语。奉有圣旨则严切殊甚,奏内事情,着赴京讯理。

吴昌时在薛国观到京以后,就又布置了一着阴毒的棋子,让自己的外甥、薛的亲信王陛彦去探视薛国观,再使厂卫去逮捕。关于王陛彦《玉堂荟记》载:

陛彦孝廉,试中书,撰文者从无掌房之例,庚辰闱后,与梁维枢俱转尚宝丞,或欲依附韩城(薛国观)以就功名。……陛彦松江人,吴昌时之甥也。……崇祯十三年五月,韩城来京候审。有内阁举人中书松江人王陛彦向为韩城心腹,以旧日情谊,至寓问安,稽事密谈。厂役希旨,密伺薛邸。适遇彦,擒奏下狱,此化民、昌时阴谋险,设阱构成,在韩城又别生一事,以供人指摘,按律议罪。

这样的结果是不难想象的:王陛彦以职侍内阁,泄漏机密例,律拟大辟。八月国观赐缢,王陛彦弃市。

薛国观和吴昌时陪死的外甥在临刑的时候都大骂吴昌时:"韩城将死,

曰：'吴昌时杀我！'"王陛彦赴市时语人曰："此家母舅为之，我若有言，便得罪于名教矣！"

朝廷宣布薛国观罪行为坐赃贪贿九千两银子，没收田产六百亩，北京故宅一区。时人认为薛国观虽然为人阴险奸猾，但是罪不至死，是皇帝为泄私愤而杀人，所谓赃款也是有水分的，大家认为他死得冤枉。①

此时，复社在朝主要政治对手温体仁、薛国观先后死去，复社推举的代理人前首辅周延儒再次登台，在帝国最后的政治舞台上，尽行丑陋表演，继续蒙蔽崇祯皇帝，直到帝国覆亡前，悲惨谢幕！不久大明帝国进入了历史。

七、插手朝政以贿赂谋复周延儒

吴昌时何许人也？用当下的语汇来说，就是一个混进帝国最高层组织部门的野心家、阴谋家、政治投机分子。投机不成，最终被崇祯皇帝在恼羞成怒中，当庭打折了大腿，后来被枭首示众。他的后台首辅周延儒被赐死。

吴昌时，字来之，江苏吴江人。吴氏为吴江的名门望族，他的高祖是南京刑部尚书吴洪，曾祖是严州知府吴昆，其父是修武知县吴翼。吴昌时是其父小妾所生，其长兄吴昌期的母亲黄氏为嘉兴人，因为在生产吴昌期时难产而痛苦不堪，长期与丈夫分居，携昌期回到嘉兴娘家。昌期后来官至贵州按察司副使，家甚富，但是无子嗣。昌期死，昌时赴嘉兴，继承其家业。所以《明史》谓昌时为嘉兴人。

昌时少年时师从东林党中著名人物周宗建，因此他和东林人士声气相通。吴昌时是应社成立时最早入社的十一人之一，后来张溥、张采等合并江南几十个社团，成立复社，吴昌时也是社中骨干，并与张溥、钱谦益、吴伟业等文坛巨子来往密切，由此开始了他非同寻常的政坛之路。

吴昌时于崇祯三年中举人。崇祯七年（1634年）吴昌时和张溥、吴伟业、陈子龙属于同年进士，都是当朝首辅主考官周延儒的弟子。吴昌时崇祯十一年授行人，十二年升为礼部主事，成为复社安排在朝中的一枚重

---

① 见《明史·卷二百五十三·列传一百四十一·薛国观传》，线装书局，第1371、1372页。

要棋子。其为人贪墨、狡黠而狠毒，热衷权势，人品低下。但是当时复社人士都不了解他的品性，只是觉得此公活动能量很大，虽然官阶不高，却是崇祯末年政局中十分活跃的角色。他极善于钻营投机，奔走权贵政要之间，刺探机密。据载，崇祯十二年到十三年之间，薛国观当政时，吴昌时曾经写密信给张溥，说：

虞山（指钱谦益，常熟别称虞山）毁不用，湛特（文震孟字）相三月即被逐，东南党狱日闻，非阳羡（周延儒宜兴人，古称阳羡）复出，不足弥祸。

吴昌时此信是指，温体仁对钱谦益和文震孟的迫害排挤，周延儒自从被温体仁挤出内阁失势回归乡里后，对倾轧自己的温体仁愤恨不已，对曾与友好的东林诸人颇感惭愧，便主动与复社接触，并声明他如果能够复出，自然对复社有利，毕竟老周是他们这科进士的恩师。因而张溥采纳了吴昌时的建议，利用自己在复社的重要影响力，开始发动在朝在野的复社人士一起努力，促成周延儒的复出。吴昌时施展出浑身解数积极活动，交纳内侍，贿通关节，发挥了关键作用。

温体仁继周延儒任首辅，日与东林及朝臣中不附从自己的人为仇，五年后才去职。继而当国者是张至发、薛国观等，这些人都步温体仁后尘，引导皇帝苛严以待臣下，摈斥刘宗周、黄道周、郑三俊等正人君子，朝廷政治情况非常混乱。周延儒不甘心久居乡里，使其心腹知己礼部仪制司主事吴昌时与庶吉士张溥为之奔走，动员各方面的力量，运作重新起用之事，计划凑集了六万金送与宫廷中贵。"涿州冯铨，河南侯恂，桐城阮大铖等，分任一股，每股银万金。"具体由冯铨利用天启年间与宫中臣珰的老关系送进去，其事"擘画两年，纶绰始下"。也就是说，此事这些人已经筹划了整整两年，只等皇帝的诏旨到达，老周就可以赴京就职了。

崇祯十四年（1641年）二月，诏起周延儒于乡里。周延儒九月至京，遂复任首辅。以张溥为代表的复社人士以东林后继者自居把希望寄托在周延儒身上，他们忠告周延儒，"公若再相，易前辙，可重得贤声。"

周延儒临行，张溥"以数事要之"。老周慨然答应说："我将竭尽全力而实行，以感谢诸公的帮忙"。被钦定逆案禁锢的阉党诸人在温体仁当政时始终没有抬头，此际也把希望寄托在复出的周延儒身上，故为之集资和交通内侍，阮大铖向周延儒表示希望获得任用。周延儒以其名声太响太臭，被依附于崇祯钦定的逆案，感到面有难色。阮大铖于是退而求其次请求重用他的密友马士英。周延儒答应了。

由于东林和阉党两方面的支持，周延儒重新柄政，他也注意满足两方面的要求。遵循张溥的要求，召回郑三俊掌握吏部，刘宗周掌管都察院，范景文掌管工部，倪元璐佐辅兵部，其余如李邦华、张国维、徐石麒、张玮、金光辰等分任六卿等等，又释放在狱和遣戍的傅宗龙、黄道周等人。赠已故文震孟、姚希孟等人官职，于是中外翕然称贤。另一方面他也履行了对阉党的许诺，起用马士英为凤阳总督，控制南方的政治中心，为其日后操纵南明政权铺垫。

周延儒当政暂时缓和了统治集团内部各派的倾轧，皇帝对他也寄予很大希望，崇祯帝甚至贬损帝王之尊而揖拜周延儒，语称"朕以天下听先生"。但是，此际的明朝病入膏肓，既有李自成、张献忠起义，州县残破；又有清兵南下，抄掠京师，无论是东林还是阉党，谁都没有为皇朝挽回颓势的妙方。侯恂、范志完督师，皆遭败绩。军事局势日益恶化。周延儒则纵使门下客董廷献等招权纳贿，无所不为。凡求总兵巡抚之职，必先通贿于董廷献，然后得之。前首辅薛国观罢职回乡，因多携财货而遭杀身之祸，周延儒惩其败，所得珠宝皆寄放于廷献家中。其后十六年再度被贬离京时，"行李故为萧减，箧箱几件"而已，实则"所藏于心葵（董廷献）家者无限也"。

政治上倚为腹心的文选郎吴昌时品质极坏，史称其"有干才，颇为东林效力奔走，然为人墨而傲"，其在朝"通厂卫，把持朝官"。凡事更张，全凭己意，明制年例，通常以科道一二人出为外官，年例外调意味着贬职，昌时不满言官，特意扩大年例的名额，欲出给事中范士髦等十人于外，言路大哗。昌时挟势弄权，每每如此，故而朝官恨之入骨。对昌时的仇恨，有时也会迁怒及周延儒。周延儒任用非人，为自己种下祸根。复社通过种种手段，把周延儒推到了首辅的高位，吴昌时也得到了他梦寐以求的吏部文选郎中的位子，掌管全国文吏的铨选、注缺、保举、改调、推升权，所谓"事权在手，呼吸通天"。吴昌时有复社的背景，又靠贿赂走通了后宫和太监的路子，同时与东厂和锦衣卫关系密切，所谓"通内""通珰""通厂"，在各方势力的倾轧中左右逢源，风头一时无两。

吴伟业在《复社纪事》中这样评价吴昌时：

> 来之（吴昌时，字来之）不知书，粗有知计，尤贪利嗜进，难以独任。比阳羡（周延儒）得志，来之自以为功，专擅权势，阳羡反为所用。山阳、江北诸君（指姜埰和熊开元）不能平，面责数来之于朝。熊鱼山（熊开元号）则复社初起时所宗，来之以邑诸生亲授奖遇者也，至是官棘寺，为国事异同，廷击首臣，忤旨杖阙下，系诏狱。来之力能俾政府申救，顾不肯强诤，阴阳唯诺，漫具橐饘，示调解而已。无何，首臣为所罪累，与俱败。

短短一段话，历数吴昌时在崇祯末年政治斗争中的种种劣迹，因此而牵扯出他所依附、朋比为奸首臣周延儒，最终两人俱被崇祯处死。

崇祯十五年初，吴伟业曾经应邀前往吴昌时在嘉兴的别业竹亭湖墅做客。此时，正是周延儒复出秉政，吴昌时正当得意洋洋准备赴京任职的前夕，因而热情接待了当年复社老友吴伟业。

竹亭湖墅是吴昌时的私人别业，又名勺园，在鸳鸯湖畔，因位于嘉兴南又称南湖。吴昌时用做官贪墨而来的钱，在家乡求田问舍，在嘉兴建勺园安享富贵。这勺园不同于一般的私人园林，它既是朋友间诗酒流连、寻欢作乐的场所，也是复社政治活动的重要据点。这座江南名园由当时最负盛名的园林大师张南垣设计建造。勺园临水而筑，延伸入湖，半在堤岸，半在湖中，形同一把汤勺，山光水色尽入视野。吴昌时对于吴伟业的到访，表示了热烈的欢迎。他陪同伟业游览园中风光，摆下盛宴接风，唤出家中的乐班宥酒娱宾。这座名园的规模与秀丽的景色令吴伟业惊讶不已，而吴昌时的豪华排场更令他瞠目结舌。面对艳丽的女伎，华美的服饰，妙曼的歌舞，给吴伟业太多深刻的影响，以致十年后，他还能在《鸳湖曲》中还原出当时目眩神迷的景象来：

> 鸳鸯湖畔草粘天，二月春深好放船。柳叶乱飘千尺雨，桃花斜带

一溪烟。烟雨迷离不知处,旧堤却认门前树。树上流莺三两声,十年此地扁舟住。主人爱客锦筵开,水闸风吹笑语来。画鼓队催桃叶伎,玉箫声出柘枝台。轻靴窄袖娇妆束,脆管繁弦竞追逐。云鬟子弟按霓裳,雪面参军舞鸲鹆。酒尽移船曲榭西,满湖灯火醉人归。朝来别奏新翻曲,更出红妆向柳堤。欢乐朝朝兼暮暮,七贵三公何足数!十幅蒲帆几尺风,吹君直上长安路。长安富贵玉骢骄,侍女薰香护早朝。分付南湖旧花柳,好留烟月伴归桡。那知转眼浮生梦,萧萧日影悲风动。中散弹琴竟未终,山公启事成何用!东市朝衣一旦休,北邙抔土亦难留。白杨尚作他人树,红粉知非旧日楼。烽火名园窜狐兔,画图偷窥老兵怒。宁使当时没县官,不堪朝市都非故!我来倚棹向湖边,烟雨台空倍惘然。芳草乍疑歌扇绿,落英错认舞衣鲜。人生苦乐皆陈迹,年去年来堪痛惜。闻笛休嗟石季伦,衔杯且效陶彭泽。君不见白浪掀天一叶危,收竿还怕转船迟。世人无限风波苦,输与江湖钓叟知。

而此刻的吴昌时,只是一个在家闲居的朝廷礼部主事,就有如此奢华铺张的排场,不得不使人怀疑此公如此浩大奢靡的园林工程巨额款项何处得来?不久,吴昌时就被周延儒举荐还朝,官复原职后,升任吏部文选司郎中。

蹊跷的是周延儒前脚进京出任首辅,拥戴他出山竭尽全力的复社领袖张溥后脚就得病猝死。崇祯十四年四月二十七日,张溥与张采重订共读之约,以冀再展宏图。不幸于五月初八日卒于家,时年四十岁。"千里内外皆会哭",私谥曰"仁学先生"。计六奇在《明季北略·卷十九·周延儒续记》中记载:"昌时与张溥同为画策建功人,淮安道上张溥破腹,昌时以一剂送入九泉,忌延儒秘室有两人也,其忍心如此。"

周延儒重新当上了首辅,朝政也确实有所更新。张溥兴奋异常,与复社同仁研究了改革国事现状的许多主张,到处议论朝政,还把自己的建议写成二册,呈给周延儒,大家都沉浸在喜洋洋的氛围中,觉得大有作为的时机来临了。孰料乐极生悲,书生意气哪敌得了政客绵里藏针的狠毒。当他兴冲冲返回太仓家中,当夜就腹部剧痛不已,一命归西,死得实在离奇。由于人为的历史遮蔽,真相迷蒙湮没在尘埃之中,至今扑朔迷离。

周延儒的复出,张、吴两人同是划策建功的人,但在争权夺利的斗争中,吴昌时拟独揽大权,不愿张溥尝鼎一脔,就出此毒计。当然,在吴昌时的身后还能看到周延儒狞笑的影子。周同谷的《霜猿集》关于张溥之死,有"故人昨夜魂游岱,相国方言好做官"的诗句,诗后有注:张西铭(即张溥)讣音至,延儒惊起曰:'天如奈何遽死!'既而曰:'天如死,吾方好做官'。客曰:'庶常(指张溥)吾道干城,公何出此言?'延儒乃出一册示客曰:'此者天如所欲杀之人也,我如何能杀尽?'"看来张溥倾全力助周延儒复出,对于他在政治上寄予厚望,并提出一系列提拔亲信,铲除异己的条件,而这些条件的达到使得周延儒很为难,干脆指使吴昌时痛下杀手,免得夜长梦多。张溥不断地提出要求,这反而成为老周施政的沉重包袱。

在周延儒眼中,张溥实在是个碍手碍脚的人物。张溥将自己一展鸿图的希望寄托在周延儒的出山,而周延儒则把自己为所欲为的希望寄托在张溥的死亡,这真是命运无情的安排。

张溥一死,全国性的复社顿时失去了领袖。周延儒的身边就被吴昌时辈包围了,他们开始为所欲为,最后不但自己丢了性命,也促使了明朝的加速灭亡。

张溥算得上聪明过人,不然的话也不会在学识上取得那么大的成就,还组织了如此大规模的复社,深得士子人心。然而他成在这个名声,败也在这个名声,他太自负了,一切都以自我为中心,总以为别人为他做什么都是应该的,根本不考虑别人的难处。张溥开给周延儒的一份需要修理出局的名单囊括的朝中权臣不下十几个,他要是硬想把这些人挤下去,没准下台的反而会是他周延儒自己。周延儒没上台前,张溥已经对他指手画脚了,周延儒才动了杀心,借吴昌时之手一举铲除了张溥。

张溥之死,结束了晚明众多文人救国的白日梦,这是一场时代的悲剧。他的同年举人和进士好友、复社名士陈子龙一气呵成二十四首七言绝句,沉痛悼念这位誉满文坛,却长期落拓江湖、始终关心国事民瘼的文坛领袖、英年早逝的大学者。诗中有:

江城日日坐相思,尺素俄传绝命辞。

读罢惊魂如梦里，千行清泪不成悲。

横经虎观集诸儒，一日声名满帝都。
从此已悬公辅望，谁令十载在江湖？

三江潮落月黄昏，巷绝春歌欲断魂。
宾客如云人不见，秋风先到信陵门。

诗中写尽了张溥的文采风流，却常年仕途坎坷的不公平命运。张溥是为了社稷死的："南冠君子朔风前，慷慨西行倍可怜。"多少人含悲流泪悼念着"西行"的张溥。

最后诗中有言：

八月胥江浊浪奔，千人缟素为招魂。
自怜越界惭皇甫，不得相从哭寝门。

弘光元年三月，一代大儒黄道周含泪为之作《明翰林院庶吉士西铭张公墓志铭》，全文工楷书写，遒劲有力，苍健如两晋钟王体小楷名篇，现藏故宫博物院成为书法精品而传世。

张溥不但在政治上以天下为己任，有兼包并蓄的组织才能，被誉为战国四公子信陵君，成为"在野政党之魁杰"。同时，他在文学上也很有成就。陈子龙称其所刊之《七录斋诗文合集》曰："今观天如之书，正不掩文，逸不逾道，彬彬乎释争午之论，取则当世，不其然乎？待其命志良不虚者，要亦乘时鼓运之事也。"

"十年著作千秋秘，一代文章百世师。"张溥才华出众，思想敏捷，著作繁富，涉猎经、史、文学各个方面。他死后，御史刘熙祚、礼科给事中姜埰等交章言溥"砥行博闻，所纂述经史，有功圣学，宜取备乙夜观"。周延儒亦大力荐之。崇祯皇帝遂于十五年八月，下诏征集张溥所著之书。有司先后录上三千余卷。现存的有：《诗经注疏大全合纂》《汉魏六朝百三名家集》《五种纪事本末》《宋史论元史论》《历代史论》等。

245

八、江水起落复社沉浮入春秋

中国历史上首开先河的文人结社组团行动,在他们的领袖张溥突然暴病身亡后陷于低潮。复社在崇祯十五年春天,再一次在苏州虎丘召开第四次会议。这次虎丘会议的气氛却比较沉重,主要目的在于悼念他们的领袖张溥。这是复社最后一次大规模的集会,以后的活动都是小范围或者个人之间零零星星的联谊了。因为再也没有类似张溥这样有能力有魅力的组织领导者了。

人的辞世,对于普通人而言是一了百了进入了寂灭世界,而对于有历史影响的人物去世,不会因为他们的离去而烟消云散,他们在进入历史的同时也在影响着历史的发展,他们的影响还要绵延上许多年甚至到整个时代的终结。而且他们的思想不仅不会因此而终结,反而会在历史中永生。

因为复社不是一个人,是一个社团,这个社团在明末这个历史大转折的交汇点上推出了一批人才,形成了一个群星璀璨的时代。他们虽然可能会被扑面而来黑暗绞杀,然而毕竟孕育了新世纪的一缕曙光,照耀着人类前进的道路。只是满清帝国以血腥的杀戮和政治上高压,制造了历史上罕见的文字狱和思想控制,扑灭了这股在知识分子中象征独立意识的自由讲学和独立结社之风,直到王朝没落时期才又出现明末时期的那种百家争鸣局面,但是历史的进步又延缓了二百八十多年。

张溥死后三年,大明帝国灭亡了。对于明朝灭亡的原因,许多学者从政治、经济、军事、财政乃至内忧外患的方方面面进行了研究探讨,甚至追溯到万历年间东林党与阉党的党争。当然崇祯朝张溥所领导复社知识分子和皇权本身及其大官僚统治集团的摩擦和矛盾也占到相当的比例。

这实际上是一场朝野对于权力争夺的博弈,这场博弈削弱了已经内忧外患千疮百孔的统治集团,促使了帝国的进一步瓦解,助推了腐朽王朝的覆灭。这是抱着"致君泽民"理想的复社士子们所始料未及的。原本对于帝国的"补天"的初衷,却在内外合力下成了地地道道地推墙行为。当然墙基本身已经腐朽松动,复社瓦解的只是"大一统"皇权专制体制下的价值观和行为观分裂,使得更多在于个人价值实现与帝国统治思维程朱理学及道德纲常的分离中,造成了复社君子们的悲剧,也是整个王朝的悲剧。

人们心中的道德伦理的沦丧,价值观的失落,远比清军的千军万马要可怕。明朝末年由于生产力突破农耕经济的发展,逐步向现代工业文明转型。经济基础的变革导致了上层建筑中意识形态的变化,新思想新观念的出现,又促使生活方式、行为方式的变化,这就是所谓的"礼崩乐坏,士风堕落"的原因。堕落产生的也许是一次新的崛起,使得传统知识分子发生了变化分化,尤其是东南沿海商品经济发达地区成为开一代新风的肇始之地。

因此,无论是万历、天启之交的东林党人或者是崇祯朝的复社人士,包括与此相对应的王阳明心学理论的继承者传播者所出现王艮、李贽、颜山农到后来"公安三袁"乃至李渔、余澹心等角色都产生于这个地区。尽管东林和复社人士大部分对于王学左派持批判态度,而且竭尽迫害,几欲置之死地,而这种知识分子独立意识及自由思想之火交织成明末现代意识的星火燎原之势是不可否认的。

尤其是复社那些杰出的组织者将原本统治集团分化出的东林党人由自创学院的自由讲学到升华为自由结社并且形成规模,使我们看到了专制集权统治的分化和动摇。然而,正因为东林和复社的思想基础依然是传统儒学基础上更新和重新解读,他们的思想解放是有限的,在组织形式还不是严格意义上的现代政党,只是具备了某些政党因素的文人社团,是一种欲图突破专制思想和体制枷锁的尝试,而且这样的尝试可以说取得了很大的成功,尤其是对于科举体制和舆论宣传体制上的突破是十分明显的。

从历史学的角度而言,复社的兴起是一场儒学的革新运动,其勃兴发展以及其他流派的精彩纷呈,仿佛回到战国时期齐鲁大地的稷下学宫那种百花齐放、百家争鸣的氛围。科举取仕之所以很难得到富有真才实学的士子,张溥认为根本原因在于俗学的泛滥,在于诗书之道遭到遮蔽。要解决这些问题,就只有遵从经术,贬斥俗学。

复社在当时经世之学的最大成就,当属《皇明经世文编》的编撰,汇聚了明代二百年间有关政治、经济、军事、等领域的重要文献。英才焕发的陈子龙和许孚远等人,在崇祯十一年(1638年)编撰了这部重要文献。《皇明经世文编》共有九篇序文,集中表达了当时吴地学者辟疏就实的思想倾向。陈子龙在序文中开宗明义提出了要求士子们研究经世致用的学问。

他指出：

> 俗儒是故而非今，文士撷华而舍实。夫抱残守缺，则训诂之文充栋不厌；寻声设色，则雕绘之作永日以思。至于时王所尚，世务所及，是非得失之际，未之用心。苟能访求其书者盖寡，宜天下才智日以绌，故曰事无实学。

复社士子们所谓实学，就是经世致用，因而渗透着仕途经济的功利目的，也即看到了世风日下纲常堕落的现实，企图挽狂澜于既倒，在政治上功利目的非常明显，因此依然是因循着读书做官、济世救国的企图进入仕途。这和市民社会的崛起导致对于传统礼教的质疑，对于人的欲望诉求的世俗化，而对于传统被目为神圣礼教的批判背叛，崇尚自然人格确立依然是有本质区别的。他们对于王学及其左派学者依然是十分敌视的，这从东林党人和复社文人对于王学的批判和对于所谓"狂禅"学者李贽的残酷迫害可见一斑。

东林党及其后来的继承者复社士子们在进入帝国政治体制后难以避免的命运，连他们自己都很难避免被血腥体制吞噬的悲剧。比如东林巨擘钱谦益，复社领袖张溥。体制吞噬他们，他们也借助体制吞噬其他异见者。比如东林党人张问达对于李贽的陷害和迫害。

反而是那些未能通过科举或者因为帝国覆灭而沦为遗民的复社士子，在未能跻身政治统治序列后，专心著述成为学者的思想家们看得透彻。如明末清初顾炎武、王夫之、黄宗羲三大思想家，均为复社早期成员，明亡后一直坚持抗清，即使面临满清当局的拉拢引诱而拒不屈服，坚决不仕清朝，拒绝进入体制为统治者服务。是他们对于专制体制进行了更加猛烈的抨击和批判，黄宗羲被誉为中国的民主之父。

复社早期成员顾炎武、王夫之、夏允彝对于复社介入政治以后的作为，和某些人的腐败堕落，都有沉痛的反思和剀切的批评。比如钱谦益和吴昌时早年都是东林和复社骨干他们在政治上的无耻堕落与温体仁、薛国观、周延儒等人无异，这是进入了那个政治同构体的必然选择。复社入仕的许誉卿所言甚是；

予惟学士大夫半生穷经，一旦逢年，名利婴情，入则问舍求田，出则养交持禄，其对经济一途蔑如也，国家卒有缓急，安所恃哉？

顾炎武曾经尖锐指出：士子为学应当勤奋和多方交友，起码也得博学而审问之。在研究学问时，士子必须杜绝清谈心性的蹈空习性，应该"博学于文"。礼义廉耻四者之中，耻尤其重要：

故夫子之论士曰："行己有耻。"孟子曰："人不可以无耻，无耻之耻，无耻矣。"又曰："耻之于人大矣，为机变之巧者，无所用耻焉。"所以然者，人之不廉，而至于悖礼范义，其源皆生于无耻也。故士大夫之无耻，是为国耻。①

顾炎武力图通过"行己有耻，博学于文"的治学原则，恢复儒家讲究气节和博学的传统。博学为文，对于东林党人和复社士子来说应该是基本文化功底，而行己有耻的政治品德在进入专制政治同构体后就很难保持始终。那是因为政治斗争的残酷性，士人保持所谓礼义廉耻未免太天真，只能为机变而有悖礼仪去投机取巧，适应韩非子为君王设定的"君主南面之术"。只要变着法子去献媚君王，人也就变得猥琐卑鄙起来。

明代从太祖爷开始，因胡惟庸谋反案而大开杀戮之门，并废除了中国推行千年之久的宰相制度，实行高度集权的君主独裁体制。至成祖朝因为得位不正，更是对于建文朝老臣采取株连杀戮将恐怖政治推向极端。太祖起自贫寒，成祖长之战争年代，自是精力过人，许多政务亲力亲为大权不至于旁落。而成祖之后的君主们至小长于深宫，出于妇人之手，根本不可能有充沛的精力和丰富的政治经验去处理大量繁杂的政务，于是实行内阁大学士制度。大学士只是皇帝的秘书班子，品秩不高只有五品，低于六部尚书，这样首席大学士一般由六部尚书兼任，秘书班子根据皇帝旨意的票拟大权，在权臣手中就变成了秉政实权，在司礼大太监代皇上"批红"的权力，就变成了太监干政的实权。这是宫廷政治不可告人之处，内臣和外

---

① 见《日知录·卷一三·廉耻》。

臣的联手作弊和弄虚作假，帝国的最高统治者就成为名义上的虚君。文官集团和权臣、太监的斗争就构成了明代所特有的"朋党"之争。

文官集团内部地域乡党、科考同年之间的朋比为奸、同声相应、同气相求又为明代的朋党之争增加了丰富的色彩。但是，贯穿整个明末始终的却是文官集团同象征皇权旁落的"阉党"和"权臣"之间的斗争。

所谓"阉党"也即以实权太监为首与部分朝臣相勾结的集团，如武宗朝的刘瑾，天启朝的魏忠贤。权臣也就是独揽朝政大权的内阁首辅，如嘉靖朝的严嵩，万历朝的张居正等等。中国的传统政治历来有朋党之争，如东汉的党锢之祸，唐代的牛李地党争，宋代的元祐党争之类。这种派系门户之争不能说全无清浊是非之辩，但是混斗的过程中往往敌对双方意气用事，为了置对方于死地而无所不用其极，却将伦理纲常、国家利益置之脑后。斗争的结果是政治愈发腐败，矛盾愈加扩大，以至延至数十年之久。

明末的党争持续时间更长，从万历中叶以来的党争不断，终于导致天启年间的"阉党"专政对于东林党人的残酷镇压和迫害，把朝政搞得乌烟瘴气。崇祯朝拨乱反正，钦定"阉党"逆案，但是党争并没有画上休止符，朝廷中的政治分歧几乎都与党争有着千丝万缕的关系。在东林党和复社人士看来，他们所针对的人物其实都是天启朝"阉党"余逆，比如温体仁、张至发、薛国观之流。

于是延续多年的所谓东林和阉党的斗争又在崇祯朝重新展开，各自使出浑身解数，欲置对方于死地。崇祯皇帝只能喟然长叹道："诸臣但知党同逐异，便己肥家。"因此国事也就日见糜烂，乃至不可挽救。这种门户之见，党派纷争一直延续到南明诸小朝廷。激烈的争斗使得皇帝不得不依靠身边的宦官，宦官代天子而行使各项权力，无形中成为各派争夺的对象，围绕争权夺利逐步形成贿赂公行、利益交换、腐败盛行的利益链。官场和宫廷就成了经济、政治利益的交换场所，名利地位的斗兽场，呈现狗咬狗一嘴毛的朝政乱局。

明末崇祯的清廉是出名的，但并不意味他身边人的清廉，整个皇亲国戚利益集团的巧取豪夺，及代天子行事的太监集团和官僚集团头目的富可敌国，也是有目共睹的事实。是这些人的所作为打造了帝国腐败堕落的名片，党争争抢的这张名片在行为潜规则中都渗透着血腥和贪腐，加速了帝国的离心离德遂至解体。包括东林党人和复社集团也不能置身其外，比如吴昌时和周延儒都是名副其实的大贪官、大奸臣。

这是帝国"儒表法里"的政治现实所决定的政治生态环境，也就是理论与实际的脱节，理想与实施理想的手段和方法的悖离，背后蕴藏着的是道德沦落和纲常理教的崩溃。因为在法家理论的鼓吹者韩非子看来，君臣关系其实是纯粹的利益交换的关系，其中毫无信誉可言。因此，君臣关系不可建立在仁义道德基础上。只能是"主卖官爵，臣卖智力"①完全是赤裸裸的商品交换关系。与所有的商品生产者追逐利润一样。"人臣之情，非必能爱其君也，为重利之故也"②。韩非不仅将商品交换过程中的尔虞我诈、背信弃义的行为引用到君臣关系中，而且公然提倡君主利用手中的专制权力，将反对者或者潜在构成威胁的人从肉体上加以消灭。这几乎成了党争中整个官场的潜规则。为了达到上述目的，完全可以不择手段，于是阴谋权术的运用贯穿于党争全过程。

韩非子说："术者，藏之于胸中，以偶众端，而浅御群臣者也。故法莫如显，而术欲不见。"这不仅是对善于搞权术的君主而言，几乎成了一切善于玩弄权术的权势者所热衷。而书生气十足的官员却可能失足于权势者的权术陷阱而不能自保。对于权势者而言要喜怒哀乐不形于色，不暴露自己的主观意图，使部下无以揣测自己的内在企图，从而产生惶惶不可终日的恐惧之感。这就使上下级关系完全剥离了表面温情脉脉的面纱，把专制政体带来的上下之间的利害冲突推到极端。

明末党争双方渗透着权谋和机变，丝毫谈不上光明正大的仁义道德，反而是阴险毒辣的你死我活。手段的残酷阴暗，围绕的中心依然是以"皇权至上"的争权夺利。在君权虚置时，皇权暂时会转化为首辅之权或者秉政太监之权。追逐功利者围绕着权力而大做文章，他们不择手段，遵循胜者为王，败者为寇，弱肉强食的丛林规则，无耻的构陷和血腥的杀戮在所难免。

在王朝覆亡走向倒计时的危急关头，朝廷内外一切政治运作都已经呈

---

① 《韩非子·卷三十五·外储说右下篇》。
② 《韩非子·卷七·二柄篇》。

现出没落时期的扭曲和畸形,政治的黑暗和腐败尤其甚于前朝。内忧外患使得不堪收拾的朝政更加雪上加霜,内部的权力斗争毫无规则所循,儒家的道德说教完全走向了虚伪,所谓法则完全被束之高阁,作为帝王丧心病狂而随心所欲,廷臣们也只能阳奉阴违而胡作非为。前者为保江山社稷,后者为保名利地位,也就同床异梦,离心离德。

崇祯六年(1633年)周延儒被温体仁斗倒,拱手让出内阁首辅宝座,黯然返乡,这两人都被列入《明史·奸臣传》。斗争的结果无论谁输谁赢都不是帝国之福,百姓之福,而他们之间的斗争并没有因暂时分出胜负而终止,反而无限期地延迟下去。张溥和复社也深深卷入其中,不可自拔。因为复社诸士也想借助权势的反转登台表演。实践自己的政治理想,也就免不了被每况愈下的政治氛围所玷污。目的看上去很崇高,手段却不失低级卑下。

下野的周延儒,不甘心被政治边缘化,图谋东山再起;在野的复社诸君不甘心置身朝政之外,希望登台表演,于是双方一拍即合,复社成了周延儒最好的反扑工具,而老周却成了复社在朝廷最佳的形象代言人。

温体仁则视张溥和复社诸君为眼中钉,极尽全力进行打击,双方持续"恶斗"了许多年,到了崇祯十三年(1637年)才再度分出胜负。这一次的争斗本来由老温挑起,他为了打击复社制造了钱谦益冤案,将钱谦益和他的学生瞿式耜逮捕关押了一年多。期间周延儒买通太监曹化淳,将温体仁种种不法罪证摊在皇帝面前,使温黯然罢官出局,次年死在老家浙江乌程县。温氏余党张至发、薛国观当政。

这时,机会来了,朝中周延儒余党吴昌时和在野张溥在开始策划筹谋周延儒的东山再起:一是短时期内攻倒张至发;二是集中力量打击薛国观;三是为周延儒的东山再起制造舆论;四是发动许多社员筹集政治献金,作为活动周延儒起复的经费。

大批的银两送进了朝臣和太监们的私人库房,大家一起在崇祯皇帝面前为周延儒贴金美言,事情果然成了。崇祯十四年(1641年)周延儒重新出任内阁首辅,当然在他走马上任之前,张溥交给他一张必须安排职务的复社成员名单,周延儒爽快答应;而另外一份必须解除职务的所谓"奸党"名单,显然面对朝廷复杂的程序,老周无法立即答应。这就埋下了复社领袖张溥的杀身之祸。作为工具他只能成为宫廷政治"鸟尽弓藏，兔死狗烹"的政治牺牲品，他猝然被生病而亡。

作为读书人原来应该比一般人更懂得"礼义廉耻，国之四维，四维不张，国乃灭亡"的道理，奈何做出花钱买官，为权势者铺路的事情，无非是为了换取自己和小团体的政治利益在进行交易。在此之前，复社把持科考，用金钱和人情走门路，通关节，使帝国的抡才大典失去公平、公正与公信力，造成了社会风气的败坏，人性人心的腐化。而帝国新进官员通过走"后门"玩潜规则，进入帝国中枢，中枢的腐败才是最致命的腐败。而帝国最高长官的遴选竟然也可以通过金钱铺路，买通关节而来，上下仕进之路为关系所壅塞，为金钱所铺满，帝国政治如何能清明起来，只能一团黑走到底了，最终跌进深渊而在劫难逃。

花了钱买到了功名，做了官，或者做了大官，又怎能不从巧取豪夺搜刮民脂民膏上有所补益呢？那么经济又怎能不崩溃？政局如何不糜烂？政治的腐败只能恶性循环，直到整个机器的全面崩解，王朝覆灭。复社"至君泽民"的理想价值又何在呢？手段的卑劣又怎么能够证明理想的伟大呢？

复社所最活跃的时间，正好是明末崇祯一朝，仅就张溥在中试为官之后所呈现的种种心态和所作所为，确实是在专制体制"官本位"的九层高塔中被异化着，最终在黑箱中滑向黑暗。政治品德的堕落导致了行为的无耻。王朝末世中的人生随帝国走向没落也就并不奇怪了。

当然复社当年七千社员，并非每一个人都是张溥或者是吴昌时。

著名诗人陈子龙原本是松江几社的社员，合并后他成为复社重要成员，却没有随张溥卷入把持科场和政治斗争的漩涡。他两度赴考失利，第三次才得中进士。随后他编定、刊刻徐光启的《农政全书》，逐渐在心中孕育出"经世救民"的抱负，又联合朋友编出《皇明经世文编》。明朝灭亡后，他率众起兵抗清，真正成为人所敬仰的读书人。

同为原几社社员的夏允彝亦然，从年少轻狂的风流倜傥到明亡时的慷慨赴难，一生经历，了然无憾。他的儿子夏完淳本是早慧的神童，十七岁率众抗清而殉难，成为世人敬仰的少年英雄。

明末清初三大思想家，黄宗羲、顾炎武、王夫子（湖北匡社后并为复社）早期均为复社成员，为明季诸生。青年时发愤为经世致用之学，明亡后参加抗清义军，反清复明活动失败后，均隐居不出，拒绝清廷征召，专心著述，成为著作等身的一代大学者。

张溥的门生吴伟业则把生命的重心转移到诗歌上，以诗文记录当代史实，成为明清之际最重要的诗人。

当然，东林党人和后来的复社人士在未走上政治舞台前，以在野之身讽议朝政，裁量人物，提出种种改革弊政的方案和主张，其挽救统治危机除旧布新的愿望是迫切的，动机也是真诚的。但是一旦进入中国君主专制的政治怪圈中，围绕对于权力的争夺，东林党人虽然厌恶党争，又无法避免党争去获取权力，只有权力才能保障自己政治理想和救国之道的实施。这种权力斗争开始时也许是不同政见的争论，但是随着时间推移东林党人和复社人士完全悖离了自己的初衷，陷入了朝臣们无规则的混战，杀得天昏地暗，两败俱伤，朝臣舔血，帝国覆灭。

复社主要成员，后来殉国的学者夏允彝指出，东林诸贤在魏阉铲除之后：

本宜同心爱国以报上恩，然急功名，多议论，恶逆耳，收付会，其习如前；党祸且再起，东林复社诸君攻欲烈而上愈疑。

夏允彝对于党争双方都不屑一顾，其头脑清醒超越了党派之争。他对东林党和复社内部人员的良莠不齐鱼龙混杂也有剀切的批评：

平心而论，东林也有败类，非东林亦有独立清操之人，惟其领袖判若天渊而已。东林持论过高，筹边制寇并无实着。攻东林者，自谓孤持任怨，然未曾为朝廷振一法纪，徒以忮刻行之，但可谓之聚恶，不可谓之任怨也。

这是对于东林和复社人士在酷烈的党争中使人头脑清醒分析。东林党内也有败类，其他派别中也有秉持清廉操守的人，与那些领袖人物品质是有天地区别的。东林对待别人的标准过于高大上，而自己也没有能够提出巩固边防抵御贼寇的有效主张。而攻击东林者，自命独自坚持真理任别人埋怨，但是他们也并未曾为朝廷筹谋振兴法纪举措，只能以苛刻的要求对待东林，这些只能是凝聚了邪恶，不能说是任怨。这是对于明末党同伐异的朋党之争，对于国家带来危害所深刻而全面的批判。东林党和复社人士并非一个组织严密的政治团体，因而鱼龙混杂，其中不乏寡廉鲜耻投机钻营的小人、奸人。那些抱有纯洁理想的知识分子进入了专制体制这个酱缸就可能变成蛆虫或者干脆就是茅屎坑的蛆，因为他们本身就是专制体制的一个官僚集团，又何以能不沾染上官场的各种陋习和门户、派性的气息呢？东林党和复社人士的悲剧告诉我们，皇权专制王朝一旦到了后期，传统的政治结构就不会有生机，必然导致政治昏暗，吏治腐败，士风淫靡，党争激烈，即便像东林党及其复社弟子那样开始还充满救国救民理想的士大夫，最终也不得不走向旧制度的轨道。而这时农民大革命的风暴伴随着清兵的铁骑以摧枯拉朽之势而来，帝国在内外交困的风雨飘摇中垮塌。

复社另一位成员王夫之结合自己研究《资治通鉴》的体会，也对朋党政治做出过深刻的反思。他说：

朋党知有门户而不知有天子者也。宠以崇阶，付以大政，方且自诧曰："此吾党之争胜有力"，而移上意以从己。其心固漠然不与天子相亲，持以朋类争衡之战胜耳。① 当然王夫之只是站在君主政治的立场上反思这场党争，他认为朋党之间只有门户的认同，而心中并无天子。围着君主争宠的目的，只是为了攀登上高位，将自己的政见付之实施。到这时会自我吹嘘是："这些多亏我党在争斗中有战斗力才取得了胜利。"实际是转移了君王的意志以服从了自己。这些家伙的心，对于天子存在是漠然的，并不相亲的，目的只是为自己小团体取得胜利而战斗。在君主专制的社会"普天之下莫非王土，率土之滨莫非王臣"实施的乃是"朕即国家"的政治体制。君主和国家必然联系在一起。因此"朋党只知门户而不知天子"实质就是把宗派门户的特殊利益看成高于一切，而把君国利益置之脑后，在君权与政权这个不可分割的分币两面，钻营投机，最终君国瓦解，覆巢之下无完卵。这些党争高手们，在政权倾覆后，不是被屠杀，就是当叛臣，或

---

① 见王夫之《读通鉴论·卷二七》。

者成为前朝的遗民，无论哪一种结局命运都是十分悲惨的。

大儒王夫之在《读通鉴论》卷二十六中尖锐指出：

所谓正人者，惟以异己相倾之徒为雌雄不并立之敌。其邪者，则以持法相抑之士为生死不共戴天之仇。……将孰从而正之哉！

明代东林与复社与齐、楚、浙及阉党的党争，确有忠奸正邪之分，但是把东林、复社诸君子的斗争完全看成是维护君主和国家的利益而奋不顾身，却有失偏颇。其中意气用事，怨怨相报，把帮派利益看得高于一切之事并不少见，故王夫之的结论是："诸君子与奸人争兴废而非为社稷捐躯命，以争存亡。"这在明末南明弘光朝，复社第二代士子身上体现得特别明显。

早在崇祯十二年（1639年）复社中的东林党官二代成员陈贞慧、方以智、侯朝宗、冒襄也即复社四公子等人就在南京夫子庙以一张《留都防乱公揭》的街头大字报驱逐当时正力谋东山再起的阉党余孽阮大铖。当时，阮大铖势孤力单，只能忍气吞声地躲在牛首山潜伏爪牙等待时机，到了南明弘光朝他东山再起后，立即试图大兴诏狱，一网打尽这些东林后代，对复社人士展开报复。只是他的计划未及全面实施，小王朝已经覆灭，否则一场血雨腥风必然袭来，这就是复社诸生以逞口舌之快所引发的政权危机。

而阮大铖的"得意"其实也是由复社前辈张溥和周延儒勾结所造成的。复社运作周延儒的东山再起，阮大铖却是以贿赂走通了周延儒的门路，花了四万两银子让他的妹夫当上了凤阳总督。明朝灭亡之后，马士英因为拥戴福王有功成为弘光朝内阁首辅，呼朋引类，自然阮大铖成为他的私党。阮大铖当上了兵部侍郎才开始酝酿他的复仇计划。这一场错综复杂的"党争"当为天启、崇祯朝的余绪，其因果关系错综复杂，难以彻底追究，已经很难去分别正义和非正义。

结论是弘光的小朝廷中依然血雨腥风充满着刀光剑影，东林党人和复社的一些成员依然被卷入政治斗争。但是当"朋党"之争的阴影笼罩着整个南京小朝廷时，清军的虎狼之师已经迫近长江，准备席卷江南了。弘光小朝廷仅仅苟延残喘一年便寿终正寝。直等到这个政权被彻底消灭，存在于小朝廷内部的政治斗争才算结束。党争与朝廷共存亡。

作为天下士子应该是"先天下之忧而忧，后天下之乐而乐"。按照顾炎武的话说就是"天下兴亡，匹夫有责"。读书人的社团就应该是一个志存远大、理想崇高，悲天悯人，造福天下，以省世、醒世、警世、淑世、救世为宗旨的组织。但是在理想实践的过程中，却因为体制的扭曲而变异，终于在不知不觉中，在功名和利益的驱使诱导下彻底地变真为假，驱善为恶，美好也就变成了丑陋。

张溥及其复社的发展和演变是个可以使人警醒的实例：大者可以引发对于王朝兴盛和衰落的思考，小者可以追索人心人性转变异化的根源。"夫以铜为镜，可以正衣冠；以古为镜，可以知兴替；以人为镜，可以明得失。"复社的诸种演变，固然已经进入历史，张溥也已经成为古人，而历史的镜像不会因为时代的变化而消失。人性中的各种真善美或者假丑恶都是伴随着善政德政和暴政苛政所恒常存在的，因此历史的经验和教训是值得永久借鉴，而伴随着人类文明的进步走向民主法治的光明未来。

第七章　大明帝国的落日余晖

一、含笑入九泉浩然留天地

> 盖浙东诸郡中，绍兴士大夫犹以文章气节自负云。
> ——（清）计六奇

前明苏、松巡抚祁彪佳死得非常从容淡定，他把结束自己的生命看成是人生历史中的一次大休息，而他是应当活在大明王朝的历史中的，大明王朝已经终结了生命，他已经完全没有理由再苟活在这个充满着兵燹和战火世界上了。因此，早在一个星期前就做好了赴死的准备。

他的人生是充满着诗意和理性的典型士大夫生涯。既有儒家入世的理想追求，又有着一切顺从天道自然发展，成功和失落都在有意无意之间，不刻意回避什么，也不刻意追求什么，体现了道家的"宠辱不惊，看庭前花开花落；去留无意，望天空云卷云舒"的恬淡平和心态。对待仕途如此，对待生死亦然。

祁氏家族在浙东是声名显赫的望族，可以说是世受国恩，作为以忠孝立国的大明王朝的臣子，他受命于君父知遇，他的鲜血和生命是应该适时交还给君父的，况且自己所服务的末代帝王崇祯皇帝并不是荒淫无道的亡国之君，但家国和天下却灭亡了。他不可能从专制体制本身去思考问题，只能和皇帝一样认为是臣子未能尽责尽忠所导致的必然结果。

他是饱读诗书的儒家高官。《吕氏春秋·知士》中言："夫士也有千里，高节死义此士之千里也。"可见以死报君恩也是乃是士义高扬，凸显忠烈人格力量之所在，宣泄士的慷慨意气。在已经大半沦陷的国土之上高扬起一面道德大旗，既可以完成自己人格的最终塑造，对于依然热衷于抗清复明伟业的其他忠义之士也是某种感召。比如他的忘年之交已经七十二岁高龄的冯梦龙先生在完成他的《中兴伟略》之后，已经追随唐王朱聿键的脚步去了福建山区，准备招兵买马，图谋东山再起。虽然他认为这只是徒劳无功的白费心机而已，但是冯老前辈对于帝国的忠心他是充分理解的。

他是越东名士，作为名士他皈依自然，在山水人生中追求诗意的情趣，他有着一个琴瑟和谐的家庭；作为名宦，他恪守儒家忠君报国的情怀，以天下为己任，仁者爱人，关注国事民瘼，注重个人道德的培养，丰富学养的累积，完善君子人格的塑造。他的人生、家庭、事业在大明帝国堪称美满，因而在国破山河在的大动荡、大分化、大改组时期，要完成自己圆满的人生，为自己四十四年的人生，画上一个完美的句号。

他是以跨越生的门槛，开启死亡的大门来完成自己儒家忠烈人格的塑造的。他不像帝国大部分虚伪的官僚那般将儒家说教当成进入仕途的敲门砖，敲开这扇大门后攫取的是权力和财富，外加美色和声望。他是真君子，对名利地位不是看得很重，仿佛追求在有意无意之间，因而不计功利得失，人生就显得豁达通透和敞亮，因为他实在不需要去看别人脸色取悦于任何人，包括九五之尊的皇帝。

他只遵循内心的良知和认准的人生信条，因为他在朝野威望素著是自然人格的延伸，不必再加色彩的人为点染。再加上他俊朗的外表，白皙的肌肤，修长的身材，就很像是《世说新语》中晋国大司马山涛形容嵇康那般"其挺立，岩岩若孤松之独立；其醉也，傀俄若玉山之将崩"，即是外表遗世高蹈超凡脱俗若青松之壮美的俊秀文臣，也是内心之坚韧意蕴美好情操的君子士大夫。嵇康的人生句号是在血腥刑场上，以超然物外地神态操琴弄弦一曲《广陵散》，将生命的绝唱融合在悲壮的琴声中，弦断了人世琴音而结束了凄壮之人生，以示和黑暗王朝的彻底决裂。

祁彪佳的人生句号是在月色烟柳的曳动下，在波光粼粼的池水中端坐着欣然接受池水缓缓流进生命之窍，渐渐窒息了生命的微焰而淡然地赴死。使浩然正气飘荡在残破的山河之间，让大明的落日余晖中晕染出一片美丽的血色，在惨淡的血色中完成人生的涅槃。此刻，残阳如血，人生如画，凄美而绚丽，他将在历史中永生。孔夫子言："不知生，焉知死。"《周易》言:"天地之大德曰生,生生不已;天地之大德曰死,死死不已。"生死轮回互为表里,士大夫追求的是精神上的永生。

回顾他四十四年的人生,可以说是俯仰天地无愧怍,于国于家无过错。唯一可以检讨的就是平生太爱好修园子养花木,几乎如醉如痴,就是山河动荡内忧外患频乃时期,也没有放弃过。他深知自己人性之弱点,在日记中反复检讨,然而人生之癖好有时很难戒绝,当然也就如同诗酒嗜好伴随他一生,走向人生之终点了。他是在自己精心筹划了十八年的寓园前放生池中在清澈的池水中从容坐毙的。

他曾经和当朝大儒也是绍兴名士的刘宗周密谋起事,组织义军进行抗清斗争,然而计划还来不及实施,清军就以迅雷不及掩耳之势麓兵杭州城下了。流寓杭州的潞王朱常芳此时已经被杭州乡绅拥戴为监国,并将祁彪佳任命为兵部侍郎衔总督苏、松兵马的巡抚。只不过他还未去履职,潞王爷就已经投降了清军的征南大将军贝勒博洛。这是乙酉年六月初发生的事情。

对于刘宗周这位东林前辈绍兴大老乡,他是十分崇敬而充满敬佩之意的,他虽然不是东林党人,在朝中和那些东林党中的伪君子如周延儒、吴昌时等人还发生了尖锐的冲突,东林党人早就分化成了君子和小人了,越是朝政混乱的时候小人越是得志,小人得志的表现是君子被难,小人结党营私。过去有阉党、浙党一类,崇祯朝阉党被逐,东林重新被启用,崇祯帝口口声声要广开言路,但是真正遇到忠贞直谏的大臣,便是另一副嘴脸了。刘宗周就是这种不避生死敢于犯颜直谏的君子。

刘宗周是万历二十九年进士,他敢怒敢言,是不善于掩饰自己真实情感的性情中人,当然他的心直口快首先是建立在丰富学养上的真知灼见,有胆有识决定了他不怕得罪人,包括九五之尊的皇上和权臣在内。性格决定了命运,他在官场的几起几落,在野比在朝的时间还要长。早在魏忠贤时代,他就得罪了魏氏。魏氏对他还算客气,只是指责他"矫情厌世",便让他辞职回家。崇祯朝他被重新启用,被任命为顺天府尹。上任后,他竟斗胆上书,指责崇祯帝求治太急,"不免见小利而速近功"。

崇祯二年,后金入侵,京畿告急,刘宗周又上疏直言,指责崇祯帝的用人之道,并说太监典兵,是亡国之兆,弄得崇祯帝很没面子。崇祯八年七月，吏部奉旨推举老刘入阁主事，算是给足了面子。在皇帝召对时，老刘竟然不顾场合、不知轻重地再次当面指责皇帝求治太急，用法太严，布令太烦，进退天下士太轻。他要崇祯以收拾天下人心为本，御外以治内为本，并说如能以尧舜之心行尧舜之政，则天下自平。

平心而论，老刘这些话都是对的。更加难能可贵的是刘宗周竟能在百官都不敢讲话时袒露心声，可谓"千士诺诺，不如一士谔谔"振聋发聩之声音。敲打得皇帝心中不爽，干脆取消了刘老入阁的资格。崇祯皇帝改授他为工部左侍郎，算是警戒。没想到老刘耿直，秉性难移，一个月后又上了一道《痛恨时艰疏》，措辞之激烈，前所未有。他竟敢指责皇帝不懂圣王求治之道，所作所为不得要领。接着他要求崇祯皇帝不要轻易改定祖宗成法，当以简要出政令，以宽大养人才，以忠厚培国脉，发政施仁，收天下之心等等。言下之意就是崇祯在这方面做得不够，离尧舜之明君相差太远。

这使得一向自以为天资英睿的崇祯皇帝看到奏疏怒不可遏，决意严惩。最后皇帝虽然放过了刘宗周，但是心中已生厌恶之意。刘宗周再次上疏指责皇帝重用宦官及内阁无能时，皇帝终于忍无可忍，刘宗周被罢官免职打发回老家。

这一放逐就是七年，直到崇祯十五年老刘再次被召回启用为左都御史。没想到刘宗周依然故我，爱顶牛的臭毛病，看来是改不了。当时，给事中姜埰、行人司熊开元因为得罪了崇祯帝被下诏狱，密旨拟处死。刘宗周则认为言官以言论获罪而下诏狱，本朝尚无先例，也有伤国体，于是便联络群臣奋起救之，据理力争。结果姜、熊二人保住了性命。刘宗周则再次被罢官。刘宗周终其崇祯一朝再也没有能够被启用。

刘宗周是当时著名的清流、阳明学派的继承人，道德学问为天下共推，言行恐过于激烈爽直，有时难免迂腐偏执，但是他对于王朝的忠诚、负责精神却是和当时腐朽没落官场充斥的阿谀奉承结党营私的风气背道而驰的。他入仕三十多年，仕途三起三落，真正在朝为官四年，大部分时间是在家乡蕺山脚下著述讲学，过着极其简陋清贫的生活。他虽然屡次犯言直谏，惹得皇帝很不高兴，但是崇祯皇帝对他的评价是"真直敢言""清望出众""贞标硕望""有裨激扬""廷臣莫及"。崇祯三年（1629年）

皇帝专发大诰表彰刘宗周：

尔顺天府尹刘宗周纯忠峻行，亮节清修。学古不悦纷华，直希贤圣，萌心独严衾影，可质神明。

做为一名致仕朝廷高官，刘宗周的生活极为简朴，堪称清苦。依据《刘宗周年谱录遗》记载：宗周平时"不赴人饮，也不招人饮"。佐餐不过鱼蔬。在京都朝房中，上雨下风也不闻不问。当时法纪衰落，各级官僚动辄车马肩舆，而宗周独骑一匹羸马，整鼙行于长安道，应该说宗周的简朴生活是内外一贯的。万历三十六年（1608年），浙江会稽知县赵士谔欲屡造访宗周，宗周皆拒而不答。有一天赵知县径至宗周卧榻前造访问疾，只见老刘家布帏缕缕百结，补丁成串，而所盖的一床被子也是破烂不堪。赵知县出去后对别人说："梁泊鸾、管幼安以上人物也！所谓处士纯盗虚声哉？！"对老刘表里如一的人品深表折服，他的品德高于梁泊鸾和管幼安，是真正的君子，绝不是那种欺世盗名的所谓处士，他的凛然风骨是士大夫穷不失义的典型。

刘宗周和他的小老乡祁彪佳年龄上相差三十多岁，待人处事风格迥异，老刘崇尚简朴节俭，小祁不避奢华舒适。但是在人生价值追求上却是殊途同归的，两人均富有正义感，嫉恶如仇，绝不结党营私，敢于犯言直谏而不避生死，在国破祚移之际，先后以身殉国。刘宗周在绝食离世之前，清军将领博洛曾经征召礼聘他出山，被他严词拒绝。曾经口授答复如下：

遗民刘宗周顿首启：国破君亡，为人臣子，唯有一死。七十余生，业已绝食经旬，正在弥留之际。其敢尚事迁延，遗玷名教，取议将来？宗周虽不肖，窃尝奉教于君子矣。若遂与之死，某之幸也。或加之于铁钺焉而死，尤某之甘心也。谨守正以俟。口授荒迷，终言不再。

刘宗周之子刘灼录口授书并与未启封的征书一并交付清军使者。宗周还嘱咐儿子："此后但不应举，不做官。"刘宗周以耿耿肝胆。凛然气节为其精研笃实的学问和清辉灼天的亮丽操行，做出了壮烈的注脚，一位言行一致，始终如一的真正的君子型大丈夫。

有一点是共同的是刘宗周和祁彪佳都不见容于腐朽没落的官场体制，属于体制内被边缘化的人物。这说明明末的官场已经完全排斥着这些品学兼优的忠贞不阿之士，接纳都是阿谀奉承不学无术拍马有术之徒，朝廷的精英已经排斥殆尽。但遗落乡野的明珠，最终也能拂去尘土熠熠生辉，他们终也成为帝国的忠烈之士而彪炳青史。

因而刘宗周和祁彪佳大部分时间都是在家乡闲居，只是在崇祯朝覆灭后被南明弘光朝再次短暂启用，但被马士英、阮大铖等奸佞之徒再次排斥。他们终也难以避免"黄钟毁弃，瓦釜雷鸣"，遭到逆淘汰的悲剧性命运，直到他们用自己的生命鲜血为帝王尽忠，为帝国殉葬。

清将领博洛驻军杭州，立即遣人前来浙东招抚，并且命令浙东士民薙发效忠，召隐居在绍兴的乡绅前往杭州朝见。苏、松巡抚祁彪佳、左都御史刘宗周、弘光朝礼部尚书内阁大学士高宏图等都是住在绍兴的前明高官。这些知名高官的归附，无疑对于招降江南士子有很好吸引力，士子归心，还怕老百姓不服从。

自从崇祯皇帝自尽煤山后，帝国在新朝统治者眼中就是前明了，言下之意江南的弘光朝廷和现在的鲁监国、潞监国和不久将衍生出的隆武、永历小朝廷都是伪政权，朱明王朝已经成为过去时了。现在大清帝国已经被改元称作顺治三年（1646年）是农历的乙酉年，残明王朝遗留的皇亲国戚和臣子们应该睁开眼睛好好看看现在的大清的天下，不要误判局势，那只有死路一条，这就是聘书后面潜藏着的刀光剑影了。

如同祁彪佳这类越东名士前朝高官首当其冲都是博洛指明招抚的对象，当然招降书信的口气对这位前明二品巡抚非常尊重客气，是以重金礼聘出山的形式，希望他到新朝任职的。此刻的鲁监国朱以海已经早早地逃离绍兴漂泊到舟山去了，在群岛中逃避着清军的围剿追击。

祁彪佳以"身体不适，另推其他贤能"为理由，一直拖延着，对方却三番五次派员上门催促，颇有些三顾茅庐的诚意和不干不行的杀气。当然他目前避难的地方绝不是草庐，而是恍漾着山光水色绿荫丛中掩映着亭台楼阁的偌大一片庄园，是浙东著名的祁家园林——寓园。他为了经营这片园林耗尽心血，从崇祯九年开始营造到目前为止初具规模，还未及好好享受,转眼山河已经变色,这片庄园目前已经成了避难所,卜居者络绎不绝,祁家人已经做好了避居山区的准备,他甚至还骑马进山去察看过地形。

在汉族大员心目中的野蛮人,曾被轻蔑地称为"建虏"的满洲贵族,时至今日并没有带兵占领庄园,而是多次带着金钱聘书前来礼聘他出山做官,似乎非常文明非常有礼貌。当然,祁彪佳也看到金钱和聘书中隐藏匕首。如同刘宗周老人根本连所谓聘书都未拆封就明确说明,你们或者让我就这样绝食而死,或者就用铁钺将我杀死,反正都是一死,这才是士大夫应有的气节。

祁彪佳的家人和亲属们纷纷前来劝说,为了家族的安危,老爷哪怕在形式上应付去一趟杭州,再找托词返回绍兴,这样至少可以不连累家人。祁彪佳似乎顺从了家人的劝说,平静地对爱妻商景兰说:"这种事情并不是推辞所能解决的,不如我去一趟杭州,再以身患疾病为理由,或者能够放归。"他表面上忙着收拾行装准备去杭州,一切饮食起居如常,该吃时吃,该喝时喝,表面上看情绪很稳定,家人也信以为真。其实暗中他已经下定决心准备殉国了。

乙酉年农历六月初五日,这是浙东最热的炎夏季节,半夜时分寓园内外一片寂静,家人都已经渐渐睡去。月色下梳理整齐的祁彪佳穿着青衫长褂悄悄蛰出大门,微风吹来衣袂飘拂,很有些出世的玉树临风之感,他没有像屈原那般被发跣足显得很是狼狈落魄那样,他衣衫鞋履干净利落整洁,头发梳理得一丝不苟,发结上包裹着角巾,这是最后的汉家仪表装束了,以后万里胡骑,腥膻遍野,再要保持这汉家装束恐怕就困难了。他实在难以想象自己剃发易服后那种可怜滑稽而丑陋的形象。

他本来就是明代官场上仪表俊朗的美男子,人到中年骨骼依然清奇,身材颀长伟岸,肤色平滑细腻白皙,清瘦的脸上一络美髯在微风中飘动着,增加了这位中年名士的成熟感。由于他在家乡致仕闲居时常年经营着家族的田产,忙着营造园林,建立慈善机构,救济贫苦百姓和灾民,为贩卖到妓院的妓女赎身等一干社会事务,在当地有着相当的名望。

他来到梅花阁前的放生池畔,垂柳在夜风中轻轻摇曳拂动起圈圈涟漪,打乱了映照在水面的银色月辉,往事如同流年碎影般漂浮在他的脑海。以往每年他只要闲居在家,在商景兰生日那天都会在这里召集亲友举办放生活动，入夜池面飘浮着盏盏荷花灯，灯辉和星光交相辉映，四周欢声笑语，如今一切都将成为过去，欢乐惬意富足的寓公生活随着帝国的倾覆一去不复返，往事成为云烟渐渐消散。草木丛中响起虫鸣声，更加衬托四周的静谧，他脑海中翻江倒海：全是令他感到心灰意懒的坏消息，使他的心情感到分外压抑，武昌的左良玉兵溃身死，吴三桂从广西打到了广东，福建的形势岌岌可危，国势看来是无可挽回了，他将在自家门口的放生池完成自己由生到死的转换。

这正是他生死抉择的时候。选择生，意味着荣华富贵的继续，那必须向新朝廷折节妥协，剃发易服，牺牲名节，换取高官厚禄，成为无耻的贰臣；选择死，意味着放弃家人和财富以及优裕的上流社会生活。士大夫注重的当然应该是名节。至于家人，他知道他的夫人商景兰和四个子女（长子早逝）都是饱读诗书深明大义的人，一定能够理解丈夫或者父亲的选择，乃是对于正义的追求。至于财富生不带来死不带去，如同天空的浮云，水面的浮萍，随风云变幻而聚散，优裕的生活前身已经该享受的都享受了，红尘似乎无所留恋。看来他是应该离开这喧嚣的尘世，去天地之间作永久的遨游了。

《祁忠敏公年谱》[①]记载：清军下江南，闻有渡江前来迎接他前往杭州的清朝使者，祁彪佳秘密对二弟说："我死此其时也。家中的人太多，不若自绝于寓山，可速殓。"拂晓时分，家人见梅花阁前，放生池的石阶水面，露出角巾数寸，前往察看，见先生正襟危坐，垂手敛足，水才及额，面有笑容。祁彪佳已经从容坐毙在池水之中，脸上带着恒定的微笑，池水仅及额头，可见他是活生生用池水将自己窒息而走进死神怀抱的。淡然赴死必须有惊人的毅力，他似乎没有作痛苦的挣扎，含着微笑走向了死亡，这定然是下了必死的决心，才以如此酷烈的手段在镇定自若中了结自己的生命。

回想一个月之前，满洲军队攻破南京城，南明小朝廷的礼部尚书钱谦益和爱妾柳如是相约在自家花园池塘结束生命。当柳如是搀扶着老钱向池塘深处走去时，他懦弱地说水太凉，又终于返回去了。生死有时就在一念

[①] 明代王思任原本，清代梁廷耕、龚沅补编。

之间，而这一念却牵动了这位当年东林党领袖在历史中的定位，可谓生死荣辱霄壤之别，老钱成了背主求荣的可耻贰臣。

当祁彪佳毅然决然向浅浅池塘蹲下去，池水从四方向他的鼻腔涌来，这种令人窒息的憋闷，一般人难以忍受。但是祁彪佳忍受了，如果他当时在求生本能助推下站了起来，他在历史上就永远地倒了下去。然而，他却逾越了生命的障碍，使精神得以升华，这就是他需要的结果。他含笑接受了这枚苦果，结出的却是精神永恒的花束。他被明唐王及后来的隆武帝朱聿键追赠少保、兵部尚书，谥忠敏，清代乾隆帝追谥忠惠。就是政治对手也钦佩这些以身殉国保持气节的前朝忠臣。

王思任者，浙江绍兴人，万历年进士，曾知兴平、当涂、青浦三县，又任袁州推官、九江佥事。清兵破南京后，鲁王监国，以思任为礼部右侍郎，进尚书。顺治三年，绍兴为清兵所破，绝食而死。是另一位女诗人王端淑之父。王端淑与商景兰皆为明末清初著名女诗人。

在自尽之前，祁彪佳已经写下了绝命诗和致亲友、商夫人的绝命书信，对于自己的后事有所交代。他在几天前和几个亲友来到寓园，在登上四负堂时，回头对儿子说："你们的父亲这一辈子也没有什么大的过失，唯一是过分痴迷于园林打造，枕于山石泉水，将过多精力和心思放在垒土造园、植树造林方面。"口气就有着对于自己死后的自我盖棺论定的意思。

他对家人最后嘱托说希望在他死后，效仿宋代的文天祥遗书命其弟将自己居住的文山改为寺庙的典故，将自己付诸大量心血的寓园也改为寺庙。祁彪佳希望儿子将寓园改造为寺庙，已经非常明确地表示自己准备以死报国的决心。一切事先的准备和身后的交代都十分周密和充分，他在书房的桌上留下的遗言是：

某月某日已治棺寄蕺山戒珠寺，可即殓我。

留下了七十字的绝命诗：

运会厄阳九，君迁国破碎。我生胡不辰，聘书乃迫至。委赞为人臣，之死谊无二。光复或有时，图功当时势。图功何其难，殉节何其易。

我为其易者，聊尽洁身志。含笑入九泉，浩然留天地。

意思是我生遭厄运，君王已经迁徙，国家已经破碎，我身不逢时，满洲建虏的聘书又要到了，作为人臣只有以死报国，别无其他选择。光复故土或者有机会，建立功勋也要因势利导，应该说光复图功实在是太困难了，殉节相对来讲还是比较容易的。我选择了较为容易事情去做，以尽自己洁身自好的志向。我含笑赴死，只将自己的浩然正气留在了天地之间。

他给亲友的绝命书写到：

时事至此，论臣子大义，自应一死。凡较量于缓急轻重者，犹是后念，未免杂于私意耳！若提起本心，试观今日是谁家天下，尚可浪贪余生？况生死旦暮耳，贪旦暮之生，致名节扫地，何见之不广也！虽然，一死于十五年之前，一死于十五年之后，皆不失为赵氏忠臣。予小儒，惟知守节而已，前此却聘一书，自愧多此委曲。然虽不敢比踪信国，亦庶几叠山之后尘矣！临终有暇，再书此数语，且系以一诗，质之有道：运会轭阳九，君迁国破碎，鼙鼓志江涛，干戈遍海内。我生何不辰？聘书乃迫至！委赞为人臣，之死谊无二。予家世簪缨，臣节皆罔赘。幸不辱祖宗，岂为儿女计！含笑入九原，浩然留天地！

他感叹时势至此，已经不可挽救，论及臣子大义，自己应该一死。已经不可能反复比较什么是轻重缓急的事了，如今已经是清朝帝国的天下，我怎么能够贪生怕死，致使名节扫地呢？春秋战国时期赵相国家臣陈婴和公孙杵臼为了保存赵氏血脉，一个死于十五年之前，一个死在十五年之后，都是赵国的忠臣。我只是区区小儒，只知道谨守臣子的节义，前时已经找借口推却了人家的聘书，心中感到十分憋屈，虽然自己不敢和文天祥相提并论，但是完全可以步南宋忠臣谢叠山之后尘，拒绝胡虏高官厚禄的引诱，以身殉国以尽忠义。同样的绝命诗他稍作了修改，增加了自己作为国家重臣，家族屡受大明帝国恩惠，可谓世代簪缨，只能以尽臣节，上以报国恩君恩，下不愧对列祖列宗，怎能为自己的儿女去苟且偷生等等内容。重申了君国大义和自己以死明志的决心。

他在给商景兰的遗书《别妻室书》中对于妻子的贤淑交口称赞，对于夫妻恩爱生活深情回顾，对于自己死后养育子女的事情一一嘱托，几乎无一遗漏，此遗书写得明白如话，不再翻译，原文照录如下：

自与贤妻结发之后，未尝有一恶语相加，即仰事俯育，莫不和蔼周祥。如汝贤淑，真世所罕有也。我不幸值此变故，至于分手，实为心痛，但为臣尽忠，不得不尔。贤妻须万分节哀忍痛，勉自调理，使身体强健，可以驱处家事，训诲子孙，不堕祁氏一门，则我虽死犹生也。一切家务应料理者，已备在与儿子遗嘱中，贤妻必能善体我心，使事事妥当。至其中分拨多寡厚薄，我虽如此说，还听贤妻主张。婢仆非得用者，可令辞出。凡事须前万分省俭，万分朴实，处乱世不得不尔也。贤妻闻我自觉，必甚惊忧，虽为我不起，亦是夫则尽忠，妻则尽义，可称双美，然如一家儿女无所依靠何。切须节哀忍痛，乃为善体我心也。世缘有尽，相见不远，临别缱绻，夫彪佳书付贤妻商夫人。

这些慷慨陈词以明心迹的诗书，可以看出他都是深思熟虑的结果，并非一时的心血来潮，可以说是从容不迫，视死如归了。

二、尚节重义帝国栋梁

越文化尚节重义传统的熏陶和明末清初的时代风云共同造就了祁彪佳独特的人格禀赋，使其在为政、为学、为官、为人中都鲜明地凸现出自己的个性。祁彪佳一生孤介刚正，屡次上疏直陈时弊，从来不曾苟且偷安。在崇祯朝政治混乱、党争频仍之时，冒着生命危险上疏纠劾奸党，挽救清流人士，济世有为、体物恤民、以气节为生命之重，富有深重的忧患意识。为朋友他敢于伸张正义，两肋插刀；对贪官恶霸敢于严厉镇压，不循私情；对父母克尽孝道，敬重有加；对妻子情深意重，琴瑟和谐，是一个儒家人格相对完美的乡绅和官员。

祁彪佳（1602—1645年）出生于世代簪缨之族，为藏书家江西布政司参事祁承爜之子。彪佳自幼寝馈书卷中，幼而聪敏，六岁能诵帝王名。

7岁，乡人抱之上树，命以"猢狲上树"作对，彪佳应声答以"飞虎在天"。彪佳善画山水，深得倪瓒、黄庭坚等大家神髓。在花卉竹石上，随意点染，亦有梅花盦（吴镇）的风趣。祁彪佳"生而英特，丰姿绝人，18 岁乡试中举。20 岁那年（天启二年，1622 年）考中进士，次年授福建兴化推官，"初到任，吏民轻其年少。及治事，惩猾吏，禁豪右，绝苞苴，剖决精明，皆大畏服。"也就是说彪佳少年得志仕途顺畅，开始担任推官时，大家还有些轻视他，担心他太年轻，办案经验不足，然而在治理诉讼事务中却能够惩戒贪滑的官员，抑制豪强，杜绝种种弊端，办事精明，于是吏民都很敬畏佩服他。

崇祯四年（1631 年）彪佳升任右佥都御史，上《合筹天下全局疏》，提出以巩固山海关、宁远一线以策应登海为两大要点。具体分析了中州、陕西、山西农民起义军以及江右、湖北、广东等地的山寇，浙江、福建、东南沿海的海贼，云南、贵州、湖南、四川等地的土贼四大势力，以及如何控制驾驭的办法，而其归纳其要点在节制行伍以节约粮饷，实行卫所制度以养兵。又反复陈述民间有十四大疾苦朝廷必须关注：一是里甲苛政以欺压民众；二是虚报粮产以邀功骗赏；三是冒领兵饷中饱私囊；四是到处搜赃以肥己私；五是假借皇帝名义，横征暴敛；六是绕过各级管理部门，直接提取款项；七是司法不公，贪赃枉法；八是地方官一窝蜂进京贿赂京官，京官一窝蜂涌入地方借口检查工作实为敲诈索贿，名为窝访；九是私设税收以害民；十是私铸银钱以乱币制；十一是借口解运货物滥征民夫；十二是设立养马专业户，盘剥百姓，十三是招人私晒，贩卖海盐；十四是难民问题。崇祯帝认为他的意见是正确的，下发到相关司道研究解决的办法。

崇祯六年，祁彪佳以右佥都御史身份巡按苏、松诸府，所至延问父老，察访民情。豪右兼并，百姓皆得控陈，一时权贵为之侧目。吴中无赖假天罡党欺凌百姓，彪佳捕为首者 4 人，立杖杀之，余众股栗。首辅周延儒家在宜兴，子弟家人恃势横行乡里，触发民愤，乡民焚烧其居宅，挖掘其祖坟。彪佳既捕捉犯法者加以惩治，但是对于周延儒家人欺压百姓的违法行为也绝不宽纵庇护，坚决查处，绳之以法，毫不徇情。周延儒对其恨之入骨，回道考核时，竟被降俸，佳彪遂以侍养老母为名，告退返归绍兴家中，一直到母亲去世。①

崇祯十五年（1642年）冬，彪佳再次被朝廷召用出任河南道御史，又一次走上仕途。他在战事连连，道路堵塞，天寒地冻，交通不便的情况下，便服束装踏上充满艰险泥泞的赴任道路，为的是躲避沿途农民军的盘查，他的弟弟祁熊彪有这样一段记述：

渡河，抵沭阳。知紫禁城戒严，士民商贾无一亲行者，先生北向号泣：君父有难，生死以之，吾计决也。戎服介马，携干粮，历经艰苦，入都门，都中人咸谓先生从天而降耶。

他上任所做的第一件大事就是上疏请留刘念台和金正枢。据王思任《祁忠敏公年谱》记载：

崇祯十五年壬午，先是先生赴召时，总宪（左都御史正二品）刘念台先生、副宪（左副都御史从二品）张二无先生、佥宪（佥都御史正四品）金正枢，皆正人表率。先生喜澄清有机，至都，刘、金二公以直谏遣，先生即上疏请留清望直臣，表率群僚。上怒甚，则诸臣回奏，先生复上释圣怒，以开言路疏，终不可挽。张公又多病，先生处势孤，而自任益力。

这是指祁彪佳被召到北京准备出任河南道御史时，当时朝中主管监察的几位掌管都察院大员都是清流士大夫的代表，刘念台、金正枢因为直言进谏而遭遣归，祁彪佳刚上任就上疏请留，不仅没有奏效，反而触怒了崇祯帝。此时的形势对祁彪佳已十分不利，但祁彪佳没有选择明哲保身保持缄默，而是在左副都御史张二无身体不好，一人处于孤掌难鸣的情况下"自任益力"，这表明了他强烈的道德勇气和刚正不阿的处世态度，知其不可为而为之的担当精神。

除此之外，最能显示祁彪佳刚烈正直的处世态度的事例是他疏纠吴昌

---

① 见《明史·卷二百七十五·列传一百六十三·祁彪佳》，线装书局，第1483页。

时。崇祯十三年到十六年（1640—1643年）年间，正是周廷儒再度把持朝政的时期，祁彪佳因为巡按苏、松查处宜兴民乱得罪了周延儒。而吴昌时却与周延儒的关系非同一般。周延儒的再次为相，得到了东林党及其复社人士的大力支持，吴昌时就是自命清流的复社元老，是复社领袖张溥的好朋友。《明史》中记载，张溥通过吴昌时游说周延儒："公若再相，易前辙可重得贤声。"也就是说周延儒的再任首辅是某种官场权钱交易的结果，吏治的腐败已经延伸到了自命清流的东林党和复社人士内部。吴昌时成为搭建周延儒与东林、复社人士的桥梁。

吴昌时原来是礼部仪制司主事，由于帮助周延儒结交内侍，使其再度成为首辅，因此而获得首辅的宠信。老周准备将吴昌时由礼部调往掌握干部推荐任免大权的吏部。周暗示吏部尚书郑三俊具体办理调动事宜，郑三俊征询老乡徐石麒意见，徐答"君子也"。于是郑三俊就向皇上推荐吴昌时出任吏部文选司主事，其实"石麒畏昌时机深，故誉之"。[①]

徐石麒是害怕吴昌时心机太深，故意夸奖他的。吴倚仗周延儒的权势，实际行使文选司郎中（司长）的责权。吴昌时虽然是复社元老，但为官之时，却敛财纳贿，贪得无厌，把持朝权，手段阴毒，朝中官员对他十分愤恨，但因惧怕当权的周延儒，无人敢弹劾吴昌时。皆因为吴昌时是首辅周廷儒的朋党。

朝廷官员常常通过吴昌时来贿买首辅，获取重要的官位。按照旧例：向朝廷推荐官员，必须经过吏部尚书拟文向上报送。"昌时以私意，竟推六员"实际架空了组织部长，直接通过内阁首辅向皇上推荐"。但是这位权势熏天的人物有一道绕不过去的坎，就是都察院掌管官员考察的右佥都御史祁彪佳。小祁是一位油盐不进认死理讲原则的人，没有都察院的考评意见，吏部的推荐是不符合官场程序的，难以在皇上面前通得过。老吴就得在私下里做小祁的工作。

崇祯十六年（1643年），吏部吴昌时依附周首辅经营着文选司。崇祯帝命令将一些地方官员调入京城大理寺和都察院任职，六部任职的官员调到地方担任总督、巡抚等职务。掌管吏部文选司的吴昌时认为是一次捞

[①] 见计六奇著：《明季北略》，中华书局，1984年，第341页。

钱沽权、扩大势力范围、培植亲信的好机会。借此机会他可以笼慑人心结党营私。台省旧例外转者应是二人，他私下顿增至八人。也就是说，吴昌时借手中的权柄，以笼络私人，排斥异己，有意识多报人选。"时举朝方慑首辅，并慑昌时。"

在这样的情势下，祁彪佳却毅然顶着周、吴二人的嚣张气焰而上。在其日记中记载："三月十六日，吴来之（昌时字来之）至，以会推南大司农少司马（南方诸省总督、巡抚）新设江督（两江总督）、沅抚（湖南巡抚）、楚抚（湖北巡抚）、秦抚（陕西巡抚）五缺来商予，又与力争衙门之外转，请以身当之，其言甚厉。"

王思任《祁忠敏公年谱》也记载：祁彪佳对吴昌时说，皇上的意思是为了锻炼人才，并非简单将官员外放。我们首次实行这样轮换，请你先进行试点，可破除重中央各部，轻视外面各省的陈旧积见，但是推行之，宜循序渐进，不宜贸然实施，恐让朝中听起来比较突然，有伤国体。吴昌时当时听了，也表示同意。并答应了祁彪佳的要求。

不过吴昌时在祁彪佳面前的表态，只是表面现象，实际上仍然我行我素。祁彪佳日记记载："三月二十四日，见太宰（指首辅周延儒）书，允许科道陆续推升，以为来之（吴昌时）调停。后知予衙门已推至六员也，不知其反复变换，适吴来之至，予乃面折之，直叱其立威招权，其惟惟谢罪耳。"祁彪佳不顾周延儒来书调停，不仅当面斥责吴昌时的立威招权，而且接连上疏弹劾吴昌时，"因连疏明职掌，并言昌时奸邪"。当时朝中同僚都深为祁彪佳忧虑，认为他这样做是"取祸之道"。"时举朝方慑首辅，并慑昌时，多为先生危者，先生不顾也。"也就是说，举朝官员均害怕周延儒，也怕吴昌时，见到祁彪佳当庭痛斥吴昌时，皆害怕得吐着舌头远远避开。此时祁彪佳刚刚上疏留任掌院刘公，正为皇帝所猜忌，现在又得罪周延儒的私党，他所处的环境愈加险恶了。但是也就在此时，皇帝对吴昌时的做法开始产生了怀疑。

祁彪佳的处世立场没有因为极大的危险和压力而有任何改变，他不曾有丝毫退缩。正如刘念台对他的评价："于邪正之关，颇能扼定，有功世道不浅。""次年参预考察官吏大计，一秉至公，无敢以一钱一简至其门，舆论大服。"也就是说在参与对于干部的考察中，相关人员慑于祁彪佳的公正清廉没有人敢于送钱送物上门贿赂他，官场舆论对他十分服气。这正是对祁彪佳刚正人格的真实写照。然而，这种一尘不染的监察官员，对于早已是贪腐蔓延朋比为奸的官场是不待见的，所谓"峣峣者易折，皎皎者易污"坦荡之君子遭到戚戚之小人的排斥在朝纲紊乱的政治昏暗时期几乎是常态，不管是自我标榜的清流，亦或是被目为阉党的邪恶之辈都不能摆脱体制的囚笼而洁身自好。洁身自好的君子不见容于日益腐败堕落的体制。相比之下，体制却更像是孕育绿藻的池塘，池塘遍布绿藻，那池死水中仅存的一丝鲜活空气将被帝王的专横和奸邪的嚣张而屏蔽，那些猥琐卑鄙的吴昌时之流反而显得如鱼得水，滋润地活得潇洒自如。那池死水终将被腐草和烂泥充塞，在腐臭中干涸覆灭。涸泽之中鱼龙皆死，这就是历史的选择，非人力可以回天，即使如同刘宗周、黄道周、祁彪佳这样的孤臣孽子，因为整个帝国均被贪腐所绑架，岂人力可拉回已向悬崖迅速滑落的战车，他们只能和帝国一起殉葬，完成自己刚烈人格的塑造。

祁彪佳的性格明显是不见容于京城官场的，那就打发他去留都，不久祁彪佳就被改任南京畿道。估计是在朝中工作不顺利，心情不舒畅，祁彪佳在升官之后，却高兴不起来，他请辞官职，皇帝不允许，只好勉强去南京就任。他借赴履新职之机会，顺道返乡，回家去探亲。这一探亲见到老婆孩子和即将竣工的园林，他就不想再回到浑浊龌龊的官场去了。这时大明帝国也已经到了生死存亡的紧急关头。

三、恶贯满盈奸臣伏诛

周延儒和吴昌时受宠的局面，很快因为周延儒对于皇上的欺骗发生了大逆转。官场的阿谀奉承往往伴随着欺骗同时发生，奸佞企图以一叶障目似的欺诈来掩盖自己欺上瞒下般的邪恶，正人君子外表下的小人行径往往聪明反被聪明误，算计得太深最终算计了自己的性命，周延儒就是这样的所谓聪明人。当邪恶如同大粪在臭气难以掩盖时，这坨依附在皇权之上的秽物就要被铲除。皇帝所宠幸的周延儒钓名沽誉已经到了丧心病狂不择手段的地步，终于走向了反面。

崇祯十六年四月，位极人臣的周延儒走到了人生的悬崖边上。他是状元出身，为人有些才干，但是个人品德相当成问题，他的入阁取代温体仁成为首辅，完全是因为复社领袖张溥等人募捐了万金由吴昌时结交太监而谋取的。交换的条件是上位后以官位来报答东林、复社人士，可见在举国腐败的体制下，没有任何所谓清流能够逃脱这一体制魔咒而不受牵连。官场几乎是天下乌鸦一般黑了。

清计六奇在《明史北略》中记载：崇祯十六年四月，清兵久在内地骚扰，皇帝命周延儒以内阁首辅名义督师清剿，"断其退路，限期尽剿，无令生还"。但是清兵势力很大，周延儒心中害怕得要命，带兵到了山海关前线，根本不敢逼近清军前锋。这时天气太热，清兵在烧杀抢掠一番后自行退去。周延儒向崇祯帝报告大捷，是他击退了清军。皇帝大喜，加封太师，荫其子为中书舍人。有人写诗讥讽：

虏畏炎燠催思归，黄金红粉尽驼回。出关一月无消息，昨日元戎报捷来。

继而台省交章弹劾，言官们是可以风闻言事的，对一些传言，即无需调查，也不辨真伪，直接就往皇帝面前递送。说老周是接受了建虏的巨额贿赂，有意放走了敌人，说得崇祯竟然有些相信了。

五月，周延儒撤职罢官，被放归还乡，还赏给了路费。言官们痛打落水狗，再次交章弹劾，揭露了他和吴昌时结党纳贿买官鬻爵"内阁票拟机密每事先知"的更多罪行。总之"延儒天下之罪人，而吴昌时及礼部郎中周中珪又是延儒的罪人"。于是吴昌时下狱。

吴昌时与董廷献狼狈为奸，把持朝政。御史蒋拱宸弹劾吴昌时作为周延儒的幕僚，与董廷献表里为奸，无所不至，赃私巨万，罪证累累，万目共见。即如南场一榜（南京乡试），录取者非亲戚便是以重贿买通关节之人，这一切都是由吴昌时替周延儒经办。周延儒的弟弟周肖儒、儿子周奕封公然榜上有名，毫无顾忌，以至于白丁、铜臭之流都夤缘登榜。贪横如此，哪里还有朝廷纲纪？吴昌时勾结宫中太监李瑞、王裕民刺探机密，重贿入手就予揣温旨告人。

在奏疏最后，蒋御史指出吴昌时"通内"，也即勾结太监干预朝政。

这是皇帝最为忌恨之事。给事中曹良直亦劾延儒十大罪。

蒋拱辰奏疏中的董廷献乃常州武进人，字心葵，原是武进街头混混，无力从事农业，无本经营商业，无技充当工匠，无学以做士人，见到贫贱之人可怜，见到富贵人家也不买账，喜欢聚众赌博，人称董心葵大侠，后来混迹京城，被周延儒收为心腹，聘为幕僚，信任备至，千金万金之托，一言九鼎之信，内外事委任授意他去办。由是三公八座都对他恭敬有礼，翰林院台省衙门都能听到他的声音，尤其是科考仕进之时，经常是千金万金地收取，一股脑儿地答应所托请之事。凡有人犯案被东厂抓去，他也插手干涉。凡到京城投书，他也帮助主人接受。这家伙是个贼大胆，没有不敢干的事情。崇祯十五年秋天，清兵逼近京畿，十月十三日，崇祯震怒，在文华殿宣布，凡有献策退敌者，允许直入，有敢阻拦者斩。而这小子竟然晃着袖子大摇大摆闯入殿内，享受着皇帝献上的香茶，吃着宫廷精美的点心，又按照官场套路和皇帝胡扯了一番退敌之策后，坦然离开。可见其贼胆特大，竟敢将皇上玩弄于股掌之上，也算是乱世中的一朵奇葩。

周延儒于崇祯十六年夏天被罢官，轻车简从离京返回宜兴。他是接受前任薛国观的教训，故作清廉。其实他是将大量贪得财物，尤其是查抄薛府收缴的财物占为己有，藏匿在这位董廷献家中。吴昌时案发，董廷献下狱，直到李自成攻下北京城，他才被释放。顺治四年一批外地乱兵住在他家院中，索要粮草，这厮不给，乱兵起哄，他却说："你们敢杀我？"乱兵说："杀了你又能怎样？"。这厮果然被一刀结果了性命。①

七月二十五日，崇祯帝亲自去中左门审讯吴昌时，直截了当诘问"通内"之事。昌时百般辩解，称"祖宗之制，交结内侍者斩，法极森严，臣不才，安敢犯此？"崇祯命令蒋拱辰与吴昌时当面对质，不料老蒋一见这森严的场面，竟然吓得浑身发抖，一句话也说不出，只顾趴在地面叩头。司刑者将杀威棍给了老蒋当头一棒，纱帽为之开裂，蒋御史更是吓得魂不附体，不敢开口了。

吴昌时于是更加得意，口气更加强硬："皇上必欲以事坐臣，臣何敢抗违圣意，自应承受，若欲屈招，则实不能。"似乎是皇帝为了自己目的

---

① 见计六奇著：《明季北略·卷十九·董心葵大侠》，中华书局，第347页。

刻意制造冤假错案似的。崇祯帝恼羞成怒，吩咐太监用刑。当场有阁臣蒋德璟和魏藻德出班劝阻："殿陛用刑，实三百年来未有之事！"明思宗说："吴昌时这厮也三百年来未有之人。"于是太监遵旨用刑，一番夹棍，竟将吴昌时两条大腿胫骨夹断，昏迷不省人事，然后押入锦衣卫大牢论死。在场的人莫不对皇上用刑之残酷，哀嚎之声响彻殿陛之间而叹息：嗟乎，国家元气尽矣！（文秉《烈皇小识》卷八）崇祯十六年冬十二月，吴昌时被斩首示众。

至此，崇祯有意杀周延儒，在廷审吴昌时的场合，有大臣说，吴昌时不过是么么小吏，何必如此大张旗鼓？思宗意味深长地说："难道周某也是么么小吏吗？"可见崇祯审吴昌时已经是醉翁之意不在酒了。不久，他就下旨命锦衣卫将周延儒押解来京，听候勘问。周延儒感到此去在劫难逃，临行前将他储藏珍宝的楼阁三楹付之一炬，平生搜刮来的奇珍异宝在烈焰中化为一片灰烬，据说火焰五彩斑斓。（见文秉《烈皇小识》卷）

崇祯十六年十二月初九日夜半深更之际，五十五岁的周延儒在正阳门内关帝庙被赐死，临终前留有绝命诗一首：

恩深惭报浅，主圣作臣忠。国法冰霜劲，皇仁覆载洪。
可怜唯赤子，宜慎是黄封。替献今何及，留章达圣聪。

四、国祚鼎移受命南都

吴昌时和周延儒先后被处死，而祁彪佳回到老家后，已经对朝政的振兴失去了信心。他一回到绍兴老家，就试图辞官。十月份打了退休报告上去，因为路途遥远，公文运行缓慢，一直到甲申年二月吏部公文到达"不蒙圣允"。延至三月二十六日，他只好再次放弃家中造园之事，赴南京履任。这时距离开北京已经半年之久了，在这半年之中，北京发生的变化他甚至还不是很清楚，也就是三月十九日崇祯王朝已经宣告覆灭，北京陷落于李自成之手，崇祯帝已经自尽煤山。

事后他追记这一天，越中天气清和，春风四敷，一点也没有大难降临的征兆。这一天他会晤了绍兴知府于颖，和一些客户核算造园的石工账目，还有几档应酬，回复了几封信。这种时空阻隔造成的信息隔膜，只到四月二十七日行至江苏句容才感受到隐隐约约的风声，次日行至淳化，王朝覆灭的消息才被坐实。他感觉到了形势的紧迫，再提所谓"退休致仕"请求，于君臣大义，似乎不相符合，此时称病，身虽安而心不安，于是决计去南京赴任。祁彪佳为弘光朝效力约不到半年。

他就任的是苏、松两府巡抚。这实在是一个苦差事。是为朝廷在苏、松地区的最高行政长官，末世巡抚无非催粮征税，解决军需为小朝廷的运转提供经费。他致力解决因战乱引起的米价哄涨，囤积居奇，通货膨胀等一系列社会问题，并着力整顿松懈的地方防务。这一段时间，他负责安定地方治安，为朝廷筹粮筹款，收拾散乱的人心，调解驻军和地方之间的纠纷，可以说四处奔波日夜操劳，常常忙到住宿在夜行的船中，在船上还要挑灯草疏，每晚都要熬到三更后才睡觉。

军阀高杰的兵马骚扰扬州，百姓奔避江南，祁彪佳奉命巡抚江南，斩倡乱者数人，一方遂定。高杰，外号翻山鹞，原来就是一草寇，曾为李自成部将，因为骁勇善战，深得李氏信任，李外出征战期间，委托高杰驻守老营，保护家属。高杰竟然和李自成小妾邢氏勾搭成奸，背叛李自成投降明总兵贺人龙，后因围剿农民军有功，成为朝廷的总兵官。但是作为叛徒，一直遭到李自成部的追杀。高杰只好一路率败兵烧杀抢掠逃到徐州，被凤阳总督马士英所接纳，自此成为淮北四镇总兵之一，驻节扬州郊外瓜洲渡一带。因为拥戴弘光帝有功被封为兴平伯。他曾经纵兵包围扬州企图入城肆虐，遭到全体扬州民众的坚决抵制，双方相持不下，后由史可法出面从中斡旋，扬州之乱得以平复。

此公虽为土匪出身，但是也仰慕道德人品高尚的士大夫，因而在史可法督师扬州期间，他的部队相对安定。但是大量逃难躲避兵乱的民众向苏南涌入，给苏、松地区治安带来极大影响。只好由苏、松巡抚祁彪佳出面和他约定会晤，解决难民问题。到了约定时间，京口至瓜州的江面风声大作，浪潮汹涌，高杰以为这位白面书生必然不敢冒险前来。而祁彪佳却仅携数名兵卒，乘着一叶小舟，乘风踏浪不避生死冒雨亲临瓜州渡口。两人在渡口相见，风度翩翩相貌堂堂的祁彪佳，使得一向嚣张跋扈的高杰既感到惊异又深感敬佩。高杰尽撤兵卫，和祁彪佳相会于大观楼。祁彪佳披肝沥胆，坦诚相见，勉以忠义，希望两人携手共同扶掖王室，复兴帝国。

高杰感叹说："杰阅人多矣，如遇像祁公这样的人，高杰甘愿为之一死！祁公一日在吴，我高杰一日遵守和公约定的事项，共同守好长江防线，以报君恩。"两人饭后，稽手相别。由此可见祁彪佳的人格魅力确有过人之处，连一向并不把朝廷放在眼中的一代枭雄也深感叹服。

后来，高杰为叛将河南总兵许定国设计谋杀于睢州袁尚书府后院的藏书楼，许定国叛逃投奔黄河以北清军。《明季南略》载有高杰致后金肃亲王招降书，面对威逼利诱倒也写得深明大义，不卑不亢，虽非粗人高杰所撰写，也必传达了本人忠君报国的意志。兹全文照录如下：

高杰移清肃亲王书

逆闯犯阙，危及君父，痛愤予心。大仇未复，山川具蒙羞色。岂独臣子义不共天！关东大兵能复我神州葬我先帝，雪我深怨，救我黎民，前有朝使，谨奉金币，稍抒微忱。独念区区一介，未足达高厚万一。兹逆闯跳梁西晋，未及授首，凡系臣子及一时豪杰忠义之士，无不西望泣血，欲食其肉而寝其皮。昼夜卧薪尝胆。唯以杀闯逆报国仇以为汲汲。贵国原有莫大之恩，铭佩不暇，岂敢苟萌异念，自干负义之愆。杰萎以菲劣，奉旨堵河，不揣绵力，急欲汇合劲旅，分道入秦，歼闯贼之首，哭祭先帝，则杰之血忠已尽，能事已毕，便当披发入山，不与世间事，一意额祝福我大仇者。兹咫尺光耀，可胜忻仰，一腔积怀，无由面质。若杰本念，千言万语，总欲会师剿闯，始终成贵国恤邻之名。且逆闯凶悖，贵国所甚恶也。本朝抵死欲报大仇，亦贵国念其忠义所必许也。本朝列圣相承，原无失德，正朔承统，天意有在。三百年豢养士民，沦肌浃髓，忠君报国，未尽泯灭，也祈贵国之垂鉴也。[1]

本书信主旨非常清楚，对于南明朝廷包括史可法在内的君臣所制定的方略，也即是"联虏抗贼"，对建州贵族的入侵缺乏警惕，依然寄幻想借清军之手而企图报君父罹难之恨，联手击溃李自成义军以图帝国中兴。南

---

[1] 计六奇著：《明季南略·卷二·高杰移清肃王书》，中华书局，第145页。

明君臣的昏聩,对形势的误判,又岂能希望一介武夫之清明,只是高杰拒绝了清军的利诱,这却是事实。

祁彪佳不久升任大理寺丞,擢任右佥都御史,仍然兼任江南巡抚。祁彪佳在江南募技勇,设标营,沿江增设屯堡加强长江防务。督辅部将刘肇基、陈可立、张应梦、于永绶驻京口。浙江入卫都司黄之奎亦部署水陆兵三四千戍守该地。之奎治军御下甚严。四将率领的兵恣意蛮横,经常杀害民众,凶手被浙兵绑获后投入江中,双方产生矛盾。之后,守备李大开统浙兵杀伤镇江的兵马,镇江兵和浙江兵尚未迎战清军就开始了相互残杀。可见南明小朝廷兵制的混乱。而此刻的内阁大学士马士英和兵部尚书阮大铖却忙着帮助弘光帝选秀女充后宫,结党营私,思虑着如何打击报复东林党人,继续着自己醉生梦死的奢侈生活。乱兵大肆焚掠,死者四百多人。祁彪佳前来处理这次兵乱,于永绶等遁去。祁彪佳劾治四将罪,赐恤受难者家属,计户给钱补偿,平息事态,安定了民心。

在马阮的提议下,弘光帝命设东厂和锦衣,企图恢复诏狱制度,避开三法司,借助特务手段,巩固统治。祁彪佳力陈诏狱、缉事、廷杖之弊,事乃止。彪佳上言:

洪武初年,官民有犯罪的,或收监关押在锦衣卫,高皇帝见非法凌虐,焚毁其刑具,送这些罪犯去刑部关押。故而祖制原来是没有诏狱的。后来所谓诏狱专门以罗织罪名为能事,虽自称是朝廷的爪牙,实际为权奸的鹰狗。举朝上下尽知其人冤枉,而法司不敢诏雪。惨酷刑罚使用等同武则天朝的来俊臣、周兴等酷吏,平反却无唐徐有功和杜景佺这些治狱公正的大臣。此诏狱之弊端是也。洪武十五年改仪鸾司为锦衣卫,专门掌握直皇帝的出行侍卫等事项,并未指令参与案件侦缉查处等事项。永乐年间设立东厂,始开告密之门。品行恶劣的人投靠为办案差役,空手靠制造冤案就可获取钜万高额报酬。经常诬陷及于善良之人,所谓招认的口供无非出于私刑拷打,民怨和愤怒布整个首都北京。欲根索贿公行,而行贿受贿更加盛行;欲清理贪官污吏,而贪官污吏反而更多。此就是厂卫参加案件查处的弊端。古者刑不上大夫。太监刘瑾用事，开始脱去儒臣的衣服接受廷杖。本来没有可杀的罪行，乃然要蒙受必死之刑罚。朝廷蒙受不听劝谏之恶名，那些受刑之大臣反而在民间获得了忠直刚正的清誉。此就是廷杖端弊端也。①

疏奏上达，弘光帝乃命五城御史体访，而缉事官厂卫不设。也就是小朝廷接受了他的建议，不再设立由皇帝直接掌握，实际由太监和权臣操控的东厂和锦衣卫等特务组织和私设的所谓诏狱，非法缉捕和关押审讯处死大臣。

祁彪佳这段奏疏本质上在于维护王朝设立时期的法统，法统是道统的支撑，法统的破坏是权力肆意妄为的结果。他回顾历史直指皇帝私家诏狱由太监集团掌控对于官僚集团的迫害导致道统沦丧而致纲常紊乱的严重后果。皇权滥觞无非是制造新的冤案而堵塞言论，巩固专制而以乱政纲，放任苛政和恶政的盛行。奏疏引经据典有理有据，致使小朝廷在立国未稳就企图恢复罪恶滔天的厂卫诏狱制度以迫害不同政见大臣的阴谋流产。

甲申年初春，北京城的一声惊雷打破了祁彪佳意图退隐园林的黄粱美梦，他应召出任了南明弘光朝的苏、松巡抚。小朝廷的本意是利用他在苏、松地区威望为小朝廷苟延喘喘筹集钱粮安定民心，然而目睹南明小朝廷荒淫无道，他失望了。不到半年时光，他的好朋友兵科给事中陈子龙上书痛贬朝政，指责君臣的失德。此时的朝政内部为马士英、阮大铖、韩赞周、卢九德等把持，外部由高杰、黄得功、刘泽清等骄兵悍将操控，朝政糜烂，败相凸显。陈子龙指出：

中兴之主，莫不身先士卒，故能光复旧物。陛下入国门再旬矣，人情泄沓，无异升平之时，清歌漏舟之中，痛饮焚屋之下，臣诚不知所终矣！其始皆起于姑息一二武臣，以至凡百政令皆因循遵养，臣甚为之寒心也。②

陈子龙此言，坦陈心迹，语气颇沉痛，此时离甲申之变崇祯殉国仅仅

---

① 计六奇著：《明季南略·卷二·祁彪佳请革三弊政》，中华书局，1984年，第78页。
② 计六奇著：《明季南略》，中华书局，1984年，第93页。

五个月，弘光登基也只有三个月，是为甲申年八月十八日。大清铁骑正虎视眈眈即将向南方席卷而来，而南都的君臣还不切实际地做着"联虏抗贼"的美梦，企图以金钱厚络满清贵族而重新回到山海关为界，恢复裂土而治的格局，然而这只是小朝廷的一厢情愿。满洲贵族吞进去的肥肉岂肯轻易吐出？他们等待是占领整个大明江山。小朝廷内外却枕于安乐，恍如升平之时，在漏船中轻歌曼舞，在焚毁的屋檐下饮酒作乐，偏安王朝的结果可想而知。陈子龙深深的忧虑均来自对于秉持朝政的那些奸佞的肆意妄为，对一二掌握军权武臣的姑息养奸而导致所谓王朝中兴伟业只能在文恬武嬉的荒唐现实中归于一枕黄粱。

八月十九日，浙江安抚使左光先报告，原来被他诱杀的秀才许都余党勾结游兵散勇在义乌、东阳、浦江发生叛乱，已经被平复。二十日弘光在浙江巡抚黄鸣俊奏报上批复："左光先诱杀许都，不行善政，以至煽动，着鸣俊相机剿抚。"

东阳秀才许都原是东阳世家原监察院都御史许鸿纲的孙子，为人任侠仗义，在当地很有感召力。东阳知县姚孙榘贪虐残害民众，以防止战乱为名勒索民众钱财，此时许家已经捐款百金，姚知县勒索万金，许都气不过，聚众造反。巡按御史左光先奉命镇压，民众据守，一时僵持不下。绍兴推官陈子龙是许都的好朋友出面让许都投降，左光先却违背承诺杀害了已经投降的许都，结果激起许都部下重新聚众起兵反抗，是为许都事件。

其实透过弘光皇帝的这道圣旨批复，可以在字里行间窥见当年万历、天启朝党争的阴影仍然在小朝廷继续回荡着。这位左光先是被阉党迫害致死的著名东林党人左光斗的弟弟，陈子龙是复社成员。此两人都是老阮的死对头。老阮此刻已经通过行贿马士英、韩赞周等人东山再起，担任小朝廷的兵部尚书，他在人生低谷中像是冬眠毒蛇又回过神来。俗话说，宁得罪君子，不得罪小人。老阮就是这种卑劣小人，他开始寻找一切机会，采用一切手段，对政敌进行打击报复，以报当年屡受东林党及其后人凌辱的一箭之仇。

此刻的南朝兵部尚书新仇旧恨涌上心头，启奏弘光帝弹劾左光先、陈子龙说，许都余党作乱均是因为左光先听了时任绍兴推官陈子龙的诱降诡计杀了许都，所激起的民变，应当追究这两人罪责。马、阮本身就是穿一条裤子的同党，马士英也主张必须严惩这两人，皇帝的御旨不是出自韩赞周的司礼监就是以马士英为首的内阁，这时的大学士东林党人左光斗的学生史可法已经被打发到扬州去督师了。

朝中大臣无人敢于反驳，唯有苏、松巡抚祁彪佳独自挺身而出为左、陈两人辩护："许都之变突发东阳，义乌、浦江皆无坚城，左光先诱杀许都立即离开了，听到事变立即返回，调兵筹饷，不到一个月即平复叛乱，元凶授首，两浙恢复平安。许都此贼弄兵叛乱，以至破城据邑，其罪难道不应该致死吗？光先奉旨讨贼，当日兵威逼迫，贼已经陷入穷蹙之境地，而后乞求保全性命，与阵前擒获无异，并非诱降。假设诛杀不力，无非养虎遗患于后来，国难方张，又不知作何举动了。岂可反而以激变之罪加之！"祁彪佳这篇奏疏马、阮二人怀疑是刘宗周在幕后指使。①

祁彪佳在东林党人和阉党恶斗时，并未选择站在哪一边，他也非复社成员，只是从儒家道义的角度秉公而议。这一义正辞严的反驳，将马、阮之流诬陷陈子龙、左光先、刘宗周罪名全部推翻，两人诛杀许都不仅无罪反而有功。马、阮等人将祁彪佳和刘宗周等人恨得咬牙切齿，唆使御史张孙振弹劾彪佳贪奸。原来在迎立新皇登基时，因倾向于立潞王而并非现在的福王朱由崧，于是祁彪佳、陈子龙、刘宗周等大臣具被罢免。

> 群小疾彪佳，竟诋諆，以沮登极、立潞王为言，彪佳竟移疾去。

祁彪佳在仕途上是生性豁达的，对于为官的信条是谨遵儒家教诲，该坚持的一定坚持，并不以君王的喜怒而放弃直谏的文官职责，也不以忤逆朝中权贵而放弃抨击朝野丑陋行为而放弃自己的立场。在担当地方巡按监察官员时坚持原则关心民生疾苦，打击豪强，不吝查处高官家属的不法行为。在朝中他忠实于帝国绝不结党营私保持特立独行，注重品行操守，因而多次罢官，多次复出，起落沉浮完全淡然处之，可谓达则兼济天下，穷则独善其身。在朝兢兢业业履行职责时肃惕报君，忠于朝廷；在野读书、学习、写作、绘画、收藏和刊刻图书。还时常和家乡大贤从事慈善公益事业，比如崇祯十三年越中大水，彪佳与刘宗周分区赈米，设粥厂施粥，病

---

① 见计六奇著：《明季南略》，中华书局，1984年，第94页。

者药之，死者埋之，深山穷谷，无不亲历，充分展示了一个饱学之士所具备的家国情怀和高贵气节。

而此时阮大铖正在秘密酝酿一份准备抓捕东林党和复社人士的黑名单，再次延续当年阉党搜捕东林党人以《水浒点将录》的类似罗织手法，拟定了一份"十八罗汉"和"五十三参宿"的党人名单准备抓捕。其中就包括了祁彪佳、刘宗周、黄道周、陈子龙、冒辟疆、侯朝宗、黄宗羲等人，但被马士英否决。要不是因为清军南下，大狱恐怕早晚形成。这就是风雨飘摇的南明小朝廷内战内行，外战外行的德行，也是早年万历朝到崇祯朝内部斗争的延续。就是在这些永无止境你死我活的争斗中最终帝国归零，江山整体覆灭。

在祁彪佳、刘宗周、陈子龙等人先后尽节的同时，阮大铖却在绍兴城破后，剃发易服率众投降清军，并主动到清军大营慰问演出。还在演唱昆曲时，生怕来自北方的建州兵将听不懂南戏，改唱北方流行的弋阳腔。清李天根《爝火录》中对这个政治小人的嘴脸记载很形象："即起执板，顿足而唱，以侑诸公酒。诸公北人，不省吴音，乃改唱弋阳腔，始点头称善。皆叹曰，'阮公真才子也！'"

五、才子佳人的情爱悲剧

18岁那年，少年中举的祁彪佳迎娶了兵部尚书商周祚的长女越东著名女诗人能书善画的商景兰，新郎新娘才貌般配，门当户对。商景兰是著名的美女、才女、淑女。祁、商两家均为越东望族，书香门第，官宦子女结为金玉良缘可谓天作之合。朱彝尊《静志居诗话》说："祁公美风采，夫人商亦有令仪，闺门唱随，乡党有金童玉女之目。"

商景兰（1605—1676年），字媚生，未出嫁前就是著名的闺阁诗人，且德才兼备。陈维崧撰、冒襄弟冒褒注《妇人集》记载：

会稽商夫人（祁抚军彪佳夫人）以名德重一时，论者拟于王氏之茂宏，谢家之有安石。（慈溪魏耕曰："抚军据恒有谢太傅风，其夫人能行其教，故玉树金闺，无不能咏，当世题目贤媛，以夫人为冠。"）[1]

其中有引"会稽商夫人以名德重一时，"，也就是说商景兰之德才，堪比东晋大贵族王导与谢安家的风雅女性。祁彪佳也对这个妻子十分赞赏，在与岳父的书信中说："令爱妇道克修，家慈而下，盛称令媛。"两人终其一生可谓伉俪情深琴瑟和谐感情始终深厚如一。

祁彪佳除夫人商景兰以外别无妾媵，这在那个礼崩乐坏、人欲滥觞、士大夫嫖娼、纳妾、蓄男优盛行的时代十分罕见。以今天的标准来衡量夫妻二人均是私德极为高尚的人。彪佳坐池自毙，以身殉国，景兰深明大义，谨遵丈夫遗嘱，挑起教子理家的重任。二子理孙、班孙，女德琼、德渊、德宦，儿媳张德蕙（字楚纕）、朱德蓉（字赵璧）俱有诗名。每有闲暇时间，景兰令媳妇、女儿准备笔墨纸砚随时相侍，按照诗韵分题，家庭女流之间竞相酬唱，以度过那段失去丈夫的悲伤时节，一时传为美谈。儒风熏陶的家庭以诗书自娱疗治国破夫亡的心灵创伤，以诗歌创作寄托哀思以慰寂寥空阔的余生，就这样商景兰又度过了三十一年的孤独人生。

她著有《锦囊集》（旧名《香奁集》），收诗六十七首、词九十四首、补遗诗三首、遗文一篇。一时吸引了越东一批女诗人前来酬唱和吟。商景兰是中国古代诗史上成立女子诗社的第一人。《幼学琼林》女子篇："伯商、仲商，时称越秀；德蓉、德蕙，辉映祁家。"也就说商承祚培养大女儿景兰、二女儿景徽时人称为越东优秀的才女；祁彪佳夫妇培养的德蓉、德蕙姐妹两人如同明珠辉耀着祁家。只是美中不足的是在清军攻下绍兴之后景兰的父亲，作为大明帝国的重臣商承祚和阮大铖一起剃发易服投降了清军。当然商景兰不可能要求自己的父亲和丈夫一样以死报效故国。

这就是风华绝代的女诗人商景兰的人生风景，和她的丈夫在风骨和才华上完全地珠联璧合。十六岁的商景兰嫁入祁家。至乙酉年彪佳自沉殉国，他们一共享受了二十五年幸福美满的婚姻。自己又在孤独中走过了三十一年的人生岁月。祁彪佳于崇祯九年开始营建寓山园林，一直到其死那年，园林之营建一直未曾中断。然而寓山，不只是祁彪佳及其男性友人的寓山，

---

[1] 王文涛编：《香艳丛书精选本·妇人集》，岳麓书社，第517页。

也是商景兰等女性的寓山。

祁彪佳在其《林居适笔》《山居拙录》》等日记中，常有记录同内子至寓山、与内子举酌、偕内子放舟归……如崇祯九年十月，恰逢商景兰生日，祁彪佳便在寓山举放生社，盛况空前，夜晚又"悬灯山中"为乐："初八日，为内子诞日。放生诸社友毕集，禅师迩密、历然、无量俱至。自举社以来，是会最盛。……晚，悬灯山中，与内子观之为乐。"在祁彪佳坐毙殉国的放生池，过去却是他们夫妇共同为庆祝生日，而举行盛大放生等佛事活动的场所。佛教的生死轮回是士绅行善赎取一生罪衍求得来生幸福的重要表现形式，如同明代文学家屠隆在解释六道轮回中所言：

六道轮回，如江帆日夜乘潮，乘潮未有栖泊。一证菩提，若海帆须臾登岸，岸岂复漂流。

度尽众生，乃如来之本愿。众生难尽，则世界之业因。慈父不以顽子之难教而忘教子之念，如来不以众生之难度而懈度众生之心。

祁彪佳已经顺应时代变迁的潮流将自己的灵魂度到了永生的彼岸，意味着永远超越了人生的苦海，不再在凄惶中漂流，用生命以证菩提完成涅槃，而做为妻子的商景兰却背负着痛苦的十字架依然在苦海中漂浮，灵魂不得安栖，过去放生池是夫妻对生命的关爱之场所，现在放生池却是商景兰的伤心地。同样寓山也寓寄着夫妇的情趣、家庭的欢乐和对美好情感的诸多的追求和无限的失落。

崇祯十年，寓山园林初步建成，祁氏夫妇在寓山中乘着一轮皎洁的月光登舟荡漾在水面，赏月对酌，吟诗唱和，彩灯漂浮在水面，闪闪烁烁，仿佛沉醉于朦朦胧胧的美好梦境中。他们荡舟水涯、种菜园圃、读经水榭、挥毫书房，安享夫妇相对酬唱的美好时光："二月十二日，同内子至寓山。午后，内子复至，乘月荡舟于听止桥下。""四月十九日，与内子至山。令奴子悬灯于水涯，波光掩映。""四月二十五日，与内子至寓园，督奴子种瓜菜，阅《楞严经》。""闰四月十二日，至山。……午后，同内子复至山看月，深夜乃归。"这是某种生活在恬静岁月中完全沉浸在自己塑造的桃花源中才子佳人的惬意，充满诗情画意的安谧。有时候，祁氏夫妇同至寓山，一起劳作，如崇祯十一年："正月二十三日，霁。至寓山，督石工筑坝。午后，复与内子至，种花树于两堤。""三月初六日，至寓山。内子督诸婢采茶，予督奴子植草花松径中。"崇祯十二年："三月十四日，内子率诸婢采茶。予于四负堂再简木料，更定归云寄及东楼之址。"还有一些时候，则是商景兰作主角，带领祁家老母、诸姊、诸婶还有两个儿子一起到寓山，如崇祯九年："八月二十四日，……内子同诸姊妯为老母称觞于山中。"崇祯十年："九月初五日，送邹汝功归，同郑九华出寓山。内子奉老母及诸婶至山，看芙蓉。"寓山是一处有山有水，花木繁盛的园林，夫妇两共同苦心经营了将近十年时光，山水承载的流光碎影，花木承接的风霜雪月，证明了这对充斥着诗情画意文化品位的乡绅官宦人家富足安康温馨的生活。

有时候夫妇二人一起去杭州旅游，游览西湖，遍访名园，乐此不疲"九月二十六日，……与内子及两儿至寓山，督两儿读书。"《归南快录》六月初十："午后，偕内子买湖舫从断桥游江氏、杨氏、翁氏诸园，泊于放鹤亭下。暮色入林，乃放舟西泠，从孤山之南，戴月以归。"

从以上所举的例子中可以看出，夫妻离居时的殷切相盼，相见时的惊喜交加，二人偕行山水之间，赏玩风景，抑或共坐对酌，都体现其婚姻生活的和谐美满，日记的字里行间深含情感。

祁彪佳对其妻的感情的笃诚不只表现在一生没有娶妾上，也不止与妻子同进同出、前后相随，更多的是表现在妻子生病时的生活细节上流露出对妻子深厚的情感。祁彪佳特意为妻子发心愿设水陆道场为之祈寿，在妻子病重之时，为之熬汤煎药，妻子病体稍有起色，即为之欣喜，精神也随之愉悦，对妻子的疼惜爱怜之情跃然纸上。这样一个死节名臣，对死无所畏惧，只有在写给妻子的遗书中，才真切的流露出他对人世的留恋，对亲人的不舍，再一次印证了他们感情的深厚。

明代官员往往有许多致仕闲居的时候，他和夫人商景兰营造自家园林，亲力亲为乐此不彼，两人的生活充满着情趣和欢声笑语。在清军很快南下，明朝的半壁江山也难以保全的危难之际，身为女性的商景兰，对家庭的关心可谓与生俱来。所以当崇祯自缢于北京，清兵对中原虎视眈眈，弘光小朝廷偏安江南一隅却仍内斗不休之际，她屡次劝祁彪佳请辞，甚而为此"日祝于佛前"。与丈夫在朝中任职相比,她更倾向于夫妻俩归守家园。祁彪佳死后商景兰留有多首吊亡诗,商景兰《锦囊集》收《悼亡》诗二律:

一

公自垂千古,吾犹恋一生。
君臣原大节,儿女亦人情。
折槛生前事,遗碑死后名。
存亡虽异路,贞白本相成。

二

凤凰何处散,琴断楚江声。
自古悲荀息,于今吊屈平。
皂囊百岁恨,青简一朝名。
碧血终难化,长号拟堕城。

其诗深明大义,悲而不戚,长歌当哭。对于丈夫的殉国在道义上表示理解,在情感上的思念却绵绵不尽;对丈夫遗嘱不敢忘怀,对丈夫死后自家的责任永远铭记在心,从此自觉担负起理家抚育子女的责职,克尽妇道,死而后已。

诗中寓寄的情感十分感人:祁公的英名已经永垂千古了,而我却留恋着生命活在世上。你乘风归去保持了群臣的大义,而我必须养育儿女恪守妻子母亲的职责,这是人间最纯洁的情感啊。你迈过生与死的门槛慷慨赴义,遗留的声名永远镌刻在历史的丰碑上;我和你的存亡虽然走着不同的道路,但是坚贞和清白本是相辅相成的,我们永远在一起,生死守望,不离不弃。凤凰在何处就这么分散了?琴弦在楚江水流的冲击下崩断了。自古人们为忠君报国的晋国贤大夫荀息的死亡而悲叹,至今人们却世代怀念着投水自尽的忠臣屈原。你留下的黑色囊袋里的遗书、遗言、遗诗是国恨家仇,也是我心中深藏的悲痛。史册青简留下的名声只是朝夕之间的事情,你的碧血终究难以化解我心中永远的创痛。我只能在黯夜中痛苦悲泣,长

287

歌当哭的泪水摧毁了我心中永恒的长城,这是一出涵咏千古的情爱悲歌,感天动地,震古烁今。

商景兰实在是儒家道德模范官员情感上的知音,生活中的伴侣。

祁彪佳之死与明朝的灭亡,使女诗人商景兰也因此深刻体会到了故国的沦丧与伴侣的死别所带来的深深悲痛,几乎是难以平复的。寓园过去的繁丽和夫唱妇随的惬意,已经烟消云散。情感如长河落日那般深深埋藏在心底,所能够倾诉的就是触景生情诉诸于笔端。"千里河山一望中,无端烟霭幕长空"(《苦雨》)、"独倚栏杆何所怨,乾坤望处总悠悠"(《中秋泛舟·其三》)、"晓来无意整红妆,独倚危楼望故乡"(《九曲寓中作》)这样的诗句,其中所流露出的苍凉之感与故国情思足以令人动容。虽然具有极为强烈的家国意识,但在对待丈夫殉国的态度上商景兰仍感到了几分矛盾。这种感情在《过河诸登幻影楼哭夫子》一诗中表现得更为直白:

久厌尘嚣避世荣,一丘恬淡寄余生。
当时同调人何处,今夕伤怀泪独倾。
几负竹窗清月影,更惭花坞晓莺声。
岂知共结烟霞志,总付千秋别鹤情。

很久很久我讨厌着红尘的喧嚣,躲避了世上的荣华富贵,唯对着惨淡的山丘园林,寄托我的余生。当年花前月下同时调理琴弦的人,如今在何处?我唯有在黄昏的夕阳下,暗自伤怀,眼泪独倾,辜负了这窗前明月竹影摇曳的诗情画意,更愧对那繁花盛开山岗上破晓的鸟鸣声。世人岂能够知道我们当年共同结下烟霞相随的志趣,尘世无常,你驾鹤西去,我的怀念之情自负秋水绵延,不绝地流淌。

这是丈夫殉国后商景兰真实心态的表露,少了慷慨悲壮的家国情怀,多了触景生情的凄切泪声。以后所抒写的小令中多有悲凉伤怀,缅怀故人之情。

生查子·春日晚妆
无意整云钿,镜里双鸾去。百舌最无知,惯作深闺语。
梁燕恰双飞,春色归何处。妆罢拂罗裳,一阵梨花雨。

忆秦娥

清秋节。金风陡起悲离别。悲离别。长天月影，长圆长缺。

空阶萧瑟声声叶。霜花点点肠千结。肠千结。云外翔鸿，梦中化蝶。

眼儿媚

将入黄昏枕倍寒。银汉指阑干。半轮淡月，一行鸣雁，云老霜残。

凭著飘英风自扫，小院掩双镮。离情难锁，迢迢江水，何处关山。

浪淘沙·秋兴

窗外雨声催。烛尽香微。衾寒不耐五更鸡。无限相思魂梦里，带缓腰围。

隙月到罗帷。孤雁南归。玉炉宝篆拂轻衣。花气参差帘影动，叶落梅肥。

临江仙 坐河边新楼

水映玉楼楼上影，微风飘送蝉鸣。淡云流月小窗明。夜阑江上桨，远寺暮钟声。

人倚阑干如画里，凉波渺渺堪惊。不知春色为谁增。湖光摇荡处，突兀众山横。

钗头凤·春游

东风厚。花如剖。满园芳气长堤柳。莺身弱。浮云薄。韶光易老，春容零落。莫莫莫。

梅空瘦。情难究。菌兰未放香先透。真珠箔。秋千索。沈沈亭院，相思难托。错错错。

醉花阴·闺怨

论愁肠如醉。写愁颜如睡。银釭冉冉影随身，畏畏畏。半帘明月，一庭花气，时光容易。

无数衾边泪。难向天涯会。夜寒故故启离情，碎碎碎。梦中细语，为谁分诉，何如不寐。

1654年，商景兰五十岁生日，儿媳们为她举办寿宴，她却怅然不乐，作诗遣怀，怀念着和祁彪佳琴瑟相谐凤凰和鸣的岁月，而如今山川变色，即使日月也变得黯然无光，美好过去已然不复存在：

凤凰不得偶，孤鸾久无色。连理一以分，清池难比翼。不见日月颜，山川皆改易。

在商景兰三十多年的寡居生活中，她又遭受了多次沉重打击。康熙六年壬寅（1662年），其三女德琼亡故。同年，次子班孙因涉浙中通海案远放宁古塔。祁彪佳临终前嘱咐他的儿子远离政治，将寓园改造成寺庙，子孙务农。然而班孙、理孙以明代遗民自居，依然在寓园暗中结交反清复明人士，以成立诗社，诗酒酬酢，发泄对清政权的不满。所谓"通海"也就是暗中和流徙在海上的张煌言、郑成功等明末遗民组织的义军水师相勾连，企图进逼南京，图谋复明。案发后，株连许多明代遗民。班孙、理孙虽然没有投身军旅，却在寓园策划建言，传递信息，隐藏反清人士，被人告密后被捕流放。

当然这其实是理孙、班孙兄弟以寓园为复明之基地，继承其父遗志的政治选择。要想让兄弟两置身政治之外与他们所受的儒家传统教育显然是不吻合的。因此寓园的女主人商景兰显然无力也没有理由阻挡两个儿子图谋复辟的言行。那么等待两个公子的结果要么在忧郁悲愤中自杀，要么被关押或者流放的悲剧性命运。虽然班孙三年后逃归，却削发为僧，断绝了与家中的一切联系，遁入了空门，最终于康熙十二年癸丑去世。惨剧与祸事接连发生，所以在1676年，晚年的商景兰回顾自己一生的经历时，不由发出"未亡人不幸至此"（《琴楼遗稿序》）的感叹。

商景兰在生活中遭受了种种不幸，文学创作活动却没有停止，印证了所谓"诗穷而后工"的说法。诗人只有受到困厄艰难环境的磨砺，幽愤郁积于心时，方能写出精美的诗词作品。况且祁彪佳家族浓郁的文化读书氛围似乎熏陶着祁家的每一个人，尤其是那些充满诗性的美丽女性。阮元在《两浙輶轩录》卷三《祁鸿孙》下引孙度云：

梅市祁忠敏一门，为才子之薮，忠敏群从则骏佳、豸佳、熊佳。公子则班孙、理孙、鸿孙、公孙耀征；才女则商夫人以下，子妇楚缡、赵璧，女卞容、湘君，阃门内外，隔绝人事，以吟咏相尚，青衣家婢无不能诗，越中传为美谈。

也就是说祁氏满门从老爷、少爷到夫人、儿媳、女儿甚至家佣、婢女都能写诗。这些女眷在商景兰的带动下，形成了一个盛极一时的女性家庭创作群体。据《静志居诗话》卷二十三所载：

（祁）公怀沙日，夫人年仅四十有二。教其二子理孙、班孙，三女德渊、德琼、德宜，及子妇张德蕙、朱德蓉。葡萄之树，芍药之花，题咏几遍。经梅市者，望若十二瑶台焉。

可见当时祁氏门中女性文学活动之兴盛，而商景兰自己也颇以为乐。正是商景兰对于文学自觉的追求与引导，使得她和她的女媳们的文学才华得以提升，其声名也在文人之间远播开来，不仅为当时男性诗人所激赏，黄媛介等闺秀才女也纷纷慕名造访，吟诗唱和，引为闺中知己。然而才女商景兰，于凄凉之中，亦自有其活法。她与其女儿德渊、德琼、德茝，以及子妇张德蕙、朱德蓉，还有著名的诗人在嘉兴"负诗名数十年"的闺塾师黄媛介，亲友王思任之女王端淑，以及邻居吴素闻、吴绛雪等，组成了一个较为持久的女性诗人社团，所谓"葡萄之树，芍药之花，题咏几遍"。她们一家的诗歌活动，可以说开了有清一代闺阁中聚会联吟的风气。曾经繁华的祁家，最后只剩下一门寡妇，寓山园林也早已废为寺庙了。从当年琴瑟和谐的夫妻组合，到如今的才女社团，凄凉的晚年也总算找到了几许安慰。

商景兰之过世，大约在1676年后不久，而在她的倡导之下所形成的一门女性习文写诗的盛况也就随之烟消云散。

祁彪佳不止对妻子情深意重，对子女的爱也一样真切动人，日记中对他自己教育子女的方式和对子女的感情记载不多，但从现在留存的资料中也可窥知他的舐犊情深和其教育理念的通脱开放。这一点可以从其日记中记载的长子同孙的得病与去世的情况中获知。《林居适笔》：

五月二十日："晴，与郑九华至寓山。以祖儿出痘，颇为关心，即归。"

二十四日："医者凌友少广早至，以为症在不起，与陶藤生意合。午后，周敬兰、金素行至，皆是凌说。独马性聚焉，以为乃凉药所误，应用热剂，与诸友争辩甚力。李明初至，则袒焉。予遂从李、马二君所用方。

二十五日："同儿痘少，益信温补之效。午后，王少石至，其说与二友合，始知凉药之真误矣。留少石同二友宿。"

六月初二日："吊者渐多，俱成礼而去。三兄及翁艾弟设祭于亡儿，季超兄作文证无生之旨，不为死者哀，而为一切轮回之人致痛语。语可发深省。"

六月初三日："草一文《哭亡儿》。钱欣之兄误闻予待亡儿以成人之礼，以循礼节情，托王金如转为规勉。予答王札，大概以世人于父母之情，每不及儿女之情，每太过即刻意矫持，尚亦不失于正。予之所以哀而不伤者此耳。"

从以上记录可以看出，当其子生病之时，祁彪佳多方求医，前后换了好几个医生，并且昼夜监守，以观病情的实际行动，可以想见当时那种焦急无奈，彷徨不安的神情。最后，在医治无效之后，他的长子还是弃他而去，他也只能在时祭奠待儿子以成人之礼这样的做法中寻求暂时的安慰。

我们从祁彪佳对待朋友和官场，对待妻子和儿子的态度和感情中，可以看出他的处世态度，一直以一颗真心对人对己，既不随波逐流，附庸风雅，也不刻意经营，谋取名利。这种天人合一，顺其自然而克尽人意，宠辱不惊起落随意的处世态度源于其人格修养、学养的深厚和对儒家完美人格的刻意追求而使自己的精神情感世界几近完美。最终他舍去人间的一切美好，抑或是苦难让心灵的小舟渡向寂寥空阔的彼岸世界，以生命的涅槃向帝国输送了最后的忠诚，为自己的一生充满禅意地打上了一个完美的句号，而在浩渺的历史长河中永生。

六、园林中的沉迷和失落

祁彪佳、刘宗周和陈子龙在天地反覆的关键时刻被排挤出南明小朝廷，先后被罢官返回了各自的家乡。陈子龙回去自行组织义军准备借助民间的力量抗击清军对于江南的入侵，后来去了福建追随唐王朱聿键，被捕后投水自尽。

祁彪佳再次退回寓园，一边关注着日益颓败的政治局势忧心如焚；一边继续完成自己的园林修建的梦想。他为自己在国难当头时候沉湎于修建私家园林深感自责，然而同时又不能戒绝自己这种文人士大夫的癖好，在日记中不停地做着自我批评。祁彪佳是一个办事和生活习惯都相对严谨的人，平时有记日记的习惯，与人书信往来也有详尽记录，因而为后人研究明末的社会、政治和地方风情习俗留下丰富的第一手资料。

营造私家园林在中国历史上都是和贵族豪富斗富的故事相联系，撇开财富的因素，当然也和士大夫阶层追求山水自然而自适的精神追求是分不开的。当然，这些奢靡的或者恬淡的表现形式都和经济以及精神价值追求密切相关。既是财富和权势的象征，也是精神和思想寄托的人化自然审美情趣之所在，大约是和两汉时期兴起的道家追求山水自适与佛家思想传入中国有关，以后儒道释相融合成为中国的主流意识形态一直主宰着中国士大夫的思想。有时又往往是政治理想暂时隐藏在山水园林中，等待东山再起的某种韬晦之计权谋手段。

显然祁彪佳的造园仅仅是某种个人对于老庄甚至佛教禅宗修炼的需要，是陶冶性情避世情节在自家庭院的精神寄托。只有在天地反覆后，他那块陶冶心性寄托情趣的世外乐土才不复存在。士大夫经过儒家学说洗脑过滤的思维才以无比洁净心态在佛家生死轮回的宿命中毅然走向了死亡，追求着精神的涅槃，成为儒家忠烈人格的象征。其实这也只不过是为没落的大明专制王朝殉葬而已。

西晋权贵石崇为了和王恺斗富就曾经在洛阳近郊构建金谷园。传说中的金谷园因山形水势，筑园建馆，挖湖开塘，园内清溪萦回，水声潺潺。周围几十里内，楼榭亭阁，高下错落，金谷水萦绕穿流其间，鸟鸣幽村，鱼跃荷塘。石崇用绢绸茶叶、铜铁器等派人去南洋群岛换回珍珠、玛瑙、琥珀、犀角、象牙等贵重物品，把园内的屋宇装饰得金碧辉煌，宛如宫殿。金谷园的景色一直被人们传诵。每当阳春三月，风和日暖的时候，桃花灼灼，柳丝袅袅，楼阁亭树交辉掩映，蝴蝶翩跃飞舞于花间；小鸟啁啾，对语枝头。所以人们把"金谷春晴"誉为洛阳八大景之一。明代诗人张美谷诗曰："金谷当年景，山青碧水长，楼台悬万状，珠翠列千行。"此诗描绘出了金谷园当年的华丽景象。除了石崇斗富的故事，还有石崇爱姬绿珠，为石崇徇情勇而坠楼的历史典故。

冯梦龙在《情史·绿珠》篇中详细记载了赵王司马伦的亲信孙秀向石崇索取美妾绿珠不果后挑唆司马伦诛杀石崇，绿珠殉情的故事。一个封建社会权钱对于女性奴化占有的血腥故事，竟被专制文化改造成了优美动人的爱情传说，可见意识形态对于人性人心扭曲和异化的强大功能。因此，这些豪华园林的修建多半是与财富、女色、权势联系在一起，女性只不过是权贵财富的一部分。权力金字塔的层级越高，财富越多，占有的女性也就越多，专制帝王也就三宫六院七十二妃天下女性尽入我彀，满足的是自己无尽的贪婪和欲望，显示的是自己的掠夺天下财富的贪婪和权力张扬的豪壮。

当然，金谷园也往往是一些攀附权贵的雅士们的麇集之地，比如无聊文人美男子潘安就经常出入其间饮酒作诗、宴筵享乐。石崇的《金谷诗序》中提到有一次聚会吸引了三十多个文化人，所有人都赋诗以贺。这些诗文中被保留下来的只有潘岳《金谷集作诗》。潘安和石崇都是当时攀附贵族贾谧的所谓"二十四友"集团成员。《晋书·潘岳传》中记载："岳性轻躁，趋世利，与石崇等谄事贾谧，每候其出，与崇辄望尘而拜。"这位中国第一美男子最终被自立为帝的赵王司马伦以谋反罪夷灭三族。这是《世语新说》中记载的故事。[①]

北宋时期作为反对王安石变法的元祐党人总头目司马光在罢官后，贬谪去洛阳建有独乐园，表面上在那儿独善其身，潜心撰写《资治通鉴》；骨子里躲在园林中窥测朝廷政治，召集同党，议论朝政，图谋东山再起。王安石实施新政，启用年轻才俊，罢斥旧党。一时那些老年官员云集洛阳，

---

① 《晋书·卷五十五·列传之二十五·潘岳》，线装书局，第 709 页。

以独乐园为反对派的据点。园林就是主人政治诉求的表达之所。司马光在《独乐园记》写到：

孟子曰，独乐乐，不如与人乐；与少乐乐，不如与众乐乐。赐王公大人之乐，非贫贱所及也！孔子曰：饭蔬食饮水，曲肱而枕之，乐在其中矣；颜子一箪食，一瓢饮，不改其乐，此圣贤之乐。非愚者所及也。若夫鹪鹩巢林，不过一枝；鼹鼠饮河，不过满腹。各尽其份而安之，此乃迂叟之所乐也。[1]

显然司马大人不是迂叟，当然不能自困鹪鹩、鼹鼠之乐，他是智者，哪里只能满足饮食起居吃饭睡觉这些生存需要呢？作为政治家对政治理想的狂热追求，除了著书立说研究历朝历代治乱兴亡学说之外，更多的时候是与志同道合的朋友们讨论天下大事。司马光在退居洛阳的十五年里，举国上下的的确确将他看成真宰相，至少保守派大员是这么认为的。司马光也自认为责无旁贷，他不可能脱离政治平静地安享园林之乐。苏轼在诗中明确指出：

洛阳古多士，风俗犹尔雅。先生卧不出，冠盖倾洛社。虽云与众乐，中有独乐者。才全德不形，所贵知我寡。[2]

苏轼指出司马光的"独乐"，并不是真正的独乐。司马光所居住的园子里充满了各种社会活动的喧闹声。耆老会的会员们都跑来看望他，而他们来拜会司马光时都没有抛弃自己官场的冠盖，也就是穿着朝服戴着官帽以官员身份在独乐园中讽议朝政图谋在政治上东山再起。证明了这些耆老虽然罢官政治上依然不甘心，所以这里其实是失势政治家的议事堂，阴谋复辟派的聚义厅。司马光从独乐园主成了政治反对派的领袖，最后成为国家朝政的道德灯塔。这样贬谪官员养老的园林又赋予了浓厚的政治意义。其实司马大人的独乐园并不豪华奢侈，最大的磁场乃是政治精神的吸引力。

---

[1] 司马光著：《独乐园记》。
[2] 见张鸣著：《宋诗选》，人民文学出版社，2004年，第192—193页。

李清照的父亲时任礼部员外郎的元祐党人李格非在《洛阳名园记》中如此描绘独乐园：

> 司马温公在洛阳自号迂叟，谓其园曰"独乐园"。卑小不可和他园班。其曰"读书堂"者，数十椽屋。"浇花亭"者，益小，"弄水种竹轩"者，犹小。曰"见山台"者，高不过寻丈。曰"钓鱼庵"、曰"采药圃"者，又特结竹杪，落蕃蔓草为之尔。温公自为之序，诸亭台诗，颇行于世，所以为人欣慕者，不在于园尔。①

题外之意是园不在大，而在于主人心胸器宇的宏阔，看来司马温公的独乐在于心怀天下之乐，所谓"先天之忧而犹，后天下之乐而乐"。

而园林作为文化艺术的审美则是自唐、宋时期成为文人士大夫营造自己私人空间的一种高雅生活方式了，到了明末更加成为某种时尚。园林景观来自于自然的灵感，将山水木石盈缩于小园之中，寄托着士大夫自己主观的诸多审美需求。所谓大隐隐于朝风险太大，常常沦陷于党争，政治的沉浮起落也只是瞬间之事；小隐隐于野又过于荒凉，享受生活中的多种乐趣也很不方便；几番比较，还是中隐隐市曹，似在独得两方面的情趣。在城市的豪华空间中辟一安静之地，按照自己是审美观规划自己的诗意空间，种花养草、谈情说爱、操弄琴棋书画、品鉴古玩、唱戏吟曲，闲暇之时找一二好友臧否时政高谈阔论抒发一下政治豪情，窥测一番政治风向，时刻准备东山再起……都是比较理想的场所。

在明王朝覆灭之后，祁彪佳在寓园坐池自毙以身殉国，实际催化了他的两个儿子班孙、理孙继承了父亲忠实于朝廷的遗志，很有些"老子英雄儿好汉"子承父志的意味。家族传承大体如此，为了捍卫帝国的江山，即使在残山剩水上图谋东山再起，在帝国残存的灰烬上撒尽了最后一滴血，也是在所不惜的。

在一腔热血的激愤下，这座依山傍水的园林完全的政治化了，这里自然而然变成了图谋复辟大明王朝的政治中心。深明大义的商景兰对于两个

---

① 李格非著：《洛阳名园记》，第14—15页。

儿子活动自然是心知肚明的,理性使她只能眼开眼闭地坐视他的两个儿子不自量力地走向末路,这就是封建大家族在改朝换代之际的整体悲剧了。园林盛衰是和王朝兴亡紧密联系在一起的。

在明末,实际已经形成了系统的造园理论。文人们相互攀比的造园活动又和传统儒教的式微紧密联系在一起,体现出世精神的老庄皈依自然的隐逸思想在末世"礼崩乐坏"的政治氛围中的抬头,当然也是世家大族在攫取大量社会财富后追求享乐的一种最佳表现形式。这里也是文人希图在乱世中觅得一方净土,颐养性情陶冶情操的世外桃源。在向往和追求自然界山水之乐的同时,把人的审美情趣融化在其中,也是所谓"人化自然"的杰作。

官员在朝政进退之间自然而然和建造园林紧密连在一起,同帝王大兴土木地建造皇家宫苑以显示帝国皇权的赫赫威势在道理上是一致的。帝王追求的宫苑的豪阔奢侈和富丽堂皇;官宦们追求的是小巧玲珑曲径通幽而富有情趣和诗意,显示的更多是文化。园林文化在与自然和理性的相互适应中逐渐升华,然后沉醉于飘然于物外,达到"物我两忘"的境界。这种意境,是在外形美上更高一层的内在艺术审美,往往体现主人思想格调审美情趣的高低,有着更加明显的私人个性化特色。清人沈复在《浮生六记》中指出:

若夫园亭台楼阁,套室回廊,垒石成山,栽花取势,又在大中见小,小中见大,虚中有实,或藏或露,或浅或深,不仅在周回曲折四字,又不在地广石多,图繁工费,或掘地堆土成山,间以石块,杂以花草,篱用梅编,墙以藤引,则无山而成山也。①

即是在一个不大的空间中,利用自然,顺应自然,再造自然,以淡雅幽静的构思,沿阜垒山,因洼疏池,营造亭榭,种植花木,由此构成引人入胜的诗画意境。这种过程也是浓缩和提炼的人化自然的审美过程。显然所费的人力、物力、财力并不低,而且所耗费的心力完全不能以金钱来计算。但凭借祁彪佳的家世财力以及本人的文化素养胸次是完全可以打造出

---

① 沈复著:《明清小品选刊·浮生六记》,岳麓书社,1991年,第89页。

适合自己精神境界的园林来。

当年营造私家园林也几乎是明末有些财力的文人士大夫一大雅好，因此江南园林之盛，冠绝神州。如那些曾经与他同朝为官的文人们都建筑有自己的私家园林，致仕闲居的礼部侍郎钱谦益和江南名妓柳如是有拂水山庄，就是被贬谪南京的阉党分子阮大铖也建有巢园，至于他的老乡好友张岱在绍兴城内拥有砎园、城外筑有天镜园等等，一时争奇斗胜相互攀比着显示自己出奇制胜的雅趣和美好精神追求的乡绅们在居住环境上追求新颖、奇特、雅致。

明末士大夫的造园风潮中还涌现出一批造园名家，其中以计成和张涟最为著称。吴伟业曾有《张南垣传》问世，译成白话文如下：

张南垣名叫涟，南垣是他的字，本是华亭人，后来移居秀州，所以又算是秀州人。他从小学画，喜欢画人像，又善于画山水，就以山水画的意境垒石砌造假山，所以他别的技艺都不著称，只有垒石造山最为擅长，别人干这一行的没有谁能赶得上他。一百多年来，从事垒石造山技艺的人大都把假山造得高突险峻，修建园林的人家往往搜罗一二块奇异的石头，称它为峰，都从别的地方用车运来，为此而挖大城门，掘坏道路，车夫和驾车的牛都累得气喘吁吁、汗流浃背，才得以运到。他们用长而粗的绳索把巨石绑扎，用熔化的铁汁灌到它的空隙中去，安放以后像祭祀那样宰牲下拜以示敬意，再开始在它的正上方凿刻题字，又在凿好的字上填上青色，使巨石象高耸险峻的山峰，垒造这种假山竟是如此的艰难。假山旁险要之处又架上小木桥，铺设狭窄的山路，让头戴方巾、足蹬爬山鞋的游客顺着曲折盘旋的山路攀登，弯着腰钻进深深的山洞，在悬崖峭壁之处扶着山壁颤颤抖抖、惊愕瞪视。张南垣经过时笑着说："这难道是懂得造山的技艺吗！那群峰高耸入云，深山隐天蔽日，这都是天地自然造成的，不是人力所能达到的。何况天然的山岭往往跨越几百里，而我用方圆一丈多的地方，五尺长的沟渠来仿效它，这与集市上的人拾取土块来哄骗儿童又有什么区别呢！只有那平缓的山冈小坡，土山高地，营造修建，可以计日而成，然后在中间纵横交错安放山石，用短墙将它围绕，用茂密的竹子把它遮蔽，有人从墙外望见，就好像奇峰峻岭重重迭迭的样子。这种垒石而成的假山的脉络走向，忽伏忽起，又突又翘，像狮子蹲伏，像野兽扑食，张牙舞爪，奔腾跳跃，穿越草丛林间，直奔厅堂前柱，使人感到似乎身历山麓溪谷之间，而这几块山石乃是我个人所有的。方形的池塘和石砌的沟渠，改建为曲折迂回的沙岸；深邃的内门和雕花的柱子，改造成黑漆的里门和石灰抹墙的屋子。选取不凋谢的树木，如松、杉、桧、栝之类，混杂种植成林；再用容易得到的石头，如太湖石、尧峰石之类，按自己的意思加以布置。这样既有山水的美景，又无登攀的劳苦，不也是可以的吗？"

华亭的南京礼部尚书董其昌、征君陈继儒都非常称赞张南垣的构思，说："江南各山，土上有石，黄公望、吴镇经常说到，这是深知绘画的构图和布局的。"豪富官宦们书信相邀、上门礼聘的，每年都有几十家，有些张南垣实在来不及应聘的人家，因此十分遗憾，等一见张南垣到来，惊喜欢笑就和当初一样。

张南垣生得黑而矮胖，性格滑稽，喜欢拿街头巷尾荒唐不经的传说作为谈笑的资料。有时因为见闻陈旧，反而受到别人调笑耍弄，也不挂在心里。他和别人交往，喜欢讲别人的好处，不管别人地位的高低，能够与不同爱好的人相处，因此在江南各府县来往活动了五十多年。除华亭、秀州外，在南京、金沙、常熟、太仓、昆山，每次经过必定要逗留好几个月。他所建造的园林，以工部主事李逢申的横云山庄、参政虞大复的豫园、太常少卿王时敏的乐郊园、礼部尚书钱谦益的拂水山庄、吏部文选郎吴昌时的竹亭别墅为最著名。他在绘制营造草图时，对高低浓淡，早已作了规划。刚刚堆造土山，树木和山石还未安置，山岩峡谷已安排妥贴，随机应变地选用各种山石来垒出假山的脉络，烘托它的气势，而不留下人工的痕迹。即使一花一竹的布置，它的疏密倾斜，从各个角度看也都是非常巧妙的。假山尚未垒成，就预先考虑房屋的建造；房屋还没有造好，又思索其中的布置，窗栏家具，都不加以雕凿装饰，十分自然。主人通达事理的，张南垣可以不受催促勉强，逐一建造；遇到要凭自己意图建造的主人，不得已而委曲顺从，后来过路人见到，就会叹息说："这一定不是张南垣的构思。"①

南方不少中高级官员的私家园林均由张南垣所设计建造。在文人雅士中也有不少精通造园之道的，有的还能够自行设计、经营、布局，并不完全借助于工匠之手。比如绍兴的祁承㸁、祁彪佳父子均极好园林，以至废寝忘食，官俸所入，尽用于置办园林。祁彪佳的姻亲张岱也精通造园艺术。张岱出生官宦世家、书香门第、高曾祖父皆有造园爱好，代有营建，总计不下十余座，还在杭州建有一座寄园。张岱自己也有营建，且游览过许多江南名园。写过许多园亭记，约计二十余篇，是研究明代园林建筑史和园林美学的宝贵资料。如他在《陶庵梦忆卷二·梅花书屋》记他的梅花书屋建造工程：

陔萼楼后老屋倾圮，余筑基四尺，乃造书屋一大间。旁广耳室如纱幮，设卧榻。前后空地，后墙坛其趾，西瓜瓤大牡丹三株，花出墙上，岁满三百余朵。坛前西府二树，花时积三尺香雪。前四壁稍高，对面砌石台，插太湖石数峰。西溪梅骨古劲，滇茶数茎，妖媚其旁。其旁梅根种西番莲，缠绕如缨络。窗外竹棚，密宝裹盖之。阶下翠草深三尺，秋海棠疏疏杂入。前后明窗，宝裹西府，渐作绿暗。余坐卧其中，非高流佳客，不得辄入。慕倪迂"清閟"，又以"云林秘阁"名之。②

主人利用一间即将倒塌的老屋，稍加修葺，点缀上花木竹石，遂使破旧的老屋焕发了青春，成为一座可与元末大画家倪云林的"清閟阁"相媲美的书斋。可以获得一个远避尘嚣的幽雅读书之处，从事文学艺术创作的小天地，日夕坐卧其间，自得其乐，也是乱世中的士大夫用于避世的某种生活方式。

祁彪佳的初衷本意即使不在蚊蝇嗡嗡的官场去争权夺利，也能够在自

---

① 《吴梅村全集卷五十二·文集三十·张南垣传》，上海古籍出版社，第1059页。
② 张岱著：《夜航船·陶庵梦忆》，四川文艺出版社，第436页。

己垒筑的诗画境界中以诗词、字画、戏曲、书籍为伴，与爱妻商景兰夫唱妇随，在文化艺术氤氲中平安愉快地度过一生。如果不是那次改天换地的甲申之变，明王朝或许能够在割疆裂土的南北对峙中苟延时日形成南宋那样的局面。

然而，朱明王朝的后裔及其家臣们个个是扶不起来的阿斗和擅长内斗高手，官场的四分五裂，军阀的割据一方，终于难以在苟延残喘的半壁江山形成核心而有效对抗如同泰山压顶那般扫荡而来的满洲铁骑。帝国一朝覆灭，已经难以再有卷土重来的可能，他作为一介书生如同撒播在帝国土壤的优质种子，只能被飓风高扬起的风沙席卷而去，从自家苦心经营的园林，随同大明帝国的万劫不复，坠落进黑暗的隧道，随波逐流而归于天海。他费时十年所苦心孤诣打造的美丽园林最终成为画饼而被战乱兵燹所吞噬。

其实，从专制帝国走向沦亡的开始，祁彪佳就开始打造体现自身文化价值的园林，地址选择在绍兴郊区依山傍水的镜湖湖畔寓山之下，祁彪佳有《寓山注》序（《寓山注》：记载越州园林的经典）和将友人题咏、唱和诗文连同自撰的四十余篇文章诗文编为《寓山志》，记载寓园打造的前前后后来龙去脉。笔者试图结合寓山所在的地理人文掌故用现代语言翻译这些诗文，结合他的日记记载，让读者大致了解寓山园林的概况及各色让他痴迷的景观创造的匠心所在。

我家的寓园就坐落在当年东汉末年梅子真为躲避王莽擅权所隐居的高士里。这里地处绍兴城西南郊外的山阴县和会稽县交界处。林木葱郁，山水相邻，《世说新语·言语》记载："王献之云：'从山阴道上行，山川自相映发，美景使人应接不暇。'就是赞美寓园附近风光秀美。离此处不远，就是波光潋滟的镜湖，唐代诗人，举进士不第的方干就隐居在附近的岛屿之间终身不出。唐开元中秘书监贺知章请为道士，归山阴故里，以宅为千秋观，更求以镜湖为放生池。于是唐明皇李隆基诏赐镜湖一曲，赏给贺知章。镜湖又被称为鉴湖、长湖、太湖、庆湖，贺知章因此也被称为贺鉴湖。镜湖湖面宽阔横跨山阴、会稽两县，明代徐文长有诗曰："镜湖八百里，水阔渺荷香。"水面宽阔总纳二县三十六源之水。一名南湖属山阴，一名东湖属会稽。

镜湖附近的景色，清平淡远，夕阳照耀着碧波，摇着轻舟小橹踏浪而游，仿佛进入画中。遥望镜湖对岸绿荫掩映的几栋楼房，那里便是当年南宋大诗人陆游的故居——快阁。陆游有许多诗句就是来自于镜湖的灵感："千金不须买画图，听我长歌歌镜湖""镜湖清绝胜吴淞，家占湖山第一峰。"我的山阴老乡徐文长有《春日荡桨镜水》一律曰：

短桨长桡出镜湄，弱罗和日本相宜。

广原积绿催芳急，幽谷新莺吐韵迟。

杂蕊搅丝飘易断，柔波排荇荡难移。

丽侯佳辰应靡待，飞触缓递棹停追。

寓园附近这些人文山水自然美景使得我可以任意游走欣赏获取。端赖老天眷顾，我家旁边的寓山和我有着深深的缘分。其名曰"寓"。寓意深长，记载了我在童年时代和季超（即祁逸佳），止祥即（祁豸佳），两位兄长以数斗粮食交换来的一座小荒丘的故事。后来弟兄们刨去山石栽上松树，亲自挑着畚箕、扛着铁锹劳作，手脚因此生了很厚的老茧。我当时也撑着小船悠然飘荡到寓山，抟着泥土，做小孩的游戏。以后二十年间，松树渐渐长高，山石也渐渐变得古旧，季超兄就弃掷寓山而离去，专心信奉佛教。止祥兄也构建了柯园以作告老隐退的居处。我在山的南面建了麦浪大师佛塔并作《会稽云门麦浪怀禅师塔铭》。以后这座小山就被丢弃在杂草丛生的竹林之中，似乎被忘却了。

等我托病辞官南归，偶尔路过，回想二十多年前的往事，触景生情，于是萌生了打造园林的兴趣，以后兴趣越来越浓不可遏制，这是我打造园林的初衷。兴建初期，只想在山上建筑三五间房子，后来不断有客人来指点，此处可建亭子，此处可建水榭，虽然我开始不以为然，但是我在山水间徘徊多次，进行实地考察后，对于客人的建议却常常萦绕在心头，在脑海久久挥之不去。我认为某处建亭，某处建榭，果然说得在理，都是占山川形胜之利，借景生成，简直天作之合不可忽缺。而且在修建过程中我的兴致愈加浓厚，前面的工程尚未完毕，后续新的设想又涌上心头，常常朝出晚归，乐此不疲，痴迷于园林的建造。偶有家中琐事干扰，也都是在晚上处理完毕。就是睡在枕头上也巴望着等待天亮拂晓到来，立即带上仆人驾上轻舟，不辞辛苦的往来于三里之遥的路程上，那时恨不得几步路就走到寓山不间断地持续自己的造园活动。就是冬寒酷暑，体乏腹肌汗流浃背也不以为苦。就是遇到大风大雨的气候，我的小船也没有一日停息过，我在城中居住的旷园和寓园工地之间都在镜湖湖畔，只要舟楫往来即可。只是到了检查床头钱袋告罄之际，才略生懊恼后悔之意。但是一到工地现场，沿着山水来回梭巡之际，才发现所购置的石材还是太少了，所以这两年的造园运动搞得我几乎囊空如洗，依然坚持不懈，乐此不疲。我发现自己已经对于园林的打造到了病态痴迷走火入魔的状态。开山造园借水成景，犹如借助自然而进行人工的艺术创造，实在能够刺激起人的创作欲望，欲望如火燃烧不可遏制，也就演变成痴狂的病癖，不达目的决不罢休。我实在是在自然山水之间雕琢创作一幅立体的作品，山水之间点缀的亭台楼阁桥榭堂屋，实在是在检验自己的审美眼光和艺术创作的能力。

寓园三面临山，山脚有田十余亩；一边临水，园中水石各半分，房屋庐舍和花草树木各半。由鉴湖水路乘船入园仿佛进入海上瀛洲，人间仙境，于是园子东面建有水明廊，"循廊而西，曲池澄澈绕出于青林之下，主与客似从琉璃国而来，须眉若浣，衣袖皆湿"，西面因毗邻"绝壁竦立，势若霞褰"的柯岩，我便建立"通霞台""选胜亭""妙赏亭""笛亭""太古亭"几个观景亭，大都是斫松葺茅，素桷竹椽，全是天然本色，不加漆饰，本意不在刻意仿古，而是便于看云听风，都是意在欣赏景色不在于观看小亭，画梁雕栋反而与周围景致不相协调了。

寓园中大致建有：寓山草堂和远山堂二座，有亭阁三座，中间有回廊四座相衔接。园中造有八求楼（藏书楼）和读易居（书房）各一，沿湖还筑有堤坝者三。其他各种规制的轩、斋、室和山房若干，均幽静敞亮极其精致。其他居室与佛堂（虎角庵）类，皆各具特色，依山势而造型，根据高下而分设以求出奇制胜。在营构园林时，讲究水石、室庐与花木的搭配适宜，轩与斋、室与山房以类相从，桥、榭、径、峰高低错落，体现了虚实相映、聚散结合等特色，皆借助水道山峰走势，参差点缀，波澜起伏，曲折生辉。险者平之，险中求奇。就如同良医之治病，阴阳互补，相辅相成，对症下药；犹如良将治兵，正面出击，奇兵制胜；又像是高手作画，笔笔到位而灵韵叠出；恰似名流作文，不使一语不含韵味而使人浮想联翩。这就是祁彪佳开园造林的精心构思和营造的苦心孤诣所在了。

寓园开建于崇祯八年（1635年）仲冬的农历十一月。崇祯九年（1636年）孟春，农历正月草堂落成，书斋与廊轩的营造准备亦已经就绪，仲夏，农历五月完工。这个时候造园工程紧张进行，水榭先建，楼阁次之，等到山房竣工，山顶和山脚下的建筑全部完工后，惟剩下停泊舟船登岸的小路尚未开筑，我造园的意愿犹嫌未尽。于是疏通河道开凿小路的工程又开始了。于当年十一月冬天到崇祯十年（1637年）春天完成。前后一百多天内，曲折的池塘穿越窗前而过眼，摇曳的烟柳拂动碧波则生姿，绿树掩映朱红色的栏杆，丹霞流动在翠绿色的山壑，这就可以称作为园林了。而我从事农桑园圃的兴致还很浓烈，于是开始规划丰饶的农林和幽静的花圃，建有梅坡、松径、茶坞、蘜圃、樱桃林、芙蓉渡等四时花舍。这时已经是孟夏的农历四月了，我又开始建造八求楼、溪山草阁、抱瓮小憩，经常利用闲暇时间偶然为之，不再以时日去计算了。这就是开创寓园的最大乐趣了。

园林以外，山川之美，如同古人所言："千岩竞秀，万壑争流"尽收眼底；园林之内，花木繁盛，堪比渊明、郑薰所居"五柳先生，七松居士"长入襟怀。四时之景，都堪泛舟月下，迎风吟诗；三径之中，自可呼唤云霓，醉卧雪野。常居此处，令人沉醉，眼界豁然开阔；偶入园中，流连忘返，心怀出尘之思。其中的美妙之处，我实在无暇难以尽情细细向诸君描述了。

以上充满艺术情趣的文字，细致记载了祁彪佳于崇祯八年开始营建寓山园林，一直到其死那年，园林之营建一直未曾中断。然而，在这段时间内正是明王朝内忧外患，长期政治、经济、社会矛盾积累集中爆发的时期，帝国全方位潜伏的危机犹如蓄势待发的火山岩浆在地底奔突，即将喷涌而出，势将击毁整个千疮百孔的大明江山。此刻，外部忧患如同狂飙席卷完全不可阻挡，内部创伤迅速糜烂已达心脏部位，王朝处于内外交困中的风雨飘摇之中。祁彪佳却一直沉浸在园林营造近乎病态的情趣之中，全心全意一丝不苟地打造自己诗意栖息的园林，几乎是不可遏制的欲望焚烧着他的心，追求园林山水意境的独具匠心，营造亭台楼阁建造的尽善尽美，使得他意志沉迷魔幻入心难以摆脱。

然而，他所精心构造的寓园真是他逃避世上风雨的安乐窝吗？这一年农民起义军大会荥阳。张献忠、高迎祥、李自成率义军攻克太祖皇帝朱元璋的安徽老家凤阳，明皇陵被焚烧。崇祯九年（1636年）皇太极在沈阳称帝，改国号为大清，改元崇德，清兵入塞，连下近畿州县。这些情报作为曾经的朝廷三品大员，后来的二品高官，即使致仕也能通过邸报清楚了解形势的发展。在祁彪佳的《林居适笔》《山居拙录》等日记中，常有记录同内子至寓山、与内子举酌、偕内子放舟归……如崇祯九年十月，恰逢商景兰生日，祁彪佳便在寓山举放生社，盛况空前，夜晚又"悬灯山中"为乐："初八日，为内子诞日。放生诸社友毕集，禅师迩密、历然、无量俱至。自举社以来，是会最盛。"崇祯十年，张献忠、罗汝才自襄阳攻安庆。李自成入四川，连陷州县，逼近成都。寓山园林初步建成，祁氏夫妇在寓山中乘月荡舟、悬灯水涯、种菜读经："二月十二日，同内子至寓山。午后，内子复至，乘月荡舟于听止桥下。""四月十九日，与内子至山。令奴子悬灯于水涯，波光掩映。""四月二十五日，与内子至寓园，督奴子种瓜菜，阅《楞严经》。""闰四月十二日，至山。午后，同内子复至山看月，深夜乃归。"崇祯十一年清兵入塞，明督师卢象升战死巨鹿，北京戒严。而祁彪佳夫妇："正月二十三日，霁。至寓山，督石工筑坝。午后，复与内子至，种花树于两堤。""三月初六日，至寓山。内子督诸婢采茶，予督奴子植草花松径中。"崇祯十二年：清兵克济南，俘虏德王凡深入二千里，下畿内、山东七十余城。三月清兵出青山口，北归。五月张献忠再起于谷城，败左良玉于罗猴山。此类"虏情"和"贼况"不停在邸报和日记中出现，祁彪佳却在"三月十四日，内子率诸婢采茶。予于四负堂再简木料，更定归云寄及东楼之址"。还有一些时候，则是商景兰作主角，带领祁家老母、诸姊、诸娣还有两个儿子一起到寓山游乐。

看来寓山初步建成之后，在一定的季节还是向社会公众开放的旅游景点，为了宣传这个景点，祁彪佳甚至征集各方名士的赞美诗文编成《寓山志》一书公开刊行。其中收录有张岱的《寓山士女游春曲》。祁彪佳在致这位好友的信中说："向欲求大作，而翘望词坛，逡巡未敢。兹有续构，尚缺题咏，唯仁兄所赋自当有惊人句、呕心语，足以压倒时辈也。虽所望甚嗜，然十得五六，便足生光泉石矣……"对张岱竭尽吹捧之能事，当然张岱也投之以桃，报之以李，果然应约写了一首长歌以酬老友盛情。

张岱在应邀游园后作的《寓山士女春游曲》[①]中有"春郊漆漆天未曙，游人都向寓山去。大舠小舠来不已，仓促莫辨村与市。阿房宫中脂粉腻，洛阳纸贵芙蓉髻""今见名园走士女，沓来连至多如许。倩装灼灼春初花，笙歌嘈杂数布蛙""谁使四方同此地，园中主人得无意"等句，极尽褒扬之意。题咏之后又附一函，称："寓山诸胜，其所得名者，至四十九处，无一字入俗。到此地步大难。"他夸赞主人自具摩诘之才，自己的题咏则鄙俚浅薄，如同丑妇见公姑。祁彪佳病中读后，称之为空谷足音，"是一篇极大文字"。

此诗，作于崇祯末年，其时李自成起兵，清兵大举入塞，形势非常危急。诗中出现"因见处处烽烟急，兵戈不到有几邑"云云，透露了时局吃紧的信息。但是寓园的主人和当地民众并没有感觉到危机的即将到来，只当还在太平盛世中，粮食丰收，贱如泥沙，穷欢极乐。天不亮，游人就乘船从郊外来到寓山，青年男女尤其兴高采烈，姑娘们打扮得花枝招展油头粉面，至有脂水涨腻之感，小伙子们乘机向她们挑逗。一直玩到日落，船上不断传来催人回家的阵阵鼓声，有人还站在码头上流连不去。看来具有文人情怀的主人很乐于向民众展示自己的山水园林杰作，也乐于在这偏安一隅的乐土，与民众共享不易得到的太平年景。而作为朝廷三品大员的祁彪佳是每天都有可能接到朝廷对于国家形势分析塘报的，竟然还有闲情逸致躺在寓山乐土上充耳不闻。

祁彪佳仿佛置身于朝政大局的风雨之外，享受着世外桃源般安逸逍遥的士大夫隐逸生活，颇有一点古今名士不知魏晋，遑论汉唐的出世意味。

[①]《张岱诗文集·诗集卷三》，上海古籍出版社，第58页。

然而，他毕竟是朝廷大臣，尽管致仕归乡与朝廷拉开了距离，但是儒家情怀已经完全浸入骨髓，只是人生欲望和理想追求交织的复杂心理，使其在入世和出世之间徘徊观望，也许是对糜烂的朝政完全失望后的寄情山水，也许是自欺欺人般的沉迷幻境而享受生活。但是大局溃败，覆巢之下岂有完卵？唇亡齿寒，失去了朝廷的屏障，他要么当贰臣，向新朝曲膝投降，要么尽忠前朝殉节去死。如同他这样的朝廷二品大员（苏、松巡抚也可称作江南巡抚论之）、社会知名乡绅是连选择隐居山野当遗民的权利都不具备的。因此，大动乱的年头人生避世的念头毕竟是某种枉然的虚妄。他的身上已经牢牢地刻烙着名宦和名士的双重印记，这都使他成为引人注目的政治和社会人物。他回避不了政治震荡对于他内心的冲击。只是天理和人欲在不停地交战，他的良心在不停地叩问自己的灵魂，脚步却情不自禁地继续在心里魔障的引诱下，流连于寓山园林的打造之中，难以却步。

在这一时期，祁彪佳一面致书故友询问"都门近况"，身在江湖依然心系魏阙不忘君父，以退休官员的身份与地方缙绅商量所谓"御寇"之策，一面在内心中不停忏悔自己"以有用精神埋没于竹头木屑"。然而天性使然欲望驱使，理性仅仅只是欲望之海中的死水微澜而已，瞬消即逝，寓山工程丝毫没有停止的意思。就在连续接阅邸报江山沦亡噩耗频传的次日，他又"至山督造工程"。当然内心他还是深深自责的"营建藻瀚，溺志歌舞，有意以为之者，皆苦因也"[1]。一位叫王朝式的朋友劝诫他，如此乱世之秋大兴土木，实在是负君、负亲、负己。不听朋友劝诫，则是负友。然而，非常搞笑的是祁彪佳竟然借此由头，又在寓园弄出了一座题名为"四负堂"的建筑，以作灵魂忏悔的场所。他一面继续自己世俗人生的享受，一面又不停地忏悔，以寻求灵魂的安宁。黑色年代的黑色幽默，黑色幽默继续着他的双色人生，最终以生命去殉道，撒手人寰，一切寓园美好的风光都将和财富、娇妻割舍而去，完成了自己灵魂的超度。但那绝不是赎罪，而是对于帝国的忠诚。尽管这个帝国已经完全地腐朽没落到了无可救药，只等待利刃割去最后的生命线。而祁彪佳在生命线还未连根割去之前依然滋长着欲望，可谓生命不息，造园不止。

---

[1]《居林氏笔引》，见《远山堂文稿》。

甲申年（1644年）的岁末，祁彪佳终于在为弘光小朝廷忠心耿耿服务了半年之后，和他老乡刘宗周一起被马、阮之流排挤驱赶出了朝廷，再次恢复到寓园寓公的角色。对于祁彪佳来说很可能是正中下怀的事情。这一天是十二月二十五日，天空飘荡着冷雨，心情和天气一样晦暗，他已经深深感觉到了国势的颓败已经非人力可以挽回了，不如趁早皈依自己精心打造的园林，寻找安适与宁静的人生。他的恬淡心情对于官场的成败得失已经看作是过眼云烟不复再去寻觅了，他现在寄托的是寓园中的一草一木和山水情怀了，他不是官场的伪君子和两面人，他是率性和直爽的真正君子，宦海沉浮人生的归舟毕竟还有家庭这个温馨港湾可以返航。寓园就是他的港湾。

他已经完全不寄希望于那个垂死的小朝廷还有起死回生的可能，果然所谓的"弘光元年（1645年）"也是小朝廷走向死亡的年头，五月清兵攻占南京，福王出逃湖州被俘，弘光朝寿终正寝，尸居余气地喘息了不到一年。六月清兵攻占杭州潞王弃明投敌，绍兴鲁监国在帝国落日余晖的回光返照中漂泊流亡去了海上，七月帝国前巡抚、二品大员祁彪佳归隐梦破，坐毙殉国于寓园放生池，他的造园之梦凄美收官。只是他付出了宝贵年华后又付出了生命，他的亡灵被后人超度到了天国，成了腐败帝国的模范，既被他的同道赞美，又被他们的共同敌人所褒扬。

祁彪佳在明末的儒家知识分子群体中一直是比较幸运的，其出身官宦世家，从小受到诗书礼仪熏陶，少年中举，为官廉洁有政绩，人格相对完美，为人宽厚严谨，性格平和中庸，又不失原则性。其为人正直无私，婚姻非常美满幸福，官运虽然历经沉浮，但是其本人并不以为意，因为他骨子里对两面三刀表里不一的政客手段极其鄙视，本质上是个富有正义感且多才多艺的文化人。其多方面的才华在不同的管道流淌，因而除去做官以外，更多时间是在藏书、读书，从事戏曲、书画、诗词的研究和创作，有多种兴趣可实现人生的情趣化追求，体现自由人格的独立价值，展示了丰富多彩的人生光谱，这些光谱在园林的山光水色中晃漾，最终映照了大明帝国的一抹落日余晖。他在血红色的夕阳里消逝在苍茫的镜湖湖底，成为遗落在历史中的明珠。

第八章　明末出版业的潮起潮落

一、礼崩乐坏下的新思潮汹涌

新旧王朝的交替时期，是一个衰世、乱世，但却也是一个人才辈出的年代。那些离经叛道的新思想、推陈出新的艺术表现形式，永远照亮着中华文明在历史中坎坷前行的道路。

和祁彪佳一起走进历史深处的还有一批杰出的思想家、文学家、艺术家，如王阳明、李贽、袁宏道、施耐庵、罗贯中、吴承恩、汤显祖、徐渭、唐伯虎、文徵明、祝枝山等等。至于在那个乱世之交的殉道者中也不乏文学艺术成就硕果累累的可圈可点者，如冯梦龙、凌濛初、侯峒曾、黄淳耀、黄道周、吴应箕、夏允彝、刘宗周、王思任、杨廷枢、陈子龙、夏完淳等等。一座中国式文艺复兴的高峰，在旧秩序崩溃和瓦解中崛起，又在满清铁骑的践踏下被摧折断裂了。

然而，这些人毕竟都曾经是饱读诗书的儒生，在读书、藏书、著书、刊刻出版书籍的活动，几乎伴随了他们的一生。图书是人类文明进步的阶梯，他们是在攀越文化险峰途中的先驱，为后来的时代留下宝贵的精神财富，那些社会进步和文明的承载物——传世的典籍。随着出版载体不断更新和高科技化，即使在互联网时代其值得传承的精神价值也是永恒的。真个是："大江东去，浪淘尽，千古风流人物。故垒西边，人道是，三国周郎赤壁。乱石穿空，惊涛拍岸，卷起千堆雪。江山如画，一时多少豪杰。"明末就是这样一个乱象纷呈，而又推陈出新的时代。

从宫廷到官场乃至全社会作为纲常伦理的"礼乐"象征，也就是统治阶层所追捧定为官学的主流意识形态，随着法统的崩塌，道统也相对瓦解，因而在对内专制手段的加剧，财富聚敛的速度加快，出现了贫富悬殊、腐败蔓延、信仰缺失、道德解构、法治松弛、官僚治理疲软等败象丛生的世象，形成政治、经济、社会体制土崩瓦解的整体态势。实际上演绎着王朝主流意识形态已经完全不能统摄人心王朝末世的乱象。朝廷话语体系完全处于脱离实际的临空蹈步般的虚空，只是在那里自说自话般地表演着伪善，在精神文化层面出现了春秋战国时期和东汉末年"处士横议，百家争鸣"的局面。

新思想在统治者对于意识形态管控相对松弛时开始萌芽，在民间知识分子阶层中得到广泛响应，在一定程度上影响到文官阶层的思想走向。而明末藏书、著述、刊刻图书的风气盛极一时，印刷业的发达，在事实上催生了出版业的繁荣，促进了新思想、新观念、新的生活方式的广泛传播，缓慢地沿着世界文明史的路线碎步前行，遵循的依然是文艺复兴、宗教改革和工业革命的步伐迈向现代化。如果不是外民族的入侵，封建王朝内部所滋生的早期资本主义萌芽也会随着生产力的发展而自然成长。当然，历史不能假设，中国社会的进步，只能沿着自己的客观规律艰难曲折地向前推进。

祁彪佳家族三代藏书的历史几乎是伴随着家族的造园史一样漫长而执着，造园和藏书共进退，园林毁于战火而藏书也在变乱中流失。原来在绍兴城中祁家就建有一座颇具规模的旷园。其父祁承㸁（1563—1628年），字尔光，号夷度，又称为旷翁，万历三十二年（1604年）进士，曾在山东、江苏、安徽、湖南为官，累官至江西布政使右参政。祁老爷子曾经耗巨资在绍兴城建造了一座庄园——旷园，"园林极盛，藏书娱乐其中"。这应该就是祁彪佳兄弟充满着书卷文化气息的老宅。

清代学者全祖望在《旷亭记》中称祁承㸁治旷园于梅里，有澹生堂，其藏书之库也；有旷亭，则游息之所也；有东书堂，其读书之所也。祁氏为其藏书楼起名"澹生堂"，取义于《文子·上仁》中"老子曰非澹漠无以明德，非宁静无以致远"，表达了他澹泊明志的藏书志向。而名其庄园为"旷园"并自号"旷翁"，亦在表明自己神怡心旷，无往不适的豁达胸襟。祁承㸁从小就是个拥有书癖的人。如同张岱言"人无癖不可与交，以其无深情也；人无癖不可与之交，以其无真气也"。

在整个官场按照"三纲五常"的礼教指导下，都嚷嚷着要"从天理而灭人欲"，但而现实生活中，"天理"从来就没有战胜或者消灭过"人欲"。人的各种欲望和追求，只是人的自然本能和主体精神的表现形式与生俱来，不可或缺。压抑的结果却是人性的扭曲和变异。凡是政治的或者宗教的压制，反而越是压抑，越是如同天狗吞日那般猖獗，如同火烧着了云彩，变着法子在天际流窜，在天地一片昏黯中终究会亮出一丝熹微。

那种世纪末人欲横流的现象，在明末世俗小说"三言二拍"和《金瓶梅》中有着深刻的揭露。诚如鲁迅先生当年在《中国小说史略》中称其为世情小说："在诸世情书中《金瓶梅》最有名，作者之于世情，盖诚极洞达，凡所形容，或条畅，或曲折，或刻露而尽相，或幽伏而含讥，或一时并写两面，使之相形，变幻之情，随在显见，同时说部，无以上之。"那是专制体制下旧道德解构，商品经济市民社会新道德艰难成长过程中的混乱。那种新旧交替时期必然出现的混沌，预示着新思想在黑暗中显现出的曙光。人欲横流金钱至上首先是"乱自上作"，皇上和臣子们的荒淫才导致了整个社会风气的败坏，也才有了新思想、新道德观、价值观的破土而出。统治环节的松弛，个人思想自由、言论自由的程度才会相对宽松，有时往往出现的却是新价值、新规范未建立前的矫枉过正的"二律背反"，才使得在失序中社会逐步走向新的秩序，这是符合自然万物否定之否定规律，从量变到质变飞跃原理的。

明末实际上是一次中国历史上的文学艺术、科学技术复兴，文艺形式适应大众市场需求多样繁荣发展的一次文艺复兴小高潮。这次高潮中涌现出类似《金瓶梅》《三国演义》《水浒传》《西游记》这样触及时事，真实反映社会生活的白话长篇小说以及"三言二拍"等白话短篇小说。文学的繁荣更多地反映了市民社会的生活和情感追求。《水浒传》中的官逼民反，农民起义军队伍的分化瓦解揭示出起义队伍的必然走向：要么走上王朝政治交替循环的道路，在残酷厮杀、生灵涂炭中诞生天下共主，成为新的帝王，走着中国专制王朝循环的老路；要么被招安成为王朝的鹰犬走卒，去扮演帮凶的丑恶角色；要么在各种势力的残酷绞杀下走向覆灭。儒释道三教合一成为中国的主流意识形态主宰天下人心，从天庭到人间，从龙宫到地府，宇宙六合，一片混沌。在那种混沌中所诞生的奇妙灵感使得《西游记》横空出世，作者奇思妙想的文学虚构的能力，饱含诗情的哲理奇思，至今无人能够超越。象征追求自由反抗压迫的孙悟空在玉皇大帝、太上老君和如来佛祖的三重禁锢中难以突围而出，最终其造反精神被压倒在象征中国金木水火土阴阳五行相生相克的五行山下，皈依驯化修成正果。儒道释既是主宰也是牢笼，成为驯服工具被执掌大权的帝王所主宰。

汉末军阀主导的乱世所演绎出的《三国演义》正是王朝崩溃的真实写照。小说勾勒出的王朝政治的阴暗和枭雄之间的阴谋诡计迭出，是中国权术主宰下宫廷政治的昏魅和下作。至于那些有着儒家美好理想追求的士人往往是"出师未捷身先死，长使英雄泪满襟"的人格悲剧，一直在王朝盛衰的历史中演绎着重复着。儒家先贤们勾画出的儒家"仁者爱人，世界大同"乌托邦，最终湮灭在法家愚民牧民暴政苛政的血泊中。这就是中国历史的残酷。众多美好的言说骨子里却是杀人和被杀，戕害的不仅是肉体还有灵魂。

明末横空出世的"四大名著"。其思想艺术成就时人论述颇多，不再赘述。而在戏曲艺术上奇峰凸显的是汤显祖的"临川四梦"。尤其是《牡丹亭》的思想艺术成就直逼同时代英国剧作家莎士比亚，写出了封建纲常礼教压迫下青年男女在爱情生活中的无奈和苦闷，在情与理的冲突中，美丽的爱情之花凋谢在礼教的压迫之下，以悲剧形式将人类有价值的灵魂毁灭，又以喜剧形式编造着王权恩赐婚姻圆满的大团圆结局。它所塑造的追求人性自由和美丽爱情的叛逆女性杜丽娘的感人形象，其中蕴含着作者本身的理想追求和思想的局限。

这是一个文学艺术思想家群星璀璨的时代，这个时代打造了明末文化特有的天空。直至满清铁骑在杀戮中建立新的封建统治秩序，实施残酷的文化钳制，再一次在扼杀新思想的过程中恢复了"儒表法里"王朝的改朝换代，完成了财产和权力的转移。所谓"康乾盛世"实际是在血腥强权和愚民政策并驾齐驱中铸造完成的。嘉庆之后和珅跌倒而官僚统治的腐败并未铲除，帝国的曲线开始下滑。绵延至清末统治阶级元气大伤之际，文学艺术思想言论的复兴再次出现，那些暂时被高压钳制淹没在沧海波涛之下的礁石，又一次露出水面，凸显于海的平面，展露出生气勃勃的社会大变革前思想解放的气象。而这一历史现象却使得中华文明落后于整个世界文明的脚步整整一至两个世纪。可以说康雍乾三朝绝对的思想文化专制，延缓了中国走进现代文明的步伐。

那些新兴起的代表市民阶层追求的通俗文学表现形式，揭示了社会大变革时代所产生的思想解构、道德沦丧、官场腐败、世俗风情等触目惊心的现状。紧贴时代发展的脉搏，在近似"礼崩乐坏"社会大转型期的拼图中，给人诸多历史和现实的关照，至今仍然像是镜子那般映照着当下的天空。

沿着明末社会史和思想史的脉络，将这些文学现象置于16世纪全球社会转型与文化变革的背景中，探讨作品所展示的政治文化、民俗风情、经济活动、观念形态、器物日用等诸多现象，并在中西思想谱系的比较中定位，完全可以在明末的社会世相中提炼出商品贸易的发展，促进了市场经济的繁荣，却导致了封建政治法治体系在实践中的名存实亡，甚至于全面解构的残酷现实。在文学艺术作品中的大量揭示：政治生态的无序化触发了官商勾结，权力和金钱交媾后权势张扬的社会黑暗，人的欲望在失去思想道德约束后犹如脱缰的野马疯狂践踏着人性的底线，物欲横流而演变成兽性般的群魔乱舞和对社会财富贪婪攫取和鲸吞。

那些被称为"典型环境中的典型人物"和诸多发人深省的典型事件，在历史的变迁中，延续着永恒的魅力，给人们以诸多的联想，让我们体味到社会转型期经济、社会的畸形发展。分配不公、精神崩溃、信仰缺失、道德瓦解、贪腐蔓延所导致上层庙廊和民间江湖的互动，造就了貌似太平盛世下花团锦簇烈火烹油中所深藏着的污水横流，导致了社会整体文明水准下降。

程朱理学作为整个帝国官方所竭力提倡的主流意识形态，作为社会的精神支柱在从上到下的现实生活中已经完全沦落坍塌。很让我们想起《红楼梦》中"一片白茫茫大地真干净"的苍劲悲凉，文人学士们对整个社会现实是绝望的，绝望中诞生了许多叛逆的文人，从心学大师王阳明到"童心说"的创导者李贽，延续到"性灵学"的鼓吹者"公安三袁"，他们以人的主体精神的确立到独立人格的塑造，进一步否定了天理对于人欲的控制，乃至延续到了明末黄宗羲、王夫之、顾炎武等思想家的诞生，对于整个王朝合法性的反思和质疑。这是思想界和文学界的相呼应。鲁迅先生在《中国小说史略》中评价《红楼梦》所言："悲凉之雾，遍被华林，然呼吸而领会者，独宝玉而已。"显然大明王朝的倾覆前兆，在孤独中相守的文人士大夫中是深刻体会到了的。

这些文学、思想作品的传播都是和明末礼崩乐坏的现实相照应的。明末的图书出版和戏曲文化的繁荣是市民社会萌芽的标志。

这些现代文明传播体制萌芽的出现，在明末均是借助于书院的自由讲学之风，借助于文学社团的联络文学同仁，在事实上形成了对于帝国政治权力运作的制约，比如以南方新兴地主集团为基础的东林党人和以后的复社就有着对于政治的强大影响力。因此，在明末凡强权运作一时猖獗时，则焚毁书院，禁止私人讲学，比如张居正和魏忠贤执政时期。到了清代，为了稳定政权，则开始实施文字狱，康雍乾三朝则登峰造极开始了对儒家知识分子的全面思想禁锢和人身杀戮最终使得专制权力空前强化，知识分子变成没有思想自由和独立意志的奴才，匍匐于皇权的的神坛之下为猪狗或者成鹰犬。

皇权的至高无上，权力宰制社会的肆无忌惮，按照等级专制的金字塔式结构布局，地位越高的人，占有财富的欲望越强烈。贵为帝王，欲望占尽天下美女，贪尽天下财富，因为"普天之下莫非王土，率土之滨莫非王臣"，女人也只是财富的一部分，是权势张扬的象征。至于官场只是按照权力金字塔的层级不断对于天下财富进行按等级再分配的过程。

因此，道德说教和理论倡导与行为实践之间的严重脱节，导致了政权的虚伪性，其合法性基础完全动摇。一部千疮百孔的人才孵化机器和建立在程朱理学基础上的科举人才拔擢机制，孕育出来的就是表面上道貌岸然，实际上行若狗彘的伪君子。

那些道学先生掩盖自己真实嘴脸的官僚在张岱看来都是戴着面具行走的假面人，作为人不可能无个性无情趣，而那些看上去干干净净一本正经的官场大员，其实是将自己喜怒哀乐的真实性情掩盖起来，是在政治上包藏着更大的祸心野心家、阴谋家。比如王莽、李林甫、严嵩那样的奸佞，在人前人后的嘴脸是完全不一样的，他们的真实性情被巧妙掩饰起来，为的是实现自己见不得人的政治目标，以政治的权势去攫取社会的财富，表面上还要装得道貌岸然，骨子里却是男盗女娼。然而，真正的性情中人，是不回避自己个性张扬的，其实就是性情趣味的展示，而追求到了极致就是成癖了，在一般人看来就是病态或者变态了。其实是他们异于常人的特别秉性的张扬，是对于社会传统的个性化反抗。

二、极致追求中的涟漪靓丽

比如祁承㸁、祁彪佳、祁理孙一家三代嗜书如命，染有书癖。祁彪佳更是造园成癖，这些都是对于文化形态追求的极致，各人的才华在不同渠道中流淌，个性的张扬也在不同的天空下得以展示，乃至有异于一般常态，即人们通常所视为的病态，只要不是吃喝嫖赌嗜痂成癖的变态，或者贪贿枉法的腐败，那些有文化追求的士子，就有可能成为某一领域的专家和行家，或者大师一类的人物。哪一位有成就的思想家、艺术家、科学家不是在本行业内对于业务的钻研不成瘾成癖的呢？

祁家的世代藏书，江东数第一，筑有藏书楼"澹生堂"，祁承㸁编有《澹生堂藏书目》14卷，收书九千余种，10万余卷。堪与宁波范家的天一阁藏书楼相媲美。祁承㸁是著名的目录学家，著有《澹生堂藏书约》《庚申整书小记》《庚申整书略例》等目录学专著，提出了系统的目录分类、著录理论和方法。主张图书分类要有"因""益"，著录要"通""互"。"因"就是继承经、史、子、集的成例；"益"就是在四部之下要增益小类；"通"就是在书目著录中对于附载于它书的图书要"分载"；"互"就是对于跨类的图书要在有关各类中互见。对于图书的编目，他认为应该"审轻重、辨真伪、核名实、权缓急而别品类"。他的这些理论和方法，绝大部分至今仍然适用。祁承㸁著有《澹生堂集》《牧津》《两浙著作考》等43种、229卷，还著有《国朝徵信丛录》《诸史艺文钞》等专著。

祁承㸁一生澹泊名利，埋首书巢，读书、聚书、藏书、著书，为此而殚精竭虑，耗尽心血。他的祖父是进士，父亲曾就读于国子监，书香门第的熏陶，使他自幼便对书情有独钟。小孩子们玩的吹笙、摇鼓游戏，他不感兴趣，却喜欢躲在一旁翻看图书。那时，他家的图书收藏在楼上卧室里，他经常一个人上楼看书。因为太小，还看不懂书中的内容，但他喜欢翻看、浏览、用手抚摩，爱不释手。他的母亲催促他上学，他总是不肯下楼，为此常遭到家人的呵斥。青年时代，他对书更加痴爱。有一次听说杭州的一家书坊刻印有活字版通史，印数仅一百多部，而且一售而光。他专程去杭州买回一部。见到这部书，他欣喜异常，如饥似渴地日夜研读，仅仅一个月的时间就读完了。因为用脑过度，他患了严重的神经衰弱症，几个月夜不能寐，差点丧了命。长大成人后，他之爱书到了"饥以当食，寒以当衣，寂寞以当好友"的程度。为了购书，"十余年来，馆谷之所得，禀粥之所余，无不归之书者。"（祁承爜《澹生堂藏书约》）有时手头拮据，他便典当妻子的头面首饰。祁承爜曾多次到杭州应试，每次去杭州，他都把觅书当做头等大事，四处寻访书肆，足迹踏遍小巷深衢。每当遇到珍本，往往不惜重价购买。只要是异本图书，哪怕是老鼠咬残，蠹鱼蛀蚀，他都会珍重买归，并亲手修补完好。他认为："慨遗书之难遇，残阙必收；念物力之不充，鼠蠹并采。或补缀而成鹑结之衣，或借录而合延津之剑……"（《庚申整书小记》）悠悠十余年，祁承爜已聚书数万卷。不幸的是，万历二十五年冬，家仆用火不慎，燃起一场大火，瞬间将全部藏书化为灰烬。自万历二十六（1598年）至四十一年（1613年），祁氏曾在几个省做官，每到一地，便搜集当地珍本异书。俸禄所得，除供应日常生活之需外，尽数用于购书。他在河南按察佥事副使任上时，一次发回书共八箧。为了寻求秘帙珍籍，他跋涉万里之遥，自称："奇书未获，虽千里以必求；异本方来，即片札之必珍。近而渔唱，远及鸡林，往往聚海外之编摩，几不减域中之著作。"（《庚申整书小记》）经过近三十年的努力，祁承爜的藏书又日渐丰富，竟至超过旧日，达十万卷之多。祁氏爱书聚书倾尽了毕生心血，真是："一生精力，耽耽简编，肘敝目昏，虑衡心困，艰险不避，讥诃不辞，节缩饔餐，变易寒暑，时复典衣销带，犹所不顾。"（《澹生堂藏书约》）比当时曾"雄视东南，威震海宇"的天一阁，还多三万余卷。这在明朝末年的浙江一带，是十分罕见的。

在他整理澹生堂藏书的基础上，提出了当时比较系统的藏书建设理论——《澹生堂藏书约》。此书除前言外，《读书训》和《聚书训》，是讲述古人聚书、读书的事迹；《藏书训略》分"购书"和"鉴书"二节，是他对自己平生购书经验的总结，也是古代藏书建设的重要文献。他提出了"购书三术"和"鉴书五法"。购书三术为"眼界欲宽、精神欲注、屯思欲巧。""眼界欲宽"，是指购书的范围要广，不要局限于某一类。

"精神欲注"，是指购书一定要专心致志，养成读书的好习惯，因为"物聚于所好，奇书秘本多从精神注向者得之"。"屯思欲巧"，说的是购书一定要多动脑筋，要讲究方法。在郑樵提出的求书八法（即类以求、旁类以求、因地以求、因家以求、求之公、求之私、因人以求、因代以求）之外，他又补充了三种方法：一是辑佚；二是通过对图书的分析来增加种数；三是搞待访目录，有目的地去购买。"鉴书五法"讲的是"审轻重、辨真伪、核名实、权缓急、别品类"的鉴别图书的方法。"审轻重"，是指根据各类图书之刊刻、亡佚与时代的关系给于不同的重视；"辨真伪"，是指对图书要辨明真假；"核名实"，是指搞清书籍的内容，不要被前人在书名上搞的花样所迷惑，关于书籍的名实，他认为有五种情况应予注意："有实同而名异者；有名亡而实存者；有得一书而即可概见其余者；有得其所散见而即可凑合其全文者；又有本一书也，而故分析其名以示异者。""权缓急"，是指根据实用价值的大小，对各类图书给予不同的重视，并强调经世致用之书应重点收藏；"别品类"，是指搞好图书分类，他认为书籍分类甚难，应该"博询大方，参考同异"。《澹生堂藏书约》是我国第一部系统的藏书建设专著，在古代藏书史上占有重要的地位。

三、少壮派高官和资深出版家

"澹生堂"藏书名满江左，祁彪佳继承书香门第之香火，也喜欢藏书，但聚书不如其父所收之多。黄宗羲记其"以朱红小榻数十张，顿放古籍，每书皆有牙签，风过锵然"。因读宋藏书家郑樵求书八法，于崇祯十二年（1639）他在寓园山庄建藏书楼为"八求楼"，藏书 3 万余卷，以收藏戏曲文献为特色。

祁彪佳一生的著作也很多，主要有《祁忠敏公日记》、传奇《全节记》《苏武的故事》等。目录学有《远山堂曲品》，收戏曲 466 种，还有《远山堂剧品》，收明人杂剧 242 种，并加评论和有关资料。这两本戏剧目录是研究我国戏剧史的重要资料。其中《祁忠敏公日记》最具史料价值，堪称中国古代日记体作品的典范。

《祁忠敏公日记》全六册，绍兴修志会据远山堂原本印行。日记起自崇祯四年（1631年）七月，止至弘光乙酉年（顺治二年1645年）闰六月殉节前一天，先后十五年，首尾不缺。依生活阶段的不同，分名日记为《涉北程言》《栖北冗言》《役南琐记》《归南快录》《林居适笔》《山居拙录》《自鉴录》《弃录》《感慕录》《小捄录》《壬午日历》《甲申日历》《乙酉日历》。邓之诚《桑园读书记》称之为"凡居官居乡，从政为学，事亲交友，无不记之。惜稍显简略，且友人多称字号，今皆不识为何人"。

　　以《甲申日历》为例，记南都建国事至详。按李自成率领农民军入京，摧毁明王朝统治之后，四月底，史可法等人迎立福王朱由崧到南京。祁彪佳提议暂称监国，请以金铸监国之宝，亲草蠲赦起废二十四条。并参加史可法主持会推（即明代推举重要官吏之制度）。

　　时马士英挟福王之名，扩张势力，扬言"已传谕将士，奉福藩为三军主，而诸大臣且勒兵江上，以备非常"。而江北四镇，若高杰、刘泽清、黄得功、刘良佐等，借迎立之功，骄横恣肆，不允许陪都诸人，再持异议。四镇中高杰尤鸷悍，高兵杀伤扬州之民不可数计。可法诸人为照顾大局，沉默寡言。彪佳为之苦心周旋，鉴于四镇未参与定策，以福王暂行监国，推迟即位日期，较属上策。藉使马士英所用之人，转而移之于史可法，具见苦心孤诣。日记还罗列了史可法督师，困难丛集。一如出淮阳视师，属下亲兵为高杰所分，不肯受约束；二如史可法所留京口马兵，与浙之台兵因故哄斗甚剧烈，彪佳以情感动高杰，在替可法排患释难。

　　佳彪又记述京口诸生竭力忠孝、干城、大正三社守御，社首吴中奇、管元声，随祁氏到焦山视察军事形势，商讨沿江修筑军事防御工程。再谓顾杲系东林党人顾宪成之侄，尝草檄文声讨阮既总览全书，由于作者每日及时秉笔，有不少当时发生的事实，能细大不捐地如实写出，有关人物的言和行，一一加以和盘托出，确具日记特色，非一般史乘所能冀及。①

---

① 见陈左高著：《中国日记史略》，中国书籍出版社，2016年，第71、72页。

日记，都是作者对于事件、人物和自己真实感情的忠实的记载，很少有弄虚作假的可能，因而祁彪佳对于江北四镇尤其是高杰的厌恶之情在日记中溢于言表。但是这些并不妨碍他在官场上必要的周旋。尽管双方无论文化层次和政治品格上都不是在一个水平线上的，可以说是天壤之别，但是作为工作大局上的沟通和虚与周旋显示了祁彪佳的器宇和胸怀，因而其人格魅力使得桀骜不驯的大军阀也感到叹服。

做为文化园林的寓园，最终还是按照祁彪佳的遗嘱改造成了寺庙。如果说造园是文化外在的体现，藏书、撰书、出书则是知识文化的积累和传播，对于有文化追求的寓园主人来说是相辅相成两全其美的事情。然而，山阴祁家在明末十七世纪中叶这场动乱中损失的不仅是一座精美绝伦的园林山庄，而且使得三代藏书大部分流散丧失。战乱和兵燹最终毁灭了主人的造园和藏书的梦想，祁氏澹生堂藏书有一部分为明末清初的两大学者和思想家黄宗羲和吕留良所得。

黄宗羲是明末东林党人著名天启朝"七君子"之一黄尊素的大儿子，他有极强的政治责任感和使命感，留下了宏丰的著作和抗清复明的诸多事迹映照着他的学者和侠义兼备的人格，在中国思想史上熠熠生辉。在崇祯朝父亲被平反后，追认为黄忠端公，黄宗羲就成了帝国著名的烈士子弟。他一直追随明末大儒刘宗周教导，最终成长为著名的学者和大思想家，被称为"中国思想启蒙之父"。他曾经对帝国君权至上的理论，给予了严厉的批判。他在《明夷待访录》中直接高呼："为天下大害者，君而已矣。"他指斥皇帝："以天下之利尽归于己"，"敲剥天下之骨髓，离散天下之子女，以奉我一人之淫乐，视为当然，曰'此我产业之花息也'。"《明夷待访录》成书于公元1663年（清康熙二年），"明夷"是《周易》中的一卦，其爻辞有曰："明夷于飞垂其翼，君子于行三日不食。人攸往，主人有言。"所谓"明夷"指有智慧的人处在患难地位。"待访"，等待后代明君来采访采纳。《明夷待访录》显然有着对于明亡清兴的反思性质。因此，对于从秦到明封建的现状给予深刻剖析，批判的锋芒直指帝王专制主义，打着托古改制的旗号，披着夏、商、周三代外衣的明君贤相理想的治理模式首次提出对于君权的制约等民主理想萌芽。

《明夷待访录》计有论文21篇。《原君》批判现实社会之为君者"以

319

我之大私为天下之大公"，实乃"为天下之大害"。《原臣》指出，臣之责任，乃"为天下，非为君也；为万民，非为一姓也"。《原法》批评封建国家之法，乃"一家之法，而非天下之法"。《学校》主张扩大学校的社会功能，使之有议政参政的作用，说："天子之所是未必是，天子之所非未必非，天子亦遂不敢自为是非，而公属是非于学校""必使治天下之具，皆出于学校，而后设学校之意始备。"黄宗羲所设想的未来学校，相似于近代社会舆论中心和议会的机构。

黄宗羲虽然没有从根本上否定君和臣的设置，但主张君主开明立宪制，加强平等因素，扩大社会对执政者的监督权力，有近代民主政治的思想。这种思想并非受西方文明的影响，而是从中国传统文化中发展出来的，因而更加可贵。

这说明明末儒家中的先知们对专制皇权的反思达到了新的高度，顾炎武认为"人君之于天下，不能以独治也"[1]，与儒家的共治主张一脉相承；明代废相后君主专制产生了诸多政治恶果，为限制君权，应当"公其是非于学校"，使"天子亦遂不敢自为是非"[2]。黄氏设想中的"学校"，已具有近代议会的功能；同时代的王夫之甚至提出了"虚君立宪"的构想（严格来说，称其为"构想"并不准确，因为王夫之认为这乃是"三代"已有的古法）："预定奕世之规，置天子于有无之处，以虚静而统天下"，"以法相裁，以义相制，……自天子始而天下咸受其裁。君子正而小人安，有王者起，莫能易此。"[3] 如果说西汉董仲舒试图用来约束君主的"天道"多少有些缥缈，那么船山先生构想的"预定奕世之规"，显然已有了"立宪"的意义。只可惜，明室已倾覆，明儒的君宪思想没有获得去指引建立一个君宪政体的机会。迅速崛起的清王朝，所恢复的是专制程度比朱明王朝有过之而无不及，也是从打着儒家旗号的程朱理学中挖掘出的从人心到行为的控制。汉末明末出现的以书院和从太学到县学那种"君王不作，处士横议"的舆论多元，直到清末封建统治式微又重从新出现，最终形成后来的社会文化政治变革的先导。

---

[1] 顾炎武著：《日知录·卷六·爱百姓故刑罚·中》。
[2] 黄宗羲著：《明夷待访录·原君·学校》。
[3] 王夫之著：《读通鉴论·卷十三、卷三十》。

黄宗羲死后《明夷待访录》一直被清代统治者列为禁书，不得公开刊刻出版。在书开篇中公开阐述了人类设立君主制的目的："使天下受其利""使天下释其害"，也就是说，产生君主是要其担负其抑私利兴公利的责任，基本是儒家天下为公的理想主义说教，是先秦传说中期待的尧舜之世"公天下"梦想。儒家的教义之中，尤其是孟子学说中的"民贵君轻"的民本思想，给他的学术带来诸多的启发，尽管孟子的思想在他生前从来不为君王所重视，死后也只是存在儒学的经典中作为招牌，现实的君主专制统治实践中从来就未有实践过，不过黄宗羲还是愿意以此为参照而对当下的现实提出自己的改良主张："古者以天下为主，君为客，凡君之毕世所经营者，为天下也。"然而后来的君主却"以为天下利害之权益出于我，我以天下之利尽归己，以天下之害尽归于人。"并且更"使天下之人不敢自私，不敢自利，以我为大私，以我之大私，为天下之大公""视天下为莫大之产业，传至子孙，受享子孙。"这就是封建专制王朝打江山者坐天下的以图江山社稷永继的"家天下"本质。[①] 这部书受到清朝统治者的查禁，直至清末才重见天日，受到谭嗣同、梁启超等人的重视和赞许。康有为等人也是打出托古改制的旗号提出一系列改良主张。

黄宗羲以帝国烈士遗孤特殊身份表达的对于他无限忠于大明的拳拳之心并不能挽救帝国覆亡的历史趋势，最终他只能在无奈中追随着帝国覆灭的灰烬进行了最后的抗争，抗争失败后成为真正的遗民躲进了乡野。面对满清政府的征召拒不应聘，避居乡野安心著述他不是第一次，当年作为烈士子弟面对先皇的恩荫尚且不屑一顾，更何况是家国不共戴天的敌人。他更是怀着义不事秦的大义著述立说，终成一代思想大家。

黄宗羲嫉恶如仇、勇毅果敢，曾赴京为父申冤，在审讯阉党厂卫头目许显纯时，身怀利锥，将在公堂受审的老特务头子刺得浑身鲜血，嚎叫不止。当晚有阉党分子李实托人带三千两黄金企图贿赂黄宗羲，被他严词拒绝，并草拟奏章揭露李实企图贿赂他的行径。最终许显纯、李实均被处斩。黄宗羲紧追逆贼帮凶不放，追踪杀害其父凶手，最终将叶咨、颜文中两名狱卒用利锥刺死在狱中，总算报了父亲当年受酷刑而死的大仇。

---

① 见黄宗羲著：《明夷待访录·原君》。

崇祯皇帝闻听黄公子义举，非常佩服，第二天即将他招到御前接见，称赞说："卿少年有为，为父报仇，为国除奸，有功社稷。"后来清兵南下入鲁监国幕，出任兵部职方主事，组织"世忠营"誓死抗清，指挥"火攻营"渡海抵乍浦城下，因力量悬殊兵败撤退。清军占领绍兴，与王翊残部入四明山，驻杖锡寺结寨固守，又因清廷缉拿，避居化安山。曾与阮美、冯京第出使日本乞兵，渡海至长崎岛、萨斯玛岛，未成而归。事败后在家乡隐居，曾经多次被清廷通缉，仍捎鲁王密信联络金华诸地义军，派人入海向鲁王报清军将攻舟山之警。入清之后，据不出仕，在家著述讲学，终成一代学人。

祁家的另一部分藏书为崇德学者吕留良所得。吕家藏书颇富，清初，祁氏"澹生堂"藏书散出，争购者颇多。当时黄宗羲在石门讲学，他与黄宗羲为争购祁氏图书而不和，他得书3000余册，精本亦多。全祖望《小山堂祁氏遗书记》记其故事甚详。家有藏书楼为"不远复堂""二妙亭""天盖楼""南阳耕钓草堂""风雨庵""讲习堂"等。这位吕先生也是明末清初反清复明的大名人，中国历史上著名思想家、大学者、诗人和时文评论家、出版家。浙江崇德县（今浙江省桐乡市崇福镇）人。吕留良与侄儿吕宣忠（长留良四岁）于顺治二年（1645年）散家财召募义勇，与入浙清军抗衡。兵败后隐居行医。他虽于清顺治十年（1653年）改名光轮，应试得诸生（秀才），但一直与坚持抗清的张煌言等保持联系。吕留良去世后，其弟子及曾静等人崇奉留良其说，为其广为传播。后来，曾静策动川陕总督岳钟琪反叛，被告发下狱，牵连到吕的学生。吕留良死后，雍正十年被剖棺戮尸，藏书和著述亦多被焚毁。子孙及门人等或戮尸，或斩首，或流徙为奴，为清代帝王所掀起的第一波文字狱之首先罹难者。

雍正在《大义觉迷录》痛骂吕留良：

夫普天之下，莫非王土；率土之滨，莫非王臣。吕留良于我朝食德服畴，以有其身家，育其子孙者数十年，乃不知大一统之义！

于顺治年间应试，得为诸生，嗣经岁科屡试，以其浮薄之才，每居高等，盗窃虚名，夸荣乡里……按其岁月，吕留良身为本朝诸生十余年之久矣，乃始幡然易虑，忽号为明之遗民。千古悖逆反复之人……

恶狠狠的话语中潜藏着"吃我皇家之饭，竟然砸我皇家之锅"的意思。那时候自然没有纳税人的意识，封建帝王由此意念当然不足为奇，因此吕留良此类忘恩负义之大逆不道之徒，只有剖棺戮尸，夷灭十族，方解心头之恨。这很能使人想到大明初年明成祖对待方孝孺等建文诸臣的残酷，开国时期的强势帝王在铲除异己方面都是毫不留情的。

祁家的三代藏书就这样在时代的烽烟中烟消云散了，历史中仅仅留下许多藏书、著书、出书的故事，成为中国藏书、出版史上的一段佳话。其实明末是中国王朝的没落时期，统治在礼崩乐坏的现实中变得松弛和漏洞百出，各种思潮也就如同管涌一样四泄而出，逐步形成思想解放中的一座高峰。

四、明末图书市场的潮起潮落

明代的藏书往往是和读书、编书、出书紧密联系在一起的，用现代的话来说就是图书的编辑、印刷、出版、发行的产业链是在市民社会的需求和市场经济发展中初步形成。这使得图书从士大夫阶层的专利和帝王专制统治政治洗脑工具的狭隘局限中解放出来，成为市民欲望追求和表达的载体，成为新思想、新文化、新科技传播的渠道。图书由此从被程朱理学改造后的儒家驯服愚弄老百姓，束缚天下读书人的政治教化的产品，转化成市民阶层所需要的文化商品或者愉悦身心获取知识的价值载体。其性质和品质发生了质的飞跃，即既有文化科技的传播功能，又具备了一般商品的属性，具有价值和使用价值，受到价值规律和市场看不见手的操纵。

如果说图书的广泛传播得益于印刷术的科技创新，那么德国文艺复兴最大的亮点乃是德国人古登堡（1398—1468年）在欧洲发明了活字印刷术，推动了欧洲图书市场的形成，打破了统治者对于图书的垄断，逐步形成市场，使得人类文明的成果超越时空得以传播，这才产生资本主义最初的权益理念。而中国的毕昇（1041—1048年）早在北宋时期就发明了胶泥的活字印刷，发展到了明末这项技术完全成熟，不仅出现了木版套色的彩色印刷，而且可以灵活使用木制雕版和铅制、铜制的活字印刷，推动了图书生产的流程化和市场化的步伐。冯梦龙等一干底层文化人其实就是根据市场需求将写书、编书、出书当作谋生的手段，客观上起到了教化和引导民众文化审美消费需求的积极作用。

广泛的社会需求激活了士大夫阶层和底层文化人士的文学艺术创作，根据市场需求，图书刊行由朝廷、官场的垄断走向社会和民间，使得文化精神的传承发展从形式到内容呈现多元化、社会化、商品化、市民化的趋势。

在这种社会转型的大背景下，学而优则仕的读书做官的仕途经济被打破，不少士子走上了"学而优则商"的经商致富之路，尤其是那些文化底蕴较丰厚的官员，转行成了书商。比如万历十七年（1589年）殿试状元焦竑（1541—1620年）被授予翰林院编修，曾经是皇长子朱常洛的讲官。后来主持顺天乡试时竟然录取一些"文多险诞"的考生，也就是说这位仁兄竟然敢冒天下之大不韪，录取了一些具有危险荒诞思想的异议分子为举人，被降为福宁州同知，以后一路贬官。焦状元干脆辞职回到了南京老家一门心思藏书、写书、编书、出书当起书商来了。曾经出版过《献征录》《澹园集》《易筌》《焦氏笔乘》《焦弱侯问答》《玉堂丛话》等十余种图书，编撰过《国史籍志》《类林》《熙朝名人实录》等图书。

南京当时也是藏龙卧虎之地，嘉靖三十九年，明末最重要的持不同政见者李贽被打发到了留都，先是担任从八品的国子监博士，隆庆五年（1517年）升任刑部员外郎的七品小官。繁华热闹的南京，八方文人云集，聚会讲学之风盛行。就是在南京的六七年时间内他结识焦竑、耿定理、王畿、王艮、罗汝芳、李材等一批学者，成为王阳明学说泰州学派的重要成员，并开始写作他的学术著作《焚书》（出版时改名为《藏书》）。万历五年，李贽升任正四品的姚安知府。三年后他在任期即将届满，可望进一步升官时却辞职离开云南，开始了他的著述游学生涯。在南京期间，他的异端思想几乎和状元书商焦竑一拍即合，他的那部持不同政见的大作《藏书》68卷就是由焦状元主持，于万历二十六年秋在南京出版，焦状元还为他专门召开了一场读者见面会。他的书很受青年学子们的欢迎，应该说市场前景看好。老焦同志在当时表现了极大的思想学术勇气。一部好书的出版往往与作者、编辑者过人的胆识和勇气分不开。这样李贽的思想在南方诸省不胫而走，得以广泛传播。后来被人举报后，书被查禁。当局也没有过分为难作者和出版者，只是毁版禁销了图书。直到万历三十年李贽被东林党人张问达上书弹劾，万历皇帝以"敢创乱道"的罪名，将其逮捕，打入诏狱，李贽不甘受辱自尽于狱中。

而焦状元依然当着自己的藏书家、出版家、书商。他一生勘刻了不少图书，包括《两苏经解》7种60卷、《东坡集》16卷、《陶靖节先生集》8卷等。此刻的南方诸省已经形成完整的图书编辑、印刷、出版产业链，能够借助完整的图书流通渠道，在短时间内将图书发行到全国。

民间的图书发行业已经渐成规模，在北京、南京、杭州、苏州等四地已经形成规模很大的图书流通集散之地。据胡应麟在《少室山房笔丛》记载：

北京的书市："凡燕中书肆，多在大明门之右，及礼部门之外，及拱宸门之西。每会试举子，则书市列于场前。每花朝后三日，则移于灯市。每朔望之下浣五日则徙于城隍庙中。"

杭州书市："凡武林书肆，多在镇海楼之外，及涌金门之内，及弼教坊，及清河坊，皆肆达衢也。"

南京书市："凡金陵书肆，多在三山街及太学前。"

苏州书市："凡姑苏书肆，多在阊门内外及吴县前，书多精整，然率其地梓也。"

如在南戏《桃花扇·逮社》一出中就描绘了三山街一家小书店的情况，这家小书店出版了复社一本被定为非法出版物的文集，老板被魏党余孽逮捕，开头店主人蔡益有一段道白：

在下金陵三山街书客蔡益所的便是。天下书籍之富，无过俺金陵；这金陵书铺之多，无过俺三山街；这三山街书客之大，无过俺蔡益所。（指介）你看十三经、廿一史、九流三教、诸子百家、腐烂时文、新奇小说，上下充箱盈架，高低列肆连楼。不但兴南贩北，积古堆今，而且严批妙选，精刻善印。俺蔡益所既射了贸易诗书之利，又收了流传文字之功；凭他进士举人，见俺作揖拱手，好不体面。（笑介）今乃乙酉乡试之年，大布恩纶，开科取士。准了礼部尚书钱谦益的条陈，要亟正文体，以光新治。俺小店乃坊间首领，只得聘请几家名手，另选新篇。今日正在里边删改批评，待俺早些贴起封面来。（贴介）风气随名手，文章中试官。①

蔡益详细介绍了南京图书市场的规模、品种以及本书店所具备的出书条件。看来这位图书策划人对市场需求十分熟悉，也具备了一定的社会关系，在图书编辑出版宣传上已经开始注意了广告效益，产品很是适销对路，只是在政治类敏感图书的出版上违背了当局的意志，才遭到逮捕。

在浙江湖州甚至还出现了沿水路流动往返的"书船"随时装运转运图书销往各地兜售。书船和藏书家有往来，熟知门道和行情，常常根据藏书家需要送货上门。

明代末期，虽然朝政腐败，内外战乱频乃，北方地区长期成为动乱之源，直至明朝崇祯朝覆灭。但是东南沿海地区，随着海禁的开放，水陆商品交易的繁盛，社会生产力还是随着科学技术的发展、生产方式的变革、生产工具的创新取得长足的进步，经济发展比较快。从明代科技巨著的出现即可看出此点，如李时珍的《本草纲目》、徐光启的《农政全书》、宋应星的《天工开物》、徐霞客的《徐霞客游记》，这四部书被称为"明代四大科学巨著"。它们的共同特点是：实证的科学研究方法；宏大的篇幅；完备合理的体例；继往开来的历史作用。

封建专制体制因为本身管控能力的式微出现了一股以王阳明心学理论流传的诸种由封建理学统摄天下向主观内心转化的人的主体意识觉醒的思潮，客观上冲击着以程朱理学为基础的三纲五常的秩序，涌现了李贽、"公安三袁"以及明末刘宗周、王夫之、顾炎武、黄宗羲等思想家、文学家、哲学家等王学左派对于专制体制的冲击。思想、文化的活跃，表现在士大夫阶层讲学结社成风，出现东汉末期"处士横议"局面，形成对统治阶级主流意识形态的制约。如王阳明在阳明学院、顾宪成等在东林书院、李贽在麻城书院、刘宗周在石篑书院、王夫之在船山学院的讲学都将形成各自的学派，盛况空前，他们的学说勘刻成图书在市场流通可以左右一时的舆

---

① 见孔尚任著：《桃花扇·逮社》，人民文学出版社，第189页。

论，形成为社会普遍接受的社会思潮。

文人学者的结社成风也导致了的借助商品流通渠道和印刷术的普及，使得新文化、新思想得到超越时空的传播和普及，市民社会最基本的特色反映各阶层利益的社会中介组织在晚明呼之欲出，这些其实都是现代政党政治的雏形。在张居正和魏忠贤当政时期文人结社和讲学之风被严格禁止。到了康熙朝严禁结社和私人讲学。康熙、雍正、乾隆朝更是文字狱盛行，对于社会舆论管控更加严厉。明末的出版繁荣成为早期资本主义文明中的昙花一现，文艺复兴掀起的小高潮，最终为清王朝政治高压思想钳制消失于无形。

第九章 钱谦益和小妾柳如是[1]

一、虞山名士钱谦益

钱谦益比冯梦龙小十多岁,他们当年同是诗社社友一度时期他还是犹龙先生的部下,因为那个时候的冯梦龙因为少负才气被众才子推为韵社社长,但是钱谦益后来居上,成名比梦龙早,官当得比梦龙大。后来钱谦益因为靦颜事清成为贰臣,在历史上的名声并不好。

钱谦益,字受之,号牧斋,晚年自称蒙叟,也自谓东涧老人,万历十年(1582年)出生于南直隶苏州府常熟县。常熟境内因为有虞山雄踞,县治所在地又名为虞山镇。虞山山体呈北向西绵延20多公里,怀抱整个繁华喧闹而富庶的江南古镇。

虞山耸立在一望无际的的坦荡平原上,海拔281米,为长江三角洲腹地的制高点。山上古木森森,古墓林立,亭台寺院参差错落,名胜古迹和人文景观的渊源可以追溯到春秋战国时期的周太王时期。泰伯和仲虞为了满足父亲希望小儿子季历(后来的周文王)继位的愿望,以替父采药为名,远离渭水,避祸江南,断发纹身、兴修水利、组织生产、传播礼仪、教化民众开始了艰难的创业历程,后来建立强大的吴国。泰伯和仲虞先后为吴王,是为江南始祖。

如今仲虞的墓就在虞山半山腰,山名地名均以他的名字而声名远播。登虞山之高远眺,昆承湖、阳澄湖、烟波浩渺,尽入眼底,因而常熟城又被誉为"七溪流水皆通海,十里青山半入城"。山水福地之间多寺庙,据

---

[1] 本篇钱柳部分资料引自《清佚名·绛云楼俊遇》,岳麓书社,1994年,第19—26页。

崇祯十二年龚立本《常熟县志》载，虞山南面有延福禅院、维摩寺、宝岩寺，北面有顶山寺、兴福寺、刘神庙。钱谦益小时候就经常出入这些寺庙嬉戏玩耍。钱家世代礼佛，钱谦益的祖母卞氏、叔祖钱顺化都是虔诚的佛教徒。他从小就是在这个自然山水清丽，人文传统醇厚，佛教氛围浓郁的环境中长大，对于他后来的学术思想的形成和个人性情的孕育都产生了重大影响。

万历三十四年（1606年）钱谦益乡试中举人，万历三十八年（1610年）成为进士，为殿试第一甲第三名，也就是牧斋先生是作为探花进入翰林院，受编修职务的。不久因为父亲去世，回乡丁忧守孝。天启辛酉年（1621年）回朝廷后恢复原职，去浙江主持乡试，因为失察钱千秋贿赂打通关节的舞弊案，受到扣除俸禄的处分，告病回乡。甲子年（1624年），启用为翰林院谕德，进詹事府少詹事，也就是太子的道德教师。而熹宗皇帝没有太子，钱谦益是不是充当过朱由检的老师不得而知。当时魏忠贤罗织东林党人的罪名，加以打击，作为东林大佬的钱谦益被削籍回到了家乡常熟闲居。这使得满腹经纶自视甚高且热衷功名欲图报国济世救民的老钱感到十分落寂。

崇祯帝登极改元，魏忠贤伏诛，开始启用东林党人，钱谦益被提拔成詹士府正詹事，转礼部侍郎。这时恰逢朝廷会推内阁成员，廷臣们将老钱也列名其中。那时温体仁、周延儒主政，老钱受到猜忌。老温借浙江科考弊案大做文章，老周从旁攻击，两人合谋将老钱的入阁美梦击碎。老钱受到廷杖罚款处分，并被夺取官籍，削职再次被赶回老家闲居。在家乡一待九年，又为同乡奸民张汉儒举报攻击，竟被锦衣卫逮捕入京，在自证清白后被释放。

弘光皇帝朱由崧在南京登基即位后，被南明小朝廷任命为礼部尚书，等到清朝大军平定江南，老钱投降，被顺治皇帝任命为礼部侍郎兼管内院学士事，不久以年老体弱为理由，告病还乡。

顺治四年（1647年）又受江阴黄毓祺事件牵连，被逮捕下金陵狱，在小妾柳如是倾全力营救下，被释放回家。官场的沉浮使得钱谦益对朝政心灰意懒，完全沉湎图书著述和宠妾的诗词酬唱，在游山玩水中消磨着时光。当然这些都是表面现象，骨子里前朝遗老的心态在柳如是的暗中支持下，释放出璀璨的光芒而汇进东南半壁江山的反清复明潮流中，继续发挥作用，直至这缕光焰，在清政府的武力高压下灰飞烟灭。

钱谦益诗、古文词冠绝近代，进入官场，自诗、词、台阁文章，没有能够超越他的，然而仕途坎坷，屡次起复，屡次放逐，中年常常郁郁不乐，遂不顾惜名节，晚年愈加放纵于声色，只是青楼名妓堪称女中豪杰柳如是的介入，才使他状如槁木的萎顿人生有了一丝活力。

柳如是，出身娼妓之门，秀外慧中，善于诗词。老钱和小柳结为伉俪后，两人晨夕酬唱，以为娱乐。老钱常想修撰《明史》，写了一半就将稿子用火烧了，乃皈依佛门，用作自我消遣。钱谦益著有《初学集》《列朝诗集》《开国群雄事略》《楞严金刚心经蒙钞》。康熙三年（1664年）卒，享年八十三岁。

二、钱谦益的道德文章

江南才子钱谦益的经典回忆是在他参加殿试时，在天子面前的大放异彩。那天天气晴朗，乾清宫的汉白玉台阶沐浴在一片金色的阳光中，似乎给他铺满了一个光辉灿烂的人生前景。小太监碎步小跑着向他疾走而来，满脸堆笑地告诉他，他已经被万历皇帝定为头名状元郎，牧斋掏出银两打赏了报信的太监，最先得到信息的司礼监太监们祝贺的帖子已经飞到了他在北京的家中。在鸿胪寺的官员传唱功名前，所有知道喜讯的同年官员们纷纷排队投放拜帖，纷至沓来、络绎不绝，排队排到门外等候他的接见，牧斋也是心花怒放高兴至极。

然而，次日凌晨发榜，头名状元竟然是浙江吴兴县的韩敬，使得他大失所望。谁都知道，这位韩敬和宫内大太监关系密切，要改变殿试的名次非常容易，无非金钱贿赂，暗箱操作，因为那时候万历皇帝已经不怎么管事，内外朝政很多时候由太监把控着。钱谦益对韩敬恨之入骨。后来韩敬在史部考察中被罢黜，就怀疑是钱谦益挤兑他给他上了眼药，因此也对他怀恨在心。从此，牧斋和浙江人势同水火，就是因为争夺头名状元起始的。

《吾炙集》《投笔集》皆钱牧斋晚年所撰写，书中多有反清复明且和东南抗清义士的交集等敏感议论，触犯朝中忌讳，拥有两书的人皆秘密收藏。《投笔集》由本族侄子钱曾王注释，《吾炙集》将钱曾王的诗放在开篇之首。曾王博学好古，注释《初学》《有学》两集，钱谦益十分器重他，说他能够理解他的内心思绪并加以说明。其实最最理解他的还是当代学术泰斗陈寅恪，他的《柳如是别传》就是在深入研究老钱晚年的著作，才归纳总结得出钱谦益晚年那些隐藏在诗词中的缜密心思，草蛇灰线绵延千里般以比兴手法绵里藏针地显露出钱柳夫妇的苦心复明的心态。老钱其实贡献的并不比他的那些东林、复社的朋友或者学生陈子龙、冯梦龙、黄宗羲、刘宗周、黄道周、瞿式耜等做得少，只是多年来掩藏在历史的尘埃中，被其"贰臣"污名所掩盖，名节难以彰显，背着贰臣之骂名走进历史，可谓一失足成千古恨。

钱牧斋饱览经史在书海中寻觅相关联之处，融会贯通，常有自己的独到见解。他的读书方法有独到之处，各种书籍都备有副本，凡遇到字句有新奇之处的，即从副本中摘取，黏贴于正本上格，以便寻找，供采录撷取。因为正本都是宋元精刻版图书，不能轻易用红字或者黄字进行批注。

有一门生提着礼品，自远方的省份前来求教于牧斋，内列有书中冷僻的典故数十条，恳请钱老师剖析。牧翁逐条予以解答，一一说出自己的见解，详细加以论证。只是对于提纲中"惜惜盐"三字，凝神思索，柳如是在旁笑着说："太史公腹中的书籍是否不够用了？此典故出自古乐府《惜惜盐》乃歌行体之一。'盐'字应读作'行'，想来是因为俗音沿用了错误的读法，以讹传讹了。"老钱也笑着说："看来我是老糊涂了，有些健忘。如果在你这种年龄，什么书能够难倒我？"

三、一代女杰柳如是

柳如是系吴江县盛泽镇有名的艺妓徐佛收养的干女儿，徐佛善于画兰草，能操琴鼓瑟，四方名流络绎不绝地慕名来访。她有一养女取名杨爱，色艺皆优于徐佛，而杨爱的绮丽淡雅白净也超过徐佛。崇祯九年春（1636年），娄东名士、翰林院庶吉士张溥告假回归家乡，这位张溥是复社盟主，名噪海内外。在路过吴江时，官船停在盛泽垂虹亭，拜访徐佛来到归家院。

当时徐佛外出，杨爱出迎张溥，才子佳人一见倾心，张溥将她带到垂虹亭，两人缠缠绻绻良久恋恋不舍相别。杨爱于是心中十分自负，发誓要选择像是张溥这样的博学通古的旷代逸才为终身伴侣。

柳如是在十四岁时被卖到江南故相周道登家为妾，后为周家所逐，流落人间，辗转江湖数年。在此期间与松江几社少年往来，诗词唱和，纵论时事，增加了她对当朝政治的认识和诗词造诣水平。在这段时间，柳氏最大的收获是结交松江孝廉陈子龙，过了一段短期惬意的爱情生活。这大概是她最欢愉的岁月，两人年纪虽然相差十岁，但是才性相近。可惜当时子龙家道中落，入不敷出，一大家子全赖妻子张氏操持，势必难以安置志在门户独立的柳如是，遂不得已离开子龙①。两人分别有缠绵悱恻的爱情诗篇传世，在分手时都作有同题《别赋》自言绸缪之情，相互印证心迹。

柳氏致子龙《别赋》云：

……事有参商，事有难易。虽知己而必别，纵暂别其必深。冀白首而同归，愿心志之固贞。庶乎延平之剑，有时而合。平原之簪，永永其不失矣。

子龙也有《拟别赋》赠如是：

……苟两心之不移，虽万里而如贯。又何别共衾帱而展欢，当河梁而长叹哉！②

二人已将世俗之情怀，升华为天空永恒不渝之境界，超越时空，化床笫枕席之私情，为至真至幻之神圣结合，一扫现实之离情别恨，面对现实世界，各自在理性的追求中实现胸中的经世报国之雄心壮志与顾及双方的家庭稳定和幸福，其实更多的是柳如是对于陈子龙的理解包容。

柳氏在松江期间与几社其他名士多有往来，其中以许三公子、李待问、李雯、宋徵舆等最为友好，而且多有情感上的纠葛。她虽出身卑贱，但是天资聪慧，且能虚心学习，故善于吟咏、工于书画。早岁在周道登家中就

---

① 陈寅恪著：《柳如是别传》，三联书店，第248页。
② 同上，第321—324页。

关心时事。后到松江，不受礼法拘束，颇具东晋名士越礼教而任自然，敢爱敢恨，与几社的青年才俊们相互往来。诗酒酬唱，高歌言欢，受文化氛围的熏陶，耳闻目染，故极大提高了自己的文化素养、学养，增进了自己的识见。更重要的是柳氏因为对时事多有认识，而能够深刻感受国家兴亡"匹夫有责"的使命。陈寅恪先生在《柳如是别传》指出：

> 几社诸名流之宴集于南园，其所为所言，关涉制科业者，实居最少部分。其大部分则为饮酒赋诗，放诞不羁之行动。当时党社名士颇自比为东汉甘陵南北部诸贤。其所谈论研讨者，亦不止于纸上空文，必更涉及当时政治实际之问题。故几社之组织，自可视为政治小集团。南园之宴集，复是时事之座谈会也。何东君之加入此集会，非如《儒林外史》之鲁小姐以酷好八股文之故，与待应乡会试诸人共习制科之举业者。其所参与之课业，当为饮酒赋诗。其所发表之议论，自是放言无羁。然则河东君此时同居南楼及同游南园，不仅为卧子（子龙号）之女腻友，亦应视为几社女社员也。前引宋让木（徵璧号）《秋塘曲序》云："坐有女校书，新从吴江归相家，流落人间。凡所叙述，感慨激昂，绝不类闺房语。"可知河东君早岁性情言语，即以不同于寻常闺房少女。其所以如是者，殆萌芽于吴江故相之家。盖河东君夙慧通文，周文岸（周道登）身旁有关当时政治之闻见，自能窥之涯涘。继经几社名士政论之熏习，其平日天下兴亡匹"妇"有责之观念，因此熟于此时也。①

这是柳如是所处的时代和环境造就了她能够冲破封建的束缚，表达内心的才情和志向，也是她个人的性格造就了她敢于和诸名士深入交往获得自我学习自我提高的历练，形成自己十分接近当时儒生的价值观和世界观，所以在声气相求中获得爱情和美好的精神享受。他和陈子龙、李待问、宋徵舆的情感是十年漂泊江湖中最美好的记忆。及至在好友汪汝谦的撮合下，去半野堂去主动寻找钱谦益，也是她争取的结果，才获得了后半身的相对稳定和谐的生活。

---

① 陈寅恪著：《柳如是别传》，三联书店，第282页。

四、钱柳姻缘证白头

当柳如是听说虞山有钱谦益老学士,有当代李白、杜甫之名,决定前往拜访,一瞻老钱风采。柳如是驾着一叶扁舟来到了虞山,脱下女装扮成书生模样,坐着一乘软轿,造访钱府投上名帖,并将自己的姓名改成柳是。名帖递进去后,老钱推辞着不肯见她,将她看作是普通的书生。于是柳如是又献上了一首诗,微微露出一些女性的意思。老钱作为老名士,当然是乐于欣赏美女的。见到诗,颇为惊异,诘问仆人说:"昨天投送名帖的人是书生吗?"仆人答道:"是书生。"老钱愈发疑惑了,急急忙忙地登上轿子前去垂虹亭,寻访船上的柳如是。登上小船一看,所谓书生嫣然是一位美丽的姑娘。柳如是拿出她的一首七言近体诗求教于老钱,老钱观字品诗,心中暗暗欣赏。看其书法深得虞世南、褚遂良两家遗韵,心中更加佩服。老钱与小柳款款而谈,在船上盘桓了一整天。临别时老钱对小柳说:"以后你就以柳是的名字和我相交往了,我将在你的名字中间加上'如'字,为我们今日的相遇相知印证盟约。"小柳默默点头答应。

过去柳如是心中的偶像是松江县的大名士陈子龙,她投送名帖给陈子龙,陈性格严厉,看她名帖自称为"女弟",心中不很高兴,遂没有搭理她。柳如是大怒,上门责问陈子龙说:"你在风尘中分不清美丑,何以称作为天下名士?"当然后来子龙和柳如是的相知相爱又是经过了一番嗔喜哀怨的遇合后,互证爱情的。

自从遇到钱牧翁归来,柳如是公开骄傲地对人说:"天下惟有虞山钱学士,可以称作为才子,我非才学如钱学士者不嫁。"老钱听说了这话,大喜说:"天下有如此怜惜人才如此女子吗?我也非柳如是这样的女子不娶。"于是两人惺惺相惜一拍即合。这时老钱的妻子陈夫人还在世,仿照元稹的会真体诗,做了一首五言排律《有美生南国》百韵,取悦于小柳。此诗一气呵成,一韵到底,辞藻华丽,穷极工巧,引发诸多汉武帝当年欲筑金屋以藏阿娇的浪漫联想。

崇祯庚辰年(1640年)冬天,柳如是终于归钱谦益所有。老钱果然筑一室和小柳同居,室名为"我闻",取自于金刚经"如是我闻"的意思,以合柳如是的名字。除夕之夜,两人围炉而坐,促膝长谈,相与守岁,小柳作《春日我闻室》，诗曰：

　　裁红晕碧泪漫漫，南国春来已薄寒。
　　此去柳花如梦里，向来烟月是愁端。
　　画堂消息何人晓，翠幕容颜独自看。
　　珍重君家兰桂室，东风取次一凭栏。

　　此诗源之于如是辞旧迎新的感叹，属于喜极而悲的由衷而发，情思深沉，如泪漫漫即是感叹岁月如流逝去，又是感叹新生活的来临，看来柳如是对于这次婚姻是十分珍视的。尽管嫁了一个有家室的老丈夫当小妾，也是"验裙之恨方殷，解佩之情愈切"急切地等待着结婚典礼的进行。她希望明媒正娶，进入洞房，享受新婚之乐趣，这种乐趣更多是精神情趣上的契合。

　　崇祯辛巳年（1641年）的夏天，老钱和小柳的结婚大典正式举行，因为在老钱眼中小柳是才色双全的佳人，如果悄悄娶回家那就是辱没了小柳的才艺和美丽姿色。于是隆重的婚筵典礼在芙蓉舫上举行。响彻云霄的箫鼓礼乐声和着兰麝般的幽香从装饰华丽的画舫上飘出，芙蓉舫上，款款走出一对年龄悬殊的新人，这里将要举行举案齐眉般的合卺大典，两人将同一切新婚夫妇那样相互鞠躬九拜成婚。隆重的仪式按照传统规范进行，说明了老钱对于小柳愿望迎合和迁就，这其实是某种相互尊重和理解。

　　这一年，老钱高龄59岁，小柳芳龄才23岁。于是整个常熟城的士绅阶层沸议盈天，以至于一些轻薄的少年向船上投掷砖块，向迎亲的香车小轿上扔小石子。然而，钱牧翁先生对于这些小动作完全不以为然，他吮毫濡墨，笑对梳妆台，正在淡然自若地为即将迎娶到门的小媳妇赋写一首《催妆诗》，洋洋百行，一韵到底。可见汪洋恣肆，充满着激情。钱牧翁迎来人生的第二次青春。他称柳如是为"河东君"，家人称为柳夫人。

　　崇祯十一年丁丑（1638年），老钱因为浙江科场作弊案被温体仁、周延儒联手作案诬陷，被关进了大牢，朝中正派的官员为他辩诬，最终还是被削去官职，回到家乡。经历此番官场浮沉老钱对于朝政已经完全失望，闭门读书著述，绝意时政之事。而此时国势日渐衰微政治日见败坏，清兵入塞,明督师卢象升战死巨鹿,京城戒严。在他和柳如是正式结为伉俪进入温柔之乡金屋藏娇之际,李自成攻克洛阳,杀福王朱常洵,两次攻打开封,张献忠,攻克襄阳,杀襄王。督师杨嗣昌自杀。清兵攻入锦州,明蓟辽总督洪承畴率师救援,大败于松山。明朝气数已尽,而老钱则沉醉于新婚燕尔的温柔乡中有滋有味。

既然得到名妓柳如是,老钱仿佛枯木逢春那般,终老温柔之乡的梦想得到了实现。虽然年龄已经到了六十岁,皮肤黝黑背脊已经驼了,头发胡须已然花白,而柳夫人却是满头青丝,肤如凝脂。在新婚燕尔,洞房花烛之夜,钱老对小柳开玩笑说:"我很爱你的黑头发白皮肤。"小柳也对老钱玩笑着说:"我很爱您老的头发如同妾的皮肤一样白,皮肤如同我的头发一样黑。"同时两情相悦的婚姻刺激着各自的创作欲望,才子佳人的相对酬唱,几乎伴随着钱柳姻缘的全过程。老钱有诗曰:"风前柳欲窥青眼,雪里山应想白云。"

钱谦益于虞山北麓构建了一座五楹小楼,取名"绛云楼",取义《真诰》中绛云仙下降凡间居住小楼的意思,以讨好柳如是。楼内满置藏书,布置了锦绣织成的帷幕,镶嵌着珠玉的床榻,两人朝夕相对,读书酬唱,安享鱼水之欢。老钱在文集中所说的"争光石鼎联名句,薄暮银灯算劫楸",早晨就着曙光欣赏奇石鼎彝吟诗作对酬唱自乐,晚上在明亮的灯光下对弈下棋各有胜负。这对老夫少妻情趣相投躲进了自己的安乐窝,沉浸于男欢女爱情投意合的惬意生活。老钱读书吟诗,在摆脱了繁琐的政务的晚年越是成为嗜好。对于某些历史典故的查询成了柳如是的职责。在写文章的时候,夫妻二人互有探讨商榷,柳如是动辄上楼去翻阅藏书,虽然藏书浩如烟海,而柳氏对于某书某卷十分熟悉,随手抽取,百不一失,可见其对于家藏图书的熟悉程度。就是遇到一些文章中唯有错讹的地方,她也能一一指正。钱谦益喜欢她的聪慧和善解人意,于是对她愈加爱恋和尊重。

五、钱谦益的变节降清

清朝建政后,开始录用前朝耆老,老钱也去应召,以礼部侍郎兼管秘书院事,管理《明史》馆,顺治三年(1646年)称病回家。不久因为江阴黄毓祺谋反案受到牵连，被逮捕入南京监狱，柳如是拖着怀孕的身子前去南北两京四处奔走，将他救出。老钱从此隐居常熟绛云楼读书写作。因此更加属意于与柳夫人涵咏吟唱诗词，检校图书著疏历史。柳夫人随侍左右，好读书乃至放言高论。夹着自己的著述前来登门求教的人纷至沓来，几乎没有一天间断过。老钱有时倦于见客，即派小柳出面应酬。但见得英姿勃发的河东君：时而穿上貂冠锦靴像是一名女将，或者穿着羽衣霞披如同贵妇，清晰流畅的言说像是泉水流淌，雄辩锐利的谈锋如同高岭崛起，在座的客人为她的绝色聪慧所倾倒。有客人需要回访答拜的，河东君就乘着小轿，带着婢女，代老钱访问旅行而来的客人，与客人随意酬唱，有时竟然盘桓一整天，老钱也并不吃醋，他常常对人说："她即是我高贵的弟弟，又是我的好秘书。"常常戏称她是"柳儒士"。

庚寅年（1650年）绛云楼失火，烧毁了他们夫妇的大部分藏书。老钱和小柳移居红豆山庄。山庄种有红豆树一株，因此而得名。中秋佳节到来，伴着良辰美景，老钱携小柳划着一艘小船，荡桨在湖山风景绝佳之处。老钱有《中秋日携内出游》诗中记载了他们夫妇出游的浪漫景况：

绿浪红阑不带愁，参差高柳蔽城楼。
莺花无恙三春侣，虾菜居然万里舟。
照水蜻蜓依鬓影，窥帘蛱蝶上钗头。
相看可似嫦娥好，白月分明浸碧流。

小柳按照老钱原韵唱和道：

秋水春山澹慕愁，船窗笑语近红楼。
多情落日依兰棹，无籍浮云傍彩舟。
月幌歌兰寻麈尾，风床书乱觅搔头。
五湖烟水常如此，愿逐鸱夷泛激流。

他们夫妻唱和的诗作，大多附录于老钱的《有学集》，这些诗作只是一部分，有的还没有尽行收进集子。

在长江以南，藏书之丰富没有超过钱谦益的。自绛云楼遭受火灾以来，老钱所收藏的宋元精刻原版图书皆化为灰烬。当今之世所相传的《绛云楼书目》是老钱在闲暇之时，通过回想记录的书目，尚遗漏的那部分图书占全部藏书的十分之二三，因为存放在常熟城东的老宅内，这些书籍都没有损失。北宋版图书及《后汉书》得以幸存。当初老钱购得此书，出价三百多两黄金，因为《后汉书》缺失两本，持有者降价销售给了他。老钱如获至宝，一直珍藏在老宅中。为了寻觅缺失的图书，他遍托书商，急欲补齐这两本书。有一书商的书船停泊在乌镇，到小铺子中买面条当晚餐，发现小老板在破旧的簏篮中取出旧书一页准备做包装纸，仔细一看竟然是宋版《后汉书》。书商大惊，暗暗高兴，立即以几两金子将这本破旧的图书买下。但是首页已经缺失。书商希望主人能够补齐，店老板说："让邻居包面条了，需要的话可以立即索取回来，补齐全书。"书商等待将《后汉书》补全后，星夜从乌镇出发赶回常熟。老钱见到这两册宋版书，喜极欲狂，摆盛宴款待书商，以二十两金子的价格买下这两册图书，以至这套图书竟为完璧。这套图书纸质油黑，炯然夺目，真正的藏书家不世之宝贝。到了清代，这套宋版《后汉书》为身居要职的大员收取。

一日，老钱赴完亲朋家的宴席，乘轿子回家，在过迎恩桥时，轿夫跌倒，老钱受到倒在地上的仆人惊吓，回到家中突然得一种奇怪的病：站在那儿眼睛就会向上看，头欲翻拄于地下，躺下来就好了。老钱多次找医生看，均不见效果。这时有良医俞嘉言恰好路过常熟往其他地方为人看病，老钱立即派遣仆人前去邀请他到府上为自己诊视。过了数天俞大夫才姗姗来迟，问他导致怪病的缘由，听完老钱讲述，老俞宽慰道："你这病好治，不要害怕。"老俞问官家："府上轿夫有强悍善于走路的，喊上数人来。"于是数名身体强悍轿夫被召来，老俞命令赐给酒饭。几名轿夫酒足饭饱后，俞大夫对这几位说："你们这些人尽量要吃饱些，且可以当游戏玩。"命他们分列于庭院于四角，先由两人将老钱夹持，用力强迫他快快行走，由东向西，至南到北，相互更换着快步行走，不给老钱留下任何喘息的机会。老钱苦不堪言，老俞全然不顾，越是喘息急促，越是加快脚步。过了一会老钱终于可以休息了，而此时病已经痊愈了。其他的医生在旁边观看，不解其意，老俞缓缓道来："这种病乃是下桥跌倒所致，左边的那叶肝脏抽搐折损使然，如今扶掖着他快步疾走，抖擞经络，则肝叶得以舒展。得以复原位置，则气息舒畅，而头目安康舒适，这种病不是药石可以医治。"老钱越发佩服他的神奇医术，称赞他为圣医。

顺治二年农历己酉年（1649年）豫亲王多铎率领清朝大军渡江南侵，南明诸大臣相继投降，有送礼送钱至万金的，独钱谦益送礼很特别，看上去很是微薄，以表示自己的清正廉洁。送礼的礼单上用工整的小楷恭敬细致地写道：

太子太保礼部尚书兼翰林院学士臣钱谦益百拜叩首，谨启上贡。計开鎏金银壶一具、珐琅银壶一具、蟠龙玉杯一进、宋制玉杯一进、天鹿犀杯一进、夔龙犀杯一进、葵花犀杯一进、芙蓉犀杯一进、珐琅鼎杯一进、文玉鼎杯一进、珐琅鹤杯一进、银镶鹤杯一对、宣德宫扇十柄、真金川扇十柄、弋阳金扇十柄、戈奇金扇十炳、百子宫扇十柄、曾鲸杭扇十柄、真金苏伞四十柄、银镶象箸十双，右启上贡。

又署：

顺治二年五月二十六日、太子太保兼礼部尚书翰林院学士钱谦益。

看来钱谦益对于清朝占领军首脑豫亲王多铎的心思爱好经过仔细揣摩，礼品也是认真准备，很能投其所好。虽不是什么金银财宝却是价值无法计算的文玩艺术品，有些是具有文物价值的珍贵收藏品。苏州人张滉和豫亲王的记室诸暨人曾王佐关系很好，老钱送礼时曾记室正好在场，见到了老钱送礼的帖子，而且记了下来。回去后和张滉说："那天老钱捧着帖子入得豫王府，跪在丹墀下一边叩头，一边向豫亲王爷致辞，豫王满面喜色，接到这些礼物非常高兴。"看来老钱的马屁是拍到点子上了。

顺治二年（1645年）五月，清兵攻破南京，南明弘光政权亡，史称乙酉五月之变。当时柳夫人劝牧翁说："您老还是舍生取义以全大节而不负盛名。"而老钱面有难色，小柳准备自沉家中的水池以殉节，被老钱拉住强行阻止了。当时苏州的沈明伦正好在钱家教书，看到了这一幕。后来钱牧斋回到常熟和柳如是共同拂水山庄游玩，见到石涧流泉洁净清澈可爱，老钱欲在其中濯足嬉戏，站立未稳向前倾倒，被小柳拉住，并取笑道："这些只是沟渠之水，岂是秦淮河水耶？"暗里讽刺老钱在乙酉之变中未能投水殉国的往事。老钱闻听此言，脸呈羞惭之色。

清兵在湖州抓住了偷偷潜逃出城的弘光帝，押往南京。豫亲王多铎将其关押在司礼太监韩赞周的府邸，命令南都的旧臣一一去谒见。大学士王铎独自站立在那儿历数弘光帝朱由崧的罪恶，并且说："我不是你的臣子，怎么能够拜谒你！"于是挥舞着手臂，嘴里嚷嚷着离开了。当时豫亲王的记室曾王佐目睹了这件事。这一天只有钱谦益见到故主伏地恸哭，不能起来，曾王佐将他搀扶着离开。证明老钱良知未泯，对故国故主尚残留着感情，绝非见风使舵，忘恩负义之徒。

拂水山庄在常熟城西郭锦峰之麓，牧翁祖先坟茔在此地。依精致雅舍分别建有耦耕堂、秋水阁、小苏堤、梅圃溪堂、酒楼等景点。老钱时常携小柳在这里冶游休息，每每于早春季节梅花将要开放的季节里，两人乘坐画舫，轻飏着漂浮而来，令书童在船中击鼓，音节轻盈激越。老钱说是为了催促花信早点到来，小日子过得优越而舒适。

芙蓉庄也就是他们所住的红豆村，在常熟的小东门外，离城三十里，是白茆世家顾氏的别墅。老钱是顾氏的外甥，所以后来这栋别墅山庄归钱谦益所有。庄内有合抱红豆树一棵，数十年开一花，花为白色，结的果实如同皂荚，子粒红如樱桃。顺治十八年（1661年）老钱八十寿辰，这时红豆花刚刚开放，距上次开花时间已经有二十年时间。老钱夫妇与诸名士赋诗联吟共同以纪念这样的祥瑞出现。至康熙三十二年，癸酉，再结出果实数斗，村里人竞相来取，这时红豆山庄已经完全毁弃，唯有红豆树尚留存在野地里，如今树也已经半枯，每年发一枝，而枝也无定向。当地老百姓说："树枝所指的方向，稻谷也每每歉收。"这实在是太奇怪了。

想当年南明弘光皇帝朱由崧上位的时候，老钱应召带着小柳去履任。经过丹阳，两人同车携手或者令柳夫人牵着毛驴而自己紧随其后，私下里老钱悄悄对小柳说："好一幅《昭君出塞图》啊！"于是乡里传出老钱令小柳着昭君装一路招摇着前往南京。

六、小柳的作风和老钱的大度

钱谦益投降清朝后，在官场也很不得志，因为清廷并不承认南明弘光朝封的所谓太子太保、礼部尚书、大学士，只认当年崇祯皇帝封的礼部侍郎，因此也只封了他一个礼部侍郎、弘文院学士兼管《明史》馆，目的只是借助他对历史的熟悉让他负责修《明史》。因而不久，他就郁郁寡欢地以生病年老为理由返回家乡。这时闲待在家中的小柳，因为春闺寂寞还闹出了风流韵事来。

据陈寅恪在《柳如是别传》中考证：《消夏闲记》和《牧斋遗事》记载，河东君和牧斋之性格，一诙谐勇敢，一迟疑怯懦，颇相符合：

乙酉王师东下，南都旋亡。柳如是劝宗伯死，宗伯佯应之。于是载酒尚湖，徧语亲知，谓将效屈子沉渊之高节。及日暮，彷徨凝睇西山风景。探手水中曰，冷极奈何！遂不死。

这和前面记载在南京白下官邸怯于自沉家中花园是相一致的。柳如是的忠烈和钱谦益的苟且，在性格上是相吻合。老钱投降清廷后被新朝委任高官，必须北上去北京履任，小柳不肯北行也是某种政治上不和新朝合作的选择。她披着暗喻明朱色彩的大红披风在道旁默默为老钱送行。钱谦益当时有诗称赞"衣朱曳绮留都女，羞杀当年翟茀班"。在秋天萧瑟的风寒中，穿着红色风衣独立笑傲的留都奇女子，实在使得那些跟随丈夫坐着豪华轿车远去京城的高官太太羞惭啊！钱牧斋的赞美是对自己变节行为的内心谴责。

因此小柳一人独自留在南京白下的官邸中。当然老钱和小妻子的离别是非常伤心的，他留下了一首首的诗词记载了怅然若失的心情。老钱善意地理解小柳留在南京的行为，实在是为了表示自己内心不愿和那些朝廷命妇，随自己担任新朝高官老公去京城享受荣华富贵的矛盾心情。这使得柳夫人非常感动。他们的离别是在乙酉年的秋季，更加增添了几分凄凉。

这也许是老钱仅仅在京城任职几个月就匆匆往回赶的原因之一，同时还因为对小柳一人留在南京有些放心不下。因为小柳不时有些桃色新闻传到京城来，甚至有老钱的儿子钱孙爱几欲动刀宰杀奸夫淫妇的传闻。原因在于小柳在老钱不在身边时和郑某、陈某苟合通奸的丑闻传出。陈寅恪引用徐树丕《识小录四·再记钱事》：

> 柳姬者与郑生奸，其子杀之。钱与子书云："柳非郑不活"，杀郑就是杀柳。父非柳不活，杀柳就是杀父也。[①]

老钱话说到这种地步，从儒家父父子子及夫为妻纲角度，儿子钱孙爱都不可能去杀父或者弑妇，甚至连自己继母的情人都不能杀了。所谓妇人淫乱的七出之罪，在父亲对于爱妾宽容下夫复何言呢？

乙丑（1646年，清顺治三年）春天老钱从北京乞病告归，夫妻两人从南京返回家乡常熟，携柳如是回到拂水山庄。老钱甚至当面承诺小柳可以"畜养面首为乐"，也即宽宏大量的钱谦益同意柳如是可以有自己的小情人。所以说老钱家信所言"柳非郑不活"一语的明确证明，不仅让小柳活下去，而且要活得有滋有味，随心所欲。老钱确实舍己为人可以将自己爱情与别人分享，而且完全不顾及家人的感受和社会舆论的谴责。这也埋下了老钱去世以后小柳与整个钱氏家族不可调和矛盾的伏笔。无疑，小柳是仰慕老钱满腹经纶才学的粉丝，这种仰慕发展到了最终结为连理走进婚姻殿堂，而老钱也是欣赏小柳才貌的追慕者，两人的相互欣赏可以打破年龄悬殊的界限，使性情和情趣的相投上升到情爱的高度。然而，这种精神上的相互欣赏最终发展到相互的尊重，相互砥砺，相互理解的状态，这就是爱情的最高境界，似乎很有些现代人的爱情观，而不再是死守纲常礼教。在钱谦益而言，大节已亏，就不在乎这些男女夫妇之道的遵循，推己及人，他宽容地对待柳如是的婚外情。早年的柳如是五岁进入归家院，十四岁就被所谓"吴江故相"曾任东阁大学士、太子太保的周道登买去当丫鬟，备受宠爱，后收为小妾，经常被老相爷抱在膝盖上授以艺文，也就是说不知名的父母传以天生丽质，归家院徐佛传授了声乐字画，老丞相又教授以诗书礼仪，多种因素使她成长为色艺双全、才貌具备，不输于当下任何读书人气质和风度。不到一年，周家群姬众口烁金，说她生活作风放肆不羁，

[①] 见陈寅恪著：《柳如是别传》，三联书店，第883—885页。

私通仆人。小柳差点被逼死，幸而她一向乖巧，很讨老夫人欢心，只被逐出周府，重回归家院。小柳干脆挂出"相府堂下妾"的招牌，艳帜高张。在稍有积蓄后，她在教坊司削去妓籍，仅凭一画舫一船书，浪迹江湖，结交天下才士，活得随性、惬意、潇洒。她乘画舫浪迹松江、嘉兴一带，浮家泛宅，与一帮高才名士交往，对于那些纨绔富家显贵子弟她是瞧不上眼的。她曾经和松江被称为"云间三子"的陈子龙、李雯、宋徵舆及宋徵璧等几社名士多有情感诗文上的交集，尤其是对陈子龙仰慕不已，成为众生的蓝颜知己。陈子龙抗清壮烈牺牲几乎成为柳如是心中永久的痛。陈子龙也是钱牧斋的知己，他举义前老钱多有资助，这些不能不说是受到柳如是的影响。宋徵璧在《秋塘曲并序》中描述她"凡所叙述，感慨激昂，绝不类闺房语"，年纪轻轻"有烈丈夫风"等等。也就是说柳如是在民族大节上巾帼不让须眉是一贯，在生活小节上男人能干的她都一点不委屈自己，这是对于封建羁绊的反抗，从某种意义上说也是追求男女在人格上平等的壮举，类似钱孙爱这样凡夫俗子岂能够明白。

　　明末是礼崩乐坏的时代，士风陷于放诞，情欲的滥觞大大冲决了纲常礼教的羁绊，使人的性情和欲望超越理性而顺应了自然。钱谦益的理解纵容，也是对于对方人格的尊重，这种发自内心的尊重使得柳如是即使再婚后在精神和人欲上都保持了相当的自由度。这是为一般遵循着男尊女卑的夫为妻纲的道学先生所不理解的。而这些表像均为理学由外在的天命纲常，走向内心自由王学理论提供了实证。后来在李贽"童心说"和公安派三袁"性灵学"中都认为这是顺应人之自然本性发展的必然。对于老钱而言，他就是王夫之心学理论的追随者，且和公安派三袁均有良好的交往，和当时学者如同冯梦龙和汤显祖都是朋友，自然对于柳如是的尊重和欣赏包括对于她才华和欲望的尊重。这点他那位才质平庸的儿子钱孙爱实在不能与其老父等量齐观，只能甘居下位，那是因为在境界和胸次上层次不同所产生的隔膜。

　　王澐《辋川诗抄四·虞山竹枝词十四首十三》讽刺柳如是的生活作风问题写道：

芙蓉庄上柳如縣，秋水盈盈隐画船。

夜静秃鹫啼露冷，文鸳常随野鸥眠。

陈寅恪摘录《荷牐丛谈三·东林中依草附木之徒》条，来说明钱牧斋此时的心态，十分传神：

当谦益往北，柳氏与人通奸，子（牧斋先生的儿子钱孙爱）愤之，鸣官就惩。及归，怒骂其子，不容相见。为国破君亡，士大夫尚不能全节，乃以不能守身，责一女子耶？此言可谓平也恕也。

老钱这句义正词严的诘问，借用官场首鼠两端的假道学的批评，抨击儿子对于一女子不能守身的苛求，可谓一针见血。这何尝不是对自己不能守节全义而有负君臣之道的愧疚呢。而小柳却是有民族大义的忠烈女子，在老钱来看所谓男女关系问题和君国大义相比完全是可以原谅的生活小节，不足挂齿。我作为父亲尚能原谅宽宥，岂容得你这小子去指手画脚，他与儿子断绝了父子关系。

事实证明老钱的宽容将得到小柳的加倍回报，在大是大非面前小柳表现出了巾帼英豪的大无畏气概，而小钱则显得窝窝囊囊，全靠柳如是扶持。

七、良知未泯暗中奔走复明

顺治丁亥年（1647年）岁末，江阴黄毓祺谋反案发，老钱也受到牵连，被抓到南京狱中关押审查。《明史》有黄毓祺传，记载比较简单：

贡生黄毓祺者，好学，有盛名，精释氏学。与门人徐趋举兵行塘，以应城内兵。及城陷，两人逸去。明年冬，趋侦江阴无备，率壮士十四人袭之。不克，皆死。毓祺既逸去，避江北。其子大湛、大洪被收，兄弟方争死。而毓祺以敕印事发，逮系江宁狱，将行，其门人告知期，命取袭衣自敛，趺坐而逝。①

---

① 见《明史·卷二百七十七·列传一百六十五·黄毓祺》，线装书局，第1498页。

第九章　钱谦益和小妾柳如是

黄毓祺是江阴的贡生，好读书学习，精通复学，在当地很有名气。清军南下时，曾经参与了江阴主簿陈明遇、典吏阎应元的抗清斗争。当年这场动天地泣鬼神的斗争，陈主簿、阎典吏率义民六万拒二十四万清军于城下，孤城碧血八十一天，使清军铁骑连折三王十八将，死75000余人。城破之日，义民无一降者，陈明遇、阎应元不屈被杀，清军在江阴进行了三日报复性大屠杀，城中一片断壁残垣，几成废墟，民众死伤枕藉，血流漂橹。史载，短短三日之内，十七万江阴民众惨遭屠戮，仅老幼53人得以幸免。史称江阴三日。这就是清军入关后用江南士民鲜血铸成有名的江南三屠"嘉定三屠、扬州十日、江阴三日"的历史。黄毓祺是屠杀的幸存者，也是坚持抗清绝不屈服的江南士子代表。清顺治二年，江阴城破黄毓祺突围而出，暗中潜藏在乡间村落之中。等待清兵退去，并于清顺治三年丙戌（1646年）冬十一月召集兵马，期待以一举突袭攻克江阴、武进、无锡三城。据计六奇在《明季南略卷四·黄毓祺续记》[①]记载（笔者译成白话）：

黄毓祺，字介子，居住在常熟月成桥。其文章素来受到赞誉，他与常熟的武举人许彦远友善。彦远与南通州监生薛继周第四子是莫逆之交，薛子也是一位秀才，居住在乡下的湖荡桥，有家财三万。清初，黄毓祺逃过了江阴三日大屠杀后，又和远在福建的隆武帝挂上了钩，朱聿键任命他为浙江省提督，可以私自任命属下官员。黄伪装成算命的人，在南通等地游走，他和许彦远均住在薛家，称薛公子为周相公。这时，江阴有一名字叫徐摩的人，也寄食在薛家。黄毓祺在薛家居住的时间久了，那些福建隆武朝从海上来的游击、参将等官员，前来参见他，外面虽然穿着满族的服装，待到入内相见时皆换上青衣垂手而拜，外面的人皆不知情。黄毓祺曾经修书一封，说自己将要起义，派徐摩去常熟钱谦益处提取银子五千两，用的是浙江巡抚的印鉴。徐摩又和徽州的江某要好，而江某人贪图钱财，常常与清军有往来，窥知黄毓祺准备起事的事情，心想这徐摩如果返回南通必然要带上许多银子，告发之后一定能够获取丰厚的奖赏。等到徐摩到达常熟，见到钱谦益，

[①] 见计六奇著：《明季南略·卷四·黄毓祺续记》，中华书局，第253页。

老钱心知此事难以保密，必然失败，婉言推却不愿捐款，徐摩持空函返回通州。江某到清兵营地告发黄毓祺谋反，毓祺及薛生一家被抓，押解到南京监狱关押，尽被害。钱谦益受牵连也被抓到南京，虽然自辩清白，得以免罪，就是这样也花去贿赂上下的银子三十万两。

陈寅恪在《柳如是别传》中记载的黄毓祺谋反牵涉到钱谦益的案子要复杂详细得多。据陈寅恪综合各方面史料研究，黄毓祺谋反案，应该在清顺治四年（1647年）丁亥年，黄毓祺去了福建见到了隆武帝，得到任命后从海上返回江浙，欲起兵谋复常州。

他是在正月间纠合师徒从舟山进发。常熟钱谦益命其妻艳妓柳如是至海上犒师。适遇到飓风大作，海船多被吹翻，飘没。毓祺也被吹入海中差点淹死，幸赖勇士石政背负着他，始得登岸。约好常州府五县同日起兵抗清，事情没有成功。而他意志并没有消退，继续改名换姓潜逃到了淮安，居住在寺庙僧舍中。一天庙中的和尚应约到通州薛家做佛事，周相公是知道黄毓祺的，于是将黄请到家中担任家庭教师。黄毓祺有部下张纯一、张士俊，向来为黄毓祺倚重为亲信。这两人与清军有往来，以为自首举报黄毓祺和名儒钱谦益，可以得到奖励，于是谋害黄毓祺和钱谦益，老钱这样就和黄毓祺扯上了关系。三月，黄毓祺被移送到南京，在被害之前，狱卒告诉他死的日期，黄神态自若，披上僧服衲衣，扶墙坐起，含笑绝食而亡。死前留有绝命诗一首：

人闻忠孝本寻常，墙壁为心铁石肠。
拟向虚空擎日月，曾於梦幻历冰霜。
麈头百里轻音吼，狮子千寻百乳长。
示幻不妨成厉鬼，云期风马昼飞扬。

黄毓祺死了，亲朋好友没有一人前来为他收尸，看守临时筹集资金将他埋葬在监狱中。朝廷的圣旨下，黄毓祺尸体被挖出遭到屠戮。

根据钱谦益《有学集一·秋槐诗集〈和东坡西台诗韵六首〉》序云：

第九章　钱谦益和小妾柳如是

丁亥三月晦日，晨兴礼佛，忽被急征。银铛拖曳，命在漏刻。河东夫人沉疴卧蓐，蹶然而起，冒死从行，誓上书代死，否则从死。慷慨首涂，无刺刺可怜之语。余亦赖以自壮焉。狱急时，次东坡御史台寄妻诗，以当诀别。狱中遏纸笔，临风暗诵，饮泣而已。生还之后，寻绎遗忘，尚存六章。值君三十设帨之辰，长筵初启，引满放歌，以博如皋之一笑，并以传视同声求属和焉。

一

朔气阴森夏亦凄，穹苍四盖觉天低。
青春望断催归鸟，黑狱声沉报晓鸡。
恸哭临江无壮子，徒行赴难有贤妻。
重围不禁还乡梦，却过淮东又浙西。

二

阴宫窟室昼含凄，风色萧骚白日低。
天上底须论玉兔，人间何物是金鸡？
肝肠迸裂题襟友，血泪模糊织锦妻，
却指恒云望家室，滹沱河北太行西。

三

纠绝阴天鬼亦凄，波吒声沸柝铃低。
不闻西市曾牵犬，浪说东城再斗鸡。
并命何当同石友？呼囚谁与报章妻？
可怜长夜归俄顷，坐待悠悠白日西。

四

三人贯索语酸凄，主犯灾星仆运低。
溲溺关通真并命，影形绊絷似连鸡。
梦回虎穴频呼母，话到牛衣并念妻。
尚说故山花信好，红阑桥在画楼西。

五

六月霜凝倍清凄，骨消皮削首频低。
云林永绝离罗雉，砧几相邻待割鸡。

堕落劫尘悲宿业,归依深喜丑山妻。
西方西市原同观,县鼓分明落日西。

六

桎梏扶将狱气凄,神魂刺促语言低。
心长尚似拖肠鼠,发短浑如秃帻鸡。
后事从他携手客,残骸付与画眉妻。
可怜三十年来梦,长向山东辽水西。

钱谦益受到黄案牵连被逮到南京,事发突然,猝不及防。清顺治四年三月三十日晨,他正在礼佛,突然数十军汉气势汹汹将蜂拥而至,将他锁拿"锒铛拖拽,命在漏刻",此时河东夫人身染重病卧床不起,强撑着起了床,冒死从行,发誓上书代替老钱去死,否则夫妇同死。"慷慨首涂,无刺刺可怜之语,余也赖于自壮焉。"王家桢《研堂见闻杂记》的记述亦可佐证:"柳夫人才极不羁,牧斋就逮时,能戎装变服,挟一骑护之。"可见柳夫人的慷慨鼓舞了老钱的勇气。

据陈寅恪在《柳如是别传》中考证,小柳当时并不是随行南京,而是直接带着银子按照老钱生前官场朋友的名单去北京疏通关系,因为这些人的身份虽然都是新朝高官,但是究其底细都是与老钱一样的"贰臣",应当有同病相怜物伤其类的感觉。伸出援手的最重要两人是原明蓟辽总督降清后被任太子太保为内阁汉人大学士洪承畴和降清后以原官任用的前明兵部尚书梁维枢(字慎可)。梁维枢为河北正定人,柳如是去京营救老钱就住在正定梁维枢家中,深得老梁母亲吴太夫人喜欢。

陈寅恪感叹道:

谓河东君在周道登家为群妾所谮,几至杀身,赖周母之力得予免于死。观牧斋《梁母吴太夫人寿序》可证河东君与慎可母之关系。河东君善搏老夫人之欢心一至於此。噫!天下之"老祖宗"固不少,而"凤丫头"岂能多得者哉?牧斋之免祸,非偶然。

因此,陈先生认为,牧斋之脱祸,由于人情,而不由于非金钱。今所见之载记，如叶绍袁《启桢纪闻录七·附芸窗杂录》记丁亥事略云：

> 海虞钱牧斋名谦益，中万历庚戌探花，官至少宗伯，历泰昌天启崇祯弘光五朝矣。乙酉岁北兵入南都，率先归附，代为招抚江南，自谓清朝大功臣也。然臣节有亏，人自心鄙之。虽召至燕京，任为内院，未几即令驰驿归，盖外之也。四月朔忽缇骑至苏猝逮云。
>
> 钱牧斋有妾柳氏，宠嬖非常。人意其或以颜貌，或以技能擅长耳。乃丁亥牧老被逮，柳氏即束装携重贿北上，先入燕京，行贿于权要，曲为斡旋。然后钱老徐到，竟得释放，生还里门。始知此夫人有才智，故缓急有赖，庶几女流之侠，又不当以闺阃细谨律之也。①

梁维枢通过洪承畴为钱谦益开脱理由，是钱谦益根本就不认识黄毓祺，黄毓祺已经坐化死亡，也就成了死无对证的事。所以钱谦益最终以事出有因，查无实据，无罪释放。

相比较柳如是的仗义和钱孙爱的愚弱，牧公无限感慨，故有了"恸哭临江无孝子，徒行赴难有贤妻"感叹，全部是当时的纪实。钱孙爱看到此诗，恐怕成为别人攻击自己的口实，千方百计托人游说老父亲将"无孝子"改成了"无壮子"。如今钱谦益文集中的所刻的诗句，是求改后的句子。在此次牧翁罹难时，柳如是竭尽全力，请托斡旋，奔走营救，终使钱谦益脱祸。钱谦益出狱后，仍不得解脱，暂时寓寄在苏州拙政园看管。有一天老钱游虎丘，穿着一件小领子大袖子的衣服。一书生向他作揖问道，这衣服是什么款式，老钱说："小领子是遵循当前官方规定的流行款式。大袖子乃是表示不忘记前朝。"书生讥笑道："牧公真可谓两朝领袖啊。"此时他和柳如是的老朋友陈子龙在虎丘寺的墙壁上题诗一首：

> 入洛纷纭意太浓，莼鲈此日又相逢。
> 黑头早已羞江总，青史何曾惜蔡邕。
> 昔去尚宽沈白马，今来因悔卖卢龙。

---

① 见陈寅恪著：《柳如是别传·下》，三联书店，第 916、917 页。

可怜北进章台柳，日暮东风怨阿侬。

至顺治六年（1649年）己丑春，钱谦益刚从黄毓祺案脱身，寓居拙政园时，柳如是生下了她和钱谦益的唯一的女儿钱孙蕊。回到常熟，钱谦益就过起了藏书、检校、著述的日子。钱柳二人，一如从前，临文探讨。也许是经历了黄毓祺案的打击，钱谦益早已将生死看得很淡然了，为了能用实际行动来洗刷自己乙酉年开门迎降的耻辱，他晚年开始投入江南士子反清复明的行动。

在这期间，他与矢志抗清的黄宗羲往来频繁。黄宗羲在崇祯朝魏忠贤伏诛后有很长时间住在钱谦益家读书、抄书、写作，在学问上受到老钱的提点，视钱谦益为恩师，钱谦益视黄为子侄。他住过钱家的拂水山庄、半野堂和绛云楼，钱邀请他晚年来此结伴读书。据黄宗羲回忆，一天晚上，"余将睡，公提灯至塌前，袖七金赠予余：此内人意也，盖恐余之不来也。"

钱谦益表面上开始息影居家，实际上，却心存波澜。这一时期编选的列朝诗集，始于"锒铛隙日""采诗旧京"。胥端甫著《明清史事随笔》，其中有句谈到谦益"之所以著列朝诗集，杨家骆在其合刊列朝诗集启祯遗诗小传序言中写得比较详细，盖借诗以存其人，存其人者即所以饰其不死之由"。以钱柳一贯的政治表现，二人绝不可轻失时局筹幄，亦是可以推知的。陈寅恪先生为考柳如是此段人生经历，不惜气力，以《别传·复明运动》一章约二十余万文字，发了众多"待发之覆"，使得钱柳二人当日之情形浮出历史尘埃。为老钱晚年失节降敌，扫尽尘埃，续上了一个响亮的尾声。

顺治七年，绛云楼失火。凡宋元精本、图书玩好，及钱辑《明史稿百卷》，悉为灰烬。绛云楼火后，钱柳一家移居至红豆山庄。"闺阁心悬海宇棋，每于方罫系欢悲。"从移居红豆山庄起，至康熙元年（1662年），清朝水师封锁白茆港，红豆山庄俨然成了江南抗清复明的地下联络点，钱谦益则宛然军师兼联络参谋，几次义军起义，皆可窥其往还联络之痕迹。谦益晚年多次游历、访友，实为频繁联系抗清。更堪抵其降清之污的，是其置七十之身躯于度外，二次入浙，策反清廷金华总兵马进宝反清，接应郑成功海上之师进攻南京。不过马氏为人狡诈反复无常，钱氏游说失败。[①]

顺治十六年钱谦益在七十八高龄时，尤赴崇明岛，与郑成功晤会，议和抚局。至于与郑成功的联络方面。柳如是利用购买物品的名义到与郑氏设在苏州的行店往来，居中进行沟通联络工作。但是一切努力均付流水，"败局真成万古悲""四海遏密，哀痛之余，食不下咽"。康熙元年（1662年），清朝水师封锁白茆港，钱谦益移回城内旧居，柳如是尤望海上，与女儿钱孙蕊、女婿赵管，仍留山庄。

八、远近青山画里看

柳如是与钱谦益的女儿钱孙蕊，嫁给了无锡城里的编修赵玉森的儿子，柳如是十分钟爱自己的女儿，舍不得女儿远去夫家，故将女婿招赘到了常熟，与自己同居于红豆山庄。直到柳如是去世后，钱孙蕊才到了无锡夫家，赵编修的姻亲见到小孙蕊，发现其容貌瘦小意态幽静娴雅，丰神秀骨、风姿绰约，看上去和她去世的母亲十分相像，对比当时名画家吴焯画的《河东君夫人像》（现藏美国哈佛大学福格艺术馆）几乎呼之欲活。但见画上柳夫人安静地坐在绣榻上，一手倚在几榻上，一手执扇子，仿佛一枚精致的象牙书签在画轴上缥缈，浮积飘落在几榻之上。看当年河东君在画面上端自题的跋语，知道在写生这幅画像时，恰逢牧斋老先生正在选撰列朝诗，其中闺秀一集系柳如是为之勘定，所以即景为图，而成传世丹青。

钱谦益的大儿子钱孙爱，性格偏于软弱且有些迂腐。孙爱家住在常熟东城，与海防公署相邻，一次公署失火，防尊指挥使仓促而出，暂时借用钱家客厅休息。孙爱出来迎接，开始倒也没有什么失礼之处，待及坐定之后，孙爱问及："老父台何科举人？第几甲进士？"防尊系满洲人，并非科举出身，很尴尬地吞吞吐吐不知如何应答。手下的一位小吏悄悄对孙爱说："本署防尊是某旗下某堡人。"孙爱听后无话可说，未及奉茶即拂衣进内不再出来。搞得这位海防大员满脸通红，十分狼狈，窘迫而去。钱孙爱的不明事理也被当成笑话而在常熟城内哄传开来。

[①] 陈寅恪著：《柳如是别传·下》，三联书店，第1021页。

康熙初年，钱孙爱已经考取了举人，将老父亲钱谦益迎去共同居住。柳如是依然和女儿、女婿居住在红豆山庄。康熙三年的夏天，老钱患病卧床，柳如是从乡下赶过去探视，这年柳如是四十七岁。五月二十四日，八十三岁的钱谦益离世。老钱在离世前，丧葬费尚未落实，恰好盐台顾某来求文三篇，答应给白银一千两润笔，而此时老钱已经无力为文，只好求来访探病的黄宗羲代笔。黄宗羲不愿意，无奈之下被老钱反锁在书房内，逼迫黄宗羲连夜写完了三篇文章，才解决了丧葬费的问题。黄宗羲在《黄梨洲诗集》卷二《八哀诗》之五《钱宗伯牧斋》自注中记载了这件事，他在哀悼牧翁的诗中不无沉痛地写道：

四海宗盟五十年，心期末后与谁传？
凭伊引烛烧残话，嘱笔完文抵债钱。
红豆俄飘迷月路，美人欲绝指筝弦。
平生知己谁人是？能不为公一泫然！

钱谦益辞世后，钱氏家族族人觊觎其田产财富，气势汹汹，催逼甚紧，河东君沉着应对，以死相搏。钱谦益在身前与钱氏家族的人素来很不和睦，这些族人假托老钱生前过去有所承诺答应偿付族人部分财产，乃至于数百人闹到钱府大堂。钱孙爱性格软弱，早已躲得远远的，只有柳如是挺身而出，流着眼泪对众人说："家中的嫡长子，决定不受你们的凌辱盘剥，已经回避不见你们了。我作为老钱的未亡人有些妆奁和私房钱，留着也没有什么用了，准备捐出以给你们这些闹事的解决家中的困难。"并立即拿出千两黄金，交给他们。但是指责喧闹的人啸聚如故，不愿散去，而且闻讯赶来想沾便宜的钱氏宗人越来越多。柳如是派人问道："你们将欲以何为？"族人回答："昨天你所给的钱，是你自己的私房钱，不足以在族人中分配，钱老的漂亮房子成片成片地连着云霄，良田错落锦绣，难道就不能分配一半给穷苦的族人分享？"这时钱孙爱害怕极了，一直躲藏着不肯出面。《河东君传》详述其事：柳如是秘密召来与钱谦益比较相近的亲戚和以及素来善良忠厚的门人，又召呼家中较能干的仆人告诉他们说："我看这些族人的意思，就如同当年宋朝的割地求和，如果这样不断地满足这些人的要求，地不尽，兵不止，绝非长久之计。大家有何好的对策应对当前的乱局？"大家都说："嗣君胆怯没有良策。"河东君说："我有一计，这场纠纷可以立刻化解，保全家人和家族产业全部在此一举，但是你们必须看在已故先君过去的功德上，大家并力相助，方可行。"大家说："愿意按照计划实行。"河东君来到大厅，见到族人说："妾之私蓄资金已经囊空如洗了，已然不足为赠，但是府君的产业都在，等到明日，安排酒宴，分多分少全部听大家的。"这些吵闹人才慢慢散去。是夜，宰猪屠羊，准备酒筵。第二天一早准备大宴来者，又暗中部署所约的人员藏在后室，大家都不知道柳如是到底想干什么。筵席陈设，诸色毕集，宗族人入席，柳密令人锁禁门户。这时河东君去内室登上容木楼，答应大家将持相关田产房屋凭证以及账簿而出。然而，众人久等不见何东君出来，家人感到奇怪，于是登楼寻找，柳如是已经投缳毕命。其家人惊视，见夫人已死，而房中聚集了大量绳索，有大字书写壁上曰："并力先缚饮酒者，而后报官。"众如其言，出绳尽缚族人，大门紧闭，参与闹事者无一得以逃脱的。不一会，县令至门验视柳夫人，即于厅堂办案，抓捕犯罪嫌疑人。柳夫人一死，而虞山之家得以保全，钱谦益的遗孤得以保全。

《河东君传》的记载，虽然不脱离柳氏的行事风格，但给人的感觉更像是传奇故事。倒是《昭文县治》，语虽不多，当日急促窘迫的情景却真正展现在钱氏后人面前：

先生平生多难，或以货免。晚岁破产饷义师，负债益重。公子孙爱，文弱不振。族党以为可侮，藉口责逋，攫银六百两，又觊其田六百，阒于其室，势汹汹莫解，孙爱不知为计。柳夫人故有殉意，乃婉言谢众曰："明日合宴，其有所需，多寡惟命。"众乃散。柳夫人中夜书讼词，遣急足诣府县告难，而自取束帛，缢于荣木楼。是为六月二十八日。明日，府县闻柳夫人死，命捕诸恶少，则皆抱头逃窜不复出。孙爱感柳夫人意，用匹礼殓之，从陈夫人、先生殡于拂水山庄丙舍之东轩。

钱孙爱虽然怯懦迂阔，但本性不失良善，他以嫡母的礼仪隆重安葬了自己的庶母柳如是。但是目前我们在虞山所见到的柳如是墓距离钱谦益的墓地有五六十米，原因是柳如是死后，钱氏家族不允许她入葬钱氏祖茔，而将她葬在距钱墓百步之外的荒坡上。祭亭柱上刻的对联是："浅深流水琴中听；远近青山画里看。"一代才女嫁给当时的文坛领袖看似觅到了知音，一腔报国热血却化入青山变成了一幅美丽的图画。传说中柳如是死前留有遗嘱，悬棺而葬，意思是死后不沾染清朝的土地。墓碑上刻的是"河东君之墓"。

在秦淮八艳中，柳如是是才华最为出类拔萃的，她天生丽质，秀外慧中，虽然遭际坎坷，性格复杂多面，但内心世界十分丰富，内心情感纠葛与世俗的冲突也最最剧烈。这是一个特立独行深受儒家文化熏陶具有侠义肝肠的奇葩女子，在明末这个大动荡的年代她深受复社才士以天下为己任的壮烈情怀影响，始终怀有强烈的入世报国精神。这样的雄奇壮烈影响到钱谦益的晚年生活，成就老钱在失节后的又一次昂然崛起，终于为自己画上了一个大节无愧的句号。她对自由情感的追求，自主婚姻选择，对于封建节烈观的蔑视，都是自己的才情智慧富丽于对于封建纲常理教的反抗。对于男女平等的追求，展现出现代女性个体性格的张扬，成为明末女性中极富人格魅力的典型。所以她可以像当时的文人学士一般蕴藉风流，不拘形迹，但是涉及民族大义、家国兴亡，她的价值观是与传统"士志于道"精神相吻合的。作为巾帼女豪，她显得更加决绝，更加勇敢，更加纯粹，很少犹豫彷徨和患得患失畏葸不前。

陈寅恪先生在《柳如是别传》开篇即写道：

披寻钱柳之篇什于残阙禁毁之余，往往窥见其孤怀余恨，有可以令人感泣不能自已者焉。夫三户亡秦之志，九章哀郢之词，即发自当日之士大夫，犹应珍惜引申，以表彰我民族独立之精神，自由之思想。何况出于婉娈倚门之少女，绸缪鼓瑟之小妇，而又为当时迂腐者深诋，后世轻薄者所厚诬之人哉！①

---

① 陈寅恪著：《柳如是别传》，三联书店，第4页。

第十章　风雨晦明中的叛卖和坚守

一、南明小王朝的余绪绝响

晚明时期的帝国，崇祯王朝已经病入膏肓，活跃在王朝中的王公贵族、官僚集团都患有不同程度的病症，而国家治乱往往又和统治集团本身的素质有相当关系。原本文官集团和统治者之间的相互制约才能取得权力平衡，一旦形成掣肘，权力天平失衡，国家就会面临灾难。而权力天生的傲慢，专治统治的独裁，官员的颟顸都可能导致皇权独揽，于是王朝痼疾逐步深入骨髓，完全无法根治，朝政只能一天天糜烂下去。就如同已经浸入肌骨的癌细胞四处扩散那般，在王朝各个领域蔓延。

和平环境下，江山听任皇权和官僚统治集团的摆布，动乱年头那些被太祖皇帝"杯酒释兵权"的武装集团头目开始活跃起来。他们外战外行，内战也外行，但是在拥兵自重夹持朝政，利用手中枪杆子敛财方面却显得十分内行。因而新成立的南京小朝廷乃至后来的福建隆武朝、广西永历朝的大权基本掌握在地方军阀和权臣手中，皇帝只是如同汉献帝般的傀儡，他们的进退决定了王朝命运的盛衰。

在甲申年，由于北方政权的沦陷，作为留都的南京显然成了新的政治中心。南直隶省首府应天府保留着与北直隶顺天府首都相对应的六部机关，过去只是一些闲职，犹如棋盘中的闲子，如今北方王朝随着皇帝的殉国，群龙无首，各路闲子开始活跃起来，将、帅、车、马、炮，八仙过海各显神通，为的是在残局中公推天下共主——产生一位新的皇帝，作为大明复辟的旗帜，号令天下勤王兵马和驻守南方的军队一起完成政治军事力量的整合，守住半壁江山，抑或在力量许可的条件下实施北伐恢复大明王朝的版图，重振太祖爷的基业。当然首先应该挑选的是一位合格的接班人，其德才兼备足以担当起号令天下，起复民心，收拾残山剩水，重振大明江山的重大政治责任。

然而，那些庄严的政治目标却在各路诸侯和心怀鬼胎的南都官僚的争权夺利中被悄然化解了。这一方面是帝国皇族中人才匮乏，几乎无可用之才参加皇帝的遴选，另一方面具备拥立资质的高官军阀们尔虞我诈各怀鬼胎无形中稀释了皇帝备胎的含金量。

南朝的官员们希望是从先帝所属的皇族亲王中挑选出一位能够接班的人选。到底是挑选谱系最近但是名声不好的福王朱由崧，还是相对廉洁名望较高的潞王朱常淓承继大统，一直争论不休。也就是所谓"立长"还是"立贤"的问题，文官集团、军阀集团、太监集团、勋贵集团暗中较量争议不休。

追本溯源这和明太祖朱元璋立国时期建立的相互掣肘的政治体制有关。现在福王和潞王都已经逃难到了淮安，各自在暗中运作，希望大位到手，各路人马也在运筹帷幄希望以拥戴之功，谋取更高的爵禄。究竟花落谁家，暂时还没有结果。这些各路人马来自不同的方向，面临的却是王朝政治军事体制导引下出现的犬牙交错的难以突围的政治怪圈。

甲申之变那个风雪饥寒的早春季节，崇祯皇帝无可奈何地走上皇家宫苑后面的煤山，在农民军鼓角和喊杀声中结束了自己的生命。农民军面对权力的诱惑陷于对于明王朝遗产争夺，并没有想到关外虎视眈眈已久的满州贵族的趁机入侵。此刻被胜利冲昏头脑的李自成并没有想到驻守山海关的总兵吴三桂会开门揖盗，引狼入室，清军铁骑随之击溃农民军进驻北京。

公元1644年，即崇祯十七年（又称甲申年），是中国历史上颇不平常的一年，可谓是多事之秋。恐怕在历史上，在世界上，没有哪一个国家的哪一年能像这一年这样发生如此频繁的王朝更替。

先是在年初的三月十九日，闯王李自成率领农民起义军攻克北京城，崇祯皇帝被迫在煤山自缢而亡，明朝诸大臣或慷慨赴死或屈膝投降，统治中国社会长达二百八十余年的明王朝从此灭亡。攻克北京的李自成马上颁布律令，建立大顺政权。

然而，不幸的是，驻守山海关的明朝总兵吴三桂手握兵权，拒绝了李自成大顺政权的招降。他一面向清摄政王多尔衮请求支援共同对付农民军，一面广发檄文，号召各地散逸的明朝军队和富商巨贾支持满州新贵向李自成的农民起义军发起反攻。经过山海关激战后，李自成终因寡不敌众和起义军内部的矛盾而被打败。四月三十日，起义军被迫放弃北京城向陕西方向撤退。

五月一日，清军进占北京城。紧接着，明朝残余势力又拥戴福王朱由崧登基，在南京建立了弘光小朝廷，史称"南明"。同年九月，"九王子"顺治帝从沈阳迁至北京，将北京定为清朝都城。从此，开始了清王朝将近二百七十年统治中国的历史。关于这一年的史事，有许多文人墨客对其挥毫泼墨，有的记叙当时事变的过程，有的记录明亡时诸大臣的各种言行，还有的搜集各种轶文怪事敷演为文。冯梦龙的《甲申纪事》便是汇集记载甲申之年史事的诸多野史稗乘稍加编辑而成。当然，其中也有两卷是作者自己创作的，即第二、三卷。

消息传来，留都南京的大明帝国的臣工都以为是吴三桂借助清军来平叛的，甚至还有几分欣喜。当然这些欣喜是建立在对造反起家诛杀君父的农民军刻骨仇恨的基础上，而不是对入侵帝国的满州贵族和引狼入室的叛将吴三桂。由于资讯的落后，他们甚至对于甲申年三四月间在北京发生的事情还搞不清楚，愚蠢地认为是"民族英雄"吴三桂借助大清的铁骑，帮助大明平息李自成叛乱，协助恢复祖宗江山社稷的。最坏的结果是划定关外土地，厚赠金银财帛，封邑王爵也就可以罢兵歇火，永享安康了。至于关外土地等到大明休养生息，养精蓄锐以后再去武力夺取。

这些蠢货实在是低估了努尔哈赤后裔的智商了。多尔衮之流在以剿贼之名义，消灭了李自成贼寇之后，已经把目光投向江南膏腴之地，随时准备南侵消灭南明的残余势力。

二、带着犒赏北上的特使团

弘光小朝廷既然制定了"联虏平寇"的基本国策，就要付诸于实施，那么派出北使团前往北京与清廷进行沟通联络就成了当务之急。

这时有一人毛遂自荐愿意前往充当特使前往北京对吴三桂进行封赏和携带金钱财物对于清军消灭李自成叛乱进行感谢并商讨共同携手平定农民

军叛乱的有关事项。此公为东北辽阳人陈洪范，曾任前都督同知总兵，和吴三桂算是故交。六月十三日，陈洪范来到南京陛见弘光帝。后来充当北使的事实证明此公只是混迹于使团与清廷暗通款曲心怀叵测秦桧似的汉奸。

六月十九日原应天、安庆等地巡抚左懋第"以母死北京，愿同陈洪范北使"。这位左懋第却是一位忠直耿介之儒臣。《明史·左懋第传》载：

左懋第，字萝石，安徽莱阳人。崇祯四年（1631年）进士。初任韩城知县，成绩突出。在为父亲守丧期间，他三年内不曾入过内室，服侍母亲极尽孝心。十二年（1639年）懋第升任户科给事中。他上书讲述了国家的四种弊病，分别是百姓贫困、兵力虚弱、群臣萎靡不振、国家财政空乏。又讲述了提高米价的办法，让天下赎罪的人家都出米赎罪，用盐制度恢复开中的老办法，让边塞的用户出粮充军粮。有一天彗星出现，朝廷下令停用刑罚，懋第请马上向四方传布诏书，又请求严禁将士剽掠，官府剥削百姓。他还请求散发铜钱、开仓赈济都城的饥民，收养婴儿。第二年正月，剿饷停征，懋第也请求赶快传达这个指示，唯恐远方的官吏不知道，在头前已经征收，百姓得不到实惠。崇祯帝都采纳了他的意见。①

后来他又上疏请求对极度灾荒的州县，赶快下诏停止征收各种赋税，让官府停止对百姓的起诉，专门把解救百姓的饥荒当成大事来抓。崇祯皇帝再次采纳了他的建议。于是上等灾害的七十五个州县新、旧、练三饷一并停征，中等灾害的六十八个州县规定只征练饷，下等灾害的二十八个州县拖延到秋收后催征。崇祯十四年（1641年）左懋第受命负责督办漕运，赴任途中飞章进言说：

臣从静海走到临清，一路上看到百姓饥饿而死的有十分之三，病疫而死的十分之三，做了盗贼的十分之四。米一石值二十四两白银，人死后活人拿他来吃了充饥，希望陛下为下边的小百姓来考虑考虑吧！

---

① 《明史·卷二百七十五·列传第一百六十三·左懋第传》，线装书局，第1486页。

又上书讲：我从鱼台到南阳，一路上看到流寇杀人放火，乡村、城市都化作一片废墟。其他饿死病死的百姓，尸体堆在河边，使河水都不能流淌了，对百姓的赈济怎么可以不立即进行呢？过后他又陈述了安抚百姓消除贼寇的策略，请求丈量荒田，清查逃亡户口，给流民以生存的喜乐，鼓励他们耕种的心思。懋第又上书讲：我在运河沿岸办事一年，经常召见父老乡亲询问他们的疾苦，都说到练饷的害处。三年来，农民在田野里抱怨，商旅在路途上叫苦，这么重的摊派，所训练的又是怎样的部队呢？部队在哪里呢？剿灭盗贼，守卫边疆，效果体现在哪里呢？干什么使民心瓦解到这般境地呢？又讲：我去年冬天到宿迁碰到漕臣史可法，他讲到山东一石米值二十两银，而河南竟贵到一百五十两，漕运储备很有欠缺。朝廷的意见不收折算的钱物，要收取实物田赋。现在淮州、凤阳一带小麦丰收，如果收取山东、河南的钱物换成小麦转运，岂不是非常有利的事？过去刘晏制定过转易的办法。今年黄河以北大丰收，山东东昌、兖州二府也好收成。假如拿出国库银二三十万两拨给那里的有关部门及时收购，对于国家财政是有利的。崇祯帝立即命令讨论实施。懋第几经升迁，做了刑科左给事中。

应该说上述建议都是有利于改善朝政，舒缓民间灾情，有利民生的善举，在朝政普遍腐败的明廷，他是难得的头脑清醒清官好官。因而也深得崇祯帝的赏识。

崇祯十六年（1643年）秋，懋第被委派外出视察长江防线，实际是为崇祯皇帝准备王朝南迁考察沿途军备。第二年（1644年）三月甲申事变大顺军攻破北京，左懋第已经无法回京城复命，于是滞留南京。同年五月，福王即位，任用他为兵科都给事中，不久刘宗周辞职回乡，左懋第被提升为右佥都御史，巡抚应天、徽州等府。当时大清兵接连打败李自成，朝廷决定派遣使节跟大清和好，懋第的母亲陈氏死于河北，懋第想借此机会安葬母亲，便主动要求前往。考虑到左懋第的干练和能言善辩且富有忠义之气节的秉性，他被任命为北使团首席代表。

七月初五，左懋第以右佥都御史加兵部右侍郎衔，经理河北、联络关东军务；兵部职方郎中马绍榆进太仆寺少卿；都督同知陈洪范进太子少傅共为使团副代表。以这三人为首组成北使团共赴北京犒赏吴三桂,感谢大清协助剿匪,联络携手共同剿灭李自成、张献忠等农民军匪帮。

以这三人为首的北使团,完全是临时拼凑良莠不齐的乌合之众,除副团长陈洪范心怀鬼胎外,这位马绍榆原兵部郎官也曾经在崇祯朝秘密负有首辅陈新甲,其实是崇祯皇帝的旨意去建州大营和谈。因为老马是陈首辅的缘亲。后来和谈事泄,迫于公议,老陈被崇祯作为替死鬼处死。马绍榆曾经遭到左懋第等人的弹劾。所以左懋第对于这样的组团人事安排非常不满,曾经上疏弘光帝说"马绍愉昔年赴建州大营谋和,为虏所折,奴颜卑膝,建虏送他人参、貂皮,台臣陆清源曾经弹劾他。他与建虏交情深浅,我实在不知,但是听说他私自承诺建虏酬金十万两、银一百二十万两。于是心直口快的左懋第逢人便说,臣不便与之同行也。"

《明史》本传也记载:

臣此行致祭先帝后梓宫,访东宫二王踪迹,臣既充使臣,势不能兼理封疆,且绍榆臣所劾罢,不当与臣共事,必用臣经理,则乞命洪范同绍愉出使,而假臣一旅,偕山东抚臣收拾山东以待,不敢复言北行。如用臣与洪范北行,则去臣经理,但衔命而往,而罢绍愉勿遣。①

内阁商议,改派原任蓟州提督王永吉,但弘光下令仍照旧不变。

大儒顾炎武后来在便批评此事:

今懋第虽堪应选,而误以洪范、绍榆佐之,且所颁三桂、玉田诸诏,种种指挥有同呓语,于是而欲祈事之济,难矣。

七月二十一日这支勉强拼凑的北使团由南京出发,携带"大明皇帝致书北国可汗"的御书,赐"蓟国公"吴三桂等人的诰敕,白银十万两,黄金一千两、绸缎一万匹,"前往北京谒陵,祭告先帝;通谢清王,并酬谢剿寇文武劳勋"。为了笼络吴三桂还特地派上吴的舅父祖大寿的儿子锦衣

---

① 见《明史·卷二百七十五·左懋第传》,线装书局,第1486页。

卫指挥使祖泽溥随行。弘光朝廷还下令运送漕米十万石，后来此议因为镇守淮安东平伯刘泽清看中了这批通过运河的运送粮草的百艘大船，派兵据为自有，且弘光朝根本无意通过水路挥师北伐，用船队接济吴三桂粮草的计划才没有付诸实施。

其实弘光朝对于派出北使团赴清廷进行谈判方案根本没有仔细筹划，也没有详细的计划。作为首辅的马士英甚至提出："彼主尚幼，与皇上为叔侄可也。"偏安一隅的南明小朝廷竟然不知天高地厚依然以天朝上国对待外夷番邦的架势，去赏赐安抚已经昂然崛起的大清帝国，实在是有点愚蠢得不识时务。因而庞大的北使团轰轰烈烈浩浩荡荡的出使闹剧最终演变为一场得不偿失的丑剧，唯一成就的就是拒不降清的团长左懋第等一行六人的烈士英名，暴露了陈洪范首鼠两端充当清廷内奸的丑恶嘴脸。八月初一日副团长马绍愉致书吴三桂说，讲定和好之后，"便是叔侄之军，两家一家，同心杀灭逆贼，共享太平"云云。

由此可见，南朝君臣一厢情愿地沉浸在自己凭空构造的叔侄亲情白日梦之中，沉醉不知苏醒。连那些戍守东南半壁的军事统帅也一样生活在梦境中，虚幻地勾画出未来明清分疆而治的蓝图。当然这张蓝图是弘光帝和内阁大学士们授权下笔描绘的，朱由崧在使团出发前"命会同府部等官从长酌议。或言：'以两淮为界。'内阁大学士高宏图曰：'山东百二山河绝不可弃，必不得已，当界河间尔。'"实在如同痴人说梦。

使团尚未出发，想象中叔叔已经准备事实上默许侄儿对于北方土地的占领。这种叔侄分疆裂土而治的偏安心理说明了南方朝廷以"联虏抗贼"的名义来做自己窃据南方安享帝王欢乐的美梦，从朝廷建立开始就已经埋下了败亡的伏笔。草蛇灰线绵延了整整一年即告败亡，然而他们的梦想底线已经完全地向投降清廷吴三桂合盘托出。

七月三十日，驻守淮安的总兵官此刻已经晋封为东平伯爵的刘泽清在致吴三桂的信中告以弘光朝廷已经任命了山东总督、巡抚、总兵，建议由吴三桂于"京畿东界内开藩设镇，比邻而驻"，并且借用苏秦佩六国相印的典故，要吴三桂"勷勷两国而灭闯""幸将东省地方，腑垂存恤"。仍然将吴三桂这个叛徒看作是明王朝的代表向清廷借兵以复明，只是希望他的藩镇从山东开始与之携手协防抗击李自成。此时的吴三桂早已被清廷许为拜爵封王的允诺，成为剿灭明军的急先锋。

唯有为官正直，尚存些许正义感的使团团长首席谈判代表左懋第在《辞阙效言疏》中对于这样的方略提出了疑问：

陛下遣重臣以银币酬之，举朝以为当然。臣衔命以山陵事及访东宫、二王的耗往，而敕书中并及通好之事。陵京在北，实我故都，成祖文皇帝、列宗之弓箭已藏，先帝先后之梓宫未奠，庶民尚依坟墓，岂天子可弃陵园？虏（明末称满洲军为虏，称农民军为贼）苟若好议处榆关（山海关）以东，而以勋臣吴三桂为留守，春秋霜露，不损抔土。而南北互市，榆关为界，如往年辽东故事。中国之商利参貂，建虏之人利缯絮，华虏各安其所，各得其欲，中国之利，亦虏之利。此臣所知也。然道路传闻，闯贼盘踞晋中，以多寇守紫荆、倒马、井陉等关，似贼不甘心于虏与虏为难者。果尔，吴镇鼓君父不共之仇，建虏效始终不渝之义，鼓行而西，追贼及秦，必歼之而已。即我国家亦当兴师十万，以声闯贼之罪而诛之。东虏效命可代我师。①

综上可见，左懋第这样秉性忠直在政治上颇有见解之大臣，虽然认为以山东为界划分满汉疆界的底线实在过于荒谬。因为帝国自成祖以后的帝王陵寝均在北京，大行皇帝皇后的灵柩尚未安葬祭奠，老百姓尚且依赖祖宗的墓地，帝王之家岂可轻易放弃陵园？自己还要秉承旨意去寻访被贼寇掳走太子和其他两王爷的行踪。最好的办法是以山海关为界，继续以吴三桂为山海关留守，以不损失土地为前提，开通满汉贸易渠道，满足中国商人喜欢关东人参和貂皮，满洲商人喜欢绢丝布匹的互市愿望，两国各安其所，各得其欲，满汉利益均沾，再集中兵力，去陕西山西追杀李自成贼寇。他甚至还天真地认为关东强虏可效命天国代替王师征伐，这不仅是幼稚的梦想，也俨然低估了满洲贵族们的智商、实力和野心，完全为满洲贵族和降将吴三桂的欺骗性宣传所蒙蔽。此刻的多尔衮正虎视中原，磨刀霍霍随时准备染指东南，实现统一中国的大业。对于满洲贵族的野心显然左懋第

---

① 见顾诚著：《南明史》，中国青年出版社，第113页。

也是有所顾虑的。

在使团出发时，左懋第对自己出使的任务感到疑虑重重：任命他经理河北、联络关东，可以说带着朝廷封疆大吏的重任，而要前往商议金银财帛年年进贡的问题，名义实在是乖谬。况且带着这样的名衔去强虏之处，在先前被抢夺土地上如何经理？他说，臣过去拜读过《春秋》，素来遵循孔子内华外夷的教诲。这次臣前往北京是去酬谢外夷，而臣之所以愿意出使前往原来是为了收拾山东，联络吴三桂，并可收取母亲骸骨安葬的，结果却是去乞怜于清廷，完全有违了本意，臣的内心委实感到十分痛苦。

然而，史可法、马士英等朝廷重臣"联虏"心切，完全听不进他的意见。这个时候史可法的行辕驻扎在泗州城内（今盱眙县境内，现已被洪水淹没在洪泽湖底），与左懋第相见，回答他的疑问说："所谓经理，也就是场面上的说辞而已；通和才是朝廷的本意，你老先生还是迅速启程，如遇山东各路豪杰愿意为收复故土效劳的，还是不要收用，说说好话抚慰一番予以遣散。"

在史可法等人的催逼之下，左懋第勉强启程北上，朝廷派兵三千人为使团护行。八月，他乘船渡过淮河。可以说前路渺茫乏善可陈，能够做到的只是不屈服于清廷，保持民族气节而已。十月初一驻张家湾，清廷传令给他只许一百人跟他进京。

正当左懋第先生忧心忡忡地率领北使团的弟兄们带着犒赏重金向北京方向徐徐而行时，其实北京城精明的统治者摄政王多尔衮早已猜透了南方君臣的真实心态。

这位摄政王也绝非等闲之辈，其军事政治和驾驭全局的能力远在南朝君臣之上，是清朝开国定鼎的头号功臣，有超然的领袖群伦之才。因此，自视甚高、身材矮小的左懋第登上这个实力悬殊的角力场绝非手握重兵实权的多尔衮对手。左懋第的出使本身就是南朝君臣颟顸无知的产物。

多尔衮生于满族崛起的时代，在皇太极时代已经是权威赫赫的亲王。他从本族利益出发捐弃了与皇太极争位的前嫌，草创了清代"沿袭明制"的政体，对于明代中央政权的官员只要投顺本朝的原官录用，实施满汉合署办公的体制，地方政权的官员只要投靠即官升一级。

363

这一政策在很快时间内即安定了官场，也即摆平了大多数儒家士民，是安定国内政局的高招。这也是清军所向披靡荡平明代残余势力和农民起义军的成功之处。在明清辽西决战中，他亲临前线，取得决胜。皇太极死后，他最有可能谋取帝位，但是他放弃了自立的机遇，避免了满族贵族的内讧。李自成占领北京时，他借助吴三桂的实力不失时机攻陷北京，奠定了清朝一统全国大业基础。

多尔衮和中国历史上的权臣一样，一生树敌过多，功高震主。但是他一切措施都是为了维护满族贵族利益，入关后实施剃发、易服、圈地、投充、思想禁锢等政策，对反抗的汉族军民残酷杀戮。多尔衮私生活十分淫乱，尤其是和顺治帝的母亲孝庄文太后叔嫂的通奸，演出了太后下嫁的闹剧，这无疑是埋下了他身后遭遇顺治帝的残酷报复的种子。在被封为成宗、尊为懋德修道广业定功安民立正诚义皇帝后，不到两个月即被开棺戮尸。可以想见顺治小皇帝对于其母亲长期被霸占的乱伦行为的盛怒。但是这一切都不能掩盖多尔衮政治上的睿智。

九月初五日，使团进入济宁州，这里已经被清廷占领，随即将南明派遣的护送兵马发回。十五日至临清，原明朝锦衣卫都督骆养性时任清朝天津总督，派兵前来迎接，十八日抵德州，清山东巡抚方大猷张贴告示公然宣称：

奉摄政王令旨：陈洪范经过地方，有司不必敬他，着自备盘费。陈洪范、左懋第，马绍榆只许百人进京朝见，其余具留置静海。祖泽寿所带多人，具许入京。

至于陈洪范的主动请缨前往原本就是首鼠两端包藏祸心的政治投机行为。弘光朝派他前行是考虑到他曾经久历战阵和吴三桂又是老乡和远房亲戚，有些交情，便于联络。早在当年的六月十六日，降清的明朝参将唐虞时就上疏摄政王多尔衮道：

若虑张献忠、左良玉首鼠两端，则有原任镇臣陈洪范可以招抚。乞即用为招抚总兵。臣子起龙乃洪范婿，曾为史可法标下参将，彼中将领多所亲识。乞令其赍谕往召，则近悦往来，一统之功可成也。①

多尔衮同意了唐虞时的建议，以摄政王的名义"书召故明总兵陈洪范"。八月二十一日，使团行至宿迁，被清廷封为招抚江南副将唐启龙带着多尔衮的手谕见到了自己的老丈人陈洪范。陈洪范《北使纪备》载："廿一日至宿迁忽接房使唐启龙等六人赍房摄政王书与本镇，事涉嫌疑，不敢遽，当即具疏奏闻进。"据《清世祖实录·卷八》记载唐启龙奏报：

臣抵清河口，闻南来总兵陈洪范已到王家营；臣随见洪范，备颂大清恩德，并赍敕缘由。洪范叩接敕书。开研讫。所赍进奉银十余万两、金千两，缎绢万匹；其同差有兵部侍郎左懋第、太仆寺卿马绍榆。臣先差官赵钺驰报，即同洪范北上，其行间机密，到京另奏。

就这样前明总兵陈洪范成了北使团的内奸。而陈洪范后来写了《北使记略》一书对于这段卖身投靠的经历有所隐瞒，目的仍然是为了自己置使团其他人员生命安危于不顾，而单独南返执行多尔衮招降南方诸将的密令，所做的欺瞒和粉饰性的掩盖。但是他的卑鄙行为却被清代统治者的文献如实记载。只是当时封存于大内，属于绝密档案，一般人无从窥视。而远在江南的南朝君臣对于陈洪范的汉奸嘴脸一直是模模糊糊的。

八月使团行至沧州，陈洪范写信先将弘光帝对吴三桂的封册递交吴，吴并不启封，径将文书和封册封呈多尔衮揽之。册内有"永镇燕京，东通建州"等不识时务的提法，使得摄政王心中不痛快，就想着如何折辱北使团这帮不知天高地厚的家伙。九月，使团至杨村，有士人曹逊、金镖、孙正疆谒见，言报国之志。左公大喜将他们任命为参谋随团而行。

从多尔衮对南方小朝廷派出的北使团态度，可以看出正在崛起的强大的清政权对于偏安一隅小朝廷的不屑一顾。清政府的傲慢无礼说明了他们的强大和有恃无恐，这无疑把使团置于非常被动地位。双方平等的政治谈判，由于没有强大的军事实力为基础，实际沦为藩邦无名小国对于大国的

---

① 见顾诚著：《南明史》，中国青年出版社，第115页。

进贡乞怜。尽管他们依然以天朝上国自谓,其实是纸糊的老虎和泥堆的菩萨,金碧辉煌的庙宇,已经面临全面坍塌。

此刻北京已由农民军易手到清军之手,故而只能是人为刀俎我为鱼肉,对于南方的入侵只是随时随地的事情。南明小朝廷实际已经完全失去了谈判的资格,清廷也根本无意与之谈判,所以刻意轻慢侮辱他们。

多尔衮对于使团的称谓排列上,已经将叛徒陈洪范排在了正使和副使左懋第和马绍榆的前面。显然翁婿之间已经达成默契,陈洪范的叛变没有公开的原因是因为他还负有招降南方将领的秘密使命,故而不便公开叛国投敌。他是打入北使团的一只鼹鼠,执行着秘密的间谍任务。摄政王实际上已经把他和坚持使命意识的左懋第、马绍榆划了一道界限。

十月初一日,年仅七岁的顺治皇帝在北京紫禁城太和殿即位。亲诣南郊祭告天地。颁布《时宪历》,尽除明末三饷、厂卫等弊政,建立太庙,定都北京,大封戚贵功臣。吴三桂、孔有德、耿忠明、尚可喜等明朝叛将皆被拜王封爵。此刻的吴三桂已由清政府的平西侯晋升为平西王了。可以说清政府定鼎中原,进军东南的大局已定。南明朝廷的"联虏平贼"既定国策已经化为泡影,而左懋第等人依然沉浸在虚幻的泡影之中履行着不切实际的所谓神圣使命。

因为清政府要举行精心筹划的新皇开国登基大典,所以使团到达张家湾后,延迟到初五日,清廷才漫不经心地派出礼部官员接洽进京觐见事项。抵北京令其以附属国身份晋见,安排他们住在四夷馆。此刻陈洪范表示沉默,兵部司务陈用极认为"此事关系重大",遂与左懋第据理力争。

老左说:"我等奉告祭祀先帝,并酬谢贵国北来,以贵国为我先帝成服厚殓安葬,不敢先使用兵力,如果以四夷馆安置使团,若以属国相见,我们坚决不入住。义尽名立,师出有名,我们是不怕来往多次的。"

双方争来争去,最后议定,使团住国宾馆鸿胪寺,清方派官骑迎接,使团正使乘坐轿子周围簇拥着装饰有旄节的旗帜,庄严肃穆地整队入城。清方基本满足了南朝使臣的虚荣心,答应他们的在住宿和入城仪式上的要求,南明使团礼仪在面子上得以满足。[1]

---

[1] 黄宗羲著:《弘光实录钞》,上海书店,1982年,第156页。

十月十二日，左懋第身穿素服，乘坐轿舆在随从簇拥下，手捧弘光"御书"从正阳门进京入住鸿胪寺。①

十月十三日清廷礼部派人索取明朝的国书，清礼部官员问："南来诸公有何事来我国？"

左使臣答道："我朝新天子问贵国借兵破贼，复为先帝发丧成服。今我等赍御书来谢。"

清朝官员道："可有书信给我朝。"

左臣声称："御书应当面呈清帝，不能面交礼部。"予以拒绝。

清官员坚持："凡进贡文书，俱到礼部转启。"

使臣声称所赍乃"天朝国书"不是进贡文书，双方僵持不下。

清人欲抢夺国书，左懋第左手捧国书大呼："接国书的龙亭何在？"大有蔺相如面对强秦怀揣和氏璧以命相拼的鱼死网破大无畏精神。来人悻悻然离去。

十月十四日，清内阁大学士刚林率十余人，带着佩刀，径直闯入鸿胪寺的大堂。史书记载这位满族大学士竟然是大咧咧地"蹲坐椅上"，传达了北京新的统治者并不把南明小朝廷的使者当成平等独立的邦交国代表召见。侮辱性的举止，表达了对北使团诸君的最大蔑视。刚林指着地下的毛毡，令左懋第等人坐，左懋第身着素袍麻履在毛毡上坦然而坐，耳朵里却不时充斥着满洲大臣趾高气昂的呵斥声。

清内院学士刚林等来到鸿胪寺指责江南"突立皇帝"，即不承认南明皇帝的合法性。

使臣争辩说，南京所立乃神宗皇帝嫡孙，伦序应立。双方争论不休。

刚林蛮横地说："不要多说了，我大清已经发兵下江南。"

左懋第据理反驳："江南尚大，兵马甚多，不要小觑了我朝的实力。"

当然这些话也只是这个北使团首席代表必须要说的场面话，其实在场的明清官员心中都明白，南明小朝廷君昏臣庸、帮派倾轧、权奸当道，各路军阀割据一方，自行其是，完全是形不成核心的一盘散沙。目前也只是坐拥半壁江南苟延残喘而已。

---

① 见计六奇著：《明季南略·卷四·使臣左懋第》，中华书局，第 274 页。

清廷因此并不把这位矮小粗黑的山东小汉的正使放在眼里，而且使团的底牌他们早已通过陈洪范摸得清清楚楚。因此刚林等人也只是频频冷笑，对于左大使的言辞表示不屑一顾。双方的首次接触即不欢而散。

使团赍来的"国书"，清方拒绝接受；朝廷和使臣致送吴三桂的书信，拜会降清大学士冯铨、谢陞的名帖，也因三人死心塌地投靠清廷被严词拒绝。①

十月十五日，清廷内院官带着户部官员前来查点他们所带来的奖赏犒劳清廷和吴三桂的金银、绢帛等大量财物。

十月二十六日，刚林气势汹汹地来到鸿胪寺宣布多尔衮驱逐北使团的命令："你们明早即行，我已遣兵押送至济宁，回去通知你们江南小朝廷，我要发兵南来。"等于是向南明小朝廷公开宣战。此刻，左懋第已经欲哭无泪，清方态度强硬，毫无谈判之意，于是转而求其次，要求赴昌平祭告先帝陵寝，议葬崇祯皇帝。

刚林断然决绝道："我朝已替你们哭过了，祭过了，葬过了。你们哭什么，祭什么，葬什么？先帝活时，贼来不发兵；先帝死后，拥兵不讨贼。先帝不受你们江南不忠之臣的祭。"随即取出檄文一道，当场宣读，指责南京诸臣："不救先帝为罪一；擅立皇帝为罪二；各镇拥兵虐民为罪三。旦夕发兵讨罪。"懋第就把祭品摆放在鸿胪寺大厅，率使团全体成员哭祭了数日，以示对于大行皇帝明思宗崇祯的祭奠。

十月二十八日，清方派员领兵三百押送使团南返。十一月初一日行至天津，陈洪范"于途中修密启请留同行的左懋第、马绍愉，自愿率兵归顺，并招徕南中诸将"。多尔衮得报大喜，立即派学士詹霸带兵四五十骑于初四日在沧州南十里处将左、马二人拘回北京，面谕陈洪范"加意筹划，以世爵酬之"。

陈洪范在回南京途中，特地钻进驻军徐州的高杰营中，试图说服高杰降清。"高杰留与饮。洪范具言清势方张，二刘（刘良左、刘泽清）已款附状。"而高杰却朗声应答道："清虏欲得河南吗？请他们用北京城和我交换。"陈洪范看话不投机，立即装成中风的样子，将手中的酒杯有意掉

---

① 见计六奇著：《明季南略·卷二·北事》，中华书局，第134页。

在了地上，说："我旧病复发。不胜酒力，先告退。"当天夜里，他就悄悄地逃走了。

回到南京以后，陈洪范到处散布"和平"假象，继续麻痹弘光君臣。学者谈迁在《国榷》中记载："予尝见陈洪范云：清虏深德我神宗皇帝，意似可和。"他还密奏"黄得功、刘良左皆阴与虏通"意图挑起朝廷对黄、刘的猜忌，以便自己趁机行事，拉拢黄、刘叛变降清。弘光朝见左懋第、马绍榆被扣，陈洪范被放回，事有可疑，认为陈洪范可能是间谍，却未深究，仅仅令其回籍了事。

南明小朝廷的"借虏平寇"国策，以"赔了夫人又折兵"的闹剧彻底破产。1646年（南明弘光元年，清顺治二年），清兵破潼关入陕西，李自成败走襄阳、武昌，死于通山县九宫山。四月清兵破扬州，大杀十日，史可法就义。五月清兵破南京，福王逃至湖州被俘，弘光政权覆灭。

三、左懋第喋血菜市口

左懋第对南京不仅熟悉而且富有感情，他虽然是山东莱阳人，但是其父左子龙曾经在万历朝担任过南京的刑部员外郎后升任刑部侍郎，以正四品致仕回乡。对于这位当年留都不受待见的刑部大员正史中没有多少记载，仅仅在其家乡的族谱中有少许一鳞半爪的文字可见风采，也算是一位饱读诗书为官清正体恤民情的正派儒臣。左懋第出生于莱阳，属于书香门第的官宦子弟。

直到崇祯三年回到家乡参加山东乡试考取举人第二名，次年入京参加殿试成为进士，算是领到了进入官场的门票。以后在几任地方官均取得突出政绩，进入朝廷中枢为官，深受崇祯皇帝信任。皇帝屡次委以重任，多次外放地方监察吏治，巡按防务、灾情，所上疏的建议多符合实情，有利民生，为崇祯帝所采纳。最后一次受命出使检阅江防，实际是受皇帝秘密委托为崇祯帝最终出走南方留都暗中探路踩点布防的，只是南迁计划未及实施，皇帝已经走向了死亡。

在青少年时期左懋第曾经加入过青年知识分子的激进组织复社莱阳分社，因此养成忧国忧民、杀身成仁、舍生取义、忠君报国的儒家风范和侠义风骨。

　　左懋第身高不满五尺,面赤带红,个子虽矮却具关羽忠义之面目。他好读书喜谈天下事,演说起来双目炯炯有神,脸颊辅之于生动的表情,可以说是神采飞扬。左懋第事亲甚孝:"父死哀毁,三年不出庐,寝服竟,羸瘠骨立,葬萝石山,遂号萝石,东海之人称为左孝子。"(见莱阳县志姜采《左懋第传》)

　　据《明史·左懋第传》载,左懋第在此番离开南京出使北京之前,曾经上书弘光帝说:"我这次出使生死难料。请让我以告别京城的身份说一句话吧。我希望陛下把先帝的深仇大耻记在心上,看到高皇帝的弓箭时,就想想看成祖以下各位圣主的陵墓今在何方;招抚长江沿线残存的黎民时,就想想看黄河以北、山东的赤子谁来抚恤?更希望朝廷时时整顿兵马,一定要能渡过黄河作战才能把住黄河防卫;一定要能把住黄河防卫,才能划江而安呢。"大家都同意他的话。也就是说左懋第在出使北京前已经将生死置之度外,做好了必死的准备。①

　　根据计六奇所撰《明季南略·使臣左懋第》记载,十一月初五日左懋第率领使团行至沧州十里铺,左懋第、马绍榆被清军骑兵抓回,而独令陈洪范还。左懋第等被抓回北京后,被软禁在太医院里,失去了人身自由。表面上多尔衮对他们依然以礼相待,因为从内心里摄政王对左懋第还是十分钦佩的,希望他能够回心转意,归顺本朝。左懋第给多尔衮写信,看管的清朝官员不予上报,只是不时派人来进行劝降,左公一概不予理睬。一天洪承畴前来谒见,左懋第说:"你不是鬼么?承畴公早已在松、杏战役中战败而殉国了,先帝赐祭,加醮九坛,锡荫久矣,今日如何又死而复生?"说得洪承畴满面羞愧而退。前明兵部尚书后归顺大顺军复又降清召为内院大学士的李建泰亦前来拜见,左懋第说"受先帝宠饯,受上方宝剑出任剿贼总指挥,兵败不能殉国,降贼又降虏,有何面目来见我耶!"李建泰羞惭而去。今后是凡汉臣降清者来谒皆受骂,都怕见到左公。②

　　据清代钱馜在《甲申传信录》记载:乙酉年正月(1645年,弘光元年

---

① 见《明史·卷二百七十五·列传第一百七十三·左懋第传》,线装书局,第 1486 页。
② 《明季南略·卷四·使臣左懋第》,中华书局,第 275 页。

清顺治二年），刘英、曹逊、金镖三人白天前去探望，无法进入关押左懋第的太医院，等到半夜翻墙进入大院，见到了左公。左懋第对他们说："近来有不少人以利害关系企图说动我，我只以手指蘸着茶水在桌上书写道'生为明臣，死为明鬼，此我志也'。"又以自己上摄政王的书信给曹逊等人看。曹逊说："此启足为我使节光。然而今日之事，有可否，而无成败。"左懋第说："我心如铁石，你们也只是听听而已。"[1]

是年三月十九日是崇祯皇帝殉国周年忌日。左懋第命人杀了一只羊作为祭品，祭告先帝痛哭失声，双目尽血。复又杀两只鸡为祭文，酹酒祭祀殉难诸臣，口中喃喃自语："懋第惟不死，以为此祭也。嗟乎伤哉！"

四月将奏疏藏在蜡丸中，遣金镖及都司杨三泰驰送南京向弘光帝奏报出使情况。其书云：

臣奉命北行，兢兢奉敕书，图报称。何意身羁北庭，区区之身，生死不足计，惟陛下丕振神武，收复旧京，臣犬马不胜大愿。[2]

而此刻江淮地区已有清兵把守，不得前往。待到五月中旬南京失守。曹逊请示左懋第说："我们怎么办才好？"老左坦然说道："事到如此，我心皎然如日月，我志已决，以死殉国。"随即援笔挥毫书写绝命诗一首：

峡圻巢封归路回，片云南下意如何。寸丹冷魂消难尽，荡作寒烟总不磨。

遥望南方回去的归路已经断绝了，他只能仰望蓝天借助漂浮的云彩寄托自己对故国的思念；对王朝的忠心赤胆也只有寄托于高天幽冷的魂魄，变成不可消磨的意志，绵绵不断地化着寒冷的烟云皈依南方的故土。

左懋第借助诗文来表明自己对于大明王朝最后的思念和忠诚，诚如他在太医院大门上所悬挂的对联"生为大明忠臣，死为大明忠鬼"。他特地

---

[1]《甲申传信录》，上海书店，1982年，第158页。
[2]《明史·卷二百七十五·左懋第传》，线装书局，第1486页。

在使团住地中堂悬挂了汉代出使匈奴的使节苏武的画像，即使流放北海牧羊也要不辱使命，然而江山已经沦亡，使命何在？代表大明正统最后衣钵的南明小朝廷也已经覆灭了，最后的一点中兴的希望已经不复存在，至于远在福建的唐王隆武小朝廷以及后来云南的桂王只是死灰复燃中的余烬而已，已经完全失去星火燎原的希望。他遵循的所谓苏武气节仅仅代表着一种儒家知识分子的向往，这样的气节其实也很为满族统治者所推崇欣赏。所以摄政王一直在生活上优待着使团全体留京人员，目的当然希望他们能够归顺大清朝，以儒家的品性和气节誓死效忠大清朝。而类似左懋第这些大明遗民和孤臣要追随的却是当年不食周粟的伯夷、叔齐的精神和田横五百士，就是蹈海自尽也不屈从于暴秦的强虐。左懋第需要的是江山易代时的拼尽最后一滴热血，以死抗争的坚定和勇敢。大明气数已尽，需要的就是以死效忠不负君恩，追随渐渐远去的皇天。

摄政王传谕命令左懋第剃发降清，老左坚决不从。使团中军艾大选首先剃发，并且劝老左投降。身体发肤受之于父母，实在是中国知识分子忠孝两全报效家国的象征，如今剃发易服就是意味着投降。左懋第大怒，指挥属下将艾大选杖毙于庭下。

摄政王听说后，在心中十分敬佩左懋第的品格。但是这种举止却干扰了自己招降使团的方针大计，这是完全不被允许的事情。十一月十九日招左懋第至刑部。刑部官员说："左公何不早早剃发从清！"懋第朗声答道："我头可断，发不可剃！"刑部遂将左懋第下狱。二十日老左被戴上铁锁链，由士兵们押送去了皇宫内廷，摄政王亲自出面，企图劝老左投降。

左懋第戴着出丧用的帽子穿着素白色的袍子和麻绳编制的草鞋，向上抱拳长揖，面向南面，坦然坐在廷下。多尔衮见他神色端庄，麻履素袍，冠戴重孝，南向而坐，依然不忘故国样子，斥责他犯有五大罪，即伪立福王，勾引土寇，不投国书，擅杀总兵，当庭抗礼。左公侃侃而谈，自我辩护，始终不屈服，唯请一死。

多尔衮在心中实在是非常的敬佩这样的汉子，他很希望这样的君子儒臣能为大清效力而委以重任。于是问在廷的汉族大臣们："你等有什么意见。"

这些汉臣均为叛明降清的贰臣，主子发问，自然颤颤兢兢抖抖霍霍地揣摩上意。侍郎陈名夏说:"为崇祯皇帝来可以饶恕,为福王来不可饶恕。"这是什么话,崇祯皇帝早已死去,当然是为福王而来,那么左懋第必须去死。

左懋第朗声回击:"若言福王,是先帝何人?你这个家伙还是我大明朝礼部会试的前朝会元,今天你有何面目在这儿与我说话!"此话堵得这位前朝礼部考试第一名的降臣满脸通红,无话可说。

兵部侍郎秦某说:"先生何不明白江山兴废的道理?"

老左回答:"江山兴废,家国沦亡,是国运之盛衰所导致,而礼义廉耻却是人臣之大节。难道先生只知兴废而不知廉耻吗?"此番义正词严的驳斥如给了这位秦某人一记响亮耳光。于是廷臣没人再敢说话。

这时摄政王开口说话了:"你们明臣为何吃了我大清半年的粟米,而不去死节。"

左懋第这时正义在胸毫不畏惧,因为他是大明朝余绪南国的使节,南国沦亡,使命却伴随着气节仍在,因而丝毫不顾及摄政王的情面,据理力驳。语带轻蔑和反讽,虽然只是一位没落使节和当朝摄政王的一场嘴仗,但是置生死于度外后的勇气却使得语言的枪炮火力显得异常凶猛。他反击道:"你等满人侵入我神州大地,抢夺我朝粮食,反而说我们吃你的粮食?况且从古至今凡致力于恢复中原者,亦常常借助于夷狄之粮食。我国家不幸罹此大难,招致国变,我圣子神孙岂能说无人。今日我只有一死,你又何必这么多话!"

此话,直接刺激着这位新朝主政者的神经,摄政王终于恼羞成怒脸色大变,他挥了挥手吩咐左右将他推出斩首。

都御史赵开心说:"杀了这个冥顽不化的家伙,实在足以使这厮成就了忠烈的美名,不如放了他算了。"在旁的官员扯了扯他的衣襟,意在阻止他再为左懋第说情。

左懋第就刑的地点是宣武门外的菜市口。但见得南朝大使左懋第昂首高步,神色自若,向南方四拜,满面肃穆端正地坐着,双目紧闭等待受刑。这一天大风卷起漫天风沙,遮蔽了太阳,天地一片晦暗。大风卷起了街道两侧做生意篷布直达天际,屋上的瓦片飞崩,都人罢市奔走流着眼泪跪在大道两旁的无以计数。刽子手杨某对左公敬佩有加,哭着对左公稽首行礼后才行刑。此刻,副大使马绍榆带领着使团其他成员尽数剃发,投降新朝,得以免死。唯有参谋通判陈用极，游击王一斌，都司刘统、王廷佐，千总张良佐追随左懋第的脚步坦然走向刑场。

1647年（农历丙戌年六月，清顺治四年）北使团副大使内奸陈洪范身患重病奄奄一息之际，高呼"左懋第老爷来了"，气绝身亡。这家伙过去就和辽左清军勾勾搭搭，当年随同左懋第入燕京，就将江左情报统统出卖给了满清当局，出卖了左懋第，被清廷封为侯爵。封爵之后仅仅一年就一命呜呼，也是报应。

清代著名学者，明代遗民东林党人黄尊素的儿子黄宗羲在其著的《弘光朝实钞》中，还记载有左懋第一首绝命词《沁园春》实录如下：①

忠臣孝子，两全甚难，其实非难。从夷、齐死后，君臣义薄，纲常扫地，生也徒然。宋有文山，又有叠山，青史于今万古传。他两人、父兮与母兮，亦称大贤。嗟哉！人生易尽百年。姓与名，不予人轻贱！想多少蚩蚩稽首、游魂首邱，胡服也掩黄泉。丹心照简，千秋庙食，松柏竿天风不断。堪叹他时穷节，乃见流水高山。

此词堪为这位死在四十五岁壮年的明代最后一位使节的心迹表白。
《明季南略》的作者计六奇以东村老人的名义评左懋第之死时说：

"萝石之死，比之文信公（文天祥）犹烈，有一人而可洗中朝三十年之秽气，亦见读圣贤之书者，愿自有人实践。纷纷盗名无耻辈，妄言声气，卖降恐后，何哉！"②

斯言善哉。历朝历代理论的宗教化，必然脱离实际而演变成虚伪的教条，培养的只是名不副实言行不一的伪君子，这些人平时巧言令色，一味以空话、套话、大话、谎话欺世盗名，媚言惑主，骗取名利地位，攫取财富，是依附于皇权体制的既得利益集团。但天地翻覆之际他们又成为卖主

---

① 见黄宗羲著：《弘光朝实录》，上海书店，第277页。
② 计六奇著：《明史南略·卷四·使臣左懋第》，中华书局，第277页。

求荣的先锋，什么原因？理论和实践脱节，导致诚信丧失，伪道学崛起，两面人格盛行，公众信誉全无，执政基础也就从根子上动摇了。即使有左懋第、刘宗周、祁彪佳和冯梦龙这样的忠臣义士也难以挽救腐朽王朝倾覆之万一。此刻的冯梦龙正呼号奔走在浙闽山区，追循唐王隆武帝的足迹，企图做反清复明最后的抗争。

四、孙之獬的叛卖和报应

崇祯十七年（1644年）三月十七日，李自成大顺军占领北京，明思宗自缢身亡，明朝灭亡，同年四月中旬吴三桂降清献山海关，清摄政王多尔衮率兵入关，李自成受到吴三桂和清军两面夹击，败退北京入陕西。明朝文武大臣出五里之外迎接多尔衮大军入北京城，五月三日多尔衮由朝阳门进紫禁城登武英殿，接受朝贺，标志着清王朝替代明王朝，成为中国的最高统治者。

然而，东南各省仍然为明朝残余势力所把持，五月福王朱由崧在南京登基，建立弘光朝。九月顺治皇帝由盛京出发，十天后到达北京，十月初一，年仅七岁的顺治在北京紫禁城太和殿即位。随后，清朝廷要求江南各省"剃发投顺"，不服即派兵镇压。全中国陷于改朝换代的血雨腥风当中，北方和西北方主要是清军和大顺军、大西军的生死较量，东南方则是南明残余势力和清军的攻守之战前后进行了十八年，期间充斥着形形色色的残酷杀戮和悲壮的抵抗，留下了诸多可歌可泣的壮烈史诗。直到康熙元年南明王朝最后一个皇帝永历在缅甸被吴三桂擒获，旋即在昆明被杀。全中国才算归入清帝国版图。唯剩仍由郑成功后人把持的台湾一地孤悬海外，坚持着最后的抗争。

身体发肤受之于父母，剃发易服，对于讲究儒家忠孝节义的中国士大夫而言就是亡国灭种，是难以容忍的事情，因而南方的士子们是反抗最为激烈的。无疑这种螳臂当车鸡蛋碰石头的壮举，在力量严重不对称的情况下，民众对朝廷正规军的对抗，带来的只能是杀戮和牺牲。

这些民族灾难的造成都来自于剃发易服的始作俑者孙之獬（1591—1647年）。在这场改朝换代的政治大变革大改组时期作为士大夫中的无耻小人孙之獬不能不提，因为他的这场表演颇具戏剧性，导致的民族之间的对抗，后果非常惨痛。

《清史稿·孙之獬传》介绍非常简略，大约是清史编撰比较粗糙，且都为前清遗老辫子党们所编撰，刻意回避了那段剪辫子的痛史：

> 孙之獬，山东淄川人。明天启进士，授检讨，迁侍读。以争毁《三朝要典》入逆案，削籍。顺治元年，侍郎王鳌永招抚山东。土寇攻淄川，之獬斥家财守城。山东巡抚方大猷上其事，召诣京师，授礼部侍郎。二年，师克九江，之獬奏请往任招抚，从之，加兵部尚书衔以行。三年召还。总兵金声桓劾之獬擅加副将高进库、刘一鹏总兵衔，市恩构衅；之獬议抚诸将怀观望，不力攻赣州。之獬疏辨，下兵部议，夺之獬官。四年，土寇复攻淄川，之獬佐城守，城破，死之，诸孙从死者七人，下吏部议恤。侍郎陈名夏、金之骏议复之獬官，予恤，马光辉及启心朗宁古里议之獬已削籍，不当予恤。两议上，命用光辉议。①

从上述简单的介绍可以看出孙之獬也是明末清初很有意思也很另类的人物。在天启朝阉党魏忠贤集团和东林党人斗得你死我活时，作为儒林中人他选择坚决和阉党分子站在一起，这当然和他在官场的既得利益有相当关系。

入清后，孙之獬迅速投靠了新主子。后孙之獬全家被义军所抓，而后被杀。但是朝野士大夫们却津津乐道地看他的笑话，可见其人心丧尽，死有余辜。

《明史》记载，孙之獬为人阴险，心术不正。为官不久。就投靠阉党魏忠贤。天启七年，孙为顺天乡试正考官，阉党工部尚书崔呈秀之子为白丁，孙之獬受崔呈秀之托，录取其子为举人。②孙某如此讨好九千岁及其同党，满心以为会步步高升，不料，天启皇帝因纵欲过度当年就死了，阉党倒台。在崇祯皇帝下旨焚毁阉逆歪曲历史攻击东林党人所编纂的《三朝要典》时，孙之獬力主不可毁弃这部伪造的历史著作。竭力上书东阁，力争不可毁，

---

① 见《清史稿·下·孙之獬传》，线装书局，第1444页。
② 《明史·卷三〇六·刘鸿训传》。

继以抱着《三朝要典》到太庙痛哭，声彻内外。于是他被打入逆案，削去官籍，被打发回老家，永不叙用。

崇祯十七年（1644年）五月，满清派遣侍郎王鳌永招抚山东，孙之獬立刻投降。他为了赢得满清的宠幸，散家财，组织军队，镇压了明永镇的抗清义军，得到山东巡抚方大猷的赏识，旋即招入北京，擢为礼部右侍郎。

作为阉党余孽老孙在明朝得不到重用，怀恨在心，想当官发财的心一直不死。贼心加上对于明朝君臣的怀恨，使得他在改朝换代之际后仿佛是冬眠的老蛇开始苏醒，对明帝国反咬一口。带领全家率先剃发易服，俯首乞降，表示对明帝国的无比决绝和对清帝国的无限效忠。摄政王多尔衮接纳了他的忠心，让他当上了礼部侍郎，多尔衮因天下未定，允许明朝的降臣上朝时仍穿明朝衣冠，汉人也是长袖圆领，网巾璞头降清的汉族官员，也仅将头发束起，盘在顶上，用敬贤冠之类帽子罩住，所穿官服一如过去，没有任何变换，上朝的时候满、汉大臣各站一班。谁也没有想到会叫汉人剃头发、编辫子，穿满服。因为司空见惯，大家习以为常，相安无事。

天下本无事，自有生事人。清军攻下山东后，孙之獬投降了清廷，也许是出于对明朝的复仇心态，竟然别出心裁，生出花样玩弄天下臣民，铸成一场民族大祸。这厮把四周的头发剃去一圈，仿照清初满族人的习俗在头顶心编成了一条辫子，这种发型被称为"金钱鼠尾"老鼠尾巴似的从头顶中央拖在脑后。这还不算，这厮脱下明朝服装，换上窄小的马蹄袖外褂，将自己从头到脚进行了满族式重新包装。

改装第二天，在上朝站班时，他喜滋滋地往满族大臣的班列中钻，这个假冒伪劣的"满人"，被愤怒的满族大臣拒绝，将他推推搡搡地驱逐出班列。这厮只好舔着脸在站回到汉班大臣行列来。而汉人看他那剃发易服不伦不类的模样，掩着嘴偷偷地笑他那副满人打扮，又将他驱逐出汉人大臣行列。

这样两边推来推去，使他非常尴尬难堪。恼羞成怒的他，在下朝后，竟然挖空心思起草了一封奏疏，大意是说，中原已定，凡事都应除旧布新，然官民的发式和装束仍沿汉习，这是陛下服从中国，不是中国服从陛下。接着这厮建议："既建新朝，当立新制。大清德化所及，汉民衣冠发式，亟宜易俗从满。"孙之獬谬论一出，奏上九重，连摄政王多尔衮都未想到竟然在投降的汉大臣中有此奇葩能发出此种言论，乃下薙发令。而东南士庶无不锥心饮泣，挺螳臂以挡车，皆因孙之獬这厮这些言论而酿造了千古奇祸。①

剃发严重伤害了汉人的感情，他们纷起抗争，悲壮激烈的反剃发斗争风起云涌。以家族宗法儒学为源的中国人，或许能把朝代兴迭看成是天道循环，但如果有人要从衣冠相貌上强迫施行历史性的倒退，把几千年的汉儒发式和盛唐袍服变成"猪尾巴"小辫，不仅仅是一种对人格尊严的侮辱，简直就类似"阉割"之痛。而且，以上种形象活着，死后都有愧于祖先，没有面目见先人于地下。

如果从文化、财产、等级等等方面在士大夫和平常民众还存有歧异的话，在这种保卫自身精神和风俗的立场方面所有汉人几乎都表现出惊人的一致性。原本已经降附的地区纷纷反抗，整个中国大地陷入血雨腥风之中。

清顺治二年（1645 年）六月，清庭发布《剃发诏书》，严令"留头不留发，留发不留头""一人不剃发，全家斩；一家不剃发，全村斩"。因为"身体发肤，受之父母，不敢毁伤，孝之始也"的儒家训导，使人们视剃发、易服为奇耻大辱。

清军令全国人民十天之内一律"剃发易服"。此道法令野蛮、短促、株连无辜，剃发令下，嘉定城内起义顿时爆发，最后虽遭三次屠城，却无一人投降，史称"嘉定三屠"。同年，江阴已经归顺清朝的百姓接到"剃发易服令"后，在陈明遇、阎应元的率领下，揭竿而起，拼死反抗，造成 17 万人死难。此时，江阴城内几乎没有正规军，都是不愿剃发的老百姓。清兵二十四万大军携二百多门大炮围城，一共损失的士兵有七万五千余人，江阴方面，守城八十一日，城内死九万七千余人，城外死伤七万五千余人。上演了"江阴八十一日"的历史传奇。

多尔衮代表满洲贵族对不执行剃发令的城市发布"屠城令"，并带领大军血洗江南、岭南。屠江阴、屠昆山、屠嘉定、屠常熟、屠海宁、屠广州、屠赣州等等，清兵转战烧杀 37 载，方才初步平定中国。短短三十余年间，使中国人口从明天启三年的 5165 万减至顺治十七年的 1900 万，净减三分之二！除了明末李自成与明军的残杀、李自成与清军的对杀，汉人反薙发

---

① 见《清朝野史大观·清朝史料·卷三》，上海书店，第 6、7 页。

令而带来的大屠杀规模也是异常惨烈的，不包括后来的"三藩之乱"导致的生灵涂炭，整个中国已经"县无完村，村无完家，家无完人，人无完妇"。大明有思想、敢反抗的忠勇之士几被杀尽，留下的是大抵顺服的"奴才"。鲁迅先生说："满清杀尽了汉人的骨气廉耻。"所以后来祖籍高邮的吴三桂兴兵反叛时，汉人精华已丧失殆尽，难以成事了。

不过灾难也很快降临到孙之獬的头上。清顺治四年（1647年）因为受人钱财卖官，孙之獬受弹劾，被夺职遣还老家淄川。恰好赶上山东布衣谢迁起义，攻入淄川城，孙之獬一家上下男女老幼百口被愤怒的民众一并杀死，"皆备极淫惨以毙"。孙之獬本人则被五花大绑达十多天，五毒备下，头皮上被戮满细洞，人们争相用猪毛给他重新"植发"，最后还把他的一张臭嘴用大针密密缝起，肢解碎割而死。"嗟呼，小人亦枉作小人尔。当其举家同尽，百口陵夷，恐聚十六州铁铸不成一错也！"在这次事件中，孙之獬家有八人殉难。其中孙之獬大儿子孙珀龄的3个儿子、二儿子孙琰龄的1个儿子被义军砍死。孙琰龄的妻子和2个女儿被掳后，怕遭受凌辱，相继跳井而死。《淄川县志》对此事件有详细记录。此种下场，连仕清的汉人士大夫也不免幸灾乐祸。更可怜的是，他死之后，清廷以"之獬已削籍"，而"不当予恤"。

顾炎武闻此消息，奋笔写《淄川行》以贺：

张伯松，巧为奏，大纛高牙拥前后。罢将印，归里中，东国有兵鼓逢逢。

鼓逢逢，旗猎猎，淄川城下围三匝。围三匝，开城门，取汝一头谢元元。

五、反剃发斗争中的侯峒曾

顺治元年（1644年）五月，多尔衮入京受到孙之獬的蛊惑，下达剃发令，终于因为朱由崧在南京登极建立弘光小朝廷，坐拥东南半壁，天下未定，对这一命令并未强行推进。到顺治二年五六月间，清军先后攻下南京、杭州后，清统治者认为天下已大定，便于六月十五日下诏全国，强行剃发。

已经投降了清军的钱谦益，赵之龙等向多铎献策曰："吴下民风柔弱，飞檄可定，无须用兵。"由于这些南明投顺官员的误导，当时的清军统帅普遍认为东南指日可下，简直不费吹灰之力，显然低估了南方军民捍卫民族传统的决心。满清贵族因为草率发布的《剃发令》，在对南方的征服中，付出了极为惨痛的代价。

剃发令中有言：

今中外一家，君犹父也，民犹子也。父子一体岂可违乎？若不统一终属二心，自发布告之后，京城内外限旬日，直隶各省地方，自部文到日，亦限旬日，尽令剃发，遵依者为我国之民，迟疑者同逆命之寇，必置重罪。若规避置发，巧辞争辩，决不轻贷，该地方文武各官，皆当严行察验。

在六月十五日的剃发令中，还准许"衣帽装束从容重易"。到七月初九日再下召时，对汉族衣帽也"晓行禁止"，令官民一律更换满服。

清统治者入关后所行的各项政策，以"剃发令"最惹汉人恶感。对这种情况，统治者心中十分清楚。越是这样，统治者坚决要强制推行，在于销蚀汉族民众的民族意识，征服汉民族的人心。从某种意义上说，明末是中国历史上的一个转折时期，是传统社会向现代社会转型的关键时期。商品经济的蓬勃兴起极大地促进了生产力的发展，市民阶层的形成促使新思想、新文化的萌芽不断成长，极大动摇了以君主专制为基础的统治阶级意识形态，中华农耕文明面临向近代工业文明缓慢转型。但由于内忧外患，这种社会形态的转型被中断了。

满人以一种游牧民族的原始生产方式，取代了农耕文明，实际是某种程度的倒退，文明的转型陷于停滞。尤其是东南沿海富庶地区，当象征汉族文明传统的衣冠发型被强行褫夺便意味着中华文明在形式上的死亡，这不能不引起以知识分子为代表的士大夫阶层的群起反抗，东南沿海诸省抵抗最为激烈。当这些抵制剃发易服的反抗被暴力镇压后，随之而来的又是比明代早期更加严厉的文字狱，完全窒息了知识分子的独立人格和自由思想精神。这就为延续清朝两百六十七年的专制历史创造了条件，在无形中拖延了中国进入近代文明的发展历史，直到清末才重新出现当初春秋战国时期那种思想解放"百家争鸣，百花齐放"的局面。那时后清政府已经在西风东渐的大趋势下苟延残喘，面临覆灭。

有压迫，就有反抗。江阴、嘉兴等城为反剃发而进行了殊死的战斗。无力反抗者或郁愤而死，或逃遁深山隐居，甚至有埋发而建"发冢"者。真正是"昔为断其头而顺从如羔羊者，今为断其发而奋起如虎者"，其中有一位奋起如虎者就是嘉定乡绅侯峒曾。因为嘉定侯家与苏州冯家是世交，而且侯峒曾父子举家抗清殉国的事迹确实震撼国人之心，以后又引发了昆山、松江和杭嘉湖平原的多起抗清起义，在"中兴大明"的旗帜下捍卫民族文化习俗，对清朝统治表示了坚决的不服从。

侯峒曾（1591—1645年），字豫瞻，嘉定县人。给事中侯震旸的儿子。1618年（明万历四十六年）峒曾中第三名举人。1621年（天启元年）侍父到北京，目睹时事日非，相与扼腕叹息，搜集陵园、宫禁、朝廷、封疆资料，编著《都下纪闻》。翌年二月，广宁（今辽宁省北镇县）为清兵攻陷，北京震动，有士大夫挈财南逃，峒曾以为可耻之极，说："对这样的人怎能希望他们吃了俸禄而不逃避国难呢！"

天启五年，侯峒曾中进士，殿廷对策，议论精详，书法遒劲清丽。魏忠贤、顾秉谦忌其才，把他的名次压低到二甲二十四名。不久，翰林院挑选庶吉士，峒曾为众望所归，因魏、顾当道，侯峒曾不去就职。次年春季，魏忠贤矫诏派缇骑到苏州逮捕周顺昌，峒曾奉父命为周送行诀别，并赠送银两作为日后下"诏狱"的用费。

1634年10月（崇祯七年九月），峒曾任南京吏部文选司主事，与徐石麟、陈洪谧称"南部三清"。深慕史可法风节，相与引为平生知己。1638年，峒曾任江西提学参议，秉公执法，不受请托，因罢黜两名皇家宗族的学生，招致益王不满。益王责问他："误黜了两个宗生，谴责过职掌文案的属吏吗？"峒曾回答："他们有什么过错，他们是如实执行我提学参议，遵行的朝廷法令制度呀！"益王进而提出对他这个宗生是否可以破例，峒曾说："按律执法，即使皇上也不能够改变我的做法，更何况殿下！"表现出刚直不阿的秉性。

甲申（1644年）年春，侯峒曾得知李自成起义军攻占北京，明王朝濒临覆亡的消息，急急雇船上京。经嘉定葛隆，遭到强盗抢劫，差点被淹死在水中。返回嘉定后卧病于盘龙江畔。

福王子朱由崧在南京建立南明政权，召峒曾为左通政，仍以疾病固辞。

农历闰六月，清兵占据苏州，准备进攻嘉定。时峒曾居乡，有人写信问他怎样处置自己，回复说："我虽不是有守土卫民之责的地方官，但也任过微官，今抗击清兵既无力量，又未遇死难之机，只有藏身祖先坟地，守墓度过余年。假如强迫我出任新朝官职，那末有龚君宾（东汉，龚胜，字君宾，官至谏议大夫。王莽秉政、不以一身事二姓，不食而死）和谢叠山（宋末谢枋得，字君直，知信州，与元兵战败被俘，元初求人才，逼谢北行，至大都不食而死、人称叠山先生）的先例在，义当殉节。"

1645年七月初三日黎明，清兵的铁骑在降将李成栋率领下踏破了昔日嘉定古城的宁静。据史载：清军进攻嘉定城的先锋李成栋，曾是已故南明弘光朝廷兵部尚书史可法的部下。早在去年（公元1644年）的四月，当清军固山额真准塔统兵南下，逼近徐州城之时，时任守城总兵官的李成栋竟望风而逃，不久降于清。

1645年（清顺治二年），陈子龙和徐孚远在泖湖起兵抗清，写信招邀明总兵吴志葵，退休知县夏允彝作他们的谋主共同起事。峒曾弟歧曾也从泖湖写信劝兄去吴部。峒曾回信说："运筹帷幄有瑗公（允彝号）在，苏州刚被清军占领，嘉定形势极为危急，宜在切近处出力。"同时密将先保全嘉定再进一步谋恢复明室的大略，写信告知在嘉定城近郊的儿子玄演、玄洁、玄瀞。闰六月十四日夜，乡兵与嘉定城中壮士出东门袭清副将李成栋营，焚敌船40余条。李屯兵吴淞，准备大举进攻嘉定，百姓惊扰。

次日，峒曾即命玄演、玄洁进城，草檄文张贴城门，并捐钱犒劳焚船壮士，赏酒肉给城里士兵，鼓励他们上城守御。十六日，清骑兵数十人到城外抢掠，玄演等出城追击，大败清兵，仅脱逃7人。然形势严重，峒曾不顾病重，致函好友黄淳耀，约请一起进城御敌。二十二日，峒曾自先人墓茔出发，从南翔到城里，簇拥、下拜的人连绵不绝。进城后，玄演、玄洁作助手，和黄淳耀弟兄率领吏民守城。且置备守城用的器材，疏通粮草来源，约束兵勇，制定防御条约。

峒曾分守首当敌冲的城墙东北面。因胃病，只以浆粥为食，白天冲冒矢石，身先士卒；晚上着短衣，骑马巡行，抚勉士卒。清将李成栋每天派骑兵冲杀袭击，城里严阵以待，分道出击，先后杀死李成栋的一个弟弟和数名副将。清军惊恐诧异说："破扬州，不过三天，过长江后，不曾遭遇过一次剧烈的战斗；不料嘉定这小小的县城，守城的却如此勇于作战。"

七月初一，李成栋放弃吴淞，倾巢而出，扑向嘉定。黎明时擂鼓呐喊攻城，用大炮轰击东北角城头。峒曾整饬兵勇，悄然无声。当半数清军步、骑兵过北门仓桥时，城门下面的"大将军"炮突然轰击，清兵落水溺死的不计其数。清兵不得已转取娄塘，打通通往太仓的道路。初三日，合太仓清军攻打东门。攻势更猛，又不克；兵荷卒背水板挖掘地道，企图穿越城墙。峒曾烧热油和人粪灌注地道，士兵用长矛刺洞，杀死许多清兵。

初三日清晨到初四五更，峒曾和两子冒雨日夜率兵守卫，忽然暴风骤雨，平地积水盈尺，城东一角崩陷，城破，清兵蜂拥而入。峒曾左右侍从和乡兵见势，护峒曾从西门出城。峒曾叹息："我尽力还不能保全嘉定城救活父老子弟，大事不成就死，蓄有此念已久。出去后将再往哪里？"挥挥手叫他们散开，独自和玄演、玄洁回寓所后面叶池边。玄演、玄洁求父出走，以图再举。峒曾说："我死志已决，你们不要再说了！"两子求同死，峒曾说："你们随我而死，并非尽孝，快些走吧。"说罢，自沉池中，未死，为清兵俘杀，年55岁。两子同为清兵杀害。峒曾首级被李成栋植竿悬于上谷宗祠的高檐上示众9天。

城陷之时，黄淳耀、黄渊耀兄弟急趋城内一僧舍。"淳耀问其从者曰：'侯公若何？'曰：'死矣！'淳耀曰：'吾与侯公同事，义不独生。'乃书壁云：'读书寡益，学道无成，进不得宜力王朝，退不得洁身远引，耿耿不没，此心而已。大明遗臣黄淳耀自裁于城西僧舍。'其弟渊耀曰：'兄为王臣宜死，然弟亦不愿为北虏之民也。'淳耀缢于东，渊耀缢于西。"[①]

又据史载：诸生张锡眉解带缢于南门城楼上，死前作绝命词，大书裤上云："我生不辰，与城存亡，死亦为义！"教师龚用圆赴水死，二子从之。诸生马元调，唐昌全，夏云蛟，娄复闻，城破亦死之。又有黄某，与清军巷战中"手挥铁简，前后杀数百人，后中矢而死"。这些"志士仁人"之

[①] 见黄宗羲著：《弘光实录钞》，《南明史料八种》，江苏古籍出版社，1999年，第88页。

死,从历史上看,固然是其儒家"仁义"观念的根本追求所致。但从民族兴亡的高度看,这为民族生存而死之大丈夫精神,不也成为汉民族精神的组成部分吗?城破日,侯家一同投水自杀10余人。轿夫龚元和门童杨某也不屈而死。清兵入城后纵掠,在侯家只搜觅到峒曾先世留下来的图书典籍和笔砚衣服。

峒曾母龚太夫人力主抗清,当峒曾赴嘉定守城,罄尽首饰供子犒军。峒曾守城不支时,歧曾力请年近八旬的老母避居紫堤旧宅,太夫人挥泪说:"我老而不死,倒能看到你为国牺牲!我不久将继至,我儿,加勉!"

峒曾著作有《江西学政全书》《纳言存稿》等,1837年(清道光十七年),侯澄刻为《仍贻堂全集》;1930年(民国十九年),侯氏后人叔达与上海王培孙、海宁陈乃干重印,改题为《侯忠节公全集》。清乾隆四十一年(1776年)追谥侯峒曾、黄淳耀为"忠节"。

六、投降派潞王殿下的抉择

南京被攻破之前,马士英、阮大铖等人先行开始向杭州方向逃窜,待到弘光皇帝朱由崧在芜湖被清军擒获,黄得功不屈战死,明清双方战局已经明朗。残明势力几乎是不约而同地首先考虑到的监国人选是隐居在杭州的潞王朱常淓。

据李清的《南渡录》记载:[①] 马士英挟持着太后一路淫掠。先至广德州,州人拒绝他们入城。老马下令攻入城内,杀了知州赵景和一批官员。稍事停留后,继续向杭州进发。浙江巡抚、巡按等官员非常害怕老马等人的到来,事先派官员到郊外迎接,希望军队驻扎郊区,不要进城。马士英携太后进城住在西湖小瀛洲。五月二十八日,太后大驾光临,以城中总兵府为行宫。在浙江和杭州的官员和潞王前去朝见时,发现逃难中的太后仪仗和守卫都很寒酸萧条,大家都怀疑马士英是以自己的老母亲假扮成太后来糊弄大家的。薄暮时分,为马阁老接风的酒宴正在西湖边的楼外楼进行中,未曾料到城中丰宁、太平两家官方妓院(教坊)不知因何竟在楼外楼外放

[①] 见《南明史料八种》,江苏古籍出版社,1999年,第412页。

起了鞭炮。马士英的心绪被鞭炮声搅和得心慌意乱，已经完全没有了心思和浙江省、杭州市的官员们喝酒周旋，他惊慌失措地提前离开了晚宴现场。

当晚老马一行住在停泊在湖心亭的小船上。次日拂晓，官员们再去朝见太后，老马已经派遣精甲百余人进行护卫。请出老太后，太后着锗色服装，由一穿紫色衣服的女官服侍着，令官吏士民皆入见。朝拜完毕，太后召见了浙江在籍官员，但是未见到刘宗周和章正宸（弘光朝大理寺丞）。次日，刘宗周和熊汝霖（弘光朝吏科右给事中）前来拜见。熊汝霖也是官场几起几落，见过大场面，敢于直言的人，他见到马士英就责问道："圣驾何在，你怎么跑到此地了？"老马无言以对。不数日，阮大铖、朱大典（弘光朝凤阳巡抚）、方国安（弘光朝总兵、镇东侯）一起仓皇逃窜到了杭州，请潞王监国，潞王不肯。

太后召见潞王，朱常淓还是哭着坚决不接受，潞王只是将太后迎进自己的王府居住。此刻郑鸿逵等人也由海路到钱塘江建议潞王去福建担任监国，朱常淓始终不松口。后来得知，潞王是听从了当年北使团副团长大汉奸陈洪范的谋划，准备作为内应献出杭州城。六月十三日午后，清兵大军似乎按照约定突然到达杭州城下，潞王劫持太后跪迎清军的到来。

清军进了杭州城后，潞王就被软禁了起来。陈洪范南归后一直和清廷保持密切联系，充当内应，他曾经代表多尔衮许诺潞王投降后，清廷将割地封他为王。显然潞王轻信了陈洪范的谎言，上了大当。结果竹篮打水一场空，什么也没捞着，反而赔上了性命。这些王爷从小养尊处优，毫无政治常识，入主中原的侵略者对于凡是具有朱明血统的皇族男性成员，都视为潜在的竞争对手，恨不得一网打尽，怎么可能将流血牺牲打下的江山再去裂土封王，自己给自己找麻烦？

南明的大臣们也是瞎了眼，在弘光帝朱由崧被俘获后，大臣们都后悔当初应当立潞王继统。其实潞王并非良善之辈，据李清在《南渡录》中揭露，朱常淓居住杭州时经常派出王府宦官，为他到郡县搜罗古玩。这小子留有六七寸长的指甲，用竹管套保护着。其人德性由此可见一斑。时任大理寺少卿的沈胤培曾经对大理寺丞的李清说："使潞王立，而钱谦益为相，其败坏程度和马士英是没有多少差别的。"

据李清《南渡录》记载①，潞王投降后的遭遇几乎和弘光帝一样悲惨：

传闻，弘光帝刚刚被押解到北京，与潞王、周王及他们的世子关押在一起，听任他们赌博、喝酒、宴饮为乐，小日子过得挺痛快。这帮大明帝国的没落王党们也就有些乐不思蜀了。而清廷秘密派人在宾馆周围安置了数门大炮，忽然在一天晚上，大炮被点上火，将这些王族及子孙们轰得连骨灰也没保留下来。

看来潞王殿下和弘光皇帝一起被多尔衮的火炮炮决了。他的封王美梦在炮声中完全飞灰湮灭，和他们一起陪葬的还有假冒明太子朱慈烺的王之明。

李清的记载应该是可信的，因为他当时就在南明小朝廷任职。

李清（1602—1683年），字心水，号映碧，扬州兴化人。天启辛酉举人，崇祯辛未进士，授宁波府推司官，擢刑科给事中，转吏科、工科，弘光时官至大理寺左寺臣，南都破后，隐居兴化枣园三十八年，杜门撰述，屡荐不起。著有《南渡录》《三垣笔记》《折狱新语》《南北史合註》《南唐书合订》《诸史异同》等数十种近千卷。清修四库，首禁李清之书。《乾隆五十二年三月十九日起居注册》高宗谕旨云："李清系明季职官，当明宗社沦亡，不能捐躯殉节，在本朝食毛践土已阅多年，乃敢妄逞臆说，任意比拟，设其人尚在，必当立正刑诛，用彰宪典。今其身幸逃显戮，其所著书籍悖妄之处自应搜查销毁。以杜邪说而正人心。"因而除《谏垣疏草》在崇祯时已有刊本外，李清绝大部分著述在有清一代均未能刊行，仅有抄本密传于人间，或藏于内阁大库。李清治学谨严，持论平允，史家甚重其书，可惜不易得睹。②

从以上乾隆皇帝恶狠狠杀气腾腾的批示，我们可以窥破清朝最高统治者对李清著作的害怕和恐惧。也就是说清代统治者在获取了统治地位后，

---

① 见《南明史料八种·南渡录·卷六》，江苏古籍出版社，1999年，第414页。
② 见《南明史料八种》，江苏古籍出版社，1999年，第119页。

竭力隐瞒历史真相而给那个逝去的王朝进行抹黑，以证明自己统治地位的合法性。

一些编造的史料甚至为后来的史家反复引用以误导后来者。比如对于南明弘光皇帝的描绘就多有丑化之处，李清在《南渡录》中以事实予以辩驳正名。李清在《南渡录》卷六中记载：

弘光皇帝幽居在南京的深宫中，经常徘徊诧异地叹息道："诸大臣没有肯为我用的人。"对于宫中漂亮的南方女子也是罕见他接近。但是他读书少，对于大臣们的奏章没有能力亲自裁定，故宫内太监和外廷大臣内外勾结狼狈为奸，将错误和罪责全部归咎于皇上。比如端午节捕捉蛤蟆，这原本就是宫中旧例，结果被说成是为了淫乐而提炼春药了。再加上一些编造的秽言秽闻，比如弘光在宫内玩弄娈童和少女，死者接踵在御水沟排出等等。搞得内外喧嚣诽谤，莫辨真伪。到了南明国亡，宫女皆逃入百姓之家，大家历历言说，开始才了解事实真相。有大学士吴甡寓居在溧水，曾经见到一位大太监问及宫中的事情，说："皇上饮酒宴乐是有的，但是纵淫放荡饮食性药等传闻却不是事实。可惜皇上是被大学士马士英所夹持。"都是因为御史黄澍所弹劾，马士英秘密上疏弘光说："皇上得以继承大统，皆因为臣和四镇总兵努力，其余诸大臣皆意在拥戴潞王，今日弹劾臣离开朝廷，明日那些大臣就会拥立潞藩了。"朱由崧信以为真，听了这话暗自哭泣了很久。以后一切朝廷军国大事皆委托马士英处理。这位太监又说，马士英听信了阮大铖的奸谋，欲以《三朝要典》中闯宫、廷击等事件的翻案，追究东林党人的责任，兴起大狱。皇上坚决不允许，由此可见皇上的为人。

看来李清对于弘光皇帝朱由崧的评价还是比较客观的，这位王爷从小出生在王府之中，属于长在深宫，出于妇人之手，懈怠读书，没有多少从政经验，本质是个公子哥儿。由于读书少，政治和文化素质比较低下，至于危机时刻的军国大计只能委托权臣去处理，但是对于历史上一些关键事件的处理，也还不是仅仅站在家族利益的角度去处理，而是从大局出发，所以他及时阻止了马、阮等人借翻历史旧案的机会排斥打击东林党人泄私愤的做法。其实后来清廷的攻势越来越紧迫，也没有时间再允许小朝廷去搞大规模的内斗了。

弘光朝覆灭后，南明王朝的另一位王爷要登场了，这位唐王和福王、潞王都不同,他是一位饱经磨难,极爱读书颇具雄心壮志,并且几乎没有任何不良嗜好的王爷。他的身边一时麇集了一帮饱学之士帝国精英治国人才,他也能够听取不同意见,办事亲历亲为,连一般应当由书吏担当的公文起草,他也要亲自操刀,而且下笔千言,一气呵成,文采斐然。他处理公务决策果断,且不好声色犬马,不尚豪华奢侈。他几乎是亲王之中的佼佼者,中兴君主的典范。但是他和他的儒学大臣们,依然不能摆脱地方军阀的掣肘,不能自信地施展自己的宏图大略,最后只能在众叛亲离中走向末路。他就是唐王朱聿键后来的隆武帝。

七、黄道周和隆武帝的悲剧

也就在潞王因轻信陈洪范的许诺,坚决不肯监国的时候,黄道周却在富春江上巧遇被弘光赦罪出狱的唐王朱聿键,于是又有了一番君臣的遇合。恰逢此刻,从镇江撤兵回闽的福建军阀郑鸿逵,也有拥戴唐王朱聿键成为南明新君主的意思。

于是一个新的小朝廷粉墨登场。南明隆武朝的横空出世,对逐渐南下福建的清军开始进了一场力量悬殊的拼搏,也开始了一场小朝廷内部刀光剑影的权斗。

这场拼斗名义上的主帅是朱聿键,而主导这场内部权斗的是地方实力派军阀郑芝龙和儒学大师隆武帝的首席大学士黄道周。唐王的政治素质显然要优于福王朱由崧和潞王朱常淓许多,由于其特殊经历,阅世之深,在明宗室中无人可比。

唐王深爱读书,颇善文字,胸怀壮志,志在恢复山河故土,而且身边不乏如同黄道周这类具有儒家情怀的明代文官精英。然而,这场拼斗是在统治集团激烈的内斗中展开的,文官集团首领黄道周的政治对手是海盗出身地方军阀势力郑芝龙。

郑芝龙是福建当地武装商业集团的头子,原本就是海盗出身的地方枭雄,后来被朝廷招安,成了镇守海防的地方将领,其基本政治军事经济利益没有受到任何损害,只是多了朝廷授予的一张虎皮,势力反而在招安后不断有所扩张,坐大做强,已成尾大不掉之势。

因为唐王崛起的统治基础就是由帝国遗留的儒臣和地方军阀悍将所组成。军阀们意在拉大旗为虎皮在清朝和南明势力的夹缝中继续保持势力的扩张。当时郑氏家族的势力已经完全扩张到了台湾,他们最早鼓动移民台湾,对于开发台湾做出过卓越的贡献。但是坐困福建一隅的隆武王朝显然在财政税收方面是不能和坐拥江南膏腴之地的南明弘光朝相比,只能在经济上依赖郑芝龙集团输血,在军事上依托郑氏武装集团立足。因此,在政治上受制于这这股势力,更准确地说被持枪的武装集团所绑架也就在所难免。

因此,唐王朱聿键的一切雄心壮志和黄道周们的周密绸缪都只能是心中愿望纸上兵,没有郑芝龙的支持根本无法实施。在黄道周被郑芝龙逼走,郑芝龙又不告而别遁入海上后,朱聿键只能孤家寡人地带着他心爱的图书和刚刚降生的儿子走向末路。

郑芝龙最终投降了清廷,而郑氏集团也在天崩地坼中分崩离析,父子兄弟反目。儿子郑成功和四弟郑鸿逵坚持抗清拒不屈服,直至大明最后一个桂王小朝廷走向末路,郑成功依然和他的儿子郑经在台湾打着残明旗号割据多年。

据黄道周在《逃雨道人舟中记》中记载[①]:1645年(顺治二年)六月十一日,唐王朱聿键见潞王朱常淓已经决定投降,不胜愤慨,在一批文官武将的支持下,离开杭州前往福州筹办监国。首先拥戴朱聿键的是靖虏伯郑鸿逵。

郑鸿逵是福建第一大权势家族郑式家族郑芝龙的四弟(原名郑芝豹)。郑家出身海盗,曾经横行东南沿海,周旋于日本和西洋海商之间,势力逐渐膨胀,称霸一方,击败日本和荷兰海盗,拥有私人船队和武装集团,朝廷官军奈何其不得。郑后来为福建巡抚熊文灿诏安官至都督同知。

郑鸿逵于崇祯十三年(1640年)考取武进士,担任锦衣卫都指挥使。崇祯十七年(1644年)弘光帝派他前往镇江防范清军,担任镇江总兵、镇海将军。郑氏兄弟海匪出身,常年活跃于海上,擅长水战,驻守长江天堑担任江防司令也是理所当然的事情。据《明史南略》记载:

[①] 见顾城著:《南明史》,中国青年出版社,1997年,第252、253页。

弘光元年乙酉五月，清兵渡江，南都失守。镇江总兵郑鸿逵、郑彩，知事不可为，因撤师回闽。会唐王从河南来。王讳聿键，太祖后也。性率直，喜诗书，善文翰，洒洒千言。初封南阳，以父天失爱于祖端王，两叔谋夺嫡，未得请名。及祖端王薨，守道陈奇瑜、知府王之柱为请嗣。后复以统兵勤王，锢高墙。会赦出，避乱适浙，鸿逵因奉之俱南至福州。

严格地说朱聿键并非从封地河南南阳来杭州，而是从凤阳的皇家监狱被释放，因为家乡南阳已经被李自成贼军占领，其弟唐王朱聿镆被杀。他于十二月刚刚恢复唐王称号，被指令到广西广元县居住，却一直因为缺乏路费，在镇江、苏州、嘉兴等地迁延。弘光元年（1645年）五月，清兵破南京，唐王在湖州避难，恰好路过杭州。

此时，镇江总兵郑鸿逵等得知清军渡过长江，弘光朝难以自保，退往福建，在杭州遇见唐王朱聿键，便鼓动朱聿键一起回到福建。郑鸿逵打算以朱聿键继任南明皇帝，许多大臣认为应该先击败清军，再考虑即位之事；郑鸿逵表示不快点即位，会有其他人先行称帝。朱聿键因此被拥立为皇帝（隆武帝），郑鸿逵也因这项功劳，受封定虏侯，后来晋升定国公。根据佚名的《思文大纪》记载：

五月十五日，福藩即位金陵，诏改来年为弘光元年；随允广昌伯刘良佐奏，赦原爵唐王奉降庶人（御讳聿键）于凤阳高墙。

十二月，赐复亲王冠带，送东粤闲住。贫无路费，自凤阳至南都，迁延时日，又回镇江，由丹阳至苏州。风闻清兵陷南京，天子蒙尘，乃避难至湖州，又至嘉兴。大总兵陈洪范、陈梧、汪硕德、吏部尚书徐石麒、淮抚钱继登、太监高起潜等面请唐藩监国，坚辞谦让。乃睿撰揭帖，倡奉潞藩。……初十日，唐藩至杭请朝，具本劝进，面陈方略，不允。靖虏伯郑鸿逵面请回闽取兵，亦不允。是晚，清牌至杭州，潞王从阁弁之议，甘心降清。唐藩闻而愤泣不胜。适遇靖虏伯会同礼部尚书黄道周等奏启恳请监国。十五日，清骑至杭，浙东人心震动，唐藩不得已，始勉從之。六月二十三日进关，抵浦城县。

黄道周和幕僚从绍兴移舟而下富春江，还不知道杭州城里发生的变化。只听到岸上鼓乐喧天，原来是前凤阳总督、兵部右侍郎朱大典和前兵部尚书阮大铖乘坐的一叶轻舟，顺流翩翩而来，仿佛翱翔的白鹭准备去鹜州。黄道周他们在去桐庐的途中，遇到了靖虏伯郑鸿逵的船只，小心翼翼观察很久，原来以为是郑鸿逵扶驾潞王的船，直到登船觐见，见到其人，才弄明白原来他所护的圣驾是唐王。

这时兵部右侍郎、凤阳总督朱大典也同时登船到访。朱大典见到唐王后还对道周先生说："唐藩还未封，安得至此！"于是大家都在说，鞑虏气焰正嚣张，杭州城已经感受到大军压境的紧张气氛，潞王正在闭门谢客，修斋礼佛，他是不可能效仿南宋康王赵构，图谋东山再起的。也就是说，潞王以保护阖城百姓生命财产安全的名义，按照和陈洪范的约定准备献城投降了。

六月十三日晚，黄道周又去了唐王舟中"与唐王殿下会晤，慷慨以恢复自任，遂同诸臣交拜，约成大业。明日乃具小启，共请监国，虽靖虏意，亦以板荡之会，非太祖亲藩不足复襄大业也。"[①]

唐藩是朱元璋第二十二子朱桱的八代孙，在谱系上离崇祯皇帝很远，按照常规是轮不到他承继大统的。黄道周等大臣参与郑鸿逵的推举有以下原因：

由于朱由检的叔父、兄弟只剩下广西的桂王，而当时南明的政治中心却在东南，朱常涝、朱常润降清以后东南士绅急于解决继统问题，不得不就近从疏藩中推选。

唐藩封地为河南南阳，这里正是东汉开国皇帝刘秀的故乡，在黄道周等人看来真可谓"起南阳者即为恢复汉家之业""以今揆古，易世同符"。

这位朱聿键在明朝藩王中确实是位鹤立鸡群的人物。他虽然出生于王府之中，但是从小饱经磨难，历经艰辛，是经受过生活磨难的一代藩王。原因是他的祖父唐端王不喜欢他的父亲，父亲被长期囚禁在唐藩王府的私

[①] 见《黄漳浦集·卷二十四》，本文引自顾诚《南明史》，第253页。

391

人监狱中，显然唐端王更加宠爱朱聿键的叔叔，他是在唐王府内部的"夺嫡"之争夹缝中成长的王爷。

作为父亲长子的朱聿键出生于万历三十年（1602年），从小甚得曾祖母魏妃宠爱，八岁开始延师受教育，十二岁曾祖母薨，就与父亲一起囚禁。在囚禁中的朱聿键发愤苦读，度过了十六年，直到二十八岁王府尚未向朝廷报备他的出生，未被册立为王世子。崇祯二年（1629年），父亲被叔叔毒死，他发誓要报杀父之仇。本年十二月十二日祖父唐端王薨，他父亲才在河南巡抚和南阳知府的力争下恢复被不正当剥夺的王位，追封为唐裕王，名字被批准列入太庙。这样作为长子的朱聿键理所当然受封世子。

朱聿键在崇祯五年六月初二被授予金册金宝，算是继承了王位。崇祯九年（1636年）七月初一日朱聿键杀其叔父报仇雪恨。此时，河南受到李自成起义军的骚扰，北京受到满洲人的威胁，京城戒严。朱聿键为了应对危机，表达对帝国的无比忠诚，出资加固南阳城防，要求扩大王府护卫3000人，组建王府军队，不被允许。

这位不安分的王爷七月二十日请求率兵进京勤王，八月初一未经批准即挥师出发，八月十一日，兵部文件到，责令他退回封地。他鲁莽举动虽说用心良苦，却是完全有违祖制的悖逆行为，实在有举兵谋反的嫌疑。想当初燕王朱棣的靖难之役和宁王朱宸濠谋反，均为藩王做大，打着"清君侧"的旗号，举兵与朝廷对抗而谋取王位。

唐王此举确属轻率而冒险。崇祯十年三月二十二日（1637年），朱聿键为他的冒险付出代价，王位被褫夺，废为庶人，并被圈禁在凤阳皇城监狱，弟弟朱聿镆继位。在这期间先有凤阳总督朱大典上书朝廷请求宽恕，后有南京守备大太监韩赞周请求宽恕，崇祯十六年漕运总督兼淮安巡抚路振飞再次请求宽恕，崇祯帝在生前批示"该部即与议复"。因为在崇祯十四年（1641年）李自成攻克南阳朱聿镆被害，唐王之位空缺。而在崇祯十七年三月十九日崇祯自尽煤山，此事未及办理。

唐王在后来的回忆录中记载到"不及受先帝之恩矣，痛哉！"当年五月，福王朱由崧在南京继统，大赦天下，朱聿键被赦出。顺治二年五月，南都降，朱聿键在途径杭州时遇见撤回福建的镇江总兵官郑鸿逵和苏观生、黄道周等人。①

六月十五日，黄道周第三次请监国疏中说：

> 近闻清逼武林，人无固志。贼臣有屈膝之意，举国同蒙面之羞，思高皇创业之艰，退一尺即失一尺；为中兴恢复之计，早一时即易一时。幸切宗社之图，勿顾士大夫之节。神器不可久旷，令旨不可以时稽。亟总瑶枢，以临魁柄。

经过这种徒具形式的三推三让，朱聿键表示："万不得已，将所上监国之宝，权置行舟，俟至闽省，面与藩镇文武诸贤共行遵守。"②

十七日，朱聿键行至衢州，在检阅军队时发布誓词，表示将亲提六师，"恭行天讨，以光复帝室；驱逐清兵，以缵我太祖之业"。闰六月初六日，由南安伯郑芝龙迎入福州。次日，正式就任监国。闰六月二十七日，即皇帝位，从本年七月初一日改元隆武元年，以福州为临时首都，政府名为天兴府，以原福建布政司衙门为行宫。这是南明历史上的第二个政权，称为"隆武政权"。

与刚刚覆灭的南明弘光朝皇帝朱由崧以及几乎同时建立的绍兴政权鲁王朱以海相比，朱聿键确有过人之处。

朱聿键生活刻苦，不尚奢华，体魄强健，精力旺盛，果决有为，受过治国之道的良好教育，关心公共事务。这些特点使他在明朝宗藩中是个惹是生非的角色，在圈禁皇陵高墙时几乎九死一生。崇祯十年五月，朱聿键大病一场，幸好有随行的曾王妃割下大腿的肉，救了他一命，他侥幸活了下来，因此也养成对于这位同甘苦共患难的王妃即后来的曾皇后言听计从，导致登基后的后宫干政。据《明季南略·曾后入闽》记载这位曾后：

> 性徽敏，颇知书，有贤能声。隆武每召对奏事，后辄于屏后听之，共决进止，隆武颇严惮之。③

---

① 见《明史·卷一百十八·列传诸王》，线装书局，第712页。
② 见《思文大纪·卷一》，本文引自顾诚《南明史》，中国青年出版社，第255页。
③ 计六奇著：《明季南略》，中华书局，第311、312页。

也就是说，这位曾皇后知书达理，有贤惠的声望，朝廷奏对，她常常躲在屏风后面偷听，隆武帝对她既尊敬又害怕，每遇大事两人共同商量后才做出决定。

和一切继统的帝王一样，他初登宝座就封了一大批文武百官，对于拥戴和劝进有功的人员，一一加官进爵。封郑芝龙为平虏侯、郑鸿逵为定虏侯、郑芝豹为澄济伯、郑采为永胜伯。为了招揽人心任命黄道周、蒋德璟、苏观生、何吾驺、黄鸣俊等三十余人为大学士，入阁人数之多在明代历史从未有过。

朱聿键的个人品德在南明诸王中是无人可与匹敌的，黄道周在信中描述隆武帝的为人："今上不饮酒，精吏事，洞达古今，想亦高、光而下之未所见也。"①（黄道周《与杨伯祥书》）不少史籍中记载他喜欢读书，无声色犬马之好，他衣着朴素，饮食简单，拒绝建造宫殿，不准为他准备豪华的别院，宫内执役人数也很少。他只有一位仍然没有子嗣的曾后，却拒绝纳取任何嫔妃，郑鸿逵一次掠取十二名美女进献，被他严词拒绝。如果是进献有价值的图书，他就非常乐意接受，视若珍宝，尤其是历史上的治道之书，甚至在亲征时，都要载运几千卷图书，以备阅览。朱聿键时时喜欢展露才华，亲自撰写几乎所有诏书和晓谕，往往洋洋洒洒，不假思索，立草而就。常常搞得身边那些以备顾问或者替代草拟文书的才智杰出之士们无所事事。

美籍学者司徒琳在她所著的《南明史·一六四四——一六六二》指出：

他基本是一个热情洋溢的人，他的思想往往忽而如此，又忽而如彼，因各种可能的情况而已。因此他的许多上谕和诏书，常常彼此抵牾，自相矛盾。不消说，那个时代本身的特征就是动荡不安，即使是最稳健、头脑最清晰的人来担当隆武帝的角色，也不可能不感到困惑。在弘光朝，谋求权势的大学士使"体制上"所不允许的全权，在鲁与隆武朝则是不做决策的人物来到君主身旁。不论哪一种情况，由于明朝体制中缺少宰相职务，本来就极困难的局势更加恶化了。②

---

① 顾城著：《南明史》，第286页。
② 见【美】司徒琳著：《南明史》，上海古籍出版社，1992年，第67页。

无疑在隆武小朝廷儒学宗师黄道周是朱聿键最信任的大学士，因此被授予"首席大学士"的头衔，相当于内阁的首辅，因为他的严正方刚和深孚众望，无形中成了文官集团的领袖人物，客观上成了与海匪出身却掌握着朝廷兵权和财政经济大权的郑氏集团的对立面。

这种对立在小朝廷刚刚建立起就形成尖锐冲突。一般人来看，朝廷议事文武大臣的站班无关宏旨，只是一种形式，但是理学重臣和武装集团头目都很看重。理学重臣们将站班次序看成是对于朝纲礼仪的坚守，是守护君臣等级制度的关键；武装集团头目却认为是在朝廷中的高低位置摆放，是权重比例的标志，他们注重的是实际，想表现出权臣凌驾君王之上的欲望，时常表现出得意扬扬的有恃无恐。对于文官集团而言当然是可忍而孰不可忍的大逆不道之事。因而开始就争得面红耳赤，各不相让。文武党争由此拉开序幕，以后越演越烈，最后导致黄道周的负气出走。

郑芝龙自以为皇帝由己立，立足在自己地盘，吃着福建的粮，享受着自己赞助的俸禄，朝见时自然应当排在文武诸臣前面。首席大学士黄道周却以祖制勋臣从来没有位居班首的先例，坚持不让。在隆武帝的干预下，黄道周取得了表面的胜利。

在接着的一次朝见群臣时，郑芝龙、郑鸿逵当着皇帝的面挥扇去暑，户部尚书何楷上疏劾奏他俩"无人臣礼"。隆武帝嘉奖何楷敢于直言，立即给他加了左都御史的头衔。然而，这位朝廷的总监察官并不好当，郑氏集团处处予以刁难，何楷只能辞职返乡。最后在回乡途中遭到一伙假冒强盗的打劫袭杀，何楷看到伏兵持刀突然出现，心中已经明白这是郑氏集团所为。他镇静如常地说道："知道你们想得到的是我脑袋，不要祸及其他无辜的人"于是伸出脑袋让他们来砍。何楷这一举动，使得贼们顿时愣在那儿了，停顿了几分钟，贼首赞叹道："好一个部院，且取你的耳朵就可以了。"于是割下何楷的耳朵扬长而去。回去向郑芝龙兄弟报告，何楷已经被袭杀。隆武皇帝听说何楷被杀，悲伤地哭了好几天。当时有人作一对联说：

都院无耳方得活，皇帝有口只是啼。

由此可见，小朝廷建立初期，明末党争的阴影就开始笼罩在朝野上下。这个时候，郑芝龙将自己的儿子郑森安排到了朱聿键身边充当耳目。这个郑森就是后来坚持复明抗清的郑成功，即使自己的父亲郑芝龙投降了清廷，他也绝不屈服，宁愿割舍父子关系也要坚持反清复明斗争，最终导致早已成为清廷手中人质的郑芝龙全家被宰杀在北京灯市口。老海贼当了叛徒之后，落得身首异处的下场。

据计六奇在《明季南略》中记载：

隆武帝没有子嗣，郑芝龙命令儿子郑森入侍，隆武帝赐国姓，改名成功。隆武每意有所向，成功辄先告芝龙。由是廷臣无敢异同者，宰相半出门下，何楷与芝龙争朝班不合，乞归，中途盗截其耳，诏追贼不得，兵科给事中也以忤芝龙去。有密告芝龙揽权者，隆武辄责芝龙。芝龙怒，佯欲谢去。隆武心知芝龙不可恃，无以制之，因复固留曰："此非朕意，乃某人言也。"芝龙潜中伤之。于是左右无一同心，皆郑人也。[①]

隆武朝的建立看上去文武人才济济，其实军政大权皆在郑芝龙手中，郑鸿逵、郑芝豹都是他的弟弟。郑芝龙开府福州，坐见九卿大臣，商量战守大计，大臣入见不作揖，告别也不相送。

朱聿键并不是一个贪图安逸，坐困一隅，贪图享乐的君王，他希望积极有所作为，展示新朝有能力收复失地。恢复故土，因而在军事上一定要有所作为，就是打出福建。经廷臣商议，需要兵员二十万，自仙霞关以外需要据守的有一百七十余处，每处守兵多寡不等，在冬天精心操练，明年春季出关。两路出击：一路出浙东，一路出江西，联络旧臣，准备收复失地，首先是收复被攻占的南京。

在隆武帝和廷臣们的不断催促下，郑芝龙不得不作出表面出兵的姿态，因为他也知道不出关无以收服人心，于是分兵为二，声言有万人，其实不满千人。以郑鸿逵为大元帅出兵浙东，以郑采为副元帅出兵江西。隆武帝甚至效仿汉代刘邦对于韩信筑坛拜将的隆重仪式，在福州近郊筑坛送他们

[①] 见《明季南略·郑森入侍》，中华书局，第 312 页。

出关作战。但是两位将领出关后就以等待军饷的名义不再前行。

郑鸿逵在仙霞关，郑采在杉关前逗留一月有余，朱聿键心急如焚，在宫内不停地发出命令催促出征，两人无动于衷。乃至隆武帝下诏切责"尚畏缩不前，自有国法在"，二将才不得已挺进关外。但是出关后二人再次按兵不动。看来郑家军是并不准备真正为王朝卖命的，他们的出关也只是形式上做做样子，骨子里依然想着保存实力。永胜伯郑采队伍逗留杉关，无论监军给事中张家玉如何催促，他一概不理，不久听说清军将至，拉起队伍就跑，三日夜退到蒲城。张家玉极为愤慨，上疏劾奏。隆武帝下诏削去郑采伯爵头衔。1646年（隆武二年）正月又因为郑鸿逵部将黄克辉从浙江江山县撤退回闽，隆武帝大怒，指责郑鸿逵"始则境内坐糜，今复信讹撤转，不但天下何观，抑且万世遗耻，未有不能守于关外，而能守于关内者"，下诏将郑鸿逵由太师降为少师。应该说隆武帝对于郑氏兄弟拥兵自重，挟制朝廷，无意进取的用心已经看得很清楚了。他当然不是屈从权臣甘当傀儡的儿皇帝，还是很有主见的，但是主见遇到握有实权的军阀，也只是空谈而已，他的谋复江山社稷也只是一场梦。

在这之前，隆武元年（1645年）九月十九日，黄道周募众数千人，马仅十余匹，领有一月粮，出仙霞关，与清兵抗击。夫人蔡氏叹道："道周死得其所了！"皇帝的股肱大臣首席大学士黄道周完全是因为和郑芝龙不可调和的矛盾，负气自请督兵走出福建，联络江西援救徽州、衢州一带的金声义军。

然而，黄老先生毕竟一介书生，手无兵源，军饷奇缺，凭借着一身忠肝义胆，带着临时拼凑的三千兵卒，企图借助自己的声望和故旧学生募兵筹饷。掌握兵马钱粮的郑芝龙对于黄道周的出走正中下怀，既不拨给精兵，而且仅给了一个月的粮饷。师出不久，兵饷接济不上，黄道周只好利用自己名望，亲自书写委任状，沿途招募了一些忠勇之士。黄道周虽自称知兵，曾经注断过《广百将传》，但是从来未指挥过军队。部下兵将都是临时招募而来，仅凭一腔热血奋勇向前。他的学生李世雄在《再上石斋黄老师书》中说：

先生之行也，招募市人才三千耳，饷不给于国帑，而资于门生故友之题助,此一时义激慷慨耳,朝廷才给空门扎百十道,以当行银,兵事数月未可解,义助能够岁月例输乎?空劄可当衣食易死命乎?就令士兵饱腾、人人致命,三千未教之卒可枝住诸道数十万之方张之寇乎?①

应该说他的这位学生的一连串疑问的提出是十分有道理的。三千临时招募的新兵未经训练仓促成行,无疑乌合之众;国库没有充足兵饷给付,资金全部靠学生故旧赞助,朝廷给出的只是空头的委任状,以卖官鬻爵的钱来补充军事给养;支撑旷日持久的军事行动,义务捐助能够形成惯例维持长久吗?三千未经训练的兵卒能够阻挡数十万久经战阵的虎狼之师吗?但是面对质疑,黄道周已经完全没有选择的余地,他只能以卵击石,舍生取义,以死报效帝国。他是明知不可为而为之,一条路走到底了。

十月初黄道周抵达广信(今上饶),募得三个月兵粮,分兵三路,向清兵发起进攻,以堂·吉坷德的勇气和大明儒臣的凛然道义对虎狼之师展开战斗。一路向西攻抚州(今临川),另两路北上分攻婺源、休宁,不久三路皆败。十二月六日,黄道周率队向婺源出发,至童家坊,得知乐平已陷,二十四日,抵明堂里时遇伏兵,参将高万容逃队,于是全军崩溃。

黄道周被徽州守将张天禄俘获,送至南京狱中,狱中吟咏如故,有诗云:

六十年来事已非,翻翻复复少生机。
老臣挤尽一腔血,会看中原万里归。

清廷派使洪承畴劝降,黄道周写下这样一副对联:"史笔流芳,虽未成功终可法;洪恩浩荡,不能报国反成仇。"将史可法与洪承畴对比。洪承畴又羞又愧,上疏请求免道周死刑,清廷不准。后绝食十二日,期间其妻蔡氏来信:"忠臣有国无家,勿内顾。"

隆武二年(1646年)三月五日就义,临刑前,盥洗更衣,取得纸墨,画一幅长松怪石赠人,并给家人留下了遗言:"蹈仁不死,履险若夷;有

---

① 见顾诚著:《南明史》,中国青年出版社,第292页。

陨自天，舍命不渝。"就义之日，其老仆哭之甚哀，黄道周安慰他说："吾为正义而死，是为考终，汝何哀？"乃从容就刑。

黄道周因抗清死节，大义凛然！至南京东华门刑场上，向南方再拜，黄道周撕裂衣服，咬破手指，留血书遗家人："纲常万古，节义千秋；天地知我，家人无忧。"临刑前大呼："天下岂有畏死黄道周哉？"最后头已断而身"兀立不仆"，死后，人们从他的衣服里发现"大明孤臣黄道周"七个大字。其门人蔡春落、赖继谨、赵士超和毛玉洁同日被杀，人称"黄门四君子"。

讣讯传至福建，隆武帝"震悼罢朝"，特赐谥"忠烈"，赠文明伯，并令在福州为黄道周立"闵忠"庙，树"中兴大功"坊；另在漳浦立"报忠"庙，树"中兴荩辅"坊，春秋奠祭。清乾隆帝为褒扬黄道周忠节，改谥"忠端"；道光四年（1824年），旨准黄道周从祀孔庙。

黄道周留有绝命诗四首：

陋巷惭颜闵，纡筹负管萧！风云生造次，毛羽合飘摇。火厝难栖燕，江横怯渡桥；可怜委佩者，晏晏坐花朝！

搏虎仍之野，投豺又出关。席心如可卷，鹤发久当删。怨子不知怨，闲人安得闲！国家犹半壁，不忍蹈文山！

诸子收吾骨，青天知吾心。为谁分板荡，不忍共浮沈！鹤怨空山曲，鸡鸣终夜阴；南阳江路远，怅作卧龙吟。

火树难开眼，水城倦着身。支天千古事，失路一时人。碧血题香草，白头逐钓纶；更无遗恨处，燥发为君亲。[1]

隆武二年二月，朱聿键终于难以忍受郑芝龙的夹持，决意亲征。移师建宁府浦城县。与福建接壤的湖北巡抚和江西巡抚杨廷麟皆上疏欢迎他前去。隆武帝的意思还是希望去江西，一直犹豫未定。而郑芝龙以关门兵力单薄坚决请求返回，福建原籍的官兵数万人呼应芝龙的请求返回福州。

时间延迟到六月，皇子诞生，而此刻清军已经渡过了钱塘江，绍兴鲁

---

[1] 见计六奇著：《明季南略·卷八》，中华书局，第321页。

王政权危在旦夕，已经流亡到了舟山群岛附近，派出使者都督陈谦到福建，犹豫着不敢去见朱聿键。陈谦是郑芝龙的老朋友，先派人去试探郑芝龙的态度，老郑表态"有我在但见无妨"。于是陈谦和随从林垒前去陛见隆武帝。朱聿键打开鲁监国朱以海的致函，见到这位小侄称呼他为"皇叔父"而不是"陛下"气不打一处来，立即命令廷尉将两名来使关押进大牢，等待处决。

郑芝龙前来求救，隆武帝竟然不予理睬。谁知这位来使和郑芝龙也算是知交，而且有恩于老郑。陈谦者，江苏武进人，曾经担任过金华和衢州总兵。乙酉年（1645年）春天奉弘光皇帝的诏令前往福建封郑芝龙为南安伯，当打开诏书宣读时却发现误写成"安南伯"。陈谦却对老郑说："安南则兼两广，南安则仅仅一片地方。请留下这份文件，改动诏书，将'晋伯'改成'晋侯'"。郑芝龙大喜，厚赠陈谦而别。陈谦走到半路，南京已被清军攻破。郑芝龙素来敬重陈谦，听闻陈谦下狱，尽全力疏救。

有一个叫钱邦芑的人，自请召对天下事，很能迎合朱聿键的心思，话说到一半，立即被提拔为监察御史。这家伙出自郑芝龙门下，这时深得隆武帝信任。秘密启奏隆武帝："陈谦为鲁藩心腹，且与郑芝龙是至交，如果不及时除掉他，恐怕会遗留祸患。"隆武听信了他的谗言，决定立即处决陈谦。

有人将此信息透露给了老郑，老郑认为受刑戮之人必然要经过自己家门口，到时相救反而更加方便。意想不到的是，时至半夜，大内传出纸条"陈谦已转移到其他地方处决"。老郑立即出面营救，但陈谦的脑袋已经被砍了下来，郑芝龙伏在陈谦的尸身上失声痛哭，极其悲哀，以千两黄金安葬陈谦，并为祭文有"我虽不杀伯仁，伯仁因我而死"的字句。

在陈谦这件事的处置上，隆武帝心胸器宇狭小了些，处置得稍嫌草率了。除去他本人和鲁藩朱以海的矛盾外，在此大兵压境之时，宗室王族内部为一名号之争，也应当隐忍为上，放弃前嫌，一致对敌，以免重蹈其豆相煎，唇亡之寒之覆辙。而此事的草率处理也本使得他和郑芝龙的矛盾公开化，导致了他和地方握有实权军阀的分道扬镳，也是王朝内部崩解的前兆。

六月份，清兵渡钱塘江，郑芝龙听到消息，上疏隆武帝："海上盗寇横行，如今三关的军饷皆由臣供给，臣取之于海上，无海即无家，非往亲征不可。"辞别的表章递上去，郑氏军队已经开拔。隆武帝手敕挽留，曰："先生稍迟，朕与先生同行。"太监奉手敕到达河边，而郑芝龙的水军飞帆已经过了延平县。郑芝龙的突然离去，守关将领施福声称缺饷，也已经尽撤兵员返回安平县。此时福建三关守兵尽撤，门户洞开，无一兵一卒把守，清军入闽如入无人把守之境。

计六奇在《明季南略·清兵从容过岭》中描述：

是时，旧抚田兵及方兵、郑兵号"三家兵"，或离或合，逶迤而南。或手不持铁，所致劫掠，或挟妇女，坐山头呼卢浮白，漫衍岭界者四五日。后关门无一守兵，亦无一敌兵，寂如也。如是者三日，始有轻骑二三千从容过岭，分驰郡邑。然清兵入闽，或由建、或由汀、或由福宁，俱走山谷间，道出不意，不必定走仙霞岭也。

再加上郑芝龙早就与清军有默契，隆武王朝的覆灭指日可待。[①] 也就在黄道周遇难不久，郑芝龙见隆武朝大势已去，投机的本色使他和清廷暗中有了勾结。清廷派出招抚福建的黄熙允安排使者苏忠贵秘密来到福建，"见到郑芝龙，见其有诚意归附"。

六月初清军渡过钱塘江，征南大将军博洛又派苏忠贵"持敕书赍送郑芝龙"。郑芝龙既已决定投降清朝，秘密下令仙霞关守将武义伯施福放弃天险，自动撤退。而隆武小朝廷中类似郑芝龙这样的投降派并不在少数，隆武帝心中也很有数。但是这次他却采取了宽大处理的办法，力图挽回人心，而人心在江河日下的形势面前似乎是很难挽回了。

当朝臣们纷纷在暗中向清军投送降表时，隆武帝效当年东汉光武帝刘秀当众销毁了这些降表，企图安定人心。据当年曾任隆武朝延平司理的钱秉镫在《所知录》卷一中记载：

七月二十五日，上御门。群臣朝罢，将退，上命内臣捧出一盘，复以黄帕，置御前。上御群臣曰："朕本无利于天下之心，为勋辅诸

---

① 见计六奇著：《明季南略》，中华书局，1984年，第324—326页。

臣拥戴在位。朕布袍素食，晓夜焦劳，有何人君之乐？只是上为祖宗下为百姓，汲汲皇皇，惟恐负众臣拥戴之初心。今观诸臣大非初意，昨关上主事，搜得关中出关迎降书二百余封，今俱在此。朕不预知其姓名，命锦衣卫检明封数，捧之午门前对众焚之。班中诸臣宜也有之，朕俱不问。有之者当从此心易虑；其本无者益宜矢志竭力，毋二初衷。特谕。"①

八月二十一日上午，隆武帝从延平行在启程前往赣东。监军钱邦芑先期前去清路，颐指气使地指挥属县准备接驾。二十二日中午，移驾行宫，朱聿键身着戎冠铠甲而入。隆武帝喜欢书，虽然在崎岖山路上行军，依然带着十大车图书和一干宗室随行人员。队伍行进得很悠闲很缓慢，这一行人并不知道大祸已经临头。

二十四日抵达顺昌县，尚未出发，已有飞骑警报报来："大清兵已及剑津，烧毁了关隘，顷刻就要到来。"隆武帝只得仓皇逃窜，不一会，行宫数骑突出，说是隆武帝在内，从行者惟有何吾驺、郭维经、朱继祚、黄鸣俊数人。何与郭等官员看到隆武大势已去，亦先后作鸟兽散。曾皇后的轿子逃到河边，对随从的太监曰："刘宫人已经怀孕，好好护持她上路道。"皇帝"亲征"的队伍，尚未接触到清军已经乱作一团。此刻，妃嫔狂奔，宫人们有的一条小船载着数人，有的一匹马上骑着三个人，争相逃命，哪里还顾得上护驾。②

二十七日朱聿键一行，过河跨溪，攀岩越岗，历经艰辛终于狼狈逃窜到达汀州（福建汀州）。按前明官员华廷献在《闽事记略》中记载：这一行人一路上不断遇见"关兵溃回，戈戟满路，夹道而驰，崇冈蹭蹬，再蹶再起。日夕路修，牵衣结队，极人生未有之苦"。然而，厄运马上降临。

清兵过延平县继续向东而去，独有被朱聿键宰杀的陈谦之子带领着数百骑兵带着杀父的仇恨，紧追隆武帝不放，一直跟踪到了汀州，准备为父亲复仇。这时的隆武帝准备进入江西，放松了警惕，暂停一日，稍事喘息。他和曾后，正在晾晒被打湿的龙衣凤衣。没想到冤家路窄，陈谦的儿子追

---

① 见顾诚著：《南明史》，中国青年出版社，第307页。
② 见计六奇著：《明季南略·卷八》，中华书局，第328页。

赶到了汀州，猝不及防，夫妇双双被抓获。同时被俘的还有从驾官员朱继祚、黄鸣俊。将他们械至福州，隆武、曾后遂遇害。朱继祚被勒令致仕，旋为乱兵所杀；黄鸣俊许授五品官，以老疾辞免。

据顾诚《南明史》记载，隆武帝到达汀州随行的只有忠诚伯周之藩，给事中熊纬带领的五百多名士卒。长汀知县吴德操"吏才非其所长"，隆武帝及其随行人员奔逃至该县时"需要役数千名，民逃不应命"。次日（二十八日），清军追到长汀，隆武帝、曾皇后、沈嫔妃、陈嫔妃被俘于赵家沟，周之藩、陈伟被杀。帝、后大约在汀州即遇害。据《清实录》记载：征南大将军多罗贝勒博洛将军入闽，连下建宁、延平等府，闻"伪唐王朱聿钊（满文翻译有误，应为朱聿键）遁走汀州，前护军首领阿济格尼堪、杜尔德等率兵追击，直抵城下。我军奋击先登，擒宰朱聿钊及伪阳曲王朱盛渡、西河王朱盛全、松滋王朱演汉、西城王朱通简并伪官、伪伯等，抚定汀州。缴获伪玺九颗、马骡辎重无算。"江日升《台湾外记》云："隆武帝后死于汀州府府堂，乃顺治三年八月二十八日。诸家记事，悉书隆武被执，送福州斩于市。时有锦衣卫陆昆亨从行，眼见隆武帝后戎装小帽，与姬嫔被难。昆亨脱出。百姓收群尸葬于罗汉岭，竖其碑云'隆武并其母光华太妃讳英忠烈徐娘娘之墓'。"总之对于隆武帝的死也是众说纷纭，莫衷一是，留下诸多谜团未解。

隆武王朝就这样悲惨地灰飞烟灭了。他死后，后来继续的桂王朱由榔追赠他为思文皇帝。自命文采出众的朱聿键给自己定了一个"隆武"年号，使用一年有余，以亲征闹剧收场，却在后人撰写的《思文大纪》中留下一些他亲手撰写诏书、御旨等等文章，由此可见他的文采在南明诸个小皇帝中确实还是非常出众的。

八、老海贼郑芝龙被掠北京

隆武王朝死于外部环境压迫和内部人员的分裂。原本依靠军阀势力而崛起，又因为军阀的遽然离去而落败。首鼠两端的军阀海贼郑芝龙坐拥实力，待价而沽，早已心怀二心。他没有公开决裂，乃是与清廷的投降条件一直未有谈妥，清廷没有表态给予他什么样的投降待遇以继续维护家族的根本利益。他像是一条另择主子的老狗潜伏在安海老巢,静静等待着主子抛出的肉骨头。

据计六奇《明季南略》记载①:清廷福建招抚使为御史黄熙胤,福建晋江人,与郑芝龙是老乡。开始时,郑芝龙秘密派遣使者,悄悄与黄熙胤联络。后来汀州、漳州皆为清军攻下,惟芝龙尚保有安平。郑家军军容烜赫,战舰齐备,炮声不绝,响震天地。以前老郑向清廷输诚发出的信件,多尔衮当局一直未有回复,主要是投降后的职位没有做出承诺。他只能坐拥重兵犹豫观望,未敢出动人马迎接清军到来。

老海贼自恃不顾隆武帝命令擅自先撤关兵,空荡荡的关隘,面对虎狼之师,对清军无一矢相加,无疑是开门揖盗,他是有大功于大清的。如果他率领广西、广东所属部下,投降清军,大清将兵不血刃地占领两广,他就应该是闽广的总督。这是他投降的前提条件。这时清军主帅多罗贝勒知道泉州乡绅郭必昌与老郑有交情,派遣他去招安郑芝龙。

老海贼对郭必昌说:"我并非不欲忠于大清,生怕清方以我拥戴唐王为帝而怪罪我。"这时清军的固山将军率兵已经逼近安平,郑芝龙大怒说:"既然要招安我,又何必以军戎相逼我!"

多罗贝勒闻听此说后,批评了固山,并令其离安平三十里驻军。再派遣内院两位官员,持书至安平,书中道:"我之所以敬重将军者,也就是因为将军能够立唐王也。作为人臣为君主服务,如果有所作为,必然需要竭尽全力;力尽不能胜天,则投奔明主而事,抓住时机建立不世之功,此才是识时务的豪杰。如果将军不辅立唐王,我又怎么能够重用将军呢!虽然两广未平,我已经铸刻了'闽广总督'印信虚位以待将军前来领取。所以我恳切期待将军的到来,见到将军后,我们共同商量地方的人才如何使用。"也就是他的部将们如何安排,等于给了老海贼一颗定心丸。

果然郑芝龙得到书信后,心中十分高兴,他准备去赴约,见见多罗贝勒。他的儿子弟兄们对于清廷的承诺,心存疑虑,纷纷规劝老海贼带着他的舰队入海。他们说:"鱼是不可能脱离深渊的!"他们不愿意投降。而郑芝龙自有自己的小算盘,因为他的田地庄园遍布福建、广东、广西,自

---

① 见计六奇著:《明季南略》,中华书局,第330页。

从他接受招安实际秉政闽广以来，增置庄园、粮仓五百余所。这些切身利益使他成为一匹年老昏聩的驽马深深地眷恋自己马厩，已经完全听不进子弟们的劝谏了，再加上多罗贝勒所加灌迷魂汤，头脑更加混乱，遂一意孤行进献降表。在过泉州的时候，郑芝龙大肆传播张扬，夸大自己投诚的功劳；特别是老海贼手持贝勒爷的书信一路招摇，到处封官许愿，卖官鬻爵，想得官者就地议价。

十一月十五日，行至福州，谒见贝勒，两人握手言欢，折箭为誓，以表示决不违背契约的意思。贝勒爷命令摆酒痛饮，宴席开张痛饮三日。第三日半夜，老海贼醉眼蒙眬，还没睡醒，就在恍恍惚惚中，被忽然拔营而起的清军挟持而北去，其实是被武装劫持押解着去了北京。他所带来的随行五百人马，皆被安置在别的营地不得相见，亦不许通家信。

为了保住性命，老海贼无奈地对着清军将领的面书写家书数封，皆叮嘱"无忘大清朝大恩"等语。

他面对背信弃义的多罗贝勒竟然说：："北上面君，乃芝龙本愿。但子弟多不肖，今拥兵海上，倘有不测，奈何？"话中绵里藏针暗含机锋，语带威胁。贝勒却说："这些事就与你没有关系了，亦不是你我能够考虑的问题。"

老海贼就这样结束了自己当年横行闽越的半盗半官、官匪一家、官商勾结的生涯。他不得不告别故土和莽苍苍的大海，被押解到北京成了清政府的高级人质。郑芝龙远行，郑彩、郑鸿逵、郑成功等弟子皆率所部入海。张肯堂、沈犹龙等一批隆武朝官员亦前往舟山依靠鲁王去了。唯他的三弟郑芝豹在安平奉养老母。[①]

郑芝龙被劫持进京，陛见大清朝皇帝去了。他被编入汉军正红旗，顺治五年（1648年）八月，以归顺有功受封一等精奇尼哈番。顺治十年（1653年）五月，晋封同安侯。为安抚郑成功，清朝对投降的郑芝龙优待有加，芝龙数次奉令命郑成功归顺，郑成功均坚辞不受。

顺治十二年（1655年），郑芝龙被弹劾纵子叛国，乃削爵下狱。顺治十四年（1657年），原明郑芝龙的将领，提督黄梧上疏，力主叛臣之

---

① 见计六奇著：《明季南略·郑芝龙降清》，中华书局，第330页。

家族应当逐出帝都,乃被命充军盛京宁古塔(今黑龙江省牡丹江市),唯未果行。

郑芝龙北上投清,郑采、郑成功继续打着隆武年号,从海上反攻入漳州、泉州诸县,汀州、邵武等地并乱;占据建宁府,福建的邮路为之阻隔。1648年,清顺治五年戊子夏,清兵再入闽,破建宁,郧西王率建州军民抗清,死守建宁府。清军破城,血刃三日。大劫之后建宁府城内百姓被屠杀十多万,幸存者不上三百人,并殃及乡村四里,史称"戊子之役"。(见《建宁府志》)

九、郑成功背父救国成绝响

南明隆武朝短暂的历史,却留下了一位注定要载入史册的英雄人物,那就是被南明最后一个小朝廷封为延平王的郑成功。东南一线几乎所有的反清复明势力都麇集于这面旗帜下,形成隆武、鲁监国及永历王朝的残余势力暂时统一在他的麾下的复兴局面,并有过几次辉煌的胜利。但是对于历史的发展总体趋势而言,那只是短暂升空的几束礼花,在绚烂之极之后,归于平淡,乃至最后不可避免地消失在历史空间。

郑成功(1624—1662年),原名郑森,字大木,郑芝龙第四子。少年读书,考中秀才。在隆武朝深得朱聿键赏识,赐姓朱,改名成功,被称为"国姓爷"。郑芝龙降清,成功苦劝不听,遂率部拒降,"不受诏,不剃头,其义如山"拒不屈服。郑成功所率领的郑家军皆遁入海,继续以隆武为年号,后奉永历年号,打着"背父救国"旗帜,从事海上抗清活动,成为清王朝的一大威胁。

清顺治四年(1647年)至顺治六年(1649年),郑成功率领海上义师,连破福建同安、海澄、漳浦,并攻克泉州、闽南沿海,进据金门、厦门,改厦门为"思明州",设"六官"分理庶政,势力扩大到广东的潮州、潮阳、惠来、揭阳。

顺治九年(1652年)前后,大西军反清进入高潮,郑成功率十万兵卒,进攻福建沿海一带。顺治十年(1653年)为接应李定国部进军广西,水师南下潮州,又与抗清将领张名振合师北上,入长江驻军崇明岛。次年与李定国约会师广东，共攻新会，但因为部将失期未成功。顺治十一年（1655年）张名振再入长江，破仪真，泊舟金山，遥祭明孝陵。据计六奇《明季南略·张明振题诗金山寺》记载：

> 海船数百溯流而上，十三日抵镇江，泊金山。大帅张明正（或称名振）、刘孔昭及史某也。二十日，名振等白衣方巾登山，从者五百人。寺僧募化，名振曰："大军到此，秋毫不扰，得福多矣，尚思化乎？"僧说："此名山也。"名振助米十石、盐十担，且书簿曰："张某到此，大兵不得侵扰。"徘徊半日乃下。次日纱帻青袍帽角带，复登山，向东南遥祭孝陵，泣下沾襟。设醮三日。题诗金山云：
> 十年横海一孤臣，佳气钟山望里真。
> 鹢首义旗刚出楚，燕云羽檄已通闽。
> 王师枹鼓心肝噎，父老壶浆涕泪亲。
> 南望孝陵兵缟素，会看大纛祃龙津。

由此可见，郑成功和张名振的联合舰队有着强大的水师兵力，由海入江，势如破竹，阵甲鲜明，装备齐整，纪律严明，有相当的战斗力，而且带队的指挥官如张煌言、张名振等均为前朝有一定资历和指挥作战能力的儒臣。即使郑成功也是具备文化素质的秀才，只是因为明帝国的覆灭而断了功名之路，走上了投笔从戎武装抗清的道路。因此他们本质上并不是如同郑芝龙那样的海盗，他们有着坚定的理想信念，有相当的群众基础。有一位名字叫李公仁的秀才曾经被张名振部抓去做劳役，在大营辕门处亲眼看到了定西侯张名振制定的军纪十条：劫掠子女者立刻处斩；杀无辜百姓斩；见敌兵不杀而故纵之斩得；等等。据《清史稿·卷二百二十四·列传十一》记载[①]：

> 张名振，字侯服，应天江宁人。崇祯末，为石浦游击。鲁王次长垣，率舟师赴之，封定西侯。……名振与煌言奉王南依成功。成功居王金

---

① 《清史稿·列传十一·张煌言、张名振、王翊、郑成功等》，线装书局，第1328页。

门，成功初见名振不为礼，名振袒背示之，"赤心报国"四字，深入肤，乃与二万人，共谋复南京，攻崇明，破镇江，题诗金山而还。

张名振在顺治十二年病死在舟山，残明余部汇集在郑成功麾下，共奉桂王永历帝。顺治十六年（1659 年）六月，郑成功为招讨大元帅，张煌言为监军，率领 17 万大军从崇明岛登陆，攻克镇江，围困南京。张煌言一路一直攻到芜湖，在皖南 30 余府县，点起抗清烽火。义士所致，百姓欢呼雀跃，清廷震动。也就在此时，东南沿海的残明势力还有相当的实力和清廷抗争。

在招抚手段对于郑成功完全失效后，郑芝龙作为人质已经失去了利用价值。顺治十七年（1660 年），福建巡抚佟国器截获郑芝龙与郑成功私信，议政王大臣会议遂以"通海"罪名拟定将郑氏斩监候，改为流徙宁古塔。顺治十八年（1661 年），顺治帝驾崩，十月，辅政大臣苏克萨哈矫诏令斩郑芝龙与其亲族于燕京菜市口（今北京市府学胡同西口）。

郑成功血战镇江的场面在计六奇的《明季南略》中有精彩描绘，现全文摘录，笔者翻译如下。[①]

顺治十六年（1659 年）五月十三日，成功率兵十万人进攻镇江，披上盔甲能够战斗的兵员有三万，其余皆是使用火器进攻的兵士。有一披甲战斗的士兵，即配备有五名火兵随之。他们全部以布裹首，赤足参加战斗；手持刀长六尺，或长枪和圆形盾牌参战。五月二十九日，经江阴。六月初一至初三日，战船首尾相接蔽江而上。初八日，至丹徒。十三日，停泊在镇江金山祭天，战船环绕云集，旌旗覆盖江面，将士所穿袍服俱用红色，远远望去如同战火熊熊燃烧，气势磅礴。

六月十四日，祭天地及山河江海诸神，袍服俱着黑色，看上去如同墨海翻波，巨浪咆哮席卷而来。十五日，先以红色吉服祭祀太祖朱元璋、次换上白色缟服祭奠先帝崇祯，一片银白色，望之如雪遮盖江面。祭奠完毕，三军将士高呼高皇帝者再三，全体将士及诸军俱悲痛呛然泪下。郑成功赋

[①] 见计六奇著：《明季南略·郑成功入镇江》，中华书局，第 485—490 页。

诗明志：

> 缟素临江誓灭胡，雄师十万气吞吴。
> 试看天堑投鞭渡，不信中原不姓朱。

镇江至瓜洲江面十里，清军守将用巨木筑长坝，截断江流，宽广达三丈，覆盖以泥土，夯实后可驰骋战马。左右配以木栅栏，有炮位可进行射击。火炮弹药配备于石盘长铳，星星点点罗列于江心；周围有盈尺铁索牵接木坝两端，以拒海上战船巨舟。构筑这些工事花费金钱百万。大坝刚刚筑成，就被潮水涌涨立刻冲断。两江总督郎廷佐亲自祭江，大坝修复而成，派兵严守。操江（江防司令）蒋国柱、镇江总管管效忠、副总兵高谦协助守备镇江，又在谈家洲伏兵二千，列于炮上。新操江朱衣助六月十三日到任，防守瓜洲渡口。

十五日，郑成功海舟二千三百艘停泊在焦山，先遣四舟，外蒙白絮、内载乌泥，操舵数人扬帆而上。清兵望见，大发炮石。海舟在接近大坝时，从容埋伏下来。清兵开炮轰击，炮声昼夜不绝，有如轰雷炸响，周围三百里可闻。一直发炮轰击了五日，没有伤击一艘海船。海船在江上上下来回往复数次，一是诱发清军大炮轰击；二是以水兵藏在内，近坝即入水砍断铁索。十六日，估计清军炮弹将耗尽，所有战船过镇江，已经没有可以堵截的力量。十七日，攻击瓜洲渡口，从后寨杀入，清兵出击进行防御。在东门外高岸上面，布列骑兵。郑家兵立在两旁水田中，砍断马足，大败清兵。

新任操江朱衣助坐在北门水师衙门里，发令旗向淮扬巡抚亢得时求援。忽然左右来报说："郑成功海贼到了！"语音未落，两名郑家军闯进大堂，挟持朱衣助去见了郑成功。成功好言安抚了一番，将他解脱释放了。郑将刘某乘东门之胜直追入瓜洲城，大杀清军，并将沿江炮位移动向谈家洲进行轰击。清兵立足未稳，有海上水兵二千，忽然自江中浮上，持长刀乱砍乱杀，洲上清兵大败而逃。郑水军海舟停泊而至以千人追杀，清师两千全部被歼灭。郑军将火炮移至瓜洲，对镇江进行猛烈轰击。

镇江守军向南京告急。南京发洪承畴麾下罗将军铁骑千人赴援。但见得其兵铁甲如雪，蜿蜒而至。罗将军大言不惭地说："这些海盗蟊贼，根本就不够我杀的！"他准备入长江剿绝郑成功部。这时苏州、常州四郡的兵都畏敌如虎，不敢驰援镇江，看见南京派来的军队居列前队，心中暗暗高兴。常州王总兵、无锡张守备、江阴施守备加上罗将军、管提督的队伍，一共九队兵马，估计有一万五千人，而骑兵占了一半。罗兵为第一队，管兵为第二队；苏、常四府拈阄，常州士兵第八队，无锡、江阴两营随从。

　　南京兵骄纵急躁，心急火燎，急欲开战。但是郑成功海军船只忽上忽下，出没不定，清军驻南则泊向北、清军驻北则飘向南，佯装害怕躲避，引诱官军攻击，竟然玩起了猫捉老鼠的游戏。清军大兵已经日夜行走了三日，夜里未得到很好休息，露天站在江边很是疲劳。这时又遇到酷暑天气，连日阴雨，雨后暑热蒸发，这些身披铠甲的军人已经不堪忍受。大暑笼罩，大军聚立如林，兵士们不敢出声，战马也张口喘息。城中有百姓送饭到江边，兵士们谢着说："有劳你们，多谢了，我辈实在难以下咽！"继而送来炒米，亦不能吃。兵们说："我辈为兵已久，过去曾作流贼，凡临阵时必先吃牛肉粉，都是用小牛肉烤干后，研成粉末，佩带在身边，战斗之前吃少许，即不饿。今天这些当将军的不谙此道，阴雨连绵，又闷又热，劳累饥饿，不食已经有两天了！"

　　此时，郑家军前队持长枪，次队执圆形盾牌，第三队持日本火铳。每一队五十人，前有五色旗一面导引。有持滚被二人，所谓滚被，用一大棉被厚二寸，一人执之，双手有刀，如有箭至，即打开棉被遮挡等候，待箭过，即卷起被子持刀滚进，专斫人足和马腿。又有团牌二人，五十人内，此四人俱吃双份粮食，以便有持盾牌以挡箭矢。前一队五色旗，第二队蜈蚣旗，第三队释放狼烟，第四队火铳轰击，第五队大刀殿后。又另用一人敲鼓，头上插一旗。如鼓声放缓，则兵行亦放缓；鼓声急，则兵行亦急。清军见多是步卒，很是不屑一顾。过去凡是骑兵遇到步卒，反而后退数丈，加鞭突然向前，敌方阵地稍有松动，即乘势杀入，步兵自相残陷，骑兵因而踩躏，以此常常获胜。

　　至今遇见训练有素的郑家军，亦用此法。大兵驰骑突然向前，郑兵严阵以待，屹然不动，都是以盾牌自我掩蔽，看上去就像是一堵围墙挡在军前。清兵三退三进，郑军安如泰山。正当清军黔驴技穷，遥见郑军背后黑烟冉冉而起。清兵欲却马再冲，郑兵疾走如飞，突至马前杀人砍马，其兵三人一伍，一兵执团牌蔽两人、一兵砍马、一兵砍人，几乎锐不可挡。但见得一刀挥铁甲，军马为两段，血肉横飞，惊心动魄。原来铸刀时，郑家军用铁匠百人挨个儿传递着捶打，成此一刀，所以特别锋利坚锐。然而，这时郑兵虽英勇无畏，但清兵也不会遽然退后，管效忠立于第二队进行督战，谁敢退后，立即斩决，绝不轻饶。

双方对峙，血战良久，但见得郑阵中一将举起白旗一挥，兵阵一分为二，像是退避的样子，有走不及的士兵，立即伏在地下。清兵望见，以为郑兵将要逃遁，可以乘势冲击，遂驰马突然上前。想不到的是郑阵中忽发一大炮，击死千余人，清军惊溃。郑兵驰上，截住前五队骑兵围剿，大砍大杀。罗部下白先锋、郎部下王先锋全部死在阵地上。管效忠多备了几匹战马，刀锋所至，紧急回避，马头落地，效忠则跃上其他战马，须臾间，马头三落，效忠三跃以回避。郑将见其骁勇绝伦，准备活捉此厮。管效忠所以免于战死，败走银山，见追兵至，逃避到了山上。

稍有喘息后，管效忠再次冲下山来，郑兵岿然不动。全军俱穿戴铁甲铁胄、铁面头子，只露出两足。郑军使用长刀横扫坐骑，简直锐不可当。如有箭射中其足部，则拔箭再战，清军大兵遂溃败。二十二日，效忠喊阵，远远对着郑成功说："从来只有马上的皇帝，岂有水中能冒出皇帝的？快快上来决战！"

不一会，有两只战船，载来郑兵二千，结营于杨篷山的菜园。管效忠麾下的勇将王大听率兵出战。郑将周都督立于阵前，高声问道："你是管效忠吗？为何不快快投降！"王不予理睬，立即发出一箭，射中周的脚趾。周拔出箭矢，却连中三箭，三次拔出箭来。周恼羞成怒，持刀直前砍杀王大听，冲入清阵大砍大杀，如入无人之境。这时郑将列出一阵，管效忠望见，谓手下说："此乃诸葛八卦阵也。生门向江，宜从此攻入，开门而出。"等待入阵，随即变为长蛇阵，攻击首部尾部相应，攻击尾部首部相应，管效忠部被团团围住，动弹不得。效忠见阵势不利，向执旗官手中取旗，自己背负而退却。清兵见之，全部败退而走。郑兵一路追杀，效忠部下仅存三百人。

管效忠飞奔退至城濠，郑兵飞走随即相至，清兵诸军皆散。效忠出兵四千，止存一百四十人，感叹道："我自满洲进入中国，身经十七战，未有经过此一阵死战的！"常州王总兵投入兵力三百，只剩三十七人；高副总兵投入五百骑兵，仅剩八十骑，败退镇江城，登城闭守。管效忠败走南京。蒋国柱败走丹阳，百姓恐怕郑成功追至，关闭丹阳城门不纳，蒋国柱率领着败兵，饿着肚子，驰至常州，已经夜半。呼唤开门，守门者报告太守赵琪，赵琪不相信，说："这个时候提督老爷会来？"命令王总兵登城观望，始开门迎入。国柱疲惫已极，不及等待卧具，即睡倒在城门内。

镇江守将高谦与太守戴可立列火炮于城上，郑成功部将马信飞驰城下，大声呼叫说："速速献城，迟了就要屠城！今外兵已经杀尽，你们不信，请向杨篷山方向观望！"守城者很害怕。有痞棍郝十应答说："等待我们商量定了再出降，明天中午再相会。"马信乃退去。这时高谦、戴可立与乡宦笪重光、杨鼎、陈干、王鼎纪都在城上，商议道："王鼎纪年齿大官也当得大。"对太守戴可立说："老公祖，你随时相机而定就可以了！"当商议到投降时，笪重光与张九微大声恸哭力争而不得，乃退去。戴可立哭了一夜，撤退了守城的兵将。次日，率领二十人及百姓五十人出城，行至桥上，各自将满清的帽子投到河中，剪去发辫，到大营入见郑成功。成功问道："你是戴太守吗？"可立答道："是的。"仍然命令他为太守。又对百姓说道："你们苦了十六年了！"郝十说："镇江须有守兵方好，不然，恐后日贵军撤出，老百姓就没好日子过了不。"成功大怒，呵叱着将他绑了，不久又将他释放。

镇江城共有三千七百垛，郑成功发兵三千七百人登城守卫。城楼上旗帜五色，纷耀夺目。郑成功穿着葛布箭衣，有暗龙二条，边帽、红靴；从者二人，织锦暗龙纱衣，一人须发皓白。张紫色帷盖，有兵五百，拥卫前后。郑成功被封福建延平王，军中称"王爷"。二十四日，舟中送纱帽三顶入城：高谦挂破虏将军印，赏银五百两，有吹鼓手引导，前有大旗一面，上书"赏功"字样；戴可立赐赏银三百两，知县任体坤赏银一百两。二十五日，诸官入见，俱去发辫；兵民解发，戴网巾、棕帽。下午，街肆开张。二十六日，赏赐从征将士。二十七日，整理行装。二十八日，启行出征南京，留兵四千守镇江城。

两江总督郎廷佐听闻郑成功率兵将到南京，将城外房屋尽行烧毁拆除。近城十里居民，全部撤进城内。大开水西、旱西两门，使百姓置柴、限期

第十章　风雨晦明中的叛卖和坚守

五日,如城外不卖及卖不完的,全部放火烧掉。郑成功兵至,结营白土山,距南京仪凤门七里。郎廷佐敛兵闭守,与满将哈哈木寝食不离。老哈怀疑老百姓有异志会配合小郑攻城,老郎保证老百姓不会有其他想法。

老郎命令民众闭户不出,整个南京城鸡犬无声。小郑兵围南京困而不攻,城中米七两一石,百姓不敢到街上去籴米,有饿死在室中的百姓。唯柴火不是很贵,是因为有的人家以烧桌子凳子维持生计。七月,南京被围,郎廷佐飞檄,敦促松江总兵马进宝(进宝于顺治十四年改名逢知)及崇明提督梁化凤入援南京。马进宝拒不奉檄驰援南京,梁化凤以四千兵马至。当初,郑成功大军向南,马进宝已经递书投降。老马过去是闯王麾下骁将,外号马铁扛,及居松江,残忍好杀,掠财暴富。梁化凤,字卿天,陕西西安府长安县人,顺治丙戌年武进士。成功南来,梁化凤伪装投降,与马信拜结为兄弟,祭誓天地。这时入京,马信一点都不怀疑。当郑兵进逼城下,城内安静寂然没有任何动静,郑兵益发懈怠。郑成功心想,攻下南京十拿九稳,指日可待,很是轻敌。

七月十二日,总兵余士信约诸将计议,二十五、六日破城。有福建林某人,入海已经有十六年,为管盔甲的小吏,知道郑部全部虚实。从破瓜州时,这小子在仪真淫掠,被郑成功鞭笞二十,于是怀恨在心。至此听闻密计,深夜叛逃,以绳縋入城,见到郎廷佐说:"逾三日,城必破矣。二十三日为郑贼生日,诸将卸甲饮酒,乘其不备,可破也!"并告知郎某处为假营、某处为实营,一一详细报告。

郎廷佐命令守城军士十人留一,其余俱下城归营。南京有神策门,一向以砖砌塞,连夜掘开,止留外砖一层,沿城挖深沟数尺。马信等人竟然不知道神策门内有突击可出的门道,忽然炮声大发,梁化凤、哈哈木、管效忠等各引精骑,乘炮声以壮声势冲出,马信兵大乱,清将分路袭击杀出。郑军大将余士信与先锋甘辉正在演戏,得到报告,被甲而出。战斗良久,哈哈兵稍稍退却。郎廷佐登城见到此情景,大惊道:"如何退了,不好!"又命令一队从小东门出,掩杀郑成功后路,郑军来不及准备,大乱。

郑家军历来军令严正,主将不奔逃,军士皆死战不退。既而甘辉身中三十余箭,力不能支,乃走,士兵开始跟着撤退。这时海舟泊江边,距城二十余里。郎廷佐先令军士诡装成老百姓,载柴、酒、米、肉,白天与海

413

船上的士兵进行贸易，以观察动静。开始时还离军舟较远，后来渐渐熟悉后，郑军对这些人已经毫不怀疑。这些人掌握了火药所在之处，秘密以硝酸硫磺藏在酒瓶中，靠近海船投掷，焚毁战船四艘，火药全部爆炸燃尽。

郑成功大惊，认为一定是有奸谋，乃放舟南下。岸兵败走二十里至白土山，再来寻找船队，船队已开拔了。乱兵一起拥到上山上。清军追到，郑兵再杀下山来。良久，哈哈木秘密从山顶杀下山来上，郎廷佐登高远望一见各色令旗，高兴地说："我家兵上山，胜利了。"不一会，郑兵大败，撤退江边，以无舟可上，勇敢的将士多投江死，举其铠甲，重达四十斤。检查尸首，得四千五百人，长发者一千五百余人，时间是在顺治十六年（1659年）七月二十四日。

郑成功攻取镇江后，再战南京，因一时疏忽，轻敌大意，功败垂成。如果能够攻下南京，东南战局很可能改观，中国的形势有可能发生逆转。镇江、南京之战计六奇在《明季南略》中都花费了大量的笔墨，对双方布阵埋兵对决的场面描写十分精彩。也可见郑成功带兵有方，阵甲鲜明，训练有素，部队有相当的战斗力；而且军纪严明，所到之处，对于百姓基本做到了秋毫无犯，在南方有着相当的群众基础，包括一批降清官员，在骨子里依然对于明代抱有希望的。

但是南明先后存在的那些以明末藩王为基础的小朝廷，各自为政，拥兵自重，互不买账，甚至相互拆台，难以形成统一的指挥中心，这也导致了最终没有能够形成南宋或者东晋那种南北割据的抵抗外侮的格局。郑成功最后不得不重新流亡海上，终究未能再向满清统治者发起有力的挑战。

尾声　收复台湾清帝国成一统

一、进入国际视野的台湾

祖国宝岛台湾像是一位静卧在海国天界的美丽少女，享受着大自然赐予的美丽，静静地漂浮在海上，在天风海雨的吹打和阳光雨露的照耀下健康发育成长。她从来没有在世界上崭露过天赐容颜和蕴藏着的巨大财富。她只是静处天涯海角的靓丽明珠，犹如藏身在山海云雾里犹如未出阁的美女独自欣赏着自己的国色天姿。终于一个偶然的机会她的美丽被西方远道而来的船员们窥见，这才引起了世界的关注和后来帝国主义强盗的觊觎，从此台湾海峡便兵连祸结不再安宁了。

明嘉靖二十三年（1544年），一队葡萄牙商船从欧洲的大西洋彼岸起锚远航，绕过南非洲，驶进印度洋，在我国广东澳门补给后，转舵东北，欲到日本去做生意。那些碧眼红毛的水手们，个个是屡踏风涛，看够大半个地球绮丽风光的冒险家。船队在暮色苍茫时分驶入福建省平静的海域。当晨曦初露，一缕朝阳洒落在海面的时候，酣睡的人们突然被叫喊声从睡梦中惊醒。那是值班水手在高呼："岛！美丽啊！噢噢，美丽啊！"人们纷纷涌向甲板，向东眺望，但见晨光熹微之中，万顷碧波尽处，浮现一列绿如翡翠的崇山峻岭，林木葱茏，飞瀑如练。俄顷，一轮红日从一座耸入云霄的积雪高山后缓缓升起，漫天彩霞映波浪起伏的海面流淌着金色的涟漪，碧海流金，缤纷斑斓，更衬托出岛上的苍山翠峦仪态万千。确实是航遍三大洋也未曾见过的美丽仙岛啊！

这是西方国家首次发现我国台湾岛时的情景。从此，"福摩萨"

（Formosa）这个称号便跟着欧洲航海家们的行踪传遍全球。[1] 这就是我国古代神话里所讲的海上仙山"蓬壶""瀛洲""岱员"。由台湾本岛及附属岛屿澎湖列岛等共百余个岛屿组成的广阔水域，可谓碧海浮珠，璀璨夺目，恍如珠玉串缀的项链，妙曼不可言说。

古人认为台湾的山岭是从大陆东南沿海潜藏入水"展根"蜿蜒出去，宋代大儒朱熹曾登鼓山占卜地脉，见福州"五虎山入海，首皆东向"，由此推断闽省群山"气脉渡海"，贯连台岛诸峰，于是叹曰："龙渡沧海！五百年后海外当有百万人之郡！"（事见《赤嵌笔谈》）闽、台二省民间更流传着许多美丽的神话，说台湾原来就是与福建相接的滨海山地，只因一次地震海啸，这才"坼裂"漂浮而去。而这些美丽的传说，已经被现代科学研究所证实。台湾山体本来确实是大陆东侧的"界缘山脉"，台湾本岛确实是"华夏古陆"的一部分。只是在地质学上的"更新世"后期，由于世界性气候转暖，大陆冰川融化，使海面上升一百多米，这才出现了最深处八十米的台湾海峡，台湾才成为一座海岛。台湾岛的根至今牢牢扎在大陆架上。[2]

在《列子·汤问》中记述了夏革对成汤讲"海外仙山"的故事，名为"岱舆""员峤""方壶""瀛洲""蓬莱"，这五座仙山，很多研究者认为即是指台湾的澎湖列岛。我国最古老的史籍《尚书·禹贡》记载了我国大禹时代的地理状况。中国当时分为九州，扬州为其中之一，其领域北至淮河流域，东南至海，台湾归属扬州范围（最早的《台湾府志》力主其说）。《禹贡》中记载："岛夷卉服，厥篚织贝，厥包橘柚，锡贡。"所谓岛夷就是泛指沿海的及近海岛屿的居民，很多学者认为是专指台湾的土著居民。因为"卉服"即麻质的衣服，"篚"为竹器，"织贝"是缀系于衣服上的贝珠饰物；而穿麻质衣、以珠贝缀饰成美丽的衣服和使用竹器，这三者综合而成的生活特征，除了台湾高山族外，全东南亚找不出第二者。而"竹"和"橘柚"确实是台湾大宗特产，所以成为他们贡献给中原"天子"的礼物。由于交通困难，"岛夷"不能年年纳贡，所以是待命而贡。

---

[1] 见《台湾风物志》，福建人民出版社，1985年，第2页。
[2] 同上。

可见台湾在远古就已归宿"中土天子"辖下，纳入中国版图。无论其时的岛夷是何种民族，都是中华民族大家庭的成员。汉族人的治理垦拓台湾，从"三国"至明代史书均有明确记载。

无论属于民间自发性地恳拓还是属于政府性质的有组织的"戍边""招抚"，都对台湾的开发起了促进作用。大陆闽南以及后来的粤省沿海，人们在澎、台胼手胝足，从事捕鱼、采珠、垦荒、放牧等生产。当16世纪初期，葡萄牙人看到台湾美丽岛时，台湾西岸已有两三万人闽人在嘉南平原上建家立业。一些汉人与少数民族联了姻，汉文化的影响已经渗透到当地的社会中，交融在双方的血液和行为习惯、生活习俗中，渐及山区。汉族与高山族也建立了"物物交换"的贸易。其时魍港（今北港）、鸡笼（基隆）就是彼此互市贸易及闽台通航的重要港口。

明末，闽南渔民和受天灾的贫苦农户大量移民入台，闽海走私活动和海上武装集团如林道贤、林凤等，乃至于后来郑芝龙海上武装和商贸集团在闽海之间崛起和壮大，一度也在台湾建立货物储藏和交易基地。福建沿海倭寇败于闽浙，转来彭台之间活动；日本、西班牙（当时据有菲律宾）及荷兰等国的海上势力也扩张到台湾周围海域。这一切使16世纪末的台湾海峡风云诡谲、波涛汹涌、险象环生、动荡不宁。在这样的背景下，历史进入了17世纪。

那是一个帝国主义殖民者在东南亚节节推进，大肆掠夺的"新世纪"。荷兰在东印度公司的招牌下开始向台湾进行殖民活动，其第一步是控制"远东海上走廊"之咽喉——澎湖列岛。

明神宗万历三十一年（1630年）荷兰人登陆澎湖马公岛，在"妈祖庙"也即现在台湾最高的"天后宫"前大搞其国际贸易，以贸易为手段进行经济渗透、军事占领最终实施政治治理。他们先是以贿赂福建税监高采为手段，要求互市，企图霸占澎湖作为殖民活动的根据地。荷兰人这一行动激起福建人民的反抗。次年（1604年），福建总兵施德政、道都司沈有容率战船五十艘逼临马公岛，登岸勒令荷人退去，今妈祖庙依然完整保留着"沈有容谕退红毛碑"。这是中国政府首次在国际上严正声明澎湖是中国神圣不可侵犯的领土。明朝政府自此才认识到，台湾是我国国防上重要的战略要地，于是增兵澎湖，并拟在台湾本岛设立行政机构。虽然在公文上已经统一了台湾的名称，但是补救行动为时已晚。

明崇祯天启二年（1622年）四月，荷兰人卷土重来，这次是挟军事暴力强行占领，带着十七艘战舰载着荷兰士兵在澎湖妈祖宫附近红木埕登陆，大事抢掠烧杀。荷兵夺占渔船600艘，抓捕马公岛居民一千五百余人，每两人绑在一起，强迫他们去筑建"红毛城"。每人给口粮不足半斤，又要进行强体力劳动，故累死、饿死、病死达一千三百多人，幸存者则被卖到爪哇为奴。更惨的是荷兵曾夜袭一村，把所有村民赶到碉堡中集体屠杀。连荷军一刽子手事后回忆时都感到恐怖，说"可怕的啼哭声和嚎叫声真像是世界末日的来临。"

因为交通的不便和地方政府的隐瞒，消息直到第二年（1623年）才传到明廷。福建巡抚南居益受命率水军登陆白沙岛，与荷军作战八个月，总兵俞咨皋生擒荷将高文律等12人。荷军余众2400人乃于天启四年（1624年）撤出澎湖败退台湾，在"大窝湾"（今台南平安区）登陆。自此，台湾受荷兰殖民统治长达38年。

在荷兰人统治台湾初期，主要是巩固军事实力，建立军事据点。先是在台南建热兰遮城（台湾城），又逐步扩建普罗文遮城（赤嵌城），在嘉南平原建立统治。天启六年（1626年）早已觊觎台湾宝岛的西班牙殖民者趁火打劫占领，从菲律宾出发占领台湾北部鸡笼港（基隆），又在沪尾（今淡水镇）建立碉堡准备和荷兰人分占台湾。荷兰殖民主义者和西班牙强盗双方争斗十多年，直到崇祯十五年（1643年）双方发生淡水之战，以荷兰人获胜，赶走了西班牙海盗。这时明廷内忧外患，帝国岌岌可危，根本无暇顾及到台湾被占领的问题。

在荷兰人统治期间，殖民主义者掠夺了台湾大量的财富，每年运走的鹿皮约有四五万张，砂糖一百四十五万斤，其他物质和金钱数量都很惊人。还将历年来汉族人开辟的十万亩田地，全部收归东印度公司所有，称之为"王田"。向农民征收地租，并摊派各种苛捐杂税。荷兰兵以台湾为基地，两次开出炮舰侵扰闽、浙。荷兰人还派出传教士对台湾进行宗教和文化渗透，逼迫台湾人民，尤其是被称为"番人"的当地土著，加入基督教。他们还在平埔族各社建立教堂和学堂，推广教授以荷兰语拼音的当地土话，洋教士成了地方的实际统治者。

残酷的军事侵略、政治压迫和经济掠夺、文化渗透，使善良的台湾人民忍无可忍，明永历六年（1652年），终于爆发了以汉民郭怀一（郑芝龙部下）为首的大起义。义军坚持十四天后，终因寡不敌众，被荷兰侵略者残酷镇压。这次起义，荷兰侵略者杀戮民众达八千多人。

这次民众反抗荷兰殖民主义者的大起义，震撼了入侵者的统治基础，为郑成功的成功收复台湾谱写了悲壮的序曲。

二、郑成功收复台湾名垂千古

郑芝龙降清后，郑成龙自称"招讨大将军"与清朝分庭抗礼。顺治五年，曾经率军攻陷同安、进犯泉州；顺治六年又派遣手下将领施琅攻陷漳浦，下云霄镇，进入诏安。这时明桂王朱由榔称帝，改年号肇庆已经三年，郑成功开始使用永历年号。桂王封成功为延平公。顺治七年永历四年（1650年）成功攻潮州，被清总兵王邦俊击败，在攻碣石寨不克后，施琅投降了清军。在这期间郑芝龙被清廷封为同安侯，多次尝试招抚郑成功，均被拒绝。并改中左所（厦门）为思明州，设置六部管理政务，分所部为七十二镇，依然遥尊永历为皇帝，接受朱由榔的封拜，并且每月为漂泊在金门岛的鲁王朱以海提供猪肉、粮米等物质支持，月给厚廪于明朝的沪、溪、宁、靖等诸王族。[①]

顺治十五年南明永历十二年（1658年）桂王封郑成功为延平郡王，曾经率水师十万浩浩荡荡会同鲁王张煌言部一路出浙江至崇明，攻陷镇江，在攻打南京时功亏一篑，败退南归。如果郑成功部攻陷南京，中国的历史又将改写。为防止郑成功的水师与闽浙粤沿海诸省内陆军民的沟通，清政府实行了十二年的禁海政策，这就是明末所导致的大量"通海案"以捕杀明末遗民力量与郑成功水师相沟连，联手抗清的缘由。

据清史稿《郑成功传》记载：

成功自江南败还，知进取不易；桂王入缅，声援绝，势日蹙，乃

[①] 见《清史稿·卷二百二十四·列传十一·郑成功传》，线装书局，第1330页。

规取台湾。台湾，福建海中岛，荷兰红毛人居之。芝龙与颜思齐为盗时，尝屯于此。荷兰筑城二：曰赤嵌、曰王城，其海口曰鹿耳门。荷兰人持鹿耳门水浅不可渡，不为备。成功师至，水骤长丈余，舟大小衔尾径进，红毛人弃赤嵌走保王城。成功使谓之曰："土地我故有，当还我；珍宝恣尔载归。"围七阅月，红毛存者仅百数十，城下，皆遣归国。成功乃号台湾为东都，示将迎桂王狩焉。以陈永华为谋主，制法律，定职官，兴学校。台湾周千里，土地饶沃，招漳、泉、惠、潮四府民，辟草莱，兴屯居，令诸将移家实之，水土恶，皆惮行，又以令严不敢请，铜山守将郭义、蔡禄入漳州降。斯岁圣主即位，戮芝龙及诸子世恩、世荫、世默。①

也就是说郑成功在一路经浙江至上海、占镇江、攻打南京北征复兴明朝的大业失败后，南明王朝最后一个小朝廷永历皇帝被清廷扑杀，选择台湾作为复兴明朝的基地已是一种不得已的战略选择。由是攻占台湾提到郑家军的军事日程上来。在战略进行实施前，郑成功做了大量的准备工作。他的规复台湾之举是在闽、台两地人民的大力支持下进行的。北征失败，退入金、厦时，在台任荷兰通事（翻译官）的何斌（福建南安人）秘密探测鹿耳门水道，收集台湾各地资料，绘制台湾地图，携往厦门献予郑成功。顺治十八年南明永历十五年（1661年）三月二十三日，郑成功率领两万五千名甲士，分乘二百五十艘战船，白帆高悬，铠甲鲜明，军威豪壮，一路浩浩荡荡向台湾海峡乘风破浪而去，三月二十四日先占澎湖。三十日趁海上大雾弥天，阴霾笼罩，船队冒险出征，于四月一日凌晨黎明时分逼近台江（今台南）。荷兰殖民者早有防备，但是郑成功却得到台湾人民的支持，在何斌的导引下，自鹿耳门内禾寮港登陆，对殖民者进行陆地和海上的两面夹击。郑成功用木船包围荷兰战舰，击沉荷兰主力舰海德格尔号，迫使荷兰殖民军狼狈而逃。在陆地，荷军从城中出击，被郑军水陆夹击，侵略军头子汤玛斯·贝德尔和上百名士兵被击毙。郑军首战告捷，大获全胜，普罗文遮城（赤嵌楼）迅疾被占领。消息传开全台沸腾，"汉民"与

---

① 见《清史稿·卷二百二十三·列传十一》，线装书局，第1322页。

"番人"齐心协力,合力捣毁荷人行政机构,诛杀平日跋扈横行的荷兰人。荷军残兵退守热兰遮城(今安平古堡,即赤嵌城)。

荷兰殖民军头目揆一龟缩到赤嵌城和台湾城,企图依靠工事进行顽抗。郑成功率军包围赤嵌楼城。郑成功致荷兰东印度公司驻台湾第十二任总督揆一招降书全文如下:

执事率数百之众,困守城中,何足以抗我军?而余尤怪执事之不智也。夫天下之人固不乐死于非命,余之数告执事者,盖为贵国人民之性命,不忍陷之疮痍尔。今再命使者前往致意,愿执事熟思之。执事若知不敌,献城降,则余当以诚意相待。否则我军攻城,而执事始揭白旗,则余亦止战,以待后命。我军入城之时,余严饬将士,秋毫无犯,一听贵国人民之去。若有愿留者,余亦保卫之,与华人同。夫战败而和,古有明训;临事不断,智者所讥。贵国人民远渡重洋,经营台岛,至势不得已而谋自卫之道,固余之所壮也。然台湾者,中国之土地也,久为贵国所踞。今余既来索,则地当归我,珍瑶不急之物悉听而归。若执事不听,可揭红旗请战,余亦立马以观,毋游移而不决也。生死之权,在余掌中,见机而作,不俟终日。唯执事图之。

揆一不从,企图作困兽之斗,树旗请战,郑军得到民众的帮助,筑栅栏封堡垒,断绝荷兵接济,截击爪哇援兵,经九个月的艰苦战斗,郑军以猛烈的炮火摧毁了台湾城附近的防御工事,城内荷兵饿死战死一千六百多人,余下六百多人弹尽粮绝,不得不投降。殖民军头目末代总督揆一终于在南明永历十六年清康熙元年(1662年)十二月十三日出城在投降书上签字。郑成功对于缴械投降者,一律宽大,允许携带个人财产归国。荷兰殖民者对台湾的38年统治宣告结束。

而台湾的末代总督揆一先生在携带着从台湾掠夺的大量财富返回荷兰巴达维亚后,立刻因为投降而受到审判,之后,被软禁于班达群岛。1674年在威廉亲王特赦下回到荷兰,以后住在阿姆斯特丹。1675年出版《被贻误的台湾》一书为自己辩护,谴责东印度公司高层玩忽职守,贻误时机,才使他失去台湾。

而他的政治对手收复台湾的民族英雄郑成功，却因为军务倥偬无暇管束留在思明州（厦门）王府的延平王世子郑经的乱伦行为，造成家族丑闻。最终郑氏家族内部因惩处郑经意见不一，而严重分裂，导致郑成功在收复台湾后被逆子活活气死。

三、被风流案气死的延平王

顺治十八年（1661年）七月，新缅王大杀永历帝随从官员。十月清兵入缅甸，缅王执永历帝及其眷属献给吴三桂。次年清康熙元年南明永历十六年（1662年）十二月郑成功收复台湾。这一年康熙帝杀郑芝龙全家于北京菜市口。四月吴三桂绞杀永历帝父子于昆明。五月郑成功因病与世长辞，年仅39岁。"出师未捷身先死，长使英雄泪满襟"，郑成功没有能够成为挽回王朝覆灭命运的中兴名臣。

郑成功以决绝的心态，以台湾为反清复明的基地，与福建厦门和澎湖列岛形成守望相助犄角互依的战略态势，誓与清朝当局周旋到底。当然这只是郑成功一厢情愿的美好愿景，因为明王朝的最后一盏油灯已经油尽灯灭，失去了最后一点复明的希望。此刻，清朝政府也对于招降这位南明永历帝敕封的延平王失去了信心，终于将豢养在北京的郑芝龙一家先是流放宁古塔后是满门抄斩。

郑成功过去所打的南明永历帝旗号已经黯淡失色，尽管这面大旗也只是郑成功坚守东南名义上的幌子。南明的几个短命王朝已经完全失去了行政和经济、军事的统治功能，只是作为某种以地方军事实力"挟天子以令诸侯"的手段。随着永历皇帝被杀，这种名义上号召力也已经完全丧失，南明政权在形式上已经不复存在了。

现在还在金门岛苟延残喘的只有靠着郑成功接济苟活的鲁监国朱以海。随着郑成功病逝，他的大儿子（世子）郑经抢夺来了延平王的封号，对于鲁监国等王族的接济也彻底停止，患有严重哮喘病的朱以海及其追随者奄奄待毙。十一月，原依附于郑成功父子的明鲁王朱以海病死于金门。这场曾经轰轰烈烈的"反清复明"运动，终于偃旗息鼓。唯有尚在台湾的郑经依然打着南明永历的旗号在经营着台湾。那也只是继续以死去的幽灵附体去装神弄鬼，点燃烟香缭绕中的鬼符，去欺世盗名，在台湾苦心经营着事实上的台湾独立罢了。

根据江日升《台湾外记》记载："郑经承父例。总兵以下皆自委任，如公、侯、伯及提督，必修表请封然后出印谕。"也就是郑氏父子拉大旗作虎皮的目的也不过借助反清复明的旗号巩固和扩张自己家族在东南沿海的利益，因而中下级官员皆由自己任命，诸如提督一类高级官员和拜公封侯等等也只是走走形式，盖盖章而已。但是这种形式是必须的，至少永历皇帝这面旗帜的存在可以将清廷的注意力向广西方面吸引，使自己在军事上压力不至于太大。而永历帝的大旗一倒，清廷的军事压力就如同泰山压顶那般向郑家军头上碾压过来，这是郑成功所始料未及的。再加上郑成功治军极严，惩处不问亲疏往往过重，尤其是逼迫群僚及其家属大量迁往台湾，遭受到部下群起反对，不少人叛逃而去投降清廷，一时队伍离心离德。而此时发生在家族内部一件桃色丑闻，几乎成了击溃了郑成功坚强意志的最后一根稻草，使他遽然辞世。可以说郑成功是在内忧外患中抱着壮志未酬的遗憾，在台湾离开了这个风雨晦明的世界。

郑成功之死，究其外部原因在于，清政府对于在北京郑芝龙家族的屠杀，又遇永历帝朱由榔在缅甸被擒获，造成精神上的巨大刺激；内部原因在于，长子郑经的乱伦丑闻和举旗反叛所造成的负面效应，引发家族内部的纷争分裂。这一连串事件使他内外交困，身心疲惫，急火攻心，遂于南明永历十八年（1662 年）五月初八日悲愤病逝。

最早请求囚禁诛杀郑芝龙的是明代降臣所谓"江左四大家"的龚鼎孳，清顺治十二年（1655 年）时任"左都御史的龚鼎孳请诛芝龙，国器也发芝龙与成功私书，乃夺芝龙爵，下狱"。① 郑成功原部将黄梧降清后，又向清廷密陈"灭贼五策"，其中第三、四策直接针对郑芝龙和郑家祖坟："三，其父郑芝龙羁縻在京，成功赂商贾，南北兴贩，时通消息。宜速究此辈，严加惩治，货物入官，则交通可绝矣。四，成功坟墓现在各处，叛臣贼子诛及九族，况其祖乎？悉一概迁毁，暴露殄灭，俾命其脉断，则种类不待

---

① 见《清史稿·卷二百二十四·列传十一·郑成功传》，线装书局，第 1330 页。

诛而自灭也。"这是十分阴险毒辣的计谋。自郑成功海上起兵抗清以来，清廷就一再利用郑芝龙逼迫郑成功就抚，郑成功不为所动，拒不投降，清廷遂加紧迫害郑芝龙。1657年，郑芝龙被流放宁古塔。郑成功东征台湾后，清廷见招降郑成功的希望更加渺茫，遂采纳黄梧的所谓"灭贼五策"，将郑芝龙一家十一口杀害，并派清兵到南安挖掘郑成功的祖坟，以在心理和气势上打击郑成功。

当郑成功听到父亲被杀，"顿足搬踊，望北而哭曰：'若听儿言，何至杀身'。"郑芝龙当初的投降战略，不仅招致自己的杀身之祸，而且祸延子孙，成为重创郑成功脆弱心理的重磅炸弹。当郑成功听闻祖坟被毁的消息时，更是痛哭流涕，"向西切齿而骂曰：'生者有怨，死者何仇！敢如此结不共戴，倘一日治兵而西，吾不寸磔汝尸，枉作人间大丈夫'！"可见，这些惨无人道的卑劣手段对郑成功伤害之大、刺激之深！而此刻，他的大儿子延平王储郑经又从背后狠狠捅上了一刀，此刀是致命的一刀。

据《清史稿·郑成功传》记载：

成功既得台湾，其将陈豹驻南澳，而令子驻思明。康熙元年成功听周全斌谮，遣击豹，豹举军入广州降。恶锦与乳媪通，生子，遣泰杀子及其母董。会有讹言成功将杀诸将留厦门者，值全斌至南澳还，执而囚之，拥锦，用芝龙初封平国公，举兵拒命。成功方病，闻之，狂怒啮指，五月朔，尚居胡床受诸将谒，数日遽卒。①

郑成功一共有十个儿子，郑经（锦）是他的大儿子，生于明崇祯十六年（1643年），从小深受成功喜爱，立为世子，即是延平郡王的王储。郑经也算是文武全才的人物，从小就跟着父亲南征北战积累了丰富的军事经验和安邦理政才能。他小小年纪即继承家风舞刀弄枪，也喜欢舞文弄墨，经常创作一些反清复明的诗歌，以示对于明帝国怀念，抒发自己恢复故土、统一天下的雄心壮志，颇有乃父雄风。下面引用两首，以证其才：

---

① 见《清史稿·卷二百二十四·列传十一·郑成功传》，线装书局，第1330页。

悲中原未复

胡虏腥尘遍九州，忠臣义士怀悲愁。
既无博浪子房击，须效中流祖狄舟。
故国山河尽变色，旧京宫阙化成丘。
复仇雪耻知何日，不斩楼兰誓不休！

闻西方反正喜咏得诚字

群胡乱宇宙，百折守丹诚。海岛无鸾信，乡关断鸡声。
义师兴棘岫，壮气撼长鲸。旗旆荆襄出，刀兵日月明。
一闻因色动，满喜又心惊。原扫腥膻幕，悉恢燕镐京。
更开朝贡路，再筑受降城。

由此可见，这位王储并非自小长于王府中的花花公子纨绔子弟，而是一心想着效仿秦末刺杀暴君秦始皇的张良和东晋时期讨平八王之乱投鞭断流的奋威大将军祖狄。而他在后一首五言长歌中所指的"西方反正"指的正是投降了清朝又重新反清的盘踞云南、广西、广东的吴三桂、耿精忠、尚可喜的"三藩"。他认为是联合三藩"反清复明"一举收复燕京恢复万邦来朝，受降胡虏于北京城下的时机已到，因此志得意满蠢蠢欲动。他纵横卑阖利用权谋周旋于三藩之间，趁机攻击靖南王耿精忠后方，收复福建失地，小有斩获。当然这样的雄心壮志也只是昙花一现，诗里意气、梦中关山，并非现实中的世界。"三藩"很快被清廷剿灭，他只能龟缩台岛苟延喘喘，企图借助台湾天然地理优势进行分裂主义活动。

清顺治十八年（1661年），郑成功率师攻取台湾，命郑经镇守思明（厦门），调度沿海各岛。当时郑经19岁，娶隆武时期兵部尚书唐显悦的孙女唐氏为妻。唐氏端庄贤淑，但与郑经感情不睦。留守延平王老营的王储郑经在与唐氏的婚姻发生危机时，寻求婚外恋情，竟然与四弟的乳母陈氏私通，降生了一个男孩。聪明过头的王储将丑闻当成喜事向郑成功报告，说是侍妾为王爷降生了一位王孙。郑成功因为喜添孙儿十分高兴，还进行了一番赏赐。不料唐显悦为自己的孙女打抱不平，写信给郑成功大加责难，信中有"三父八母，乳母亦居其一。令郎狎而生子，不闻伤责，反加赏赉，

425

此治家不正，安能治国？"①

郑成功接信大怒，命兄郑泰到思明斩其妻董氏并子郑经及孙。郑泰与洪旭等人议曰：主母、小主其可杀乎？仅斩陈氏及其子复命。郑成功不允，对自己的正妻董氏和亲儿子郑经绝不宽恕。而此时郑经已经羽翼丰满，形成了自己的势力。郑成功已经失去了制约他的能力，于是发生诸将联合抗命的严重事件。郑成功正因为复国无望而积郁于心，唐显悦危言耸听不顾大局以言辞激怒，郑成功气塞心头，一意孤行必杀董夫人和郑经。此刻，郑成功手下将领蔡鸣雷从台湾来厦门搬取家属，郑经向他探问消息。蔡鸣雷因为在台湾犯过错，怕受责罚，故意夸大其词，说藩主执意要杀董夫人和郑经，如果金、厦诸官执意抗命就全部处斩，郑成功已有密谕给往南澳征叛将陈豹的周全斌部，命令他相机行事。听到蔡鸣雷的谗言，金、厦文官武将面面相觑，不知如何是好。洪旭说："世子，子也，不可以拒父；诸将，臣也，不可以拒君。惟泰是兄，兄可以拒弟。凡取粮饷诸物，自当应付，偫以加兵，势必御之。"

经郑成功的哥哥郑泰同意后，诸将给郑成功送去公启，启本中有"报恩有日，侯阙无期"的话。明确表达了金、厦诸将联合抗命的意思。郑成功阅信后，心中愤懑已极。五月初一日，身感不适，仍每天登将台，手持望远镜眺望澎湖方向有没有船来。因而患上风寒，到了第八天，突然发狂地喊叫道："吾有何面目见先帝于地下也？"既而用两手抓面而逝。所以，《台湾通志》上说郑成功是死于感冒风寒。②

郑成功逝世后，在台诸将举郑经弟郑袭护理国事，而黄昭、萧拱宸等人又以郑经"乱伦""不堪为人上"，拥郑袭为东都主，并分兵准备抗拒郑经。消息传来，郑经即在思明继位发丧，以陈永华为谘议参军、周全斌为五军都督、冯锡范为侍卫，整师准备渡台。

这时清靖南王耿继茂、总督李率泰遣人前来议抚，郑经执"按朝鲜事例，不削发，称臣纳贡"，议未成。同年十月，郑经率师东渡，迅速平定黄昭、萧拱宸之叛。翌年正月，返回思明。六月，以其伯父郑泰支持黄昭

---

① 江日升著：《台湾外记》，第172页。
② 主要依据《台湾外记》，郑成功病逝日期在该书和《海上见闻录》（定本）、《清圣祖实录》中均作五月初八日。

拥郑袭拒己,假意置酒邀郑泰议事,伏甲兵而杀之。郑泰死后,其弟郑鸣骏、子郑缵绪即率所部入泉州降清。十月,清廷调集大军,会合投诚诸军及荷兰舰队进攻金、厦,郑经不敌,退守铜山(今东山县)。这时,耿继茂、李率泰又遣人议抚,郑经仍执前议,声言:"若欲削发、登岸,虽死不允。"

康熙三年(1664年)三月,在许多将领叛去的情况下,郑经与洪旭等率师东渡,于初十日抵达台湾。

到达台湾后,郑经继承郑成功的政策,当时从闽广等地移居的汉民已达20余万。汉族与高山族人民和睦相处。共同开发宝岛台湾。汉族人民供应高山族布匹、食盐、铁器、瓷器;高山族人民也将自己的黄蜡、硫磺、皮革等卖给汉族同胞。在他们的共同努力下,原来的荒地尽为"膏腴之地"。为了使军队长久地驻防台湾,抵御清政府进攻,郑经还在军队各镇间分配土地进行垦荒自救,寓兵于农。台湾盛产蔗糖,年产量高达5000多万斤,除供应本地和大陆以外还远销到日本、菲律宾等国,此外渔业、冶金、伐木等行业发展起来,在经济呈现欣欣向荣的景象。与此同时,台湾的行政管理体制逐步建立,设立六部管理政务,厚待明朝到达台湾的诸宗室,拥立宁靖王朱术桂为"监国"。安插诸宗室及乡绅定居台湾。督诸镇垦田,栽种五谷,插蔗煮糖,修埕晒盐,广事兴贩,国用日足。又采纳陈永华"建圣庙,立学校"的建议,设立学院,"自此台人始知学"。接纳洪旭"文事、武备,两者不可缺一"的建议,令各镇于农隙时教习武艺,"春、秋操练阵法"。并檄各镇,入深山采办桅舵,修葺、兴造船舰,平时装载货物,兴贩各国。从此,"台湾日盛,田畴市肆,不让内地"。当时,英国和西班牙先后遣人来访,郑经许其通商,但拒绝西班牙在台设教的要求,并面告西班牙使者:华人到吕宋(菲律宾)经商,"不许生端勒掯""苟背约,立遣师问罪"。郑经在他执政的十八年里,农商并重,台湾经济繁荣,政治稳定,文化提高,跟上了清代整个中国社会发展的步伐。郑经在台湾开发治理方面取得巨大成就。

四、对郑氏集团的剿抚两手

在反清复明无望,面对清政府的军事压力下,郑经的台湾建国谋求独立,以求自保的念头开始萌发。而清政府对于台湾当局也是采取网开一面,剿抚结合的两手，谋求台湾统一。

　　康熙即位于 1661 年，此时郑成功收复台湾，南明最后一个小朝廷永历王朝覆灭。由于郑成功一直坚持抗清立场，成功去世后其子郑经继承了父亲主张，继续与清政府为敌，被清朝视为东南沿海的一大隐患。康熙欲使台湾归于清廷，安定东南海疆，抱不达目的决不罢休的决心，始终不渝。其策略总的来说是剿抚并用，以抚为主，曾经先后不下数十次与郑氏父子进行谈判，希望和平统一，在反反复复拉锯式和谈中，战斗从来没有终止过。

　　这是因为从清廷自身来讲，陆军强大而水师薄弱。八旗铁骑加上投降的绿营兵曾经纵横南北，荡平南京弘光、福州隆武和云南永历政权，以及李自成大顺军和张献忠大西政权残部，平息"三藩"之乱等等，耗费军资民力巨大。反而对盘踞于东南沿海及岛屿上的郑氏水军显得力不从心。顺治年间年年征战，耗费大量军饷，国家财政极为困难。大陆初步实现统一之后，迫切需要与民休息，无力大量发展水师，尤其对刚刚从郑氏集团分化投降的水师将领并不充分信任，没有发挥他们的作用。清廷对于郑氏的战略基点不是主动出击，而是消极防御，采取了"禁海"政策。

　　禁海也即将山东、江苏、浙江、福建、广东沿海居民迁入内地，设立边界，派兵防守，防止百姓接济郑军，"将所有船只悉行烧毁，寸板不许下水，凡溪河树桩栅。货物不许越界，时刻瞭望，违者死无赦"。迁界禁海的目的在于切断郑氏与大陆的联系，使其失去接济和沿海民众支持，这些给郑军造成了暂时的困难，促使了郑军一部分的投降，但并未如当时所料，在半年之内置敌军以死地。反而因为迁界、禁海使得朝廷蒙受巨大损失，沿海诸省大片良田荒废，国家税收减少，对外贸易停止，百姓背井离乡，尤其将沿海岛屿空置，正好为郑氏船队自由往来出没，买通守边士兵创造了条件，郑军照样可以获得所需物资。因此，可以说禁海并未达到预期目的。

　　稍后，郑氏家族内部矛盾激化，为清廷推行剿抚策略提供了有利时机。郑成功病逝台湾后，郑经在经过一番内部争斗，承继王位。福建总督李继泰、靖南王耿继茂乘机于当年（1662 年）八月派遣总兵林中前往厦门，修书进行招抚，开始与继位后的郑经进行了第一次的招抚谈判。

　　康熙二年至八年（1663—1669 年），清廷前后四次又派人到台湾议抚，郑经均坚持"照朝鲜、琉球事例，不登岸，不剃发易服冠"，拒绝招抚①。在这期间郑家军内部产生分裂，郑经在澎湖杀其叔郑泰，导致郑泰之弟建平侯郑鸣俊、郑泰子永胜伯郑绪昌及大小文武官员四百余员、船四百余只、众万余人，从金门驶入泉州港投降清朝。在此期间清军的招抚政策对郑军瓦解很大。康熙三年（1664年）郑军威远将军翁求多率兵民六万余人投降清军，与此同时郑军永安侯黄廷、大都督余宽等率兵官三万二千余众出降。郑经仅存数十艘船，乘风遁走台湾。安排断后的大将周全斌和黄廷，也都归顺了清廷。自此，郑经沿海据点被扫灭殆尽。康熙六年（1667年）五月，清廷派遣招抚总兵官孔元章，携带郑经舅父亲笔信航海过台，招抚郑经，提出以沿海地方与台湾通善、郑氏称臣、纳贡、遣子入京为质等三条件。郑经高规格接待孔元章，但是拒绝招抚，答以"台湾远在海外，非中国版图，先王在日，亦只差'剃发'二字，若照朝鲜事例即可"。郑经回顾郑成功在顺治九年（1652年）至十一年（1654年）之间与清朝的谈判，坚持不剃发，照朝鲜例。似乎他是在坚持"先王"的一贯原则。其实他们父子对于"朝鲜例"的理解并不一致。郑成功所指"朝鲜例"是承认自己"为清人"，并"奉清朝之正朔""文官听部调选"，甚至头发也不是绝对不可以剃，只待"奉旨命下，然后安心剃发"，为清朝之臣属。只不过要求一定之地盘，保持原有体制和军队。只是由于多种原因，双方未能最终达成协议。

而郑经所谓的"朝鲜事例"，则是试图将台湾变成纯粹意义上的"外国"。这从郑经复孔元章中书中可以看出，信中说：

自昔贵朝议和者屡也，从先王以至不佞，只缘争此（剃发）二字。况今东宁（台湾）远在海外，非属版图之中，东连日本，南蹴吕宋，人民辐辏，商贾流通。王侯自贵固吾所自有，万世之基已立于不拔。此贵介所目睹者。不佞亦何慕于爵号，何贪于疆土，而为此削发之举哉！

口气之强硬，态度之狂妄嚣张跃然于纸上。也就是说，过去和你们朝廷议和多次，从先王郑成功开始，不为其他，原因也就在于"剃发"两个

---

① 见孟昭新著：《康熙大帝全传》，吉林文史书出版社，第132、135页。

429

字。况且如今我台湾远在海外,并不在清朝版图之内,东连日本,南至菲律宾。人口和物质聚集像车辐集中于车毂一样紧密,经济繁荣商业流通发达。王侯过去就是我所自有,万世基业已立于不可摧毁之地。这些都是贵大使您所亲眼见到的事。我根本就不稀罕你们所封的爵位,也不贪图你们的疆土,何必为此屈辱地剃去头发! ①

为了国家统一,招抚郑经归顺,清廷一再降低条件,甚至允许郑氏封藩,世守台湾。郑经则提出:"苟能照朝鲜事例,不削发,称臣纳贡,尊事大之意,则可矣。"(江日升《台湾外记》)康熙答复:"若郑经留恋台湾,不思抛弃,亦可任从其便。至于比朝鲜不剃发,愿进贡投诚之说,不便允从。朝鲜系从未所有之外国,郑经乃中国之人。"(《明清史料丁编》第三本)。康熙不愿台湾成为独立于中国之外的国家,故谈判破裂。

在郑经坚持这种循例参照朝鲜变相独立的主张,遭到了康熙帝的严词拒绝。可以说郑成功的驱逐荷兰殖民者占领台湾完成祖国统一的战略目标,在郑经手中因为残明旗帜的丧失而只能最终走向台湾独立的道路。这时的形势已经发生了根本的变化,满汉的民族矛盾相对缓和,统一与分裂上升为新的主要矛盾。郑经仍然以南明为正统,谋求建立海上独立王国,已经失去了抗清的意义。

五、交替使用的文武之道

在康熙大帝收复台湾天下一统的方略中,有两个人始终占有重要地位,他们的同时存在,证明康熙所使用剿抚方略,贯彻着武力攻台及和平统一两手,始终因时制宜因地制宜从实际出发交替使用着。在文武之道的张驰之间这两位分别扮演着朝廷"鹰派"和"鸽派"的重要角色,但是两派之间共同的目标均是针对台湾执政当局的分裂倾向,最终达到台湾回归祖国版图,统一于华夏帝国的目的。

因而,两人曾经在不同的时间段在闽海前线实施着不同的政策,或者以和为主以剿为辅,或者以剿为主以和为辅,最终在武力收复的同时不失

---

① 见《郑经复孔元章书》,《康熙统一台湾档案史料选辑》,第70页。

时机地贯彻和平统一的方针,在避免流血人民少受战争荼毒的前提下,和平统一了台湾。他们一位是举人出身的福建总督姚启圣,一位是海匪出身福建水师提督施琅。在他们分别主政主军期间均受到康熙大帝的高度信任,拥有充分的权责实施自己的"和平安抚"和"武装攻击"策略,在剿抚的交替使用中完成了帝国统一大业。

早期投降的郑芝龙手下的水师大将施琅早已经被康熙任命为福建水师提督。他对于组建清帝国自己的海军做出过卓越贡献,后来在武力威慑最终导致和平统一台湾中发挥了主力军作用。他手下的大将周全斌、黄廷、朱天贵等,早年全是郑军骨干,后来均为施司令麾下得力战将。

这位从郑芝龙水师中叛逃出来福建水师提督施琅是坚决的主战派。统一台湾是施琅一贯的主张,因为他看到了统一台湾对祖国安危的重要性。从1664年(康熙三年)开始,施琅就建议进军澎湖、台湾,使四海归一。在他因飓风所阻,两次进军澎湖、台湾失败后,仍矢志武力收复台湾。康熙六年(1667年)十一月二十四日,他上疏康熙,建议"乘便进取,以杜后患",并就选练士兵、筹集船饷、前线指挥、攻战机宜等重大问题全面提出看法和主张。

康熙皇帝的批复非常实际,翌年(1668年)正月初十日,康熙降旨:"渡海进剿台湾逆贼,关系重大,不便遥定。着提督施琅作速来京,面行奏明所见,以便定夺。"四月施琅进京陛见,再上《尽陈所见疏》,详述武力统一台湾的必要性和可能性。后来事实证明,施琅的这些意见都是正确的。施琅反对清政府的迁界禁海政策,指出这一政策不合于"天下一统",又影响财政收入,应尽快"讨平台湾"使"百姓得享升平,国家获增饷税"。清政府陷于当时的条件所限,主要是清、郑对峙以来,五省迁界,大量驻军,连年征战,东南地区生产遭到破坏,人民陷入苦难深渊。因此,自郑经东渡,大规模战事基本停止,广大人民迫切要求恢复迁界、裁撤驻军,减轻人民负担。针对这种情况,清廷早已考虑撤军问题,只是等待有利时机。朝廷对和平统一台湾仍然寄予莫大的希望,为防止干扰,促其早日实现,宁愿暂停武力解决,以进一步推行以抚为主的方针。于是,否定施琅的建议,裁撤福建水师提督员缺,悉焚诸战船,次第催拨海上投诚官兵到外地垦荒,授施琅为内大臣,编入汉军镶黄旗,留于京师。等于将鹰派大臣在京城雪藏了起来，免得他干扰鸽派大臣实施和平统一的方针。①

在京期间，施琅一面继续上疏征台，争取康熙帝的支持；一面广交朝中大臣，争取他们对武力统一台湾事业的理解和支持。这一去就在京城待了十四年，直到康熙二十二年（1683年）六月中旬才重返福建前线统兵准备收复台湾。

清廷在打破"海禁"，实施安抚和剿灭并举的同时，大幅度调整了对于投降人员优抚政策。一大批有经验的水军官兵进入清廷水师序列，清廷一律给予重用。可以说以施琅为海军提督的主要将领兵员都来自于原来郑芝龙、郑成功所训练的水师，海上作战能力大大加强，为最终武力收复台湾奠定了强大的军事基础。这一点乃是康熙大帝"以郑军收拾郑军"政策的巨大成功，也体现了祖国统一大业的巨大感召力。

清廷对于台湾投诚官兵都给予适当的安置与任用。实授郑鸣俊遵义侯、郑绪昌慕恩伯，同来其余大小文武官亦分别授职。其都督、总兵、副将、参将、游击等均任原职，并"给予全俸，赏赉有差"。有的降将仍在前线领兵打仗。如康熙五年（1666年）十一月，以投诚左都督杨富为浙江水师右路总兵官。投诚武官中有人适合并愿意为文职者，康熙特允兵部提请，令该地方督抚察明具体酌用。凡郑氏亲属来降者，予以优待。郑成功亲弟弟左都督郑世袭投降后，不仅授予精奇尼哈番世职给全俸，而且特殊给还郑芝龙已经入官变卖的家产。

就这样谈谈打打，又间以康熙朝对于"三藩之乱"的平息。到了康熙十八年（1679年）五月，清廷镇守福建大帅康亲王杰书见郑经手下大将刘国轩固守海澄，一时难以攻取，便采纳中书苏埕的建议，派遣苏埕赴厦门与郑经谈判。苏埕转达亲王之意："若贵藩以庐墓桑梓、黎民涂炭为念，果能释甲东归，照依朝鲜事例，代为题请，永为世好作屏藩重臣。"郑经原则上表示同意，但是又按照侍卫冯锡范提议，附加两项条件：一是"将海澄为往来公所"；二是"年纳东西两洋饷六万两"。并遣宾客司傅为霖随苏埕去福州面见康亲王。康亲王以地方重务，责任全在总督，令其抵漳州面见总督姚启圣。这等于是节外生枝，不仅提出领土要求，而且还要截

---

① 《台湾外记·卷六》，第200页。见《康熙大帝传》，吉林文史出版社，第138页。

留东西海洋税收以为军饷。理所当然被姚启圣拒绝。启圣说："寸土属王，谁敢将版图封疆轻易做公所？"且"无此庙算"，即皇帝无此意图为由，予以拒绝。

这位清初的康亲王和曾经是他属下的福建总督姚启圣均非等闲之辈。

爱新觉罗·杰书（1645—1697年），清太祖爱新觉罗·努尔哈赤曾孙，礼烈亲王爱新觉罗·代善之孙，镇国公爱新觉罗·祜塞第三子，清朝宗室、重要将领，为清代六大亲王之一。顺治六年（1649年），袭爵封为郡王。顺治八年（1651年），加封号为康郡王。顺治十六年（1659年），因其伯父巽亲王满达海被追论前罪，最终被追夺谥法及碑文，降爵为贝勒。满达海之子爱新觉罗·常阿岱亦因父罪而被降爵为贝勒，礼亲王一系的铁帽子王爵位由杰书承袭为康亲王。

杰书是康熙一朝著名的八旗将领，正白旗都统，镇南大将军。康熙十三年（1674年），杰书率军前往浙江，剿耿精忠。康熙十五年（1676年），杰书兵进浙江，直捣福建，耿精忠大势已去，亲自到杰书军前投诚。十月，杰书入福州，平定耿精忠叛乱。同时，郑经部将许耀率三万兵攻福州，杰书大败郑军。至康熙十九年（1680年），台湾的郑经遭到溃败，沿海的厦门、金门、铜山等地先后被清军收复，郑经被击败后率残部逃回台湾。

姚启圣，浙江会稽（今浙江绍兴）人，字熙止，号忧庵，明代为秀才，从小有豪侠之气。顺治初年，清军占领江南。姚启圣前往通州，因被当地土豪侮辱而投效清兵，被委任为通州知州。姚启圣随即将土豪抓捕杖杀，后辞官离去。一次郊游萧山，姚启圣遇见两个兵卒抢掠女子，上前佯装好语相劝，夺取佩刀杀了兵卒，救下女子送还其家。姚启圣前往依附族人，被列籍汉军镶红旗。康熙二年（1663年），姚启圣在八旗乡试中考中第一名，被授予广东香山知县。前任知县因财政亏空数万而被下狱，姚启圣就代为偿还。不久后因擅自开放海禁，被弹劾罢官。康熙十三年（1674年），靖南王耿精忠在福建举兵叛乱，进入浙江境内，攻取温州、台州、处州等下辖县。康熙皇帝命康亲王爱新觉罗·杰书率兵讨伐，姚启圣与儿子姚仪募壮兵数百，赶赴康亲王麾下效力。姚启圣被委任为诸暨知县，剿平紫山土寇。康熙十四年（1675年），康亲王将姚启圣的功绩上奏康熙皇帝，姚启圣因而被破格提拔为浙江温处道金事。后随都统喇哈达剿平松阳、宣平县的叛兵。康熙十五年（1676年），姚启圣与副都统沃申、总兵陈世凯等协同平剿耿精忠，攻打石塘，将木城焚毁，斩杀众多耿军，乘胜收复云和县。同年十月，姚启圣父子随康亲王军征讨耿精忠，军队攻入仙霞关，逼近福建，耿精忠投降。姚启圣被提拔为福建布政使。郑经占据漳州、泉州和兴化，清军前往征讨。吴三桂麾下将军韩大任骁勇善战，被称为"小淮阴侯"，自赣入汀试图与郑经会合。姚启圣将其说降，得到其部卒3000人编入亲军。康熙十六年（1677年），姚启圣随康亲王攻克邵武和兴化，完全收复漳、泉之地，郑经逃回厦门。总督郎廷佐上奏康熙称姚启圣与其子姚仪屡获战功，且养军购马、备置甲胄弓矢，先后用银五万两都是自己筹措出资，康熙皇帝下诏嘉奖，晋升福建总督。①

此后，姚启圣进一步加大招抚力度，甚至台湾来使傅为霖也为他所争取，为之散发招抚通告，联络内应。郑经各主要将领包括刘国轩都一再收到清廷的招降书。当时郑经官兵水陆数万，局促于狭窄地方，军饷不济，强征于民，不仅正常供给繁重苛刻，而且加派名目繁多，人民不堪负担，普遍不满，道路侧目。至康熙十九年（1680年）二月，郑军得知清军武力进攻金门、厦门，已成风声鹤唳，土崩瓦解之势。郑经从海澄调回刘国轩，一同逃回台湾，留守金、厦郑军纷纷降清。三月初，清军进驻金、厦。四月郑经手下大将朱天贵应招率领二万余兵，并船二百余艘降清。据统计，加上前往宁海将军喇哈达和巡抚吴兴祚军前投降的官兵，前后招抚郑氏集团以及和郑氏集团有联系的官兵计在十三万以上，被瓦解的尚不计其数。②

郑军官兵的大量降清，大大削弱了郑氏实力，充实了清军的海军队伍，使得不善水战的清军增加了有生力量，提高了水战能力，与郑军相比，态势逆转，由劣势变为优势，由被动变为主动。武力收复台湾的时机成熟。福建水师提督施琅率清军在澎湖海域歼灭郑军主力。同时，姚启圣与施琅密切配合，在武力围剿和和平统一两手中交替使用。最终，统一台湾首功归于施琅，而姚启圣甚感到愤愤不平，不久背发疽痈在福州忧郁而亡。

---

① 见《清史稿·卷二百六十·列传四十七·姚启圣传》，线装书局，第1500页。
② 见邓孔昭著：《论姚启圣》，《台湾研究资料》1984年第一期。引自《康熙大帝传》，吉林文史出版社，第146页。

清代学者姚启圣的绍兴老乡陶元藻很为老姚感到愤愤不平：

迨台湾之乱，冲锋陷阵，虽施琅功，然运筹帷幄，决胜千里，应时以输军饷，重犒以收士心，俾琅用兵多寡，出师缓急，靡不如意者，皆少保（即姚启圣）之力也。刘国轩败，澎湖凯旋，琅于海道奏捷，七日而抵京师，少保遣飞骑由内地驰报，迟琅二日，琅已先封靖海侯矣！

《清史稿·姚启圣、吴兴祚、施琅传》评论曰：

台湾平，琅专其功。然启圣、兴祚经营规画，勘定诸郡县。及金、厦即下，郑氏仅有台、彭，遂聚而歼，先事之劳，何可泯也？及琅出师，启圣、兴祚欲与同进，琅遽疏言未奉督抚同进之命。上命启圣同琅进取，止兴祚毋行。即克，启圣告捷疏后琅至，赏不及，郁郁发病卒。功名之际有难言隐之矣。大敌在前，将帅内相争，审择坚任，一战而克。非圣主善驭群才，曷能有此哉！

也就是说，虽然后来在武力攻取台湾的过程中，施琅专有其功，但是和福建总督、巡抚姚启圣、吴兴祚的多年经营规划，收复郑军占有的诸多郡县，以及攻克厦门、金门，使得郑经、郑塽父子仅仅据有台湾、澎湖列岛，才能够聚而歼灭是分不开的。他们先前打下牢固基础，创建的功劳是不可泯灭的。及施琅出师，姚启圣、吴兴祚准备与他共同推进，施琅上书军事行动不能同总督、巡抚共同商量再推进，要求独立决策，不能和总督、巡抚共同会商后签署下达作战命令。这其实是完全不符合清朝体制的，但皇上竟然同意了施琅请求，只命令姚启圣负责保障前线的后勤补给，吴兴祚也不必随军作战推进，保障了军事命令不受督抚掣肘牵制，独立指挥推进。姚启圣的告捷疏文由于走陆路比施琅走海路迟了两天，康熙皇帝未及封赏，搞得老姚郁郁而遽然辞世。实在是在争取功名之际有难言之隐啊！收复台湾一战而克敌制胜，这和康熙皇帝对于施琅的高度信任，坚持让其独挡一面，防止大敌当前，清军内部争斗，干扰了台湾的收复，实在是和康熙皇帝善于驾驭人才是分不开的。

435

姚总督被活活气死后,进行了辞世后的离任审计,竟然发现他在任期间,利用修缮船舶、军械,造假账冒领贪污军饷四万七千多两银子,应该追缴。康熙皇帝念其收复台湾的功劳,全部豁免。也算是功过相抵了。[①]

六、康熙决策武力收复台湾

对于台湾取何种态度,也是清政府反复争论的问题,以鳌拜为首的保守势力极力压制进取台湾的主张,但是康熙皇帝一直主张进取台湾,在平定"三藩"之乱后,启用主张统一台湾的姚启圣为福建总督,施琅为福建水师提督,筹划武装统一台湾。这样明清之际第二位主张台湾回归祖国怀抱的大将军、民族英雄施琅登上历史舞台,继承了郑成功统一台湾的千秋大业。而这位施琅将军却和郑芝龙、郑成功家族有着解不开的恩恩怨怨,但他终以统一大业为重,放弃私人恩怨,在血战澎湖消灭郑军海上主力,在形成强大军事威慑的前提下,以和平手段收复台湾,最终完成祖国统一大业。

据《清史稿·施琅传》记载:施琅,字逐公,福建晋江人。初为明总兵郑芝龙部下左卫锋。也就是说施琅早年也是追随郑芝龙的海匪出身。只是在老郑被明廷招安以后他才随芝龙担任了明朝的军职。顺治三年(1646年),清军进抵福建,郑芝龙投降,施琅追随也向清廷投降。随后随清军征服广东、勘定顺德、东莞、三水、新宁诸县。郑芝龙被清军掠去京城,郑成功背父坚持抗清流徙于东南海岛之间,曾经召唤施琅追随,施琅坚决不干。郑成功抓住了施琅,并扣押其家属。施琅设计脱身,施琅的父亲、弟弟、侄儿皆被郑成功所杀害。顺治十三年(1656年)施琅随从定远大将军世子济度击败郑成功于福州,因功受同安副将。顺治十六年(1659年)郑成功收复台湾,施琅提升为同安总兵。

康熙元年,施琅升任水师提督。这时郑成功已经去世。他的儿子郑经率兵攻打海澄,施琅派遣守备汪明等人率舟师在海门抵御,斩杀郑将林维,缴获战船军械。不几年,靖南王耿继茂、总督李率泰攻克厦门,郑军惊慌溃退,施琅招募荷兰水兵,以夹板船击溃郑经水兵,斩敌军首级二千余,

---

[①] 见《清史稿·卷二百六十·列传第四十七·姚启圣传》,线装书局,第1501页。

乘胜取得浯屿、金门二岛，因功加右都督。康熙三年加靖海将军。

康熙十八年（1679年），郑经率师西征时，由其长子郑克臧奉命监国。克臧系郑经长子，生于康熙二年（1663年），系郑经之妾昭娘所生。由其岳父陈永华辅政。郑克臧年少，但明敏果断，有乃祖郑成功之风。在陈永华辅助下，郑克臧内戢兵民，外给粮糈，治理井井有条，凡事坚持原则，"虽诸父昆弟不少假"。郑经从大陆败归台湾后，仍委政于陈永华，由郑克臧监国。翌年（1681年）正月，郑经欲庆元宵，命居民张灯结彩，郑克臧闻讯，立即上启："偏僻海外，地窄民穷，屡年征战，民不聊生。际兹清人整军备舰，准备东征，人心汹涌，何必以数夕之欢，而费民间一月之食？伏乞崇俭，以培元气，以永国祚。"郑克臧方正有为，使诸叔及奸邪之人深为畏惧，害怕由其继位，于己不利。因此，郑经一死，侍卫冯锡范便带头以传闻"监国非藩主（郑经）真血脉（系昭娘抱养之子）"为辞，与郑经之弟郑聪等人共谋，收回郑克臧监国之印，并杀之。当时郑克臧只有18岁。

郑克塽，郑经次子，生于康熙九年（1670年），系郑经之妻和娘所出。康熙二十年（1681年），姚启圣先后接到台湾傅为霖密禀，郑经已于本年正月二十八日病故。其长子郑克臧也被绞死。年仅十二岁的次子郑克塽继承延平王位。因年幼，由其叔郑聪辅政。郑聪贪鄙懦弱，诸事皆决于冯锡范和刘国轩。傅在密信中指出"主幼国虚，内乱必萌，内外交并，无不立溃，时乎时乎不可失也！"姚启圣据此上疏要求："会合水陆官兵，审机乘便直捣巢穴。"康熙于六月初七日与大学士等会议商定后，颁布谕旨：

郑锦（经）既伏冥诛，贼中必乖离扰乱，应乘机规定澎湖、台湾。总督姚启圣、巡抚吴兴祚、提督诺万、方正色等，其与将军喇哈达、侍郎吴努春，同心合志，将绿旗舟师分领前进，务期剿抚并用，底定海疆。毋误事机。[①]

这里所说剿抚并举，实际上是"剿"为主，动用军事实力收复台湾，这是康熙皇帝决策武力进取台湾的的进军令。御旨即下，朝廷上下依然对

[①]《清圣祖实录·卷九十六》，第14、15页。见《康熙大帝传》，吉林文史出版社，第149页。

于武装进取台湾有较大争议，首先福建前线的军事将领就有不同意见。对于畏敌不前观望犹豫的的将领，康熙皇帝断然采取措施。反对者中水师提督方正色被调任陆军提督，闽海前线最高军事指挥官——镶黄旗满洲都统宁海将军喇哈达调京候用。以施琅果断替代方正色。康熙皇帝于七月二十八日向议政王会议宣布正式启用原任右都督施琅为福建水师提督总兵官、加太子少保衔。

施琅鉴于朝中情势复杂，为了能在征剿过程中加强与朝中的联系，提请皇帝派遣侍卫吴启爵"随征台湾"。兵部不准。康熙特批："吴启爵在京不过一侍卫，有何用处？若发往福建，或亦有益，着依施琅请行。"施琅任内大臣十余年深知大内侍卫与皇帝的密切关系，受皇帝信任，请他随征，无异于身边增添一位监军和钦差大臣，一方面可以解除皇帝对其忠诚度的怀疑，因为，当时朝中有人认为他的大儿子施奇（化名王世泽）和族侄施亥均在郑军任职，施琅不宜担任前线要职。但是康熙力排众议，力主施琅担任前线水师提督，而且一直全力排除各种干扰，支持他的各项战略部署，做到用人不疑。另一方面吴启爵在关键时刻往来福建前线和北京宫廷之间，及时反映前线情况，传达皇帝旨意，对统一进取台湾方略的实施起了重要作用。这也是施琅后来在底定台湾后抢在姚启圣之前在皇帝面前奏捷的重要因素。

七、血战澎湖台岛回归祖国

进取台湾，必先攻克台湾的门户澎湖列岛。施琅于康熙二十年（1681年）十月初六日风尘仆仆抵达福建厦门履任，这次对于台湾他是志在必得，完成一桩未了的夙愿。他仿佛回想起康熙三年（1664年）那次攻台失利的情形。那时的施琅刚刚背叛郑成功，留在郑营的父兄侄子全部被宰杀，所以这不仅仅是急于建功立业的问题，也是为了报仇雪恨。当然在家仇国恨的基础上，最终他还是放弃了对于郑氏家族的冤冤相报，为了国家和平统一，接受了郑氏后人的投降，并向朝廷提出优待郑氏后人的建议。

施琅其实并不是一个头脑简单四肢发达的一介武夫，他在少年时期就很有见识，不仅膂力过人，而且精通排阵布局的兵法，尤其善于水战，谙晓海上风候具备气象方面的知识。明末追随隆武帝在剿灭山中土匪有功，被授予游击将军，曾经隶属黄道周，而道周先生不能用他，辞职而去。去了郑芝龙部，随大军投降清军，立有大功。郑成功设计诱捕将他关押在船中，他独自脱逃，父亲、弟弟、侄儿皆被杀。郑成功后悔常常说，这又是一个楚国的伍子胥啊，带有报仇雪耻的怨恨一定会前来报复的。①

当施琅被任命为福建水师提督总兵官，加靖海将军头衔，其实就已经踏上了报仇雪恨的路。此刻，施琅的水师官兵中大部分都是郑军水师投降而组建的海军。如从郑军降清的承恩伯周全斌、太子少师左都督杨福，康熙一概信任有加，命他们统领水师"前往征剿"台湾。皇帝并告诫说："凡事会议酌行，勿谓自知，罔听众言。"也就是凡是进军大计必须经过总督、巡抚、提督会商后进行，这是明清时期在国防、军政大计方面"三权分立"相互制约的体制性规定。这次清廷第二次武力出征台湾，而且主要将领均为原来郑军海上投诚人员担任。

第一次出征是在康熙三年（1664 年）十一月和四年三月，施琅、周全斌等三次率领水师浩浩荡荡向台湾进发，都因为遭遇台风袭击而而被迫中途返航。而实际上这次进军，并非完全因为气候原因，而在于水军自身原因。后来施琅总结这次失败的原因：一是因为投诚官兵，家属均在郑营，顾虑多端，不敢奋力向前；二是因为水军为临时拼凑，未经选拔和训练，各部素质参差不一，难以整合协调；三是统军将领无决策之权，军事行动事事受到掣肘只能是"奉有成命，勉应击楫"。

此番经过十多年的在京城潜伏雪藏等待，施琅重新出山，筹谋出征，首先提出的是军事进剿的专征权力。当月即上疏说："督抚均有封疆重寄，臣职领水师，征剿事宜，理当独任。"

康熙采纳了施琅的部分意见，巡抚吴兴祚"有刑名、钱粮诸务，不必进剿"，但仍坚持"总督姚启圣统辖全省兵马，与提督施琅进取澎湖、台湾"。但是，总督、提督在何时进剿，利用"北风"还是"南风"季节进剿，各执己见，互不相让，争论不下。于是施琅悄悄打小报告，也即上了一份《密陈专征书》，再次要求皇帝为自己颁发专征台湾之敕谕。康熙仍然命令总督、

---

① 见《清朝野史大观三·卷五·施琅为郑成功旧部》，上海书店，第 56 页。

提督会商后尽快进剿。姚启圣主张利用北风，总督、提督各领一队，分进出击，共同攻击澎湖、台湾；施琅主张利用南风先集中优势兵力攻克澎湖，因澎湖守将刘国轩系郑军主力骁将，攻下澎湖，台湾可不战而降。于是施琅于康熙二十一年（1682年）再上《决计进剿书》，请求授予专征之权。施琅有丰富的海上航行经验和水战阅历，他深知风向对行舟的顺逆之势，关乎海上较量的胜负。他在《决计进剿疏》《海逆日蹙疏》中一再阐明："夫南风之信，风轻浪平，将士无晕眩之患。且居上风上流，势如破竹，岂不一鼓而收全胜？""故用南风破贼，甚为稳当。"在《靖海纪事》诸什中，可见他与总督姚启圣、巡抚吴兴祚之间在先取台湾或澎湖、利用北风或南风等问题上的激烈争论。为了克敌制胜，他不避嫌疑，一直坚持乘南风先取澎湖。

康熙再次召集大学士和王大臣议政会议，征求内阁和亲王们的意见。大学士明珠认为："若以一人领兵进剿，可得行其志。两人同往，则未免两人掣肘，不便于行事。照议政王所请，不必令姚启圣同往，着施琅一人进军。"最终康熙考虑多数大臣意见，表示"施琅相机自行进剿，极为合宜"，并重新部署，姚启圣负责催趱粮饷，保证军需供应。在配备将领时，康熙排除各方偏见，发挥众将官积极作用。施琅拟重用被姚启圣处罚过的蓝理，排斥姚启圣器重的平阳总兵朱天贵。兵部不同意蓝理署右营游击领舟师。康熙认为两人均可用。在后来澎湖海战中，两人均浴血奋战，英勇无比，朱天贵壮烈牺牲。[①]

康熙二十二年（1683年）六月，施琅接到进军命令，立即将大队舟师齐集铜山，咨请总督姚启圣，共商发给粮饷及犒赏银两。十一日，大会各镇、协、营守备、千总、把总等随征诸将官，将"先锋银锭"排列案上，传令"征剿澎湖，谁敢为先锋者，领取！以便首先冲舻破敌"。白花花的银子耀人眼眸，诸将官却沉默无语，未有出列应征者，此刻一人打破沉默，提标署右营游击蓝理挺身而出，领"先锋银锭"，受到施琅的嘉奖。

蓝理，福建漳浦人，少年时桀骜不驯，膂力绝人。曾经召集族人勇健者击杀海盗头目卢质。有人报告官府，认为有功应该奖励。官府却认为他

[①]《康熙起居注》。见《康熙大传》，吉林文史出版社，第155页。

也是盗贼，竟然将他抓到牢里关押。康熙十三年靖南王耿精忠造反，放出狱中囚犯，命令其到藩府报到。蓝理走小路到仙霞关投降清军统帅康亲王，甘为清军向导，破叛将郑养性于温州。康熙十八年，因战功升任灌口营参将。康熙十九年，总督姚启圣驻军漳浦，令蓝理分兵守高浦。蓝理竟然抗命不去，姚总督说他克扣军饷，夺去官职，下刑部议罪，拟杖责流放。蓝理自请去剿灭郑军海寇以赎罪，康熙允许，发往施琅军前效力。蓝理自请充当前锋，他的弟弟蓝瑶、蓝瑷、蓝珠皆随从蓝理而去。①

施琅于康熙二十二年（1683年）七月十三日祭江，十四日凌晨七时，统领水军二万一千余人，乘坐二百三十余首战船，在晨曦中浩浩荡荡奔向大海，舟师列阵，云帆破浪，杀向澎湖列岛。

施琅从铜山攻克花屿、猫屿、草屿，乘南风航行到八罩，郑军刘国轩部踞澎湖，沿着海岸筑短墙，置火炮，环海二十余里为壁垒。施琅派遣先锋游击将军蓝理以小船攻击，敌方的船只乘着涨潮进行四面合击，可谓贼舰布满海面。蓝理督促士兵迎战，自早晨血战到中午，战斗越发激烈，炮弹从头顶呼啸而过，一发炮弹击中蓝理腹部，腹破肠子流出，鲜血淋漓。他的族人蓝法将他的肠子塞入腹内。四弟蓝瑷脱下衣服将他伤口包扎，五弟蓝珠持绷带将他腹背全部捆扎牢固。蓝理负重伤在人搀扶下，屹立舟中，大呼"杀贼"指挥将士进击，击毁敌舰二艘，敌军溃逃。

施琅乘坐的指挥楼船冲入敌船之中，眼睛被飞来流箭射中（一说被大火烧伤脸面，此处从《清史稿》），血流涸帕，却仍然指挥若定，无畏督战毫不退却。总兵吴英接替他指挥，斩敌三千余，攻克虎井、楼盘二屿。紧接着施琅以百艘船只分列东西，派遣总兵陈莽、魏明、董义、康玉率兵东指鸡笼屿、四角山，西指牛心湾，分散郑军攻势。施琅自己督驾五十六只战船分为八队，以八十只战船殿后，乘风破浪，扬帆直进。清军将士奋勇攻击，海战从辰时打到申时，烧毁敌人战船一百五十余艘，缴获各类船只五十余艘，焚杀敌军将军、提督、总兵、副将等高级将领三十五员，游击以下一般将领三百余员，焚杀和淹死敌军一万二千余人。郑氏主力几乎全军覆灭。刘国轩见力不能支，率残部乘船北向吼门，在夜色掩护下，逃

---

① 见《清史稿·卷二百六十一·列传四十八·蓝理传》，线装书局，第1505页。

441

回台湾。防守妈祖宫炮台城的郑氏将军杨德见孤立无援，遂卸甲弃戈，出海请降。施琅又遣人持令箭分赴诸岛，令其剃发，造报名册。共降官一百六十五员，士兵四千八百五十三名，遂取得澎湖等三十六岛。清朝水师包括总兵朱天贵、游击赵邦式在内阵亡三百二十九名，伤一千八百余人。

施琅于六月二十六日未通知总督姚启圣，便抢先通过随军作战的侍卫吴启爵从海上走水路向康熙皇帝报捷。闰六月十八日，康熙陪同太后驻于古北口外红川，接到施琅奏疏，非常高兴，立即召集学士萨海命将此捷音遍谕扈从八旗诸王、贝子、公等大臣、侍卫各官。闰六月二十九日，降旨嘉奖，命在事有功人员照进取云南例"从优议叙"并明确宣布：今进取台湾，正在用人之际，福建总督、提督、巡抚，凡有所请，俱著允行"即拟准行票签来奏，切勿遗漏"，表示给予大力支持。

澎湖激战全歼郑军主力，为和平解决台湾问题奠定了基础。清军占领澎湖后，郑克塽败局已定，但施琅却不忙于进军台湾，而是着眼于做争取郑克塽及其军队的工作。他厚待投降和被俘的郑军将士，稳定民心；同时建议朝廷"颁赦招抚"郑氏，以争取和平统一台湾。康熙帝同意他的招抚政策。施琅对所有台军被俘将官采取宽大政策，愿意留下就留下，不愿留下想回家者，就登记造册，发放路费，派小船供其返回台湾。但是附带一个条件就是回到台湾后，必须宣传告诉自己亲人与乡亲，清军不滥杀无辜，希望台湾人不要作毫无意义的抵抗，对待郑家也是如此。郑克塽、刘国轩见施琅"无屠戮意"，也愿意归顺。施琅督师攻克澎湖后，郑克塽从刘国轩之议，修表交出延平王金印剃发归降清廷。移住北京，受封为正黄旗汉军公爵，后死于京城。

八月十三日，施琅率清朝水师由澎湖起程进军登陆台湾。登陆台湾后，为了安定民心，公开表示自己为民族大义，放弃私人嫌隙，绝不大开杀戒，同时来到延平郡王祠去祭祀故主和仇人的郑成功。祭文摘录如下：

> 自同安侯（郑芝龙）入台，台地始有居民，逮赐姓（郑成功曾经被隆武帝赐姓朱，而改郑森名为成功）启土，世为岩疆，莫可谁何，今琅赖天子威灵，将士之力，克有兹土，不辞灭国之诛，所以忠朝廷而报父兄之职分也，独琅起卒伍，于赐姓有鱼水之欢，中间微嫌，酿

成大戾，琅与赐姓，剪为仇敌，情犹臣主，芦中穷士，义所不为，公义私恩，如是则己。

施琅深明大义，以国家利益为重，为了不让黎民生灵涂炭，严禁清军登陆后对台湾民众屠杀与掠劫。施琅对与自己有杀父兄灭妻儿的血海深仇的郑氏家族，也按朝廷规定给予优抚善待，足见其远见卓识，器宇和情怀皆在常人之上，说明了施琅心胸开阔，顾全大局，对台湾的和平统一和未来发展颇具战略眼光。

捷报陆续传到北京，康熙帝异常振奋。他接到施琅所上《恭报台湾就抚疏》正值中秋佳节，为庆祝统一台湾，康熙皇帝赐封功臣。在康亲王杰书宣读的诏书中，敕封福建水师提督施琅为靖海侯，延平王郑克塽为正黄旗海澄公，武平侯刘国轩为天津总兵、封伯爵，台湾忠诚伯冯锡范为正白旗伯爵……事实说明，台湾统一后完全能够保证郑氏集团的利益，更符合台湾民众和大陆人民的利益。马上能杀敌、案前能作诗、能文又能武的康熙皇帝，情不自禁，笔走龙蛇，赋诗言志，以《中秋日闻海上捷音》为题，赋诗祝贺：

万里扶桑早挂弓，水犀军指岛门空
来庭岂为修文德，柔远初非黩武功
牙帐受降秋色外，羽林奏捷月明中
海隅久念苍生困，耕凿从今九壤同。

康熙还将那天所穿的衣物派人驰赐施琅，并赐五律一首：

岛屿全军入，沧溟一战收。降帆来蜃市，露布彻龙楼。
上将能宣力，奇功本伐谋。伏波名共美，南纪尽安流。

康熙称赞施琅智勇双全，建立奇功，安定东南海疆，可与东汉伏波将军马援齐名，流芳百世。

《清史稿》评，施琅治军严整，精通阵法，尤其善于水战，谙熟海中气象风云变幻。在即将出师澎湖时,有人请他立即撤师回营,问施琅说:"大家都说海上刮起南风,出师不利,马上就要出发,将如何应对海战?"施琅说:"北风日夜猛烈,今天攻取澎湖,未能一战攻克,风起舟散,将如何打仗呢?夏至前后二十余日,风比较小,夜晚尤其安静,可将船只汇聚停泊在大海上。观察气候变化而行动,不过七天,大举进攻可必取胜。如果偶然遭遇大的飓风,那就是天意所致,非人们顾虑可以想到的。在郑家军的将领中刘国轩最为骁勇,以其他将领来守卫澎湖,虽然失败,必然会再战。如今刘国轩守澎湖,此战获胜老刘必然丧胆,台湾可不战而降。"等到开战的那一天,云层起自于东南,刘国轩看到了,说飓风要来了,非常高兴。俄顷,海面雷声大作,国轩推开桌子站起来说:"今天失败,这是天命!"

在台湾郑克塽投降后,人们都以为施琅一定会报父亲兄弟被杀的仇恨,将对郑氏进行屠杀。而施琅则说:"被逼向绝路的台湾人,重新归附朝廷,大开杀戮,恐怕会引起民心的反复。我之所以衔恨忍痛,是以国事为重,绝不敢只顾私仇。"在施琅的建议下,投降后的郑氏兄弟子侄均给予官爵封赏,并在北京妥善进行了安置,大大安定了台湾的人心。[①]

施琅统一台湾后,清廷内部产生了一场对台湾的弃留之争。在大臣中主张守而不弃者,只有少数人,即如福建总督姚启圣和施琅等人。施琅是经过对台湾的亲身调查研究而据理力争的。"台湾一地,虽属外岛,实关四省之要害""弃之必酿成大祸,留之诚永固边圉。"更重要的是,他对西方殖民者的情况有所了解,对荷兰殖民者的侵略本性有所认识,认为"红毛""无时不在涎贪,亦必乘隙以图"。在闭关锁国、自以为是天朝大国的清初时期,施琅能对西方殖民者有这点初步认识,是十分难能可贵的,也是包括康熙在内的同时代人所不及的。应当说,施琅这一贡献比起他收复台湾来说,在反对西方殖民者的问题上,有着更重要的意义。

康熙帝下决心留守台湾,并于康熙二十三年(1684年)在台湾设立一府三县:台湾府和台湾、凤山、诸罗三县,隶属于福建省。并在台湾设总兵一员,副将2员,驻军8000,分水陆8营。于澎湖设副将1员,驻

[①] 见《清史稿·卷二百六十列传四十七·施琅传》,线装书局,第1502页。

兵 2000，分为 2 营。台湾地区的澎湖列岛，凡六十四岛，地处大陆与台湾之间，为台湾的门户。清初台湾设府后，在澎湖设巡检，雍正时改巡检为通判，命水师副将镇守。乾隆时澎湖设立书院，举行考试。

施琅底定全台，上奏清廷建议奉台湾民间信仰的妈祖"天妃"赐晋天后（宋徽宗时期，中国朝廷已颁福建所信仰的妈祖以"正妃"称号、元朝皇帝进封"天妃"）。1684 年（康熙二十三年）清廷准奏，且进颁"护国庇民妙灵昭应仁慈天后"敕号，改台南宁靖王府为大天后宫，派满族大臣礼部侍郎雅虎致祭。雍正四年，皇帝又御书"神昭海表"匾，由台湾镇总兵林亮迎至天后宫敬悬，乾隆时期清廷又颁旨改官祀，天后宫之名称逐渐普及至今。

当时施琅从湄洲岛带的古妈祖黑面二妈，目前安置在鹿港天后宫，供众信徒膜拜，此尊神像已有一千年的历史，目前全世界仅此一尊。

台湾宝岛是在清朝统一中国的局面下，经济文化才逐步有所发展。台湾自古以来就是中国不可分割的领土，自此又重新统一于清朝中央政府的领导下，可以说施琅收复台湾的历史功绩不容抹杀，应该牢记。

2017 年 10 月中秋于南京秦淮河畔初稿
2017 年 10 月 22 日改于南京金信花园
2018 年元月 1 日晚定稿